Inhalt

Betty

1

Sie sieht aus wie eine, die eher Geschichten hat als Gedichte schreibt. Und doch ist ihre Erscheinung durchaus die einer Dichterin. Ihre Gestalt ist hager, der Kopf leicht nach vorn gebeugt, das Gesicht länglich, blass, edel. Sie hat eine hohe Stirn, üppiges schwarzes Haar, in der Mitte gescheitelt und seitlich gelockt, dunkle ruhelose Augen. Aristokratische Hände. Eine feine Habichtsnase. Um den Mund spielt ein satirisches Lächeln. In ihrem Wesen liegt etwas Leidenschaftliches, Konvulsivisches, das zwar unter scheinbar ruhiger Hülle glimmt, aber dennoch von Zeit zu Zeit hervorblitzt. Sie kann fesseln, überraschen, lieben. Jedoch der Zauber der Anmut fehlt ihr. Wenn man dazu geneigt ist, kann man sie für eine Schönheit halten, wenn auch ihr Gang schleppend ist und ihre Stimme nicht gerade lieblich. Manch einer hält ihr Benehmen für geschraubt und konventionell, und dennoch besticht sie durch ihre geistreichen und phantasievollen Bemerkungen. Vor einem Jahr, im Jahr 1842, hat Josef Wertheimer, der große jüdische Wohltäter und Philanthrop, der sich unermüdlich für Kinder, Arme und Waisen einsetzt, Betty entdeckt. Er verehrt sie und bewundert ihre Gedichte. Wann immer nötig, unterstützt er sie. Sie, die seit früher Jugend für ihren Lebensunterhalt selbst sorgen muss. Er hat eine offene Hand und ein offenes Herz. Betty ist noch keine dreißig Jahre alt und ein solch großes Talent. Nun ist sie Gesellschafterin von Henriette Wertheimer, seiner Frau. In Wertheimers Haus verkehren die geistigen Größen Wiens und auch bedeutende Persönlichkeiten, die aus der Fremde kommen. Gelehrte, Schriftsteller, Schauspieler und Schauspielerinnen. Ganz ohne Glaubensvorurteile. Gelegentlich erweist Grillparzer dem Hause die Ehre und aus der Fremde der Märchendichter Andersen, wenn er in Wien weilt. Henriette liebt Betty wie eine Schwester. Sie sorgt für sie, wenn sie leidend ist. Vor allem aber steht sie ihr bei, wenn sie von ihrer inneren Unruhe und Zerrissenheit heimgesucht wird.

Pünktlich um sechs kommt Heinrich Landesmann. Betty hat ihren neuen jungen Freund schon erwartet. Sie hat ihn erst kürzlich kennengelernt. Henriette hat ihn eingeladen. Ein wahrer Philosoph, dieser Jüngling aus Nikolsburg. Wertheimer hat ihn in der Gemeinde entdeckt.

– Ich freue mich, Sie wiederzusehen, Betty!

– Die Zeit war lang seit gestern, Heinrich.

Betty verwendet die Zeichensprache, die sie extra gelernt hat, um sich mit Heinrich verständigen zu können, obwohl sie auch Papier und Tinte bereitgestellt hat. Manchmal ist es einfacher, sich schriftlich mit Heinrich zu verständigen. Sie ist tief betrübt über Heinrichs fürchterliches Unglück. Er ist 21 Jahre alt und ungewöhnlich begabt, aber seit seinem 15. Lebensjahr gänzlich taub. Kein Laut der Welt dringt zu ihm.

– Wie geht es Ihnen? Ist Ihr Puls immer noch so schwach?

Wenn Heinrich spricht, hat die Stimme immer ein und denselben Ton. Dabei starrt er sein Gegenüber an.

– Schwach und langsam. Dr. Seligmann hat ein Glas Rotwein täglich verordnet. Bis jetzt ist keine Besserung eingetreten.

– Und der Druck im Kopf?

– Ist besser. Ach, Heinrich, sprechen wir doch nicht über meine Leiden, ich fühle mich ganz wohl. Was sind denn meine Leiden gegen Ihr namenloses Unglück?

– Raten Sie, wen ich heute im Silbernen Kaffeehaus gesehen habe.

– Levitschnigg.

– Richtig.

– Ich habe nicht mit ihm gesprochen. Er saß mit Grün und Lenau an einem Tisch.

– Und jetzt raten Sie, wer mir heute ein Gedicht geschickt hat.

– Levitschnigg.

– Hier, lesen Sie!

–

> Weine nicht!
> Weine nicht!
> Wenn dein Lenz dir keine Rosen,
> Keine grünen Lorbeeren bringt;
> Wenn das Lied der Hoffnungslosen
> Bang durch deine Seele klingt,
> Weine nicht!

8

Weine nicht!
Wenn dein Herz am Sarkophage
Deiner Mutter schmerzlich weint
Und durch deines Lebens Tage
Fürder keine Sonne scheint,
Weine nicht!

Betty schaut Heinrich fragend an.

– Ich kenne es schon, ich habe es schon im Humorist gelesen. Als ob er es für Sie geschrieben hätte.

– Aber er hat es nicht für mich geschrieben. Er hat es mir nur geschickt.

– Er ist ein zweiter Heine.

– Ein zweiter Heine! Er lässt seine Phantasie zügellos fortbrausen. Er weiß nicht zu haushalten mit den Bildern. Der Geschmack der Anordnung fehlt. Den Beschauer schmerzen die Augen.

– Nein, Betty. Er schildert die Liebe schöner Seelen mit prachtvollen Worten und Gedanken, die noch nicht durch tausend Hände gegangen sind.

– Weit besser ist es, Marqueur zu sein als ein lächerlicher Dichter.

– Betty, Sie sind ungerecht.

– Soll er doch ein Heine sein. Ich will ihn nicht sehen und ich will nicht, dass er mir Gedichte schickt.

– Alle wissen es, nur Levitschnigg nicht.

– Heinrich, ich will nicht mehr über Levitschnigg sprechen.

– Dann lassen wir unseren Don Juan. Grillparzer war auch im Silbernen Kaffeehaus. Er hat wie immer den Billardspielern zugeschaut. Immer schaut er nur zu, nie spielt er selbst.

– Er macht immer einen verdrießlichen Eindruck. Es lebt eine ununterbrochene Verstimmung in ihm.

– Wie ein sich verhüllender Priester geht er durch die deutsche Literatur. Übrigens war auch Frankl im Kaffeehaus. Hartmann soll über die Clique der reinen Ästhetik gespottet haben. Die ganze Clique verkehrt bei Wertheimer. Sie würden auch dazugehören.

– Das tut mir leid. Ich liebe Hartmann. Seine Gedichte sind reine, naturwüchsige Innerlichkeit und wirken tief ergreifend.

– Ihre katholische Heiligkeit und Pietisterei stören ihn und auch
Meißner. Das Himmeln und Frömmeln in Ihren neuen Gedichten. So
soll er gesagt haben.
– Ach. Das schmerzt mich.
Heinrich ergreift Bettys Hände.
– Allerliebste Betty, wir haben für heute genug disputiert. Und wir
lesen auch keine Gedichte mehr. Keine von Hartmann, keine von
Levitschnigg, keine von mir und auch keine von dir.
Heinrich schlingt seine Arme um Betty. Und Betty weint.

2

Wandlung

Willst du erschau'n, wie viel ein Herz kann tragen,
　　　　　　O blick' in mein's!
So reich an Wunden, vom Geschick geschlagen,
　　　　　　War wohl noch kein's.
Doch mitten in den wütendsten Orkanen,
　　　　　　Erhob ich mich,
Und schritt dahin auf meinen fernen Bahnen –
　　　　　　Wie stark war ich!

Wie ward mir doch nun so mit einem Male
　　　　　　Die Kraft geraubt?
Es trotzte mutig dem Gewitterstrahle
　　　　　　Mein stolzes Haupt,
Doch als du zu mir sprachst mit leisem Grüßen:
　　　　　　»Ich liebe dich!«,
Da sank ich still und weinend dir zu Füßen –
　　　　　　Wie schwach bin ich!

Rauschender Applaus. Das ist rührend schöne Poesie. Sie ist das perso-
nifizierte Gemüt, ein echtes Weib. Versagend und hingebend. Sie hat
des Weibes Sendung, die Liebe, erkannt. Lesen Sie weiter! Ja, noch ein
Gedicht! Lesen Sie weiter, Fräulein Paoli! Sie ist ein Lord Byron! Sie ist
die George Sand! Lesen Sie weiter! Lesen Sie!

Wer ist diese Dame?, flüstert Louise Neumann, die junge Schauspielerin vom Hoftheater, Frankl zu.
– Sie kennen nicht Fräulein Betty Paoli? Das größte lyrische Talent, das wir besitzen.

Betty liest weiter:

> Und wenn sie alle dich verkennen,
> So flieh' an deiner Freundin Herz,
> Und wenn zu heiß die Wunden brennen,
> So sprich mit mir von deinem Schmerz!
>
> Und will das Sprechen dir nicht taugen,
> Dünkt dir das Wort ein leerer Tand,
> So sieh' mir schweigend in die Augen
> Und weine still auf meine Hand.

Stürmischer Beifall. Das ist mit dem Herzblut der Poesie geschrieben. Wie tief empfunden! Wie ergreifend! Voll melancholischem Klagen. Der Schmerz hat hier seine tiefen Spuren gezogen. Diese Verse sind duftige Blätter von Rosen, die der Sturm des Unglücks zerpflückt. Sie ist ein Byron. Eine George Sand. Wie groß, wie erhaben ist der Schmerz der Dichterin! Man darf sie nur kniend lesen. Sie ist ein Genie.
– Genie und Leidenschaft brausen in erhabenen Orkanen und leuchten in prachtvollen Blitzen.
– Das Genie wird dem Weibe zu namenlosem Schmerz.
– Es ist eine erhabene Poesie.
– Das Erhabene ist schlechthin groß. Es ist über jeden Vergleich groß.
– Meinen Sie damit Kant?
– Natürlich.
– Das Erhabene befreit uns von der sinnlichen Welt, sagt Schiller. Das Schöne bindet uns an sie.
– Schiller. Was sagt denn Hegel dazu?
– Für ihn ist das Schöne aus dem Geist geboren.
Die Hegelsche Philosophie ist die monströseste Ausgeburt des menschlichen Eigendünkels, meldet sich Grillparzer zu Wort.
Mürrisch, mit finsterer Miene hat er das Gespräch verfolgt. Es wird ganz still. Grillparzer spricht. Alle schweigen und hören ihm zu.

– Ich verwerfe die Methode Hegels, für mich ist sie abgetan. Wenn die Verteidiger Hegels sagen: Das menschliche Denken sei nur ein Nachdenken dessen, was in der Welt, den Dingen vorgedacht ist, so erwidere ich dagegen: Ihr nehmt ja auf die Dinge keine Rücksicht, sondern bewegt euch nur im reinen Denken.

– Ach, Hegel oder Schiller oder Kant. Das ist doch egal. Lassen wir doch die Philosophen Philosophen sein. Wir sind Dichter!

– In jedem Dichter ist ein Denker und ein Künstler, wirft Grillparzer ein.

– Genug philosophiert. Mademoiselle Paoli, ich habe ein Gedicht auf Ihre Gedichte geschrieben.

– Lassen Sie hören!

Du finst'res Weib – die Lieb' ist dein Orakel,
Du schließest auf den Tempel deiner Brust,
Dem Schmerzbild leuchtest du mit wilder Lust
Ins bleiche Antlitz mit der Dichtung Fackel.

Applaus. Frau Wertheimer lässt Tee und Gebäck auftragen. Heinrich setzt sich neben Betty. Er hat einen Zettel mit Bettys Gedichten in der Hand.

– Fräulein Betty, Sie sind ein geniales Weib!

– Danke.

Betty schreibt in die Luft »danke«. Heinrich lächelt. Er hat es ihr ohnedies schon von den Lippen abgelesen.

– Ihre Gedichte vermitteln zwischen Glück und Geist, zwischen Erde und Himmel, sie spielen blendend schöne Farben.

– Ich danke Ihnen, Heinrich.

Betty schreibt wieder in die Luft. Heinrich berührt ihre Hand und wendet nicht den Blick von ihr.

– Ich verstehe schon, Betty. Für das Glück der Erde sind Sie zu genial, für das Gottglück des Geistes zu irdisch. Ich erkläre Sie für die größte deutsche Dichterin. Die edelste Weiblichkeit blickt durch Ihre Gedichte.

– Ach Heinrich!

– Ich rufe Ihnen Ihre eigenen Worte zu:

Wohl ist dein Lied eins von jenen,
Die ewig hell und ewig klar

Am weiten Horizont des Schönen
Bestimmt: zu glänzen immerdar!
– Darf ich stören?
Ein Mann Mitte dreißig, schmal, feingliedrig, ein bleiches Gesicht, in das das Unglück seine Geschichte geschrieben hat, mit etwas längerem Haar und einem byronisch geknüpften Halstuch tritt an sie heran. Betty schaut auf und macht eine leicht unwillige Miene.
– Darf ich mich zu Ihnen setzen?
Heinrich hat die Situation trotz seiner Taubheit schnell begriffen.
– Bitte, Herr von Levitschnigg.
– Sie haben wundervoll vorgelesen, Mademoiselle Betty. Nicht jeder hat so viel Talent.
Danke, Herr von Levitschnigg, sagt Betty mit gepressten Lippen, kaum aufblickend. Heinrich schaut Betty fragend an. Sie verwendet die Zeichensprache. So wiederholt sie, was Levitschnigg gesagt hat.
– Gewiss, sie hat Talent. Ich bin überzeugt, dass sie wunderbar vorgelesen hat.
– Ergreifend, wie sich in Ihrem Text edler Stolz und liebevolle Hingebung paaren.
– Ach, Herr von Levitschnigg. Genug des Lobes. Ich möchte noch Tee.
– Ich werde gleich dafür sorgen.
Betty erklärt Heinrich in der Zeichensprache, dass Levitschnigg gegangen ist, um noch Tee zu erbitten. Bettys Miene hat einen Anflug von Zorn und Unruhe. Heinrich schaut sie voller Mitleid an.
– Er wird gleich wiederkommen.
– Und mich für morgen zu sich zum Tee einladen. Ich werde aber nicht zusagen. Oder ich werde unwohl sein und werde absagen.
Betty kann die Zeichensprache fast so schnell wie Heinrich sprechen.
– Am besten, Sie sagen nicht zu. Das wäre auch ehrlich.
Levitschnigg ist zurück.
– Ich erzähle Ihnen eine Fabel:
Levitschnigg schaut Heinrich an und schreibt in die Luft.
– Lassen Sie. Betty wird mir später erzählen, was Sie gesagt haben.
– Die Musen behaupteten einmal, ihre Günstlinge seien die Herren der Welt, die Grazien aber meinten gelassen, erst ihre Kunst gebe

dem Menschenkinde die dichterische Weihe für das ganze Leben. Nun wetten Sie, wer recht hat.

Ich will nicht wetten, sagt Betty mürrisch.

– Darf ich Sie morgen zum Tee bitten?

– Ich bin schon bei Frau von Goethe eingeladen.

– Dann ein anderes Mal.

Levitschnigg wendet sich ab und gesellt sich zu Bauernfeld.

– Darf ich Sie morgen Abend besuchen, Betty?

– Sehr gerne, Heinrich.

3

– Herr Landesmann möchte zu Ihnen.

– Schicken Sie ihn fort. Sagen Sie ihm, dass ich leidend bin. Ich kann niemanden empfangen.

Betty ist unwohl. Leidend, sehr leidend. Sie fühlt sich matt, ist appetitlos, klagt über Kopfschmerzen, die Zunge ist trocken und hat einen weißen Überzug, ein stärkeres Geräusch verursacht ihr schmerzhafte Empfindungen, bald sind die Hände kalt, bald schwitzen sie. Sie ist noch blasser und hagerer als sonst. Wenn sie nur kein Nervenfieber bekommt! Henriettes Dienerin Marie läuft zu Dr. Seligmann. Er kann jetzt nicht kommen. Er ist bei einem Patienten in der Vorstadt. In drei, vier Stunden kann er wahrscheinlich bei ihr sein. Seligmann ist ein Mann in den besten Jahren und überaus gelehrt. Er hat Persisch gelernt, um das Manuskript von Abu Mansur lesen zu können, das älteste Dokument in neupersischer Sprache über Medizin. Er ist oft im Hause Wertheimer zu Gast. Seligmann wohnt im selben Haus wie Ottilie von Goethe, die Betty auch bei Wertheimers vor zwei Jahren kennengelernt hat und aufs Höchste schätzt. Marie klopft auch bei Ottilie, um ihr von Bettys Unwohlsein zu erzählen. Ottilie erkundigt sich, ob Frau Wertheimer zu Hause ist. Sie kann ja gleich mitkommen und Betty besuchen. Sie zieht sich nur eine Mantille an.

– Frau Wertheimer ist ohnedies zu Hause und schaut ständig zu dem Fräulein. Sie achtet ganz streng darauf, dass das Fräulein alle zehn Minuten einen frischen Umschlag bekommt und dass ich Tee koche, damit sie auch immer frischen Tee hat. Das Fräulein wird sicher niemanden empfangen, sie ist viel zu unwohl.

– Ich komm trotzdem mit. Ich erkundige mich nur, wie es dem Fräulein geht.

Marie meldet Ottilie bei Frau Wertheimer. Betty kann jetzt auf keinen Fall Besuch empfangen. Ottilie will ja nur wissen, wie es Fräulein Betty geht.

– Sie ist sehr unwohl. Wir fürchten, sie bekommt das Nervenfieber.

Ottilie will schnell nach Hause gehen und Dr. Seligmann suchen lassen, um ihm sagen zu lassen, dass es sehr dringend ist. Vielleicht kann er ja doch schneller kommen.

Endlich kommt Dr. Seligmann. Bettys Zustand gefällt ihm nicht. Der Puls ist klein, bald frequent, bald selten, arhythmisch. Auch hat sich Nasenbluten eingestellt. Betty hat Angst, der Kopf ist ganz dumm und sie klagt über Stiche und Drücken in der Brust. Dr. Seligmann meint, sie habe Blutandrang zum Kopf. Marie soll weiter Umschläge machen und Tee kochen. Teeaufgüsse von Pfefferminze mit einem Zusatz von Arnica und Aufgüsse von Senf. Betty soll Fleischbrühe zu sich nehmen und Wein. Rheinwein oder guten Franzwein oder Burgunder, der stark auf das Gefäßsystem wirkt. Auch ein laues Bad ist gut. Danach muss sie ins warme Bett gebracht werden und mit Liniment und kamphoriertem Äther eingerieben werden. Sie darf aber nicht zu warm zugedeckt werden, damit sie nicht schwitzt.

Seligmann spricht noch mit Herrn und Frau Wertheimer. Er ist sehr besorgt und hofft, dass daraus kein Nervenfieber wird. Frau Wertheimer soll auf Marie schauen, damit Betty auch gut gepflegt wird. Er kommt morgen früh wieder.

Betty geht es etwas besser. Seligmann war wieder da. Der Puls ist ruhiger. Das dumpfe Gefühl im Hinterkopf ist etwas schwächer. In der Nacht hatte sie Schweiß, aber sie war wohl zu warm zugedeckt. Sie schlief unruhig und sie wachte immer wieder auf. Seligmann ordnet gegen Abend Senfteige auf die Waden an, Fleischsuppe mit Sago in kleinen Portionen, recht oft, auch nachts. Noch ist die Gefahr nicht vorüber, aber es wird wohl kein Nervenfieber ausbrechen. Er kommt am Abend wieder. Die Renngasse ist ja nicht weit von der Schulter-gasse entfernt.

4

Bei Ottilie von Goethe lernt Betty Fürst Friedrich Schwarzenberg kennen. Zu Beginn des Jahres 1843 wird sie Gesellschafterin seiner Mutter, Maria Anna Schwarzenberg, und zieht zur Fürstin in den Jakoberhof gleich beim Stubentor. Maria Anna ist die Witwe Karl Schwarzenbergs, des Oberbefehlshabers der Streitkräfte gegen Napoleon in der Völkerschlacht bei Leipzig. Sie ist hoch betagt, von immer noch erkennbarer Schönheit, immer in einem schwarzen oder aschgrauen Seidenkleid, eine kleine Frau mit einem außerordentlichen Verstand. Liberal, geistreich, beinahe gelehrt, sophistisch, von allem Schein und Prunk abgewendet, voll Originalitäten, immer lebhaft diskutierend, fast streitsüchtig, immer zu einem Wortwechsel bereit. An allen Zeitungen und Zeitschriften ist sie interessiert, mit Hingabe liest sie die Allgemeine Augsburger Zeitung, vor allem aber liebt sie Literatur. Nicht nur Goethe und Schiller oder Vergil und Homer, auch Zedlitz, Grillparzer, Stifter gehören in ihrem Salon zur Lektüre, wobei die Schriftsteller aus ihren Werken meist selbst vorlesen. Und gerne bittet sie junge Dichter zu sich, von denen ihr erzählt wird. Aber auch Gelehrte verkehren im Salon der Fürstin. Feuchtersleben, Littrow sind ständige Gäste. Und auch Offiziere, Fürsten und Grafen.

Betty bewohnt ein kleines Turmstübchen im zweiten Stock mit Aussicht auf die Bastei und frischer Luft. Das Zimmer ist recht behaglich. Außer einem Bett, einem Nachtkästchen, einer Chiffoniere und einer spanischen Wand stehen in dem Stübchen noch ein Kanapee, ein Toilettenfauteuil und eine Tisch- und Sesselgruppe. Hier empfängt sie auch gelegentlich Besucher. Aber nur Dienstag oder Donnerstag von sechs bis sieben Uhr nachmittags und Freitag von neun bis zehn Uhr vormittags. So hat es die fürstlich-schwarzenbergsche Hausordnung festgesetzt. Die meiste Zeit verbringt sie damit, der Fürstin zu dienen. Nur die Morgenstunden hat sie für sich. Aber am Morgen fühlt sie sich elend. Müde, als ob sie jeden Moment wieder einschlafen würde. Am Morgen kann sie weder arbeiten noch jemanden empfangen noch ausgehen. Fühlt sie sich schließlich etwas besser, wünscht die Fürstin sie zu sprechen. Dann trägt ihr die Fürstin auf, an wen sie Einladungen schreiben muss. Manchmal aber fällt es ihrer Dienstgeberin ein, sie schon nach dem Frühstück zu sich zu bitten oder mit ihr auszugehen. Danach leidet Betty meistens an Migräne und kann den Tag kaum überstehen. Oft kommen auch schon vor Tische Gäste zu Vorlesungen. Oder Betty muss mit der Fürstin die Augsburger Allgemeine Zeitung lesen. Die Fürstin interessiert schier alles. Die Beratung in Frankreich über das Marinebudget, die Besitznahme der Sandwichinseln durch die englische Seemacht, die Diskussion über die Staatseisenbahnen in München, wer in Belgrad zum Fürsten gewählt wurde, eine Kunstausstellung in Rom, die Einführung der Einkommensteuer in den Niederlanden und ihr Verhältnis zum deutschen Bund und zum Zollverein. Und das angekündigte Buch über die Stadt Rom muss unbedingt angeschafft werden. Betty muss zu allem ihre Meinung sagen. Und die Fürstin diskutiert oft lange mit ihr darüber. Auch die Sonntagsblätter werden regelmäßig gelesen und ausführlich kommentiert. Ganz enthusiasmiert ist sie von dem Artikel über die Emanzipation der Hässlichen: Dass Türken und Neuseeländer in der Naturgeschichte auch in das Kapitel »Mensch« gehören, das hat uns unser philosophisches Jahrhundert mit euklidischer Evidenz bewiesen. Aber warum Frauenlocken die Schärfe der Kritik herausfordern, wenn sie ein rötlicher Glanz durchschimmert, warum es eine Sünde ist, einen schwachen Augenmuskel zu haben, warum ein Mädchen die Unwirksamkeit des Impfstoffes büßen soll, warum ihm eine kleine Einseitigkeit als Verbrechen zugerechnet wird oder warum man an einem weiblichen Byron doch zuerst immer den Klumpfuß sehen würde – alles das zu erklären hält unsere Weisheit für überflüssig. Sie verehrt nur den Geist. Aber der Geist hat nicht rote Haare, der Geist hinkt und schielt nicht, der Geist hat keine Blatternnarben. Doch beim Weibe glaubt man nicht gerne an den Geist, wenn nicht Schönheit sein Aushängeschild ist. Schönheit ist das Genie des Weibes, seine Hässlichkeit eine Sünde wider den Geist.

Wenn keine Vorlesungen mit Gästen stattfinden, muss Betty der Fürstin vorlesen. Im blauen Salon, beim Lampenschein am Kamin. Lenau, Uhland, Byron, Novalis. Danach schließt sich ein Gespräch über die Unterschiede zwischen Poesie und Prosa an oder die Fürstin beginnt einen Disput über Religion oder über Liberalismus und Sozialismus. Manchmal bricht die Fürstin den Disput abrupt ab und sagt: *Jetzt lesen wir Bulwer im Original* oder Betty muss ihr Puschkin auf Russisch vorlesen, um den Klang der Sprache zu hören.

Ein immer mit Ungeduld erwarteter ständiger Gast ist Adalbert Stifter. War er einmal zwei Tage nicht bei der Fürstin, muss ihm Betty schreiben, dass er endlich wieder kommen soll, weil eine halbe Ewigkeit seit seinem letzten Besuch vergangen ist. Die Fürstin liebt besonders die Erzählungen »Der Hagestolz« und »Der Waldgänger«. Aber auch Betty verehrt Stifter über alle Maßen. Ihr gefällt seine konsequente Absonderung vom Literatenpöbel und vor allem sein Talent. Sie hält ihn für einen Jean Paul, nur ein wenig Humor fehlt ihm. Meistens wird Stifter gebeten, zum Diner zu bleiben. Gelegentlich werden noch andere Gäste dazu geladen. Und es wird oft bis Mitternacht disputiert. Nicht nur über Literatur und Philosophie. Die Fürstin interessiert sich sehr für Homöopathie und verwickelt besonders gern Ärzte in ein Gespräch darüber. Immer wieder verteidigt sie sie gegen Feuchterslebens Einwände.

Wenn abends keine Vorlesungen stattfinden, muss Betty die Fürstin ins Theater oder Konzert begleiten. Danach disputiert die Fürstin mit ihr noch lange, manchmal bis Mitternacht, über das Gesehene oder Gehörte. Sie gehen in das Theater an der Wien, in die Leopoldstadt, in die Josefstadt, ins Hof-Burgtheater. Sie sehen »Das Porträt der Geliebten«, ein Lustspiel, mit dem die Fürstin zufrieden ist. Eine einfache Handlung mit schwankvollen Situationen, ein Dialog mit gesunden Witzen und Einfällen, allerdings ohne tief gegriffene Charaktere. Aber lustig und sehr amüsant. Sie gehen in die Spirituel-Konzerte. Sie hören Beethoven, Donizetti, Bach, Cherubini. Die Fürstin ist hingerissen: Dieses wunderbare Gewebe phantastischer Heiterkeit und überquellender Gemütsfülle, diese arabeskenartig verschlungenen Tonmassen! Man muss diese unaussprechlich herrliche Tonschöpfung hören und studieren, und dann wieder hören und studieren, um in ihren Geist einzudringen, und je öfter man sie hört und studiert und je tiefer man in ihren Geist eindringt, desto sicherer wird man fühlen, dass man sie noch lange nicht genug gehört und studiert hat und noch lange nicht tief genug in ihren Geist eingedrungen ist. Sie sehen »Apotheker und Prinz«, eine Posse von Adami. Eine Posse ohne Geist, Witz und Leben. Betty ist empört. Es stand schon in den Sonntagsblättern, dass sich die Witze anhören, als wenn man mit einem Messer auf einem Teller kratzen hörte. Aber die Fürstin wollte das Stück unbedingt sehen. Betty möchte »Das Posthaus zu Sevres« sehen, eine Posse von Charlotte

Birch-Pfeiffer. Man sagt, Frauenzimmer sollen keine Possen schreiben. Ein Frauenzimmer, das bisweilen einen Witz macht, hat gewöhnlich ein unpoetisches Naturell, ein Frauenzimmer, das fortwährend Witze macht, ein unweibliches. Und jetzt ein Frauenzimmer, das eine Posse schreibt! Betty hält die Posse für mittelmäßig, nicht besser und nicht schlechter als die Produkte anderer Possenschreiber. Aber Betty ist zufrieden, dass die Witze und Schwänke nicht schlechter sind als die ihrer männlichen Kollegen. Die Disputationen mit der Fürstin sind für Betty anregend und lehrreich. Oft jedoch ziehen sie sich lange hin und Betty ist schon müde und möchte sich zurückziehen. Die Fürstin aber ist vollkommen munter und findet kein Ende. Und Betty muss ausharren, bis die Fürstin sie schließlich entlässt.

Im Juli fährt Betty über die Sommermonate mit der Fürstin nach Worlik auf das Schloss der Familie Schwarzenberg in Böhmen. Betty ist voller Erwartungen und hofft, in der ländlichen Einsamkeit arbeiten zu können. Das Schloss liegt auf einem Felssporn am Ufer der Moldau. Betty ist begeistert. Wahrlich fürstlich ist es hier. Sie hat ein Zimmer mit Blick auf die Moldau. Was es für wunderschöne, elegante Möbel aus Ebenholz in dem Schloss gibt! Fürst Karl Schwarzenberg hat sie aus Paris mitgebracht. Und erst die Bibliothek. Viele Tausend Bände stehen da. Alte Drucke, Bücher in französischer und lateinischer Sprache, Biographien und Memoiren von Feldherren, Werke zu Heraldik, Botanik, Zoologie, Chemie, zu Kunstgeschichte und Architektur, philosophische Werke und vor allem unendlich viele Bücher deutscher und französischer Schriftsteller, die die Fürstin angeschafft hat. Außer die Morgenstunden muss Betty den ganzen Tag mit der Fürstin verbringen. Vormittags liest sie vor, nachmittags geht sie mit ihr spazieren. Die Spaziergänge sind nicht weit. Das lange Gehen ist für die Fürstin schon beschwerlich und sie geht sehr langsam, was Betty ungeduldig macht. Auch sind die Augen der Fürstin nicht mehr die besten und die Ärzte haben ihr empfohlen, sie zu schonen. So muss Betty jeden Augenblick bereit sein, der Fürstin vorzulesen. Sie sind ganz allein im Schloss. Betty liebt die Ruhe und die Einsamkeit. Trotz Einsamkeit ist jedoch kaum an Arbeit zu denken. Die Fürstin lässt ihr keine Zeit dazu. Und die Abende sind lang, wie sie nie dachte, dass Abende lang sein können. Mit einer Zigarre verschönert sich Betty die Abende ein wenig. Zur Verzweiflung bringt Betty das neue Buch »Chemie für

Damen«, das sie mit der Fürstin lesen muss. Es interessiert sie nicht im Geringsten. Schon in Wien musste sie mit der Fürstin »Physik für Damen« durcharbeiten und kleine Experimente machen. Auch hier in Worlik wünscht die Fürstin, zu experimentieren. In Wien wurden bereits allerlei Geräte und Gefäße besorgt. Porzellanschalen, Bechergläser, Glaszylinder, Trichter, Lackmuspapier in undurchsichtigen, verstopften Gläsern und, zu Bettys Schrecken, eine spezielle Lampe und Spiritus zum Erhitzen. Das Dienstmädchen muss Ameisen herbeischaffen. Die Fürstin will Ameisensäure erzeugen. Die Ameisen werden mit der doppelten Menge Wasser in einer Destillierblase so lange destilliert, bis es anfängt brenzlig zu werden. Betty ist vom Geruch ganz übel und einer Ohnmacht nahe. Die Fürstin denkt aber nicht daran, sie gehen zu lassen. Das Öl, das auf der Säure schwimmt, muss abgenommen werden. Nun wird die Säure mit reinem kohlensaurem Kali gesättigt und die Auflösung abgedunstet. Schließlich erhält man ein weißes Salzpulver. Die Fürstin ist fasziniert, Betty ist schlecht. Außerdem fürchtet sie ständig, dass ein Brand ausbricht. Aber die Fürstin hat keine Sorge, solange sie im Freien experimentieren.

Betty leidet häufig unter Kopfkoliken und Stechen in der Brust. Sie fühlt sich wie ein Murmeltier. Eingegraben, fernab von den wenigen Freunden, die sie in Wien hat. Sie sehnt sich nach Heinrich und nach ein wenig Geselligkeit. In wenigen Tagen sollen die Fürstin Josephine mit ihrer Familie kommen und viele Gäste. Die Grafen Colloredo, Fürstenberg und Khevenhüller. Und dann fangen die Jagden an. Betty bittet um Erlaubnis, nach Prag fahren zu dürfen, und erhält sie. Sie ist noch nie in Prag gewesen. Moritz Hartmann weilt gerade dort bei seinem Freund Meißner und sie freut sich auf ein Wiedersehen mit den beiden jungen Dichtern. Sie liebt die beiden, auch wenn sie nicht immer gleicher Meinung sind. Hartmann schreibt politische Poesie, während Betty der reinen Ästhetik huldigt. Aber so weit wie Heinrich geht sie nicht, der der politischen Lyrik jede Daseinsberechtigung abspricht. Ja, sie findet Hartmanns »Böhmische Elegien« prachtvoll, seine »Stadtidyllen« meisterhaft, witzig und spitzig. Und auch Hartmann liest immer wieder ein Gedicht von Betty in Gesellschaft vor, ja schreibt sogar in *Ost und West* über sie. Davon abgesehen, liebt Betty Hartmanns freundliches, Anteil nehmendes Wesen. Wie ein Bruder ist er zu ihr. Der enthusiastische Hartmann mit seinem offenen, schönen

Gesicht. Der schöne Christuskopf, wie man ihn nennt. Immer etwas herausgeputzt mit einem farbigen Halstuch oder Sacktuch und den schulterlangen Haaren, dem Zeichen eines freien deutschen Studenten.

Betty ist begeistert von Prag. Hartmann und Meißner begleiten sie durch die alte, historische Stadt. Der Hradschin macht großen Eindruck auf sie, öd, still, ausgestorben, wie er dasteht. Sie speisen bei Meißners Eltern. Meißner erzählt von seinem Medizinstudium, das er nur um seines Vaters willen betreibt. Seine Neigung gilt der Literatur. Es sind auch schon einige Gedichte von ihm in *Ost und West* veröffentlicht worden. Wenn er mit dem Studium fertig ist, will er einen Roman schreiben.

– Haben Sie etwas von Lenau gehört, Betty?
– Es ist ein Unglück. Ein schreckliches Unglück.
– Was ist passiert? Er soll krank sein.
– Er ist wahnsinnig geworden.
– Das kann nicht wahr sein. Dieser Geist, zu dem wir so emporblicken.
– Und doch ist es wahr. Ich nehme keine physischen Ursachen dafür an. Es sind die Seelenkämpfe, die dem Ausbruch vorausgegangen sind.
– Lenau, der große Poet, ist wahnsinnig geworden.
– Ich kann ihm nur ein schnelles Ende wünschen.
– Ich hab ihn nur einmal gesehen. Ich ging mit Frankl spazieren. Da begegnete uns Lenau. Ein Einsamer mitten im Gedränge der Gassen. Wir gingen mit ihm auf die Bastei. Er war ganz und gar nicht zugänglich. Ein Hypochonder eben.
– Nein, nichts von all der Hypochondrie und dem Abstoßenden, von dem die Wiener erzählen. Ich habe ihn oft besucht.
– Und jetzt ist er wahnsinnig geworden, der große Poet.
– Dieser herrliche, scharfe Geist mit dieser wunderbaren Phantasie.
– Und mit diesem unübertrefflichen, edlen Humor.
– Das ist sehr traurig.
– Sprechen wir von etwas Fröhlichem.

Ich hab ein Gedicht auf Meißner geschrieben, sagt Hartmann.
– Lassen Sie hören!
–

      Ich habe nicht, wie du, erforscht die Tiefen
      Der schaffenden Natur und ihre Kräfte,
      Die schon zur Urzeit ihr im Busen schliefen,
      Und heut muss nähren noch durch ihre Säfte.

Betty lächelt.
– Weiter trage ich heute nicht vor. Wir wollen uns unterhalten. Ich hoffe sehr, dass bald ein Gedichtband von mir erscheinen wird. In Leipzig.

Hartmann will nach Leipzig gehen. In Österreich kann er ja doch nicht bleiben und seine Gedichte veröffentlichen. Leipzig ist der Mittelpunkt der neuen Literatur. Und die Zensurgesetze sind milde im Vergleich mit denen Metternichs. Kuranda gibt in Leipzig *Die Grenzboten* heraus, Heinrich Laube, Gustav Kühne, Berthold Auerbach leben dort und viele Österreicher, die vor der drückenden Zensur geflohen sind. Und überhaupt ist Hartmann nicht glücklich in Wien. Er fühlt sich fremd in dem bunten Getümmel des Wiener Lebens. Was man Gemütlichkeit nennt, scheint ihm nichts als schale Gedankenlosigkeit. Selbst am so genannten Wiener Witz und an den Späßen findet er keinen Gefallen. Mit Wortspielen eilen sie über die ernsthaften Fragen hinweg. Der echte Wiener erscheint ihm als eine Art Hanswurst.

Abends gehen alle drei zusammen in die Oper und ins Theater. Demoiselle Tuczek als Isabella in Meyerbeers »Robert der Teufel« finden sie ausgezeichnet. Und in Bauernfelds »Industrie und Herz« unterhält sich Betty königlich. Schließlich muss sie wieder zurück. Unter Tränen verabschieden sie sich.

Betty erzählt der Fürstin von Hartmann. Er hat ihr einige Gedichte mitgegeben. Betty gibt sie der Fürstin zu lesen. Die Fürstin ist sehr angetan von den Gedichten. Sie möchte Hartmann kennenlernen. Hartmann, den Juden aus einem Dorf bei Przbram, dessen Vater ein kleines Eisenhammerwerk besitzt. Die Fürstin ist aufgeschlossen. Interessante Menschen müssen nicht Fürsten und Grafen sein. Vielleicht nächsten Sommer, wenn er bei seiner Familie weilt.

5

Zurück in Wien beginnen wieder die Vorlesungen, und Betty schreibt Einladungen. Gelegentlich kommen interessante Gäste, meistens aber langweilt sich Betty unter den Grafen und Fürsten zu Tode. Abends geht es ins Theater und ins Konzert. Nestroys »Eisenbahnheiraten« im Theater an der Wien, »Die Kinder des Regiments oder der Invalide« in der Leopoldstadt, »Die beiden Klingsberg« von Kotzebue, ein Konzert der Gebrüder Hellmesberger. Wenn kein Theater- oder Konzertbesuch angesagt ist, liest Betty der Fürstin vor. Und neuerdings verwickelt die Fürstin Betty gerne in einen Disput über den Koran oder Hegels Philosophie. Manchmal sogar bis nach 1 Uhr Nacht. Pünktlich um 12 wünscht die Fürstin zum Lusthaus im Prater auszufahren oder auf dem Glacis oder im Schwarzenbergschen Garten des Palais am Rennweg spazieren zu gehen, wobei Betty sie begleiten muss. Meistens sind sie um 2, ½ 3 wieder zurück, spätestens um 4, denn um 5 wird gespeist. Selten macht die Fürstin noch vor Tische einen Besuch allein und Betty kann an ihrem Roman arbeiten. Einem Roman über ein Mädchen, das Gedichte schreibt und deren Mutter es ihr verbieten will. Am liebsten aber würde Betty nichts als Gedichte schreiben. Sie muss immer bereit sein und, wenn die Fürstin etwas wünscht, sofort zur Stelle sein. Einmal hat sie Betty gleich nach dem Frühstück gerufen: Sie will jetzt nach Mödling fahren. Stante pede. Betty soll sich sofort reisefertig machen. Betty dachte, sie wird ein bisschen an ihrem Roman arbeiten können, wozu ohnedies kaum Zeit bleibt. Selten, in den späten Abendstunden, arbeitet sie an einem epischen Gedicht, immer eine Zigarre rauchend, die sie belebt und die Gedanken klärt. Wenigstens werden keine chemischen Experimente mehr gemacht. Zu Bettys Freude. Nun besucht die Fürstin zu ganz bestimmten Zeiten, meistens in den späten Abendstunden, Littrow, den berühmten Astronomen und Direktor der Universitätssternwarte, auf dem Dach der Universität. Im Beobachtungssaal und auf der Dachterrasse lässt er sie durch verschiedene Fernrohre schauen und zeigt ihr den Mond, den Saturn und seine Monde, den Sirius und den Polarstern. Betty muss sie natürlich begleiten. Ihr Interesse an Astronomie ist gering und lieber würde sie an ihrem Roman oder Epos arbeiten. Zumal sie sich auf der Dachterrasse höchst unwohl fühlt.

Betty hat Kopfkoliken, Herzkrämpfe, Erstickungsanfälle. Doktor Seligmann war schon da. Er hat angeordnet, Karottenbrei auf die Brust, auf die bloße Haut aufzulegen. Gegen die Kopfschmerzen soll sie kohlensaures Ammoniak und Äther auf die Nase träufeln. Betty will sich gar nicht behandeln lassen. Das hilft alles nichts, sie ist innerlich krank. Ihr Herz ist ihr wie gelähmt. Sie will weg von der Fürstin, aber wie soll sie das dem Fürsten beibringen? Zwei Tage bleibt sie im Bett. Dann steht sie wieder auf und liest der Fürstin vor, schreibt Einladungen, begleitet die Fürstin ins Theater und ins Konzert und fährt mit ihr in den Prater, manchmal nach Erlaa oder Hacking oder Dornbach. Im Juni geht es nach Baden. Für Betty ist es eine Erholung. Während die Fürstin Bäder nimmt, hat sie frei. Sie kann arbeiten und sich mit Heinrich treffen, der auch in Baden weilt. Mit ihm macht sie lange Spaziergänge. Sie phantasieren und dichten zusammen, reißen Witze und lachen viel miteinander. Und Betty lauscht fasziniert Heinrichs Worten, die sie an Mendelssohn, Lichtenberg und Pope erinnern. Er ist ein Schamane, denkt sie.

Bald sind die fast glücklichen Tage vorbei und sie muss mit der Fürstin wieder nach Worlik reisen, wo sie ganz allein sind. Betty liebt zwar auch die Einsamkeit, aber sie hat so wenig freie Zeit. Eines Tages schlägt die Fürstin vor, mit ihr nach Norddeutschland zu reisen, über Prag, Dresden, Leipzig nach Hamburg und Helgoland. Betty freut sich und hofft, dass es sich die Fürstin nicht noch im letzten Augenblick anders überlegt. Endlich geht es los. In Prag übernachten sie, aber am nächsten Tag in der Früh geht es gleich weiter nach Dresden. Hier bleiben sie vier Tage. Betty ist bezaubert. Die Frauenkirche, der Zwinger, das Schloss. Eine Stadt, in der sie sich vorstellen kann zu leben. Dann geht es in Hast und Eile weiter nach Leipzig, Magdeburg, Hamburg und Helgoland, wo sie überall nur einmal übernachten. Nur in Helgoland verweilen sie einige Tage. Obwohl sie um keinen Preis auf diesem roten Felsen leben möchte, macht Helgoland einen tiefen Eindruck auf sie. Aber die Reise auf die Insel ist ein Martyrium. Die See ist stürmisch und Betty ist die ganze Zeit unwohl. Auch das Hotel ist keineswegs komfortabel, sodass sie sich kaum ausruhen kann. Obwohl sie müde und leidend ist – ihre Augen sind entzündet, das Tageslicht tut ihr weh und ihr Körper ist voller Wanzenstiche –, durchstreift sie mit der Fürstin die Insel und lässt die unbeschreibliche Großartigkeit der Nordsee auf sich wirken. Schließlich geht es in ebensolcher Hast über Hannover und Braunschweig wieder zurück nach Böhmen.

In Worlik führen sie wieder das gewohnte Leben. Sie sprechen über Byron und lesen astronomische Werke aus der Bibliothek des verstorbenen Mannes der Fürstin. Bettys Zigarrenvorrat geht zur Neige. Aber ohne Zigarre kann sie nicht arbeiten. Sie muss sich aus Wien welche schicken lassen und es muss bald sein, denn sie ist schon sehr übel dran. Und sie werden noch lange in Worlik bleiben.

6

Betty ist müde, erschöpft, elend. Krank. Auch innerlich krank. Die Herzkrämpfe sind wieder so heftig, dass sie meint zu ersticken. Sie muss sich von der Fürstin trennen. Sie erträgt diese Lebensweise nicht länger, sie erstickt in dieser Atmosphäre. Sie geht unter in den Nichtigkeiten des gesellschaftlichen Lebens. Sie muss sich trennen, auch wenn sie mit tausend Herzensbanden an die Fürstin geknüpft ist, auch wenn das Große und Edle in ihrer Natur überwiegen, auch wenn es eine Sünde und Gemeinheit ist, sie zu verlassen. Sie muss fort, wenn sie nicht untergehen will. Wie soll sie es über sich bringen? In ihrem Inneren tobt ein Kampf, der sie erschüttert. Hätte sie Heinrich noch an ihrer Seite! Der aber ist in Baden und niemand kann sie trösten oder stärken.

Endlich entschließt sie sich, dem Fürsten zu schreiben:

Wien, am 19. Mai 1846

Teuerster Fürst!

Sie haben mich dermaßen daran gewöhnt, meine Zuflucht stets zu Ihrer Güte zu nehmen, dass sich mein Blick zuerst und ganz unwillkürlich nach Ihnen wendet, wenn ich eines Vermittlers und Fürsprechers bedarf. In diesem Falle befinde ich mich jetzt und so komme ich denn zu Ihnen, bester Freund, Sie bittend, sich meiner Angelegenheit anzunehmen. Die Sache ist diese:

Ich bin so leidend und auch geistig so gestört, dass ich das dringende Bedürfnis fühle, etwas zu tun, um meine Gesundheit wiederzuerlangen und mich wieder auf mich selbst zu besinnen. Eine wenn auch nur kurz dauernde Reise würde mich diesen Zweck wohl am sichersten erreichen lassen und darum bitte ich Sie, mein Fürst, mir einen Urlaub von einigen Wochen zu erwirken. Ich möchte einen Ausflug nach Venedig machen und dann, will's Gott, dass ich dort die physische und geistige Stärkung finde, die ich hoffe, erquickt und erfrischt zurückkehren, um meinen Pflichten besser zu genügen, als mir's in meinem jetzigen, krankhaften Zustand möglich wäre. So wie ich jetzt bin, kann mein Umgang niemandem auf der Welt zur Zerstreuung und Erheiterung dienen, und was mich betrifft, so habe ich die Überzeugung, dass ich nur in neuer

Umgebung, bei der Möglichkeit, ganz nach meinem Sinn und Bedürfnis zu leben, wieder werden kann, was ich vordem war. Seien Sie so gütig, mein Fürsprecher bei der Fürstin zu sein; Ihnen gegenüber gehe ich gern und freudig eine neue Schuld der Dankbarkeit ein.

Ihre ganz ergebene
Betty Paoli

Die Fürstin gewährt den Urlaub und Betty fährt nach Italien.

7

Sechs Monate später ist Betty auf dem Weg von Venedig, wo sie hoch fiebernd zu sterben glaubte, zurück nach Wien. Ängstlich besorgt, ob die Fürstin es wieder mit ihr wagen will, hat sie dem Fürsten geschrieben, dass sie zurückzukehren beabsichtige und hoffe, wieder von der Fürstin aufgenommen zu werden. Bald bekommt sie die Antwort, dass sich alle freuen, das Weihnachtsfest wieder mit ihr zu feiern. Nach einer martervollen Fahrt mit der Post von drei Tagen und drei Nächten kommt sie schließlich gesund bei der Fürstin an. Geistig genesen, aus der Lethargie erwacht, fester und gestärkt kehrt sie in ihre alten Verhältnisse zurück. Die Fürstin ist Betty unverändert wohlwollend gesinnt. Dieselbe Freundschaft, dasselbe Verständnis. Auch geistig ist sie frisch und regsam wie eh und je.

Betty muss wieder vorlesen. Sie ist begierig auf Ida Hahn-Hahns »Sibylle. Eine Selbstbiographie«, Fritz Schwarzenberg gewidmet. Betty hegt dem Text gegenüber Zweifel. Wie kann man den Mut haben, über sich selbst zu schreiben? Soll sich die Welt über irgendjemandes innere Schlachten amüsieren? Die Fürstin ist auch ganz gespannt auf das Buch. Vor Tische fährt man aus. Abends geht es wieder ins Theater und ins Konzert oder es finden Vorlesungen statt. Um Betty herum ist es still und einsam geworden. Die Fürstin ist die einzige Person, mit der sie mehr als plaudern kann. Die Freunde sind tot oder in Leipzig oder Berlin oder Paris. Der junge Kepler ist ganz plötzlich gestorben. Und Heinrich ist nach Leipzig gegangen. Wie gehen ihr die langen Gespräche mit ihm ab. Obwohl sie in letzter Zeit oft gestritten haben. Und Rappaport, dieser feinsinnige und empfindsame Poet, ist wegen seiner revolutionären Reden vor den Behörden nach Paris geflohen.

Stifter läuft zum Universitätsplatz. Es ist ein milder Frühlingstag, nachdem es zwei Tage geregnet hat. Er ist atemlos und der Schweiß rinnt an ihm herunter. Er hat schwer an seiner Leibesfülle zu tragen. Trotz der frühen Morgenstunde und obwohl Zusammenrottungen verboten sind, ist der Platz voll mit Menschen. Ein Redner wird auf den Schultern getragen. Jemand zupft Stifter am Ärmel. Es ist Bauernfeld. Sie fallen sich in die Arme. Bach und Frankl sind auch hier.

– Hier, das erste zensurfreie Blatt! Ein Gedicht von Frankl.»Die Universität«. Er hat es heute Nacht während des Wachstehens geschrieben. Es erscheint in den nächsten Sonntagsblättern.

Alle sind übernächtigt und haben glückliche Gesichter. Stifter macht Anstalten zu gehen.

– Bleiben Sie noch!

– Ich möchte zu Betty Paoli. Die Fürstin ist sehr krank. Ich komme später wieder.

– Nehmen Sie noch ein Blatt für Fräulein Paoli mit.

Stifter eilt weiter zum Jakoberhof. Das Volk zieht jubelnd durch die Straßen. Und aus vielen Fenstern hängen Transparente und Fahnen. Knaben und Mädchen schwärmen herum und bieten Kokarden, Blumen und Zeitungsblätter feil.

Betty ist noch im Schlafrock, als Stifter in ihre Stube stürzt. Sie umarmen sich. Beide haben Tränen in den Augen. Sie strahlen vor Glück. Stifter drückt Betty das Blatt mit Frankls Gedicht in die Hand. Die Zensur ist aufgehoben. Metternich hat abgedankt, Sedlnitzky hat seinen Dienstposten niedergelegt. Ein Pressgesetz soll beschlossen werden. Konstitution und eine Nationalgarde sollen bewilligt werden. Sie umarmen sich wieder und weinen. Erzherzog Albrecht hat das Kommando niedergelegt. Windischgrätz soll sein Nachfolger werden.

– Dann war alles umsonst.

– Er ist ein Diktator.

– Wie geht es der Fürstin?

– Nicht gut. Sie klagt über Atemnot und Herzschmerzen. Aber sie freut sich über den Sturz Metternichs.

– Wie wird es weitergehen?

– In Mariahilf wurde das Verzehrungssteueramt zerstört. Der Pöbel zündet die Fabriken an. Fünfhaus brennt.

Stifter macht ein ernstes Gesicht.

27

– Wohin wird das führen? Wie wird das enden? Ich geh jetzt wieder zum Universitätsplatz. Kommen Sie mit!
– Ich muss bei der Fürstin bleiben.

Mindestens 20.000 Mann Infanterie und Kavallerie sind um die Burg auf dem Glacis und der Bastei in Schlachtordnung aufgestellt. Eine Batterie von sechs Kanonen ist aufgefahren, mit Pferden bespannt, die volle Mannschaft darauf sitzend. Zweimal am Tage wird die Nationalgarde durch den Generalmarsch zusammenberufen. Man befürchtet das Andringen von einigen Hundert Proletariern. In Wien herrscht eine friedliche Anarchie. Bei Tage ist alles ruhig, hie und da kommen Zusammenrottungen von Handwerkern vor, die von ihren Meistern Erhöhung ihres Lohnes begehren, aber ohne Exzesse. In den Nächten werden Ministern, die man nicht will, Beamten, die nicht fallen gelassen wurden, Hausbesitzern und unbeliebten Korporationen Katzenmusiken dargebracht.

Betty erzählt der Fürstin, was in Wien vor sich geht. Die Fürstin hört aufmerksam zu, stöhnt manchmal und schweigt. Sie ist sehr schwach geworden. Betty hat nach dem Fürsten geschickt. Nun sitzt er Tag und Nacht an ihrem Bett. Am 2. April stirbt sie.

Bettys Schmerz ist groß. Eine unsägliche Traurigkeit liegt auf ihr. Die Fürstin war doch eine wahrhaft außerordentliche Frau, ein ganz großer und reiner Charakter. Was Betty an ihr besaß, kann ihr nie wieder ersetzt werden. Was verdankt sie ihr nicht alles. Und was soll jetzt aus ihr werden? Wer braucht in so einer Zeit wie dieser einen Luxusartikel, wie sie einer ist?

Betty ist sehr beunruhigt darüber, wie weit es gekommen ist: Mäßigung gilt als Verrat, nur die extremsten Ansichten greifen durch. Wohin wird das führen? In Ungarn hat der Aufstand begonnen, in Prag ist Blut geflossen. Die Nationalgarde zieht durch die Straßen. Man verteilt Flugschriften an die Arbeiter. Der Kommunismus wird hier herrschen, wenn sich nicht alle Gutgesinnten vereinigen. Niemand ist sicher vor Straßen-Insulten, Drohungen mit Gewalttätigkeit und Schmähschriften sind ganz gewöhnliche Vorfälle. Jeder fürchtet den kommenden Tag. Allgemeine Entmutigung breitet sich in der Residenz aus. Schon hat der juridisch-politische Leseverein die Ovation einer Katzenmusik empfangen. Direktor Carl hat man eine Katzenmusik gemacht. Es ist eine agitierende Zeitepoche, wie sie niemand vorher erlebt hat. Die Studenten allein herrschen. Sie werden nicht vor einer Allianz mit den Arbeitern zurückschrecken. Auf der Universität sieht man ebenso viele Arbeiter wie Studenten. Ein neuer Terreur bahnt sich an! Ein Polizeispion wurde in einem Hundekarren zum Zeughaus gebracht. Keine Beduinenhorde kann ein ärgeres Geschrei und Geheul ausstoßen. Betty ist entsetzt. Der Aufenthalt in Wien ist ihr unleidlich geworden. Sie möchte nach Malaczka auf das gräflich Pálffysche Schloss im Pressburger Komitat, wohin sie die Fürstin Pálffy eingeladen hat. Aber die Nachrichten aus Ungarn sind beunruhigend. Der Pöbel hat sich zusammengerottet, Bauern waren dazugestoßen, hatten sich schließlich mit der Ausweisung der Juden zufrieden erklärt und konnten gerade noch von Plünderungen abgehalten werden, obwohl sie schon in Massen mit Butten herbeigeeilt waren, um möglichst viel mitzunehmen. Vielleicht geht Betty auch nach Anhalt und verbringt den Sommer dort in Ruhe. Dort ist keine Revolution zu befürchten, in dem kleinen Zerbst lebt man um gar geringes Geld und dort wird sie auch die innere Ruhe finden, um zu arbeiten.

Schließlich reist sie, zwei Tage nach der Flucht des Kaisers nach Innsbruck, doch nach Malaczka. Hier wird sie in rührender Güte aufgenommen. Endlich atmet sie auf und kommt zur Besinnung. Und sie genießt das angenehme Frühlingswetter auf Spaziergängen, obwohl sie oft leidend ist und immer wieder von heftigem Kopffieber gequält wird. Nur kurz genießt sie die Ruhe, bald erreichen sie schlechte Nachrichten von der Fürstin Pálffy aus Wien. Die akademische Legion erhielt den Befehl sich aufzulösen, demonstrierte aber gemeinsam mit Bürgern und Arbeitern dagegen. Die Regierung gab nach. Plötzlich um drei Uhr morgens überfiel das Militär dann die Universität. Kaum 200 Studenten waren anwesend. Das Militär verschloss alle Tore der Inneren Stadt. Die Studenten schlossen die Tore der Universität und verbarrikadierten sich. Es glückte ihnen, die Sturmglocken in der Universitätskirche zu ziehen. Die Bürger eilten herbei, in den Vorstädten wurden die Kirchen gestürmt, um Sturm zu läuten. Tausende Arbeiter mit Krampen, Hacken und Schaufeln marschierten in die Stadt. Das Rothe-Turm-Tor wurde erstürmt, ein Fleischer erschossen. Viele Frauen schlossen sich an. Die Straßen hat man mit dicht aufeinanderfolgenden Barrikaden gesperrt, keine Straßenecke ohne Barrikade, und das Pflaster überall in die Häuser gebracht. Von den schwarz-rot-goldenen Fahnen wurde der Goldstreifen abgerissen. »Blut und Tod« ist die Losung. Betty ist kaum ihrer Sinne mächtig. Sie glaubt nicht mehr an eine Rettung, es ist alles zu spät. Ein Glück, dass sie diese Tage nicht in Wien erleben muss.

Mitte Juli fährt Betty nur für ein paar Wochen wieder nach Wien, um dann für einige Zeit weiter nach Deutschland zu reisen. In Wien ist es ruhiger geworden. Das Volk sehnt sich nach seinem Kaiser. Durch die äußeren Räume der Hofburg wogt unablässig ein Strom von Menschen, sehnsuchtsvoll nach jenen Fenstern blickend, von denen Ferdinand der Gütige auf sein nie untreu gewordenes Volk hinabzublicken pflegte. Strauß' Sohn hat einen »Revolutionsmarsch« komponiert, der in eleganter Ausstattung mit einem Titelblatt, auf dem eine Barrikade mit Besatzung zu sehen ist, erschienen ist. Betty ist von Nestroys »Freiheit in Krähwinkel« sehr angetan: Außer einigen Flagornerien für die Studenten teilt er ganz hübsche Ohrfeigen nach beiden Seiten hin aus. Von Grillparzers Gedicht an Radetzky ist Betty begeistert. Sie ist voller Freude über den Sieg der kaiserlichen Armee. Nun muss sie dringend ihre Zukunft einigermaßen sicherstellen und will deshalb Verbindungen zu größeren Journalen knüpfen. Einige Aufsätze hat die *Augsburger Allgemeine* angenommen, und sie will versuchen, ein fixes Engagement bei ihr zu bekommen. Auch bei der seit einem halben Jahr in Wien erscheinenden neuen Zeitung *Die Presse* hat sie die Möglichkeit, im Feuilleton zu schreiben. Schließlich macht sie sich auf den Weg nach München, um mündlich mit den Redakteuren zu sprechen. Danach geht es weiter nach Leipzig, und den Sommer will sie dann in Zerbst verbringen.

In Leipzig trifft sie Heinrich, der seit über einem Jahr hier lebt. Nachdem er geschrieben hat, dass die Schriftsteller nicht um Zensurerleichterungen betteln sollen, sondern ihr Recht fordern, musste er um seine Freiheit fürchten, floh nach Deutschland und nennt sich jetzt Hieronymus Lorm. Betty hat ihn seither nicht gesehen. Sie sind nicht im Guten geschieden. Trotzdem schrieben sie sich Briefe. Betty wollte ihn eigentlich nicht besuchen, weil sie noch immer gekränkt ist. Sie haben sich wohl gegenseitig fürchterlich gekränkt. Heinrich hatte Bettys »Romancero« kritisiert, ihr »Totenopfer« erschien ihm monoton und »Maria Pellico« hatte er für einen langweiligen Monolog gehalten, in dem ein Mannweib vor dem Spiegel steht, um sich mit den Granaten und Perlen eines Jammers zu schmücken, der oft bis zur Heuchelei herabsinkt. Heinrich begreift gar nicht, wie das jemandem gefallen kann. Das hatte er Betty auch gesagt. Daraufhin hatte sie tage-, ja sogar wochenlang nicht mit ihm gesprochen. Wollte er sie besuchen, wies sie ihn ab, seine Briefe schickte sie ungeöffnet zurück. Schließlich versöhnten sie sich. Aber dann begann Betty, seine Gedichte zu kritisieren und nun war Heinrich gekränkt. Betty empfahl ihm, keine Gedichte mehr zu schreiben, weil sie so schlecht sind. Schließlich ging Heinrich ohne Abschied nach Deutschland. Erst aus Leipzig schrieb er ihr. Betty antwortete. Ihre Briefe waren kühl. Und jetzt ist sie voll Kummer, Schmerz und Zorn. Sie wollen sich nicht mehr besuchen und sie wollen sich keine Briefe mehr schreiben. Zu tief sind die Wunden, die sie einander zugefügt haben. Betty reist schließlich nach Zerbst, ohne Heinrich noch einmal gesehen zu haben.

Aus Zerbst schickt Betty das Gedicht »An Radetzky« an die Theaterzeitung:

> Glück auf! So sang der Dichter
> prophetischen Mundes dir!
> Und lichter, immer lichter
> Erhob sich dein Panier.
> Du kämpftest in den Schranken
> Für Oest'rreichs Recht und Preis!
> Wie soll dein Volk dir danken,
> Du ritterlicher Greis?

Die Ruhe, die sie in Zerbst genießt, ist getrübt durch die Nachrichten über die grässlichen Vorgänge in Wien. Jelačić zieht gegen die Ungarn und ein Teil der Wiener Garnison soll zur Unterstützung Jelačić' nach Ungarn abgehen. Das Volk versucht den Abmarsch zu verhindern. Der Nordbahnhof wird besetzt, die Bahnbrücke zerstört und Schienen werden aufgerissen. Am Stephansplatz gibt es Gefechte. Die Menge drängt in das Kriegsministerium ein, Kriegsminister Latour wird ergriffen und an einer Laterne aufgehängt. Die Proletarier stürmen das Zeughaus und bewaffnen sich. Der Belagerungszustand wird erklärt.

Windischgrätz lässt Wien beschießen, bis der Widerstand gebrochen ist. Betty fühlt sich elend und ganz hoffnungslos. Aus der neu gewonnenen Freiheit ist blutige Scheußlichkeit geworden. Dieser Weg kann nur zum Verderben führen. Auf allem, was jetzt geschieht, liegt der Fluch der Entsittlichung. Sie ist nur froh, dass sie hier in der Einsamkeit wenigstens nicht das Frohlocken des radikalen Gesindels in Wien miterleben muss.

Ida

I

– Was macht Ihr Sohn?
– Welchen meinen Sie? Ich habe drei Söhne.
– Den, der noch nicht verheiratet ist.
– Carl. Er soll ein Etablissement meines Hauses in Wien errichten.
– Und wann heiratet er?
– Ja, es ist höchste Zeit.
– Sie wissen, ich hab eine Tochter. Idele, mein einziges Kind. Sie ist schon 20. Sie muss auch endlich heiraten.
– Sie meinen Ida und Carl?
– Das meine ich. Und was meinen Sie dazu?
– Keine schlechte Idee. Carl ist schon 26. Einmal schon ist die Chassene geplatzt. Es ist eine traurige Geschichte für die ganze Familie. Die Braut wollte plötzlich nicht. Alle haben ihr gut zugeredet, auch unser guter Rabbiner hat lange mit ihr gesprochen. Und Carl wollte sie nicht zwingen. Carl ist zu gütig.
– Carl soll zu uns nach München kommen. Wir werden ihn freudig bei uns aufnehmen. Sie wissen, Ida bekommt eine schöne Mitgift. Und nicht nur das. Sie haben Sie ja schon einmal gesehen. Sie ist hübsch und klug und musikalisch. Vor allem ist sie klug, sehr klug. Sie ist ein braves Kind. Unser einziges Kind. Wer will das schon hergeben? Aber es muss ja sein.
– Ich werde mit Carl sprechen.
– So können wir uns auf eine baldige Hochzeit freuen!

Carls Vater, Samson Fleischl, hat vor einem Jahr Lippmann Marx in Wien kennengelernt. Beide hatten geschäftlich in der Stadt zu tun. Nun ist Samson auf Geschäftsreise in München und besucht Lippmann. Lippmann ist ein reicher Mann. Er ist Hofjuwelier, Direktor der München-Augsburger Eisenbahn und gehört zu den angesehensten jüdischen Familien Münchens. Samson betreibt mit seinem Bruder einen Großhandel mit Schafwolle und Bettfedern in Pest. Sie exportieren nach Norddeutschland, Russland, Frankreich, die Niederlande und

England. Außerdem haben sie eine Niederlassung in Böhmen. Carl ist Associé im Geschäftshaus seines Vaters. Carl schreibt einen höflichen Brief an Lippmann, dass er nach München kommen will, um seine Tochter kennenzulernen. Louise, Lippmanns Frau, ist sehr aufgeregt. Das zarte Idele, Louises einziges Kind, soll verheiratet werden! »O du mein einzig liebes Mädel, mein Engelskind!«, ruft sie aus. Vor allem muss für den künftigen Schwiegersohn aufgekocht werden. Ida kann kaum schlafen vor Aufregung.

Vier Wochen später ist Carl in München. Ein höflicher Mann, elegant gekleidet, nach der neuesten Mode, nicht besonders groß, aber kräftig. Er hat kurze schwarze Haare und einen vollen schwarzen Bart. Er erzählt von Pest, von der Brücke, die jetzt über die Donau gebaut wird, er erzählt, dass man zwischen Wien und Pest jeden Tag mit dem Dampfschiff fahren kann, wie angenehm die Reise jetzt ist und wie schnell es geht. Von Wien nach Pest fährt man nur 14 Stunden. Ida ist beeindruckt, bringt aber kaum ein Wort heraus. Nur leise sagt sie: »Ich möchte auch einmal mit dem Dampfschiff fahren.« Carl lächelt. »Wenn Sie meine Frau werden, fahren wir mit dem Dampfschiff nach Wien.« Carl erzählt von der Gemeinde. Einige Leute übersetzen die Bibel ins Ungarische. Die meisten Juden in Pest sprechen Jüdischdeutsch. Carl lächelt ein wenig überlegen. Und die meisten sind orthodox. Ida hört aufmerksam zu. Dann erzählt Carl von seinem Geschäft. Dass er in Warschau war und in Odessa, dass da sehr viele Juden leben. Und wie die Schafwolle hergestellt wird, und von der Fabrik seines Vaters in Pest erzählt er. Ida interessiert das nicht sehr, aber sie ist trotzdem aufmerksam. Schließlich setzt sie sich ans Klavier und spielt eine Sonate von Mozart.

Lippmann spricht mit Carl. In drei Monaten soll die Verlobung sein und in einem halben Jahr wird geheiratet. Carl hat nun Zeit, sich in Wien einzurichten und alles vorzubereiten, um eine Familie zu gründen.

Die Sonne ist gerade untergegangen. Der Schabbos hat begonnen. Idas Freundinnen sind gekommen und auch einige Verwandte. Sonntag in einer Woche ist Hochzeit. Am 7. September 1845, zwei Tage nach Idas 21. Geburtstag. An einem Sonntag, damit auch alle Zeit haben. Nun wird im Haus von Lippmann Marx gefeiert und Abschied genommen. Nach der Hochzeit geht es nach Wien und sie werden sich lange nicht sehen. Alle sind fröhlich. Plötzlich fängt Idas Freundin Fanny zu weinen an.

– Wie werden wir dich vermissen!

– Ich werde euch auch alle vermissen.

– Du musst mir jeden Tag schreiben.

– Wenn ich dazu Zeit habe, will ich es tun.

– Die musst du finden.

– Ach, liebe Fanny, es beginnt ja ein ganz neues Leben für mich. Ein eigener Haushalt. Stell dir das vor. Ein ganz neues Leben! Weißt du, das Leben hier bei den Eltern ist auch schon langweilig. Immer nur sticken und häkeln.

– Und lesen.

– Das kann ich in Wien auch. Ich möchte doch so gern Latein und Griechisch lernen. Stell dir vor, Carl hat mir einen Lehrer versprochen. Stell dir das vor!

– Ich beneide dich.

– Ja, das kannst du gewiss. Carl ist so gut. Aber der Abschied ist mir doch schwer. Wir werden uns eine Ewigkeit nicht mehr sehen.

Alle weinen.

– Lasst uns fröhlich sein!

Fanny setzt sich ans Klavier und Ida singt: »Ich liebe dich, so wie du mich, am Abend und am Morgen, noch war kein Tag, wo du und ich nicht teilten unsre Sorgen.« Louise weint. »O du mein einzig liebes Mädel, mein gutes Engelskind!«, ruft sie wieder und wieder aus.

Am Abend an der Tafel bricht der Vater das Barches und gibt jedem ein Stück. Dann gibt es Ochsenschwanzsuppe, Karpfen in Rotwein, gefüllte Hühner mit Hühnermayonnaise, Markknödel und Teltower Rüben, Wein, Früchte und Nüsse, Mandelcreme und Zwetschkentorte. Sie sitzen noch lange beisammen. Louise stickt, sie kann es nicht lassen. Sie erzählt, wie sie geheiratet hat, wie sie von Prag nach München gezogen ist und wie sie sich anfangs nach Vater und Mutter gesehnt hat. Sie hatten ein schönes Haus in der Neustadt. Ihr Vater ist ja noch im Judenviertel aufgewachsen. Sie ist schon in der Neustadt geboren.

– Eine Orgel in unserer Synagoge in Prag hat es damals schon gegeben. In der Altneu-Synagoge. Stellt euch das vor! Unser Rabbiner hier ist ganz gegen eine Orgel. In Prag waren alle fortschrittlicher als hier. Nein, natürlich gibt es in Prag immer noch sehr viele Finsterlinge. Die meisten sogar. Da gibt es auch keine Predigt, nur Gebete und Psalmen auf Hebräisch. Die Orgel ist ja bei uns auch nur gespielt worden, um den Schabbos zu begrüßen. Immer hat es deshalb Streit gegeben. Ihr habt schon gehört von der Altneu-Synagoge?

Alle nicken.

– Ach Mutter, das hast du schon so oft erzählt.

– Ich weiß, aber es ist doch meine Jugend. Du wirst deinen Kindern gewiss auch von München erzählen.

– Gewiss Mutter. Ich werde ihnen von Mademoiselle Françoise erzählen, die kein Wort Deutsch konnte. Und wie das Gesicht von Herrn Kewal immer mit Schnupftabak verschmiert war. Und von unserem Studenten, der mir Geschichte und Geographie beibringen sollte. Wie er immer alles durcheinandergebracht hat. Keine einzige Jahreszahl hat gestimmt. Und das »s« konnte er nicht aussprechen. Das werde ich meinen Kindern auch erzählen.

Ida lacht herzlich.

– Und dass du in der Erziehungsanstalt das einzige jüdische Mädchen warst, musst du ihnen auch erzählen.

– Ja, natürlich. Und vom Oktoberfest, vom Pferderennen und vom Pistolenschießen.

– Ach Fanny, setzen Sie sich doch ans Klavier!

Ida spielt nur schlecht Klavier, aber Fanny ist ein großes Talent. Sie setzt sich ans Klavier und spielt mit Idas Cousine Dorothea vierhändig die Ouvertüre zu »Figaros Hochzeit«. Dann fällt ihrer Freundin Rebecca Schumanns »Dichterliebe« ein. Fanny begleitet sie und sie singt: »Wenn ich in deine Augen seh', so schwindet all mein Leid und Weh! Doch wenn ich küsse deinen Mund, so werd' ich ganz und gar gesund.«

Auch nächsten Samstag gibt es ein Festmahl im Hause Marx. Das Maidenmahl. Denn Sonntag ist der Hochzeitstag. Ida geht zum ersten Mal in ihrem Leben in die Mikwe, damit sie am Hochzeitstag rein ist. Nichts darf den Körper vom Wasser trennen. Die Haare müssen gelöst sein und auch sie müssen untertauchen. Ihre Freundinnen kommen alle mit, und nach altem Brauch bewerfen sie sie beim Eintauchen mit Bonbons.

Carl ist angekommen. Der Vater, die Mutter und die Brüder sind mitgekommen. Sie logieren im Gasthof »Zum schwarzen Adler«, einem der vornehmsten Gasthöfe in München, wo sie mehrere Zimmer gemietet haben. Er ist in der Kaufingerstraße, nur ein paar Häuser vom Marxschen Haus entfernt. Ida, ihre Freundinnen, ihre Mutter Louise, Lippmann und seine Brüder Isidor, Hermann, Arnold und August begeben sich in den Gasthof und holen Carl und die Seinen ab, um ihn in das Haus der Braut zu geleiten. Carl überreicht Ida ein in Leder gebundenes Frauengebetbuch und ein 18-karätiges goldenes Collier als Geschenk. Ida schenkt Carl einen Tallit und Teffilin.

Carl trägt einen schwarzen Gehrock, darunter ein sehr elegantes weißes Gilet aus Pikee, eine gestreifte Hose und eine kunstvoll geknüpfte Krawatte. Ida trägt ein leichtes, hochgeschlossenes graues Seidenkleid mit einer Brosche am Hals. Und außer einem großen Ohrgehänge keinen Schmuck. Die Haare sind in der Mitte gescheitelt, im Nacken zu einem Knoten gebunden, und seitlich über die Ohren hängen Korkenzieherlocken. Sie ist klein und zierlich, wenngleich man sie nicht unbedingt eine Schönheit nennen kann. Aber Carl gefällt sie und er ist stolz auf seine Braut. Nach der Hochzeit werden ihre Haare nicht geschnitten, sie wird keinen Scheitel tragen oder eine Haube wie die orthodoxen Jüdinnen, diese Finsterlinge.

Louise hat eine jüdische Köchin, die wunderbar kocht. Im Hause Marx wird koscher gegessen, wenngleich sie reformierte Juden sind. Für das Maidenmahl wurde noch eine Köchin aufgenommen. Carl und Ida sitzen nebeneinander. Es ist das erste Mal, dass sie nebeneinandersitzen.

– Sie sehen bezaubernd aus, Ida.

Ida errötet.

– Warum ist die Frau Ihres Bruders Adolph nicht mit nach München gekommen?

– Sie ist noch in Pest. Sie ist hochschwanger. Die Reise wäre jetzt für sie zu beschwerlich.

– Schade, dass sie nicht mitgekommen ist.

– Ja, schade. Ein paar Wochen nach der Geburt des Kindes wird sie nach Wien kommen. Sie werden sie dann kennenlernen.

– Und die kleine Minna auch. Und das Neugeborene.

– Ja. Adolph lebt schon in Wien. Er hat auch schon eine Wohnung gefunden. Wir werden ja zusammen das Geschäft führen.

– Ich weiß schon. Sie haben es schon erzählt.

– Freuen Sie sich schon auf Wien?

– Ja, aber bange ist mir auch.

– Wien ist eine Großstadt, nicht so ein Dorf wie München.

– Ach nein! München ist groß.

– Sie werden ja sehen. Die eleganten Läden. Viel eleganter als die Läden im Hofgarten. Da gibt es herrlichen Schmuck, der seinesgleichen in Europa nicht hat.

– Ich bin schon neugierig.

– Im Burgtheater gibt es natürlich jeden Tag eine Vorstellung. Nicht so wie hier, wo nur viermal die Woche gespielt wird.

– Auf das Theater freu ich mich ganz besonders.

– Wenn Sie Lust haben, können Sie jeden Tag ins Theater gehen. Ich werde gewiss nichts dagegen haben.

Ida errötet.

– Die Straßen sind abends auch nicht leer wie hier. Aber einen Bockkeller gibt es nicht in Wien.

– Den werde ich nicht vermissen. Ich mag ohnedies kein Bier. Und schon gar nicht mag ich die Betrunkenen.

– Die Wiener trinken Wein. Köstlichen Wein. Er wächst überall rund um die Stadt. Man trinkt ihn im Buschenschanken. Aber da wird nicht gerauft wie im Bockkeller. Da ist niemand betrunken. Höchstens ein bisschen beschwipst.

– Muss man da auch selbst sein Glas auswaschen wie im Bierkeller, wo man seinen Krug selbst auswaschen muss und das Brot selbst holen muss und mit Mühe einen Teller erhält?

– Nein, natürlich nicht. Beim Buschenschanken ist alles zivilisiert.

– Ach Carl, ich kann es ja kaum mehr erwarten, nach Wien zu kommen!

Die Vorspeise wird aufgetragen. Köstliche Pasteten. Carl erzählt, dass Adolph in London war. Er selbst ist noch nie so weit gereist. Lippmann bittet die Musiker, die engagiert wurden, mit dem Musizieren zu beginnen. Sie spielen Quartette von Mozart und Beethoven. Samson war auch schon in London. Er beginnt von der Reise zu erzählen. Er erzählt von Amsterdam und von Paris und von den Menschen, die ihm überall begegnet sind. Von einem nächtlichen Überfall. Und von betrunkenen Handwerksburschen. Alle lauschen gespannt. Dann gibt es wieder Musik. Lieder ohne Worte, Beethovens Mondscheinsonate und Kammermusik von Lachner. Und Fanny singt: »Seit ich ihn gesehen, glaub ich blind zu sein.«

Am Hochzeitstag fasten Ida und Carl. Der Hochzeitstag ist ein Versöhnungstag. An diesem Tag werden dem Brautpaar die Sünden verziehen. Die Hochzeit findet am Nachmittag statt. Einen halben Tag fasten ist nicht lange. Ida und Carl sitzen beisammen. Freundinnen, Bekannte und Verwandte kommen und beglückwünschen das Paar. Ida ist ängstlich und freudig zugleich. Sie lacht und manchmal rinnen ihr Tränen über die Wangen. Carl ist ernst und stolz.

Ida ist aufgeregt. Heiraten und in acht Tagen nach Wien fahren! Abschied von Vater und Mutter für lange. Ein neues Leben beginnt. Die Mutter umsorgt sie seit Wochen. Idele hin, Idele her. Das einzige Kind heiratet und zieht so weit weg. »O du mein einzig liebes Mädel, mein gutes Engelskind«, ruft die Mutter immer wieder aus. Das Chuppa-Kleid musste genäht werden. Es soll ein einfaches weißes Kleid aus Wolle sein. Louise ist seit Wochen nervös. Sie soll ja die verschiedenen Menüs organisieren. Für das Hochzeitsmahl hat sie vier Köchinnen engagiert. Sie haben schon Tage vor der Hochzeit mit den Vorbereitungen begonnen. Und das nötige Geschirr musste ausgeborgt werden. 200 Gäste werden erwartet. Auch Christen sind geladen. Johann Paul Göttner, der Vorsitzende des Handelsstandes. Denn Lippmann ist Referent für gemischte Handlungen. Mitglieder des Literarischen Vereins. Der Verein hat fünf jüdische Mitglieder. Lippmann ist Administrationsvorstand und der Rabbiner Aub ist ebenfalls Mitglied. Auch drei christliche Ehrengäste wollen kommen: der Reichsrat Graf Karl von Seinsheim, Friedrich von Ringelmann und der Oberappellationsgerichtsrat Karl Joseph von Kleinschrod. Louise stirbt fast vor Aufregung. Ihre Verwandtschaft aus Prag kommt auch. Die Eltern, die Schwester, der Bruder, zwei Nichten und drei Neffen. Sie alle wohnen auch im Gasthof »Zum schwarzen Adler«.

Endlich ist es so weit. Carl wird von seinem Vater und Lippmann am Arm in den Synagogenhof geführt. Danach kommt Ida in ihrem Brautkleid und einem Schleier, aber ganz ohne Schmuck. Dahinter die beiden Mütter. Carl nimmt Ida an der Hand und breitet als Chuppa den Tallit über ihrer beider Häupter. Der Synagogenhof ist voller

Gäste. Auf einer Seite die Frauen, auf der anderen die Männer. Der Synagogenchor singt Psalmen. Der Rabbiner eröffnet die Zeremonie: »Gelobt sei, der da kommt im Namen des Herrn! Wir segnen euch, die ihr vom Hause des Herrn seid«. Der Synagogenchor singt: »Lasst für Gott fröhlichen Lärm erschallen, ihr Erden. Dienet Gott mit Freuden.« Darauf spricht der Rabbiner das Brautpaar an: »Wachet über die Unschuld eures Herzens, dass keine Untreue und keine fremde Leidenschaft je entweihe den Bund der Ehe. Ernähre, ehre und beglücke deine Ehefrau, wie es einem redlichen Manne geziemt. Trage Sorge für das Wohl deines Hauses, gehorche deinem Manne, ehre und liebe ihn. Erzieht eure Kinder in Tugend und Gottesfurcht und im Glauben eurer Väter.« Und wieder singt der Synagogenchor. Ein Becher wird mit Wein gefüllt, der Rabbiner spricht darüber den Segen, und Braut und Bräutigam trinken einen Schluck. Darauf steckt Carl Ida einen Ring an den Zeigefinger der rechten Hand und spricht: »Durch diesen Ring bist du mir angelobt nach dem Gesetz Moses und Israels.«

Das Festmahl beginnt. Das Haus ist festlich geschmückt. Überall Blumen. An der Spitze der Tafel sitzt das frisch vermählte Paar. Rechts und links der Brautleute die Eltern. Mendelssohn Bartholdys Hochzeitsmarsch ertönt. Das Hochzeits-Barches wird angeschnitten und jeder Gast bekommt ein Stück. Als Vorspeise gibt es Trüffeln und Oliven, Sardellenbrötchen, Heringssalat, Sardinen in Öl, Taubensuppe und Weinsuppe. Die Musiker spielen: »Wir winden dir den Jungfernkranz«. Der Vater der Braut begrüßt die Gäste, besonders die drei christlichen Ehrengäste. Graf Seinsheim bedankt sich für die Einladung. Es ist ihm eine große Ehre, der Hochzeit der Tochter von Herrn Marx beiwohnen zu dürfen. Er lobt Marxens Wohltätigkeit und hofft, dass auch seine Tochter Ida dieser Familientradition treu bleiben wird. Dem Brautpaar wünscht er alles Gute. Alle loben die Speisen. Besonders Rabbiner Aub ist ganz entzückt von der Taubensuppe. Louise ist zufrieden. Sie hatte solche Angst, dass die Köchinnen die Speisen verpatzen. So viele gute Köchinnen gibt es ja nicht. Wenn nur die anderen Speisen auch gelungen sind! Adolph sitzt neben dem Oberappellationsgerichtsrat Karl Joseph von Kleinschrod. Er beginnt ihm von seinen Reisen zu erzählen. Was für merkwürdige Menschen man manchmal als Reisebegleiter hat. Am schlimmsten ist es, wenn eine Mamsell nicht

aufhört zu reden oder ein schmutziger, stinkender Herr schnarcht. Ganz gefährlich ist es, wenn jemand hustet oder einen Ausschlag hat.
– Heute wollen wir nicht von weiten Reisen sprechen. Heute feiern wir das Brautpaar.

Karl Joseph von Kleinschrod erhebt sich.
– Werte Gäste, hochverehrtes junges Ehepaar! Für Mademoiselle Ida Marx und Herrn Fleischl aus Pest ist heute ein ganz besonderer Festtag. Aus diesem Anlass möchte ich mir erlauben, ein kurzes Gedicht vorzutragen:

Heil dem Brautpaar Israels!
Freude schwingt sich auf in Tönen, jauchzet im Gesang empor,
Wenn auch ein paar stille Tränen mischen sich in unsren Chor.

Noch sind sie in unsrer Mitte, noch berührt sie unsre Hand,
Wenn auch bald nach fremder Sitte, fern der Jugend Heimatland.

Unsrer Wünsche Kraft geleite Euch auf sichren Wegen hin,
Gott sei stets an Eurer Seite, Heil Euch im entfernten Wien!

Alle applaudieren. Das Mahl geht weiter. Forellen und Hecht, Birnen mit Erdäpfel, Taubenragout und Gänsebraten, Rotkraut mit Maronen und gebackene Grießmehlknödel. Alle sind zufrieden. Das Dessert soll ein bisschen später serviert werden. Inzwischen werden Streichquartette gespielt, von Spohr, Beethoven und Mendelssohn Bartholdy. Nach dem Dessert gibt es Kaffee und Plätzchen, die die Köchinnen schon lange vor der Hochzeit gebacken haben. Und wieder spielen die Musiker Mozart, Beethoven und Moscheles. Auch Fanny hat ein Lied gedichtet und selbst vertont. Sie setzt sich ans Klavier und singt:

Ach Ida, liebste Freundin, lebe wohl!
Ich denke Dein, wenn Jahre fliehn,
Wenn sich der Mond versteckt;
Ich denke Dein, wenn Rosen blühn,
Und wenn Aurorens Purpurglühn
Aus süßem Traum mich weckt.

Sieben Tage wird noch gefeiert und dann machen sie sich auf den Weg nach Wien.

2

Mit der Kutsche geht es nach Passau und dann mit dem Dampfschiff auf der Donau nach Wien. Sie reisen in Carls eigener Kutsche. Ein bequemes Gefährt mit Gepäckraum, Geheimfächern und reichlich Platz für Carl, Ida und Carls Diener. Ida ist schon einmal mit ihrem Vater von München nach Fürth zu Verwandten gereist. Sie ist auch schon einmal mit Vater und Mutter mit der Eisenbahn von München nach Augsburg gefahren. Aber eine so weite Reise hat sie noch nie gemacht. Sie ist voller Erwartungen und will während der Fahrt Tagebuch führen. Die Köchin hat Proviant vorbereitet: Eingelegte Fische, gepökeltes Fleisch, gesalzene Eier. Gänse, Hühner, Rindfleisch, Kompott, Marmelade, Barches. Idas Mutter war ausgesprochen besorgt, dass sie nicht genug zu essen haben könnten. Auf der ganzen Reise gibt es keine Möglichkeit, koscheres Essen zu bekommen. Auf dem Weg nach Passau und auch in Passau gibt es keine jüdische Siedlung. Keinen einzigen Juden. Seit dem 15. Jahrhundert, damals wurden sie wegen Hostienfrevels endgültig vertrieben. Die Straße ist schlecht und es geht recht langsam voran. Die Kutsche hat zwar eine komfortable Blattfederung, trotzdem sind es bis Passau zwölf qualvolle Stunden in einem Marterkasten. In Landshut rasten sie. Ida schreibt gleich einen Brief an ihre Eltern. Endlich sind sie in Passau. Hier übernachten sie im Gasthof »Zum wilden Mann«, dem besten Gasthof von Passau. Es ist nicht sauber. Die Bettwäsche ist dumpfig und ganz schmutzig. Aber sie haben ihre eigenen Betttücher mit. Natürlich gibt es auch Wanzen, und Ida kann kaum schlafen. Gegessen wird im Wagen. Drei Tage bleiben sie, über den Schabbos. Nach Schabbos' Ende schreibt Ida die ersten fünf Seiten in ihr Tagebuch. Sonntag geht es weiter mit dem Dampfschiff auf der Donau nach Wien.

Um sechs Uhr Früh rufen die Glocken des Dampfschiffes *Erzherzog Stephan* die Passagiere herbei. Engländer, die kein Wort Deutsch verstehen, Mönche mit Tonsur, Damen mit Kindern an der Hand, Ungarn mit Schnurrbärten, Berliner, Passagiere mit Mänteln, Hut- und Mützenschachteln, Sonnen- und Regenschirmen, Spazierstöcken und Pfeifen, mit Kästchen und Kasten beladen, steigen ein. Carls Kutsche mitsamt dem Gepäck wird auf das Schiff gebracht. Auf der Brücke, die vom Festland auf das Schiff führt, rammt Carl die Ecke eines Koffers am Schienbein dermaßen, dass er vor Schmerz aufschreit. Der Besitzer des Koffers entschuldigt sich tausendmal: »Excusez-moi, pardon, Monsieur, bitte tausendmal um Vergebung.« Carl beruhigt den Passagier, seine Knochen seien noch ganz elastisch.

Dichter Nebel verhüllt die Turmspitzen der Stadt. Das Schiff setzt sich in Bewegung. Ein leichter Regen beginnt, der allmählich immer stärker wird. Die Passagiere verkriechen sich in die Cabinets und Kajüten. Die *Stephan* ist eines der vorzüglichsten Donau-Dampfboote. Die Kajüte lässt nichts zu wünschen übrig. Fürs Rauchen der Herren gibt es ein eigenes Zimmer. Cabinets für die Damen sind hinreichend vorhanden. Es gibt kleine geschmackvolle Broschüren, die den Reisenden alles Wissenswerte über jeden Ort bieten. Es gibt sie für den ganzen Lauf der Donau, von ihrem Ursprung bis zur Mündung, oder bloß für einen Teil bis Wien oder Pest. Ida möchte unbedingt so eine Broschüre haben. Ihre Wangen sind vor Aufregung gerötet. Sie ist noch nie mit dem Dampfschiff gefahren. Was es alles zu sehen gibt! Über Melk und Dürnstein und Richard Löwenherz hat sie schon gelesen. Neugierig betrachtet sie trotz Regens die wilden Enten und Gänse, die Reiher, Kraniche, Kibitze und Möwen. Schließlich hört es auf zu regnen, der Himmel klärt sich auf und es verspricht ein schöner Tag zu werden. Zu Mittag speisen die Passagiere in einem Saal. Ida und Carl essen in ihrem Wagen ihre mitgebrachten Speisen.

Schließlich kommen sie in Linz an. Fesche Linzerinnen, die in Wien Stubenmädchen, Kaffeehausdame, Ladenmamsell oder Putzmacherin werden wollen, steigen ein. Wiener Stutzer mit Lorgnetten, Deutschordensschwestern, die sich in ihrer schwarzen Kleidung aus einem längst vergangenen Jahrhundert zwischen den Wiener und Pariser Toiletten sonderbar ausnehmen. Überhaupt gibt es auf dem Schiff viele interessante Leute, mit denen auch Ida und Carl konversieren. Ein Ehepaar mit Kind. Der Mann ist in kaiserlichen Diensten in Italien angestellt. Eine Schauspielerin des Burgtheaters, von der Ida außerordentlich beeindruckt ist. Sie freut sich schon auf das Theater in Wien. Unter den Engländern befindet sich ein Kurier, der in sechs Tagen von dort nach Linz gekommen ist. Er schaut beständig mit einem Freund in ein

Buch, aus dem dieser ihm die Beschreibung der Merkwürdigkeiten, die sich an den Ufern der Donau bis Wien finden, vorträgt.

Das Schiff ist inzwischen in die Gegend von Grein gekommen. Es scheint, als ob der Dampfer von Bergen eingeschlossen sei. Er braust in einen Kessel hinein. »O Gott, wo ist mein Mann?«, »Mein Himmel, wir sind verloren!«, »Nannerl, wo stehst du?« Das Bugspriet kommt dem Felsen immer näher und näher. Ein dicker Engländer steht in der Mitte des Schiffes, beide Hände in den Taschen, beide Beine ausgespreizt, als hoffe er, das Schiff so balancieren zu können. Ein junger Mann, der neugierig zum Kajütenfenster hinausschaut, bekommt die ganze frische Donau über den Kopf. Ida ist den Tränen nahe vor Angst. Sie sinkt an den Busen ihres Gemahls und verbirgt ihr Gesicht. Carl versucht sie zu beruhigen. Er denkt selbst, dass er seine Eltern nie wieder sehen wird. Hier ist der gefürchtete Strudel. Skylla und Charybdis der Donau. Das Schiff bekommt einen Stoß. Das Bugspriet ist gebrochen und das goldene Brustbild des Erzherzogs Stephan ebenfalls. Das Schiff dreht sich eine Zeitlang herum und geht schief und rückwärts durch den Wirbel. Dann schießt es weiter vor, als wäre nichts passiert. »O welcher Schrecken! Ich bitte um ein Fläschchen Eau de Cologne!«, »So, so, nun ist es schon gut, Gott sei Dank! Es ist doch alles gut abgelaufen«, »Ja, ich bitt Ihna, wos wor denn des?«

Carl geht ein bisschen auf dem Schiff spazieren. Zum zweiten Platze. Vorn bei der zerbrochenen Bildsäule des Erzherzogs Stephan gibt es auch interessante Leute. Ein alter, wohlbeleibter Bauer mit einem breitkrempigen Hut und einem dicken blauen Rock steht stundenlang bei den lebenden Hühnern, die sich natürlich auf einem österreichischen Dampfschiff befinden müssen, um Backhendeln zubereiten zu können. Er füttert sie mit Weizenkörnern: »Kommt's her, Hendeln, ich will euch füttern«, »I will euch fett mochen. Do, do hobt's.« Carl erzählt Ida von dem Bauern, sie will ihn und die Hendeln auch sehen. Plötzlich ruft jemand: »Da ist Melk, die schönste Abtei des ganzen Heiligen Römisch-Deutschen Reiches.« Alle stürmen auf das Deck und drängen auf die eine Seite des Schiffes, um das Stift zu sehen. Ida kann sich gar nicht fassen. Sie ist hingerissen. Vorbei geht es an Dürnstein, Göttweig, schließlich von Stein nach Wien, vorbei an unlieblichen, reizlosen Auen, wie Ida meint. Endlich Klosterneuburg, der Kahlenberg und der

Leopoldsberg, bis sie schließlich in Nußdorf ankommen, im Donauhafen für Wien.

Carl hat in der Kumpfgasse, im Becherlhof, eine große, bequeme Wohnung gemietet. Er hat alles vorbereitet. Auch um die Verleihung der Toleranz hat er angesucht, um sich in Wien aufhalten zu können. In seinem Bittgesuch schrieb er, dass er von tadelloser Sittlichkeit sei und ein bedeutendes Vermögen besitze, dass das Großhandelshaus seines Vaters seit vier Jahren in Wien 120 Personen mit Sortierung und Appretierung der Bettfedern beschäftige, da es in Pest an Räumlichkeiten mangele, und 6 bis 8000 Zentner jährlich ins Ausland exportiere. Das Gesuch war abgelehnt worden. Er wird es noch einmal probieren. Nun bekommt er nur für vierzehn Tage eine Aufenthaltsbewilligung, die er noch einmal um vierzehn Tage verlängern kann.

Henriette Wertheimer will Ida Wien zeigen. Josef Wertheimer ist Vorstand der Kultusgemeinde, von humanitärer Gesinnung und unterstützt, wenn möglich, jeden, der Hilfe braucht. Vor zwei Jahren hat er die Kinderbewahranstalt ins Leben gerufen, der Henriette vorsteht. Er versucht Carl zu helfen, eine Aufenthaltserlaubnis für Wien zu bekommen.

Henriette holt Ida ab. Ida kennt schon ein bisschen die Gegend. Das geradezu lebensgefährliche Gewirre in den engen Gassen, in denen das Trottoir nicht einmal eine halbe Elle breit ist, in denen die Wagen scharf an den Fenstern und Mauern der Häuser vorbeifahren. Fußgänger springen in den Wagentritt hinein, um sich vor der Zerquetschung an der Mauer zu retten. Manche Fußgänger klammern sich hinten oder vorne an einem Wagen an, manche schlüpfen schnell in eine offene Haustür. Dieser große und ununterbrochene Strom von Karossen und Wagen ist für Ida ganz neu. Henriette zeigt ihr die Durchhäuser, in die man sich vor dem Wagengetümmel retten kann und durch die man ganze Strecken weit laufen kann, weil die Stadt von ihnen gleichsam durchlöchert ist. Die Wagen fahren rasend schnell. Ida gefällt das nicht, sie hat Angst. Henriette gibt Ida recht. Unlängst hatte es in der Kärntner- und Rothenturmstraße drei Unfälle in einer Stunde wegen zu schnellen Fahrens gegeben. Auf ein paar Minuten kommt es doch nicht an. Henriette kann das nicht verstehen. Sie gehen zum Lugeck vor. Rechts in der Köllner-Hof-Gasse sieht man schon die Orientalen, türkische Juden in orientalischer Kleidung, die Spanisch sprechen. Handelsleute. Griechische und armenische Kaufleute. Händler aus Trapezunt. Am Alten Fleischmarkt schreiten sie gravitätisch einher. Ida hat sie schon gesehen. Viele lehnen an der Fensterbrüstung auf einem roten Polster, rauchen Pfeife und schauen auf das Menschengewirr. Aber Ida und Henriette gehen vor zur Bischofsstraße und weiter zum Stephansplatz. Natürlich hat Ida schon die Stephanskirche gesehen, wagt es aber nicht, einzutreten. Henriette meint, sie können ruhig hineingehen. Aber Ida sträubt sich. Auf den Turm möchte sie dagegen unbedingt einmal steigen. Carl hat versprochen, mit ihr hinaufzugehen. Es sind immerhin 700 Stufen. Aber jetzt schauen sie die vollgestopften Auslagen der Boutiquen an. Korallen und Perlmutter, Karlsbader Spennadeln, Vorarlberger Spitzen und Parfum nach orientalischer Art. Ida ist zu ihrem großen Leidwesen stark kurzsichtig und hängt mit der Nase an den Auslagenscheiben. Sie schämt sich ganz schrecklich dafür. Aber sehen will sie doch alles. Hier wimmelt es von Menschen: Kroaten, Slowaken, Serben, Deutsche und weiß der Himmel was für Nationen. Ständig wird man gestoßen und Ida muss aufpassen, dass ihre Füße nicht unter Pferdehufe geraten. Sie entdeckt eine Blumenhandlung mit exotischen Gewächsen. Ida ist hingerissen. Hier gibt es Pflanzen, die sie noch nie gesehen hat. Sie schlendern weiter über den Graben zum Kohlmarkt. Das Reizendste, finden die Damen, ist ein Vogelbauer, der aus vergoldeten Stäbchen besteht und mit emaillierten Blumengewinden umschlungen ist. Sie kommen zum Michaelerplatz. Hier fahren die Kutschen besonders schnell und eine Fahrordnung ist nicht durchzusetzen, erklärt Henriette Ida. Man ist seines Lebens nicht sicher. Sie biegen in die Herrengasse ein, kommen zum Minoritenplatz, zur Schenkengasse und Teinfaltstraße. Da wohnen die Adeligen, hier ist es ganz still, hier gibt es keine Geschäfte, kein Getümmel und keine Stöße. Hier befinden sich die Paläste der Liechtensteins, der Starhembergs, der Harrachs, der Colloredos, der Esterházys, Trautmannsdorfs und Schönborns. An den Häusern prangen uralte Wappenbilder. Ida ist beeindruckt. Solche Paläste gibt es in München nicht. Henriette schlägt vor, einen Wagen zum Hohen Markt zu nehmen, von dort wieder zum Stephansplatz zu gehen und dann im Café français einzukehren, wo es im 1. Stock elegante Appartements für Damen gibt, und Gefrorenes zu essen. Der Wagen hält beim Salzgries. Ida entdeckt ein Geschäft mit Affen. Sie ist ganz entzückt. Der Besitzer erzählt, dass er heuer für mehr als 1700 Gulden Affen eingebüßt hat, weil es so kalt war und alle Husten bekommen haben und gestorben sind. Ein Affe hustet immer noch. Ida wundert sich, dass er wie ein Mensch hustet. Sie versteht den Dialekt schlecht. In München spricht man zwar auch Dialekt, aber in Wien versteht sie manchmal kein Wort.

Freitagabend gehen Ida und Carl in den Tempel in der Seitenstettengasse. Sie gehen jeden Schabbos in den Tempel, um Mannheimers Predigten zu hören. Schon der Tempel ist so herrlich, so geschmackvoll. Mannheimer hält den Gottesdienst nach dem neuen Kultus ab, aber gemäßigt. Ähnlich wie der Rabbiner Aub in München. Auch Orgel gibt es keine. Aber der Chor ist viel schöner als in München. Und erst Salomon Sulzer, der Oberkantor: Er hat die schönste Baritonstimme, jeder Ton ist helltönendes Erz. Ida und Carl sind entzückt von dem Zauber seiner Stimme. In Pest gibt es überhaupt keinen reformierten Rabbiner. Mannheimer ist ein begnadeter Redner. Selbst von einer Sache überzeugt, versteht er es, seine Zuhörer von der Sache zu überzeugen. Seine Erzählungen haben eine außerordentliche Kraft. Bekannte Erzählungen, die jedem geläufig sind, versteht er so vorzutragen, dass sie wie neu klingen. Scharf und ätzend allerdings wird sein Vortrag, wenn er Torheiten und Schwächen geißelt. Und immer wahrt er das Recht seines Volkes trotz strengster Zensur.

Carl will unbedingt die Menagerie in Schönbrunn besuchen. Ida ist nicht so erpicht darauf, sie möchte lieber zu einem Konzert von Strauß. Oder ins Theater, in ein Stück von Nestroy. Von Strauß und Nestroy hat sie schon in München gehört. Auch hat ihr Carl schon von den fulminanten Konzerten von Strauß im *Sperl* erzählt. Und dass Strauß sogar einmal in Pest war. Ins *Sperl* will sie unbedingt. Aber Carl meint, diesen Sonntag fahren sie nach Schönbrunn und nächsten Sonntag besuchen sie ein Konzert, wo Ida möchte. Und ins Theater kann sie gehen, sooft sie will. Wenn er Zeit hat, begleitet er sie gerne. Vielleicht geht ja auch Henriette mit ihr oder eine Freundin von Henriette, oder das Stubenmädel begleitet sie einfach. Ida möchte mit dem Stellwagen nach Schönbrunn fahren. Da lernt man auch die Wiener kennen. Carl hat vorgeschlagen, einen Fiaker zu nehmen. Aber Ida beharrt auf dem Stellwagen. Ein Herr mit einem eingebundenen Arm sitzt in einer Ecke. Eine Mamsell, die im Gesicht einen starken Ausschlag hat, fährt mit. Ein sehr hagerer, abgelebter Mann, der immer hustet und Mund und Nase verzieht, dass es aussieht, als ob es in seinem Gesicht blitze. Eine Mutter mit ihrer kleinen Tochter sitzt ihnen gegenüber. Das Mädchen hat etwas schief und nicht sehr achtsam einen Korb mit Wäsche auf seinem Schoß. Beim ersten Ruck rutscht er vom Schoß und kollert auf die Straße. Die Mutter schreit auf, der Kutscher hält an und Carl springt schnell hinaus, sammelt die Wäschestücke ein und übergibt der Mutter den Korb. Sie bedankt sich artig und schimpft offensichtlich mit dem Kind. Aber Ida versteht kein Wort. Gleich beim Eingang zur Menagerie steht ein rundum verglastes Lusthaus, in dem die bunt gefiederten Papageien wohnen. Zuweilen ist es ganz still, dann wiederum schreien sie in grässlich unharmonischen Tönen. Carl ist begeistert. Dann kommen Bären, Löwen, Leoparden und außergewöhnlich schöne Zebras. Ida langweilt sich ein bisschen. Nur das Junge, das aus der Mischung eines Zebras mit einem Esel hervorgegangen ist, findet sie lustig. Es schaut ganz aus wie ein Esel, nur an den Beinen hat es Streifen. Der Garten gefällt Ida besser. Wunderschön findet sie eine Sophora japonica: Ein herrlicher Baum, der gerade gemalt wird. Sie spazieren noch eine Weile durch den Garten und treten dann wieder mit dem Stellwagen die Rückfahrt an.

Gleich nachdem sie nach Hause gekommen ist, schreibt Ida ihrer Mutter einen Brief. Sie schreibt ihr ohnedies jeden Tag. Aber jetzt muss sie ihr sofort schreiben. Sie will ihr alles ganz genau erzählen. Von Henriette, von den vielen Geschäften, von den Palästen und den hustenden Affen. Sosehr es ihr in Wien gefällt, hat sie doch Sehnsucht nach Vater und Mutter und den Freundinnen. Nicht, dass sie traurig ist oder weint. Dazu ist Wien viel zu interessant und aufregend. Auch ist Carl gut zu ihr und erfüllt ihr jeden Wunsch. Ida hat gar keine großen Wünsche. Sie ist noch so erfüllt von all dem Neuen. Sie will nur alles kennenlernen.

Ida hat eine Köchin und ein Stubenmädchen. Jüdinnen. Juden dürfen keine christlichen Dienstboten anstellen. Sie möchte mit der Köchin auf den Markt am Hof gehen und in die Leopoldstadt auf den Fischmarkt. Sara, die Köchin, hat ihr schon von den Fratschelweibern erzählt, die dort mit Gemüse, Obst, Käse und sonst allerlei handeln. Ida kennt das Wort fratscheln aus München. Aber was Fratschelweiber sind, weiß sie nicht. Sara klärt sie auf. Eigentlich ist es ein Schimpfwort. Sie nennen sich Handelsfrauen und sprechen einander mit »Frau Schmiedel« oder »Frau Doppelmayer« an. Vor allem aber tratschen sie über Gott und die Welt und richten andere Leute aus. Den Fleischhauer, der zu mageres Fleisch verkauft, ihren Sohn, der den vornehmen Herrn spielt. Sie reden über Politik und über die Beamten und die reichen Leute. Und die Kundschaft tratscht mit ihnen. Zu jedem sagen sie »Herr von«, auch wenn einer schäbige, zerrissene Hosen anhat, sagen sie »Herr von Nachtigall«. Und manchmal gibt es ein Hin und Her, wenn sie einen Käufer um ein paar Kreuzer betakeln wollen. Ida kann es gar nicht erwarten, den Markt zu besuchen. Donnerstag früh geht es gleich los.

Carl hat die *Sonntagsblätter* abonniert. Beide lesen sie mit großem Eifer und Interesse. Alle Theater, Konzerte und Opern werden besprochen und auch viele Bücher. Zu kritisch, meint Ida. Besonders das *Sperl* und das *Odeon*, wo Strauß spielt, sind immer zu teuer, die Speisen ungenießbar, das Bier warm, die Illumination schlecht und die Anzahl der Blumen karg. Wenngleich das Publikum elektrisiert ist. Besonders das *Odeon* wird wegen seiner Geschmacklosigkeit und Stilverwirrung getadelt. Ida will unbedingt einmal ins *Odeon*. Sie glaubt nicht, was die *Sonntagsblätter* schreiben. Gerne liest sie die Geschichten von Kompert und die Fabeln von Wertheimer. Besonders interessant hat sie eine Geschichte über eine Malerkneipe in München gefunden. Sie wusste gar nicht, dass es eine Malerkneipe in München gibt.
Sonntag geht es endlich ins *Sperl* zur letzten Soirée vor Strauß' Abreise nach Berlin. Die *Wiener Vorstadt-Presse* hat unlängst geschrieben: »Wieder hat unser viel und mit Recht gepriesener, unerschöpflicher Strauß uns den gestrigen Abend mit einem neuen brillanten Werke seines bewunderungswürdigen Genies verherrlicht. Alle, die das Glück hatten, bei seiner Vorstellung zugegen zu sein, waren elektrisiert und brachen in unermessliches Entzücken aus.« Ida kann es gar nicht erwarten, den berühmten Strauß zu sehen. Jeden Tag liest sie die Ankündigungen an den Toren und öffentlichen Gebäuden. Auf großen hölzernen Rahmen sind die Garten- und Blumenfeste von Strauß und Fahrbach angeschlagen. »Phantasie und Harmonie im Rosengewande der Freude«, »Eine

Nacht im Paradiese« oder »Der Tanz der Elfen« mit »außerordentlicher Dekoration und Beleuchtung«. Auch Carl freut sich schon. Er hat Ida schon erzählt, dass Strauß wie ein Mohr aussieht. Die Wiener nennen ihn Mohrenkopf. Sie nehmen einen Wagen, hinaus geht's über die Ferdinandbrücke, beim Lampl vorüber, links um die Ecke. Da ist schon das *Sperl*. Die Säle sind brillant beleuchtet und mit Blumen geschmückt. Ida bleibt wie gebannt stehen und staunt. An den zahllosen Tischen sitzt keine Hautevolée. Es ist eine gemischte Gesellschaft, die isst und trinkt, plaudert und lacht und zuhört. Einige Tausend Leute sind da. Ida hat noch nie so viele Menschen auf einmal gesehen. Ihr Herz klopft. Ein bisschen bange ist ihr und zugleich ist sie freudig erregt. Sie und Carl haben zu Hause gegessen, es ist schon neun. Sie wollen ein Gläschen Wein trinken, auch wenn er nicht koscher ist. Wie sieht er aus, der Strauß? Ida kann ihn nur von hinten sehen. Strauß, sagt man, ist noch von einer heftigen Halsentzündung leidend. Die Ouvertüre zu »Der Liebesbrunnen« von Balfe wird gespielt. Niemand kennt die Oper. Es gibt stürmischen Beifall. »Da capo, Strauß!«, ruft die Menge. Dann geht es los mit den Walzern. »Heitere Lebensbilder«, »Der Landjunker«, »Sophien-Tänze«. Ida kann eigentlich nicht Walzer tanzen und auch Carl ist kein Meister. Trotzdem, sie sind hier, um zu tanzen. Kopf an Kopf, Leib an Leib drängen sich die Menschen im Saal. Die Tänzer halten plötzlich an und applaudieren. Damen drängen sich zur Estrade und werfen Strauß Blumenbouquets zu. Zurück an ihrem Tisch, spricht sie ihr Nachbar an.

– Hat's Ihnen gefallen, Madame? Sie sind das erste Mal hier? Sie sind nicht aus Wien?

Ida fühlt sich nicht wohl. Sie sagt nur leise: ja.

– Woher kommen Sie denn?

– Aus München.

– Da kennt man unseren Strauß ja auch.

– Ja, aber ich sehe ihn zum ersten Mal.

Ida ist blass.

– Sind Sie unwohl? Das wird schon vergehen. Sie müssen nur viel tanzen.

Und wieder flüstert Ida nur: ja.

– Beim Tanzen eines Straußschen Walzers kann man sich in die hässlichste Frau und in den hässlichsten Mann verlieben. Natürlich nur für die Dauer des Tanzes.

Der Herr lacht. Ida lächelt ein bisschen.

– Wenn die Wienerin am Jüngsten Tag aufersteht, wird ihre erste Frage sein: Wo spielt heute der Strauß?

Ida lächelt wieder zart. Sie fühlt sich nicht wohl, ihr ist heiß, sie hat Kopfschmerzen, sie bekommt keine Luft, sie will nach Hause. Carl entschuldigt sich bei dem Nachbarn, er muss seine Frau nach Hause begleiten.

Am nächsten Tag schreibt Ida ihrer Mutter einen ausführlichen Brief, sie erzählt ihr, dass Strauß tatsächlich wie ein Mohr ausschaut, er ist der Napoleon des Walzers, er ist der zu Fleisch gewordene Walzer. Der Fiedelbogen tanzt mit einem Arme, der Takt springt mit seinem Fuße herum. Alles erzählt sie ganz genau. Und von ihrem Unwohlsein berichtet sie auch.

Carl geht alle vierzehn Tage bei einer Linie hinaus aus der Stadt und bei einer anderen Linie wieder hinein. So hat er wieder für vierzehn Tage eine Aufenthaltserlaubnis. Meistens geht er aber wieder bei derselben Linie in die Stadt hinein und meldet sich bei dem Wache habenden Polizeimann als Neuankömmling. Der Pass wird ihm abgenommen und Carl drückt dem Polizeimann drei Zwanziger in die Hand. Nun kann er wieder vierzehn Tage ungestört in Wien bleiben. Er sucht noch einmal um Bewilligung des zeitlichen Aufenthaltes an und beschreibt wieder genau seine Tätigkeit als Großhandels-Associé. Auch schreibt er: »Wien ist schon längst Zentralpunkt des inländischen Handels und wird, wenn das so erhaben gedachte als auch schon begonnene Eisenbahnnetz der Monarchie vollendet sein wird, der Mittelpunkt des mitteleuropäischen Handels werden«. Als Großhändler wird er natürlich nicht nachts von der Polizei geweckt und nach seiner Aufenthaltserlaubnis gefragt. Carls Comptoir liegt in der Wipplingerstraße, einem Viertel, in dem viele jüdische Engroshändler ihre Geschäfte haben. Hier kann er unbehelligt arbeiten. Um neun Uhr beginnt er mit der Arbeit, um zwölf geht er zum Mittagessen nach Hause und plaudert mit seiner Frau. Er erzählt ihr von seinen Geschäften, die Ida nicht besonders interessieren. Besorgt fragt er immer nach ihrem Befinden. Ida ist oft unwohl, leidet unter Kopfweh und Übelkeit. Sie ist schwanger. Carl beruhigt sie, es wird alles gut werden. Ida erzählt Carl von ihrem Haushalt, von Sara, mit der sie auf dem Fischmarkt in der Leopoldstadt war und wo sie Huchen aus der Donau gekauft haben. Der Huchen ist der vornehmste Fisch der

Wiener Juden. Mit Sara ist Ida sehr zufrieden. Aber das Stubenmädel ist nicht ordentlich und die Wäscherin hat die Wäsche nicht anständig gewaschen. »Dann nimm dir ein anderes Stubenmädel und eine andere Wäscherin«, sagt Carl. Nach dem Essen raucht Carl eine Zigarre und Ida ruht auf dem Sofa. Dann geht Carl wieder seinen Geschäften nach und am späten Nachmittag geht er ins Kaffeehaus, wo er Zeitungen liest und sich manchmal mit Wertheimer, Singer, Krakauer oder Eisenschütz trifft. So streng koscher lebt Carl nicht, dass er nicht im Kaffeehaus Kaffee trinkt, gelegentlich isst er auch einen Topfen- oder Apfelstrudel. Ida geht nachmittags oft in die Buchhandlung Gerold und kauft ein Buch, das in den *Sonntagsblättern* gelobt wurde. Liebend gerne liest sie Bulwer. »Die Pilger des Rheins« hat sie geradezu verschlungen.

Idas Mutter ist sehr besorgt. In einem langen Brief rät sie ihr, kalte Umschläge zu machen, immer einen Schal zu tragen, die Füße warm zu halten, Wasser zu trinken, wie es der Wasserdoktor Prießnitz empfiehlt, nie zu viel auf einmal zu essen und sich gleich auch nur bei leichtem Unwohlsein hinzulegen.

Es ist so weit. Die Wehen haben eingesetzt. Die Hebamme wird gerufen. Eine Dienstmagd ist noch angestellt worden. Alle laufen geschäftig herum. Es wird alles vorbereitet. Schüsseln, Wasser, Tücher. Ida liegt in ihrem Bett auf einer Rosshaarmatratze. So hat es der Arzt angeordnet. Nur ja kein Federbett. Unter dem Kopf ein Rosshaarpolster und zum Zudecken eine wollene Decke. Das Bett wird in die Mitte des Zimmers gestellt. Ida bekommt ein Klistier. Bloß laues Wasser, keinen Kamillentee, kein Öl, kein Kochsalz. So hat es der Geburtsarzt der Hebamme eingeschärft. Wieder Wehen. Ida schreit und arbeitet aus Leibeskräften. Sie atmet schwer und schwitzt und ist durstig und der Puls ist schnell. Die Dienstmagd bringt ihr frisches, kaltes Wasser. Auch das hat der Geburtsarzt der Hebamme eingeschärft. Nur keinen warmen Tee. Und nur ja keine Salben, kein Safran, kein Rauchpulver auf den Bauch. Der Geburtsarzt ist der beste jüdische Geburtsarzt in ganz Wien und die Hebamme die beste Hebamme. Ida ist schon entkräftet. Die Hebamme legt mit kaltem Wasser befeuchtete Tücher auf ihren Bauch. Nach einer halben Stunde bekommt Ida starke Wehen und gebiert einen Knaben. Carl ist in seinem Comptoir. Der Diener wird zu ihm geschickt. Er soll laufen und ihm die Neuigkeit melden.

Ida hat sich gut erholt und Carl hat die Aufenthaltserlaubnis für zwei Jahre bekommen. Sie wollen zu Idas Geburtstag einen Ausflug nach Baden machen.

Sonntag früh geht es los mit dem Fiaker zum Gloggnitzer Bahnhof. Ein prachtvoller Bahnhof vor der Belvedere-Linie. Sie nehmen Fahrkarten erster Klasse. Wenngleich Ida lieber wenigstens zweiter Klasse fahren würde. Hier sind die Menschen weniger geniert. Sie sprechen mehr und lachen. Aber sie wagt es nicht, etwas zu sagen. In der ersten Klasse sind die Sitze gepolstert und es gibt Fensterscheiben, sodass es nicht zieht. Ida muss sich auch noch schonen nach den Strapazen der Geburt. Auf keinen Fall darf sie sich verkühlen. Der kleine Ernst ist heute bei der Amme und der neuen Kinderfrau. Die Eisenbahn läutet zum dritten Mal, der Pfiff ertönt und der Zug setzt sich langsam in Bewegung. Nach wenigen Minuten eröffnet sich ein Panorama der Stadt mit allen Vorstädten und ihrem Häusermeer. Ida und Carl stehen und beugen ihre Köpfe aus dem Fenster. Bald zieht Ida Carl zurück. Man darf sich nicht aus dem offenen Fenster beugen. Ein Mann schaute eine Stunde aus dem offenen Fenster eines fahrenden Zuges und musste danach ins Spital. Er war zwei Tage lang blind. Das schrieben die *Sonntagsblätter*. Carl lacht. Er glaubt das nicht. O ja, bitte, schließ das Fenster. Carl schließt das Fenster und setzt sich gehorsam hin. Sie haben schon Meidling passiert, schnell geht es weiter an Rodaun vorbei, an Weingärten vorüber und schon fahren sie in den Bahnhof Mödling ein. Wie schnell es geht! Knapp eine halbe Stunde sind sie gefahren. Geschwind geht es weiter. Plötzlich tritt eine Verfinsterung ein. Ein Lärm und Getöse ertönt. Ida schreit auf. Carl ergreift ihre Hände. Die jähe Dunkelheit und das gewaltige Brausen und Zischen der Lokomotive erschrecken Ida und Carl sehr. Sie sind noch nie durch einen Tunnel gefahren. Doch nach wenigen Augenblicken ist es wieder hell und sie sehen Pfaffstätten. Und bald darauf erreichen sie Baden. Nur eine Stunde hat die ganze Fahrt gedauert. Carl hilft Ida aus dem Waggon. Auch der Badener Bahnhof ist prächtig, eine Miniatur des Gloggnitzer Bahnhofs in Wien.

Durch das Wiener Tor betreten sie die Stadt und kommen auf die Wiener Gasse. Hier steht das Palais weiland des Erzherzogs Anton, eines der liebenswürdigsten Fürsten seiner Zeit, wie man sagt. Nicht weit davon entfernt steht der Palast des durchlauchtigsten Fürsten

Metternich. »Oh« und »ah« ruft Ida. Wie prachtvoll, wie elegant! Sie kommen zur Pfarrkirche. Carl will unbedingt den Turm besteigen. Er ist nur 40 Klafter hoch und die Besteigung ist nicht beschwerlich. Der Aufstieg hat sich gelohnt. Die ganze Stadt liegt zu ihren Füßen und sie beobachten das Leben und Treiben der Badener. Sie wandern weiter zum Park, beschließen aber, ihn später zu besuchen. Jetzt wollen sie in die koschere Restauration von Leopold Herz gehen und Mittag essen. Wertheimer hat Carl von Leopold Herz erzählt. Im selben Haus hat Herz auch einen Betsaal für die Kurgäste eingerichtet. Schon sein Vater hatte die Bewilligung für die Errichtung eines jüdischen Gasthofes bekommen. Carl begrüßt Herz, und nach dem Essen erzählt er bei einer Zigarre, was es Neues in Wien gibt, während Ida mit Herz' Frau ein Plauscherl hält. Ida soll kommenden Sommer einige Monate in Baden verbringen. Das wird ihr und dem Kind guttun. Und auch Carl will einige Wochen hier zubringen. Endlich brechen sie auf und begeben sich in den Park. Hier trifft sich die schöne Badener Welt. Es gibt viele traute Plätzchen, Grotten mit Sitzbänken für Liebende, Bänke und Stühle aus Baumstämmen, von denen man eine hübsche Aussicht auf die Stadt und ihre Bäder hat. Elegante Kaufleute gehen hier spazieren, gut gekleidete Offiziere, gewerbetreibende Bürger und aufgeblasene Stutzer, schöne Frauen in moderner Kleidung, die ihre schlanken Formen zeigen, und bunt gekleidete Koketten von einem Schwarm junger und alter Herren umgeben. Carl und Ida haben auf einer schattigen Bank Platz genommen und betrachten die Vorübergehenden. Sie lachen über die Stutzer und die Koketten und denken sich Geschichten über die Liebenden aus. Sie wollen noch das Sauerbad begutachten, weil sie ja im Sommer hierherkommen wollen. Henriette hat Ida vom Sauerbad erzählt. Es ist das eleganteste Bad, das sie je gesehen hat, hat Henriette gesagt. Der Badesaal ist unstreitig das Schönste, was in solcher Art zu sehen ist. Sie fragen nach dem Scheinerischen Kaffeehaus, denn dort soll gleich das Sauerbad sein. Im Kaffeehaus wollen sie noch Kaffee trinken. Ein Kurgast aus Wien, ein elegant gekleideter Herr, erklärt ihnen den Weg. Nach der Jause besichtigen sie das Sauerbad. Es ist wirklich ein höchst interessantes Gebäude. 1821 erbaut. Die Vorhalle ist auf allen Seiten von Glastüren eingeschlossen. Die Zimmer sind elegant möbliert und die Gänge mit schönen hohen Fenstern versehen. Ida freut sich schon auf den Sommer.

Ida will schwimmen lernen. Am Tabor gibt es eine Damenschwimmschule. Henriettes Freundin Klara hat Ida davon erzählt. Carl erlaubt es. Die Schwimmkleidung wird von der Badeanstalt zur Verfügung gestellt. Ein Beinkleid über das Knie und ein mit Spitzen besetztes, dekolletiertes Leibchen aus gestreifter oder karierter Baumwolle. Die Schwimmerinnen müssen ein ärztliches Zeugnis von einem akkreditierten Arzt vorlegen. Männer dürfen nicht zuschauen. Aber der Schwimmunterricht wird von zwei Oberschwimmmeistern überwacht. Jetzt ist es noch zu kalt. Wenn es wärmer ist, will sie mit Klara die Schwimmschule besuchen. In Fünfhaus, außer der Linie, soll demnächst eine neue Schwimm- und Badeanstalt errichtet werden. Es soll eines der großartigsten Etablissements der Residenz werden. Mit Restauration, Tanzsaal und Garten. Ida ist schon sehr gespannt. Aber zunächst muss sie noch zum Tabor gehen. Und wenn sie im Sommer in Baden ist, geht sie in die Mineralschwimmschule. Dann ist es gut, wenn sie es schon ein bisschen kann. Endlich können auch Frauen schwimmen lernen. Die Wasserheiler sagen alle, Schwimmen ist wichtig und sehr gesund. Ida ist schon ganz enthusiasmiert. Aber sie will nicht nur schwimmen lernen. In den *Sonntagsblättern* hat sie gelesen, dass Herr Dr. Bohler demnächst an der Universität Vorlesungen über Sanskrit beginnen wird. Die möchte Ida unbedingt besuchen. Jedermann kann die Vorlesungen besuchen. Ida ist so wissbegierig. Carl erlaubt ihr alles. Wenn sie nur Freude daran hat.

Ida ist wieder schwanger. Zurzeit geht sie nicht viel aus. Die Straßen sind ein Kotmeer. Es taut und das Pflaster ist schlüpfrig. Sara ist schon einige Male hingefallen. Zum Glück hat sie sich nichts gebrochen. Aber bei so einem Wetter kann man sich leicht ein Bein oder einen Arm brechen. Und die Kleidung wird auch ganz schmutzig. In die Oper und ins Theater fahren sie sowieso mit der Kutsche. Carl fährt jetzt auch mit der Kutsche ins Comptoir, um nicht mit verschmutzten Stiefeln und Beinkleidern seinen Geschäften nachgehen zu müssen. Er hat gerade seinen Kutscher hinausgeworfen, weil er hinter seinem Rücken Leute um 2 fl. eine Stunde spazieren gefahren hat. Auch das Stubenmädchen gießt sich vom kölnischen Wasser der Herrschaften auf ihr Schnupftuch. Ida drückt da ein Auge zu. Carl ist strenger. Die Dienerschaft ist eben nicht mehr treu wie Gold. Er drängt Ida, das Stubenmädel hinauszuwerfen. Aber Ida will sie behalten. Sie hat ja nicht wirklich gestohlen.

— Wer weiß, was sie alles gestohlen hat, und du hast es nicht bemerkt.
— Wenn ich es nicht bemerkt habe, dann macht es ja nichts. Die kleine Rachel ist keine Diebin.

Carl muss nach Brünn fahren. Die Eisenbahn fährt schon hin. So ist die Reise kein Problem mehr. In nur vier Stunden ist man dort. Er freut sich schon. Er fährt gern mit der Eisenbahn. Es geht so schnell. Die Wiesen und Wälder fliegen förmlich vorbei. Es ist wunderbar, aus dem Fenster zu schauen. Eine Woche wird er dort bleiben. Ida hat mittlerweile schon ein paar Freundinnen, mit denen sie ins Theater gehen wird. Sie ist mit dem Programm nicht so recht zufrieden. Unlängst hat sie in der Josefstadt »Der Rock des Glücklichen« gesehen. Ein dramatisches Märchen von Lödl. Ein Beispiel von theatralischer Talentlosigkeit. Henriette meint, dass der Kunsttempel zu einer Tandelmarktbude verkommt. Henriette übertreibt, denkt Ida. Was hat sie nicht schon für ausgezeichnete Stücke gesehen. Erst unlängst »Das Käthchen von Heilbronn« und Grillparzer und Nestroy. Und erst die Oper! Die Lind unlängst in der »Norma«. Überhaupt die Jenny Lind. Was für ein Gesang, was für eine Anmut! Morgen schaut sie sich mit Klara »Die kluge Frau im Walde« von Kotzebue an. Gewiss ist es schon veraltet. Aber Ida liebt Stücke aus der Urväter Hausrat, wie sie sagt. Man sieht auch, was die Großeltern zu Beifall bewegte und erheiterte. Wenn Ida abends ins Theater geht, ist das Kindermädchen bei Ernst. Neuerdings macht sie sich aber Sorgen um den Kleinen, wenn sie weggeht. Kürzlich ist ein Säugling am Sauglappen erstickt. Das Kindermädchen wird schon aufpassen. Sie kommt aus der Leopoldstadt. Arme fromme Juden. Aber sie ist noch sehr jung. Vielleicht ist sie zu jung. Idas Dienstboten kommen alle aus der Leopoldstadt.

Es ist warm geworden und Carl will, dass Ida noch ein paar Wochen vor der Geburt nach Baden fährt. Eigentlich wollten sie zusammen den Sommer in Baden verbringen. Aber die letzten Wochen vor der Geburt soll Ida lieber in Wien sein. Falls das Kind früher kommt. Die Schwefelbäder sind für Schwangere gänzlich schädlich und absolut unzulässig. Carl findet trotzdem, dass Ida nach Baden fahren soll. Sie könnte auch nach Mödling fahren. Aber Baden ist für sie sicher kurzweiliger. Sie kann interessante Leute kennenlernen und auch kleine Ausflüge machen, soweit es ihr Zustand erlaubt. Vielleicht kann sie ja auch

Tropfbäder nehmen, wenn es der Arzt erlaubt. Da fällt das Wasser nur tropfenweise auf einen Teil des Körpers. Er will eine Wohnung mieten. Das Kindermädel und Sara sollen mitkommen. Carl kann so lange in Abraham Hirschels Restauration in der Wipplingerstraße Mittag essen. Nachtmahl kann ihm das Stubenmädchen bereiten. Sonntag fährt er allein hinaus und sucht eine Wohnung. Ida soll in Wien bleiben, sie soll sich nicht zu sehr anstrengen.

Ida ist in Baden und fühlt sich wohl. Noch vor dem Frühstück in den Morgenstunden, wenn noch die erhabenste Ruhe herrscht, spaziert sie durch den Park und genießt die dort aufsteigenden balsamischen Düfte. Nach dem Frühstück geht sie in das Sauerbad und nimmt ein Tropfbad, aber nur jeden zweiten Tag, so hat es der Arzt erlaubt. Das Wasser darf nur auf die Füße tropfen. Schwimmen hat der Arzt kategorisch verboten. Nachmittag geht sie mit dem Kindermädchen und Ernst ein wenig spazieren. Nicht weit auf einem bequemen Fußweg, auf dem man auch Ernst in seinem Wagen ziehen kann. Das Kindermädel geht mit dem Wagen voran und Ida hinterher und gibt acht, dass das Kind nicht rausfällt. Weite Spaziergänge sind natürlich nicht möglich. Zur Weilburg kommen sie nicht. Mit dem Wagen ist das unmöglich und Ida soll ohnedies nicht so weit gehen. Es macht nichts, Ida fühlt sich trotzdem wie im Paradies. Nach dem Spaziergang geht sie in das Scheinerische Kaffeehaus. Da hat sie schon interessante Leute kennengelernt. Eine Dame mit zwei Kindern, deren Mann auch Großhändler ist wie Carl. Charlotte Spitzer. Unlängst hat sie Ida gefragt, ob sie weiß, warum der Rauch zum Schornstein hinausfliegt. Ida sagt ganz erstaunt: nein.

– Sehen Sie. Wissen Sie, warum der Deckel, den Sie von der Teekanne nehmen, mit Wasserperlen bedeckt ist?

– Nein, weiß ich auch nicht.

– Sehen Sie. Wissen Sie, warum der Hauch Ihres Mundes sichtbar wird, wenn es friert?

– Nein.

– Sehen Sie. Kommen Sie doch in die Vorlesungen von Herrn von Ettinghausen über Physik für Frauen. Da können Sie das alles erfahren. Auch Experimente werden durchgeführt. Sie werden staunen.

Ida ist beeindruckt. Vielleicht kann sie ja schon im Herbst die Vorlesungen besuchen, wenn sie sich von der Geburt erholt hat.

Carl kommt zu Mittag nach Hause.
– Die Stadt ist voller Menschen. Die Studenten sind vor dem Landhaus. Sie schreien: Pressfreiheit! Konstitution! Nieder mit Metternich! Religionsfreiheit!
– Was?
– Ja, stell dir vor: Religionsfreiheit!
– Warst du beim Landhaus?
– Ja, natürlich. Menschenmassen sind in der Herrengasse und in den Gassen rundherum. Fischhof hat geredet.
– Wer ist das?
– Ein jüdischer Arzt aus Ungarn. Ein Jude hat geredet! Sie haben ihn auf den Schultern getragen. Und dann ist die Rede von Kossuth verlesen worden. Ich hab nicht alles mitbekommen. Ich bin zu weit weg gestanden. Eine Deputation soll zum Kaiser geschickt werden. Nach dem Essen geh ich wieder zum Landhaus.
– Carl, geh nicht!
– Es sind noch andere Juden dort.
– Geh nicht!
– Aber ich bin nicht der einzige Jude.
– Geh nicht hin! Es kann gefährlich werden.
– In der Herrengasse sind schon Grenadiere aufmarschiert. Es wird nichts passieren.

Carl ist nicht zu halten. Ida hat große Angst. Sie wollte mit den Kindern und dem Kindermädchen aufs Wasserglacis gehen. Aber vielleicht ist es besser, zu Hause zu bleiben, wenn so viele Menschen auf der Straße sind.

Es ist schon fünf und Carl ist immer noch nicht zu Hause. Der Diener kommt gelaufen.
– Es gibt Tote. Das Militär hat geschossen. Das Glacis steht in Flammen. Sie haben das Gas von den Kandelabern angezündet. Auf der Mariahilfer Linie brennt es.

Ida ist sehr besorgt. Sie hat ja gewusst, dass es gefährlich ist. Esther soll schnell die Kinder ins Bett bringen. Ida sitzt im Lehnstuhl und wartet. Sie sitzt in der Dämmerung, sie hat die Kerze gar nicht anzünden lassen. Aber sie kann nicht ruhig sitzen, alle zwei Minuten rennt sie zum Fenster, dann zu Paula, sie ist so ein zarter Säugling. Ida macht sich große Sorgen um sie. Sie setzt sich wieder hin, steht wieder auf, läuft zur Dienstmagd, ob sie etwas Neues weiß, dann zu Isaak, dem Diener, dann wieder zum Fenster. Um sieben kommt endlich Carl nach Hause. Er war noch mit Wertheimer im Kaffeehaus.

– Wir müssen auch Forderungen stellen. Die Toleranz muss aufgehoben werden. Die Judensteuer muss abgeschafft werden.

Ein neuer Tag über Österreich ist aufgegangen. Eine neue Sonne leuchtet. Der Kaiser hat die Wünsche seiner Völker gewährt und Pressfreiheit verliehen! Es lebe der Kaiser! Es lebe das kaiserliche Haus!

Es werden alle Haus- und Familienväter aufgefordert, ihre Angehörigen und Untergebenen, insofern sie nicht zur regelmäßig bewaffneten Einwohnerschaft gehören, zu Hause zu erhalten, um die Menschenmenge auf den Straßen nicht zu vermehren, wodurch die wünschenswerte Gestaltung der Dinge gehindert oder doch vielleicht verzögert werden könnte.

Ida hat große Angst. Sie verlässt das Haus nicht. Sie erlaubt auch nicht, dass Esther mit den Kindern auf die Straße geht. Sara wird schon irgendwo Lebensmittel besorgen. Die meisten Geschäfte sind geschlossen. Carl will unbedingt ins Kaffeehaus. Dort ist sicher Wertheimer oder Oppenheimer oder sonst jemand, von dem er etwas Neues erfahren kann. Ida will, dass er zu Hause bleibt. Aber Carl ist nicht zu halten.

Es ist wieder Ruhe eingekehrt. Carl und Ida jubeln. Alle jubeln und sind selig. Alles ist gut geworden, über jede Erwartung. In allen Gast- und Kaffeehäusern, in allen Hörsälen, in Kunst- und Musikalienhandlungen liegt eine Petition an die Regierung um Gewährung der Judenemanzipation auf. Listen für Gleichstellung aller Konfessionen, in die man sich eintragen kann. Sofort erscheinen an jeder Straßenecke Plakate, in allen Gassen werden Flugschriften verteilt: »Die Juden um zwei Kreuzer«, »Die Juden wollen Bürger werden«, »Nur keine Judenempanzipation«.

Das Carl-Theater hat wieder eröffnet, nachdem es mehrere Tage geschlossen war. Gespielt wird die Posse »Die beiden Nachtwandler« von Nestroy. Carl und Ida müssen unbedingt zur Wiedereröffnung ins Theater. Trotz des ungeheuren Andrangs herrscht die größte Ordnung. Die Volkshymne wird gesungen. Und am Schluss wird Direktor Carl fünfmal gerufen. Endlich spricht er: »Heil und Dank unserem gnädigsten Kaiser, der durch dies seinen Völkern gewährte Geschenk ein goldenes Blatt in die Geschichte geheftet, das noch Jahrhunderte staunend preisen werden.«

Carl und Ida sind glücklich und voller Hoffnung. Am Schabbos gehen sie in die Synagoge. Es soll das Dankfest für die gnädigst erteilte Konstitution gefeiert werden. Die Synagoge ist voll. Carl und Ida sind schon voller Erwartung. Mannheimer predigt. Alle lauschen gespannt. »Was nun zu tun sei für uns? Nichts? Alles für Volk und Vaterland, wie ihr es in den letzten Tagen getan. Unter den Ersten, die das Wort ergriffen und geführt in den stürmischen Tagen, waren die Juden! Unter den Ersten, die gefallen auf der blutigen Stätte, dort vor dem Hause, wo die Stände des Reiches das Heil beraten werden, ein Jude! Wir haben gekämpft für sie. Kein Wort von Judenemanzipation, wenn es nicht andere sprechen für uns! Kein Wort! Das löbliche Judenamt soll fortbestehen in seiner Gloria! Die jüdische ›Lichtzündsteuer‹ in ihrer Gloria! Soll alles so fortbestehen, ein Zeichen und Denkmal des alten Regimes, der Herrschaft der Gewalt. Wir haben uns dessen nicht zu schämen, wenn sie sich dessen nicht zu schämen haben, die die Wortführer, Machthaber und Helden des Tages sind. Keine Petitionen, keine Bittschriften, keine Bitten und Klagen um unser Recht, wir haben genug dreißig Jahre lang gebeten, fußfällig die Hände erhoben! Erst das Recht des Menschen zu leben, zu atmen, zu denken, zu sprechen, erst das Recht des Bürgers, des edlen freien Bürgers in seiner Berechtigung, in seiner würdigen Stellung – nachher kommt der Jude! Man soll uns nicht vorwerfen, wir denken immer und überall und zunächst an uns!« Mannheimer schließt mit einem Gebet für den Kaiser und das Kaiserhaus. Danach singt Sulzer mit der ihm eigenen Meisterschaft mit dem Chor:

Lobt Gott in seinem Heiligtum!
Lobt ihn in seiner Allmacht Veste!
Lobt ihn in seinen Wundertaten!
Nach seiner großen Herrlichkeit!
Lobt ihn im Klange der Posaunen!
Lobt ihn mit Harf und Psalter!
Lobt ihn mit Pauk und Reigen!
Mit Saitenspiel und Flöten!
Lobt ihn mit hellem Cymbelklang!
Mit schmetterndem Getöse der Cymbeln!
Lobt den Ew'gen, was nur Odem hat!
Halleluja

Bettys wilde Liebe zu Gabillon

I

Ida besucht jeden Mittwoch den Salon von Henriette Wertheimer. Um sieben Uhr finden sich gewöhnlich die Gäste ein. Frankl, Laube, Hammer-Purgstall, die Haizinger, immer mit einer Stickerei, und wer sonst noch gerade Zeit und Lust hat. Diesmal ist auch Betty da. Ida hat sie vor ein paar Monaten bei Henriette kennengelernt. Sie ist hingerissen von Betty. Sie ist eine einzigartige, bezaubernde Frau mit köstlichem Humor. Und was für wunderbare Gedichte sie schreibt! Besonders von ihrem Epos, dem »Romancero«, ist Ida begeistert. »Stabat mater« ist ein Gedicht voll Glut der Farben, wie alte Glasmalerei. Betty hat auch einige Male daraus vorgelesen. Nach der Revolution lebte Betty in Dresden, wo sie bei einer Gräfin Gesellschaftsdame war. Vor nicht ganz drei Jahren, im Herbst 1852, kehrte sie nach Wien zurück und Betty und Ida treffen sich nun immer wieder bei Henriette. Eines Abends erzählt Betty Ida von Frau von Bagréeff, bei der sie derzeit Gesellschaftsdame ist. Frau von Bagréeff umgibt sich mit Berühmtheiten, Dichtern, Künstlern und Gelehrten und quält ihre Gesellschaft mit dem Vorlesen ihrer eigenen grauenvoll langweiligen Romane. Der Teufel hat von Frau von Bagréeff Besitz ergriffen und treibt sie zum kordialen Hass gegen jeden, der ihren Werken nicht ein konstantes Halleluja singt. Betty schweigt zwar, aber besitzt doch nicht die Kunst der Verstellung. Frau von Bagréeffs Benehmen gegen Betty ist schon entschieden feindselig und Bettys Lage ist völlig unerträglich geworden. Ida schlägt Betty vor, den Sommer mit ihr in Baden zu verbringen. Im Juni und im Juli wird sie mit ihren Kindern dort sein. Betty könnte ihre Buben unterrichten. Paula, das kleine zarte Mädchen, ist vor sieben Jahren gestorben. Otto ist sechs Jahre alt, Paul fünf, Richard drei. Und Ernst ist schon neun. Betty nimmt die Einladung freudig an und trennt sich mit großer Erleichterung von Frau von Bagréeff.

Ida hat ein bisschen Angst vor der Eisenbahnfahrt. Vor kurzem erst ist ein Zug bei der Station Hetzendorf entgleist. Die Lokomotive fuhr über den Damm und stürzte um. Der Gepäckswagen, Postwagen und ein Wagen dritter Klasse entgleisten ebenfalls. Der Lokomotivführer fiel unter die Lokomotive und starb. Die Passagiere blieben zwar unverletzt, aber das muss ja nicht immer so sein. Betty hat keine Angst. Aber wenn den Kindern etwas passiert! Betty und das Kindermädchen werden aufpassen. Sie wird den kleinen Richard auf den Schoß nehmen und dann wird ihm sicher nichts passieren. In einer Woche wollen sie fahren. Betty und Ida haben sich jede noch ein bequemes Reisekleid gekauft. Betty hat eine Kiste voll mit Büchern gepackt, sie will einige Aufsätze schreiben. Carl ist schon am Wochenende vorher hinausgefahren und hat eine Wohnung gemietet. Schließlich geht es los. Carl begleitet die Familie, will aber am Abend wieder zurück in Wien sein. Nach gut einer Stunde sind sie endlich in Baden. Die Wohnung liegt sehr hübsch, ist geräumig und sie richten sich gemütlich ein. Betty hat ein großes, freundliches, völlig separiertes Zimmer. Sie hat keinerlei gesellschaftliche Pflichten. Wenn sie mit der Familie speisen will, ist sie herzlich eingeladen. Ganz, wie es ihr beliebt. Sie hofft, hinlänglich Zeit zur Arbeit wie zur Pflege ihrer Gesundheit zu finden. Sie ist sehr müde und erschöpft. Zunächst will sie kalte Mineralbäder versuchen. Mindestens dreißig, damit es auch wirklich wirkt. Sie hofft, dass ihre Kopfschmerzen dadurch seltener werden oder ganz aufhören. Häufig leidet sie an so wütenden Kopfschmerzen, dass sie sich, auch wenn sie verschwunden sind, in einem dem Kretinismus verwandten Zustand befindet. Sie fühlt sich so unwohl, dass sie die Bäder verschieben muss. Ida schwimmt viel, aber davon möchte Betty nichts wissen. Oft gehen sie zusammen spazieren und unterhalten sich über Droste-Hülshoff. Betty hält Droste-Hülshoff für ein ganz außerordentliches Talent. Manche Gedichte sind voll Anmut und Lieblichkeit, manche voll tiefem Schmerz und doch zugleich voll Humor. Man muss ein sehr scharfes Auge besitzen oder sehr viel gelitten haben, um sie zu verstehen. Betty rezitiert Ida ihr Gedicht auf Droste-Hülshoff.

Annette von Droste-Hülshoff,
gestorben 1848

Auch du dahin! Wie lichtete sich der Kreis
Verehrter und befreundeter Gestalten!
Auch du dahin! O, Gott allein nur weiß,
Was du mir galtst, wie hoch ich dich gehalten.

Wir standen uns im Leben fremd und fern,
Allein im wundersamen Reich der Dichtung
War mir dein Wort der ewig klare Stern,
Der mir das Ziel bestimmte und die Richtung.
(…)
Und als ich mit dem deinen nun verglich
Den eig'nen Geist, den stürmisch unruhvollen,
O wie so dürftig, wie so kümmerlich
Erschien mir da mein Streben und mein Wollen!
Errötend sah ich, wie voll freud'ger Kraft
Dein großer Sinn dem Ganzen sich vermählte,
Indes ich nur, in niedrer Selbstsucht Haft,
Die welken Blüten meines Baumes zählte! –
(…)
O tiefe Sehnsucht, die ich oft empfand,
Nur einmal dir ins klare Aug' zu blicken,
Mit liebevoller Ehrfurcht deine Hand
An meine Lippen, an mein Herz zu drücken!
Ich hofft' es lang, ich hofft' es still getrost,
Ein lichtes Ziel stand's noch vor meinem Geiste,
Als schaurig, wie des eignen Sterbens Frost,
Die Nachricht deines Todes mich durcheiste!

Doch jetzt, da vor der Wehmut Abendrot
Der wilde Sturm des ersten Leids verschwunden,
Jetzt fühle ich, du Teure, dass der Tod
Mich dir nur fester, inniger verbunden.
Die letzte ird'sche Trübung nahm er fort,
Die letzte Weihe gab er unserm Bunde,
Seit, wie aus ferner Ewigkeit, dein Wort
Herüber tönet, eine Geisterkunde!

Ida lauscht fasziniert. Nachdem Betty geendet hat, schweigen beide
und sitzen eine Weile ganz still auf einer Bank.

Abends liest Ida Betty manchmal aus dem Feuilleton der *Presse* vor,
die Carl am Wochenende immer bringt. Oft begleiten sie die Kinder
und das Kindermädchen beim Spazierengehen. Aber alles bleibt

in Bettys Belieben. Nie stört Ida Betty, obwohl sie sich nichts mehr wünscht, als mit Betty zusammen zu sein. Sie bewundert Betty und tut alles, was sie ihr von den Augen ablesen kann, und hat jenen Takt des Herzens, der die Bedürfnisse einer fremden Natur zu erraten versteht. Was Betty ihr gibt, nimmt sie freudig dankend an, ohne das Geringste zu fordern. Nie setzt sie den Fuß in Bettys Zimmer, sondern wartet, bis Betty zu ihr kommt. Betty fühlt sich wohl und so geliebt, wie sie es selbst kaum begreift. Ida ist nun einmal eine Frau von einer Größe und Originalität, die Betty oft staunen macht. Mit den Buben kommt sie auch gut zurecht. Sie sind wohlerzogen und gelehrig. Nur mit den Mädchen der Frau Klinger, denen sie dreimal in der Woche Unterricht geben soll, ist sie höchst unzufrieden. Sie sind unausstehlich. Beständig lassen sie absagen und außerdem sind diese erwachsenen Mädchen so unwissend, dass jegliche Basis fehlt, auf der man aufbauen könnte.

Einmal spazieren Ida und Betty zusammen ins Helenental ohne Kinder. Betty erzählt Ida vom Fürsten Schwarzenberg. Was für ein edler und begabter Mensch er ist. Der Landsknecht, wie sich nennt. Seine Erzählungen sind von ritterlicher, echt deutscher Gesinnung. Betty ist ihm von Herzen dankbar für seine Güte und Hilfsbereitschaft. Er hat ihr oft genug geholfen und will ihr auch jetzt seine Hilfe nicht versagen, wenn sie sie braucht. Er hat ihr ritterlich und großherzig in jeder Seelen- und Lebensnot beigestanden. Im August 1848 hat er ihr geschrieben: »Solange **ich** ein Stück Brot habe, sind Sie für die Notdurft gedeckt. Ich betrachte Sie wie einen treuen, alten Kriegskameraden und werde, insoweit es meine Kräfte gestatten, Sie nicht sitzenlassen.« Was für ein gütiger Mensch! Betty ist über die Ungewissheit ihrer Lage sehr besorgt, oft schwer bedrückt von Sorgen. Ihre Stellung war nie derart, dass sie Ersparnisse hätte machen können. Sie schreibt für den *Wiener Lloyd* und ab Herbst wird sie für die *Oesterreichische Zeitung* Literatur- und Kunstberichte schreiben. Gelegentlich auch für andere Journale. Mehrere Blätter brachten die Nachricht, dass sie die Redaktion der poligraphisch-illustrirten Zeitschrift *Faust* übernimmt. Davon ist kein Wort wahr. Nach der Geschichte mit Frau von Bagréeff ist sie es leid, Gesellschaftsdame zu sein. Ida schlägt ihr vor, zu ihnen in die Obere Bäckerstraße, in der sie jetzt wohnen, zu ziehen. Sie kann ein separates Zimmer bekommen. Betty ist glücklich über diesen Vorschlag und Idas Teilnahme und Herzlichkeit. Unter Tränen nimmt sie an.

Ida ist in heller Aufregung. Das Dienstmädchen hat 100 Gulden gestohlen. Es kann nur das Dienstmädchen gewesen sein. Das Kindermädchen war im Kinderzimmer und die Köchin in der Küche. Ida hatte 100 Gulden auf dem Tisch liegen gelassen. Sie hatte nur einen Augenblick das Zimmer verlassen. Als sie zurückkam, war das Geld weg. Nur das Dienstmädchen war anwesend, niemand anderer kann der Dieb gewesen sein. Das Dienstmädchen beteuert seine Unschuld. Ida will es einsperren lassen. Das Dienstmädchen weint bitterlich und schwört, das Geld nicht genommen zu haben. Plötzlich kommt Richard gelaufen, um seiner Mutter eine Probe seiner Geschicklichkeit im Bilderausschneiden zu zeigen. Das ausgeschnittene Bildchen war nichts anderes als eine Figur aus der vermissten Banknote, die zum Glück nicht gänzlich zerschnitten war. Als Entschädigung für die Kränkung gab Ida dem unschuldigen Dienstmädchen die Hundertguldennote. Ein Kaufmann wechselte sie ihr zum vollen Nennwert um. Betty lacht über die Geschichte. Aber sie tadelt Ida auch. Wenn das Geringste abhanden kommt, werden sogleich die Dienstleute verdächtigt. Man sucht nicht, fragt nicht, forscht nicht nach. Das Ding ist gestohlen worden, Punktum. Nichts macht das Gemüt der Dienstleute störriger als eine ungerechte Verdächtigung. Aber immerhin war Ida so rücksichtsvoll, der unschuldig Gekränkten eine Entschädigung zu bieten.

Betty und Ida machen zusammen viele Besuche. Henriette Wertheimer, Heinrich Laube, Eduard Bauernfeld sind in Baden. Und immer wieder kommen Burgschauspieler auf ein paar Tage in den Kurort. Julie Rettich, die Haizinger, Carl von La Roche. Carl kommt auch hin und wieder, ist aber dann längere Zeit auf Geschäftsreise in Norddeutschland. Nur Ludwig Gabillon kommt nicht, nach dem sich Betty so sehnt, den sie so vermisst und schmerzlich entbehren muss. Bei Henriette Wertheimer finden Lesungen statt. Betty kennt Laube schon aus Leipzig. Nun ist er Burgtheaterdirektor und Betty übersetzt und bearbeitet Stücke für das Theater. Auch schreibt sie Berichte über die Stücke, worauf Laube besonderen Wert legt.

Gabillon, der Burgschauspieler ohne großen Ruhm, aber Laubes Liebling, will nicht nach Baden kommen, er will den Hochschwab besteigen und fährt nach Mariazell. Betty hat ihn bei Laube kennengelernt. Der junge Franzose aus Mecklenburg. Nach dieser großen

Tour will er nach München und Hamburg reisen. Es sind Ferien und er wird sechs Wochen weg sein. Betty ängstigt sich unablässig um ihn, obwohl sie es nicht will. Allein eine Tour auf den Hochschwab! Wenn ihm nur nichts zustößt. Er neigt noch zu jugendlichem Leichtsinn. Das Herz tut ihr sehr weh, wenn sie an die lange Trennung denkt. Vorige Woche hat sie Ludwig zum letzten Mal vor seiner Reise gesehen. Sie war in Wien, um ihn als Otto von Meran zu sehen. Ludwigs Anblick, der Umgang mit ihm, der fortwährende Austausch ihrer Gedanken über das Kleinste wie über das Größte ist ihr ein Lebensbedürfnis. Obwohl er so viel jünger ist als sie, ist er so reich an Bildung und Erfahrung. Endlich bekommt Betty einen Brief von ihm aus Ischl. *Zwei Tage weilte ich am Hochschwab. Vielleicht die ruhigsten, freudvollsten, frischesten meines ganzen Lebens. Aber hier in Ischl übermannte mich eine Trostlosigkeit, ein Verlassensein, das mir die Brust zu sprengen drohte.* Und nachdem er Bettys Brief noch einmal gelesen hat, schreibt er weiter: *O Du reine, starke und doch so schwache Seele. Deine wilde Liebe erschreckt mich wieder und immer wieder. – Ich liebe Dich so ganz anders, ich fühle nur zu gewiss, dass, würdest Du mir entrissen, ein Teil meiner Seele, der durch Dich ins Leben gerufen, mit Dir ginge. Ich wüsste nicht, wie ich Dich entbehren sollte. Und doch gestehe ich Dir's, überkommt mich eine tödliche Angst vor dieser Leidenschaft. Ich denke dann an die Zukunft und muss mit Faust ausrufen: Das Ende würde Verzweiflung sein! – Doch genug. Meine Nerven sind gereizter als je. Fort, hinaus aufs freie Land. Wandern, wandern. – Schilt nicht mit mir über all das unsinnige Zeug. – Schreibe mir mild und gut.* Betty hat Tränen in den Augen. *Ich öffne den Brief noch einmal, um Dir als Gruß vom Hochschwab ein selbstgepflücktes Alpröschen zu senden!* Betty weint leise. Ihre wilde Liebe erschreckt ihn. Er hat tödliche Angst vor ihrer Leidenschaft. Wo führt das hin? Käme er doch zu ihr nach Baden, statt einsam und verlassen in Ischl zu weilen. Gewiss, er will sie nicht sehen, er will allein sein. Ihr Louis, ihr Ein und Alles auf der Welt. Jeder Tag, den sie mit ihm zugebracht hat, hat sie nur tiefer empfinden lassen, dass alles Leben ohne ihn nur ein Scheinleben, wandelnder, atmender Tod ist. Er ist ihr zur Welt geworden, in der sie allein noch lebt. Es ist kein Scherz: Sie würde gerne mit Witek, Ludwigs Hündchen, tauschen: Das gehört ihm, ist immer in seiner Nähe, ist ihm zur lieben Gewohnheit geworden. Was könnte sie sich Höheres wünschen? Wie schön war es voriges Jahr, als sie zusammen in Baden waren und zum

Jägerhaus spazierten, und was für ein süßer Zauber war es, als seine geliebte Stimme Heine vortrug. Und nun, nun naht das Ende. Er sagt es selbst. Er hat genug von ihrem törichten Herzen. Wie kann es sein? Vorige Woche haben sie im Erzherzog Johann gespeist und es war so schön und alles war gut. Mit welcher Sehnsucht hat sie dem Wiedersehen entgegengefiebert. Nein, nicht alles war gut. Er hat geklagt, dass er immer wieder nur mit einer zweiten Rolle bedacht wird. In Bauernfelds neuem Stück wieder. Nie noch hat er eine bedeutende Rolle bekommen. Das hat er satt. Er will es endlich durchsetzen. Betty hat ihn getröstet und ihm Mut gemacht. Er war doch so wunderbar als Benedict. Es ist ihr seine liebste Rolle. Es war sein erster Versuch im Charakterfach und es ist ihm glänzend gelungen. Sie waren lange beisammen und Betty war trotz aller Sorgen um Ludwig glücklich. Und jetzt dieser Brief. Als ob sie es geahnt hätte. Immer wieder kam ein Moment, da sie befürchtete, er könnte sich von ihr abwenden. Wie lähmt der Gedanke ihr das Herz. Sie lässt Ida sagen, dass sie unwohl ist und nicht zu Tische kommt. Sie läuft hinaus auf die Wiesen und zum Wald. Jetzt will sie niemandem begegnen. Sie hat Tränen in den Augen. Es sind ohnedies alle bei Tische. Es ist das Ende, gewiss. So fängt das Ende an. Wenn er doch käme! Vielleicht kommt er ja. Betty möchte sowieso noch in Baden bleiben. Sie ist immer noch sehr leidend. Die Bäder sollen doch helfen. Auch wenn sie vor jedem Bad die vierzehn Nothelfer anruft und nur mit Heulen und Zähneklappern das Bad übersteht. Und dennoch verschafft es ihr auch Erquickung. Vielleicht kommt er für zwei Tage, wenigstens für einen Tag, wenn er wieder in Wien ist. Dann können sie von Angesicht zu Angesicht sprechen.

Nachmittag lässt Ida Betty fragen, wie es ihr geht, ob sie etwas braucht, ob sie kommen soll, ob sie einen Arzt rufen soll, ob sie mit ihr Tee trinken möchte. Betty lässt ausrichten, dass sie nichts braucht. Sie möchte allein sein. Erst spät am Abend lässt sie Ida sagen, dass es ihr besser geht und dass sie noch gerne mit Ida Tee trinken möchte.

– Ihre Augen sind gerötet, Betty.

– Vom Wind.

– Es war den ganzen Tag ganz windstill. Und gestern auch.

– Dann kommt es gewiss von der Migräne.

– Laube hat Sie allein durch die Wiese laufen gesehen. Er rief Sie an, aber Sie hörten nicht.

– Mag sein.

– Sind es Tränen, von denen Ihre Augen gerötet sind?

– Vielleicht.

– Ich will nicht in Sie dringen, liebe Betty, aber was ist der Kummer?

– Ach Ida, Sie haben eine Familie, Gatten und Kinder.

– Ist es das?

– Nein, Ida, das ist es nicht.

– Was ist es?

– Es ist es und es ist es nicht.

– Die Liebe?

– Ja, Ida, das Ende naht.

– Ach Betty, liebe Betty. Was ist passiert?

– Nichts ist passiert. Ich bin nur schwach.

– Nein, Betty, nein.

– Nicht stark genug. Sie sehen ja.

– Es wird alles gut werden, Betty.

– Vielleicht.

– Gewiss.

– Nichts ist gewiss, Ida.

 Betty seufzt.

– Es ist mein Schicksal.

Nein, er liebt sie. Bestimmt, es ist gewiss, er liebt sie. Er schreibt doch: *Ich wüsste nicht, wie ich dich entbehren sollte.* Am besten, sie antwortet ihm gleich. Zuerst erzählt sie ihm von ihrer Unterredung mit Warrens, dem Herausgeber der *Oesterreichischen Zeitung*. Er soll nicht merken, wie verzweifelt sie ist. Sie erzählt ihm, dass ihr Eintritt bei der *Oesterreichischen Zeitung* für den 1. September festgesetzt ist. Sie hätte gewünscht, den Winter nicht in Wien zuzubringen. Ihre Stellung zwingt sie dazu, sich in einem Kreis zu bewegen, der ihr nur Demütigung zufügt. Auch für ihn wäre es besser, wenn sie den Winter nicht in Wien verbringen würde. Aber sie will nur ja nicht klagen. Nein, Ludwig soll sie tapfer und gefasst sehen. Sie schreibt: *Die Liebesworte in Deinem letzten Brief, dass Du nicht weißt, wie Du mich entbehren sollst, sind mir wie glühende Tropfen aufs Herz gefallen. Du ahnst, fühlst, dass Du mich vielleicht bald wirst entbehren. Ich müsste mich verachten, wenn ich an Deiner Treue und Wahrhaftigkeit mir gegenüber einen Augenblick* zweifeln könnte, Du kannst mich so wenig verraten, wie ich Dich belügen *kann. Du weißt, was Du auch tun möchtest, ich es immer verstehe in jener wie in dieser Welt, immer dir Freund sein werde. Gott, mein Gott, warum bin ich nicht ein Mann oder deine Schwester? Wie wollten wir zusammen leben, uns gegenseitig stützen, finden, haben. In einem solchen Verhältnis brächte ich Dir Heil und Segen, jetzt kann ich Dir nur Schmerz und Unglück bringen. Der 28. Dezember des Jahres 1853, der Tag, der meine Seele an Dich kettete, war ein Tag des Unheils; mit unserem ersten Kuss hat meine Agonie begonnen. Was mich Dir wert macht, ist meine Liebe zu Dir. Ich bereue, beklage nichts. Es musste so kommen und weiter wird auch kommen, was kommen muss.*

Leb wohl, mein Freund, und gedenke meiner in Milde. Jeder meiner Gedanken ist ein Gebet zu Dir und für Dich. Lass mich bald von Dir hören, Du bist so gut, schreibst mir so fleißig und jeder Brief von Dir ist mir ein unverhofftes, unbegreifliches Glück. Deine B.

Betty ist zufrieden, keine Klage, keine Verzweiflung, nur Liebe. Ihre Nerven haben sich ein wenig beruhigt. Sie ist müde und traurig. Aber sie fühlt sich besser und will mit Ida und den Kindern nachtmahlen.

Am nächsten Morgen macht Betty gleich nach dem Aufstehen einen Spaziergang. Alles ist noch ruhig und man trifft noch keine Bekannten. Die frische Luft tut ihr gut und sie fühlt sich zum ersten Mal, seit sie hier ist, gesund. Fröhlich kehrt sie nach Hause zurück. Auf dem Tisch liegt ein Brief von ihrem geliebten Louis. Er liebt eine andere. Er liebt eine andere. Er liebt eine andere. Keine Träne, kein Schrei. Es ist das Ende, das sie kommen sah. Sie wollte es nicht glauben. Ihr guter, lieber Louis. Zerline Würzburg. Die junge Schauspielerin aus Güstrow, derselben Stadt, aus der auch Ludwig kommt. Eine Mademoiselle, die vor zwei Jahren mit erst 18 Jahren ans Burgtheater berufen wurde. Die sie nie mochte, die ihr immer schon unsympathisch war. Das Publikum berauscht sich an dieser taufrischen Jugend, vergöttert sie. Nur Laube mag sie auch nicht. Diese Grille mit ihren ständig ungebührlichen Forderungen. Die liebt er, die. Betty will ihn nicht mehr sehen. Sie will ihn nie wiedersehen. Er wünscht eine Unterredung. Sie lehnt ab. Kein Abschied. Es ist zu Ende für immer. Für immer. Und doch, sie will ihn sehen. Sie sehnt sich danach, ihn zu sehen. Sie muss ihn wiedersehen. Einmal, ein letztes Mal. Und dann ein Abschied für immer. Die Würzburg. Das kann nicht sein. Diese eitle junge Grille, die sich für ein Genie hält. Er hat sie nie geliebt, er hat sie nie verstanden. Bettys Gedanken taumeln. Das Herz ist zugeschnürt und die Kehle. Sie ist starr vor Verzweiflung. Sie will ihn wiedersehen. Sie schreibt auf ein Blatt: *Ich bin mit der Unterredung einverstanden. Betty*

Betty kann keinen Unterricht geben. Weder den Buben noch den Mädchen. Sie lässt Ida sagen, dass sie unwohl ist. Sie will auch keine Besuche machen, sie will nur allein sein. Ida lässt Betty durch das Dienstmädchen gute Besserung wünschen und wenn sie etwas braucht, soll sie es sagen. Betty lässt Ida ausrichten, dass sie Migräne hat und allein sein möchte. Nur sehr früh am Morgen läuft sie durch die Wiesen, den Rest des Tages bleibt sie auf ihrem Zimmer. Ida schickt ihr ein Kärtchen: *Es wird alles wieder gut werden.* Sie weiß schon, dass Bettys Herz aufgerissen ist und sie der Schmerz überwältigt hat, und kümmert sich weiter nicht um sie. Die Buben freuen sich, dass sie nicht lernen müssen, obwohl Ernst das Goethestudium mit Betty Spaß macht. Betty meint, er ist alt genug, um Goethe und Schiller zu studieren. Drei Tage lang lässt Betty nichts von sich hören. Ida ist schon sehr besorgt. Aber sie wagt es nicht, an ihre Tür zu klopfen. Nur das Dienstmädchen fragt sie immer wieder, wie es Betty geht. Das Fräulein liegt mit einem Tuch über den Augen im Bett, sagt Anna jedes Mal. Und Licht darf keines ins Zimmer kommen. Und essen tut das Fräulein auch fast nichts. Ida ist sehr aufgeregt. Wie kann sie Betty nur helfen? Auf keinen Fall darf sie Betty stören. Auch wenn ihr ihr Schmerz selbst so weh tut. Sie weiß, wer es ist. Im Juni war Gabillon oft heraußen, immer mit seiner geliebten Hündin, die Betty auch lieb gewonnen hat, und sie haben lange Spaziergänge gemacht. Es wird ohnedies gemunkelt. Aber Betty kümmert sich nicht um die Welt und um das Geschwätz der Menschen. Was ist passiert? Er hat sicher eine andere. Er ist jung und elegant und man sieht ihm den Franzosen an. Ida ist selbst schon ganz verzweifelt. So kann es doch nicht weitergehen.

Betty hat wieder einen Brief bekommen. Ludwig ist wieder zurück in Wien.

Wien, 3. August 1855

Meine liebe, liebe Betty. Ich bin nur einen Tag in München gewesen. Ich bat, ich beschwor Bodenstedt, mit mir aufs Land zu gehen. Die Häuser drohten auf mich niederzustürzen. Ich hätte laut schreien mögen, um meiner erregten Brust Luft zu machen. Ich habe gerungen wie ein Ertrinkender. Was ist aus Deinem armen Freund geworden, ein Wald des Jammers, nicht einmal des Mitleids wert. Ich habe mich schmählich belogen; ich habe die Wahrheit, die sich mir aufdrängte, mit eitlem Hochmut von mir gewiesen, bis es mir die Seele zerriss. – O Betty, meine liebe Freundin, meine einzige Stütze, wie habe ich mich höher gestellt, wie war ich unauflöslicher an Dich gekettet als in diesem Augenblick, wie ich Dir sagte, ich liebe eine andere. Verdammen darfst Du mich nicht, zurückstoßen darfst Du mich nicht. Denn tätest Du es, Du begängest eine Torheit. Es ist ja keine gewöhnliche Neigung zu Dir. In dem Augenblick, als ich mich trennte, fühlte ich einen Riss in meinem Herzen, den ich vergebens zu heilen suchte. O Du Liebe, Du Gute, hilf mir. Ich kann nur genesen, wenn ich weiß, dass diese drohende Gestalt, die Schmerzzerrissene, mir wieder zulächelt.

Glaube mir, ich bin zehnmal auf dem Punkte gewesen, plötzlich abzureisen und vor Dich zu treten. Dazu fehlte mir der Mut nicht. Aber ich bin so erregt, dass ich nach der langen beschwerlichen Reise als Todkranker zu Dir gekommen wäre. Und jetzt lege ich mein Geschick in Deine Hand.

Ich konnte vor Angst nicht weiterschreiben. Ich musste hinaus ins Freie. O wie viel milder stehst Du jetzt vor mir, da ich Dir alles geschrieben. Mir ist fast leicht und fröhlich. O Du Gute! Wie würde ich Dich verkennen, wenn ich von Dir anderes als Edles und Gutes erwartete. Ich erschaudere fast vor mir selber. Orestes hat gewiss nicht härtere Qualen erduldet. Ich lege im Geiste Dein Haupt auf meine Wange. Sage Dir ein herzliches Lebewohl für kurze Zeit und sehen wir uns wieder, schütteln wir uns die Hände und sagen: es soll und kann noch alles gut werden. Dein L.

Betty lässt Ida ausrichten, dass sie zu Tische kommt. Ida ist glücklich, endlich. Betty ist blass und hat gerötete Augen. In ihrem Gesicht ist großer Schmerz und Kummer zu lesen. Aber sie ist gefasst. Ida stellt keine Fragen. Betty sagt nur, dass sie so starke Migräne hatte, dass sie nicht aufstehen konnte. Sie will mit Ernst wieder Balladen lesen. Nach Tische will sie sich wieder zurückziehen. Aber nach der Jause will sie mit Ernst Balladen lesen.

Nein, sie will ihn nicht wiedersehen. Nur ihre große Verzweiflung, ihr Elend trieb sie zu einem raschen Ja. Die Qual des Abschieds schien ihr eine Erleichterung. Nur der Gedanke an ein Wiedersehen gab ihr noch Kraft zu leben. Mit Schmerzen hat sie diesen letzten

Wunsch aufgegeben. Es würde ihnen beiden nur Leiden, nur nutzlose Folter bereiten. Den Schmerz eines Wiedersehens, wie grässlich er auch sein mag, würde sie auf sich nehmen, könnte sie dabei auf irgendein Heil für ihn hoffen. Aber es wäre nur ein bitterer, fruchtloser Kampf zwischen zwei Gegensätzen, die sich nicht vereinigen lassen. Sie schreibt ihm: *Es hat mich unendlich wehmütig bewegt, wie Du mir in Deinem Brief sagst: ›Wir wollen von Vergangenheit und Zukunft sprechen‹. Ach, mein Kind, wie willst Du denn die Vergangenheit erwähnen, ohne mir tausendmal das Herz zu zerreißen? Wie willst Du von Zukunft sprechen, ohne mich dem Wahnsinn zu überliefern?* Er will Freundschaft mit ihr. Aber wie soll das möglich sein? Wie kann er sich benehmen, als sei keine fremde Gestalt zwischen sie getreten? *Ich kann mich nicht als freundliche Zuhörerin an Empfindungen beteiligen, deren leisester Ausdruck mir wie ein vergifteter Pfeil das Herz durchbohren würde. Besinne Dich, worin lag denn der Reiz, der wahrste Adel unseres Verhältnisses? Darin, dass keines dem anderen das Geringste verschwieg, dass jedes in des anderen Seele bis auf den tiefsten Grund blicken durfte. Dieses auf die reinste Wahrhaftigkeit begründete Verhältnis würde sich in sein Gegenteil verwandeln, es müsste zu etwas Gemachtem, Absichtlichem, Falschem werden, was uns beide mit Grausen und Entsetzen erfüllte.* Nein, ein solches Verhältnis ist nicht möglich. Und welche Rechte hätte sie ihm, dem Bräutigam einer anderen, gegenüber? Und was würde die Würzburg dazu sagen? Nie und nimmer würde sie ein solches Verhältnis dulden. Er versteht sie nicht. Er glaubt, eine Liebe wie die ihre könne sich zu ruhiger, mit jeder Teilung zufriedener Freundschaft verwandeln lassen. *Du wirst mich bald verschmerzen. Als Du mir zuerst jene verhängnisvolle Mitteilung machtest, wusstest Du, dass Du den Todesstrang gegen mich führtest, der hat aber Deine Hand nicht aufgehalten. So mag es jetzt seinen Lauf haben. Wäre es, wie Du sagst, stünde es wirklich bei mir, Dein Leben zu einem ruhigen, zufriedenen zu machen, Gott ist mein Zeuge, dass mir kein Opfer zu groß erschiene, diesen Zweck zu erreichen. Ich habe Dir aber dargetan, dass Du Dich meiner täuschst und dass ich mit dem glühendsten sehnlichsten Willen, alles für Dich zu tun, nichts für Dich vermag.*

Ich glaube Dir jetzt alles, was nottut, gesagt zu haben. Willst du mich dennoch sprechen, so bin ich dazu bereit; ich habe dir zugesagt und werde

jetzt nicht aus Furcht vor einigen qualvollen Stunden mein Wort zurück-
nehmen. Du selbst sollst hier entscheiden. Ich kann nichts als Heil für Dich
erflehen. Gott segne Dich! B.

Betty ist ruhiger geworden, geradezu besonnen, wenngleich ihr das
Elend noch ins Gesicht geschrieben ist. Ida ist deshalb sehr besorgt.
Spricht aber kein Wort darüber mit Betty. Wenn Betty darüber nicht
sprechen will, sagt Ida natürlich nichts. Es schmerzt sie nur ihre jam-
mervolle Miene.

    Kein Brief von Gabillon. Endlich nach fünf Tagen die Antwort.
Er will kommen, bald will er kommen. Er muss ganz plötzlich den
Mephisto spielen. Es ist kaum Zeit, die Rolle zu studieren. Er weiß
nicht, wie das werden wird. Er wird durchfallen. Es wird ein Fiasko.
Betty antwortet sofort. Sie bedauert, dass er gleich nach seiner Rückkehr
eine Heimsuchung wie den Mephisto zu bestehen habe. Er steht doch
schon zu fest, als dass eine mit geringerem Glück durchgeführte Rolle
ihm beim Publikum schaden könnte. Vielleicht bewirkt ja diese sozu-
sagen extemporierte Vorstellung eine plötzliche Faszination. Auf alles
andere geht Betty nicht ein, obwohl er ausführlich schreibt, dass ihre
Freundschaft ewig währen wird. Doch legt sie dem Brief ihre neuesten
Gedichte bei. *Indem ich sie Dir schenke, mache ich es Dir zur Pflicht, sie*
nie in eine fremde Hand zu geben. Du hast die bei weitem größere Zahl der
Gedichte unter Deinen Augen entstehen gesehen, bei vielen bist Du mir mit
Deinem Rat und Deinem Einfluss beigestanden; mir ist, als sei dies Buch
das Monument meines hingeschiedenen Glaubens, Hoffens und Liebens. Es
war eine schöne Zeit, als ich sie schrieb. Von mir selbst kann nicht mehr
die Rede sein, aber selbst Du, meine ich, wirst kaum eine reichere, schönere
erleben. Lebe wohl. B.

Gabillon war in Baden. Natürlich hat er Witek mitgenommen. Er weiß
ja, dass sich Betty freut, sein geliebtes Tierchen wiederzusehen. Betty
will gar nicht mehr daran denken. Der Ausbruch gegen ihn. Gegen
das Wesen, das ja doch nur die zufällige Veranlassung ihres Untergangs
ist. Es war ihrer unwürdig, sie hat sich hinreißen lassen. Es war ein
grässliches, entsetzliches Zusammensein. Und doch wünscht sie, dass
er noch einmal nach Baden kommt. Diese schrecklichen Eindrücke
müssen verwischt werden. Am liebsten sofort. Morgen. Und wenn er

verhindert ist, soll er Anton mit einem der Morgenzüge herausschicken, damit sie nicht unter Qualen vergeblich auf ihn wartet. Sie will ein freundschaftliches Verhältnis zu ihm versuchen. Nicht weil sie ihre Meinung geändert hat, sie handelt gegen ihre Überzeugung, nur aus Fügsamkeit und weil sie nicht hochmütig genug ist, sich für unfehlbar zu halten.

2

Mitte September finden sich wieder alle in Wien ein. Ida war mit Carl und den Kindern in Gmunden, wo sie ihre Eltern trafen. Betty ist schon eine Zeitlang in Wien und bereitet ihren Umzug zur Familie Fleischl vor. Schwarzenberg hat ihr zwischenzeitlich Unterschlupf im Jakoberhof gewährt. Nun bezieht sie ein schönes, großes separiertes Zimmer, das sie frisch tapezieren lässt. Ein Bett, ein Tisch, zwei Stühle, ein Sekretär und ein Schrank müssen angefertigt werden. Ein Sofa, eine Stellage und ein Schreibtisch können später noch angeschafft werden. Eine bescheidene Einrichtung, aber ihr genügt es. Ida ist so liebenswürdig und nett. Und die Kinder sind wohlerzogen. Richard ist ein herziger Bub. So wie in Baden speist Betty mit der Familie. Ida ist stolz, dass so eine berühmte Dichterin wie Betty bei ihnen wohnt. Und auch Carl fühlt sich geehrt. Gerade sind fünf Kinderschauspiele von Pater Marcus Holter erschienen. Sehr gelungen. Die wird sie mit den Buben lesen. Besonders hübsch sind »Das Negermädchen« und »Die patriotischen Kinder«. Im Oktober will sie auch mit ihnen ins Theater an der Wien gehen. Da werden »Märchen, Bilder und Geschichten für kleine und große Kinder« mit ganz vielen Kindern als Schauspielern aufgeführt. Noch ganz Kleine sollen auch mitspielen. Betty findet die Idee großartig. Wie gut, dass man sich nicht mehr nur mit dem Kinderballett begnügt und die Kinder nur tanzen lässt, sondern sie auch als Schauspieler bewundern wird können. Betty ist schon sehr neugierig. Sie will, dass die ganze Familie mitkommt. Auch Carl, das Kindermädchen, das Stubenmädchen und die neue Köchin aus Böhmen. Die erste nichtjüdische Köchin bei den Fleischls. Eine kleine, dicke Person mit einem großen Busen aus einem Dorf unweit von Budweis. Die Fleischls essen nicht mehr koscher. Sie essen Schweinsbraten und Rahmgulasch und natürlich Germknödel und Powidltascherln und überhaupt alle böhmischen Mehlspeisen. »Mechte nicht steren, nur servieren«, sagt die Kathi immer, wenn sie in den Salon kommt, und die Kinder brüllen immer vor Lachen. Sie gehen auch nicht mehr jeden Schabbos in die Synagoge, obwohl sie Mannheimer so hoch achten und Sulzer über alles lieben. Ida will Betty unbedingt in die Synagoge mitnehmen, damit sie Sulzer mit seinem Chor aus dem Schir Zion singen hört. Viele Nichtjuden kommen in den Tempel, um Sulzer zu hören. Es ist ein unvergessliches Erlebnis. Seine Stimme überwältigt. Ida sagt: »Sie öffnet die Pforten des Himmels, entlockt Tränen der Freude, der Treue und der Reue.« Zu den Feiertagen gehen sie natürlich schon in die Synagoge, das muss sein. Zu allen Feiertagen. In ein paar Tagen ist Jom Kippur. Sulzer wird das Kol Nidre singen. Ida möchte, dass Betty mitkommt. Wenn sie nicht ins Theater gehen muss, kommt sie gerne mit.

Betty sieht Ludwig fast jeden Tag. Manchmal nur ganz kurz, eine Viertelstunde oder ein paar Minuten nach der Vorstellung. Dann ist sie schon glücklich. Oft besucht er sie und sie sprechen über seine neue Rolle. Und doch ist sie betrübt. Sie kann kein heiteres Auge, kein lächelndes Antlitz sehen, ohne schmerzliches Befremden zu empfinden. Sie sehnt sich nach Ruhe wie nach einem fabelhaften Paradies. Weit ist es mit ihr gekommen. Sie geht ins Theater, nur um Ludwig auf der Bühne zu sehen, auch wenn sie keine Rezension schreiben muss. Und wieder hat sie »Ein Glas Wasser« gesehen, das sie schon so oft gesehen hat, nur um Ludwig zu sehen. Und erst Richard II.! Unvergesslich ist ihr die erste Vorstellung. Alles Weh, das ihr Herz seitdem erlitten hat, hat ihre Erinnerung daran nicht geschwächt. Sie muss Ludwig als Richard wiedersehen. Der Atem stockt ihr, wenn sie daran denkt, ihn in dem düsteren Glanz dämonischer Schönheit wiederzusehen. Immer und immer muss sie sich mit ihm beschäftigen. Wenn er krank ist, schickt sie ihm besorgte Briefe. Er möge nur ja zu Hause bleiben, die Luft ist zu schneidend. Sonst wird er den Husten nicht los. Durch Idas Dienstmädchen schickt sie ihm Brust-Met. Auch um Witek sorgt sie sich. Sie hat sich ein Haxerl verstaucht. Gleich schickt sie für sie ein Fläschchen Arnica. Auch wenn das Zusammensein nicht frei von Trübung ist, ist sie glücklich, wenn sie Ludwig sieht. Schon seine Gegenwart allein bringt hellen Sonnenschein in ihre Seele. Was hat sie Furchtbares, Grässliches gelitten. Sie glaubte, es sei alles vorüber und vorbei. Sie hasste ihn, sie hätte ihn ermorden können. Und jetzt. Nur das Leid ist geblieben. Aber der Zorn ist weg, ja selbst das Gefühl, das nach Rache verlangt, ist verschwunden. Ludwig dankt ihr, dass er sie wieder Betty nennen darf. Er weiß, wie sehr sie ihn geliebt hat, wie sehr sie ihn noch immer liebt. Sie stehen sich jetzt näher denn je. Er hätte ihr nicht so schreiben sollen. Viel Böses ist in ihm. Betty weiß das ja. Wie leicht bäumen sich alle Teufel in ihm auf. Sie soll alles Kränkende aus jenem Brief nehmen. Als sei es nicht geschrieben. Nein, seine Gefühle sind nicht so oberflächlich. Er ist nicht der harte Mensch. Wochenlang hat er täglich mit ihr gelitten, als der erste Riss in ihr Verhältnis kam. Es ist die tiefste, innigste Freundschaft, die ihn an sie fesselt. Sie hat nichts an seiner Liebe eingebüßt. Betty soll so groß sein, als sie gut ist, und sein Freund bleiben. Er will ihr Bodenstedts Demetrius vorlesen. An einem Abend, wenn er keine Vorstellung hat. Betty freut sich und dankt ihm von ganzem Herzen als für etwas Liebes, das er ihr schenken will. Sie freut sich nicht weniger auf die Dichtung selbst als darauf, sie von ihm vorgelesen zu hören. Sie will Ida dazu einladen und auch Kompert dazu bitten. Tee wird es nicht geben, aber kaltes Fleisch und Wein will sie servieren lassen. Ganz besonders freut sich Ida. Sie kennt Kompert noch nicht persönlich. Gabillon freilich hat sie schon im Theater gesehen und auch lesen gehört. Was für ein Genuss! Sie hat ja einen Vorleser, einen Studenten, der Silbe für Silbe liest. Ida kann ihm kaum zuhören. Aber er ist halt so bitterarm.

Betty macht sich Sorgen wegen ihrer Stellung bei der *Oesterreichischen Zeitung*. Bis jetzt weiß sie nicht genau, was Warrens eigentlich von ihr fordert und erwartet. Sie glaubt zwar nicht, dass er ein mit Wort und Handschlag getroffenes Übereinkommen rückgängig machen wird, trotzdem ist sie beunruhigt, in gänzlicher Unklarheit ihrer Aufgaben zu sein. Mit Sicherheit weiß sie, dass sie über die Stücke des Burgtheaters berichten soll. Gewiss wird sie auch über Bücher berichten können. Gerne möchte sie auch über Kunst schreiben, aber sie weiß eben nicht, ob das erwünscht ist. Und sie weiß bis jetzt nicht, ob sie ein fixes monatliches Honorar bekommt. Geschweige denn, wie hoch es ist. Da ihr bis jetzt niemand gesagt hat, was sie zu leisten hat, hat sie auch keinen Maßstab für das Entgelt. Sie hofft sehr, dass sich das alles finden wird. Sie muss eben ihr Hauptaugenmerk darauf richten, sich dem Blatt möglichst nützlich zu machen. Sie hat Warrens nach Reichenau geschrieben. Er ist aber so unverlässlich, dass sie kaum Antwort zu erwarten hat. Unter diesen Umständen ist ihre Arbeit nicht verlockend. Sie hat aber keine andere Möglichkeit. Obwohl sie das ganze journalistische Treiben mehr als satthat. Am liebsten würde sie nichts als Gedichte schreiben. An jede andere Arbeit geht sie wie der Bauer zur Robot. Wenn sie Hüte und Hauben zu fabrizieren verstünde, sollte sie keine Macht auf Erden dazu bringen, für eine Zeitung auch nur eine Zeile zu schreiben.

So kann es nicht weitergehen. Warum war sie so dumm und leichtsinnig und ist nicht wie andere kluge Kinder tot zur Welt gekommen? Sie will immerzu nur in Ludwigs Nähe sein. Er ist ihr, was Opium dem hoffnungslos Kranken, es kann ihn nicht heilen, aber es betäubt ihn und macht ihn unempfindlich für seine Schmerzen. Bald jährt sich der Tag, an dem sie zum ersten Mal zu ihm kam. Es war der 5. November, ihr ein ewig fortblühender Mai. In den Stunden grässlichster Verzweiflung hat sie die Losreißung von ihm nicht bitterer empfunden als an diesem Erinnerungstag. Vor einem Jahr war sie noch im seligsten Jubel. Sie glaubte nicht, dass etwas auf Erden imstande sei, sie zu trennen. Es ist anders gekommen. Er will Zerline heiraten. Bald, so bald wie möglich. Ihre Eltern wollen das nicht. Sie ist Jüdin und müsste konvertieren. Sie werden es durchsetzen. Wie kann er von ihr Freundschaft fordern? Wie kann sie unter diesen neuen Verhältnissen den Umgang mit ihm fortführen? Dies zu ertragen geht über menschliche Kraft hinaus. Es muss ein Ausweg gefunden werden. Nur als Bekannte könnten sie miteinander verkehren, Bekannte, die gelegentlich eine angenehme Stunde verplaudern. Sie müssen einander entwöhnen. Sie müssen einander gleichgültig werden. Es ist ein trauriges Ziel. Aber leichter als der das Innerste zerwühlende Schmerz einer Trennung. Und doch lässt sie keinen Tag vorübergehen, ohne ihn an ihre Existenz zu erinnern. Sieht sie ihn nicht, schreibt sie ihm einen Brief.

Mein liebes Kind! Sei mir nicht böse, dass ich Dir das beiliegende Gedicht schicke. Wie soll ich's anders machen? Mündlich dergleichen auszusprechen führt immer zu heftiger und schmerzlicher Erregung, selbst brieflich bringt es eine ähnliche Wirkung hervor, die besser vermieden bleibt. Dem ungeachtet kann ich's nicht immer zurückdrängen. Mir ist es Lebensbedürfnis, mich Dir zu zeigen.

Das Tote sei begraben!
Verlorenes sei dahin!
Mir bleibt, mich dran zu laben,
Ein schmerzlicher Gewinn.
Frei schwingt sich mein Gedanke
Zu dir, du, meine Welt.
Und spottet jeder Schranke,
Die zwischen uns sich stellt.

Addio. Das Leben ohne Dich ist ein scheußlich Ding, ich merk es an jedem Tag, wo ich Dich nicht sehen soll. Ich grüße Dich tausend und tausend Mal. Betty

Ida dauert Bettys Kummer. Betty spricht zwar nicht darüber, aber Ida sieht ihr den Schmerz an. Auch weiß sie, dass Gabillon sich mit Zerline Würzburg verloben will. Es ist ohnedies schon stadtbekannt, dass die Würzburg Gabillons Braut ist. Ida schlägt Betty vor, mit ihr nach Baden zu fahren, um sich ein bisschen zu erholen. Sie sieht ja, wie sie leidet. Betty ist einverstanden, obwohl sie ein Ausflug nach Baden sicher nicht von ihrem Kummer ablenken wird. Gerade in Baden gibt es so viele Erinnerungen an schöne Stunden mit Ludwig. Aber Ida ist so gütig, so um sie besorgt, dass sie ihr das Angebot nicht abschlagen möchte. Es ist auch nicht mehr kalt. Man spürt schon, dass der Frühling naht. Die frische Luft und ein langer Spaziergang wird sie sicher erquicken.

Betty schreibt in ihren Theaterrezensionen auch über die Schauspieler. Und Warrens ist vollkommen damit einverstanden, ja er möchte es gar nicht anders gehalten wissen. In der Korrektur ihrer letzten Rezension fehlte kein Wort, das sie geschrieben hatte. Sie verfasste noch eine kleine Notiz über die vergangene Vorstellung und lobte besonders Fichtners ausgezeichnetes Spiel. Als sie in der Früh das Blatt in die Hand nimmt, sieht sie jedoch, dass man Stellen, die sich auf die Schauspieler beziehen, eigenmächtig aus der Rezension und der Notiz weggelassen hat, ohne sie vorher zu verständigen. Gewiss weiß Warrens nichts davon. Das darf sie sich nicht gefallen lassen. Frau Laube muss die Wahrheit erfahren. Was geschah, steht mit dem, was sie ihr erzählte, in so grellem Widerspruch, dass sie sie geradezu für eine Lügnerin halten müsste, wenn sie sich nicht vor ihr rechtfertigte. Betty ist maßlos entrüstet. Einem Mann gegenüber hätte man sich nie Ähnliches erlaubt. Weil sie aber das Unglück hat, eine Frau zu sein, glaubt man, ihr alles bieten zu dürfen. Sie hat auf der Welt nichts als Schmerz, Kummer, Verdruss und Ärger. Wer dabei noch leben mag, muss eine stärkere Konstitution besitzen als sie. Sie ist nachgerade genug gequält worden. Jetzt hat sie es satt. Sie muss mit Ludwig sprechen. Sie hat sonst niemanden, der ihr raten kann und der sie trösten kann. Ausgerechnet Ludwig, der ihr den größten Jammer bereitet.

Betty schreibt ein paar Zeilen und schickt Anna zu Ludwig. Er schickt Anna mit der Nachricht zurück, dass er um 4 Uhr bei Betty sein wird. Er tröstet sie, spricht ihr Mut zu. Er ist so gut, so gut. Alles ist nicht mehr so schlimm. Sie wird sich beschweren, sie wird gleich einen Brief an Warrens schreiben. Sie hat sich beruhigt. Wie gut, dass Ludwig gleich gekommen ist, dass er ihr seine Zeit schenkt, obwohl er seine neue Rolle studieren muss. Er ist so lieb. Es ist wie früher. Und doch ist es nicht wie früher. Zerline steht zwischen ihnen. Immer, die ganze Zeit. Auch jetzt, wenn er so gut und lieb ist, auch wenn er ihr nah ist. Auch wenn sie nicht an die Zukunft denkt. Auch jetzt, wo sie solche Sorgen hat. Sie weiß nicht, was geschehen soll. Sie weiß nur, dass es so nicht bleiben kann. Sie gehen beide zugrunde. Er kann nicht zum Frieden gelangen, solange zwei einander widersprechende Empfindungen in ihm toben und ihn zu Täuschungen nötigen. Und für sie kann es keinen Frieden geben, solange sie jeden Augenblick den Schlag erwarten muss, der sie zerschmettern soll. Ihre Seele ist aus den Fugen geraten und wieder spürt sie nur noch eine tiefe, unglückliche Liebe und wieder tiefen tödlichen Hass. Die ganze Welt ist ihr gleichgültig. Das ist kein menschenwürdiger Zustand, kein Zustand, in dem man seine innere Würde bewahren könnte. Und sie hat nicht die Kraft, ihm ein Ende zu bereiten.

Zwischen 100 und 120 Cholera-Erkrankungen täglich in ganz Wien, zwischen 50 und 60 Tote. Unter den Vorstädten sind gegenwärtig außer der Wieden, wo jedoch eine entschiedene Abnahme zu verzeichnen ist, am allermeisten die Josephstadt und die Alservorstadt von Erkrankungen heimgesucht. Die Epidemie wird bald den Kreis der Vorstädte rings um die Innere Stadt geschlossen haben, und sollte Letztere diesmal von heftigen Ausbrüchen verschont bleiben, so lässt sich erfahrungsgemäß auf eine baldige Abnahme und sofortiges Erlöschen schließen.

Ida ist sehr besorgt. Die Kinder dürfen nicht hinausgehen. Kathi wird angewiesen, nur abgekochtes Wasser zu bringen und kein Obst zu kaufen. »Jessus, so viele Menschen sind schon gestorben«, jammert die Kathi, »joi, reg ich mich auf.« Carl geht jeden Tag ins Comptoir. Sein Bruder Adolph hat ausrichten lassen, dass er unter Diarrhö leidet und nicht ins Comptoir kommt. Ida beschwört Carl, nicht auszugehen. Doch Carl lässt sich nicht abhalten, er lacht nur. Adolph hat einen guten Arzt. Aber das heißt ja nicht, dass Carl nicht die Cholera bekommen kann. Carl kann sie von Adolphs Diener bekommen. Er geht trotzdem ins Comptoir. Betty ist in Panik. Ludwig hat ihr einen Brief geschrieben, er hat Fieber. Zwar nur leicht, aber trotzdem. Der Doktor hat ihn zu zwei Tagen »Bett« kondemniert, obwohl er sich sträubte. Das muss er einfach in dieser gefahrvollen Zeit über sich ergehen lassen. Sie selbst ist schon seit Tagen unwohl. Hat aber kein Fieber. Nur unwohl, nicht krank. Wenn sich nur Kathi nicht ansteckt. »Jessus, fircht ich mich so vor Cholera, joi, reg ich mich auf«, leiert sie jeden Tag. In der Inneren Stadt gibt es noch nicht so viele Erkrankungen. Es laufen Gerüchte mit schreckenerregenden Zahlen durch die Stadt. Freilich, es sind nur Gerüchte, und die sind mit Vorsicht aufzunehmen. Jede Diarrhö fällt gleich in die Rubrik Cholera. Carl ist davon überzeugt, dass Adolph keine Cholera hat.

»Direktor Laube von einem Cholera-Anfall befallen«, schreibt *Die Presse*. Betty ist außer sich vor Angst. Sie schickt das Dienstmädchen mit einem Brief zu Ludwig. Ob das klug ist? Sie kann sich anstecken. Ludwig lässt sie warten, er schreibt sofort ein paar Zeilen für Betty. *Laube liegt mit einer eingebildeten Cholera schwer danieder und erwartet stündlich den Tod. Er ist und bleibt ein alter Angstpeter, der durch seine Cholera-Angst nachgerade zum Gespött Österreichs wird.* Wenn es nur stimmt, dass Laubes Cholera eingebildet ist.

Jetzt, wo die Kinder nicht hinausdürfen, will Betty mit ihnen die Stücke lesen. Besonders »Das Negermädchen« gefällt den Buben. Ganz empört ist Ernst über Adelheid, wie sie das »schwarze Ding« behandelt. Eine schwarze Sklavin. Mit derlei Pack braucht man nicht so viele Umstände zu machen wie mit den weißen Kammerkätzchen, die man heutzutage kaum mehr scheel anblicken darf. Ist ja noch gar nicht ausgemacht, dass diese schwarzen Teufelchen Menschen sind. Rosa, das Negermädchen, ist keine Sklavin, belehrt sie Therese. Sie ist ihre

Schwester. Ihr Vater hat sie adoptiert. Sie ist ein ganz bescheidenes und gutes Mädchen.

– Böse Adelheid, sagt Otto.

– Ihren Bruder behandelt sie auch so schlecht.

Betty meint, die Kinder sollten das Stück aufführen. Ernst ist ganz begeistert. Paul und Richard sind freilich noch zu klein. Otto kann vielleicht schon mitspielen, obwohl er auch noch recht klein ist. Ida und Betty wollen auch mitspielen. Einen weiteren Knaben und ein weiteres Mädchen für das Negermädchen werden sie schon finden. Die Oppenheimers haben ein zehnjähriges Töchterchen, das sicher gerne mitspielt. Ernst möchte unbedingt Fritz spielen. Er nimmt im Stück verschiedene Rollen ein, um Adelheid zu blamieren. Er bringt sie sogar dazu, dem Negermädchen die Hand zu küssen, weil sie angeblich eine Prinzessin ist. Adelheid ist aber unbelehrbar. Nachdem alles aufgeklärt ist, sagt sie: »Und ich war so einfältig, ihr die Hand zu küssen.«

– Und wer spielt die böse Adelheid?, fragt Ernst.

Betty erklärt sich dazu bereit. Auch eine böse Rolle muss gekonnt gespielt werden, erklärt Betty Ernst. Ernst schreibt einen Brief an die kleine Clara Oppenheimer, ob sie mitmachen will. Gleich wenn die Epidemie vorbei ist, wollen sie mit den Proben beginnen. Ernst ist sehr aufgeregt. Aber auch Betty freut sich auf die Inszenierung des Stückes mit den Kindern.

Ida raucht am liebsten Damex-Zigarren. In ganz Wien sind keine mehr aufzutreiben. Carl hat schon überall gefragt. Es sind einfach nirgendwo welche zu bekommen. Betty erinnert sich, dass Ludwig eine Quelle hat. Sofort schreibt sie ihm ein paar Zeilen. Vielleicht kann er ja noch welche ergattern. Er würde Betty eine Freude machen. Sie sind für Ida. Er sollte die Gelegenheit, sich in ihrer Gunst zu befestigen, nicht ungenützt entschlüpfen lassen. Ludwig verspricht, welche aufzutreiben und auch Betty ein paar Stück mitzubringen.

Bock, der Redakteur der *Oesterreichischen Zeitung,* beschwor Betty, ihm etwas für das Feuilleton zu schicken. Es ist vollkommene Ebbe eingetreten. Betty will nicht absagen, obwohl sie nichts fertig hat. Sie will schnell ein Phantasiebild aus Hawthornes »Twice-told Tales« übersetzen. Freilich in Hast und Eile. Zum ersten Mal in ihrem Leben ist sie froh, dass Ludwig abgesagt hat. Sie ist durch die Hetzarbeit in einer so zappeligen Stimmung. Roboten heißt es jetzt. Zu Mittag soll sie bei der Bagréeff speisen. Aber sie wird absagen. Nicht nur die Übersetzung eilt. Laube hat ihr sechs neue französische Stücke gegeben, um sie durchzulesen. Sie soll beurteilen, ob sie für das Burgtheater geeignet sind. Zwei hat Betty schon gelesen. Sie sind aber ganz schlecht. Immer nur französische Lustspiele. Das ist der Geschmack des Publikums und Laubes Vorliebe.

Ludwig hat sich verändert. So verändert, wie sie nie gedacht hätte, dass er sich ihr gegenüber verändern könnte. Von Tag zu Tag ist er ihr mehr entfremdet. Nur aus alter Gewohnheit spricht er noch mit ihr von seinen Angelegenheiten, nicht weil ihn sein Herz dazu treibt. Sie ahnte, dass es so kommen würde, nachdem sie einmal bei ihm verdrängt war. Nur war es noch rascher gegangen, als selbst ihre trübsten Ahnungen ihr verkündet hatten. Und wenn sie aus der Welt geht, wird er sie nicht nur bald verschmerzen, nein, auch bald vergessen haben. Sie hätten sich gleich trennen sollen. Zwischen ihnen ist kein anderes als ein das innerste Leben umfassendes Verhältnis möglich. Nicht nur um ihretwillen schmerzt es sie so tief, dass sie ihm nichts mehr ist. Es kränkt sie auch darum, weil ihr damit die Macht genommen ist, ihm den Trost zu spenden, den man nur von einer geliebten Seele empfangen kann. Dabei hat er ihr noch vor ein paar Tagen geschrieben: »Weiß ich nicht, dass du meine teuerste Freundin bist?« Und doch wollte er nicht einmal ihre Rezension der Emilia Galotti lesen. So sehr hat sie sich gewünscht, dass er wenigstens die Stellen, die sich auf ihn beziehen, liest. Es hätte sie beruhigt, auch wenn es ihm gleichgültig ist. Er hat Anton geschickt: *Kann um vier Uhr nicht kommen. L.* So war es klar, dass er nicht kommen will. Mit jedem Tag entfernt er sich mehr von ihr und handelt, als ob ihre Teilnahme eine Last für ihn wäre. Wenn er nicht will, dann muss es wohl so sein. Sie will nur sein Bestes. Nein, es soll kein lästiger Zwang sein, einen Umgang fortzusetzen, der ihm kein Bedürfnis mehr ist.

Ida versucht Betty zu trösten. Fast täglich gehen sie zusammen ins Theater oder sitzen in ihrer Klause und lesen sich vor oder empfangen Besuche. Darüber entscheidet der Theaterzettel. Betty hat vor zwei Jahren in der Redaktion des *Wiener Lloyd* Valdek kennengelernt. Auch er schreibt nun für die *Oesterreichische Zeitung*. Oft verbringt er den Abend mit Betty und Ida. Dann sprechen sie über das italienische Theater, das Betty so liebt. Macbeth auf Italienisch. Aber was für

Schauspieler, was für Vorstellungen! Valdek kennt die meisten Schauspieler vom italienischen Theater und verschafft den beiden, wann immer sie wollen, Sitze. Betty ist begeistert und will alle italienischen Vorstellungen sehen.

Ewige Feindschaft, wenn Sie mir heute keinen Sitz für das bicchiere d'acqua verschaffen. Ich werde Sie nach 6 Uhr erwarten.

Ganz die Ihre, Betty Paoli

Dienstag 27. Oktober 1857

Ida in München

Ida hat einen Brief von ihrer Mutter bekommen. Der Vater ist schwer erkrankt. Wenn es ihr nur irgendwie möglich ist, soll sie nach München kommen. Vater leidet unter heftigen Magenschmerzen. Vielleicht ist es ein Geschwür oder eine Entzündung der Schleimhaut, es kann auch Krebs sein. Oft erbricht er, manchmal hat er Diarrhö. Das Erbrochene hat die Farbe und den bitteren Geschmack von Galle. Der Magen ist übersäuert, wovon er heftige Kopfschmerzen hat. Er darf nur wenig essen, vorwiegend Flüssiges, am besten Milch. Er ist stark abgemagert. Die Ärzte haben Kalk und Wismut verordnet. Ida ist in Tränen aufgelöst. Sie klopft an Bettys Zimmertür, was sie noch nie gemacht hat, wenn es nicht verabredet war. Betty ergreift ihre Hände. Es wird alles gut werden. Ihr Vater hat doch die besten Ärzte. Eine Entzündung der Magenschleimhaut ist freilich sehr schmerzhaft, aber sie wird bestimmt wieder gut werden. Jetzt muss die Reise geplant werden. Ida will so bald wie nur möglich reisen. Sie möchte Ernst mitnehmen. Die drei anderen Kinder sind noch zu klein, die sollen bei der Kinderfrau bleiben. Carl kann sie nicht begleiten. Betty würde gerne mit nach München fahren, aber das geht jetzt leider nicht. Wie gerne würde sie Bodenstedt besuchen und Heyse kennenlernen. Sie muss mit einer Übersetzung fertig werden, einige Stücke für Laube lesen und gerade jetzt fast täglich eine Vorstellung rezensieren. Laube legt größten Wert darauf, dass seine Anweisungen pünktlich eingehalten werden. Sich ihm nicht fügen heißt, es sich mit ihm verderben. Aber wenn sie Pech hat, lässt er die Übersetzung zwei Jahre liegen. So muss Ida allein fahren. Sie will mit der Eisenbahn fahren. Das ist ein bisschen schneller als mit der Postkutsche, auch wenn es ein großer Umweg ist. Dafür viel bequemer. Über Leipzig, Hof und Augsburg. Zwei Tage, zwei Nächte im Damencoupé, natürlich erster Klasse. In einer Woche will sie reisen. Anna wird schon angewiesen zu packen. Ida will mindestens vier Wochen in München bleiben, wenn es nötig ist, auch länger.

Todmüde ist Ida endlich angekommen. Ihr Kopf schmerzt, die Beine sind geschwollen, die Augen gerötet, die Nase rinnt, der Puls ist zu schnell und Ernst will endlich in einem Bett schlafen. Louise ist überglücklich, dass Ida gekommen ist. Die Dienstmagd hat schon alles hergerichtet. Ernst darf sich sofort schlafen legen. Ida soll essen und sich ausruhen. Aber sie will sofort zum Vater. Als sie ihn sieht, bricht sie in Tränen aus. Sie fällt ihm in die Arme und schluchzt.

– Wie mager du geworden bist!

– Es geht mir gar nicht so schlecht, Ida.

– Aber wie du aussiehst, dein Gesicht ist ganz schmal und gelb!

– Ich werde auf Kur fahren, dann werde ich schon gesund werden.

– Ach Vater, ich hab solche Angst um dich.

– Sorge dich nicht, mein Kind.

– Mutter hat geschrieben, dass du jeden Tag ins Comptoir gehst. Das darfst du nicht.

– Ich muss doch nach dem Rechten sehen, Kind.

– Das kann doch Eduard machen.

– Nein, er ist schon zu alt.

– Bitte Vater, schone dich. Wann kommt der Arzt?

– Heute Abend.

– Ich möchte mit ihm sprechen.

– Jetzt ruh dich aus. Du bist doch völlig erschöpft von der Reise.

Lippmanns Arzt ist unbedingt für eine Kur. Allein Lippmann will nicht. Ida hat er zwar gesagt, dass er auf Kur fahren wird, aber eigentlich will er nicht. Der Arzt hat es ihm schon oft gesagt, aber Lippmann sagt immer, dass er sonst nicht nach dem Rechten sehen kann. Dr. Schönlein sieht keine andere Möglichkeit mehr. Krankenheilanstalt bei Tölz oder Bad Homburg. Beide Quellen sind ausgezeichnet. Bad Homburg wäre vielleicht sogar besser, weil Lippmann in Folge von Stockungen in den Organen des Unterleibs an Kongestionen nach Kopf und Brust leidet. Neben dem inneren Gebrauch der Mineralquellen ist bei ihm auch die wohltätige Wirkung des kalten Wassers in Form von Vollbädern indiziert. Auch die Bergluft, die Bewegung, die Zerstreuung, das Entferntsein von allen Geschäften und jedem Geräusche des Städtelebens unterstützt die Heilkraft dieses herrlichen Mineralwassers. Ida soll unbedingt mit ihrem Vater sprechen und versuchen, ihn zu einer Kur zu bewegen.

Liebe Betty,
meine Beine sind noch dick geschwollen von der Reise, indessen musste ich sofort zu Papier und Tinte greifen, um Ihnen zu schreiben. Mein Herz ist voller Verzweiflung. Vater ist schwer krank, will aber keine Kur machen,

obwohl der Arzt darin die letzte Hoffnung sieht. Auch Mutter weiß keinen Rat mehr. Vater sollte im Bett liegen, geht aber jeden Tag mehrere Stunden ins Comptoir oder in die Gemeinde. Sie wissen ja, er ist im Vorstand der Gemeindeverwaltung. Er ist davon überzeugt, dass ihn niemand vertreten kann. Ich werde so lange hierbleiben, bis ich Vater dazu gebracht habe, in die Kur zu fahren.

Leben Sie wohl

Ihre Ida

Ach, liebste Ida, Ihr Brief hat mich höchst betrübt. Ich kann Ihnen gar nicht sagen, wie leid es mir tut, dass Ihr Vater so krank ist. Ich wünsche sehr, dass Sie ihn bald zu einer Kur bewegen können. Es tut mir sehr leid, dass Sie so traurige Tage verleben müssen.

Unter diesen Umständen werden Sie ja Bodenstedt nicht besuchen können und nicht die Ruhe haben, ins Theater zu gehen, was ich sehr bedaure. In der letzten Augsburger Allgemeinen Zeitung *hat Alfred Meißner seine Erinnerungen an Heinrich Heine veröffentlicht. Sie wissen, dass Meißner einer der wenigen bis zum Tode unwandelbar Getreugebliebenen war. Er hatte ihn noch kurz vor seiner Krankheit kennengelernt. Man kann Meißnern zugeben, dass alles, was er über Heine sagt, wahr ist; dass er aber nicht alles sagt, was wahr ist, wird er selbst kaum leugnen können. Die Zeitung findet sich gewiss noch in Ihrem Hause.*

Schreiben Sie bald wieder, wie es Ihrem Vater geht und was Sie erreicht haben. Lassen Sie Ihre Eltern ganz herzlich grüßen. Ich umarme Sie, leben Sie wohl   *Ihre Betty*

Ernst hat einen Lehrer für Latein und Griechisch bekommen. Er muss lernen, weil er im Herbst das öffentliche Gymnasium besuchen soll. Lippmann hat auch auf einen Hebräischlehrer gedrängt. Ein Jude muss Hebräisch können. Es ist eine Schande, dass Ernst noch nicht einmal die Buchstaben kann. Ernst hat gar keine Lust, so viel zu lernen. Er ist das erste Mal in München. Er möchte unbedingt ein Pferderennen besuchen. Ida kann unmöglich mit ihm gehen, sie muss sich um den Vater kümmern. Louise hat auch nicht die Ruhe dazu. Lippmanns Bruder Hermann will mit Ernst und seinem Enkel Max, der in Ernsts Alter ist, gehen. Er liebt Pferderennen. Und zur Schießstätte vor dem Karlstor will er auch mit den beiden Buben. Ernst will aber auch unbedingt in den

Englischen Garten und auf dem See Kahn fahren. Dahin soll dann Max' Kindermädchen mit den Buben gehen. Und in den Bockkeller möchte er gerne. Sein Vater hat ihm davon erzählt. Die beliebten Bockwürste, die nur während der Bocksaison zu haben sind, möchte er kosten. Die Münchner fühlen sich im Bockkeller ganz kannibalisch wohl, hat ihm der Vater erzählt. Lippmann ist entschieden gegen einen Besuch des Bockkellers. Das ist nichts für ein jüdisches Kind. Auch wenn wir nicht mehr koscher essen. Ernst soll lieber Hebräisch lernen.

Ida spricht jeden Tag mit dem Vater über seine Krankheit. Lippmann hat Schmerzen, große Schmerzen. Ida hat nun beschlossen, einfach nach Bad Homburg zu schreiben und eine Wohnung zu mieten. Dann muss der Vater fahren. Er soll noch einen anderen Arzt konsultieren. Von Ringseis, den Leibarzt des Kronprinzen. Vielleicht kann er den Vater dazu bewegen, auf Kur zu fahren. Von Ringseis ist derselben Meinung wie Dr. Schönlein. Lippmann hat vermutlich ein Magengeschwür, und das Einzige, was helfen kann, ist eine Kur. Am besten Bad Homburg. Mit von Ringseis' Überredungskunst willigt Lippmann endlich ein, zu fahren. Aber Louise muss mitkommen. Mindestens vier Wochen, besser sechs bis acht Wochen. Ida ist erleichtert und schreibt sogleich nach Wien.

Liebe Betty,
Vater ist endlich bereit, nach Bad Homburg zu fahren und sich dort einer Kur zu unterziehen. Mutter fährt mit ihm. In zwei Wochen wollen sie die Reise antreten. Ich bleibe so lange hier.
Ernst lernt unwillig. Besonders das Hebräische ist ihm zuwider. Er hat deshalb auch schon arge Schläge bekommen. Aber Vater besteht auf dem Hebräischunterricht. Ernst würde lieber Astronomie studieren. Onkel Hermann war mit den Buben auf der Sternwarte in Bogenhausen. Seither spricht Ernst nur mehr vom Neptun. Er möchte nach Dorpat reisen, weil dort das größte Fernrohr steht. Aber Vater meint, dass das ein völlig unnötiges Wissen ist. Sie wissen ja, Ernst ist ein aufgeweckter Bub, aber er hat auch seinen eigenen Kopf.
Meißners Erinnerungen an Heine habe ich gelesen. Wie muss er gelitten haben in seinen letzten Jahren! Mit welchem Stoizismus hat er die Schmerzen ertragen! Tag für Tag ein Vorspiel des Todeskampfes. »O schöne Welt, du bist abscheulich!« Das schreckliche Krankenlager hatte seine Natur auf

eine tragische Höhe gehoben, die ihm eigentlich gar nicht eigen war. Heine dachte wieder an Gott!

Vor einigen Tagen hatte ich die tobendsten Zahnschmerzen meines Lebens. Kein Mittel half. Nelkenöl, Zimmet, Kampfer, Eibischtee, Branntwein, Kreosot. Sogar Knoblauch legte ich hinter die Ohren, wie es die Seefahrer tun. In der Nacht drückte ich kein Auge zu. Am nächsten Morgen suchte ich sofort den besten Zahnarzt von ganz München auf. Mit Tränen in den Augen setzte ich mich auf den Marterstuhl. Der Zahnarzt wollte mir keinen Äther verabreichen. Äther sei zu gefährlich. Die Narkotisierung kann zu Lungentuberkulose führen, zu Stumpf- und Blödsinn und zum Ausfallen der Kopfhaare. Insbesondere bei Frauen kann sie zum Tod führen. Wie ich die Zange sah, war ich einer Ohnmacht nahe. Die Operation dauerte nur kurz, war aber so schmerzhaft, dass ich dachte, meine letzte Stunde ist gekommen. Zwei Tage hatte ich eine geschwollene Backe und Wundfieber. Nun ist alles gut und ich fühle mich wieder wohl.

Leider sind die Münchner Bäcker sehr schlecht, auch die koscheren. Das Brot ist fast ungenießbar, kein Vergleich mit den Wiener Kipferln. Deshalb muss Ester Brot backen. Von den Würsten will ich gar nicht reden. Und Käse gibt es nur ganz ordinäre Sorten. Wir schicken Ester immer zum Früchtehändler Cesare Grandi. Sie wissen ja, dass wir Feinschmecker sind.

Liebste Betty, ich hoffe, Sie haben keinen Ärger, und wünsche auch, dass Sie gesund sind. Was bei uns in der Bäckerstraße passiert, weiß ich. Von Carl erhalte ich regelmäßig Post. Und wenn er verhindert ist, mir zu schreiben, schreibt mir das Kindermädchen, wie es den Kindern geht.

In zwei Wochen reisen wir nach Wien. Leben Sie wohl   Ihre Ida

Liebste Ida,
ich freue mich sehr, dass sich Ihr Vater nun doch zu einer Kur entschlossen hat. Er wird sicher in Bad Homburg genesen.

Es tut mir ja so schrecklich leid, dass Sie so fürchterliche Zahnschmerzen hatten. Ich weiß, dass sich manche Ärzte weigern, Äther zu applizieren. Mit Äther ist aber alles viel leichter zu ertragen. Man verliert das Bewusstsein und wenn man aufwacht, ist der Zahn heraußen. Ich bin nur froh, dass es Ihnen wieder gut geht.

Ernst wird seinen Weg gehen. Um ihn müssen Sie sich gewiss keine Sorgen machen. Den Kindern in Wien geht es gut. Aber das hat Ihnen sicher schon Herr Fleischl geschrieben.

Ich habe ein paar schlimme Tage hinter mir. Ich war recht unwohl. Ein verschlampter Schnupfen machte mir viel zu schaffen, Blutandrang zum Kopf, Kopfschmerzen und großes Unbehagen. Der kühle Wind blies mir vermutlich zu sehr in den Nacken. Mein Arzt verordnete mir Ruhe, Müßiggang und frische Luft. Für einen an Tätigkeiten gewöhnten Menschen lauter langweilige Dinge. Aber nun bin ich wieder gesund und sitze an meinem Schreibtisch, auf dem sich die Arbeit häuft.

Von der neuen Entdeckung am Burgtheater habe ich Ihnen ja schon erzählt. Josef Lewinsky, der Jüngling, von dem ich mich wunderbar ergriffen fühle. Er ist kein bloßes Talent, nein, er ist ein Genie! Sein künstlerischer Adelsbrief liegt in der Fähigkeit, den Gestalten neben ihrem poetischen zugleich einen individuellen Ausdruck zu verleihen. Er hält sich statt an den Wortlaut an den Geist der Rolle. Sein innerstes Streben findet man in Goethes Worten:

>Die Kunst bleibt Kunst – wer sie nicht durchdacht,
Der darf sich keinen Künstler nennen,
Hier hilft das Tappen nichts; eh' man was Gutes schafft,
Muss man es erst recht sicher kennen.«

Liebste Ida, vielleicht finden Sie doch noch Zeit, ins Theater zu gehen oder ins Odeon. Ich würde mich sehr freuen, wenn Sie Bodenstedt doch einen Besuch abstatten könnten. Er ist ein talentierter Sprachkünstler. Die »Lieder des Mirza-Schaffy« sind ein wahres Schatzkästlein.

Ich warte schon voll Sehnsucht auf Ihre Rückkehr. Sehr lange dauert es ja nicht mehr.

Leben Sie wohl Ihre Betty
Kathi lässt die Hand küssen.

Liebste Betty,
in einer Woche sehen wir uns wieder. Vater und Mutter fahren Montag nach Bad Homburg und ich reise mit Ernst mit der Postkutsche nach Passau, von wo wir mit dem Dampfschiffe weiter nach Wien fahren wollen. In einem Jahr soll die Eisenbahn nach Straubing fertig sein. Dann wird es viel leichter sein, nach Wien zu reisen. Ich hoffe nur, dass unsere Reisebegleiter ruhige Leute sein werden und dass kein Kranker mit uns reist. Vater geht es nach wie vor schlecht. Kein Mittel hat bis jetzt geholfen. Wir hoffen alle sehr, dass Homburgs Quellen ihre Wirkung tun werden. Eine besondere Wirkung verspricht sich Dr. Schönlein von den Molken. Sie werden von

Schweizer Alpen-Sennen des Kantons Appenzell aus Ziegenmilch zubereitet und frisch und warm in der Frühe für sich wie in Verbindung mit den verschiedenen Mineralbrunnen verabreicht.

Bodenstedt besuchte ich nun doch und auch im Theater und der Oper war ich. Vater drängte mich. Was für ein Unsinn, zu Hause zu sitzen, nur weil er ein bisschen Magenschmerzen hat, sagt er. Bodenstedt war äußerst liebenswürdig. Sogleich hat er sich nach Ihnen erkundigt und auch nach Gabillon. Geibel und Heyse waren anwesend. Bodenstedt war geradezu anmutig und hat ausgiebig von seinem Schatz von Erlebnissen und Erfahrungen erzählt. Sein Sprach-Sprech-Talent ist äußerst bemerkenswert. Er würzte die Gesellschaft mit seinen Weisheiten aus »Mirza-Schaffy« und seine Frau mit Liedern. Geibel freilich hat nicht so eine starke, originelle, selbständige Individualität. Er ist aber ein trefflicher Mensch, ein echter Dichter. Wie Sie wissen, hat er wegen seines außerordentlichen Erfolges viele Neider. Heyse ist ein sehr hübscher, junger Mann und besitzt eine feine und tüchtige Bildung. Schließlich wurde nach bayerischer Sitte aus dem Wirtshaus Beefsteak und ein treffliches Bier geholt. Gerne hätte ich auch Kaulbach kennengelernt, dessen Gattin ein gastliches Haus führen soll.

Geibel und Heyse erzählten, dass sie an jedem zweiten Sonntag mit ihren Frauen bei einer alten Dame zusammenkommen. Sie nennen sich »die Ecke« und besprechen ihre neuesten Arbeiten und Entwürfe, lesen vor, was sie ganz oder halb vollendet haben, und tauschen sich über die literarischen und künstlerischen Erscheinungen des Tages aus. Ein solcher Abend heißt ein »Ecken-Abend«. Die alte Dame ist Frau Staatsrätin von Ledebour, die Witwe des berühmten Botanikers. Sie soll mit ihren achtzig Jahren geistig noch immer jung sein. Geibel und Heyse erzählten so anregend von den »Ecken-Abenden«, dass ich selbst gerne so einem Abend beiwohnen würde. Dies ist natürlich gänzlich ausgeschlossen, da es sich wohl um einen geschlossenen Kreis handelt.

Die letzten Tage war ich nun doch jeden Tag im Theater. Nichts kann sich hier mit unserem Burgtheater vergleichen. Kein Lewinsky, kein Gabillon, keine Rettich, geschweige denn eine Haizinger und schon gar nicht ein Laube. Gutzkows »Ella Rose« war ein Erfolg. In der Handlung, in den Charakteren liegt viel spitzfindig Ausgeklügeltes. Wenngleich die Dialoge gedankenreich sind, erscheint mir das Verdienst des Stückes mehr ein novellistisches. Meyerbeers »Nordstern« hat mir nicht den tiefen überwältigenden Eindruck gemacht wie seine früheren Opern. Es fehlt ihm an Größe, an phantastischem Zauber, an jugendlicher Kraft und Melodienfülle. Meyerbeer will eine komische Oper schreiben und wendet die berechnetsten Kombinationen in der Stimmführung und sich überbietende Instrumentationskünste an. Die komische Oper aber verlangt einfache, fließende Melodien. Leonhard Wohlmuths »Mozart« habe ich auch gesehen. Die Aufführung war durchaus gelungen. »Nordstern« und »Mozart« haben Sie ja schon gesehen. Ich freue mich schon darauf, mich mit Ihnen darüber auszutauschen.

Ach, liebe Betty, es tut mir sehr leid, dass Sie so leidend waren. Ich wünsche Ihnen so sehr, dass Sie gesund sind. Bald sehen wir uns wieder. Leben Sie wohl. Ihre Ida

Lewinsky

1

– Ich bin so glücklich, Sie kennenzulernen. Ich habe Sie gestern als Moor bewundert. Ich war enthusiasmiert wie schon lange nicht. Ich werde ausführlich über Sie berichten.

Lewinsky errötet und verbeugt sich.

– Das erfüllt mich mit Stolz.

– Ihr Mienenspiel ist so fein, so lebhaft, so scharf markiert, ihre Gebärden sind so reich an Nuancen! Sie stellen alle Elemente von Franzens Natur dar, ohne eines auf Kosten der anderen zu betonen. Finden Sie nicht auch? Sie waren ja gestern auch im Theater.

Betty wendet sich an Grillparzer, der versunken in einem Lehnstuhl sitzt.

– Verzeihen Sie. Ich hab Sie nicht verstanden. Sie wissen, ich höre nicht mehr gut.

– Sie haben doch gestern auch »Die Räuber« gesehen. Wie hat Ihnen Herr Lewinsky als Moor gefallen?

– Ganz ausgezeichnet, Fräulein Paoli. Ich stimme mit Ihnen überein. Ich verstehe zwar nicht mehr alles, weil mein Gehör schon so schwach ist. Aber ich kenne das Stück wohl gut genug, um mir von Herrn Lewinskys Spiel ein Urteil bilden zu können. Seine Charaktermaske ist ein Zeichen dafür, dass er aus dem Inneren heraus spielt. Er lässt seine Züge fast unverändert und gibt dem Gesicht nur durch die Mimik den Ausdruck innerer Bösartigkeit.

– Ja, Franzens physische Hässlichkeit wird dadurch zur geistigen und sittlichen, der künstlerisch allein berechtigten Hässlichkeit.

– Lewinskys Franz ist kälteste Verstandesnatur ohne einen Anhauch von Gefühl.

– Es war ein glänzender Erfolg, wie ihn ein junger Debütant in der Burg vielleicht noch nie errungen hat.

Lewinsky strahlt vor Glück. Ein Lob von Grillparzer und Betty Paoli ist mehr, als er zu hoffen wagte.

– Das Publikum jubelte.

– Aber erst allmählich. Es gab eine Opposition.

– Wie immer, wenn ein Neuer auftritt.
– Sie wissen, man wollte mir das Genick brechen.
– Aber von Akt zu Akt steigerte sich der Erfolg!
– Man spürte es schon nach Ihrem ersten Monolog.
– Und nach dem zweiten Akt wurde der Beifall Jubel.
– Es gab noch einen kleinen Kampf mit der Opposition. Das haben Sie doch bemerkt.
– Aber nach dem vierten Akt lag sie auf der Nase.
– Im fünften Akt wurde ich fünfmal mit Geschrei hervorgejubelt.
– Sie wurden fünfzehn Mal gerufen. Ich habe es gezählt.
– Ich weiß. Und es hatte eine afrikanische Hitze.

Frau Rettich lässt Tee und Gebäck servieren. Auch sie hält Lewinsky für ein außergewöhnliches Talent. Sie ist schon so lange beim Theater, aber so einen Franz Moor hat sie noch nie gesehen. Gewiss, seine Stimme ist nicht vollendet. Aber er ist doch so jung. Das, was ihm fehlt, wird er lernen, aber nie hätte sich das lernen lassen, was er besitzt.

– Ich hoffe, Sie besuchen mich bald.
– Mit dem größten Vergnügen, Fräulein Paoli.

Eben gehe ich in die Probe des »Carlos«, ich habe einen reizenden alten Erzieher darin – nach der Probe werde ich so frei sein, Sie einen Moment zu besuchen – um mir über die Rolle bei Ihnen noch Rat zu holen. Ihr kleiner Schüler grüßt Sie recht herzlich

Betty sieht Lewinsky fast täglich. Sie lässt Tee servieren und ihr neues Hündchen, die Prinzessin, wie es Betty nennt, sitzt in ihrem Schoß oder auf dem Bett und kläfft gelegentlich. Betty wollte immer ein Hündchen. Ida konnte es ihr nicht abschlagen. Wenn sie nur nicht von ihr verlangt, es auch auf den Schoß zu nehmen und zu streicheln. Genau spricht sie mit Lewinsky seine Rollen durch. Sie analysiert die Figuren, die Charaktere, belehrt ihn, erklärt ihm, dass er die tote Masse seines Wissens in einen lebendigen Organismus verwandeln muss, dass dies der Hauptteil seiner Arbeit sei, und wenn sie gelingen soll, muss es ganz still sein in ihm und sein eigenes Sein muss in der Dichtung aufgehen. Für ihn wie für jeden, der eine Sendung zu erfüllen hat, gibt es keine Ruhe auf Erden und keine andere Befriedigung als das Bewusstsein, einen guten Kampf zu kämpfen. An diesem Bewusstsein muss er festhalten, dann wird sich der Rest ertragen lassen. Immer wieder muss sie Lewinsky auch auf der Bühne sehen und befiehlt ihm gleichsam, ihr Sitze zu verschaffen. Unablässig lobt sie sein Talent, seine reichen Gaben, sein Genie, sein tiefe und reiche Natur, seine Kraft zum Dämonischen. Zur Größe, nicht zum Glück sei er berufen. Sie hebt den Adel seiner Bewegung und Haltung hervor, seine Einfachheit und Wahrheit. Und dennoch kritisiert sie ihn auch manchmal, wenn sie meint, dass es sein muss. Wenn eine Handbewegung unglücklich war, wenn er nicht ganz im geeigneten Ton sprach oder wenn er einmal die Nuance eines Charakters mit nicht genügender Feinheit herausgefühlt hat. Sie glaubt, ihm die volle Wahrheit schuldig zu sein. Denn niemand ist von seiner Größe inniger durchdrungen als sie. Sie müsste sich verachten, wenn sie ihm nicht die Wahrheit sagen würde. Denn der innerste Kern ihrer Freundschaft ist ja Wahrhaftigkeit.

Verzeihe, dass ich nur wenige Worte Dir sagen kann – ich bin mitten im Lernen. Ich komme Freitagabend. Um 20 Uhr gehe ich zu La Roche, nachher zu Dir. Schönen Morgen Lewinsky
Frau Fleischl meinen Handkuss

Oft kommt Lewinsky nur eine Viertelstunde, um Rapport abzuhalten. Dann erzählt er nur schnell von der Probe und manchmal eine Neuigkeit von Laube. Betty kann es immer kaum erwarten, bis er kommt. Am liebsten würde sie ihn jeden Tag sehen. Nur zwingen will sie ihn auf keinen Fall. Es wäre ihr verhasst, ihm auch nur den geringsten Zwang aufzuerlegen. Immer betont sie, dass er es halten soll, wie er will.

Von ganzer Seele dank ich Dir für die erhabenen Stunden, die Du mich gestern hast genießen lassen durch die ehrenvolle Einladung in diesem kleinen Kreis von reichen Gästen – es war für mich ein Fest der Freude, ein Moment des Fortschritts. Die tiefste Bewunderung kann ich Dir nicht verhehlen, die die Anmut und ideale Einfachheit der Elßler auf mich gemacht. Mit der liebenswürdigsten Aufrichtigkeit kam sie mir entgegen mit einigen freundlichen Worten für mein Talent – ich starrte sie an, ohne ein Wort hervorzubringen – mir war, als träumte ich, als ich die Göttin zweier Welten so mit mir reden hörte, als ich sie wirklich neben mir sah.

Oft lädt Betty Lewinsky zu Abendgeselligkeiten im kleinen Kreis ein, die in Idas Salon stattfinden. Mal mit Münch und Rettichs, die immer schon um halb acht kommen, weil sie kränklich sind und nicht bis tief in die Nacht bleiben wollen. Mal mit Laubes, der Frau von Ladenburg, dem geistvollen Dr. Unger und dem Lewinsky anbetenden Adolph Exner. Immer wieder lernt Lewinsky berühmte Leute bei Betty kennen. Lorm und Kompert gehen bei ihr aus und ein, aber auch mit Auguste von Littrow und mit Gräfin Schönfeld und der herrlichen Schauspielerin Luise Neumann hat sie ihn bekannt gemacht. Lewinsky ist Bettys ganzes Leben. Sind sie einmal länger getrennt, vergeht sie vor Sehnsucht. Ein zigeunerischer Aberglaube meint, dass zwei Menschen, von denen einer des anderen Blut in seinen Adern aufnahm, nie wieder voneinander lassen können. Von einem Lebensquell durchströmt, sind sie fortan nur eines. So geht es Betty mit Lewinsky. Wenn zweier Menschen inneres Leben, von demselben Glühen und demselben Jubel erfüllt, sich in einem Strom ergossen hat, für dessen Wellen kein Dein und Mein mehr gilt, dann sind sie unzertrennbar. Und in diesem Sinne glaubt sie sich mit Lewinsky verbunden. Sie ist unermesslich stolz auf ihn. Erst seit sie ihn kennt, ahnt sie, was Mutterglück ist. Was er ihr bedeutet, kann sie ihm nicht sagen, denn sie hat einen tiefen Abscheu vor allem, was entfernt an Sentimentalität erinnert. Wenn sie beisammen sind, ist sie nicht imstande, ihm zu sagen, wie tief seine Nähe sie bewegt und in ihrer Seele für nichts anderes Raum lässt.

Für die Frühlingstage hat Ida eine Wohnung in Penzing gemietet. Jedes Jahr zieht die Familie im Frühling für einige Wochen in einen Vorort. Der Aufenthalt in der Stadt ist qualvoll. Wien ist ein Höllenpfuhl. Man atmet nichts als giftige Dämpfe ein. Betty zieht mit hinaus. Sie leidet ganz schrecklich unter der stickigen Luft und den üblen Gerüchen in der Stadt und wünscht sich nichts mehr, als wieder richtig atmen zu können.

Du weißt, dass Ida von Dir entzückt ist. Sie bittet Dich, uns morgen um halb eins zu besuchen und mit uns zu speisen, wenn es Dir möglich ist. Vielleicht kannst du uns ja einige Gedichte von Byron rezitieren. Schreib, bitte, zwei Zeilen, ob Du kommen kannst. Betty

Lewinsky besucht Betty in Penzing ohnedies, wann immer es ihm möglich ist. Oft fährt er nach der Probe hinaus und erzählt ihr in allen Einzelheiten, was Laube gesagt hat, wie es Julie Rettich geht, wen die Mutter Haizinger wieder getadelt hat und was es sonst für Neuigkeiten gibt.

Laube hat Gabillon alle seine Charakterrollen abgenommen und sie Lewinsky gegeben. Auf Lewinskys Wunsch. Den missglückten Mephisto und Marinelli, aber auch den geglückten Jago, Richard III. und Carlos in Clavigo. Was immer Lewinsky wünscht, Laube erfüllt es. Alle wissen es, auch Gabillon. Gabillon muss auf den Richard verzichten! Alle wissen, wie weh ihm das tut. Aber Laube ist das egal. Lewinsky ist nun einmal sein Liebling. Lewinsky arbeitet, gewinnt an Größe, stürmt vorwärts und das Publikum jubelt. Und dennoch ist er nicht zufrieden mit sich. Nur der Mittelmäßige ist mit sich zufrieden, erklärt ihm Betty. Deshalb ist sein Leben ein unentwegtes Streben, Studieren und Lernen. Wissen und Poesie. Das ist seine Berufung. Aber glücklich ist er nur während des Schaffens, über den Erfolg kann er sich nicht wirklich freuen. Ständig ist er auf der Hut vor Feinden, die darauf lauern, dass er eine Schlacht verliere. Das Gewinnen von Schlachten ist für ihn Lebensbedingung, gesteht er Betty. Lob spornt ihn nur an, aber schon der leiseste Tadel vernichtet ihn. Betty erläutert ihrem jungen Schüler, dass er so das Leben nicht ertragen wird können, wenn er dem melancholischen Hang seiner Natur gestattet, sich jeden unangenehmen Zufall als ein folgenschweres, wohlkonditioniertes Unglück auszumalen.

Nachdem Lewinsky gegangen ist, läuft Betty zu Ida und schmunzelt.
– Betty, was ist los?
– Du, denk dir nur, was mir Lewinsky gerade erzählt hat.
– Was denn?
– Soll man das erlauben? Der La Roche und die Haizinger wohnen zusammen unter einem Dach.
– So was!
– Ja, ja, die alten Leutchen.
Betty lacht und verschwindet wieder.

In den Vormittagsstunden vor dem Theater hoffe ich Dich zu sehen, ebenso nach dem Theater; Du wirst Dich vielleicht dafür interessieren, mich nach so einer großen Rolle wieder im Alltagskleid zu sehen. Wir speisen morgen Abend im Garten und Du gibst mir an Zeit, wie viel Du mir geben kannst. Dein getreuer und aufrichtiger Freund Lewinsky

Er muss Byrons »Manfred« mit Musik von Schumann im Redouten- saal sprechen. Es ist eine große Aufgabe und er will ihn auch Betty vortragen.

Schönen guten Morgen! Und hier sind die Sitze für den Manfred. 1/2 1 Uhr. Nicht zu spät kommen! Die Musik ist herrlich. Das Erscheinen der Wasserfee – der Hymnus der Geister – Ich hoffe, man wird an mich keine weiteren Ansprüche von höherem Vortrag stellen – denn ich bin dabei nur Grundwächter, damit das Publikum den Gehalt der Musik erfasst. Viel Vergnügen Dir und Freundin Ida. Lewinsky

Lewinsky hat Bettys neueste Gedichte kopiert und will ihr ihre »Briefe an einen Verstorbenen« vorlesen. Sie gehören zu dem Schönsten, was sie je geschrieben hat. Betty wünscht sich, dass bei der nächsten öffent- lichen Rezitation Lewinsky ihre Gedichte spricht, und nicht Zerline Gabillon, wie das letzte Mal.

2

Gabillon hat Betty und Ida eingeladen. Sie müssen seine kleine Leni bewundern, wie sie sich entwickelt hat, wie sie gedeiht, wie sie gewach- sen ist, wie reif sie geworden ist. Ja es macht sich schon ein Begehren nach Selbstständigkeit bemerkbar, sie plaudert schon prächtig und rast unaufhaltsam wie ein Eichhörnchen durch die Wohnung. Es ist ein wunderbarer Zauber um das Kind. Und gewiss wird Betty sich freuen, Witek wiederzusehen. Seine getreue Freundin, seine alte Begleite- rin. Sie ist alt geworden. Betty liebt sie doch auch. Sie kennt sie ja schon so lange. Betty liebt das Tier tatsächlich. In Baden damals ist sie ihr ans Herz gewachsen. Wie sie bei Tische immer gebettelt hat und Betty nicht widerstehen konnte, ihr etwas abzugeben. Witek läuft ihr gleich entgegen und springt an ihr hoch. Sie hat sie nicht vergessen. Betty liebkost sie. Auch Ida springt Witek an. Sie kennt sie noch aus Baden. Ida liebt Witek nicht besonders. Sie mag es nicht, wenn sie sie abschleckt. Sie findet Hunde unappetitlich und schmutzig. Sie streichelt sie auch nicht wie Betty.

– Was sagen Sie zu Witek? Sie ist alt geworden. Sie springt nicht mehr so kräftig und schwungvoll wie früher.

– Aber ihre bezaubernden schwarzen Augen glänzen nach wie vor.

– Ja, damals war die kleine unberührte Magd noch nicht einmal ein halbes Jahr alt.

Betty lächelt.

– Sie ist und bleibt eine verzauberte Prinzessin. Sie kennt mich wie niemand auf der Welt. Ein leichter Schatten von Freude oder Schmerz auf meinem Gesicht, sie sieht und fühlt ihn. Solange sie lebt, wird's mir nicht ganz schlecht gehen. Wie wird mir sein, wenn ich sie verliere? Sie verstehen mich doch, Betty. Das ist keine sentimentale Phrase.

Ida lächelt. Für Hundeliebe hat sie kein Verständnis. Aber auch Zerline findet ihres Mannes Liebe zu Witek übertrieben. Als ob sie ihn nicht genauso in- und auswendig kennte. Ein bisschen ist sie schon eifersüchtig, gibt sie zu. Zu Betty ist Zerline äußerst liebenswürdig. Auch Betty zeigt sich von ihrer besten Seite und nimmt das Kind auf den Arm, obwohl es schreit, und verspricht ihm, eine Geschichte zu erzählen, wenn es brav ist.

– Ich muss offen gegen Sie sein, liebe Betty.

– Bitte, sprechen Sie. Was haben Sie auf dem Herzen?

– Ich habe nichts auf dem Herzen, aber sagen muss ich es Ihnen. Und Ida soll es nur auch hören. Und vor meiner Frau habe ich keine Geheimnisse.

– Bitte, Louis.

– Es wird Sie bekümmern.

– So sprechen Sie doch!

– Lewinsky hat an mir einen unversöhnlichen Feind.

– Das bedaure ich sehr.

– Ich wusste es. Lewinsky ist Ihr Liebling.

– Er ist ein Genie.

– Ich weiß, dass Sie das glauben. Alle glauben das. Aber er ist ein Feigling.

– Nicht doch.

– Doch. Sie wissen es sehr wohl. Und deshalb verachte ich ihn.

– Das tut mir sehr leid.

– Die Feigheit kommt aus dem Bewusstsein seiner Schuld.

– Welcher Schuld?

– Sie wissen es. Ich muss auf Richard III. verzichten, weil er die Rolle haben wollte. Und auf Jago, Mephisto und Carlos.

– Ich weiß.

– Er meidet meinen Blick. Bis jetzt habe ich ihn nicht gegrüßt, obwohl uns die Proben zu den »Fabiern« täglich zusammenführen. Und auch von ihm habe ich noch keinen Gruß erhalten. Und so soll es bleiben.

– Was Sie erzählen, betrübt mich sehr.

– Es tut mir Ihretwegen leid. Ich weiß, dass Sie ihn lieben. Aber als guter Freund muss ich offen gegen Sie sein.

– Louis hat recht, Betty. Lewinsky ist feige.

Ida hat bis jetzt geschwiegen. Es geht sie nichts an. Und Lewinsky ist nicht ihr Liebling. Sie hält Bettys Neigung für übertrieben. Gewiss, Gabillon ist nicht so talentiert wie Lewinsky. Aber unfair hat sich Lewinsky allemal verhalten.

– Das darfst du nicht sagen, Ida. Josef ist von edelstem Charakter.

– Ja, Betty, Lewinsky hat Geist und Talent. Aber er hat Louis seine besten Rollen weggenommen.

– Das steht ihm zu. Das ist sein Recht.

– Aber nicht gerade fair.

– Sie kennen den Ausspruch Devrients: »Die dramatische Kunst ist die Kunst, dankbare Rollen zu erhalten.« Das mag barock klingen, hat aber unendlich viel Wahres.

– Louis hat schon recht. Das Publikum urteilt nach den mehr oder weniger dankbaren Rollen.

– Lewinsky wird ein großer Künstler werden.

– Das ist er.

– Er wird täglich mit dem Schönsten und Besten gefüttert, was die Literatur hervorgebracht und hervorbringt. Dann ist es keine Kunst, ein großer Künstler zu werden.

Zerline schweigt und spielt mit Helene. In ihren Augen ist Laube einfach ungerecht. Es ist immer ein Kampf mit ihm. Und seit Louis mit ihr verheiratet ist, mag er ihn nicht mehr. Jeder weiß es, aber niemand spricht es aus.

3

Betty verbringt den Herbst wie jedes Jahr in Saros-Patak bei der Fürstin Bretzenheim. Es ist eine lange und beschwerliche Reise dorthin. Vierzehn Stunden von Pest nach Tokay, obwohl es nur 40 Meilen sind, für die die Eisenbahn gewöhnlich nur zehn Stunden braucht. Von dort sind es noch vier Stunden bis zum Schloss. Fürstin Bretzenheim ist eine Nichte der Fürstin Schwarzenberg. Das verbindet Betty mit ihr. Der Umgang mit der Fürstin, der an Geist, Güte und Liebenswürdigkeit wenige gleichkommen, ist Betty höchst angenehm. Sie hat gerade durch den Tod ihres Mannes einen schweren Verlust erlitten und Betty möchte ihr Trost zusprechen. Auf dem Schloss gibt es einen wahren Überfluss an Büchern und Zeitungen, und jeder Komfort des Lebens ist natürlich und selbstverständlich. Betty hat wahrlich nicht den geringsten Grund zur Unzufriedenheit. Und dennoch denkt sie an Wien, an Josef, weil ihre ganze Seele bei ihm ist. Ihr Leben, von ihm abgetrennt, ist nur ein halbes Leben. Sie ist ja schon so lange von ihm getrennt. Zwei Monate hat sie sich verschiedene Kuren angedeihen lassen, zuerst in Franzensbad, dann in Schlangenbad. Von Schlangenbad ist sie direkt nach Pest gefahren. Aber sie gestattet sich keine sentimentale Weichheit. Sie ist hier, weil es ihr ein Bedürfnis ist, der Fürstin diesen Dienst zu erweisen. Die politischen Wirren hier beunruhigen sie jedoch. Es sieht aus, als ob man sich am Vorabend einer Revolution befände. Der Wert des Geldes ist aus den Fugen geraten. Die kleine Münze ist gänzlich aus dem Verkehr verschwunden. In Pest hat man ihr auf Banknoten Briefmarken herausgegeben, mit denen sie wiederum ihr Coupé bezahlte. Wo führt das hin? Man wird noch mit Muscheln oder dergleichen die Einkäufe bezahlen müssen!

Die Fürstin hat Fieber. Nicht sehr hoch. Es scheint nicht bedrohlich zu sein. Dennoch wird nach dem Arzt geschickt. Er will in einer Stunde kommen. Nach einer Stunde ist kein Arzt da, nach zwei Stunden nicht, nach drei, nach vier nicht. Betty kennt die Ungarn. Sie sind unendliche Faulpelze. Um 8 Uhr abends ist er endlich da. Übelriechend, schmutzig. Betty weiß es doch. Die Ungarn sind nicht nur faul, sondern auch schmutzig. Von so einem Arzt würde sie sich nicht untersuchen lassen. Kein Dienstmädchen würde ihn angreifen. Nicht einmal mit einem Staberl. Betty glaubt nicht, dass er der Fürstin helfen kann. Sie hofft, dass es nicht schlimmer wird und dass das Fieber von selbst wieder vergeht.

Ida hat Betty nach Schlangenbad geschrieben, dass sie zu Michaeli umziehen werden. Der Zins ist um 100 Perzent erhöht worden, was denn doch zu viel ist. Betty will eine eigene Wohnung haben, mit wenigstens zwei Zimmern. Sie möchte unbedingt ein Schlafzimmer haben. Bei den Fleischls hatte sie nur ein Zimmer. Ida versprach, eine Wohnung für Betty zu mieten. Inzwischen hat sich bei näherer Besichtigung herausgestellt, dass die Wohnung, die Ida für sie gemietet hat, feucht ist. In eine feuchte Wohnung kann sie unmöglich einziehen. So hat sie nach ihrer Rückkehr keinen Ort, wo sie ihr Haupt niederlegen könnte. Bei den Fleischls ist kein Zimmer übrig. Die feuchte Wohnung muss sie wieder loswerden. Und schon gar nicht möchte sie eine möblierte Wohnung. Davor hat sie einen Abscheu und sie will auch ihre Möbel nicht verschleudern. Es wird sehr schwer sein nach Michaeli, außer der gewöhnlichen Zeit, eine Wohnung zu finden. Sie muss Zerline auf ihren Brief antworten. Dabei nimmt sie die Gelegenheit wahr, sie zu bitten, ihrem Mann zu sagen, dass sie sehr dankbar wäre, wenn er ein bisschen auf Kundschaft ausgehen wollte. Sie möchte eine Wohnung in der Stadt, wo Lewinsky wohnt, oder auf der Wieden, wo die Fleischls wohnen werden, um in der Nähe von Ida oder Lewinsky zu sein. Lewinsky erwähnt sie natürlich nicht. Gabillon antwortet ihr sofort. Er schreibt ihr, dass Ida tief bekümmert ist. Aber sie trägt doch die Schuld, sie hätte die Wohnung genauer prüfen müssen. Inzwischen hat sie 50 bis 60 Schritte von ihrem Haus ein möbliertes Zimmer gefunden. Aber dann würden Bettys Möbel unnütz herumstehen, sie müsste an Fremde zahlen und wäre wieder auf **ein** Zimmer reduziert, was eine Menge Unbequemlichkeiten, denen sie zu entfliehen trachtete, zur Folge hätte. Die kleine Parterrewohnung in Gabillons Haus wäre so geeignet, so vorteilhaft gewesen. Aber dann hätte sie sich freilich mit den Gabillons begnügen und Ida entbehren müssen. Da hilft alles Reden und Jammern nicht, die Sache ist nicht zu ändern, da sie ja in Idas Nähe wohnen **muss.** Am Schluss berichtet Gabillon noch über Idas jüngsten Sohn: *Sie wissen ja, dass der kleine Richard schwer erkrankte. Die Eltern befürchteten schon das Schlimmste. Sie haben ja schon einmal ein Kind verloren. Gestern war Fleischl bei uns und hat uns erzählt, dass sich Richard sehr gebessert hat. Gott sei Dank, dass das*

Kind außer Gefahr ist und der herbe Kelch an den armen Eltern vorübergegangen ist. Es muss schrecklich sein, ein geliebtes Kind zu verlieren.

Ida sucht und sucht verzweifelt eine Wohnung für Betty. Schließlich ist die Suche mit Erfolg gekrönt und sie berichtet Betty:

Liebste Betty!
Ich habe für Dich endlich eine Wohnung in der Naumanngasse gefunden. Zwei Zimmer im dritten Stock in einem neuen Haus. 260 Gulden. Das ist nicht billig. In der Stadt sind die Preise nun einmal so hoch. Und wie Du weißt, ist der Zins in einem neuen Haus höher. Leider ist es weit zu uns in die Taubstummengasse, aber dafür wohnt Lewinsky ganz in der Nähe. Mit unserer neuen Wohnung sind wir zufrieden. Wenngleich sie klein ist. Otto, Paul und Richard haben zusammen ein Zimmer, nur Ernst hat ein eigenes. Sie kostet 500 fl. Das ist viel, aber kein Wucherzins, wie ihn der Hausbesitzer in der Landstraße verlangt hat. Carl sagt, in keinem zivilisierten Lande, wo sich eine richtige Organisation des Geld- und Kreditwesens vorfindet, wird sich der Hauseigentümer erlauben, seinen Mietzins sechs Monate im Vorhinein einzutreiben. Carl hat nun auch sein Comptoir in der Leopoldstadt und kommt oft zu Mittag nicht nach Hause.
Über die Krankheit vom Kleinen habe ich Dir schon berichtet. Gestern hat er zum ersten Mal das Bett verlassen. Du kannst Dir nicht vorstellen, wie sehr das arme Kind gelitten hat. Über die schrecklichen Krämpfe habe ich Dir geschrieben. Die Lage verschlimmerte sich aber und er schreckte manchmal aus unruhigem Schlaf auf, verzerrte die Gesichtsmuskeln und bekam Sehnenhüpfen. Wir dachten bei jedem Anfall, dass das das Ende ist. Wir schickten jedes Mal zu Dr. Preyss, der auch immer gleich kam und Blutegel und Schröpfköpfe im Nacken ansetzte. Wir lebten in fürchterlicher Angst. Ständig saß jemand bei dem Kind. Die Wärterin und ich wechselten einander Tag und Nacht ab. Immer wieder verlor er das Bewusstsein. Schließlich ordnete Dr. Preyss an, den Kleinen mit dem Gesicht nach unten auf den Schoß zu nehmen und fünf bis sechs Minuten einen Wasserstrom auf den Kopf fallen zu lassen. Die Krämpfe ließen tatsächlich nach und er erwachte aus der Bewusstlosigkeit. Dr. Preyss meinte, dass das Mittel heroisch, aber wirksam ist. Carl kam mittags immer nach Hause, um nach dem Kind zu sehen. Nun ist es überstanden. Dr. Preyss war sehr liebenswürdig und sprach immer mit ruhiger, sanfter Stimme mit dem Kleinen.

Der Kleine hat ihn richtig lieb gewonnen. Carl besuchte die Gabillons und erzählte ihnen gleich, dass der Kleine über den Berg ist.

Ich warte schon ungeduldig auf Deine Rückkehr. Lebe wohl Ida

Liebste Ida!

Nur schnell ein paar Zeilen, damit sie noch in dieser Stunde mit der Post abgehen können. Ich kann Dir nicht sagen, wie dankbar ich Dir bin, dass Du eine Wohnung für mich gefunden hast. Ich war schon in größter Sorge. Zumindest habe ich bis Georgi ein Dach über dem Kopf und dann werde ich weitersehen.

Ich bin so froh, dass Richard auf dem Weg der Besserung ist. Du musst Fürchterliches durchgemacht haben. Ich kann mir vorstellen, was für eine Angst Du hattest. Auch Dein Mann war in großer Sorge. Ihr habt schon das Schlimmste befürchtet. Nun könnt Ihr aufatmen und Richard wird bald ganz gesund sein.

Ich schließe, Heinrich wartet auf den Brief, ich umarme Dich

Betty

Am Tag ihrer Abreise bekommt Betty noch einen Brief von Gabillon:

Liebe Betty!

Ich bin fast krank vor Melancholie und muss alles in mich hineinfressen mit lächelndem Munde, um Zerline, die leidend ist, nicht zu alterieren. Ohne alle Vorbereitung zeige ich Ihnen den Tod der alten Witek an. Ich sag's Ihnen ganz allein, es hat mich bittere Tränen gekostet. Im Augenblick, wo mir die alte Freundin unwiederbringlich verloren war, fühlte ich erst, wie eng ich mit ihr zusammenhing. Sie wurde boshaft bis zum Exzess, niemand außer mir durfte sich ihr nähern, sie riss dem Mädchen, das ihr Milch brachte, buchstäblich die Kleider vom Leibe. Das ganze Haus geriet in Aufregung, die sich auf das Höchste steigerte, als die Alte am nächsten Morgen ohne jegliche Veranlassung aus dem Hause stürzte und dem Hauswirt an die Brust sprang. Glücklicherweise widerstand seine dicke Jacke dem Biss. Bei meinem Erscheinen war sie gehorsam wie ein Kind, legte sich mir zu Füßen und leckte mir die Hand. Sie können sich meine Angst denken. Ich setzte ihr Wasser vor. Sie trank ganz harmlos. Trotz allem wäre es gewissenlos gewesen, sie länger am Leben zu lassen. Ich hätte auch Leni wegen keine ruhige Minute gehabt. Blausäure war nicht zu bekommen, und nicht um tausend Gulden hätte ich sie fremden Händen übergeben. »Moors Geliebte darf nur durch Moor sterben.« Ich lud mein Jagdgewehr mit Kugeln, nahm die Alte, führte sie auf den Hügel hinter unserem Hause. Ich nahm sie auf den Arm, küsste sie und dankte ihr für all die unsägliche Liebe, die sie mir so viele Jahre bewiesen. Das alte Tier, ganz erstaunt über die ungewohnte Zärtlichkeit, heulte vor Freuden und legte oder presste vielmehr ihre Pfoten fest um meinen Hals, als wolle sie mich nicht lassen, und dabei leckte sie mich mit einer Behendigkeit wie in ihren jungen Jahren. Ich biss die Zähne zusammen und setzte sie auf den Boden, schoss sie nieder und traf sie so glücklich, dass sie ohne einen Laut, ohne eine Bewegung tot umsank. Mir war, als hätte ich einen Mord begangen. Meine Frau sagte mir, ich sei leichenblass gewesen, wie ich den Berg mit langen, unsicheren Schritten hinunterstolperte. Ein Dritter würde sich über diesen Brief höchlich amüsieren, Sie aber, liebe Betty, wissen, dass man mit Recht von der alten Freundin sagen konnte: »Ihr werdet nimmer ihresgleichen sehen.« Jetzt liegt sie in Dornbach unter dem Apfelbaum begraben, und mir ist, ich sage es ohne Scheu, als müsste ich sie mit meinen Händen wieder herauskratzen. Ich war fünf bis sechs Tage vollständig unbrauchbar bis melancholisch. Jetzt ist alles überwunden. Sanft ruhe die alte Witek. Leben Sie wohl   L. Gabillon

4

Gleich nach ihrer Rückkehr bittet Betty Lewinsky, sie so bald wie möglich zu besuchen. Auch wenn es nur auf eine Viertelstunde ist. Er lässt ausrichten, dass er keine Zeit hat. Er wird ihr schreiben, sobald er Zeit hat. Betty wartet schon drei Tage. Von Lewinsky keine Zeile. Sie will nicht drängen, ihn schon gar nicht zwingen. Aber so lange gar keine Zeile, keine Nachricht ist noch nie vorgekommen. Schließlich schreibt sie ein paar Zeilen. Sie ist höchst beunruhigt. Ob er so viel arbeitet, ob er krank ist? Es muss doch möglich sein, ihr zwei Zeilen zu schreiben. Aber wenn er zu krank dazu ist, soll er Franz schicken. Sie ist morgen um 5 zu Hause und erwartet ihn. Wenn er nicht kommen kann, soll er eine Nachricht schicken.

Um 5 Uhr erscheint Lewinsky in einem eleganten Promenadenanzug nach der neuesten Mode. Ein zweireihiger Gehrock aus geripptem

Stoff, mit Borten eingefasst und Samtkragen, schottisch kariertes Beinkleid, dazu ein licht kariertes Gilet. Betty ist ganz erstaunt. So elegant hat sie Josef noch nie gesehen. Sie sagt aber nichts. Sie freut sich, ihn endlich wiederzusehen. Er hat nur ein paar Minuten. Betty ist enttäuscht. Jetzt ist sie schon eine Woche in Wien und er hat immer noch keine Zeit für sie. Nächste Woche vielleicht. Er hat Proben und muss lernen. Außerdem muss er Gräfin Schönfeld besuchen und ist bei Fanny Elßler eingeladen.

– Willst du denn gar nicht deine Rolle mit mir durchsprechen?

– Das ist nicht nötig. Ich weiß schon, wie ich sie spielen werde, ich hab mir schon alles überlegt.

Lewinsky verabschiedet sich. Betty weiß nicht, was passiert ist. Sie ist tief getroffen. Dass er seine Rolle nicht mit ihr durchsprechen will, war noch nie der Fall. Was um Gottes Himmels willen ist passiert? Mit Tränen in den Augen sitzt sie in ihrem Fauteuil und denkt nach, was in Lewinskys Seele vor sich gehen mag. Sie muss ihm schreiben.

Wie Du Dir vielleicht vorstellen kannst, bin ich völlig aus der Fassung geraten. Nie noch ist es geschehen, dass Du eine Rolle nicht mit mir durchsprechen wolltest. Immer hast Du mir ausführlich über die Proben berichtet. Ich kann mir nicht erklären, was passiert ist. Du vermeidest, mich zu besuchen, was in mir den Eindruck erweckt, dass Du mich nicht sehen willst. Ich kann das alles nicht verstehen, mein liebes Kind. Ich bitte Dich inständig, mir zu erklären, was Dich zu so einem Verhalten mir gegenüber veranlasst. Ich bitte Dich, denke an unsere Freundschaft und antworte mir gleich. B.

Ich stecke über beide Ohren in Arbeit. Wenn ich wieder Zeit habe, schreibe ich Dir. Lewinsky

Bettys Herz ist zugeschnürt. Sie muss mit Ida sprechen. In schweren Stunden steht sie ihr immer zur Seite. Dann sitzen sie zusammen im Salon, trinken Tee und rauchen Zigarren. Und Betty klagt ihr Leid und Ida hört zu.

– Josef ist ein netter junger Mann. Er ist dir sicher nicht böse gesinnt. Das glaube ich nicht.

– Er ist ein Egoist. Eine einzige Zeile schreibt er. Er denkt gar nicht daran, mich zu besuchen. Nicht einmal auf eine Viertelstunde, obwohl er um die Ecke wohnt.

– Er hat eben keine Zeit.

– Ich bin ihm gleichgültig.

– Nein. Gewiss nicht. Vielleicht steckt eine Dame dahinter.

– Das könnte sein. Der elegante Anzug spräche dafür. Aber warum sagt er mir das nicht?

– Ach, Betty!

– Es ist noch etwas anderes. Er will seine Rolle nicht mehr mit mir durchsprechen.

– Das verletzt dich.

– Zutiefst. Was kann es für einen Grund dafür geben?

– Vielleicht will er selbstständig werden.

– Ich hab mich immer mit ganzer Kraft bemüht. Wir haben seinen Text immer gründlich besprochen. Ich hab ihm Bücher empfohlen, hab ihm zu lesen gegeben. Er hat aus unseren Besprechungen nur Gewinn gezogen. Er hat selbst immer gesagt, wie glücklich er ist, dass er alles mit mir besprechen kann. In Wirklichkeit gelte ich ihm nichts.

– Das darfst du nicht sagen. Das kann ich mir nicht vorstellen.

– Er ist ein Egoist. Er braucht mich gerade nicht. Deshalb lässt er sich nicht blicken. Ich hab ihn nie gezwungen, mich zu besuchen.

– Vielleicht hat er ja tatsächlich gerade keine Zeit. Das ist ja schon einige Male vorgekommen.

– Ich muss mich von ihm lossagen.

– Nein, Betty, das musst du nicht. Das wäre ein zu schmerzvoller Schritt.

– Sehr schmerzlich. Aber ich muss meine geistige Freiheit wiedergewinnen.

– Vielleicht solltest du ihm noch einmal schreiben. Kannst du so hart sein zu deinem Liebling?

– Es muss sein. Das Natürliche ist immer das Vernünftige. Und demgemäß muss ich handeln.

– Was hast du vor?

– Wir müssen uns trennen.

– Ist das dein Ernst? Willst du dich wirklich von Josef trennen? Josef, den du so liebst wie dein eigenes Kind, so bewunderst, so verehrst.

Auf den du stolz bist, wie nur eine Mutter auf ihren Sohn stolz sein kann.

– Es muss sein, so weh es mir tut.

– Carl könnte mit ihm reden. Auf ihn hört er vielleicht. Vielleicht kann er ihn überreden, dich zu besuchen, und ihr könnt euch aussprechen. Carl macht das sicher gerne. Er hat schon manchen Streit geschlichtet. Mich wird Lewinsky vielleicht nicht empfangen. Er wird vielleicht denken, dass ich deinetwegen komme. Aber Carl wird er sicher nicht abweisen.

– Nein. Unsere Trennung ist unvermeidlich. Ich schreibe ihm einen Abschiedsbrief und schließe mit der Vergangenheit ab.

Das Augartenfest

Lippmann ist nach Wien gekommen. Er ist zum Augartenfest anlässlich der feierlichen Eröffnung der Wien-Münchner Bahn eingeladen. Als Direktor der München-Augsburger Eisenbahn war er auch Gast beim Bankett im Glaspalast in München. Es war ein großartiges Fest.

Carl und Ida haben schon alles begierig in der *Wiener Zeitung* gelesen.

Am 11. August 1860 traf Kaiser Franz Josef König Max in Salzburg. Franz Josef in Begleitung der Erzherzoge Karl Ludwig, Rainer, Wilhelm Leopold und Joseph, Max in Begleitung der Prinzen Karl, Luitpold, Adalbert, Ludwig und Karl Theodor. Nach dem Fest der Schlusssteinlegung führte der Kaiser seinen Gast, den König, zu der großen Tafel in einen der schönen Wartesäle, wo die lebensgroße Statue der Kaiserin inmitten eines reichen Schmuckes von Blumen und Kränzen aufgestellt war. Bei dem festlichen Gabelfrühstück brachte der Kaiser einen Trinkspruch aus: »Die Feier des heutigen Tages eröffnet eine Epoche mächtigen Verkehrsaufschwunges für weite gesegnete Länder. Mögen sie sich in regem Wetteifer und steigendem Gedeihen der Wohltaten der neuen Verbindung erfreuen. Deutsche Bruderstämme sind es, die sich von heute an näher treten. Österreichs Söhne freuen sich, ihren Brüdern von Bayern die Hand zu reichen und ihnen für ihre Liebe und Treue zu danken. Ein Hoch Meinem königlichen Bruder und Freunde von Bayern. Ein Hoch für Bayerns treues und tapferes Volk. Ein Hoch für die Einigkeit der Fürsten und Völker Deutschlands.« Nach dem Festmahle reisten der Kaiser und der König zusammen nach München weiter. Die Fahrt dauerte fünf Stunden.

Was für ein Ereignis! Endlich kann man von Wien nach München mit der Eisenbahn fahren. Ida kann es gar nicht fassen. In fünfzehn Stunden schon kann sie jetzt in München sein. Lippmann erzählt vom Bankett im Glaspalast. Die österreichischen Gäste waren überwältigt und kamen aus dem Staunen nicht heraus. Die Ludwigstraße, die Maximilianstraße, der Königsbau, die beiden Pinakotheken, die Glyptothek und alles, was es sonst noch an Kunstschätzen in München zu sehen gibt, was Wien noch nicht besitzt. Und dann erst der Glaspalast!

Nie noch hatten sie einen so schönen Dom aus Glas und Eisen gesehen. Ein solches Gebäude hat Wien nicht zu bieten. Der Palast war in einen Zaubergarten verwandelt. Er glich einem riesigen Treibhaus. Grüne Bäume und Stauden bildeten farbige Wände, große Blumenluster schwebten vom Plafond herab. Um die große Fontäne herum waren Tische für 700 Personen aufgestellt. Der Kaiser von Österreich erschien in bayerischer Oberstenuniform, König Max in österreichischer Uniform. Mit großem Jubel wurden sie begrüßt und die Musikchöre sämtlicher Regimenter stimmten die bayerische und die österreichische Nationalhymne an.

Und nun fiebert Lippmann dem Schluss der Festlichkeiten im Augarten entgegen. Bis zum Fest ist es noch Zeit. Er will sich noch ein bisschen mit seinem Idele unterhalten. Aber der Vorleser ist gerade gekommen. Er soll warten. Aber er ist ganz neu. Das macht nichts. Wozu braucht sie überhaupt einen Vorleser? Es ist ein älterer Herr und so bitterarm. Ernst will sowieso seinem Großvater zeigen, wie die Basteien demoliert werden. Lippmann ist einverstanden. Er lässt sich gern von Ernst herumführen. Er wird sehen, Wien wird noch schöner als München werden! Sie nehmen einen Wagen zum Stubentor, das schon abgebrochen ist. Weiter gehen sie zu Fuß zum Rotenturmtor, das auch nicht mehr steht. Schließlich zum Franz-Josef-Quai, den Lippmann noch nicht gesehen hat. Ernst will seinem Großvater weiters die in Bau befindliche Votivkirche zeigen. Er erklärt ihm, dass sie zum Dank für die Errettung des Kaisers gebaut wird. Auch sein Vater hat eine Spende für den Bau gegeben. Lippmann ist beeindruckt, wie schnell alles vorangeht. Er ist gespannt, was aus Wien werden wird. Auf der Fahrt nach Hause fragt er Ernst, ob er noch Hebräisch lernt. Ernst verneint. Lippmanns Gesicht wird tiefrot. Er ist einem Wutausbruch nahe.

– Ich geh ins akademische Gymnasium und lerne Latein und Griechisch.

– Das genügt nicht.

– Ich lerne auch Chemie und Physik, das ist wichtiger als Hebräisch.

– Nein! Ein Jude muss Hebräisch können.

– Nein, Chemie und Physik sind interessanter.

– Statt dieser Experimente, die du immer in deinem Zimmer machst, sollst du lieber Hebräisch lernen. Ich werde mit Carl sprechen.

Ernst hatte schon vor einem Jahr Bar-Mizwa und kann kaum Hebräisch. Wohin soll denn das führen? Und Otto, Paul und Richard müssen auch endlich Hebräisch lernen.

– Ihr könnt ja nicht einmal das Kiddusch sprechen.

– Ich kann es schon.

– Dann bin ich zufrieden. Und kannst du in der Thora lesen?

– Nein, das kann ich nicht. Ich hab nur ein Jahr Hebräisch gelernt.

– Ich dachte es mir. Dein Vater hat auf meine Fragen, ob die Kinder Hebräisch lernen, nie geantwortet. Da muss etwas geschehen!

Lippmann muss sich fertig machen. Er legt seine Gesellschaftstoilette an, einen schwarzen Rock mit einer Reihe von Knöpfen, wovon er, wie es üblich ist, nur den obersten zuknöpft. Ein Gilet aus blauem Samt mit einem kleinen, schmalen Kragen, schwarze Beinkleider und eine weiße Krawatte. Lippmann wird von einem kaiserlichen Wagen abgeholt. 20.000 privilegierte Wiener haben Eintrittskarten bekommen. Auch Carl und Ernst haben eine. Ernst ist schon vierzehn. Die drei Jüngeren sind noch zu klein, um mitgenommen zu werden. Otto möchte unbedingt auch mitkommen. Er ist doch schon elf! Aber Carl erlaubt es nicht. Es werden zu viele Menschen sein. Ernst freut sich schon kannibalisch. Ida und Betty wollen das Fest nicht besuchen. Betty fürchtet die Menschenmasse und Ida hat kein Interesse an einem Volksfest. Da geht sie doch lieber ins Carltheater. Sie freut sich, dass man jetzt so schnell und bequem nach München fahren kann, aber unter die Volksmenge möchte sie sich nicht mischen. Carl und der Vater werden schon alles genau erzählen.

Carl und Ernst machen sich auch auf den Weg. Der Augarten ist voller Menschen. Mühsam drängen sie sich durch die Menge. Der Garten hat einen orientalischen Charakter bekommen. Weiße Papierlampions, Riesenkandelaber, eine unabsehbare Reihe von Ballonlustern.

– Vater, schau! Die brennenden Lampen! Es schaut aus, als ob die Blätter in bunten Flammen loderten.

Ernsts Augen glänzen. Immer mehr Leute kommen. Es herrscht schon ein richtiges Gedränge.

– Bleib bei mir, damit wir uns nicht verlieren!

Inzwischen hat das Bankett, zu dem auch Lippmann geladen ist, begonnen. Lippmann ist sehr stolz auf die Ehre, teilnehmen zu dürfen. Jetzt, da er nicht mehr koscher isst, ist das Leben viel einfacher und,

wenn er ehrlich ist, auch schöner. Auch Ernst ist stolz auf seinen Großvater. Schade, dass Papa nicht bei dem Bankett dabei sein darf. Aber
Papa hat ja auch gar nichts mit der Eisenbahn zu tun. Das Bankett
findet in den Sälen des Kavaliers-Pavillons statt. Sie sind in den öster-
reichischen und bayerischen Farben dekoriert und mit den Büsten
Sr. Majestät des Kaisers und Sr. Majestät des Königs von Bayern
geschmückt. Das Bankett wird von der Restauration *Sacher* ausgemacht. Speisen und Weine sind vortrefflich. Lippmann ist in festlicher
Stimmung. Er sitzt neben dem Präsidenten der Hanauer Eisenbahn,
Dr. Löwenstern, und ihm gegenüber der Münchner Hofbibliothekar,
Dr. v. Halm. Die Bankiers Freiherr von Rothschild aus Frankfurt und
Oppenheimer aus Köln sind auch anwesend. Sinnige und geistvolle
Toasts werden ausgebracht. Professor Edel, Abgeordneter der Bayer-
ischen Kammer, erinnert, dass Deutschland nicht minder am Mincio
als am Rhein verteidigt werden müsse. Natürlich ein Trinkspruch auf
den Kaiser von Österreich und einer auf den König von Bayern. Darauf
folgt ein donnerndes dreifaches Hoch. Schließlich erhebt sich der erste
Bürgermeister von München: »Kein Deutschland ohne Österreich.
Hoch lebe Österreich! Es blühe immerdar die Stadt Wien.« Der erste
Bürgermeister von Wien erwidert: »Es drängt mich aus vollem Herzen,
ein Hoch auszubringen allen Bewohnern des Bayernlandes und insbesondere unseren verehrten Gästen aus der schönen Königsstadt
München.«

Danach wird das Mahl aufgehoben. Die Gesellschaft begibt sich in
den Garten. Auf dem Platz vor dem Pavillon spielen abwechselnd das
Orchester der Herrn Johann Strauß und verschiedene Regimentskapel-
len. Der Radetzkymarsch wird gespielt. Die Menge jubelt. Da capo!
Der Männergesangsverein singt:

> Der Gott, der Eisen wachsen ließ,
> der wollte keine Knechte,
> drum gab er Säbel, Schwert und Spieß
> dem Mann in seine Rechte.

Da capo! Da capo!
Um zehn kommen Carl und Ernst nach Hause. Betty und Ida sitzen im
Salon, jede mit einer Zigarre, und Betty liest Ida ihre neuesten Gedichte

vor. Ernst muss unbedingt vom Fest erzählen. Und zwar gleich. Ida weist ihn zurecht. Doch nicht gleich! Betty muss zuerst noch ihr letztes Gedicht vorlesen. Sie sollen sich zu ihnen setzen und zuhören. Es ist ein Gedicht an Zerline Gabillon. Betty will es Zerline schicken. Sie liest:

An Zerline Gabillon

Es hat dir Gott beschieden
Jedwedes Glück und Heil!
Nur wenigen hienieden
Ward ein so holdes Teil.
Der Ruhm kam dir entgegen,
Dir ward der Schönheit Glanz
Und von des Weibes Segen
Der allerweichste Kranz.

Doch bess'rer Gabe Blüte
Hat Gott dir noch geschenkt,
Als er dir reinste Güte
In dein Gemüt gesenkt!
Als er, dass nie dich quäle
Der Reue Unkenruf,
So lichtvoll deine Seele,
Dein Herz so wahrhaft schuf!

Ja, diese Gaben sind es,
Dir selber kaum bewusst,
Die, wie ans Herz des Kindes,
Mich zieh'n an deine Brust!
Wenn einst von dir gefallen
Der andern Reiz und Pracht,
Sie werden mit dir wallen
Durch Tod und Grabesnacht.

— Es war ein prächtiges Fest, ein wunderbares Fest. Ihr könnt euch das gar nicht vorstellen.

– Wir wollten noch über das Gedicht sprechen.

– Das könnt ihr morgen. Alles war illuminiert.

– Ernst, du wirst warten!

– Nein! Ihr habt noch nie so ein Fest gesehen! Stellt euch vor, die Lampen, die Kandelaber, was für eine Illumination! Und am Schluss das Feuerwerk!

– Lass ihn erzählen, wir sprechen morgen über das Gedicht.

– Es waren so viele Leute, dass man sich kaum fortbewegen konnte.

– Gott, bin ich froh, dass ich nicht dort war.

– Nein, Betty, du hast das schönste Fest aller Zeiten versäumt.

– Du übertreibst!

– Nein! 30.000 Lichter haben gebrannt! Es war so malerisch, wie du es dir gar nicht ausdenken kannst, Betty.

Atemlos erzählt Ernst weiter.

– Vor dem Pavillon gab es riesige phantastische Pyramiden, Transparente mit Ansichten von österreichischen und bayerischen Städten und an den Festons der Kandelaber war die Devise angebracht: »Ein einiges Deutschland«. Die Alleen waren mit Kronleuchtern und hängenden Kandelabern geschmückt. Darauf waren unzählige bunte Lampen und rote, beleuchtete Ballons angebracht. Am eindrucksvollsten war ein kolossaler Kandelaber mit schwebenden Lichtgirlanden. Er hatte die Form eines Zeltes.

– Und der Männergesangsverein hat so schön gesungen! Alle waren enthusiasmiert. Ihr könnt euch die Stimmung gar nicht vorstellen. Die Menge hat gejubelt! Und wie die Musikkapellen gespielt haben! Ein Jubel war das!

– Ich bin froh, dass ich nicht dabei war. So ein Rummel.

– Das ist auch gefährlich. Da kann so viel passieren.

– Ach Mutter, immer ist alles gefährlich. Nichts ist passiert. Und kein einziger Gendarm war da.

– Es bestand wirklich keine Gefahr. Trotz der ungeheuren Menge gab es nicht die geringste Störung.

– Das Café und die Restauration waren wirklich sehr voll. Ich hab Schokolade getrunken und eine Mandeltorte gegessen und Vater eine Schokoladentorte.

– Sie war ausgezeichnet.

– So gut wie von der Kathi.

– Das glaub ich euch nicht. Kathis Torte ist bemische, ist beste, was gibt.

– Jetzt können wir im Café Torte essen, so viel wir wollen, ohne von Großvater einen Putzer zu bekommen.

– Er ist selbst froh, nicht mehr koscher zu essen.

– Aber er hat mich gefragt, ob ich noch Hebräisch lerne.

– Er muss endlich akzeptieren, dass wir leben, wie wir wollen.

– Du musst noch vom Feuerwerk erzählen. Das hätte auch auf euch Eindruck gemacht.

– Das kann ich gar nicht schildern. Es war brillant! Bis in den Himmel hat es geleuchtet. Ein bunter Funkenregen. Rot, blau, gelb, orange, grün. Ihr hättet es sehen müssen! Es war wunderbar! Im Licht erglänzten die Worte: »Einigkeit macht stark«.

– Es war wirklich eine erhebende Feier. Aber die Damen halten sich eben von den Volksmassen fern.

Ich bitt' noch um ein Lackerl

Betty soll 300 fl. Zins bezahlen. Das ist entschieden zu viel. Nun beginnt wieder das Nomadenleben. Wien ist wieder auf Wanderschaft – wie immer um Georgi und Michaeli, wenn entweder der Mietvertrag gekündigt oder der Mietzins erhöht wird. Menschen, die heute in der Stadt wohnen, ziehen morgen in die Vorstadt, Menschen, die heute lichte Gemächer bewohnen, richten sich morgen in dunklen ein. Mit Hast, mit Gleichgültigkeit und Verdruss. In dieser Stadt werden die Häuser nicht gebaut, um darin zu wohnen, sondern um die Wohnungen zu vermieten. Nicht nur teuer sind die Wohnungen, sondern auch unbequem. Nach außen glänzen sie, damit die wohnungsuchenden Wiener durch den äußeren Prunk angezogen werden und einen hohen Zins zahlen. Falscher Schmuck, zerbrechliche Terrakotten, hässliche Gipsornamente, Zierbalkons, auf die niemand hinaustreten kann, falsche Erker, die das Zimmer kalt und unfreundlich machen. Betty hat großes Glück. Über den Fleischls im 1. Stock ist eine Wohnung frei. Gar nicht so teuer, und sie kann immer gleich bei Ida sein.

Betty ist froh, wieder ganz in Idas Nähe sein zu können. Und wie schon in der Bäckerstraße und auf der Landstraße speist sie endlich wieder mit den Fleischls. Abends lesen Betty und Ida einander vor, wann immer es ihnen beliebt. Oft sitzt Betty bis 11 oder 12 an Idas Bett in dem eiskalten Zimmer. In Idas Schlafzimmer sind die Fenster den ganzen Tag offen und es wird nicht geheizt. Wenn es Betty zu kalt wird, wickelt sie sich in Idas Schlafrock. Und beim Gute-Nacht-Sagen küsst sie Ida die Hand. Wenn sie Lust dazu haben, gehen sie nach Tische zusammen spazieren. Betty gehört zur Familie und sie fühlt sich wohl. Carl ist nicht immer bei Tische. Von der Leopoldstadt ist es weit und manchmal ist es ihm unmöglich, zu Mittag nach Hause zu fahren. Die Söhne sind aber immer da und oft auch noch ein Gast. Rettich speist gerne bei den Fleischls zu Mittag. Er isst immer nur Suppe. Er behauptet, es ist die beste Suppe von ganz Wien. Kathi fühlt sich sehr geschmeichelt. »Joi, freit mich sehr, wenn Herrn Suppe gut schmeckt«, ruft sie. »Es ist die beste Suppe von ganz Wien. Ich bitt' noch um ein Lackerl.« Auch Dr. Kürnberger ist ein häufiger Gast. Wenn er ins Speisezimmer kommt, fragt er immer gleich: »Was machen die Knäblein?«

Worauf alle schon lachen. Und Paul ruft: »Die Knäblein werden gleich speisen!«

Ernst leidet unter Anfällen, eine Art kurzer Ohnmachten. Dann fällt sein Kopf auf Ottos Schulter, neben dem er zu sitzen pflegt. Niemand weiß, woher diese Anfälle kommen und was sie bedeuten. Die Ärzte vermuten ein Nervenleiden, wie es bei 14-Jährigen bisweilen vorkommen kann. Jede Kleinigkeit regt ihn furchtbar auf. Manchmal wird schon von einem leisen Kratzen auf einem Teller eine solche Ohnmacht ausgelöst. Wenn er während des Essens so einen Anfall hat, wird es mucksmäuschenstill. Aber nach fünf Minuten ist alles vorbei, alle essen fröhlich weiter und Ernst geht wieder, wie er das gerne bei Tische macht, seinen naturwissenschaftlichen Interessen nach, indem er jedes Beinchen und jedes Ei zerlegt.

Trotzdem machen sich alle Sorgen um Ernst. Am Nachmittag experimentiert er in seinem Zimmer. Begonnen hat er mit glühender Kohle aus dem Ofen, die er auf eine Eisenplatte gelegt hat. Was hatte er für einen Spaß am Verglühen der Kohle! Dann hat er einen gewundenen Platindraht über eine brennende Weingeistlampe gehalten, den Draht zum Glühen gebracht und die Lampe ausgelöscht. Was für eine Freude, als der Draht weiterglühte! Nun beschäftigt er sich gerade mit der Elektrizität. Ida hat ständig Angst, dass das Haus in die Luft fliegt oder die Wohnung zu brennen beginnt. Carl beruhigt sie immer. Ernst ist ein gescheiter Bub. Er passt schon auf. Sein Onkel Hans Czermak, ein Physiologe, hat ihm ein kleines Mikroskop geschenkt. Damit betrachtet er mit seinem Freund Exner Muskelfasern. Wenn ihn etwas sehr beschäftigt, beginnen seine Hände zu zittern. Ida ist darüber höchst beunruhigt. Und dann immer wieder diese Anfälle. Auch in der Schule hatte er sie schon. So oft, dass er einmal schon ein halbes Jahr nicht in die Schule gehen konnte. Niemand weiß, wie das weitergehen soll. Nur Ernst sagt immer, es fehle ihm nichts.

Die beiden kleinen Knäblein haben eine Buchbinderwerkstatt in ihrem Zimmer. Eine Beschneidemaschine, eine zum Pressen, eine zum Buchstabenaufdrucken, Mappen, Papier, eine Leimpfanne. Otto erträgt das alles ganz ohne Murren. Und Vögel gibt es. Überall stehen Vogelbauer herum. Und Schildkröten, ein Aquarium mit Goldfischen, Käfern, Pflanzen, Salamandern. Richard hat auch noch weiße Mäuse, die stinken und manchmal auskommen und in der Wohnung herumflitzen. Worüber sich der Vater sehr erregt, besonders, wenn sie auf seinem Bett herumlaufen.

Wann immer Betty Zeit hat, lesen Betty und Ida einander vor und sprechen über Theater und Literatur. Sie lesen »Maria Stuart in Schottland« von Marie von Ebner-Eschenbach, die neuen Novellen »Das Jubiläum«, »Judith, die Kluswirtin« von Louise von François, »Innocens« von Ferdinand von Saar, und immer wieder rezitiert Betty die Droste von Hülshoff.

Einmal gibt es eine größere Pause. Betty hat keine Zeit. Sie arbeitet wie ein Lasttier. Das Buch über Wiens Gemäldegalerien muss fertig werden. Wann immer es Ida möglich ist, begleitet sie Betty ins Belvedere oder in die fürstliche Esterhazysche oder Lichtensteinsche Galerie. Betty liebt besonders den Sommerpalast, in dem sich die Kunstschätze der Familie Lichtenstein befinden. Die Marmortreppe, auf der man in eine große, mit Fresken geschmückte Halle gelangt, ist die schönste Wiens. Wenngleich die Abwesenheit mancher Gemälde keineswegs zu beklagen wäre. Ida und Betty sprechen ausführlich über die Bilder. Ida hat immer etwas Interessantes dazu zu sagen. Sie macht sie auf die Schönheit des Ausdrucks der schuldbewussten Frau aufmerksam. Oder auf den gewitterschwülen Ton der Landschaft, der die beabsichtigte Stimmung weckt. Manches weiß sie besser, versteht sie besser, sieht sie besser als Betty. Über die niederländische Malerei besitzt sie erstaunliche Kenntnisse. Ganz besonders hat es ihr Hieronymus Bosch angetan. Der Maler der Teufeleien. Der eine ganze Welt schafft, in der die barockeste Form die normale zu sein scheint. Betty quält sich ab mit dem Buch. Von jedem Bild soll ein Eindruck vermittelt werden. Wie viele Stunden hat sie schon in den Galerien verbracht! Sie wird wohl heuer nicht so bald verreisen können. Der Gedanke, dass alles einmal ein Ende nehmen muss, hält sie aufrecht. Wenn sie ihre Studien in den Galerien beendet hat, kann sie endlich alles zu Papier bringen. Ida hat versprochen, alles zu lesen und zu verbessern. Betty ist das eine große Hilfe.

Lewinsky fleht Betty an, ihm zu verzeihen. Er liebt sie doch. Er bewundert und verehrt sie doch so sehr. Ohne sie wäre er nie so erfolgreich. Was hat sie ihm nicht alles gegeben! Sie hat ihn zu dem gemacht, was er jetzt ist. Ihr starker Geist und ihre Bildung haben ihm Tore geöffnet, in die er allein nie geblickt hätte. Er ist in einem elenden und bedauernswerten Zustand. Betty kann sich das sicher nur schwer vorstellen. Es ist ihm jeden Tag, als sollte er am nächsten sterben und müsse noch vorher in alle möglichen Bücher gucken, um das und jenes gelernt zu haben, ehe er die Augen für immer schließe. Betty soll Geduld mit ihm haben und ihm seine etwaigen Kränkungen verzeihen. Sie entspringen nicht aus Nichtsnutzigkeit, sondern aus Störungen seines Seelenlebens. Seit Monaten zeigt sich in ihm die schönste Anlage zum Menschenfeind. Mit welchen Empfindungen er unter Menschen geht und unter ihnen weilt, kann er niemandem beschreiben. Es ist wohl möglich, dass er innerlich krank ist. Die Siege, die er in diesem Winter errungen hat, geben ihm wohl eine gewisse Festigkeit und mehr Vertrauen auf sich selbst, aber das glückliche Genießen des Geleisteten, dieses dolce far niente süßer Erinnerung fehlt ihm gänzlich. Während seines Schaffens ist er glücklich im Augenblicke der lebendigen Wirkung, aber wenige Stunden später ist sein ganzes Inneres sauertöpfisch geworden. Das muss Krankheit sein, denn mit gesundem Auge betrachtet ist er ein glücklicher Künstler. Seine Worte gewinnen Leben und finden Anerkennung der Denkenden und Gebildeten. Er sollte glücklich sein, er weiß es. Und doch sieht er weiter nichts als das, was zunächst zu schaffen ist, ohne sich des Geschaffenen richtig zu freuen. Betty verzeiht ihm, sie versucht, ihn zu verstehen. Und sie weiß, dass er ihr freundlich gesinnt ist. Er kennt die Tiefe von aller persönlichen Neigung unabhängiger Teilnahme, die sein Talent ihr einflößt. Sie kann durch nichts vermindert werden. Nichts kann ihrer Teilnahme etwas anhaben. Sie bleibt von dem dumpfen Wirrsal sich bekämpfender Empfindungen unberührt und wird fortdauern, auch wenn jedes menschliche Band zwischen ihnen zerrissen ist.

– Lassen wir doch den Zwist. Ich gratuliere dir zu dem großen Erfolg, den du als Sicanius hattest. Es überrascht mich nicht. Ich war ja schon von vornherein überzeugt, dass dir diese Rolle gelingen muss. Die wilde Leidenschaft, der finstere Trotz liegen so ganz in deinem Wesen.

– Ach Betty, ich bin ja so froh, dass alles wieder gut ist. Es wäre für mich ganz unerträglich, dich zu verlieren.

– Ich hätte gerne noch einmal »Die Fabier« gesehen. Aber sie werden nicht mehr gespielt. Es ist eine Schmach für das Wiener Publikum, dass es dieses Stück fallen ließ. Es ist weitaus das Bedeutendste, das ihm seit Jahren vorgeführt worden ist.

– Sie sind heimlich unterdrückt worden.

– Nein!

– Nur die schlechten Einnahmen schon am zweiten Abend sind der Grund, warum die Tragödie zurückgelegt worden ist.

– Es ist traurig, wenn nur der Kassenbericht allein darüber zu entscheiden hat.

– Aber so ist es leider.

– Die Kunst ist etwas Heiliges. Sie darf nicht von dem launenhaften Geschmack der Menge abhängig sein. Oder gar sich nach ihm richten.

– Aber du weißt, dass es so ist.

– Nein, so muss es nicht sein. Der Geschmack lässt sich auch bilden und wandeln. Das hat Lachner in München bewiesen. Anfangs entsetzten sich die Leute über seine klassische Dichtung. Dann wurden sie aber vor die Wahl gestellt, entweder nichts oder Treffliches zu sehen. Und bald wurden sie von der Macht der Wahrheit und Schönheit besiegt.

– Das ist bei uns nicht möglich.

– Ich glaube schon. Wenn man sich mit eiserner Beharrlichkeit und begeisterter Liebe für die Kunst ans Werk machte.

Bei den Fleischls ist endlich Ruhe eingekehrt. Paul hatte Typhus und alle bangten um sein Leben. Nachdem er ihn glücklich überwunden hatte, bekam Otto Lungenentzündung. Er hatte über Wochen hohes Fieber und schwebte zwischen Leben und Tod. Die ganze Familie war in höchster Aufregung. Auch Betty schaute, wenn es der Arzt erlaubt hat, zu Otto. Viele Abende versuchte sie, Ida zu beruhigen und zu trösten, obwohl sie wusste, dass es in dieser Situation eigentlich keinen Trost gibt. Als es Otto besser ging, setzte sie Himmel und Hölle in Bewegung, damit Fräulein Babette, eine Pianistin, mit der Lewinsky befreundet ist, für Otto Klavier spielt. Ida meinte, sie spielt nicht gut genug für Otto. Otto ist so musikalisch und spielt selbst wie ein junger Gott. Was kann man ihm da noch bieten? Sooft es ihre Zeit erlaubte, kam Fräulein Babette, spielte Beethoven und sang mit Vorliebe Mendelssohn Bartholdys Lieder. Otto war glücklich. Nun, da alles vorüber ist, schlägt Betty Ida vor, Kompert einzuladen und ihn zu bitten, aus seinen neuen Geschichten aus dem Ghetto vorzulesen. Es ist kein gewöhnliches Buch, wenn man auch ein paar falsche Töne darin findet. Die Schilderung der

böhmischen Zustände in vergangener Zeit und des böhmischen Wesens ist vortrefflich. Der ganze Band enthält so manches Gute. Sie will ihn bitten, »Eisiks Brille« vorzulesen. Sicher wird die Geschichte auch Ida gefallen. Ida ist höchst erfreut. Sie liebt Kompert und seine Geschichten. Sie liebt sowieso alle Dichter. Und nichts in der Welt liebt sie mehr, als wenn einer von ihnen bei ihr im Salon vorliest. Auch Carl ist stolz, dass in seinem Haus solche Berühmtheiten verkehren. Mindestens einmal in der Woche kommt eine Persönlichkeit zu Besuch, die Betty bei den Fleischls eingeführt hat. Zum Diner oder zur Jause oder einfach nur zu einer Vorlesung. Lewinsky natürlich, Herr und Frau Gabillon, Mama Haizinger, Frau Laube, Herr und Frau Rettich, das ganze Burgtheater einfach, aber auch Hieronymus Lorm, Leopold Kompert und Eduard Bauernfeld. Sogar die Buben freuen sich über die Gäste. Natürlich hat man ihnen gesagt, dass es edle und bedeutende Menschen sind. Sie wissen auch, dass sie diese ehrwürdigen Gäste Betty zu verdanken haben. Jeder Gast wird von den vieren immer stürmisch begrüßt. Ernst immer an der Spitze. Die Brüder hinter ihm. Und Bettys Hündchen begrüßt jeden Besucher mit einem Bellkonzert. Da ist es nicht möglich, ein Wort zu wechseln. Dann ist immer eine Jagd nach ihm, weil es sich in allen Winkeln versteckt. Gabillon, der Hundefreund, schreit immer mit seiner Bassstimme: »Hund hinaus, es ist nicht zum Aushalten, du ungezogener Hund!« Meistens kommt Gabillon mit seinen eigenen zwei Hunden. Ein Spitz und ein Jagdhund. Er deponiert sie dann in der Küche und sagt zu Kathi und Helene, dem neuen Stubenmädel der Fleischls: »Grüß euch Gott, liebe Kinder. Wenn ihr den Hunden was zu essen gebt, schlag ich euch tot.«
– Großes Hund muss fressen, Herr.
– Wehe!
– Nur Abfälle, kriegt nicht Germknedel.
– Wehe dir!
– Wer soll Knochen fressen, wenn nicht großes Hund?
– Ich werd' euch Mores lehren!
Die Frau Wertheimer traut sich nie herein, wenn Bettys Vieh so bellt. Erst wenn es sich beruhigt hat, betritt sie die Wohnung. Hoffentlich können auch Wertheimers sie besuchen. Carl wird sicher Adolph einladen. Lewinsky soll auch kommen, wenn er nicht spielen

muss. Leider kann man die Gabillons nicht gemeinsam mit Lewinsky einladen. Sie können sich nicht riechen.

Ida und Carl erzählen Ladenburg, dem Mann von Idas Cousine, dass Kompert bei ihnen aus seinen neuen Ghettogeschichten vorlesen wird. Der berühmte Kompert wird böhmische Geschichten vorlesen! Ob er nicht mit seiner Frau kommen will. Sie ist doch aus Prag. Es **muss** sie interessieren. Mit größtem Vergnügen! Julie wird sich sicher sehr freuen. Carl will Lewinsky besuchen und ihn fragen, ob er Zeit hat. Das hat Betty natürlich schon gemacht. Aber er will ihm erzählen, wer aller eingeladen ist, dass die Wertheimers kommen und die Ladenburgs. Und er wird ihn bitten, ihm den Koffer zurückzugeben, den er ihm geborgt hat. Carl ist schon ganz aufgeregt wegen Komperts Besuch.

Zerline und das Burgtheater

Zwischen Zerline Gabillon und Laube ist wieder einmal Krieg ausgebrochen. Wie schon so oft. Diesmal scheint es jedoch so ernst, so drohend zu sein, dass sie sich auf alles gefasst machen muss. Jeder Tag bringt so viel Unangenehmes, dass die Gabillons kaum noch den Kopf über Wasser halten können. Zerline soll die Prinzessin von Bouillon in »Adrienne Lecouvreur« übernehmen, weigert sich aber entschieden. Laube fühlt sich in seiner Autorität verletzt und wendet sich an den Oberstkämmerer, den Fürsten Auersperg, von dem der Bescheid kommt, sie hat unter allen Umständen die Rolle zu spielen, wenn sie nicht ihre Stellung gefährden will. Jeder, der nur ein bisschen Sachverstand hat, muss in diesem Fall aber Zerline recht geben: Ohne Grund nimmt man ihr die brillante Rolle der Adrienne und will sie obendrein in die zweite Linie neben die Reimers stellen. Drei andere Rollen sind ihr schon abgenommen worden. Adrienne hat sie noch ohne Murren abgegeben. Da ahnte sie allerdings noch nicht, dass ihr die größte Beleidigung noch bevorsteht: die Zuteilung der undankbaren Rolle der Prinzessin von Bouillon. Ludwig hat den Fürsten lange beobachtet und schätzt seinen Charakter anders ein als Betty. In seinem Gesicht liegt zwar eine gewisse Weiche und Unentschlossenheit, dennoch zeigen sich starke Anzeichen von eigensinniger Hartnäckigkeit. Zerline ist fest entschlossen, das Äußerste über sich ergehen zu lassen. Die Stimmung im Hause Gabillon ist schlecht. Gabillon ekelt das alles an. Immer und immer wieder diese Streitigkeiten zwischen Zerline und Laube. Das ist nicht auszuhalten. Wie oft hat er das schon durchgemacht. Zerline weint und schreit: »Laube ist ein Tyrann!« Dann weinen und kreischen auch die Kinder. Dann will sie plötzlich überhaupt nicht mehr darüber reden. Bei Tische schweigt sie manchmal mürrisch oder bricht in Schluchzen aus. Und wieder fangen die Kinder sofort zu weinen an. Es ist die Hölle. Gabillon möchte sich mit Betty aussprechen. *Ich sehne mich herzlich danach, mit Ihnen, meine einzige Freundin, ein paar Tage zusammen zu sein, um zu erwägen, zu besprechen, was zu tun sei, vor allem aber von einer gleich gestimmten, treuen, manchmal sogar verständigen Seele einige Balance wiederzuerhalten.* Er bittet Betty, alles bei sich zu behalten und auch Ida nicht davon zu erzählen. Es ist nicht gut, wenn die Geschichte kursiert. Sie erzählt doch gleich alles ihrem Mann. Und der läuft zu Lewinsky und erzählt ihm wiederum alles. Lewinsky darf es auf keinen Fall erfahren. Da wär der Teufel los. Auch nicht Kompert oder Lorm oder sonst wer.

Kommen Sie morgen um 7. Ich werde zu Hause sein. Betty

Gabillon ist pünktlich.

– Sie sind blass, Louis.

– So kann es nicht weitergehen, Betty!

– Setzen Sie sich erst einmal nieder. Kathi wird uns Tee bringen.

– Zerline weint den ganzen Tag, dann schreit sie wieder. Ich sehe keine Lösung.

– Sie will nicht nachgeben. Das kann ich verstehen.

– Aber es ist die einzige Möglichkeit. Sie verliert ihr Engagement.

– Haben Sie noch ein wenig Geduld. Früher oder später wird sie nachgeben.

Kathi klopft.

– Freilein, Tee is fertig. Gibt noch Golatschen von gestern. Mechten Freilein Golatschen?

– Danke, Kathi!

– Ich glaube es nicht. Sie wird nicht nachgeben. Die Prinzessin ist eine undankbare Rolle, Betty. Zerline spielt keine undankbaren Rollen.

– Haben Sie Geduld, Louis.

– Ich habe Geduld, aber nicht in alle Ewigkeit.

– Zerline ist so ein großes Talent. Laube kann sie nicht fallenlassen.

– Sie kennen Laube.

– Er hat sie noch nie fallengelassen. Sie brauchen Ruhe, Louis. Gedulden Sie sich bis zu den Ferien. Danach wird es besser werden.

– Ich werde mich bemühen. Ach, Betty, was sind Sie doch für eine gute Freundin!

Gabillon will sich von Zerline trennen. So kann es nicht weitergehen. Er hält es nicht mehr aus. Sie soll nachgeben. Aber nicht um die Burg will sie das. Niemals gibt sie nach. Gabillon hat sich viel Mühe mit ihr gegeben, aber jetzt reicht es ihm. Er weiß ja, dass Zerline in einer beklagenswerten Lage ist. Die rohe, unwürdige Behandlung Laubes hat sie in einen Zustand von Nervosität und Reizbarkeit gebracht, die seine größte Rücksicht und Schonung erfordert. Manchmal ist ihm das Herz wahrlich zum Zerspringen voll. Aber der beste Mut, die stärkste Energie müssen unter diesem Druck schließlich erlahmen, wenn man keinen Ausweg sieht, keine Besserung, nicht einmal eine Änderung erwarten darf. Dazu kommt noch, dass er ängstlich vermeiden muss, über alles, was Theater heißt, zu reden. Er kann nicht mehr, er ist am Ende. Er muss wieder mit Betty sprechen. Sie ist doch die einzig wahre Freundin, die er hat. Er bittet sie, ihn so bald als möglich zu besuchen. Sie muss aber Geduld mit ihm haben. Er ist in übler Lage und Stimmung. Sie muss es mittragen, dafür ist sie seine Freundin.

20. Juni 1863

Liebster Freund!

In diesem Augenblick erhalte ich Ihren Brief, der mich mit Angst und Sorge erfüllt. Allerdings stand schon lange zu befürchten, dass es endlich dahin kommen werde, und dennoch bin ich jetzt durch die Gefahr des Bruches augenscheinlich so bestürzt, so fassungslos, als hätte ich dergleichen nie für möglich gehalten. Ich begreife vollkommen, dass Zerline in diesem Fall nicht nachgeben kann, wenn ich aber bedenke, was alles daran hängt, vergehen mir vor Schmerz und Kummer die Sinne. Eine Trennung wäre für Sie beide das größte Unglück; und die Kinder! – Wohl kann durch Reden daran nichts geändert werden, nichtsdestoweniger sehne ich mich danach, mit Euch die Sache zu besprechen. Ich könnte morgen bei Euch speisen; selbst im Falle, dass eines von Euch zu tun haben sollte, müsst ihr ja doch immer essen. Wir haben alle keine Zeit zu verlieren, wenn wir ein wenig beisammen sein wollen. Grüßen Sie mir unsere liebe Zerline und die Kinder.

Ihre Betty

Ludwig ist völlig überanstrengt. Er spielt jeden Tag und muss dankbar die abscheulichsten Rollen dritten Ranges annehmen. Mit aller Mühe, mit allem Fleiße studiert er, denn wehe, wenn er nachlässt. Und doch erreicht er mit dem restlosen Eifer nur negative Vorteile: man vergleicht ihn nicht mit Kirschner und Rettich. Und dennoch müssen sie reden. Betty ist entschieden gegen eine Trennung. Sie müssen Geduld miteinander haben. Aber Ludwig hält Zerlines Weinkrämpfe nicht mehr aus. Ihr Gesicht ist von Leiden gezeichnet, die Haare zerzaust, die Augen gerötet. Sie kann nicht anders. Ludwig hat kein Verständnis für sie. Ihre ganze Karriere steht auf dem Spiel. »Das lass ich mir nicht bieten«, kreischt sie und bricht in Tränen aus. Sie will vom Theater nichts mehr wissen.

– Ludwig will, dass ich nachgebe. Ich spiel die Prinzessin nicht! Ich lass mich nicht in die zweite Linie stellen. Ich spiel diese undankbare Rolle nicht! Ich nicht! Um nichts in der Welt. Dazu lass ich mich nicht zwingen! In welchem Ton er mit mir gesprochen hat. Laube ist gemein. Er ist ein bösartiger Tyrann! Ihr könnt machen, was ihr wollt, ich spiele die Prinzessin nicht!

– Sie müssen zur Ruhe kommen, Zerline! Das Theater ist doch Ihr Leben. Sie können doch ohne Theater nicht leben!

– Ich will davon nichts mehr wissen!

– Zerline! Sie haben recht, Laube ist ein Tyrann. Ich versteh Sie ja. Ich versteh Sie sehr gut.

– Nein, niemand versteht mich. Sie wollen alle nur, dass ich nachgebe. Aber ich gebe nicht nach!

– Vielleicht lässt sich ja der Fürst umstimmen. Sie müssen jetzt einmal innerlich zur Ruhe kommen! Ihre Nerven sind zu sehr angegriffen. Sie müssen in Ihrem Inneren wieder sicheren Halt finden.

– Laube mag mich nicht. Von Anfang an konnte er mich nicht leiden. Was für Briefe er mir vor meinem ersten Engagement geschrieben hat. In was für einem Ton! »Sie haben unter dem berauschenden Duft von Blumen geschrieben«, hat er mir vorgeworfen. Nur weil ihm meine Forderung nicht gepasst hat. Die glühendste Leidenschaft für die Kunst muss erkalten, wenn weder Fleiß und Talent noch Beliebtheit beim Publikum mich vor dieser rücksichtslosen Behandlung schützt.

– Zerline! Die Ferien beginnen bald. Ihr wolltet doch mit den Kindern nach Heringsdorf fahren. Sie werden sich im Seebad sicher erholen und ihre Nervosität wird sich legen. Sie werden bald nicht mehr an Laube und das Theater denken. Die Seeluft wird Ihre Seele zu innerer Ruhe bringen.

Betty ist davon überzeugt, eine gemeinsame Reise und Erholung wird allen guttun. Zerline ist still. Keine Tränen mehr und ihre Gesichtszüge sind ruhiger geworden. Sie und Ludwig meinen nun auch, dass es sicher das Beste ist, wenn sie alle zusammen gleich zu Beginn der Ferien verreisen.

Liebe Betty,

es ist mir, als wäre ich am Monde und könnte nie wieder nach Wien gelangen. Die vollständige Ruhe, die der Phantasie freien Spielraum lässt – die fremden Sitten, die fremden Menschen –, das alles arbeitet man durch mit der durch das Seebad gesteigerten Erregbarkeit, immer sieht man durch ein Vergrößerungsglas und so dehnen sich Raum und Zeit ins unendliche Sein. Ich zähle die Tage, fünf bis sechs Tage von Wien – es ist lächerlich! – Ich bin wirklich ein Fremder geworden in meiner Heimat. Das lustige Wien hat mich so ganz umgarnt, dass ich meine Landsleute nicht mehr verstehe; oder sollten sie sich so geändert haben? Alles ist langweilig, hölzern und prosaisch. Nur das Meer und der Dünensand haben ihre alte Poesie bewahrt und da zuckt's in mir manchmal auf wie elektrische Funken.

Wir hatten eine glückliche, kurzweilige Reise. Ich schlafe viel und esse viel. Die Fahrt übers Haff bis Heringsdorf ist eine Spazierfahrt. In der ersten Viertelstunde fanden wir eine passende Wohnung und somit war alles in Ordnung. Die Bäder wirken auf Zerline höchst vorteilhaft, schon die paar Tage haben sie merklich verändert. Sie ist frisch, munter und heiter und, was die Hauptsache ist, sie findet mich unendlich liebenswürdig. Was mich anbelangt, so habe ich bis jetzt noch keine direkte Wirkung der Seebäder gespürt, hoffe aber, dass sie sich einstellen wird.

Ende des Monats reisen wir über Berlin nach München, wo wir ein bis zwei Wochen verweilen wollen.

Ich erwarte jeden Tag einen Brief, und zwar einen langen, sonst werde ich böse. – Tausend Grüße (für Ida) – die Sie ihr schriftlich mitteilen können.   *Ihr   L. Gabillon*

Betty ist glücklich. Sie leben wieder in Frieden miteinander. Ein Stein fällt ihr vom Herzen. Gleich setzt sie sich an den Schreibtisch, um Gabillon zu antworten. Sie schreibt ihm, wie erleichtert ihr Herz ist, dass sie schon das Schlimmste befürchtet hat. Sie ist so froh, dass Zerline die Seebäder so guttun. Und wenn sie wieder in Wien sind, wird sich auch alles klären. Sie dachte sich schon, dass die Seebäder beruhigend auf Zerlines Gemüt wirken würden. Ende des Monats fährt sie zu Ida nach Gmunden. Sie hofft, dass auch Gabillon mit seiner Familie über Gmunden nach Wien fährt und sie dort besuchen wird. Schließlich bittet sie ihn, ihr aus München eine Schachtel kandierter Früchte mitzubringen. In der Perusagasse befindet sich ein Konditor, bei dem man ganz köstliches kandiertes Obst bekommt. Egal, wie viel sie kosten. Die Schachtel braucht keine elegante Bonbonniere zu sein, es geht nur darum, dass die darin enthaltenen Früchte gut schmecken. Er soll sie aber nicht für einen Gourmand halten, der sich sein Zuckerwerk aus aller Herren Länder kommen lässt. Sie will die Schachtel Ida zu ihrem Geburtstag schenken. Und da sie an diesem Tage bei ihr in Gmunden sein wird, wird sie nicht in der Lage sein, sich feines Zuckerwerk zu verschaffen.

Betty findet Ida nicht sehr zufrieden vor. Sie wohnen auf dem Grünberger Gut, eine gute Stunde außerhalb der Stadt. In der Wohnung gibt es nicht einmal einen Waschtisch, keinen Schreibtisch für Idas Korrespondenz, und es ist nicht möglich, die Post gleich zu befördern. Außer der Villa, in der sie wohnen, gibt es nur ein paar Häuser und niemanden, den man in die Stadt schicken könnte. Der Briefträger kommt nur einmal in der Woche herauf. Nur wenn es ganz dringend ist, schickt sie Helene oder Kathi in die Stadt. Auch Bekannte gibt es keine. Ida gefällt es gar nicht. Es ist eine Fretterei.

Um Richard macht sie sich große Sorgen. Er hustet in einem fort. Sie fürchtet, dass es Asthma ist. Er legt sich gar nicht mehr ins Bett. Streckt sich höchstens in den Kleidern am Sofa aus oder schläft im Fauteuil und ist ständig übel gelaunt. Ida will, dass Helene ihm vorliest und mit ihm Karten spielt. Helene ist eine gescheite Person. Das kann sie schon. Richard aber schnauzt sie unentwegt an. Sie liest zu langsam oder zu schnell oder zu laut oder zu leise. Schließlich geht sie aus dem Zimmer. Ida fragt gleich Helene, warum sie nicht bei Richard ist. Sie hat es eben nicht mehr ausgehalten. Ja, ja, seufzt Ida. Und Richard liegt auf dem Sofa und schlägt mit der Faust gegen die Wand. Nach einer Weile geht Helene wieder zu ihm und sie reichen sich die Hände.

Bald nach seiner Rückkehr nach Wien schreibt Gabillon Betty nach Gmunden:

Liebe Betty!
Die Adrienne-Geschichte hat einen glücklichen Ausgang! Zerline ging zu Laube und teilte ihm mit, dass sie die gesetzlichen Strafen mit allen Konsequenzen über sich ergehen lässt, die Rolle der Prinzessin aber unter keiner

Bedingung spielt. Laube, aufs Äußerste bestürzt, handelte mit Zerline um jeden Fußbreit Landes – beiläufig in liebenswürdigsten Tönen. Und das Resultat war, dass er ihr die Rolle der Prinzessin nahm und sie der wiederengagierten Bartelmann zuteilte. Hätte Laube unbedingten Rückhalt am Fürsten gefunden, er wäre anders aufgetreten. Der Fürst hat, da Laube sich auf seinen Kontrakt stützte, der besagt, er habe in Arbeitssachen allein zu entscheiden, nachgegeben. Genug davon. Die Geschichte hat uns kummervolle Stunden im Überfluss gemacht. Laube ist jetzt gegen uns beide die Freundlichkeit selbst, was mich aber durchaus nicht zu vertraulicher Annäherung verleitet. Zerline wird würdiger denn je behandelt. Er hat ihr die Ginevra in Griseldis zugeteilt. Sie wird jetzt mit jedem Tag vernünftiger und ist entschlossen, alles über sich ergehen zu lassen und bessere Zeiten abzuwarten. Ob die kommen werden? Im Übrigen ist alles, was Sie über unseren werten, allerhöchsten Chef gesagt haben, wahr, furchtbar wahr. Er ist mächtiger als zu Zeiten der blühendsten Tyrannei.

»Ich hab' einmal einen Freund g'habt, und seitdem hab' ich gar keinen Abscheu mehr vor die Feind'!«

Ich mache Schluss, damit der Brief noch weggeht. Leben Sie wohl, teure Freundin, tausend, tausend Grüße und kommen Sie gesund und guter Laune wieder. – Ich will mich bemühen, Sie so wenig als möglich zu ärgern.   Ihr   L. Gabillon

Helene

Die ältesten Leute können sich nicht an so einen launischen Winter erinnern, wie er sich dieses Jahr präsentiert. Unter den ersten Sonnenstrahlen blühten die Primeln, um dann elend zu erfrieren. Gläubige Gemüter kleideten sich Anfang Februar in luftige Frühlingsgewänder, um schließlich wieder zu den Kniewärmern greifen zu müssen. Für philosophische Feuilletonisten ist das kein Unglück. Wenn die Primeln dahinwelken, blüht dafür die Flanellindustrie. Wenn die Nachtigall wieder verstummt, friert dafür der Teich im Stadtpark zu, auf dem die Fräuleins Schlittschuh laufen können.

Betty ist kalt, auch wenn die ersten Sonnenstrahlen auf ihren Schreibtisch fallen. Helene muss tüchtig einheizen. Die Frau hat es lieber kühl. Im Salon wird nicht sehr stark geheizt und manchen Gästen ist kalt. Aber Ida kann Wärme nicht vertragen.

– Bei mir muss es warm sein, Helene! Vergessen Sie ja nicht, nachzulegen. Das Wetter spielt ja verrückt. Heute ist es wieder eiskalt draußen.

– Ich weiß schon, Fräulein Paoli. Die Gnädige schwitzt und Sie frieren. Herr Rettich beklagt sich immer, wie kalt es im Salon ist.

Betty lacht.

– Ach was, Herr Rettich hat kein Nachsehen. Man muss sich halt ein bisschen wärmer anziehen, wenn man bei der Frau im Salon sitzt. Ich nehm immer einen warmen Schal um.

– Herr Rettich ist herumgesprungen und hat beide Arme immer wieder über die Schultern geschlagen und die Hände gerieben und hineingehaucht. Es waren aber mehr als 15 Grad* im Zimmer.

Betty lacht.

– Das ist übertrieben. Aber Sie haben schon recht, Helene. Ich hab der Frau schon oft gesagt, dass es zu kalt ist. Ihr ist nun einmal heiß, da ist nichts zu machen.

– Vorige Woche hat der Herr Rettich gesagt: »Was ist denn heute los? Heute ist eingeheizt. Was ist denn heute für ein Tag?«, hat er gefragt. Freitag war's. »Aha, das muss ich mir merken«, hat er gesagt. »Freitag wird bei der Frau Fleischl eingeheizt«, hat er gesagt.

---

* Réaumur

Betty lacht.

– Wenn Gäste kommen, leg ich eh immer noch was nach. Damit's schön warm ist. Damit sich der Herr Rettich nicht verkühlt. Sonst ist noch die gnädige Frau schuld, wenn der Herr Rettich krank wird und hustet.

– Sie sind aber besorgt um unsere Gäste.

– Freilich, Fräulein Paoli. Ein gutes Dienstmädel muss sich um alles sorgen, was bei den Herrschaften passiert.

Betty lächelt.

– Aber wenn's schön warm ist, jammert die gnädige Frau immer: »Helene, es ist ja viel zu heiß!« Wem soll ich's da recht machen?

Helene ist schon eine ganze Weile bei den Fleischls und dient auch Betty. Anfangs dachte sie, eine Schriftstellerin ist jemand, der Bücher und Schriften aufeinanderstellt, damit sie nicht herumliegen, eine Art Einräumen. Aber jetzt, da sie weiß, dass das Fräulein Gedichte schreibt und die Gnädige ihr alles erklärt, verehrt sie das Fräulein. Die vielen Bücher im Hause Fleischl kamen ihr auch merkwürdig vor. In ihrem Elternhaus gab es nur die Schulbücher und zwei Gebetbücher. Jetzt liest sie manchmal auch einen Roman oder Gedichte, die ihr die Gnädige zu lesen gibt. Saar, Heyse, Grillparzer kennt sie schon und natürlich viele Gedichte vom Fräulein. Neulich erst hat ihr das Fräulein Gedichte der Gräfin Wickenburg zu lesen gegeben. Ein Glück, dass sie nicht nur lesen, sondern auch schreiben kann. Sonst hätte sie die Gnädige sicher nicht eingestellt. Es gibt so viel zu schreiben und zu rechnen. Außer Kathi ist sie jetzt am längsten im Haus. Ständig haben die Dienstmädchen gewechselt. Die einen haben gestohlen, die anderen haben den ganzen Tag mit anderen Dienstmädchen im Haus getratscht und nicht gearbeitet, manche haben mit Carls Diener gestritten und dabei laut gekreischt, manche haben verabsäumt, rechtzeitig Wasser zu bringen oder Holz nachzulegen oder sie sind nicht gleich gekommen, wenn man sie gerufen hat oder sie haben das Besteck fallen gelassen und beim Servieren alles angepatzt, das schlimmste Vergehen überhaupt, und manche haben die Herrenhemden so schlecht genäht, dass sie nach kurzer Zeit fast auseinandergefallen sind. Nur Kathi ist eine brave Köchin. Aber sie ist ein Schmutzfink. Die Küche ist immer völlig verdreckt, wenn sie kocht. Deshalb musste ein fleißiges Stubenmädchen eingestellt werden. Kathi ist nicht mehr so jung und kann bald nicht mehr. Alles geht

»pomali, pomali«. Dann wird eben Helene das Kochen übernehmen. Es ist nicht so leicht, ein gutes Dienstmädchen zu finden. Bevor sich Ida für Helene entschlossen hat, hat sie mehr als zwanzig Mädchen angeschaut. Die einen schienen ihr faul, die anderen ungeschickt, die dritten unehrlich. Vor allem waren sie alle dumm. Das Wichtigste ist, dass eine gescheit ist. Bis Helene kam. Ein hellblondes junges Mädchen aus Lienz. Fast noch ein Backfisch. Anfangs war Helene auch nur auf Probe engagiert. Aber sie serviert perfekt, obwohl sie das vorher nie gemacht hat, und die Hemden sind auch makellos genäht, was allerdings nicht mehr so schwer ist, weil Ida eine Maschine angeschafft hat. Noch eine Seltenheit in einem Privathause. 175 fl hat sie gekostet. Acht Tage lang ist ein Fräulein gekommen und hat im Nähen Unterricht erteilt. Eine halbe Stunde Ida und eine halbe Stunde Helene. Helene hatte Angst, dass die Maschine zerbricht. Eine Nadel kostet 10 Kreuzer, und ständig ist eine abgebrochen. Die Maschine steht im Zimmer der gnädigen Frau. Die gnädige Frau hat es gut, dachte Helene, sie kann probieren, soviel sie will, und braucht sich nicht zu fürchten. Helene aber hat Blut geschwitzt. Ständig ist jemand gekommen und wollte zuschauen. Die Kinder haben ihr den Mechanismus erklärt. Vor denen hat sie sich wenigstens nicht geniert. Schließlich hat sie aber auch das Nähen mit der Maschine perfekt erlernt. Nur Richard, der Kleine, hat sie ständig beim Nähen sekkiert. Dann hat sie ihn weggestampert und er ist zur Mama gelaufen und hat sie verklagt.
– Mama, die Helene ist die gröbste Person in der ganzen Wienerstadt!
– Ja, was hast du denn ständig bei der Helene zu tun?
Dann war eine Weile Ruhe, aber es hat nicht lange gedauert, war er schon wieder bei der Nähmaschine. Und überhaupt der Kleine. Er will auch nicht schlafen gehen. Am liebsten ist er bis Mitternacht auf. Wenn Helene nach dem Nachtmahl noch etwas bei ihm zu tun hat, will er sie nicht fortlassen.
– Nun, Kleiner, so werde ich mir halt erlauben, mich auf den Urgroßvatersessel zu setzen.
– No, ist Ihnen der Sessel vielleicht nicht recht?
– O ja, aber der Urgroßvater ist gewiss auch darauf gesessen. Da sitze ich schon und wie bequem! Das ist ja ein prächtiger Sessel!
– So, wenn er Ihnen nur bequem genug ist. Ich hab schon Angst gehabt, dass er Ihnen nicht bequem genug ist.

– Sie treiben schon wieder Spaß mit mir.
– So, ich bin nur Ihr Juxbrüderl.
Schließlich geht es auf Mitternacht.
– Kleiner, ich geh jetzt schlafen, gehen Sie auch, sonst bringe ich Sie in der Früh nicht aus dem Bett!

Alles in allem ist Ida mit Helene sehr zufrieden und hat ihr auch schon mehrmals die lederne und einmal die blecherne Medaille verliehen. Sie hat auch wirklich viel zu tun. So eine große Familie. Anfangs hat auch noch ein Hauslehrer bei ihnen gewohnt. Sie muss nicht nur nähen, aufräumen, reinmachen und die Gnädige frisieren. Sie muss die Zeitung holen, Sitze fürs Theater kaufen gehen und wenn niemand ins Theater gehen kann, muss sie die Sitze anderen Leuten bringen. Sie muss auf die Post gehen, Botengänge machen und am Abend, wenn die Gnädige zu Besuch ist, muss sie sie abholen. Von Wertheimsteins, Littrows, Laubes, Gabillons. Und das manchmal zwei, drei Mal in der Woche. Da kommen sie oft erst um 1 in der Nacht nach Hause. Dann ist sie meistens rechtschaffen müde.

1866

I

Betty ist endlich mit dem Prolog zur Feier des einjährigen Todestags von Otto Ludwig fertig.

Herr Hofschauspieler Lewinsky wird am Sonntag, dem 12. März 1866, im Musikvereinssaale eine Vorlesung halten, deren Reinertrag der hinterbliebenen Familie des Dichters Otto Ludwig gewidmet ist. Die Vorlesungen Lewinskys zählen bekanntlich, nicht bloß ihrer wohltätigen Tendenz halber, sondern vornehmlich wegen ihrer literarischen Bedeutsamkeit, zu den besuchtesten der Residenz.

Betty hat den Prolog absichtlich knapp gehalten, weil es ihr unstatthaft schien, über einen Dichter wie Ludwig, der sich selbst so gut zu präsentieren verstand, viele Worte zu machen. Ebenso hat sie bewusst vermieden, Rührung zu erwecken. Nicht das Unglück des Mannes, sondern seine Größe soll dem Publikum gezeigt werden. Lewinsky findet den Prolog zu schleppend. Betty sieht es ein, versucht ihn zu verbessern und bittet schließlich Lewinsky, ihn ihr vorzulesen. Endlich sind sie beide zufrieden und hoffen, dass möglichst viele Leute die Vorlesung besuchen. Ida und Carl kommen selbstverständlich und alle vier Söhne. Sogar Ernst, der nun Medizin studiert und ausschließlich mit seinen Studien beschäftigt ist und eigentlich überhaupt keine Zeit hat. Otto freut sich besonders. Wie seine Mutter liebt er die Literatur. Nur Richard ist nicht so glücklich über den Besuch der Vorlesung. Er liest immer noch am liebsten Märchen. Betty hat ihm eines von den gerade erschienenen russischen Volksmärchen übersetzt und er war begeistert. Alle sind schon sehr aufgeregt.

Lewinsky hat nicht enttäuscht. Er hat besser denn je gelesen. Keine Monotonie, keine Hast, was bei früheren Lesungen manchmal gestört hatte. Die verschiedenartigsten Situationen und Stimmungen wurden auf das Glücklichste charakterisiert. Auch Bettys Prolog fand große Anerkennung. Nach der Vorlesung treffen sie Lewinsky, der zusammen mit Betty zu den Fleischls mitkommt. Lange diskutieren sie noch die Vorlesung: In »Zu stille Liebe« liegt ein sehr schöner Gedanke. In »O Deutschland« wird ein markiger Ton angeschlagen. Am wenigsten gelungen sind die Balladen und Romanzen. Auch Ernst und Otto diskutieren mit. Otto war von Tiberius Gracchus' Rede vor dem Senat und von dem Abschied von seiner Frau Claudia beeindruckt. Paul und Richard langweilen sich ein bisschen. Sie verabschieden sich bald. Paul geht zu seinen Uhren, die er mit Leidenschaft zerlegt, und Richard zu seinen Zinnsoldaten, mit denen er immer noch am liebsten spielt. Auch Ernst verabschiedet sich bald. Er muss am nächsten Tag in der Früh in die Vorlesung von Rokitansky. Er ist von allen der Fleißigste. Schon als Schüler wollte er Medizin studieren. In seinem Zimmer hat er lebende Frösche und Salamander aufbewahrt und beobachtet, wenn sie sterben, wie lange das Herz noch schlägt. Immer wieder bringt er aus dem Spital frische Kinderaugen und Kinderarme oder sonst irgendwelche Körperteile mit, die er zerlegt. Dabei zittern seine Hände immer noch vor Aufregung wie als Schüler, wenn er durchs Mikroskop schaute. Wenn er mit seinen Untersuchungen fertig ist, muss Helene die Teile zum Friedhof tragen. Helene ist das gar nicht recht. Die Kinderarme haben noch die zarten Nägelchen an den Fingern, und erst die schönen blauen Augen. Aber wenn es ihr der junge Herr befiehlt, muss sie gehorchen. Natürlich stehen auch Schädel auf dem Kasten. Eines Abends kommt Helene in Ernsts Zimmer und in so einem Schädel steckt eine Zigarre zwischen den Zähnen und er hat einen Zylinder auf. Sie ist fürchterlich erschrocken, aber Ernst lacht nur schallend.

Am nächsten Tag bei Tische schreit Betty plötzlich »Au, au, au«. Alle hören auf zu essen.
– Was ist los, Betty?
– Ich hab einen Hexenschuss. Den hab ich mir gestern bei der Vorlesung geholt.
– Aber Betty, das kann doch nicht sein. Wir sind doch nachher noch gemütlich beisammen gesessen und du warst ganz wohl.
– Nein! Es war ein fürchterlicher Luftzug im Saal.
Alle kennen das schon. Betty schreit oft bei Tische auf und dann ist es ein Hexenschuss. Ernst lacht.
– Lach nicht. Ich habe rasende Schmerzen. Au!
Ernst lacht weiter. Ida ermahnt ihn. Er sieht doch, was für Schmerzen Betty hat.
– Eingebildete.

– Ernst!

Carl und Richard führen schließlich Betty in ihr Zimmer und Betty schreit bei jedem Schritt gellend »A«, »Au«. Ausgerechnet heute, am 13. März. Für Betty und Ida ein Feiertag. Es ist der Jahrestag ihrer ersten Begegnung. Jedes Jahr gedenken sie dieses Tages. Gerade an dem Gedenktag muss sie einen Hexenschuss bekommen. Aber bald hat sich Betty erholt und sie besuchen zusammen Frau Wertheimer, bei der sie sich ja kennengelernt haben. Am Abend liest Betty Ida »Erste Liebe« von ihrem hochgeschätzten Turgenjew vor. Betty hat die Novelle selbst stellenweise übersetzt.

2

Carl und Ida waren in Krakau, wo sie Carls Onkel besuchten. Betty ist froh, dass sie endlich nach Wien zurückgekehrt sind. Sie mussten sich zu einem Umweg über Kaschau entschließen. Glücklicherweise rechtzeitig, denn wenige Tage später wurde die direkte Verbindung nach Pest von den Preußen abgeschnitten. Betty ist verzweifelt. Entsetzliches ist über Österreich hereingebrochen. Es ist nicht bloß eine verlorene Schlacht, es ist die Vernichtung der österreichischen Armee. Die letzte Stunde hat für Österreich geschlagen. Und alle, deren Herz am Vaterland hängt, verzweifeln. Rettung gibt es für Österreich nicht mehr, wenn auch die Galgenfrist noch ein paar Dezennien währen mag. Schmerz und Wut toben in allen Gemütern. Wie könnte es anders sein? Seit man Krieg führt, wurde noch nie eine so herrliche Armee zugrunde gerichtet wie in diesen Julitagen des Jahres 1866 bei Königgrätz. Selbst die offiziellen Blätter sprechen nur noch von Trümmern der Armee. Auch ein solches Bulletin wie das Benedeks aus Hohenmauth wurde sicher noch nie geschrieben: »Der Regen machte jede freie Aussicht unmöglich.« Hat es etwa für die Preußen nicht auch geregnet? »Es gelang ihnen einfach, den Feind unbemerkt zu umgehen und aus Rücken und Flanke anzugreifen.« Man möchte vor Hohn und Verzweiflung fluchen, wenn man solchen Blödsinn liest. Gegen die gefangen eingebrachten Generäle herrscht eine namenlose Erbitterung. Hält man sie nicht in sicherem Gewahrsam, werden sie vom Volk in Stücke gerissen. Die ganze Schuld der Generäle ist nur ihre vollkommene geistige Impotenz. Vollkommene Talentlosigkeit, von der die österreichische Heerführung und Diplomatie traurige Beweise abgelegt haben. Betty findet es keineswegs unbegreiflich, wenn Intelligenz und Energie den Sieg über Dummheit und Schwäche davontragen. In Wien sieht und hört man nichts als Jammer. Beyers Sohn ist gefallen, der Sohn der Haizinger wurde mit durchschossenem Knie zu ihr gebracht. Und was für Unheilskunden werden die nächsten Tage noch bringen? Noch weiß man nicht die Details des Kampfes, noch die Zahl und Namen der Gefallenen.

Ischl

Ida ist seit Mitte August mit den Kindern in Ischl, wo nun auch ihre Eltern weilen. Die Eltern unterziehen sich einer Kur, aber Ida und die Kinder sind bloß Sommergäste und wollen die Berge und die Natur genießen. Die Natur hier ist zauberhaft. Die Wiesen grün, der Wald farbenprächtig, ringsherum Berge und vor allem ist die Luft balsamisch. Die Kinder sind schon fast erwachsen. Ernst ist bald mit dem Medizinstudium fertig, obwohl er wegen der Anfälle ein Jahr aussetzen musste, und Otto möchte nächstes Jahr auch anfangen, Medizin zu studieren. Die Ärzte raten ihm, nach Zürich zu gehen. Da ist die Luft besser als in Wien. Das ist bei seiner schwachen Gesundheit sicher die beste Wahl.

Betty ist schon seit Anfang August hier und nimmt Solebäder. Sie möchte ihr überreiztes Nervensystem und ihren chronischen Katarrh des Kehlkopfes kurieren. Ihre Abreise war wie immer eine große Remassuri. Nicht nur ihr Hündchen Lydi musste mit, auch jede Menge Gepäck. Wie immer war sie mit dem Einpacken nicht fertig geworden. Jeder Hut musste in drei Sacktücher gewickelt werden und ebenso natürlich auch die Hauben. Unzählige Hafterln mussten gut verstaut werden. Von allen Gattungen Kleider und Röcke. Drei Kleider hatte sie anschaffen lassen, aber so knapp, dass sie nicht rechtzeitig fertig waren. Und so konnte sie nicht fahren. »Die Stasi hat mich sitzenlassen«, behauptete sie. Dabei zieht sie neue Kleider sowieso nie gleich an, immer erst ein Jahr später. Nach drei Tagen war das Packen fertig. Am Tag danach musste ausgeruht werden. Schließlich ging es los.

– Helene, haben Sie das Mieder eingepackt?

– Ja, Fräulein, es ist ganz unten.

– Wissen Sie es gewiss?

– Ja, ganz gewiss.

– Es wird doch besser sein, wir packen wieder aus, damit wir sicher sind.

Am nächsten Tag konnte sie nicht reisen, weil sie ein Gewitter fürchtete, und am anderen Tag hatte sie Kopfweh. Schließlich kam Lewinsky, den sie angejammert hatte.

– Nein, nein, liebes Fräulein, das Reisefieber kennen wir schon.

Lewinsky nimmt sie am Arm, holt einen Wagen und fährt mit ihr auf die Bahn. Gewöhnlich muss sie mindestens eine Stunde früher auf der Bahn sein. Diesmal hat Lewinsky sie überrumpelt.

Die Fleischls wohnen in einem Gasthaus, wo sie auch Menage führen. Im zweiten Stock ist die Wohnung und im ersten die Küche. Betty wohnt im Gasthof gegenüber. Sie ist enttäuscht. Das Wetter ist zu schlecht, um sich viel im Freien aufhalten zu können, und selten ist es für ein Flussbad warm genug. Trotzdem geht sie jeden Tag spazieren. Auch wenn das Wetter nicht so gut ist. Dann eben nur die Esplanade entlang. Schon um 6 Uhr Früh ist sie jeden Tag im Molkesaal und genießt frisch zubereitete Ziegenmolke, wie es der Arzt angeordnet hat. Die ist zwar nicht so leicht verdaulich, dafür aber an Käsestoffen am reichhaltigsten. Ischl ist ein Molkekurort ersten Ranges. Es macht nichts, wenn es regnet. Der Ischler Regen wirkt wohltätig und der Fichtenwald haucht nach Regengüssen Lebensbalsam aus. Man atmet Alpenrosen und es regnet Eibischtee, sagte Dr. Wirer. Sie muss ohnedies arbeiten. Die Übersetzung von »Gringoire« von Banville muss fertig werden. Laube wartet schon darauf. Hier jedenfalls fühlt sie sich wohler als in Wien, wo eine qualvolle Schlaflosigkeit sie fast wahnsinnig machte. Hier schläft sie wie ein Murmeltier oder wie Napoleon nach der Schlacht bei Waterloo.

Baronin Stein, eine Malerin aus Krzyszkowice, weilt auch in Ischl. Sie hatte sich an Betty gewandt, nachdem Bettys Führer durch die Wiener Galerien erschienen war, und korrespondiert seither mit ihr. Sie besuchen sich auch gegenseitig, Baronin Stein kommt nach Wien und Betty fährt oft, wenn sie nach Saros-Patak fährt, über Krzyszkowice. Diesen Sommer hat die Baronin beschlossen mit Betty und Ida in Ischl zu verbringen. Sie will Louise und Lippmann malen. Mit Louise gibt es keine Probleme. Sie sitzt ganz still. Aber Lippmann hält es nicht aus, ruhig zu sitzen. Mit dem größten Vergnügen schneidet er Grimassen und die Baronin hat alle Mühe mit ihm. Ida tadelt ihn: »Wenn du solche Gesichter machst, kannst du unmöglich schön werden!« Und Lippmann lacht und hat eine diebische Freude, obwohl er erst kürzlich einen kleinen Schlaganfall gehabt hat. Schließlich ist es der Baronin doch gelungen, ein schönes Portrait von Lippmann zu malen. Trotz des Schlaganfalls ist er immer noch sehr lustig und singt leidenschaftlich gern:

Sei gegrüßt, du holder Engel,
Dich als Göttin bet ich an.
Darauf Paul und Richard im Chor:
Troadl hois i, gar nit was i, was a Göttin ist für a Vieh.
Louise und Lippmann flanieren gerne zum Kaiser-Ferdinands-Platz und
durch die Pfarrgasse. Hier gibt es alles wie in der Großstadt. Schnitz-
arbeiten, Glaswaren, Uhren, Geschmeide, eine reiche Auswahl von
Büchern und bei Exinger die vorzüglichsten Delikatessen. Helene wird
manchmal zu Exinger geschickt. Besonders Lippmann liebt Schinken,
seit er nicht mehr koscher isst. Manchmal fällt ihm ein, dass er im
Kasino auf der Veranda frühstücken will. Das Frühstück ist dort so gut.
Er kann nicht sagen, was an dem Frühstück so gut ist. Es ist einfach das
beste Frühstück, das er je gegessen hat. Und dann natürlich die reizende
Aussicht. Bis zum Ausseer Gebirge! Begegnet ihnen beim Spazierengehen
eine Dame, die nicht besonders hübsch ist, sagt er: »Die ist auch bei
einer Schönheit vorbeigegangen und hat nichts mitgenommen.« Über
die Kaiserin, die er einmal gesehen hat, hat er gesagt: »Die ist ein Pracht-
exemplar.« Paul und Richard haben ihm zugeflüstert, dass es die Kaiserin
ist. Dann meinte er, dass sie so schön ist, weil sie seine Landsmännin ist.
Vormittags nehmen sie Bäder und nachmittags gehen sie gerne ins
Kasino Zeitung lesen. Da gibt es einen Saal für Herren mit den belieb-
testen Journalen und einen Damensalon, in dem aber nicht geraucht
wird. Ein Grund für Betty und Ida, nicht hinzugehen. Wenn das
Wetter schön ist, lässt sich Lippmann gerne im Tragesessel spazieren
tragen. Er kann nicht mehr lange gehen. Keine großen Ausflüge. Eine
Stunde auf der Kurpromenade, zu den Häusern auf dem Haischberg
oder zum Kaiserin-Karolinen-Platz. Er liebt diese Promenaden. Ganz
genau studiert er die Kurgäste. Nicht nur, ob die Damen hübsch oder
hässlich sind. Auch ihre Toiletten interessieren ihn. Besonders die russischen Damen sind auffallend gekleidet. Der teuerste Schmuck und viel
unnötiger Tand. So sind eben die Russen, erklärt ihm Betty.
– Professor Mendelejew ist schuld, Fräulein Paoli. Der Wodka ist jetzt
so gut, dass die Leute nicht mehr wissen, was sie kaufen, wie sie sich
kleiden und was sie essen.
– Vielleicht haben Sie recht, Herr Marx. Aber schon damals, wie ich in
Russland war, haben die Leute dem Wodka kräftig zugesprochen. Und
was war das für ein Getränk!

– Wir trinken es ja nicht.

– Kann man hier überhaupt Wodka kaufen?

– Ich glaube schon. Aber die Herrschaften bringen ihn sich aus St. Petersburg mit.

Abends trinken die beiden alten Leutchen saure Milch, die sich hier durch besondere Güte und Reinheit auszeichnet. Und vor dem Schlafengehen naschen sie noch Walderdbeeren. Sie sind köstlich und sollen blutreinigend sein.

Während des ganzen Aufenthaltes hat Lippmann Angst vor der Heimreise.

– Louise, wenn ich doch schon wieder in München wär!

– Aber geh, Manderl, hab ich dich so schön hergebracht, so werd ich dich auch wieder zurückbringen.

– Louise, Louise, jetzt hör mir auf.

Mindestens einmal am Tag geht das so dahin. Aber Louise trägt es mit Fassung.

Betty muss unbedingt in einen anderen Gasthof ziehen. Ihr Zimmer ist zu schmutzig. Das Bett wird nie gelüftet, nur zugedeckt, das Lavoir nie gewaschen und von Auskehren keine Spur. Betty ist schockiert. Und das in Ischl, wo alles so vornehm ist! Wo man so tut, als ob es ein europäischer Kurort wär. Sie möchte nicht wissen, was ein englischer Kurgast zu so einem Gasthof sagen würde. Die Flucht würde er ergreifen. Sie muss etwas in der Nähe von den Fleischls finden. Betty und die Baronin Stein speisen immer zusammen mit der Familie Fleischl. Ernst leidet wieder an seinen Anfällen und ist die ganze Zeit sehr aufgeregt. Und immer noch zittern seine Hände, wenn ihn etwas lebhaft beschäftigt. Ida hofft, dass ihn der Aufenthalt in Ischl kräftigt. Besonders die Luft und die Heilbäder. Die Großeltern machen sich schreckliche Sorgen. Lippmann will unbedingt einen Arzt holen. Aber Ernst behauptet, dass es ihm schon wieder gut geht und dass ihm nichts fehlt. Wenn alle still sind, wagt Helene nicht, zu servieren. Dann weiß sie, dass Ernst wieder einen Anfall hat, und sie wartet vor der Tür, bis die Unterhaltung wieder weitergeht. Nach dem Essen wird oft über Österreich disputiert. Nicht aber, dass deshalb das Burgtheater zu kurz kommt. Doch an erster Stelle steht jetzt Österreich. Ernst und Otto bleiben und disputieren mit. Der Kleine und Papus, wie sie Paul nennen, baden lieber im Fluss oder gehen in den Wald. Manchmal auch zum Zauner und freuen sich, wenn die Kaiserin auch dort ist. Und immer sagen sie dann, dass Kathis Mehlspeisen viel besser sind als die vom Zauner.

– Warum geht ihr dann hin, fragt sie Ida jedes Mal.

– Weil die Kaiserin hingeht, rufen sie im Chor.

Betty macht sich Sorgen.

– Der Zustand ist hoffnungslos. Darüber darf man sich nicht täuschen. Es anders zu sehen, wäre Stupidität und nicht Optimismus.

– Nein, Fräulein Betty, nein. Sie sind viel zu pessimistisch, wendet Carl ein.

– Carl hat recht, so hoffnungslos ist die Lage nicht, meint auch Lippmann.

– Doch, meine Herren, unter solchen Bedingungen kann Österreich nicht fortbestehen.

– Betty hat recht.

– Der Zerfall ist unvermeidlich. Es ist nur noch eine Frage der Zeit. Ich glaube nicht, dass uns noch eine lange Frist gegönnt ist. »Die Toten reiten schnell«, und Österreich ist tot.

– Es ist sein eigenes Verschulden, das es von Deutschland losgetrennt hat.

– Seine frühere Suprematie in Deutschland kann es nie und nimmermehr erringen.

– Ich habe meine Zweifel, dass gerade Preußen unser Erbe antreten wird.

– Was immer geschieht, eines ist gewiss: Die Neugestaltung dieser unhaltbaren Zustände kann nicht ohne schwere Opfer erreicht werden.

Richards Ferien sind ein wenig getrübt. Er muss lernen und hat gar keine Lust dazu. Er geht erst seit zwei Jahren in die Schule. Er war so oft krank, dass die Eltern ihn nicht in die Normalschule schicken wollten. Nun muss er Geschichte lernen, sonst kann er nicht in die nächste Klasse aufsteigen. Er hatte schon Unterricht, aber hier in Ischl soll er sich erholen. Betty hat sich bereit erklärt, mit ihm zu lernen. Jeden Tag eine Stunde. Aber meistens sagt er, heute nicht, und läuft davon. Ida macht sich Sorgen, Betty hält ihn für einen Mistfratzen, aber Carl meint, das macht nichts. Er und sein Bruder haben auch keine Matura und leiten ein großes Geschäft, das besser nicht gehen könnte. Paul lernt auch nicht gerne, ist aber ein besonders lieber Bub, der immer um seine Mitmenschen besorgt ist. Als die alte Kathi einmal krank war, ist er in der Nacht immer wieder aufgestanden und hat geschaut, wie es ihr geht, und hat ihr Tee gekocht. Einmal hat die Helene der Kathi Eisumschläge gemacht und da es heiß war, hat sie Eis gegessen. Darauf bekam sie furchtbare Leibschmerzen. Sie ging in die Küche und wollte sich einen Kamillentee machen, war aber nicht imstande, Feuer zu machen, so schlecht war ihr. Da kam Paul, um nach der Kathi zu schauen.

– Nun, Kathi, wie geht es Ihnen?

– Jessus, Herr Paul, mir geht gut, aber Helene wird sterben.

– Wo ist sie denn?

– Weiß nicht, glaub in Kuchel. Joi, reg ich mich auf!

Wie Paul gesehen hat, in welchem Zustand die Helene ist, hat er Feuer gemacht und ihr einen Kamillentee gekocht und ist bei ihr geblieben, bis die Krämpfe nachgelassen haben. Inzwischen hat wieder die Kathi zu jammern angefangen. Dann ist er wieder zu der Kathi und hat ihr Umschläge gemacht. So hat er die halbe Nacht zugebracht. Dabei ist er erst 15. Er ist aber auch schlimm. Liebend gerne hält er sich in der Küche auf und treibt mit Helene und Kathi Schabernack. Frecher Bub, schimpft dann die Helene immer. Manchmal raufen sie sogar miteinander wie im Wirtshaus, nur dass keine Bierkrügel herumfliegen. Einmal hat er die Türen vom Küchenkasten ausgchängt. Ein anderes Mal hat er der Helene ein Zuckerhutpapier voll Wasser aufgesetzt. Da war sie aber richtig böse. Die Kathi ist ihm nachgelaufen und hat ihn erwischt. »Schlimmer Bub! Geheren Ihna geherig Leviten gelesen!« Richtig gerauft haben sie dann. Manchmal verklagen die Buben doch Kathi und Helene bei der Mama. Ida sagt nur: »Ihr habt nichts zu suchen in der Küche, warum geht ihr da hinein?« Otto und Ernst sind brav, treiben keinen Schabernack mit den Köchinnen und Otto lernt auch gut, ist aber nicht so besessen auf Experimente wie Ernst. Dafür ist er ganz besonders musikalisch. Otto, das Buberl, wie die Großmutter immer zu ihm sagt, ist ein Klaviervirtuose. Die ganze Familie ist stolz auf ihn. Er ist der Einzige in der Familie, der musikalisch ist. Ida hat bedauerlicherweise fast gar keine Beziehung zur Musik. So wie auch Betty. Er wird einmal ein berühmter Pianist werden. Jeden Tag übt er, manchmal sogar einige Stunden. Auch hier in Ischl. Sein Klavierlehrer ist sehr streng. Wenn es ihm einfällt, schreit er ihn an: »Sie Waldesel!« Das macht aber Otto gar nichts. Er liebt die Musik, egal was der Klavierlehrer sagt. »Geben Sie ihm facka« sagt die Kathi immer, wenn der Lehrer schimpft. Von den Philharmonischen Konzerten lässt Otto keines aus. Sechs Wochen hindurch jeden Sonntag von eins bis gegen drei. Für die alte Kathi ist das ein Kreuz. Speisestunde ist um halb zwei. Otto kommt immer erst nach drei. Singend springt er die Stiegen hinauf und Kathi und Helene passen ihn schon mit einem Besen ab und versperren ihm die Tür. Die Kathi schimpft:

– Wo waren Sie so lang? Wird ganze Essen verdorrt sein. Haben Sie noch jeder Bassgeige Bussl geben missen. Wegen Ihna geht jetzt alles drunter und driber.

– Pomali, pomali!

Otto springt über den Besen und Helene erwischt ihn noch am Rock. Von dem entledigt, wirft er ihn Helene zurück und huscht flugs ins Speisezimmer hinein. Ida macht ihm Vorwürfe.

– Buberl, warum bist du denn gar so spät gekommen?

– Mama, siehst du, wie ich außer Atem bin? Ich bin gelaufen!

Aber Pianist will Otto nicht werden, er will auch Medizin studieren, zu Idas Kummer, die sich so sehr wünscht, dass er Pianist wird. Untereinander vertragen sich die Brüder ganz gut. Ernst geht meistens seiner Wege, Otto ist immer ruhig und nett zu den Brüdern. Aber Richard und Paul streiten viel miteinander. Richard ist durch sein vieles Kranksein von aufgeregter Natur. Manchmal gehen sie mit Sesseln aufeinander los. Richard ist dann immer ganz erschöpft. Sie schreien so, dass sie nicht einmal merken, wenn Ida das Zimmer betritt. Sie setzt sich dann auf einen Sessel, macht ein ernstes Gesicht und sagt nichts, bis die Buben sie bemerken. Sofort ist Waffenstillstand. Aber keiner verklagt den anderen. Ida fragt nie, was los war, und keiner wird verhört. Ida sagt nur:

– Komm, Kleiner.

Nach einer Weile schleicht dann Betty ganz leise in die Küche und fragt:

– Was machen die zwei Kampfvögel?

– O, sie sind beide schon ruhig, antwortet Helene.

– Buben geheren geherig Leviten gelesen!

Hier in Ischl sind die Buben geradezu brav. Ida macht mit ihnen täglich einen Ausflug. Manchmal nur kürzere Fußpartien von ein bis zwei Stunden nach Lindau oder zur Ruine Wildenstein. Sie machen aber auch gerne größere Wanderungen, drei bis vier Stunden. Zu den Gosauseen und zur Zwieselalpe. Hie und da kommt auch Betty mit. Dann muss aber ein Führer dabei sein, der die Oberbekleidung und die Erfrischungen trägt. Sie hat Angst, dass sie sich zu sehr erhitzt und dann verkühlt. Deshalb muss sie immer ein Plaid mitnehmen und Gummiüberschuhe, damit die Füße nicht durchnässt werden. Sie ist zu Fuß ganz tüchtig und kann durchaus mithalten. Wenn der Weg gemütlich und nicht anstrengend ist, prüft sie Richard in Geschichte. Er mag das gar nicht. Jahreszahlen kann er sich überhaupt nicht merken. Betty hält das auch nicht für wichtig. Aber wann der Westfälische Friede war, sollte er wenigstens wissen.

– Ach, Betty, ich will das nicht wissen. Papa weiß das auch nicht.

– Doch, Richard. Papa weiß das.

– Aber er muss es nicht wissen. Und ich muss es auch nicht wissen.

– Ja, willst du denn nicht in die Schule gehen?

– O ja.

– Dann musst du lernen.

– Nein!

Ernst und Otto machen zusammen auch Gebirgspartien. Da stehen sie ganz zeitig in der Früh auf und kommen erst am Abend zurück. Helene packt ihnen Schmalz- und Schinkenbrote ein, damit sie nicht verhungern, bis sie bei der Wirtschaft angekommen sind. In Kniehosen, mit Kotze und Hut brechen sie auf. Ida ist von solchen Ausflügen nicht sehr begeistert. Sie hat Angst. Wenn ein Unwetter niedergeht! Ein Hagel! Es genügt schon ein Regen. Dann kommen sie krank zurück. Nein, nein, sie sind gut ausgerüstet. Außerdem nehmen sie sowieso einen Führer. Der kann sie auch nicht vor einem Wetter schützen.

– Ach, Mama, immer hast du solche Angst. Am Abend sind wir frisch und gesund zurück. Leb wohl!

Und weg sind sie.

Jeden Sonntag ist Tanz in dem Gasthaus, in dem die Fleischls wohnen. Ländler, Schuhplattler, Polka, Mazurka. Meist bis lange nach Mitternacht. Wenn Betty nach dem Souper nach Hause geht, muss sie durch die Tanzenden durchgehen, weil sie im Gasthaus gegenüber wohnt. Einmal verbeugt sich ein junger Mann in Salzkammerguter Sonntagstracht mit einem schönen grünen Hut vor ihr: »Darf ich bitten?« Betty lächelt freundlich.

– Gerne würde ich mit Ihnen tanzen, aber Sie sehen doch, wie ich gekleidet bin.

– Das macht nichts, schöne Frau. Hier kann jeder gekleidet sein, wie er will.

– Das ist schön, junger Mann. Aber meinen Sie nicht, dass es schon spät ist?

– Ach, nein, liebe Frau! Zum Tanzen ist es nie zu spät.

– Ach, ja, lieber Mann, Sie haben ganz recht.

Betty lacht und schreitet zum Ausgang. Am nächsten Tag erzählt sie natürlich gleich ihr Erlebnis. Ida lacht schallend. Darauf fängt auch Helene herzlich zu lachen an.

– Das nächste Mal musst du das Fräulein begleiten, damit ihr nichts zustößt.

– Gerne, Fräulein Paoli, wenn Sie es wünschen.

Leider ist der Wirt des Gasthauses, in dem die Fleischls wohnen, nicht nur Wirt, sondern auch Fleischhacker. Und die Schlachtbank ist beim rückwärtigen Tor. Um vier in der Früh hört Helene die Tiere schreien. Ida und die Kinder hören es nicht so laut. Selbst die resolute Baronin Stein, die im selben Gasthaus wohnt, kann das Schlachten nicht aushalten. Ihr Reitpferd hat sie selbst erschossen, als es krank war. Aber das Schlachten hält sie nicht aus. Schließlich reist sie zwei Wochen früher als geplant nach Italien. Auch Betty hält das Brüllen der Tiere nicht aus. Sie will sowieso noch eine Nachkur in Franzensbad machen. Der Badearzt hat sie ihr dringend empfohlen. Danach muss sie nach Saros-Patak zur Fürstin Bretzenheim.

Es war eine schreckliche Fahrt nach Saros-Patak. Betty konnte 27 Stunden nicht rauchen. In einem Rauchercoupé war kein Platz frei, so musste sie warten, bis sie endlich im Schloss war. Sie litt Höllenqualen. Ihr erstes Geschäft nach der Ankunft war, sich eine Zigarre anzuzünden. Das Leben in Saros-Patak ist still und gleichförmig. Betty macht mit der Fürstin mehrstündige Promenaden und sie lesen viel. So reiht sich ein Tag an den anderen. Sie hat allen Grund, mit den hiesigen Verhältnissen zufrieden zu sein, und dennoch sehnt sie sich nach Wien. Allzu lange ist sie schon von den Menschen getrennt, deren Umgang ihr ein inneres Bedürfnis ist. In diesem ganzen Jahr hat sie kaum mehr als drei Monate in Wien zugebracht. Zuerst war sie in Dresden, Otto Ludwigs Witwe besuchen, dann kamen die sommerlichen Kreuz- und Querfahrten und nun ist sie in Saros-Patak. Dieses Vagabundenleben ist ihr mittlerweile vollends ein wahrer Gräuel. Lieber möchte sie in eine Auster verwandelt werden, als es noch länger fortzuführen. Den nächsten Winter will sie unbedingt in Wien bleiben. Und zu allem Unglück hat sie nur mehr zwei Zigarren. Eine für sich und eine für die Fürstin. Da der Fürstin der Vorrat ausgegangen war, hat sie Bettys Zigarren geraucht. Hier im Schloss und in der ganzen Umgebung bekommt man natürlich keine Zigarren. Man müsste jemanden nach Tokay schicken, aber das ist viel zu weit. Die deutschen Zigarren sind viel besser als die, die man in Österreich bekommt. In ihrer Not schreibt Betty an den Händler in München, bei dem sie immer ihre Zigarren kauft.

Geehrter Herr!
Sie werden es gewiss entschuldigen, wenn ich mich in der großen Zigar-
rennot, die über mich hereingebrochen ist, an Sie wende und so Ihre Hilfe
erbitte. Wollen Sie die Güte haben, mir 50 Stück von der besten Sorte (das
Tausend à 30 Thlr) zu besorgen? Ich finde sie recht gut und der Rauch,
in den ich sie zu verwandeln hoffe, soll zugleich als Dankopfer zu Ihnen
aufsteigen. Vergessen Sie aber nicht, dass die Not wirklich schon groß ist.
Mit freundlichen Grüßen
Ihre Betty Paoli

In die Bräunerstraße

I

Die Fleischls beabsichtigen, zu Georgi wieder umzuziehen. Betty wäre es am liebsten, wenn sie in der Stadt etwas Passendes fänden. In einer Vorstadt zu wohnen, ist einfach zu unbequem. Dort ist man gezwungen, sich von der Welt ganz zurückzuziehen. Betty kann sich den Luxus eines Wagens nicht ständig erlauben. Und gesund und kräftig genug ist sie auch nicht, um abends zu Fuß nach Hause zu gehen, wenn es stürmt und schneit. Unmöglich kann man sich von der Welt vollständig lostrennen. Das bekommt dem geistigen Wohlbefinden nicht. Man wird nur mürrisch und eigensinnig. Davon abgesehen, bekommt man durch den Verkehr mit anderen Menschen Anregungen, die ein einsames Leben nicht bieten kann. Betty will künftig weniger einsiedlerisch leben und sich am Umgang mit anderen erfreuen, solange sie leben und solange sie unter ihnen weilt.

In der Bräunerstraße ist eine Wohnung gefunden worden und Betty zieht mit den Fleischls um. Eine große Wohnung in einem 100 Jahre alten Haus. Betty hat ein kleines Zimmer und ein Kabinett als Schlafzimmer. Sie ist zufrieden, wenn sie nur in Idas Nähe sein kann. Sie hat ihren Schreibtisch und ihren Papierkorb, das ist das Wichtigste. Und endlich wohnen sie wieder in der Stadt. Sie war ja wie ein Weberschiffchen immer auf dem Weg zwischen Stadt und Vorstadt und kaum zu Hause anzutreffen gewesen. Ida hat zur Freude von Kathi und Helene einen neuen Herd angeschafft. Ein transportabler Eisenherd, der wenig Platz einnimmt, mit dem nicht nur Brennmaterial gespart wird, auf dem auch angenehmer gekocht werden kann und der bequemer und reinlicher ist. Die Küche ist nicht mehr so rußig und ist jetzt behaglich und sauber. Man kann zugleich kochen, braten, backen und rösten. Der Herd hat eine eigene Einrichtung für die Zubereitung von Braten. Kathi und Helene sind begeistert. Helene hilft Kathi jetzt schon viel beim Kochen. Kathi ist doch schon alt und kann nicht mehr alles allein machen. Es geht alles viel zu pomali. Wenn Kathi gar nicht mehr kann, will Ida ein Stubenmädchen einstellen. Vorläufig schafft Helene noch alles und Ignaz ist ja auch noch da. Alle bewundern den neuen Herd und Betty scherzt, dass die Speisen jetzt feiner werden. Neue irdene Gefäße für das Trinkwasser lässt man aus Ungarn kommen. Alle Küchengeräte aus Kupfer und Messing werden weggeworfen, weil sie die Speisen vergiften. Neue Geräte aus Zinn und Silber werden angeschafft. Und ein Gummibaum wird in den Salon gestellt. Bislang gab es nur Fensterblatt und eine Zimmertanne. Ida möchte unbedingt auch noch eine kleine Fontäne, weil sie meint, dass sie die Luft reinige. Sie nimmt die schädlichen Gase, die man ausatmet, in sich auf und entfernt sie aus der Luft. Ernst hält das für Unsinn und lacht höhnisch. Mama sitzt wieder einmal einer Legende auf, wie immer, wenn es um Gesundheit geht. Es ist lächerlich, zu glauben, dass eine Fontäne die Luft reinige. Er ist angehender Arzt, er weiß das besser.

Endlich ist es ins Burgtheater ganz nah. Wann immer Betty will, kann sie zu Proben gehen, auch zu den Generalproben. Iduna Laube ist oft Gast bei den Fleischls und bringt fast täglich für Betty und Ida Sitze. Aber auch Lewinsky und Gabillon bringen oft Sitze vorbei. Parkettsitze! Worüber sich Betty besonders freut. Manchmal nimmt sie Helene mit, wenn gerade niemand anderer mitgehen möchte. Ida vergisst ständig ihr Opernglas. Das ist immer eine Tragödie, weil sie so kurzsichtig ist. Kaum dass sie in ihrer Loge Platz genommen hat, bemerkt sie, dass sie das Glas vergessen hat. Sofort wird ein Bote geschickt und Helene eilt dann ins Theater, um ihr das Glas zu bringen. Einmal gab es plötzlich einen Wetterumschwung und die Straße war spiegelglatt. Da denkt Helene, sie muss der gnädigen Frau ihre Filzschuhe ins Theater bringen. Helene weiß, dass Ida sehr ängstlich ist und große Sorge hat, zu stürzen. Aber der Theaterfeldwebel mit seinem Zweispitzhut lässt sie nicht passieren.

– Ich muss doch der Gnädigen ihre Schuhe bringen! Schaun S' doch, was für ein Wetter ist!

Es hilft nichts.

– Ja, so tragen halt Sie die Schuhe hinein!

– Was glauben Sie denn! Verschwinden Sie!

Auf einmal kommt Lewinsky angestürmt. Helene hält die Schuhe in die Höhe und schreit:

– Herr von Lewinsky, Herr von Lewinsky, der Herr lässt mich nicht hinein. Die gnädige Frau würde sonst fallen.

Lewinsky nimmt Helene am Arm.
– Kommen Sie, die Frau Fleischl sitzt gleich rechts in der Bank.
Der Theaterfeldwebel schaut. Helene triumphiert. Da sieht er jetzt, dass sie auch wer ist! Ida sagt, sie soll sich setzen und zuschauen. Aber sie hat ja keine Zeit.
– Bleib nur.
Sie hängt sich die Mantille von der gnädigen Frau um und bleibt fast bis zum Schluss. Schnell verschwindet sie dann, damit man sie nicht in ihrer Uniform sieht.
Wenn Ida Kopfweh hat oder Korrespondenzen zu erledigen, geht Betty allein zu den Proben. Dann lamentiert sie immer schrecklich. Oft dauern die Proben bis drei Uhr Nachmittag. Auch wenn es Gabelfrühstück gegeben hat, ist das eine lange Zeit. Wenn Betty allein gehen muss, jammert sie immer, dass sie vor Hunger sterben wird.
– Du, Ida, wenn du morgen Früh in deiner Zeitung von einer verhungerten Leiche am Michaeler Platz liest, so agnosziere mich.
– Du unausstehliche Person, wozu hat man denn in allernächster Nähe einen Zuckerbäcker. Kauf dir was, hörst du!
Im Carltheater wird von Offenbach »Pariser Leben« gespielt. Endlich auch in Wien nach dem grandiosen Erfolg in Paris. Helene soll mit dem Kleinen gehen. Sie darf alle Stücke im Carltheater sehen, wenn sie will. Die Fleischls haben eine Loge, die sie benützen darf. Helene amüsiert sich königlich. Am besten hat ihr der Admiral gefallen, dem die Uniform zu eng war. Da hat man in der Mitte des Rückens die Naht aufgetrennt und alle Damen haben im Chor gesungen: »Herr Admiral haben im Buckel ein Loch, ein Loch«, und der Admiral singt: »So hab ich halt im Buckel ein Loch, ein Loch.« Bald nachdem sie das Stück gesehen haben, kommt eines Tages der Kleine in die Küche, um wie so oft in die Töpfe zu schauen und dabei zu plaudern. Von Mucki, von Gabillons Hund, erzählt er. Wie die Helene immer mit ihm herumspringt. Die andere Helene, die Tochter der Gabillons. Die Helene ist viel fleißiger als er. Deshalb ist sie auch Bettys Liebling.
– Aber Herr Richard, was reden Sie denn!
– Ja, ja, das Lenele. Und ich bin so ein fauler Kerl.
– Aber gehn S'!
– Ja, ja, das Lenele ist Bettys Liebling.

– Aber jetzt übertreiben S'.

– Helene, ich mag keinen Karfiol. Warum kochen Sie immer Karfiol, wenn Sie wissen, dass ich ihn nicht mag?

– Aber die Mama und der Papa mögen ihn. Sie müssen ihn ja nicht essen.

– Tu ich eh nicht.

Helene merkt, dass an Richards Rock die Mittelnaht ein Stück aufgetrennt ist.

– Waren Sie gestern Admiral?

– Warum?

– Ja, Herr Admiral haben im Buckel ein Loch, ein Loch.

– Nun so hab ich halt im Buckel ein Loch, ein Loch.

Beide lachen schallend.

– So lassen Sie mich herumgehen. Einmal werde ich ohne Rockärmel heimkommen.

– Gewiss haben Sie gestern ein Abenteuer erleben wollen.

– So, ich bin nur Ihr Juxbrüderl.

– Natürlich mein Juxbrüderl. Der Kleiderputzer muss es sehen und auf meinen Nähtisch legen. Aber mir gleich die Schuld geben.

Richard ist überhaupt ein kleiner Fratz. Wenn er von seiner Mama etwas will, kommt er immer angeschlichen, wenn Helene die gnädige Frau frisiert. Helene soll sie beim Frisieren unterhalten. Wenn sie einmal nichts redet, ist die Gnädige ganz besorgt.

– Bist du krank? Hast du Kopfweh?

– Nein, warum denn?

– Ja, weil du nichts redest.

– Was soll ich denn reden?

– Du solltest mir was Schönes erzählen, mich unterhalten.

– Heut fällt mir nichts ein.

– Warum fällt dir nichts ein?

– Gnädige Frau, da kann ich nichts dafür.

Zum Zeitvertreib beginnt Ida in der Lade ihres Sekretärs zu kramen. Da gibt es Bleistifte, Federstiele, Pomadebüchsen, Zigarrenpfeifchen, Geldbörseln. Sie zieht ein Fläschchen mit wohlriechendem Wasser hervor. Da kommt Richard angeschlichen.

– Was willst du denn, Kleiner?

– Mama, eine kleine Rechnung hätt ich da.

– Was für eine Rechnung? Lass sehen! Was? Schon wieder Handschuhe und eine Krawatte. Das zahl ich nicht. Du bekommst genug
Taschengeld. Deine Brüder kommen auch damit aus.

– Aber Mama! Ich hab ja gar kein Fahrgeld mehr.

– Wozu brauchst du hier ein Fahrgeld, du Fratz?

– Ja, wenn ich ins Carltheater fahre.

– Aber jetzt fährst du nicht ins Carltheater.

– O ja, ich möchte Sonntag fahren. Ich vertu gar nicht, was nicht notwendig ist. Wenn ich ins Theater geh, geb ich nichts in die Garderobe,
ich behalt den Winterrock an und schwitz. Dann lauf ich nach Hause,
damit ich dem Hausmeister nicht das Sperrgeld zahlen brauch, und
beim Laufen schwitz ich dann wieder.

– Ach, gnädige Frau, mir scheint, der Herr Richard schwitzt zum
dritten Mal, mir erbarmt er schon.

Alle lachen. Schließlich gibt Ida Richard das Geld.

– Liebe, gute Mutti, schmeichelt er.

2

Liebster Freund!
Da Du uns Hoffnung gegeben hast, übermorgen den Abend bei uns zuzu-
bringen, so hoffen wir, Du würdest auch so »untadelhaft edel« sein, Dein
Versprechen zu halten. Befürchte keine Gesellschaft: es werden außer uns
nur noch drei oder vier Personen da sein, denen Ida die Freude, Dich lesen
zu hören, nicht vorenthalten möchte, weil sie in der Tat einen solchen
Genuss zu würdigen imstande sind. Stelle Dir nun ein schönes Repertoire
zusammen! Wenn es sein kann, so schalte Lamartins Bonaparte ein, ferner
The Bridge of Sighs, einiges von Heine, Grillparzer, Chamisso, Lingg.
Weißt Du, dass von Letzterem ein neuer Band Gedichte erschienen ist? Ich
habe bis jetzt erst einen Blick hineingeworfen, wittere aber sehr Schönes
darin.

Auf Donnerstagabend also, wenn Du nicht eigens absagst. Oder schreib
mir lieber jedenfalls ein paar Zeilen zur Antwort. Solltest Du mich viel-
leicht wegen Bonaparte früher sprechen wollen, so triffst Du mich morgen
um ½ 12 Uhr zu Hause an.
Deine alte Freundin B.

Betty liest in letzter Zeit viele englische Gedichte. »The Bridge of Sighs« scheint eigens gemacht zu sein, um von Lewinsky vorgetragen zu werden. Besonders angetan hat es ihr Charles Wolfes wunderschönes Gedicht »The Burial of Sir John Moore after Corunna«, das sie versucht ins Deutsche zu übersetzen. Auch einige altschottische Gedichte möchte sie übersetzen. Überhaupt ist sie gerade fleißiger als sonst und hat ein paar Gedichte geschrieben, die sie unbedingt Lewinsky zeigen will und die er ihr vorlesen muss.

Betty und Lewinsky sind aufgeregt. Ihre Portraits, die die Baronin Stein gemalt hat, sind eingetroffen. Lewinsky ist mit seinem Portrait zufrieden, aber Betty hat trotz aller Ähnlichkeit Zweifel, ob sie wirklich getroffen ist. Lewinsky muss unbedingt kommen und es anschauen und ihr seinen Eindruck sagen. Er wird sie schon nicht für eine alte Närrin halten, die immer noch nach Komplimenten angelt. Natürlich hat sie kein objektives Urteil. Aber sie findet in dem Portrait etwas Kaltes, Abwehrendes, das so, weil sie sich kennt, nicht in ihrem Wesen liegt.

Die Gräfin

Ida hat, wie schon so oft, Marie von Ebner-Eschenbach bei Auguste von Littrow getroffen. Beide fühlen sich voneinander angezogen. Die Gräfin ist von Idas außerordentlichem Verstand und Humor fasziniert. Und Ida von ihrem einfühlsamen Verständnis für Literatur. Sie hat ihr ihr jüngstes Stück, »Marie Roland«, mitgebracht. Ida fühlt sich höchst geehrt und ist sehr stolz auf das Vertrauen, das ihr die Gräfin entgegenbringt. Die Gräfin möchte Idas Urteil hören. Sie legt größten Wert darauf. Laube hat das Stück über alle Erwartungen gelobt. Und Münch versichert der Gräfin, dass es nun keinen Zweifel an ihrem Talent mehr gebe. Und dennoch legt sie auch auf Idas Urteil Wert. Ida liest das Stück sofort und erzählt Betty davon. Marie Roland war zweifellos eine außerordentliche Frau, die die Gräfin faszinierte. Ihre Roland ist eine Heldin der Wahrheit. Das Stück ist sicher ein Fortschritt im Vergleich zu »Maria Stuart in Schottland«. Anlage, Technik, Charakteristik sind gelungener. Die Jamben wohlklingend und edel. Ein paar Szenen im Konvent in wunderbarer Prosa. Marat, Robespierre, Danton sind scharf gezeichnet. Und dennoch gibt es keine sich stetig entwickelnde Handlung, keine sich allmählich entfaltende Leidenschaft. Das Drama ist aus bunten, nicht zueinanderpassenden Stücken zusammengesetzt. Ida wird es der Gräfin sagen. Sie möchte ja ihre ehrliche Meinung hören. Ida will unbedingt, dass Betty die Gräfin näher kennenlernt. Es gibt so wenige so großartige Menschen wie die Gräfin. Betty kennt die Gräfin schon. Sie ist ihr einige Male bei Fanny Elßler begegnet. Aber nie gab es ein Tête-à-Tête. Trotzdem schätzt sie Betty sehr. Eigentlich hatte sie schon vor zehn Jahren Gelegenheit, die junge Gräfin kennenzulernen. Damals noch Marie Comtesse Dubsky, schrieb sie ihr einen Brief, in dem sie ihr Gedichte schickte und sie fragte, ob sie Dichtertalent hätte. Betty antwortete ihr nicht ausgesprochen ermunternd. Aber die junge Comtesse war glücklich. Ida wird sie zum Diner bitten, ohne weitere Gäste. Carl und die Kinder werden sich ohnedies zurückziehen. Carl pflegt früh schlafen zu gehen und geht zeitig ins Comptoir. Wenn sie dann allein sind, können sie sich ungestört unterhalten.

Lewinsky hat Betty aus Leipzig die besten Zigarren der Welt mitgebracht. Schwere Zigarren, wie sie Betty liebt. Einfach Ambrosia!

Eingeschmuggelt. Trotzdem ist Betty überglücklich darüber. Obwohl sie bei dem bloßen Gedanken eines solchen Wagnisses erschaudert. Betty bietet sie großzügig an. Ida ist begeistert, aber die Gräfin raucht ihre eigenen Zigarren. Die sind ihr am liebsten. Ganz kurze Zigarren. An diesen kurzen Zigarren hat man ja nichts, denken Betty und Ida. Betty raucht ihre Zigarre immer so weit hinunter, bis fast nichts mehr dran ist. Dann nimmt sie ein Instrument, mit dem sie das letzte, glühende Stümpfchen zwischen die Lippen hält.
– Fräulein, geben Sie acht! Um Gottes willen, Sie verbrennen sich die Lippen!
– O nein, gewiss nicht. Gleich ist die Zigarre zu Ende und meine Lippen werden immer noch heil sein.
– Der grässliche Tod des armen Max lässt mir keine Ruhe.
– Mir geht es auch so. Man könnte in Melancholie verfallen. Seit ich mich nicht mehr so wichtig nehme, zerreißt mir zunehmend fremdes Unglück das Herz.
– Unser armes Kaiserhaus!
– Jede Anklage vor einem solchen Schicksal muss verstummen.
– Er war auch ein Opfer unserer Verhältnisse. Hätte man ihm in seinem Vaterlande das Leben nicht unerträglich gemacht, wäre es ihm nie in den Sinn gekommen, die Kaiserkrone von Mexiko anzunehmen, und er läge jetzt nicht in mexikanischer Erde verscharrt.
– In unserem Abgeordnetenhaus geht es zu, dass man vor Ekel krank werden könnte. Nichts als Eitelkeit und Egoismus. Damit soll das zusammenbrechende Reich gestützt werden!
– Abschaffung der Todesstrafe – damit verliert man jetzt die Zeit. Ein Schutzgesetz für Raubmörder!
– Inzwischen frisst sich das Feuer immer weiter. Es wird nicht lange dauern und man wird in Ungarn und Galizien die Kanonen donnern hören.
– Nur mit Grauen kann man an die Zukunft denken. Ich halte Kuranda nicht für einen Propheten. Aber wie er vor kurzem im Reichsrat gesagt hat: »In weniger als zwei Jahren wird Europa eine große Blutlache sein«, dürfte er die Wahrheit vermutet haben.
– Ein Ausgleich mit Ungarn wäre unser Unglück!
– Ach, lassen wir das doch! Wie steht es mit »Marie Roland«, Gräfin?
– Abgelehnt.

– Das hab ich schon gehört. Mit welcher Begründung?

– Für die Bühne nicht geeignet. Es ist eben das allgemeine Misstrauen gegen Revolutionsdramen.

– Ich kann es nicht verstehen. Marie Roland ist die Heldin der Gironde.

– Und ist es nach 75 Jahren nicht an der Zeit, Vorurteile für gewisse historische Perioden endlich abzustreifen? Es beruht auf Grundsätzen, die auch bei uns längst anerkannt und eingeführt sind.

– Marie Antoinette verherrlichen Sie doch geradezu. Marie Roland, einst Feindin der Königin, bekennt im letzten Akt rührend ihre tragische Schuld, dass sie der Königin entsetzlich unrecht getan hat.

– Man sagt, der Sektionschef hat es abgelehnt. Es wundert mich nicht. Münch behauptet, er hat damit nichts zu tun gehabt. Ich kann es mir auch nicht vorstellen. Er hat das Stück doch so gelobt. Er ist doch mein Lehrer und Förderer. Übrigens hat es Devrient auch abgelehnt. Er schrieb mir: »Die Gifthauchatmosphäre der Revolution ist zu treu darin abgebildet.«

– Kränken Sie sich nicht. Es gibt noch andere Theater als das Burgtheater.

– Jetzt überhaupt, seit Laube nicht mehr Direktor ist.

– Es ist eine traurige Geschichte.

– Ja, das kann man sagen. Sehr traurig. Sehr schade.

Helene klopft. Ob die gnädige Frau noch einen Wunsch hat. Helene hat der Gräfin schon die Tür geöffnet. Baronin Marie von Ebner-Eschenbach, geborene Gräfin Dubsky steht auf der Visitenkarte. Jedes Mal, wenn Helene zum Servieren hereingekommen ist, hat sie sie angegafft. Immer wieder hat sie die gnädige Frau und Fräulein Paoli vom Besuch der Gräfin reden gehört. Daher weiß sie, dass die Gräfin ein ganz besonderer Gast ist. Helene kommt sie vor wie ein Mädchen, jugendlich, obwohl sie vielleicht schon dreißig ist. Sie ist ganz zierlich. Das Gesicht ist nicht besonders schön. Blass ist sie, vielleicht ist sie krank. Trotzdem denkt Helene, dass sie ein lustiger Mensch sein muss. Und edel. Das muss sie ja sein, weil sie Gräfin ist. Aber sie ist nicht aufgetakelt. Ein glattes, himmelblaues Seidenkleid ohne Tressur, wie es eben Mode ist. Ida will gar nichts mehr. Helene soll ruhig schlafen gehen.

– Man hätte Laube nicht gehen lassen dürfen.

– Es blieb ihm doch nichts anderes übrig.

– Münch hat ihm doch nichts mehr gelassen. Die wichtigsten Befugnisse sind ihm genommen worden. Das Repertoire und die Rollenbesetzung.

Es war kaiserliche Instruktion.

– Eine Hofintrige war es. Der Posten eines Generalintendanten über dem artistischen Direktor ist völlig unnötig. Und warum bekam ausgerechnet Münch den Posten? Ein wirklicher Missgriff.

– Ja, das kann man sagen. Ein Missgriff.

– Und Münch beharrte auf der Instruktion und wies Laubes Forderung zurück.

– Da ist Laube natürlich nichts anderes übriggeblieben, als um seine Pensionierung anzusuchen.

– Münch hat unrecht gehandelt, sehr unrecht!

– Und jetzt ist das Burgtheater tatsächlich zum Einschlafen.

– Unter Laubes Direktion hat eine Novität die andere gejagt.

– Das stimmt.

– Laube hat das Burgtheater mit literarischem Geist und praktischer Sachkenntnis geführt.

– Aber er macht sich lächerlich, wenn er Münch unentwegt in der Presse kritisiert.

– Er hat geschrieben: »Ein Theaterdirektor, der nichts wagt, soll Schafe hüten und Flöte blasen.« Haben Sie das gelesen?

– Es mag ja alles wahr sein. Aber aus seinem Mund bekommen diese Wahrheiten einen fatalen Beigeschmack. Immer klingt das Selbstlob mit.

– Ja, er ist von einer fanatischen Selbstlobhudelei!

– Von einem rastlosen Drang nach Wirkung. Das hat ihn in eine Stellung hineingerissen, die seiner unwürdig ist.

– »Alter dramatischer Stil und moderner Inhalt erzeugen Langeweile«, hat er geschrieben.

– Stimmt. Aber durch sein eifriges Schelten macht er den Eindruck eines amant éconduit, der sich rächen will.

– Ich halte Laube nicht nur für talentiert, sondern hielt ihn immer auch für klug. Aber das Naturell ist eben stärker als der Intellekt. Sein despotischer Charakter zwingt ihn, so manche Unklugheit zu begehen.

– Er fügt sich nur selbst Schaden zu. Wie kann ein Mensch seines Ranges am Skandalmachen Gefallen finden? Und etwas anderes können seine Aktivitäten im gegenwärtigen Augenblick nicht sein.

– Für die Theaterabende arrangiert er eine Opposition, die bei jedem Applaus zischt. Der Beifall wird durch die Lärmmacher erstickt. So etwas hat es am Burgtheater noch nicht gegeben.

– Das ist wirklich seiner unwürdig.

– Und Laubes Kritik von Halms »Begum Somru«!

– Vernichtend.

– Alles ist schlecht. Das Stück, die Inszenierung, die Schauspieler.

– Dabei hatte er das Stück doch noch selbst befürwortet.

– Und jetzt ist Laubes neuestes Stück, »Die bösen Zungen«, abgewiesen worden.

– Münch ist sicher nicht schuld daran.

– Sicher nicht. Aber mit Münch ist es auch nicht so einfach.

– Das stimmt. Einmal ist er frère et cochon mit den Leuten, das nächste Mal, wenn er gerade nicht in Stimmung ist, kennt er sie nicht.

– Ja, er ist ein Menschenfeind. Das ist bei einem Intendanten gar nicht gut.

– Dabei ist Münch der beste Mensch der Welt. Es fehlt ihm eben an kühlem Blut, Energie und Konsequenz.

– Er hörte ja in seinem ganzen Leben immer nur auf eine. Und die ist tot.

– Julie Rettich. Unsere Rettich.

– Und wie hat Laube die Rettichs behandelt!

– Und Zerline Gabillon! Und wie hat er La Roche missachtet und zurückgesetzt. Nicht nur in künstlerischer Hinsicht. Auch sein Gehalt war geringer als das seiner Lieblinge!

– Viele Schauspieler freuen sich auch, dass Laube gegangen ist.

– Besonders Zerline. »Endlich ist die Vergeltung da«, hat sie gesagt.

Betty ist ganz entzückt von der Gräfin. Was für eine gescheite, empfindsame Frau, eine vortreffliche Persönlichkeit. Aus ihren Augen spricht unendliche Güte. Selten hat sie so viel Geist mit einem so tiefen Gemüt vereint gefunden. Und wie heiter sie ist. Gewiss, sie hat Größe. Schade um das Stück. Aber Ida hat es kritisiert. Ida hat sicher recht, sie hat immer recht. Sie will die Gräfin bald besuchen, um mit ihr ausführlich über »Marie Roland« zu sprechen. Die Gräfin nimmt Idas Kritik dankbar an. Mit welchem Anteil und Interesse Ida das Stück in sich aufgenommen hat! Das setzt eine starke und tieffühlende Natur voraus. Ebners Familie ist dagegen, dass Marie sich schriftstellerisch betätigt. Eine Frau hat sich voll und ganz der Familie zu widmen. Besonders ihr Bruder Adolph denkt so. Ihr Interesse für die Schriftstellerei schädigt ihre Liebe für die Ihren. Ihr Mann, Baron Moriz Ebner von Eschenbach, hat sie immer sehr gefördert, schon von Jugend an. Aber dass sie ausgerechnet Dramen schreiben muss, passt ihm nicht. Moriz möchte ihre Theaterstücke am liebsten in die Luft sprengen. Sie trägt seinen Namen! Wenn sie schon schreiben muss, dann Gedichte und Romane. Nur keine Dramen. Dann wäre alles gut. Aber das kann und will sie nicht. Unmöglich.

Endlich ist wieder ein Sommer vorbei

Endlich ist wieder ein Sommer vorbei und Betty eilt gleich nach Dornbach zu Dora und ihrem geliebten Lenele, ihren »Viecherln«, den beiden Kindern der Gabillons. Sie war diesen Sommer lange weg. Zunächst war sie mit den Fleischls in Mondsee. Nach vier Wochen trennten sie sich. Die Fleischls fuhren nach Reichenhall, wo sie sich mit Idas Eltern trafen, und sie fuhr nach München, Baden-Baden, Heidelberg, Frankfurt, Leipzig. Eine Kreuz- und Querfahrt, von der sie, auf so vielen Eisenbahnen durchgerüttelt, sich jetzt einmal ausruhen muss. Jedes Mal das Eisenbahnfieber und die Sorge, sich auf der Bahnfahrt zu verkühlen. Der Sommer ist ihr eine verhasste Zeit. Die geknüpften Bande werden gelöst und alle laufen wie Wiesel herum. Sie atmet immer auf, wenn der Sommer zu Ende ist. Sie kann sich in das zerrissene, zusammenhanglose Leben nicht finden, das er unvermeidlich in seinem Gefolge hat. Aber nun ist es endlich wieder Herbst und sie ist in Wien und alle sitzen wieder hübsch beisammen. Sie erzählt den Kindern von Mondsee. Von den Bergen, vom blauen Wasser, in dem sie täglich gebadet hat, und dass alles viel unbequemer ist als in Ischl. Es gibt keine Gärten, keine Ruheplätze, wo man mit einem Buch ein paar Stunden im Freien zubringen könnte. Nichts ist für die Fremden geschehen, kein Vergleich zu Ischl. Nicht einmal Jalousien hatte ihr Zimmer. Den ganzen Tag hat die Sonne hereingeschienen und es war heiß wie in einem Dampfbad. Leider war sie auch einige Tage krank und musste das Bett hüten. Da konnte sie die schönen Berge nur vom Fenster aus sehen.

Die Baronin Stein war auch in Mondsee. Einmal wollte sie unbedingt um Mitternacht auf den See hinausfahren. Sie hat die Kathi und die Helene geweckt, damit sie mitkommen. Trotz großer Angst ziehen sich beide schnell an und es geht los zum See. Helene hatte noch nie so einen großen See gesehen. Endlich haben sie einen Fährmann gefunden, der sie mit seinem Schinakel hinausgefahren hat. Am nächsten Tag erzählte sie, wie schön es in der Nacht auf dem Mondsee war. Ida hat geglaubt, dass die Baronin geträumt hat. Dann hat die Baronin Kathi und Helene als Zeugen gerufen.

Eine ganz traurige Geschichte hat sich auch zugetragen: Bettys geliebte Lydi war verschwunden. Ida hatte sie mit zum Irrsee genommen und plötzlich war sie weg. Alle Nachforschungen waren vergeblich. Dann erfuhren sie, dass ein Mann den Hund mit nach Wien genommen hat. Betty hat schon Helene und Dora schreiben wollen, dass sie Lydi suchen sollen. Aber sie hätten sie vielleicht gar nicht erkannt, weil sie geschoren wurde. Schließlich wurde der Verlust in die Zeitung gegeben und eine Belohnung von 10 fl ausgesetzt. Und dann hat in Wien der Diener des Grafen, der neben den Fleischls im Haus wohnt, gesehen, wie Lydi vor dem Haus auf und ab marschiert und beim Haustor stehen bleibt. Er brachte den Hund herauf. Nur Paul war in Wien und war auch gerade zu Hause, obwohl er normalerweise den ganzen Tag im Geschäft von Onkel Ladenburg ist. Der Diener hat natürlich nichts von der Geschichte gewusst. Zeitung lesen kann er nicht, weil er nicht Deutsch lesen kann. Paul hat ihm 10 fl. gegeben. Der Diener hat geglaubt, Paul ist verrückt geworden. Paul hat ihm alles erklärt und sofort telegrafiert, dass der Hund gefunden worden ist. Betty ist vor Freude fast in Ohnmacht gefallen. Herr Fleischl hat sie sogar mit Wasser bespritzt. Gleich hat Betty gerufen: »Wo ist er, wo ist er?«, und wollte das Telegramm sehen. Da hat die alte Kathi gesagt: »Aber Freilein, mit Depesche ist Hund nicht kummen.« Ernst hat sich lustig gemacht. Er hat gesagt, man hätte in die Annonce als besonderes Kennzeichen »Gerupfter Hund« schreiben müssen. Man hat niemanden gefunden, der den Hund scheren konnte. So hat ihn eben Ida geschoren und er hatte lauter Stufen. Das war eine Geschichte, Kinder! Betty ist immer noch ganz glücklich, dass sie Lydi wiederhat. Sie hofft, dass ihre Viecherln im Sommer Fortschritte im Französischen gemacht haben. Sie möchte mit ihnen französische Erzählungen lesen. Lenele muss es sich einrichten, hin und wieder einen Abend freizuhaben. Bei gehörigem Fleiß wird sich das schon machen lassen. Sie darf nur bei der Arbeit nicht träumen und muss bei der Sache sein, um sie schnell zu beenden. Betty will auch mit Helene die Stücke durchlesen, die sie im Theater sehen wird, damit sie sie besser versteht. Sie können gleich mit »Der Jungfrau von Orleans« beginnen. Helene hat auch auf dem Land Musikunterricht gehabt und will Betty einen altfranzösischen Tanz vorspielen, den sie in den Ferien eingeübt hat. Danach erzählt Betty Zerline und Ludwig von ihrer Reise. Von der Hitze in München, von

Paul Heyse und dass Dingelstedt ein brutaler Intrigant sein soll. Und dann von Baden-Baden. Nachdem sie sich von der Reise ausgeruht hatte, trieb sie die Neugier an die Spielbank, aber nur als Zuschauerin. Aber dann überkam sie der Spielteufel. Stellt euch vor! Reumütig muss sie gestehen, dass er sie ganz in ihren Bann gezogen hat. Sie gewann, verlor den ganzen Gewinn und schließlich den ganzen Einsatz. Zum Glück blieb ihr noch so viel Besinnung, nicht weiterzuspielen, sonst wäre ihr ganzes Reisegeld verlorengegangen. Die Versuchung war groß. Was sagt ihr zu eurer so perversen Freundin? Nur gut, dass es in Wien keine Spielbank gibt. Was für eine Gesellschaft ist in Baden-Baden versammelt! Sie kann einem wirklich diesen lieblichen Ort verleiden. Die Haute Pègre von ganz Europa! Pariser Kokotten mit verrückten Toiletten und lackierten Gesichtern. Sie würden einem nicht auffallen. Aber zu dieser wunderbaren Natur bilden sie einen schreienden Kontrast. Sie muss von Turgenjew erzählen. Von diesem herrlichen Menschen, den sie in Baden-Baden kennengelernt hat. Sie wollte ja nach Paris und nur kurz in Baden-Baden weilen und Madame Viardot ihr Empfehlungsschreiben abgeben. Ach, die Viardot! Was für eine Frau! Eine, von denen nicht hundert in einem Jahr geboren werden. Sie hat ungewöhnlich viel Geist und dabei eine Herzenswärme, die allein schon bezaubern müsste. Sie war nie schön und ist nicht mehr jung. Aber der edle Zauber ihres Wesens ist so groß, dass man das Auge nicht von ihr abwenden kann. Sie war sehr freundlich und lud Betty ein, einer Oper beizuwohnen, die bei ihr aufgeführt werden sollte. Turgenjew hat den Text dazu geschrieben und sie die Musik dazu komponiert. Aber Betty wollte ja weiter nach Paris fahren. Madame Viardot erschrak und meinte: »Mais c'est pour vous rendre malade. Paris c'est pas tenable par cette chaleur.« Betty entschied, nicht nach Paris zu fahren. Ihr war klar, dass sie recht hatte. Die Hitze nahm ständig zu und sie litt schrecklich. War es in dem vergleichsweise kühlen Baden-Baden schon so heiß, wie dann erst in Paris! Nun konnte sie der Einladung der Viardot nachkommen. Aber sie war schon zwei Tage unwohl. Trotzdem unterhielt sie sich vortrefflich. Die Oper wurde von Viardots Freunden und Schülerinnen aufgeführt. Turgenjew spielte eine komische Rolle mit wahrer Meisterschaft. Die Viardot gab den Prinzen, der in der allerliebsten Féerie seine Geliebte von dem bösen Menschenfresser zu befreien versuchte. Trotz ihrer Jahre hatte sie noch das volle Feuer der Jugend, eine

Glut und Innigkeit. Und mit welch künstlerischem Ernst sie vor dem kleinen Publikum sang und spielte! Mit einer Hingabe, als stünde sie auf einer Pariser oder Londoner Bühne. Nach der Vorstellung machte sie Betty mit Turgenjew bekannt. Wie freudig schlug ihr das Herz, den großen Dichter, den »Shakespeare der Novelle«, von Angesicht zu Angesicht zu sehen. Betty war tief bewegt, sehr stolz und demütig vor diesem großen Dichter zu stehen. Er ist auch ein ganz prächtiger Mensch. Einfach gütig, vollkommen unbefangen. Er versteht einfach alles. Betty hat selten so eine grandiose Erscheinung gesehen. Obwohl er erst Anfang fünfzig ist, hat er ganz weißes Haar. Seine Augen sind von einem Glanz und Feuer, dass man direkt geblendet ist. Und doch ist er von einer innigen Freundlichkeit. Betty war an diesem Abend sehr glücklich.

Ida ist auch wieder aus Reichenhall zurück im staubigen und schmutzigen Wien. Die Kur hat allen gutgetan. Aber Vater ist schwach. Trotzdem haben sie zwei Partien gemacht. Zu einer Ruine, die auf einem kleinen Berg liegt, wo sich Vater über die herrliche Aussicht freute, und nach Großgmain. Vater natürlich im Tragesessel. Ida pflückte unentwegt die schönen Alpenblumen. Schließlich erwischte sie der Regen, worüber Vater sehr verärgert war. Überhaupt regnete es so viel, dass sie sich Kleider aus Wachsleinen machen ließen. Nachts wären sie erfroren, wenn sie keine Wolldecken gehabt hätten. Das Theater in Reichenhall freilich ist erbärmlich. Mit ein wenig Phantasie könnte sich jeder Burgschauspieler dort an einem beliebigen Sonntag gegen ein hohes Entrée als ausgewachsenes Rhinozeros sehen lassen. Helene tritt gerade ein, wie Ida Betty das erzählt hat. Sie kann gar nicht aufhören zu lachen, obwohl sie gar nicht weiß, was ein Rhinozeros ist. Ida erklärt ihr, dass ein Rhinozeros ein Nashorn ist. Sie holt sofort ein Buch und zeigt Helene eine Abbildung eines Rhinozerosses. Helene staunt. Was ein Elefant ist, weiß sie. Das hat sie in der Schule gelernt. Vielleicht hat sie ja in der Schule auch vom Rhinozeros gehört und hat es nur vergessen. Reichenhall ist billig, horrend billig. Die Badegäste sind hauptsächlich Norddeutsche oder Berliner. So ein braver Beamter trinkt nicht früher sein Bier, bis er nicht genau den Preis kennt. Betty nickt. Und die Land- oder Regierungsrätinnen mit ihren Tüllhauben kaufen das Frühstück und die Jause persönlich ein. Sie handeln wahrhaft mit

Königgrätzer Energie, spottet Ida und Betty lacht schallend. Trotzdem oder gerade deshalb haben sie bei den Bayern Respekt gewonnen. Die preußische Regierung täte gut, bei einer Annektierung Bayerns eine Garnison Beamtengattinnen über die neue Provinz zu verstreuen. Betty kann sich kaum halten vor Lachen. Ida hat in Reichenhall ihr lange vernachlässigtes Sanskrit-Studium wieder aufgenommen. Sie ist wieder völlig vom Buddhismus fasziniert. Jetzt ist ihre Leidenschaft neu entflammt. In Wien hat sie sich gleich die neuesten Bücher über Buddhismus kommen lassen. Englische, französische und allerlei von deutschen Gelehrten. »A Manual of Buddhism, in its Modern Development«. Über Taranatha hat sie gelesen. Ein Lama des tibetischen Buddhismus. Aber Tibetisch kann sie nicht lernen. Das sieht sie ein. Unentwegt erzählt sie Betty, was sie Neues gelesen hat. Betty ist schon ein bisschen müde davon. Aber sie kann Ida nicht böse sein. Immerhin ist der Buddhismus die Religion der Majorität der Menschheit. Ida erzählt Betty von den Vorschriften des Vinaja. Sie sagen nicht, was man tun soll, sondern was man nicht tun soll. Man verpflichtet sich nicht, Gutes zu tun, sondern jedem Bösen zu entsagen. Man verpflichtet sich nicht, zu geben, sondern man gelobt, nichts zu nehmen. Ida findet das hochinteressant. Letztlich läuft der Buddhismus auf Atheismus und Nihilismus hinaus. Betty bezweifelt das. Doch, Buddha glaubt nicht an die alten Götter des Veda. Der Buddhismus kennt keinen Gott. So doziert Ida manchmal eine ganze Stunde oder länger. Betty hört zu, wendet dieses und jenes ein. Aber letzten Endes hält sie Idas Liebe zum Buddhismus für Allüren. Die Gräfin hat mehr Verständnis für Idas Flausen. Sie sehen sich jetzt oft. Manchmal kommt Marie nur auf einen Sprung vorbei und bringt ihr, was sie geschrieben hat. Oder Ida stattet ihr einen kurzen Besuch ab. Ida diskutiert mit ihr, ob der Buddhismus eine Religion oder nur ein Philosophem ist. Buddhas Lehre ist eine philosophische Auffassung der Welt und des Lebens. Der Atheismus des Buddhismus hat das Eigentümliche, dass er zugleich Akosmismus ist. Weder ein Absolutes noch ein Relatives ist, sondern nur das Leere, Nichtige. Marie liest mit ihrem Mann Schopenhauer. Ein geistreicher, aber verschrobener Philosoph, wie sie meint. Ein neuer Herold des Buddhismus. Aber auch die Gräfin ist nicht vom Buddhismus begeistert. Konsequent verfolgt, muss die Lehre von der Abtötung der Leidenschaft zu einem jeder menschlichen Tätigkeit feindlichen

Quietismus führen, zu einem blödsinnigen Hinstarren, zur vollständigen Verleugnung menschlicher Gefühle und Bestrebungen. Das ist der Wurm im buddhistischen System, der es zernagt. Ida nimmt es ihr nicht übel. Betty und die Gräfin verstehen es einfach nicht besser.

Betty hat ein Brieferl von Lenele bekommen. Das muss sie unbedingt Ida zeigen. Ida studiert gerade einen Aufsatz über den buddhistischen Nihilismus. Aber wenn Betty kommt, unterbricht sie natürlich ihr Studium sofort.

> *Liebe Betty!*
> *Weißt Du schon, dass ich Gedichte schreibe? Vielleicht hat Dir Papa schon davon erzählt. Papa findet die Gedichte nicht gut und er hat gesagt, die Versfüße sind lahm. Papa ist doch kein Dichter! Ich habe ihm gesagt, dass Du mir schon sagen wirst, wie das zu machen ist. Liebe Betty, Du musst uns sehr bald besuchen und meine Gedichte anschauen, damit mich Papa nicht mehr kritisiert. Dora hält auch nichts von meinen Gedichten. Sie verachtet das Dichten. Sie hält es für Zauberei, die verboten gehört.*
> *Liebe Betty, komm, bitte, so bald als möglich zu uns.*
> *Deine Helene*

– Was sagst du dazu, Ida?
– Rührend. Meine Kinder schreiben keine Gedichte.
– Vielleicht weißt du es nur nicht.
– Leni ist noch ein Kind. Es ist einfach rührend, dass sie Papas Urteil zurückweist und auf deines verweist.
– Freilich. Und was soll ich ihr sagen, ohne sie zu verletzen?
– Wenn sie dir nicht gefallen, sag ihr, was dir nicht gefällt und wie sie es besser machen kann.
– Ich höre auf deine Worte.

»Doktor Ritter«

Verehrte Gräfin!
Ich erwarte Sie morgen um 10 Uhr. Ich freue mich schon sehr auf die
Gedichte von Séphine. Ida

– Was ist los, Gräfin? Sie sind ja ganz echauffiert.
– Ich bin gelaufen. Ich muss Ihnen eine Neuigkeit erzählen.
– Es ist doch nichts passiert?
– Nein. Doch. Etwas Erfreuliches.
– Erzählen Sie. Setzen Sie sich. Helene bringt gleich Tee. Eine
Zigarre?
– Danke.
– Jetzt erzählen Sie!
– Ich bleibe nur ganz kurz. Ich muss gleich wieder gehen.
– Erzählen Sie doch!
– Frau Dr. Frankl war bei mir. Ich soll ein Stück schreiben für eine
Akademie zur Errichtung eines Schiller-Denkmals.
– O, ich gratuliere!
– Ich freu mich sehr. Ich bin sehr stolz darauf, dass mich das Schil-
ler-Komitee auserkoren hat.
– Darauf können Sie auch stolz sein.
– Es soll ein einaktiges Stück sein und der Held natürlich Schiller.
– Das ist Ihnen doch wie auf den Leib geschrieben.
– Ja, die Arbeit lockt mich sehr! Ich hab das Stück auch schon im
Kopf. Es soll »Ein Tag aus Schillers Leben« heißen.
– Wo findet die Akademie statt?
– Im Opernhaus.
– Und wann muss es fertig sein?
– Bald, sehr bald. Das Fest findet in sechs Wochen statt.
– Das ist in der Tat sehr bald.
– Ich muss auch gleich wieder gehen. Wenn es fertig ist, lese ich es
Ihnen vor.
– Gerne. Sehr gerne! Ich habe immer Zeit für Sie. Séphines
Gedichte können warten.

Gleich beim Mittagessen erzählt Ida Betty von dem Stück, das die Gräfin schreiben soll. Betty hofft, dass es ein Erfolg wird nach allem, was war. Es muss ein Erfolg werden. Ida ist vom außerordentlichen Talent der Gräfin überzeugt. Sie wird ihren Weg finden. Natürlich muss sie noch lernen. Ein Misserfolg waren »Die Veilchen« ja nicht. Ida hat noch zu einigen Änderungen geraten. Aber es war eben ihr erstes Lustspiel. Gewiss, vielleicht zu anspruchslos. Ihre Stärke ist nun einmal das Trauerspiel. Aber das ist nicht gefragt. Betty hat Bedenken. Ihre »Maria Stuart« hat viele Schwächen. Ida glaubt, dass es diesmal ein gelungenes Stück wird. Schließlich liebt die Gräfin Schiller seit ihrer Kindheit über alles. Es ist ihr doch auf den Leib geschrieben. Das kann nicht schiefgehen. Betty hofft es auch.

Liebste Ida!
Das Stück soll »Doktor Ritter« heißen. Ich komme morgen um 9 und lese es Ihnen vor. Falls das nicht möglich ist, schicken Sie mir bitte ein paar Zeilen.
Marie E.

Ida ist mit dem Titel einverstanden. Schiller als Flüchtling in Bauerbach, der Arzt Dr. Ritter. Das ist ausgezeichnet. Schillers schwärmerische Neigung zu Charlotte von Wolzogen als Mittelpunkt des Stückes könnte nicht besser gewählt sein. Es gäbe sonst keine Episode in Schillers Leben, die für ein Drama geeigneter wäre. Schritt für Schritt entwickelt die Gräfin Schillers Charakter und deckt seine innerste Natur auf. Vielleicht kann die Sprache noch ein bisschen verbessert werden. Manchmal überwuchert sie. Sicher ist es ein bühnenwirksames Stück. Marie ist beruhigt. Wenn Ida das sagt. Ida fühlt alles, versteht alles, weiß alles. Natürlich wird das Stück wieder unter »Herr Eschenbach« angekündigt. Selbstverständlich wird sie der Vorstellung tief verschleiert beiwohnen und sich nicht blicken lassen.

K. K. Hof-Operntheater.

Heute, 21. Februar 1869, Mittags präzise ½ 1 Uhr:

Musikalisch dramatische

AKADEMIE

Veranstaltet von dem Frauen=Comité zur Errichtung eines

Schiller-Denkmals in Wien,

unter gefälliger Mitwirkung des k. k. Hof-Opern-Orchesters, dirigiert von
Herrn Otto Dessoff, des Akademischen Gesangsvereins, der Damen: Gabillon,
Hartmann, der Herren: Altmann, Arnsburg, Baumeister, Gabillon, Krastel,
Lewinsky, Niemann, Schöne

I. ABTEILUNG:

1.) **Fest-Ouverture** von Beethoven

2.) **Prolog** von Anastasius Grün, gesprochen von Herrn **Lewinsky**

3.) **Zwei Lieder** von Schumann, vorgetragen von Herrn **Albert Niemann**

4.a) **»Die Rose stand im Tau«,** Ritornell, fünfstimmig, von Schumann

b) **»Gruppen aus dem Tartarus«,** Unisono-Chor von Schubert, vorgetragen vom **akademischen Gesangsverein** unter der Leitung seines Chormeisters Herrn Dr. Franz Eyrich

II. ABTEILUNG:

Zum ersten Male:

Hannibal und Scipio.

Szene aus einem unvollendeten Trauerspiel, von F r a n z G r i l l p a r z e r

P e r s o n e n :

Hannibal	Hr. Lewinsky	Scipio	Hr. Gabillon
Mago	Hr. Altmann		

III. ABTEILUNG:

Ouverture (Beherrscher der Geister) von C. M. v. Weber.

Zum ersten Male:

Doktor Ritter.

Dramatisches Gedicht.

P e r s o n e n:

Henriette von Wolzogen	Frau Gabillon
Charlotte, ihre Tochter	Frau Hartmann
Doktor Ritter (Fr. Schiller)	Hr. Krastel
Bibliothekar Reinwald	Hr. Baumeister
Vogt, Verwalter in Bauerbach	Hr. Schöne
Der Gärtner	Hr. Arnsburg

Bauerbach 1783

Epilog von Wilhelmine, Gräfin von Wickenburg-Almásy,
vorgetragen von Frau **Gabillon.**

Die dazugehörigen Tablaux arrangiert von Fritz Gaul.

Die hohe Generalintendanz hat für diesen Zweck die Benützung des k.k.

Hof-Operntheaters gütigst gestattet. Sämtliche obgenannten Künstler und

Künstlerinnen haben ihre Mitwirkung freundlichst zugesagt.

Sämtliche Logen und Sperrsitze sind vergriffen.

Eintrittspreise: Eintritt in das Parterre 1 fl 50 kr. | detto in den 4. Stock – fl. 80 kr.

Detto in den 3. Stock 1 fl 50 kr. | detto in den 5. Stock – fl. 50 kr.

Höhere Beträge werden mit Dank entgegengenommen und besonders

quittiert.

Die Texte der beiden Chöre werden von den Billeteuren jedem Eintretenden **unentgeltlich**

eingehändigt.

Kein Name scheint auf dem Theaterzettel auf. Die Autorin bleibt ein Geheimnis. Marie ist mit der Aufführung zufrieden. Fast enthusiastischer Beifall. Selbst der kühlste Zuseher wurde mitgerissen. Der Verfasser wurde gerufen, blieb aber unsichtbar. Auch Moriz ist zufrieden. Maries erster Erfolg. Um vier bringt Johann einen Brief.

> *Teuerste Gräfin!*
> *Allerherzlichsten Glückwunsch zu Ihrem Erfolg! Es war eine wunderbare Aufführung! Krastel hat mit jugendlichem Feuer gespielt, wie Sie es sich nur wünschen konnten. Sie können wahrlich stolz sein.*
> *Ihre treue Freundin Ida*

22. Februar. Poetisch empfangen, mit dem Schwung der Begeisterung geschrieben, gipfelt das Stückchen in einer Szene durchschlagender Bühnenwirksamkeit.

Gnädigste Frau Gräfin!
Bei der Aufführung von Doktor Ritter, zu deren schönem Erfolg ich noch einmal meinen wärmsten Glückwunsch darzubringen mir nicht versagen kann, ist mir aufgefallen, dass Hr. Krastel, dessen Leistung höchst anerkennenswert ist, über den Ausdruck »innigsttief« merklich gestolpert ist. Ich weiß nicht, ob ich recht tue, Sie darauf aufmerksam zu machen, gnädigste Gräfin, aber es lässt mir keine Ruhe.
Gewundert hat es mich, dass so prächtige Stellen in Ihrem Drama, wie: Ja, Brot für ihn, für uns Ambrosia u. andere, vorübergegangen sind, ohne Beifallsbezeugung hervorzurufen. Zu diesen Stellen zählte ich auch die gegen den Schluss hin, wo Schillers eigene Worte – wenn ich nicht irre – zum Entzücken schön und passend angewandt sind: »Die Welt mein Haus, die Menschheit meine Liebe.« Indes ist bei anderen Stellen lebhafter, ja stürmischer Beifall losgebrochen, über den ich mich aus ganzer Seele gefreut habe. Im Wiener Tagblatt habe ich eine gerechte und wohlwollende Kritik Ihres Dramas gelesen.
In größter Ergebenheit,

Jemand,
der den allerwärmsten Anteil
22./II. 1869   *an dem Doktor Ritter*
nimmt.
Ihr Ferdinand von Saar

23. Februar. Der Schiller, der uns hier entgegentritt, ist kein Mensch von Fleisch und Blut, sondern ein Extrakt aus Schillers sämtlichen Werken. Die Hand, die solches formte, wie wir hörten, eine weibliche Hand, hat Talent, aber mit der Bühne ist sie schwerlich vertraut.

Maries Schwester Friederl, Jetty, ihr Bruder Adolph, Moriz und Graf Dubsky gehen mit Marie ins Burgtheater. Es wird »Doktor Ritter« gegeben.

27. Februar. Die gutgebauten Verse hörten sich an wie eine tollgewordene Literaturgeschichte. Sie hat wohl daran getan, sich hinter dem Namen Schiller zu verstecken, denn auf eigene Faust dürfte es wohl schwer wirken können. Gleich die ersten Szenen mit ihren possierlichen Abgängen verraten die Unerfahrenheit in dramatischer Arbeit.

Frankl hat der Gräfin ein Bouquet geschickt.

– Haben Sie die Presse gelesen?
– Es ist nicht so schlimm, Gräfin!
– Es ist nicht schlimm, nein.
– Und doch ist es schlimm. Ich weiß.
– Ja, Ida.
– Sie kränken sich.
– Ich kränk mich sehr.
– Aber es war doch ein Erfolg! Sogar Ihr Vater hat sich gefreut, der immer dagegen war, dass Sie Stücke schreiben.
– Er wusste ja gar nicht, dass das Stück von mir ist. Er hat gesagt: »Ja, wenn du einmal so ein Stück schreiben würdest wie ›Doktor Ritter‹.« Und dann war er freudig überrascht.
– Das freut Sie doch auch.
– Gewiss. Speidel hat auf hämische Weise meine Anonymität gelüftet.
– Das ist keine Tragödie.
– Aber eine Gemeinheit.

Lob und Tadel

Ernst hat das Studium beendet. Ein Jahr früher als vorgesehen. Ida und Carl sind sehr stolz auf ihn. Aber die Anfälle sind wieder heftiger denn je. Die Ärzte sagen, er soll ins Gebirge fahren und sich vom Studieren erholen. Am besten ein halbes Jahr ruhen, bis sich seine Nerven beruhigt haben. Er soll seiner rastlosen Arbeit endlich Einhalt gebieten. Aber Ernst will unbedingt wissenschaftlich arbeiten. Er denkt gar nicht daran, das chirurgische Doktorat zu erwerben. Er will kein praktizierender Arzt werden, sondern Wissenschaftler. Schon als Student hat er seine erste Arbeit geschrieben. Und jetzt soll er einfach nichts tun? Der berühmte Pathologe Rokitansky hat ihm eine Stelle an seinem Institut angeboten. Er hat ihm zugesagt, dass er die Stelle auch noch in einem halben Jahr bekommen kann. Ernsts Freund Exner fährt gerne mit ihm in die Berge. Sie wollen zwei Wochen durch das Salzkammergut wandern. Danach will Ernst von Betty Unterricht in Kunstgeschichte bekommen und beim Maler Schilcher Ölmalerei lernen. Betty kann für Ernst nicht die rechte Wärme aufbringen, wie sie sie eigentlich für einen Sohn Idas empfinden sollte. Zweifellos ist Ernst ein hochbegabter junger Mann, aber wie er sich seiner Mutter gegenüber benimmt, ist Betty unerträglich. Rücksichtslos, von oben herab, immer hämisch. Immerhin hat er vor Idas Verstand Respekt. Und dann diese Geschichte unlängst bei Frau von Littrow. Wie ein ungezogenes Kind hat er sich benommen, und das sollte ein Studentenulk sein. Diese dumme Wette mit Fräulein von Wertheimstein. Sie hat es Betty erzählt. Ernst hat gewettet, dass er an einem Empfangsabend in seinem Frack Salzstangerln mitbringen wird und alle, die er dafür gewinnen kann, die Salzstangerln mitten unter den Gästen verzehren, ohne dass es bemerkt oder gar übel aufgenommen wird. Seine ganze Beredsamkeit hat er aufgewandt, um Fräulein Wertheimstein und noch andere zum Mitmachen zu überreden. Selbstverständlich entging Frau von Littrow diese gesellschaftliche Untat nicht. Aber sie ließ sich nichts anmerken. Betty findet das sehr großzügig.

Wie nett ist dagegen Otto. Und er ist so musikalisch. Gar nicht eingebildet, immer freundlich und liebenswürdig. Und auch Paul ist ein reizender junger Mann. Lustig, charmant und gar nicht egoistisch wie

Ernst. Paul wollte aber nicht lernen und arbeitet bei einem Geschäftsfreund seines Vaters, einem Seidenhändler, in Paris. Richard, das kränkliche Nesthäkchen, will auch nicht mehr lernen. Er arbeitet bei seinem Onkel Wiener, einem Bankier. Seit einiger Zeit leidet er an Asthma. Er war gerade bei seinem Onkel Wiener. Plötzlich trat Atemnot auf, die immer qualvoller wurde und sich bis zur Angst vor Erstickung steigerte. Er wurde blass, dann blau, der Brustkorb hob sich krampfhaft, beim Ein- und Ausatmen pfiff und zischte es. Sofort wurde Ida gerufen und zu Dr. Breuer geschickt. Ida war zu Tode erschrocken. Dr. Breuer gab Richard Chloralhydrat und eine Morphiuminjektion. Langsam ließ der Anfall nach. Seither sind Carl und Ida sehr besorgt. Breuer sagt, wenn er gleich noch während des Anfalls Chloralhydrat nimmt, kann nichts passieren.

Carl ist selten zu Hause. Oft ist er im kaufmännischen Verein. Außerdem ist er Mitglied des Verwaltungsrates der Pferdetramwaygesellschaft. Die Tramway ist sein Leben, für die Tramway würde er auch sterben. Ständig sind Sitzungen. Es wird über den Ausbau des Netzes beraten, über Doppelgleise, über die Verbreiterung der Straßen und welche Häuser deshalb demoliert werden müssen, wo Remisen und Stallungen gebaut werden sollen und über die Fourage. Die Schienen müssen ordentlich geputzt werden. Und der Schnee muss geräumt werden. Mit allem ist Carl beschäftigt. Er nimmt sich kaum Zeit, zu Tische zu kommen. Ida interessiert die Tramway gar nicht. Sie sagt immer: »Nein, diese Tramway kann mir gestohlen bleiben«, und Betty antwortet dann darauf: »Ich mache keine Schritte zur Polizei!« Umso mehr interessiert sie das neue Opernhaus, das gerade eröffnet wurde. Ein gelungenes Werk im neuen Wien, auch wenn die Wiener schimpfen. Wir sind ein kleines aus Neid und Spießbürgerlichkeit zusammengesetztes Volk, sagt die Betty. Nörgelnd und engherzig.
Ida möchte etwas für den armen Hieronymus Lorm tun. Sie tut ohnedies für ihn, was sie kann. Wenn die Söhne in Wien sind, lädt sie sie ein. Oft schickt sie ihm Zigarren, die er gerne raucht. Nun soll Lewinsky bei ihr vor einigen auserwählten Gästen Lorms Lustspiel »Kurgäste« lesen. Über zwanzig Leute sind eingeladen. Frau Ladenburg hat ihren Bedienten geschickt, um Helene zu helfen. Die Gräfin ist mit ihrem Ehemann Moriz gekommen. Baron Ebner wie immer in

Uniform. Frau Wertheimer, Frau von Littrow, Pachlers haben sich eingefunden. Natürlich ist auch Lorms Frau, Frau Landesmann, zugegen. Lewinsky liest schlecht, er bringt nicht einen der zahlreichen Witze zur Geltung. Er lässt das Stück vollständig fallen. Alle sind betreten. Einige verschwinden leise. Bei Tisch sind dann mehrere Gedecke unbesetzt. Frau Landesmann beginnt zu weinen. Niemand sagt ein Wort. Ida bricht das Schweigen.

– Frau Landesmann!

– Ja.

– Herr Lewinsky ist heute nicht ganz wohl. Deshalb war die Vorlesung nicht so gelungen.

– Nein.

– Er hatte keine Zeit, sich vorzubereiten.

– Nein.

– Ich verstehe ihren Schmerz. Ich fühle mit Ihnen mit.

– Es ist Heinrichs Stück!

– Gewiss, es ist Heinrichs Stück. Lewinsky ist dem Stück nicht gerecht geworden.

– Er hat es verunstaltet.

Und immer noch rinnen Frau Landesmann die Tränen über die Wangen.

– Aber Frau Landesmann, nein! Nicht verunstaltet. Er hat es nicht gut gelesen, Frau Landesmann. Es ist aber doch kein so großes Unglück.

– Heinrich ist taub! Er weiß nicht, was mit seinem Stück passiert ist. Er kann sich nicht wehren.

Frau Landesmann schluchzt. Ida ergreift ihre Hand.

– Frau Landesmann!

Bettys »Neueste Gedichte« sind mit einer Widmung an Ida erschienen.

An Ida

Dass ich, als jeder Trost mir fern gelegen,
Und meiner Hand der Hoffnung Stab entwunden,
Inmitten all der Larven d i c h gefunden,
Ich nenn' es meines Lebens höchsten Segen!

Jetzt wandeln wir schon lang auf gleichen Wegen,
Die heitern teilend und die trüben Stunden,
Und schreiten, fester, inn'ger stets verbunden,
Dem letzten, nachtverhüllten Ziel entgegen.

Vor dir, so hoff' ich, werd' ich es erreichen!
Vor dir wird des Befreiers milde Hand
Mich aus dem Buche der Lebend'gen streichen!

Und, wenn im Grab ich deinem Blick entschwand,
Dann sei dir dieses Buch ein Liebeszeichen,
Ein stiller Gruß aus fernem Geisterland!

Betty ist fassungslos, erschüttert, wütend. Die *Wiener Zeitung* hat ihre Gedichte verrissen. Nicht ganz, aber ziemlich. Sie sind altklug, nicht mild wärmende Weisheit. Sie will stets belehren und lenken. *Endlich fehlt den Wahrheiten, welche diese betrachtende Lyrik ausstreut, das Zeichen der Originalität.* Peinlich, schreibt der Verfasser, wirkt das gleichgültige Nebeneinander verschiedener Welt- und Lebensanschauungen. Die früheren Gedichte hätten ihr Talent bewiesen, die seien von edler Sprache, geistiger Reife und echt poetischen Wendungen gewesen. Aber in diesen seien ihr Talent und ihre Begabung von der Bildung unterjocht worden. Wenigstens für die erzählenden Gedichte findet er mildere Worte. Betty ist empört. Sie weiß nicht, wer das geschrieben hat. Verstanden hat er ihre Gedichte jedenfalls nicht. Wohl jemand, der ihr nicht wohlgesinnt ist. Auch die Gräfin ist empört. Nein, der unbekannte Schreiber ist maßlos ungerecht. Die Gedichte sind wunderschön und voll Poesie. Ida tröstet Betty. In der *Neuen Freien Presse* werden die Gedichte doch über alles gelobt.
– Du hast es doch gelesen. Dr. Warmuth schreibt: »Sie gehören zu dem Besten, was Frauen überhaupt gedichtet, und nehmen in der gesamten neueren Lyrik eine hervorragende Stellung ein.«
– Gottlob, Dr. Warmuth weiß noch mein Talent zu schätzen.
– »Alle sind von hoher Formvollendung und Schönheit; erstere wird man selten bei Dichterinnen antreffen. Die Reime sind rein, ungesucht und doch neu, der Versbau wohltuend und flüssig, die Strophenbildung mannichfaltig, die Sprache edel, einfach, ungeschmückt und doch voll Duft und echt poetischen Schwungs.«

– Sie können völlig beruhigt sein, Fräulein. Jeder, der etwas versteht, weiß, von welcher Schönheit Ihre Gedichte sind.

– Du weißt doch, dass deine Gedichte die allerschönsten sind.

– Gewiss. Und doch hat mich der Schreiber der Wiener Zeitung ins Herz getroffen. Ich weiß, dass es töricht ist. Aber ich bin nun einmal eine empfindliche Seele.

– In einer Woche hast du es vergessen.

– Nein, in einem Jahr.

Bettys hochgeschätzter Freund, der Dichter Faust Pachler, findet ihre neuen Gedichte hinreißend schön. Einer ihrer vielen Freunde, die ihre Gedichte bewundern. Er lädt Betty zusammen mit Baron Münch und Rettich Sonntag um acht Uhr abends ein. Rettich soll ihre Gedichte vorlesen. Betty sagt mit größtem Bedauern ab. Sie kann am Abend keine Besuche mehr machen. Das lässt ihre Gesundheit nicht zu. Vielmehr der Mangel daran hat sie genötigt, das nächtliche Schwärmen aufzugeben. Wenn sie nicht um zehn Uhr ihr Kämmerlein aufsucht, ist sie am nächsten Morgen schon krank. Selbst in verhältnismäßig gesunden Tagen ist das ihr Los. Und jetzt ist sie noch dazu unwohl und wird von einer gräulichen Verstimmung der Nerven gequält. Sie schreibt Pachler: *»Beklag mich, Dudley, aber schilt mich nicht.«* *Von ganzem Herzen weiß ich Ihnen Dank, dass Sie mir die Freude, die niemand besser zu schätzen wüsste als ich, bereiten wollten.* Aber nächste Woche wird sie sich bei ihm zu Tische einfinden. Das ist ihre Stunde. Sie hat nun einmal nichts von einer Nachtigall an sich. Sie kann nur bei Tage singen, oder besser zirpen.

Am Christtagabend schickt die Gräfin ihr Stubenmädchen Gusti zu Betty, ob sie sie nicht noch besuchen will. Damit sie den Abend dieses Weihnachtsfeiertages nicht einsam in ihrer Klause verbringen muss. Sie könnten Tee trinken, plaudern und mit Moriz noch ein Spielchen spielen. *Es ist sehr liebenswürdig, verehrte Gräfin, meiner zu gedenken, doch kann ich Ihrer freundlichen Einladung leider nicht Folge leisten. Ich bin nicht ganz wohl und will früh zu Bette; nun ist es aber jetzt schon acht Uhr – bis ich angekleidet wäre und zu Ihnen käme, wäre es neun Uhr. Ich bitte Sie daher, mich zu entschuldigen, und verbleibe mit der größten Hochachtung,*

Ihre ergebene

Christtag   *Betty Paoli*

Idas Krankheit

1

Die Gräfin eilt zu Ida. Sie muss ihr unbedingt die neugeschriebenen Szenen vom »Waldfräulein« vorlesen. Sie hat in den letzten Tagen ganz intensiv daran gearbeitet. Als noch alles schlief, von fünf bis acht in der Früh, saß sie an ihrem Schreibtisch, auf dem immer die peinlichste Ordnung herrscht. Nur unzählige hübsche Bleistifte in allen Größen und Arten, fein gespitzt liegen darauf. Ida ist ihre wichtigste Kritikerin. Ida ist unwohl und kann kaum zuhören. Ein Schauder und Frösteln hat sie befallen. Die Gräfin hört zu lesen auf und ruft nach Helene. Ida glaubt, dass sie Fieber bekommt. Ernst ist gottlob zu Hause. Er zählt sofort den Puls. 100. Das ist ein beginnendes Fieber. Er befiehlt Ida, sich ins Bett zu legen und Fieber zu messen. Man muss abwarten, wie hoch das Fieber wird und was für eine Krankheit sich entwickelt. Die Gräfin empfiehlt sich mit den besten Wünschen und trifft im Weggehen mit Betty zusammen. Sie berichtet ihr kurz, dass es Ida so schlecht geht. Betty erschrickt zu Tode und will gleich zu Ida. Die Gräfin hält sie zurück. Ernst ist bei ihr. Ida soll sich jetzt ins Bett legen und vielleicht am besten schlafen.

– Ist Ignaz schon gegangen, um Carl zu verständigen?
– Nein, Fräulein, Helene bringt Ida jetzt einmal zu Bett.
– Ich werde gleich mit Ernst sprechen.
– Verständigen Sie mich doch, bitte, wie es Ida geht.
– Selbstverständlich, Gräfin.

Ida ist sehr heiß geworden, sie hat Schmerzen in der Brust, atmet schwer, hustet ein bisschen und hat Seitenstechen. Sie hat 38 Grad Fieber und das Fieber steigt offensichtlich. Ernst befürchtet eine Lungenentzündung. Er ordnet Eibischtee an und lässt nach Dr. Breuer schicken. Ernst kennt Josef Breuer seit seiner Kindheit. Bei seinem Vater hatte er Religionsunterricht. Breuer hat zwar noch keine eigene Praxis, ist aber schon drei Jahre Assistent bei Professor Oppolzer. Breuer lässt ausrichten, dass er in einer Stunde da sein wird.

Das Fieber steigt. Ida hat Kopfweh, begleitet von leichtem Schwindel und Ohrensausen. Leichte Atemnot, ein bisschen Husten. Das Gesicht ist gerötet. Durstig trinkt sie den lauwarmen Tee. Endlich ist Breuer da. Er perkutiert. Der Perkussionston ist tympanitisch. Er ist sicher, dass es eine Lungenentzündung ist. Das Knistern und das bronchiale Atmen sind typisch. Er verordnet Chinin. Das senkt das Fieber und verlangsamt den Puls. Nicht zu fest zudecken, lüften, nicht zu stark einheizen. Er wird mit Professor Oppolzer sprechen und sich beraten. Vielleicht kommt er ja selbst. Ignaz wird zu Carl geschickt, der Herr soll schnell kommen.

> *Verehrte Gräfin,*
> *ich möchte Ihnen nur in aller Kürze mitteilen, wie es Ida geht. Dr. Breuer war hier und hat Ernsts Vermutung bestätigt. Ida hat eine Lungenentzündung. Sie ist sehr leidend, hat hohes Fieber, ist appetitlos, hustet, hat Kopfschmerzen, hatte eine sehr unruhige, schlaflose Nacht und ist kaum ansprechbar. Dr. Breuer hat mit Professor Oppolzer gesprochen. Beide meinen, dass keine Lebensgefahr besteht. Dennoch sind alle in größter Sorge.*
> *Ich verspreche Ihnen, wieder Bericht zu erstatten.*
> *Ihre ergebenste*
> *Betty Paoli*

Ida hat 40 Grad Fieber. Alle sind in höchster Aufregung. Ganz matt und apathisch liegt sie im Bett. Nur Helene und Ernst gehen in ihr Zimmer. Helene bringt Tee und macht kalte Umschläge. Betty ist in größter Sorge. Jede halbe Stunde läuft sie zu Helene und fragt, wie es Ida geht. Dr. Breuer hat sich mit Professor Oppolzer beraten. Er hat Chloroforminhalationen empfohlen. Auch kalte Bäder sind die beste Antipyrese. Kein Aderlass. Nur wenn die Patientin zyanotisch wird, die Halsarterien stark klopfen und die Venen von Blut strotzen oder die Patientin deliriert, ist ein reichlicher Aderlass notwendig. Ruhe und sorgsame Pflege sind das Wichtigste. Die Zimmertemperatur soll 15° R nicht übersteigen. Die Patientin soll auch nicht fasten. Leichte Suppen von Gersten- und Haferschleim sind erlaubt, Milch und Zitronenlimonade und natürlich auch der gewöhnliche Brusttee.

Endlich ist das Fieber gefallen. Betty kann vor Nervosität nicht arbeiten. Zur Beruhigung geht sie spazieren und schreibt allen Leuten, wie es Ida geht. Hie und da darf sie schon einen Blick ins Krankenzimmer werfen. Dr. Breuer hat es erlaubt. Sachte klopft sie an die Tür und wenn Ida »herein« sagt, öffnet sie kurz, wirft einen Blick auf Ida und sagt: »Ach, Gott, liebste Ida, wie elend du bist. Ich geh schon wieder.« Sie fragt sowieso ständig Ernst und Helene, wie es Ida geht. Sie ist schrecklich besorgt, ob Helene Ida auch gut pflegt, obwohl sie weiß, dass Helene mehr als verlässlich ist.

– Der Gnädigen geht's eh schon besser. Mit dem Aufsetzen geht's noch schlecht. Frisieren kann ich sie noch nicht. Aber sie freut sich, wenn Sie bei ihr reinschauen, Fräulein.

– Fällt das Fieber weiter?

– Freilich. Sie bekommt doch kalte Bäder. Und der Dr. Breuer hat ihr doch das Chinin verordnet.

– Hilft das auch?

– Freilich, Fräulein. Aber die gnädige Frau schläft halt schlecht in der Nacht.

– Ach Gott, wenn sie schon gesund wär! Wenn sie nicht so leiden müsste.

– So schlimm ist es nicht, Fräulein. Die Gnädige wird schon g'sund werden. Das dauert halt ein bisserl.

– Pflegen Sie sie auch gut?

– Freilich, Fräulein. Das wissen S' doch.

– Wann kommt wieder der Dr. Breuer?

– Der kommt doch eh jeden Tag.

– Ja, ja, ich weiß.

– Heut war er noch nicht da. Aber er wird sicher bald kommen.

– Ich muss mit ihm sprechen.

Ida hustet so heftig, dass man manchmal meinen könnte, sie ersticke. Breuer hat angeordnet, dass immer jemand in ihrer Nähe sein muss, und wenn der Husten so arg ist, muss man ihr auf den Rücken klopfen. Helene soll kräftig kochen. Die Frau muss ordentlich essen. Es gibt aber Tage, da will sie nichts Ordentliches essen. Bloß ein halbes Hirn oder ein kleines Stückchen Kalbszunge, ganz wenig.

– Mein Gott, gnädige Frau, das geht nicht. Da muss man ja schwach werden.

– Ja, wenn ich nicht mag. Ich mag eben nicht.

Dann wiederum hat sie Angst und will nur, dass das Fenster aufgemacht wird.

Nach und nach geht es besser, Ida hat kein Fieber mehr und Helene freut sich, dass sie sie wieder frisieren kann. Aber Helene ist stockheiser.

– Du krähst ja wie ein Hahn. Ich sage es gleich Dr. Breuer, wenn er kommt.

Wie er in die Küche kommt, sagt Helene:

– Herr Doktor, mir fehlt nichts, ich kann nur nicht reden.

– Sie haben auch Fieber und gehören ins Bett.

– Fällt mir nicht ein, Herr Doktor!

Dr. Breuer kehrt zu Ida zurück und sagt:

– Die Königin von Tirol geruht einen Schnupfen zu bekommen.

Und Ida lacht herzlich.

Betty kann sich auch schon eine halbe Stunde zu ihr setzen und ihr Neuigkeiten erzählen oder aus der Zeitung vorlesen. Auch die Gräfin ließ fragen, ob sie Ida besuchen darf. Eine halbe Stunde hat Breuer erlaubt. Am besten nach dem Frühstück, da ist sie am frischesten. Ida freut sich über den Besuch der Gräfin. Sie erkundigt sich gleich nach dem »Waldfräulein«. Bald wird es ihr so gut gehen, dass ihr die Gräfin die neue Fassung vorlesen kann.

Schließlich kann Ida endlich wieder ausgehen. Helene begleitet sie. Kaum zurück, bekommt sie wieder Fieber. Nicht sehr hoch. Bei einem Rezidiv ist das Fieber nicht so hoch. Aber Ida muss sofort wieder ins Bett. Betty ist untröstlich, sie kann es gar nicht fassen. Sie war schon so glücklich, dass Ida endlich wieder genesen war. Sie hat sich schon auf den nächsten gemeinsamen Theaterbesuch gefreut, auf eine Tarockpartie mit ihr und der Gräfin. Vor Idas Erkrankung haben Betty, die Gräfin und Ida jeden Sonntag miteinander Tarock gespielt. Und jetzt das Rezidiv. Wieder schreibt sie Briefe, dass Ida neuerlich erkrankt ist. Dr. Breuer muss erneut täglich kommen und Ida darf keine Besuche empfangen.

Helene bringt Ida ein Telegramm. Ida öffnet es und schreit:

– Carl, Carl, wo ist denn der Herr? Mein Vater wird sterben. Da lies!

Ida, komm schnell, Vater der Auflösung nahe.
– Sie können jetzt nicht reisen, gnä' Frau.
– Ich weiß. Die Eltern wissen gar nicht, dass ich krank bin.
– Dann muss halt der gnädige Herr fahren.
– Ja, Carl muss fahren. Geh schnell und sag Ignaz, er soll den Herrn holen.

Carl fährt nach München. Gleich nach seiner Ankunft in München telegraphiert er: *Vater nach drittem Schlaganfall gestorben.* Ida ist in heller Verzweiflung. Sie ruft nach Betty. Betty versucht sie zu trösten, aber Ida rinnen nur immerzu Tränen über die Wangen.
– Ich hab Vater nicht mehr gesehen. Wenn ich ihn doch nur noch einmal gesehen hätte!
– Das ist ein großer Schmerz für dich.
– Ich konnte ja nicht fahren. Ich bin doch krank.
– Auch wenn du gesund wärst, hättest du ihn nicht mehr lebend angetroffen.
– Und Mutter ist jetzt ganz allein.
– Es wird schwer sein für sie.
– Sie kann doch nicht allein in München bleiben. Carl soll sie mitbringen.
– Es wird für sie sicher bei euch in Wien besser sein.
   Ida telegraphiert an Carl: *Bring Mutter mit.* Aber Louise will nicht. Alle Versuche, sie zu überreden, helfen nichts. Sie kann während der Trauerzeit nicht reisen.

Schließlich ist Ida so weit hergestellt, dass sie nach München reisen kann. Louise will immer noch nicht mit nach Wien kommen. Ida fährt allein zurück. Kaum angekommen, bekommt sie neuerlich Fieber. Es ist kein sehr schwerer Rückfall, aber sie muss wieder das Bett hüten. Betty darf sich zu ihr gesellen und ihr vorlesen. Sie liest »Innocens« von Ferdinand von Saar vor. Sie hält, so wie auch die Gräfin, Saar für ein verkanntes Talent. Eines Tages wird von diesem Dichter noch viel die Rede sein. Manchmal darf auch die Gräfin auf Besuch kommen. Tarockpartien sind aber noch keine erlaubt. Die Gräfin fährt in wenigen Tagen nach Reichenhall auf Kur. Danach kommt sie wieder nach Wien und fährt dann auf ihr Schloss nach Zdislawitz, wo sie bis zum Spätherbst verweilen wird. Betty verspricht, sie regelmäßig von Idas Krankheit zu benachrichtigen. Ida darf auf keinen Fall reisen. Vor Juli werden sie heuer sicher nicht aufs Land kommen. Auch Betty wird nicht eher verreisen, als bis Ida vollständig genesen ist. Ida ist schon sehr ungeduldig. Aber sie sieht ein, dass sie im Bett bleiben muss.

Idele, mein einziges Kind!
Ich bin froh zu hören, dass es Dir besser geht und dass Du kein Fieber mehr hast. Ich hoffe, dass Deine Genesung jetzt rasch vorangeht. Steh nur ja nicht zu früh auf. Aber dafür werden sicher Dr. Breuer und Carl sorgen. Ich hoffe, dass Du zur Erholung bald aufs Land fahren wirst können.
Wie Du weißt, werden überall Soldaten zusammengezogen. Es wird bald Krieg geben. Ich bin in großer Angst und Sorge. Deshalb möchte ich nun doch nicht mehr allein in München bleiben und möchte zu Euch nach Wien kommen. Da das Reisen in meinem Alter schon sehr beschwerlich ist, möchte ich Carl bitten, mich abzuholen. Schreib mir, ob Carl das möglich ist und wann er kommen kann.
Grüße mir recht herzlich die Kinder.
Deine dich liebende Mutter

Ida geht es besser. Kein Fieber mehr. Nur mehr leichtes Kopfweh. Aber sie fühlt sich sehr matt. Julie, Idas Cousine, die Frau von Ladenburg, lädt Ida immer und immer wieder ein, auf ihr Schloss nach Pötzleinsdorf zu kommen.
– Geh, Ida, komm zu mir mit der Helene. Da erholst du dich doch besser. Da hast du die frische Luft und alles kannst du haben.
– Nein, das geht nicht.
– Warum denn nicht?
– Das Schloss ist zu klein.
– Aber nein, wir haben alle genug Platz.
– Ich mag nicht.
– Warum denn nicht?
– Da bin ich nicht ungeniert.
– Aber geh. Da hast du immer so viele Gäste und selbst willst du nicht zu Gast kommen.
– Ja. Ich will einfach nicht, Julie.

Aber Ida braucht dringend Erholung. Schließlich mietet Carl das Schloss Emilienhof in Kierling, in der Nähe von Klosterneuburg. Louise, Otto, Richard und Helene ziehen mit Ida hinaus. Paul ist noch in Paris, will aber wegen des Krieges möglichst schnell wieder nach Wien kommen. Ernst hat seine Stelle bei Rokitansky angetreten und Carl ist sowieso beschäftigt. Er will vielleicht einmal auf eine Woche hinauskommen. Betty kommt nicht mit. Sie muss auch auf Kur fahren. Ihre Gesundheit ist so schlecht. Und Ida geht es ja sehr viel besser, es besteht sicher keine Gefahr mehr. Und sie ist ja in sicheren Händen. Es ist höchste Zeit, die Stadt zu verlassen. Wien im hohen Sommer ist gar nicht angenehm. Betty leidet schrecklich unter der kannibalischen Hitze. Gottlob ist ihr Zimmer kühl und sie geht nur abends eine halbe Stunde aus. Solange es Ida so schlecht ging, konnte sie nicht verreisen. Sie hätte sich in Angst und Unruhe verzehrt, wenn sie nicht geblieben wäre. Einsam freilich ist es auch in Wien. Alle Bekannten sind am Land. Dafür sorgen die Zeitungen für gehörige Aufregung. Über lang oder kurz wird es doch zu einem entsetzlichen Krieg kommen. Eigentlich wollte sie in das Seebad in Heringsdorf, aber davon kann natürlich nicht mehr die Rede sein. Sie hat wirklich keine Lust, ein Bombardement auszuhalten. Ihr friedliches Gemüt verlangt nicht nach dergleichen. So wird sie eben nach Ischl gehen. Vielleicht gibt es ja heuer auch eine gute Aufführung im Theater. Nur »Zar und Zimmermann« möchte sie nicht noch einmal in Ischl sehen. Es war eine zu schlechte Vorstellung letztes Mal. Vor ihrer Abreise schreibt sie noch der Gräfin.

8. Juli 1870

Verehrte Gräfin!
Soeben erhielt ich Ihr wertes Schreiben und beeile mich, Sie in Bezug auf Ida zu beruhigen. Es geht ihr entschieden besser. Jede Gefahr ist vorüber, auch die Kopfschmerzen sind weg. Doch fühlt sich die Kranke begreiflicherweise sehr matt und bedarf noch einiger Zeit Schonung und Pflege. Sie ist guter Laune und hat Appetit. Herr Fleischl hat ein Schloss in Kierling gemietet, wo Ida mit Otto und Richard weilt. Helene und Kathi sind auch mitgekommen. Inzwischen ist auch Paul aus Paris wieder nach Wien zurückgekehrt und will in den nächsten Tagen nach Kierling gehen. Ida ist glücklich, dass sie jetzt keine Sorge mehr um ihn haben muss. Was mir aber Sorgen macht, ist diese übermäßige Empfindlichkeit gegen jede Erkältung.

Rechnen Sie Idas unglückselige Gewohnheit hinzu, solange es ihr leidlich geht, nicht im Geringsten achtzuhaben, und Sie werden meine Sorgen für die Zukunft begreifen.

Ich hoffe, verehrte Gräfin, dass Ihnen die Kur recht wohl bekommt und dass Sie auch den Aufenthalt in Reichenhall angenehm finden.

Ich brauche wohl nicht zu erwähnen, dass ich stets sehr gerne bereit bin, Ihnen jede Auskunft, die Sie wünschen mögen, zu geben.

Mich Ihrem gütigen Andenken empfehlend, verbleibe ich mit der aufrichtigsten Hochachtung,

Ihre ergebenste Betty Paoli

Man will nicht Menage führen, weil auch ein Wirt im Schloss ist. Die Speisen schmecken aber niemandem. So muss die Kathi kommen, und die Helene und die Kathi kochen wieder selbst. Die Wohnung ist gar nicht angenehm. Ein ungeheuer großer Salon mit zwei Reihen Fenstern, fast keine Möbel. Sie haben zwar allerlei mitgebracht, aber doch zu wenig. In einem Zimmer sind eiserne Betten mit Pferdedecken und Strohsäcken. Da muss Militär einquartiert gewesen sein. Da schlafen Helene und Kathi. Ida schläft nebenan, damit man sie rufen hört, wenn sie etwas will. Glocke gibt es nicht. Das Schloss ist einstöckig. Aber wenn man ausgehen will, muss man die Stiege hinunter und um das Schloss herumgehen, um auf die Straße zu gelangen. Der rückwärtige Teil ist ganz niedrig. Und da machen es sich Kathi und Helene lustig und steigen einfach beim Küchenfenster aus und ein. Otto und Richard machen das auch so. Sogar gelegentlich ein Gast. Ein schöner, großer Garten ist rund um das Schloss, in dem Ida jeden Tag mit ihrer Mutter spazieren geht. Es gibt auch einen langen gedeckten Gang, sodass man auch spazieren gehen kann, wenn das Wetter schlecht ist. Und Mäuse gibt es. Die rumoren so laut, dass man oft nicht schlafen kann. Helene beklagt sich, dass sie in der Nacht so einen Radau machen, dass sie nicht schlafen kann. Sechs, acht Mäuschen sind in der Früh immer in der Falle. Wenn Helene dann heißes Wasser über die Mäuse schütten will, sagt Ida immer: »Untersteh dich, das sind die feinsten Säugetiere.« Und ganz interessiert betrachtet sie sie mit dem Zwicker. Helene antwortet dann immer: »Soll ich den Mäusen vielleicht noch ein Frühstück geben, gnädige Frau?« Darüber lacht Ida dann.

Immer wieder kommen Gäste nach Kierling. Das Ehepaar Littrow, Lewinsky, der taube Hieronymus Lorm mit seiner Frau und Iduna Laube. Auch die Gräfin. Sie ist aus Reichenhall zurückgekehrt und kommt gleich mit ihrem Stubenmädchen Gusti nach Kierling und bleibt einige Tage. Aus dem »Waldfräulein« wird nicht vorgelesen. Ida ist Rekonvaleszentin, sie soll sich erholen und keine kritischen Überlegungen anstellen. Die Gräfin erzählt, dass sie an einem Märchen arbeitet, der »Prinzessin von Banalien«. Wenn Ida wieder ganz gesund ist und sie von Zdislawitz zurück ist, wird sie es einem kleinen Kreis vorlesen. Sie sprechen über den Krieg zwischen Preußen und Frankreich.

– Alle sind für Preußen enthusiasmiert.

– Es ist unbegreiflich.

– Ja. Die Preußen sind wieder unsere »Brüder«. Und wehe man erinnert an die Niederträchtigkeiten, die sie seit Jahrhunderten an Österreich begangen haben, dann wird man als ein Verräter an der deutschen Sache betrachtet.

– In ihrer Gefühlsduselei schwärmen die Einfaltspinsel für den heiligen Krieg, wenn es für Preußen günstig aussieht.

– Siegt Preußen, so wird Deutschland zu einer Militärdespotie.

– Ein so maßloses Übergewicht kann Europa nicht zuträglich sein.

– Siegt Frankreich, so wäre es zugleich der Sieg des Caesarismus, der Pfaffenherrschaft.

– Es wäre ein Fehler, wenn Österreich sich mit Frankreich alliierte.

– Aber für Preußen würde ich keinen Finger rühren.

– Wir befinden uns in einer tragischen Lage: Welche von den beiden Parteien auch siegt, wir haben nur Nachteile davon.

– Ich verhalte mich wie ein Zuschauer bei einem Gottesgericht. Aber ich denke, der liebe Gott muss in Verlegenheit geraten, welchem der beiden Gegner er den Sieg wünschen soll. Einer ist so schlecht wie der andere.

– Es ist erst der Anfang. Es wird noch viel Blut fließen. Was auch immer damit erkauft wird, der Preis ist das Opfer nicht wert.

– Ein Morden und Schlachten von Hunderttausenden.

– Wir stehen auf dem Kulminationspunkt der Unkultur.

– Am liebsten möchte ich die nächsten drei Monate wie ein Murmeltier verschlafen.

Liebe gute Freundin!
Ich hoffe, dass Sie sich in Ischl schon eingelebt haben und Ihnen die Bäder die erhoffte Besserung Ihrer Gesundheit bringen werden.

Ich möchte Ihnen heute zu Ihrer Beruhigung nur kurz berichten, wie es Ida geht. Sie ist gut etabliert, mit ihrer Besserung geht es langsam vorwärts. Die Atmung ist sehr viel besser. Freilich ist sie nach wie vor noch sehr schwach und sie ist immer noch sehr mager. Ihre Stimmung ist nicht sehr heiter, obwohl ihr ja die Sorge um Paul vom Herzen genommen ist. Ich selbst bin immer noch von Sorge um sie erfüllt. Sie beabsichtigt, den Winter in Montreux zu verbringen. Das Klima dort ist sehr milde und da Otto in Zürich studiert, wird sie nicht ganz einsam sein. Nur so kann ihre Gesundheit wiederhergestellt werden. Der Winteraufenthalt in Wien könnte nur zu leicht die schlimmsten Folgen für sie haben.

Ich wollte, Idas Besserung nähme einen so raschen Fortgang wie die Ereignisse auf dem Kriegsschauplatz. Bei dieser Gelegenheit lernt man wieder die Erbärmlichkeit der Menschen kennen, die sich vor keinem anderen Gott als nur vor dem Erfolg beugen. Wie viele, die früher für die Franzosen schwärmten, sind jetzt avec armes et bagages zu den Preußen übergegangen. Wohl bekomme es ihnen! Mich können die preußischen Siege so wenig die Zukunft unseres Vaterlandes vergessen machen, wie die französischen es vermocht hätten.

Ich selbst war einige Tage ganz miserabel und konnte das Bett nicht verlassen. Nun ist alles gottlob vorbei und es geht mir wieder gut.

Ich reise Ende der Woche nach Zdislawitz.

Mögen Sie heitere Tage verleben.

Ihre ergebene Marie E.

2

Seit ihrer Ankunft in Ischl fühlt sich Betty unwohl. Schon in Wien fühlte sie sich leidend. Zu schwere Sorgen lasteten auf ihr. Da ist es kein Wunder, wenn die Nerven den Dienst versagen. Es wurde schließlich so schlimm, dass sie Dr. Fürstenberg zu Rate ziehen musste. Er meinte, der Sitz ihres Übels wären die Leber und die Galle, und verordnete Karlsbader Sprudel, den sie nun mit großer Beflissenheit trinkt. Und natürlich trinkt sie als gehorsamer Kurgast morgens warme und zur Jause kalte Milch. Doch wird ihr danach immer sehr lausig.

Leider muss sie ihre Brunnenpromenade auf das Zimmer beschränken. Das Wetter ist so über alle Maßen schlecht, dass man keinen Fuß vors Haus setzen kann. Es ist ein sintflutartiger Regen, der vom Himmel kommt. Gewöhnlich kann man sich während des Sommers einen kleinen Gesundheitsvorrat für den Winter anschaffen. Diesmal muss sie darauf verzichten. Noch schlimmer als den Regen empfindet sie die Kälte. Mit buchstäblich erstarrten Fingern schreibt sie ihre Briefe.

Die Nachrichten über Idas Gesundheit sind erfreulich. Es geht ihr zunehmend besser. Dennoch wird sie den Winter in Montreux verbringen, was Betty nicht freut. Aber natürlich ist es für Idas Gesundheit das Beste und dann muss es eben sein.

Ida hat Geburtstag und Betty schickt ihr ein Gedicht.

Am 5. September

An Ida

Als dämmernd noch das Leben vor mir lag,
Mein Herz noch nichts errungen, nichts verloren,
Nicht ahnt ich da, dass mir an diesem Tag'
Mein bestes Kleinod ward zur Welt geboren!
Nicht ahnte ich, dass heut' der hellste Stern
An meinem Horizonte aufgegangen,
Dass meines Wesens innerlichster Kern
Den vollen Abschluss heute erst empfangen.

Ich ahnt' es nicht; erst jetzt erkenn ich's ganz!
Nur eines kann ich auch noch jetzt nicht fassen:
Dass deiner Liebe heller Strahlenkranz
Auf meine Stirn' sich mochte niederlassen.
Es heißt ja doch, dass nur um Gleich und Gleich
Die Bande sich wahrhaft'ger Freundschaft weben.
Du aber bist so reich, so überreich,
Und ich, – – was hab ich Arme dir zu geben?

Nichts als mich selbst! Doch diese Gabe schafft
Dir Sorgen nur und immer neue Mühen!

Denn stützen musst du mich mit deiner Kraft,
Dein böses altes Kind zum Guten ziehen.
Du musst, bald ernst und streng, und bald gelind,
Hier raten, trösten, strafen dort und wehren,
Und die Gedanken, die das Leben sind,
Den erdgebund'nen Geist erst denken lehren.

Tief schmerzlich überkommt mich's manches Mal:
O dass ich früher, früher dich gefunden,
Als ungetrübt noch meines Auges Strahl,
Und meine Brust noch rein von Schuld und Wunden!
Dann wäre nie des Samums glüher Hauch,
Vergiftend über mich hinweggegangen!
Ich gliche nicht dem blitzversengten Strauch,
Und könnte geben, statt nur zu empfangen!

Doch, hat voreinst nicht aus des Heilands Mund
Die schmerzenmüde Welt dies Wort vernommen:
»Für jene nicht, die kräftig und gesund,
Nein! Für die Kranken ist der Arzt gekommen«?
Du treuer Arzt! So hast, als wüst und wirr,
Das Fieber mich der Leidenschaft bezwungen,
Du mich gepflegt, und liebest nun in mir,
Die Beute, die dem Tod du abgerungen!

»Es gibt keinen Gott außer Gott, und Dr. Fürstenberg ist sein
Prophet.« Betty geht es besser. Dr. Fürstenberg hat das Richtige
getroffen, wenn er auch bescheiden meint, dass in Bettys Fall eben
nur Karlsbad hilfreich ist. Trotzdem geht es ihr bedeutend besser.
Das Erbrechen von Galle hat aufgehört und ihr Fläschchen Chloralhydrat, ihr gewöhnlicher Schlaftrunk, steht unberührt auf ihrem
Nachttisch. Die Zitronenfarbe ihres Antlitzes ist gewichen und auch
ihre Stimmung hat sich gebessert. Zwar kommen noch immer hie
und da Anfälle von Trübsinn über sie, sie kann sie aber meistern,
sodass sich die dunklen Punkte in ihrem Inneren nicht weiter ausbreiten. Sie ist überzeugt, dass der psychische Zustand ganz und
gar durch den leiblichen bedingt wird. Ihre Seele ist seit den letzten

Tagen keine andere geworden, in ihren Verhältnissen hat sich nichts geändert, und dennoch sieht sie heute die Welt mit anderen Augen. Das Ankleiden beim Aufstehen ist keine Herkulesarbeit mehr, die ihr ein grausames Geschick zumutet. Ein umgestoßenes Glas Wasser ist nicht länger ein folgenschweres Unglück. Einfach weil die Galle sich nicht länger, allen Lebensmut vergiftend, in ihr Blut ergießt. Sie denkt oft an Lenau, dessen Melancholie in Wahnsinn umschlug. Vielleicht hätte man ihm helfen können, wenn man beizeiten die physischen Ursachen, von denen diese Melancholie herrührte, bekämpft hätte. Sie will nun, um sicherzugehen, statt 30 Krüge Sprudel 40 trinken. Am besten freilich wäre es, nach Karlsbad zu fahren. Aber dazu ist es jetzt schon zu kalt.

In Wien ist alles sehr traurig und leer. Keine Spaziergänge mit Ida, keine abendlichen Vorlesungen, keine langen Gespräche, keine Gäste im Hause Fleischl. Carl ist die meiste Zeit im Geschäft und kümmert sich um die Pferdetramway. Und wenn er zu Hause ist, füttert er Tauben. Er liebt diese Tiere, zählt sie und kauft extra Futter für sie. Gelegentlich sieht Betty einen der Söhne bei Tische. Sie fühlt sich müde und zerschlagen. So gut ist es ihr in Ischl gegangen und jetzt ist ihre Stimmung wieder ganz schlecht. Dr. Breuer rät ihr dringend zu verreisen. Nur so werden sich ihre Nerven beruhigen. Er hat recht. Eine Reise wird sie sicher erheitern. Nach Saros-Patak will sie heuer nicht. Das hat sie schon in Ischl beschlossen. Sie will in den Süden. Sie könnte die Wintermonate in Südtirol verbringen und dann weiter nach Italien reisen. Auch alle ihre Freunde raten ihr dazu. Je weiter, desto besser. Wenn ihre Nerven tatsächlich so erregt sind, dann ist sie wohl nicht nur krank, sondern auch unausstehlich.

Betty beginnt gleich zu packen. Wie immer ist das Packen eine Höllenqual. Helene muss helfen. Sie packen ein und aus. Nachdem alles beisammen ist, muss Helene wie erwartet wieder alles ausräumen und schauen, ob auch die Pantoffeln und die Broschen eingepackt sind. Nach einer Woche ist es endlich so weit und Betty nimmt den Nachtzug nach Innsbruck. Von dort will sie über den Brenner nach Bozen fahren. Kaum in Innsbruck angekommen, bekommt sie einen Hexenschuss und muss mit fürchterlichen Schmerzen im Bett bleiben. Nach drei Tagen hält sie es im Bett nicht mehr aus und fährt nach Bozen. Von der Reise über den Brenner ist sie begeistert. Aber in Bozen empfängt sie ein kalter Gussregen. Bozen liegt zwar ganz herrlich, aber das Klima findet Betty keineswegs milde. Die Morgen und die Abende sind empfindlich kühl und die Mittagssonne täuscht, wenn man in den Schatten tritt. Ganz und gar kein ozeanisches Klima. Auch gibt es keine Annehmlichkeiten, keine Spazierwege und keine Ruheplätze, nur eine äußerst staubige Fahrstraße zwischen hohen Gartenmauern. Stix-Neusiedel könnte man ebenso gut für einen Kurort halten wie Bozen. Betty will nicht lange hier verweilen. Das wäre töricht. Sie will Minna Stein schreiben, die jeden Winter in Italien verbringt. Vielleicht kann sie sie in Venedig treffen und nach Rom begleiten. Eigentlich sehnt sie sich schmerzlich nach Hause zurück. Sie war wohl eine Närrin, auf Reisen zu gehen, da sie ja doch fürs Reisen nicht geschaffen ist. Nur fort wollte sie, aber jetzt ist ihr das Reisen eine Last. Sie weiß selbst nicht mehr, ob sie krank ist oder unausstehlich.

Venedig macht Betty wehmütig. Wiederholt hat sie hier längere Zeit mit vielen lieben Menschen verkehrt, von denen die meisten dahingeschieden sind. Die Gegenwart verblasst vor der Erinnerung an die Vergangenheit. Venedig, unvergleichlich wie immer, hat sich traurig verändert. Unaufhaltsam geht es seinem Ruin entgegen. Im Arsenal wird nicht mehr gearbeitet, die Regierungsbehörden wurden auf ein Minimum beschränkt, den Handel hat Triest längst ganz an sich gerissen. So erklärt sich, dass ein Viertel der Bevölkerung nur von Almosen lebt. Überall wird man angebettelt, wie es unter österreichischer Herrschaft nie der Fall war. Auch die Wintergäste, die sich hier früher in Scharen einzufinden pflegten, gehen nun in den Süden. Der Markusplatz, auf dem es immer von einer Menschenmenge wimmelte, ist jetzt verödet. Freilich ist Venedig nach wie vor phantastisch und überwältigend. Daran kann auch ein Zeitenwechsel nichts ändern. Wenn Betty nicht geistig und körperlich gestört wäre, was für ein Leben könnte das hier sein! So aber sehnt sie sich immer nur nach Hause. Jede Anstrengung lässt sie ihre Erschöpfung doppelt empfinden, jede Emotion ist ihr eine Qual. Nun will sie sich mit Minna Stein nach Ancona einschiffen und von dort weiter nach Rom reisen.

Rom, 16. Nov. 1870

Liebste Ida!

Es freut mich, dass es Dir besser geht. Jedoch erfüllt es mich mit großer Sorge, dass Du Schnupfen hast und unter Migräne leidest. Jede Erkältung ist für Dich eine Katastrophe und könnte einen Rückfall herbeiführen.

Seit 2. November bin ich hier in der Ewigen Stadt, die zugleich die schändlichste und verkommenste ist, zu der mein böser Stern mich jemals führte. Die ersten Tage schwamm ich beständig in Tränen. So peinlich wirkte diese melancholische Umgebung auf mich. Denke nicht etwa, sie sei melancholisch im grandiosen Sinn – sie ist es nur durch ihre Armseligkeit. Finstere Gassen, baufällige Häuser, elendes Pflaster, auf dem man sich die Füße wund geht – das sind die Herrlichkeiten, die man hier zu sehen bekommt. Rechne hinzu noch, dass die Kunstschätze an den allerverschiedensten Orten sind und dass ich physisch zu erschöpft bin, um, wie es nötig wäre, mit der Rastlosigkeit eines Wiesels herumzulaufen, so wirst Du begreifen, dass meine Schwärmerei für Rom eine sehr mäßige ist. Dass man hier unvergleichlich Schönes sieht, ist ebenso wahr. Den größten Eindruck, von allem, was ich bisher sah, hat mir Raphaels Violinspieler in der Galerie Sciarra gemacht. Wie vor einem Wunder steht man vor diesem Bild, denn es ist ganz unbegreiflich und deshalb wunderbar, dass mit so einfachen, ja unscheinbaren Mitteln eine so hinreißende, überwältigende Wirkung erreicht werden kann. Das Gesicht des jungen Mannes ist nicht eigentlich schön, die Gebärde höchst anspruchslos, das Beiwerk ebenso bescheiden. Dieses Gesicht hat einen Ausdruck von Tiefsinn und stiller, verhaltener Glut, die weit über alle sinnliche Schönheit hinausgeht.

Die Peterskirche muss durch das Ungeheure ihrer Dimensionen und die verschwenderische Pracht ihrer Aufmachung imponieren, ich weiß aber gar manche Kirchen, die mir besser gefallen.

Seit meinem ersten Tag meines Hierseins quält mich ein kolossaler Schnupfen und Husten. Man verkühlt sich hier gar zu leicht und weiß nie, wie man sich anziehen soll; immer ist es zu wenig oder zu viel. Das Klima ist sehr mild. Überall ist der Rasen so grün wie bei uns im Mai und die Orangenbäume beugen sich unter der Last der Früchte. Ganz prächtig sind auch die Pinien, Palmen und Lorbeerbäume.

Ich weiß wohl, dass ich hier vergnügt sein sollte. Aber ist es meine Schuld, dass ich es nicht bin? Einige Symptome sind verschwunden, mit meinen Nerven steht es aber noch immer auf dem Alten. Noch immer lastet der alte

Überdruss, das alte Unbehagen auf mir und nur selten lüftet sich der graue Schein, durch den ich alle Dinge sehe. Es gibt Momente, in denen ich jedes Tier beneide, das man in Ruhe krank sein und verenden lässt, während ich mit meinem Leiden toll und töricht in der Welt herumrennen muss. Niemandem zur Freude, mir selber zur Qual. Dennoch will ich, solange es geht, in Geduld aushalten, um aus den schweren Opfern doch einigen Nutzen zu ziehen, aber eines steht fest in mir: nie wieder auf einen Rat von Freunden zu achten, der mit meinem Instinkt in Widerspruch steht. Die mich wegschickten, meinten es gut mit mir. Allein sie sahen nur meine Melancholie und beachteten nicht meinen physischen Zustand. Wenn Du wüsstest, wie ich mich nach den fernen Lieben sehne! Sooft ich einen Brief aus der Heimat erhalte, stürzen mir Tränen aus den Augen. Ich werde wohl nicht mehr viele Winter erleben – warum war ich so gottverlassen einfältig, diesen zu opfern? Und zu allem Unglück ist es in meinem Zimmer bitterkalt. Es gibt nur kleine Eisenöfen. Die taugen höchstens zum Maronibraten. Noch nie in meinem Leben habe ich über Kälte geweint. Aber hier in Italien, wo man den Winter verbringt, weil es warm ist, weine ich täglich über bittere Kälte.

Bitte schreibe mir bald, vor allem, wie es Dir geht, ob Du noch erkältet bist und ob Du Migräne hast.

Leb wohl, liebste Freundin, und bewahre mir ein gutes Andenken.

Deine Betty

Meine allerliebste Betty!

Mit großem Schmerz und großer Besorgnis erfahre ich von Deinem psychischen Elend. Ich bin deinetwegen sehr in Unruhe. Willst Du wirklich so lange ausharren? Wäre es nicht das Beste, die Reise zu beenden und in die Heimat zurückzukehren? Was zwingt Dich, in Rom zu bleiben? Nichts und niemand hält Dich dort fest.

Mir geht es besser, aber ich bin noch ziemlich schwach und matt. Mit Ausnahme gelegentlicher Kopfschmerzen fühle ich mich recht wohl. Montreux ist ein lieblicher Ort. Eine Mischung aus saftigem Grün der Alpenweiden und den dunkelfarbigen Wäldern. Auf den höheren Bergstufen Walnuss- und Kastanienbäume, auf den tieferen Terrassen Myrthen, Lorbeeren und Granaten. Zahlreiche Wasserfälle, die gleich Silberfäden von den Gipfeln zum See herniedergleiten. »Dies Land ist schön, wie ein Traum ... O klarer Leman! ... das Segel des Nachens, in welchem *ich über deinen Silberspiegel hingleite, erscheint mir wie ein leichter Flügel, der mich einem unruhvollen Leben entführt. Einst liebte ich das Brüllen des wütenden Meeres; aber mich rührt das sanfte Murmeln deines Wellenspiegels.«*

Ich wohne sehr angenehm und habe allen Komfort. Nur wenig Gesellschaft. Nur ein Herr aus Hamburg, der mir bei Tische Gesellschaft leistet. Er ist Bankier und will einige Wochen hier verweilen, um sein Lungenleiden auszukurieren.

Ich liege viel in der Sonne, die um diese Jahreszeit immer noch angenehm warm ist. Die außerordentlich milde Luft hier stärkt mich. Dank der Berge ist es ganz windstill. Nach Tische mache ich einen kleinen Spaziergang, auf dem mich manchmal Herr Stern, der Bankier aus Hamburg, begleitet. Freilich habe ich schon das Schloss Chillon besucht. Wie froh bin ich, Byrons »Gefangene von Chillon« mitgenommen zu haben.

Vor einigen Tagen bekam ich einen Brief von der Gräfin. Sie will im April mit ihrem Mann in die Schweiz kommen. Wir wollen dann zwei, drei Monate in Bad Schönbrunn verbringen. Auch die Kinder wollen kommen. Vielleicht wird auch Carl noch einmal eine Woche kommen. Du weißt ja, er kann das Geschäft und vor allem die Pferdetramway nicht allein lassen.

Meine liebe Betty, ich hoffe sehr, dass Roms Schönheiten schließlich doch Dein trauriges Gemüt ein wenig erheitern werden.

Lebe wohl und schreibe bald!

Deine Ida

Bettys Gesundheit hat sich unberufen sehr gebessert. Der Reiz im Hals, der sie durch zwei Jahre drangsalierte und peinigte, ist verschwunden. Die milde Luft des Südens hat ihre Schuldigkeit getan. Nur an Schlaflosigkeit leidet sie nach wie vor. Sie ist voll von ihren Wanderungen durch Rom und ihrer geistigen Arbeit in Anspruch genommen. Seit Dezember berichtet sie regelmäßig in der *Neuen Freien Presse* über ihre Reise. In einer Woche ist das Grillparzer-Fest zu seinem 80. Geburtstag. Betty hat ein Gedicht auf ihn geschrieben und möchte, dass es in der *Neuen Freien Presse* veröffentlicht wird. Sie schickt Lewinsky zwei Abschriften davon mit der Bitte, die eine, mit einem Kuvert versehene, Grillparzer am 15. Jänner selbst zu übergeben. Die zweite ist für den Abdruck in der *Neuen Freien Presse* bestimmt. Diese möge er Etienne persönlich bringen. Sie hofft, dass es keine Schwierigkeiten geben wird. *Um Gottes willen: verliere nur ja keine Zeit. Es wäre mir eine große Kränkung, wenn ein anderer mir den Rang abliefe, und dass mein Gedicht besser als jene meiner voraussichtlichen Konkurrenten ist, weiß ich, ohne sie erst gelesen zu haben.*

Zwei Wochen später hat sie die *Neue Freie Presse* vom 14. Jänner 1871 mit ihrem Gedicht an Grillparzer in Händen.

Rom, 14. März 1871

Teuerste Gräfin!

Wenn ich das Datum des lieben Briefes betrachte, mit dem Sie mich erfreuten, werde ich irre an der himmlischen Gerechtigkeit und begreife nicht, warum kein Blitzstrahl mich Ungeheuer in den Abgrund geschleudert hat. Am 18. Dez. haben Sie mir geschrieben und ich antworte Ihnen am 14. März! Das sieht aus wie scheußlicher Undank, ich muss es zugeben. Doch sicher kennen Sie das Leben zu gut, um nicht zu wissen, wie oft das Aussehen täuscht. Man möge mir alle erdenklichen Fehler zur Last legen, undankbar aber bin ich nicht. Tausendmal habe ich an Sie gedacht, aber die Hast und Hetze, in der ich hier lebe, ließen mich nicht dazu gelangen. Wie der Gott der Juden spricht die ewige Roma: Ich dulde keine Götter neben mir. Wer diesen Boden betritt, ist gleichsam einem Bann verfallen: Er muss all seine Zeit und Kraft ausschließlich darauf verwenden, Rom kennenzulernen. Ganz wird es ihm doch nicht gelingen, denn Rom ist eine Welt, aber wenigstens muss er sich bemühen, so viel mitzukriegen, als er vermag. Nie habe ich ein so angestrengtes Leben geführt wie während dieses letzten Winters. Todmüde zu sein war mein habitueller Zustand und dennoch kann ich mir nicht schmeicheln, auch nur die Hälfte des Sehenswerten gesehen zu haben. Ich fasse es jetzt vollkommen, dass man nach längerem Aufenthalt in dieser Wunderstadt sich nicht wieder von ihr losreißen kann; mir würde es ebenso gehen, wenn nicht alle Neigungen meines Herzens zu fest in der Heimat wurzelten. Sie sind es, die mich zurückziehen. Denn wenn sie nicht wären, täte ich wahrlich klüger, in diesem herrlichen Klima, dieser großartigen Umgebung meine Tage zu beschließen, als zurückzukommen, um all unser schlechtes Wetter und die kleinliche Misere unserer Verhältnisse neuerdings zu verkosten. Aber: »Wo des Menschen Schatz ist, da ist sein Herz«, heißt es im Evangelium, und welcher Schatz ist köstlicher als treugeliebte Freunde? So werde ich denn am 5. oder 6.

193

April hier aufbrechen, vielleicht noch acht Tage nach Neapel gehen, jedenfalls aber auf der Heimreise noch ein paar Wochen in Florenz verweilen. Ich möchte nicht später als 10., 12. Mai in Wien eintreffen, um doch noch ein paar Wochen den langentbehrten Umgang mit meinen Bekannten zu genießen, von denen die meisten in den ersten Tagen des Juni Wien zu verlassen pflegen. Zuversichtlich hoffe ich, Sie, teuerste Gräfin, dort noch anzutreffen, und es wird mir ein Fest, Ihnen mündlich zu erzählen, was sich in einem Brief doch nicht genügend berichten lässt. Und was werde ich nicht alles zu erfahren haben! Da ich kaum Briefe schreibe, erhalte ich deren auch nur selten und weiß nichts, als was in den Zeitungen steht.

Ich habe nicht den Mut, Sie um eine Antwort auf diese Zeilen zu bitten. Sehr zerknirscht sage ich mir, dass ich sie nicht verdiene. Aber wer verdient überhaupt das Gute, das ihm zuteil wird? Seien Sie großmütig. Sie wissen nicht, wie einsam ich hier lebe und wie wohl mir ein freundlicher Gruß aus der Heimat tut.

Leben Sie wohl, teuerste Gräfin.

Mit aufrichtiger Verehrung,

Ihre

ergebenste

Betty Paoli

Carl ist zu Ida nach Montreux gekommen, um sie nach Gersau zu begleiten. Ihr Arzt hat ihr das geraten. Gersau am Vierwaldstättersee hat ein besonders mildes Klima. Seit sie hier ist, geht es mit den Kopfschmerzen bedeutend besser, aber die Atembeschwerden kehren mit jedem konträren Wind zurück. Nichtsdestoweniger sieht sie wohl aus und ist stärker geworden. Auf keinen Fall will sie vor dem Sommer zurückkehren. Unmöglich ist sie den Ansprüchen des Wiener Lebens gewachsen. Sie will den Sommer in der Schweiz verbringen und erst im September nach Wien zurückkehren, obwohl sie große Sehnsucht nach der Familie und den Freunden hat. Sie würde doch nur wenige Wochen in Wien bleiben. Da ist es klüger, sich die Reise in der grässlichen Sommerhitze zu ersparen. Ihre Mutter ist nun auch nach Gersau gekommen. Ida ist es quant au moral eine große Befriedigung. Aber die alte Frau ist schon sehr schwerhörig und Ida strengt der Verkehr mit ihr sehr an. Besonders Hals und Brust werden durch das laute Reden sehr belastet. Die Gräfin wird nach Gersau kommen und sie werden alle zusammen nach Bad Schönbrunn am Zuger See fahren, wo sie eine Wasserkur machen wollen. Ida freut sich schon so darauf, alle wiederzusehen. Die letzten Monate war sie sehr einsam. Nur einmal hat sie Carl mit Richard zwei Wochen in Montreux besucht. Besonders Richard hatte große Sehnsucht nach der Mutter. All die Monate hat er sie schmerzlich entbehrt. Keine morgendliche Begrüßung, keine Gutenachtgeschichte. Keine Theaterbesuche mit Mama. Nicht einmal, als er an Diphtherie erkrankte und die Ärzte ihn schon aufgegeben hatten, war sie bei ihm. Wie sie davon erfahren hatte, war er schon über den Berg. Und nun musste er mit dem Vater zurückfahren, weil er wegen seines Asthmas in den Bergen schrecklich litt. Das Chloralhydrat, von dem er immer genügend bei sich hat, half nicht. Er hatte so grauenhafte Erstickungsanfälle, dass man schon glaubte, sein Ende sei gekommen. Der Arzt empfahl ihm, sofort abzureisen. Ein paarmal war Otto bei ihr, doch immer nur kurz, weil er ja studieren muss. Auch diesmal ist Carl nach einer Woche wieder abgereist. In Wien warten 1600 Pferde auf ihn, für die er Futterage kaufen muss. Paul, der inzwischen in London lebt und dort eine Dependance des Geschäfts seines Vaters aufbaut, ist vor ein paar Tagen gekommen, kann aber nicht lange bleiben. Und sogar Ernst will nun zwei Wochen nach Bad Schönbrunn kommen.

Die Gräfin hat Betty vorgeschlagen, sie und Ida doch auf der Rückreise in Bad Schönbrunn zu besuchen. Gerne würde sie dem Vorschlag nachkommen, aber sie muss jetzt endlich nach Wien. Sie muss mit dem Redakteur der *Neuen Freien Presse* sprechen und mit ihrem Verleger Gerold, bei dem ihr letzter Gedichtband erschienen ist. Vor allem aber muss sie erfahren, was sie versuchen soll, um ein bisschen Gesundheit zu erlangen. Der Aufenthalt im Süden hat zwar ihr Halsleiden beseitigt, ihren übrigen Zuständen jedoch nicht im Geringsten Besserung gebracht. Sie könnte nur einige Tage in der Schweiz zubringen. Für einen nur kurzen Besuch aber ist sie zu erschöpft, und zweimal hintereinander in die Schweiz zu reisen wäre zu kostspielig. Sie möchte im Laufe des Sommers länger zu Ida in die Schweiz fahren.

Am 23. April bricht die Gräfin mit ihrem Mann und Gusti nach München auf, um zwei Tage später nach Gersau weiterzufahren und Ida und ihre Mutter abzuholen und gemeinsam weiter nach Bad

Schönbrunn zu fahren. Carl kommt auf den Bahnhof, um Lebewohl zu sagen. Marie ist sehr gerührt. Was für ein gütiger Mensch ist doch der Herr Fleischl! Nach dreizehn Stunden Fahrt kommen sie endlich todmüde um 5 ¼ in der Früh in München an, sie frühstücken und legen sich schlafen. Zu Mittag besuchen sie das Antiquarium in der Residenz, die Alte Pinakothek und die Glyptothek. Am nächsten Tag reisen sie um 5 Uhr 45 mit dem Schnellzug weiter nach Lindau und Zürich. Abends weiter nach Luzern, wo sie übernachten. Am nächsten Tag holt sie Paul ab und fährt mit ihnen mit dem Dampfschiff nach Gersau. Ida liegt mit einem Migräneanfall im Bett. Die Gräfin findet sie sehr verändert und gealtert. Am nächsten Tag geht es Ida besser und die Gräfin, Ida und ihre Mutter spazieren auf den Gubl, wo es eine alte Schlachtkapelle und ein Nonnenkloster gibt. Baron Ebner fährt nach Vitznau, um von dort mit der neuen Rigi-Eisenbahn, die in wenigen Tagen eröffnet werden soll, auf den Rigi zu fahren. Als Ingenieur und Mitglied der Akademie der Wissenschaften bekam er die Erlaubnis, an einer Probefahrt teilzunehmen. Zwei Tage später fährt er schon wieder weiter nach Straßburg und lässt seine Frau bei Ida zurück.

Ida ist oft leidend. Dann wandert die Gräfin, wenn sie nicht selbst unwohl ist und unter Gesichtsschmerzen leidet, mit Gusti oder Idas Mutter oder beiden gemeinsam durch das Buchenwäldchen oder an der Seepromenade oder sie machen eine Bootsfahrt auf dem See. Wenn Ida dabei ist, rezitieren sie beim Spazierengehen gerne Gedichte. Nicht selten eines von Betty. Ida kann alle ihre Gedichte auswendig. Das Wetter ist herrlich, windstill, kein Wölkchen am Himmel. Eines Nachmittags fällt der Gräfin der erste Aufzug zu »Die Gelehrten« ein. Wenn Ida wohl ist, will sie ihr davon erzählen.

Endlich fahren sie nach Bad Schönbrunn zur Wasserkur. Bad Schönbrunn liegt 700 Meter hoch und hat ein mildes Klima. Gesund, nicht rau, die Gebirgsluft staubfrei, rein und belebend. Durch das Gebirgstal fließt ein reißender Bergstrom, der die Sommerhitze mildert. Vom Bahnhof Zug werden sie mit der Equipage der Anstalt abgeholt. Außer ihnen sind erst drei Gäste in Schönbrunn. Das Kurhaus liegt auf einer Terrasse der Böschung des Menzingerberges, auf einem sonnigen Plateau. Es ist sehr dürftig eingerichtet, aber es gibt viele angenehme Promenaden. Wälder, romantische Schluchten, Obstbäume, Wiesen und Bäche. Die Landschaft gleicht einem lieblichen Park. Die Kost ist schändlich: Reizende und schwer verdauliche Speisen müssen vermieden werden. Geistige Getränke, Tee und Kaffee sind verboten. Ida leidet immer noch unter wiederkehrenden Kopfschmerzen und die Mutter wandert zu viel und wird danach von Schwindelanfällen heimgesucht. In der Früh muss Ida ein kaltes Bad nehmen, ein eiskaltes. Höchstens eine Minute. Das wirkt auf die sensiblen Nerven des ganzen Körpers. Danach muss sie sich stark frottieren. Dann bekommt sie kalte Umschläge auf Brust und Kopf. Darauf wird sie in eine große wollene Kotze gewickelt. Idas Mutter ist gegen die Wasserkur. Sie kann die Sorge nicht loswerden, dass sie Ida nur krank macht. Die Wasserkur zerstört die Nerven. Aber Ida ist geradezu fanatisch von der Kaltwasserkur begeistert. Auch die Gräfin nimmt kalte Duschen und kalte Fußbäder und macht Heilgymnastik. Das kalte Wasser bereitet ihr höchstes Unbehagen. Dennoch ist sie von der Heilkraft gänzlich überzeugt. Um gesund zu werden, muss man eben Torturen ertragen: Wie recht hat Dante, wenn er die Seelen der Verdammten nicht nur feurig, sondern auch frostig sein lässt und sie im Eiswasser zappelnd zeigt. Schönbrunn ist doch wenigstens keine Hölle, sondern ein Fegefeuer, aus dem man geläutert ins Paradies der Gesundheit emporschwebt. Viele neue Gäste sind nun nach Schönbrunn gekommen. Da wird bei Tische viel Unsinn geplappert, was die Gräfin nur schwer ertragen kann. Auch Ernst und Otto sind gekommen. Zusammen spazieren sie zum Gubl. Am Abend sitzen sie beisammen, lesen einander vor und spielen Frosch. Die Gräfin ist durch ein Feuilleton von Laube auf Hellers Novelle »Hohe Freunde« aufmerksam geworden. Sie meint, mit kleinen Veränderungen gäbe sie ein nettes Stück. Ida und Ernst disputieren über den Pessimismus. Ernst liest gerade Schopenhauer und den jungen Eduard Hartmann.

– Der Pessimismus verfährt einseitig empirisch. Er kommt nicht über den einzelnen Fall hinaus zur Erkenntnis des Allgemeinen.

– Und der Optimismus geht von dem Begriff als dem Allgemeinen aus und leugnet den Widerspruch des einzelnen Falles schlechthin, anstatt seine wahre Bedeutung festzustellen und der Allgemeinheit unterzuordnen.

– Betrachtet man den Pessimismus vom Standpunkt des Einzelnen, so kann man ihm eine gewisse Berechtigung nicht versagen. Es gibt in der

Welt widerspruchsvolle Existenzen. Der Inhalt des Pessimismus ist aber eben der Widerspruch, und niemand wird sein Vorhandensein in der Welt leugnen.

– Aber die Notwendigkeit des Widerspruchs ist schon schwerer einzusehen.

– Der Widerspruch besteht im Allgemeinen in der Aufhebung der Harmonie. Das Wahre kann nur gewollt werden in der Läuterung vom Falschen, das Gute in der Besiegung des Bösen, das Schöne in der Ausschließung des Hässlichen.

– Wie verhält es sich mit dem Übel? Der Pessimismus hat recht, wenn er behauptet, dass eine Welt, in der es so viele Übel gibt, keine harmonische, keine einheitliche, keine optima sein kann. Das Übel scheint nichts Zufälliges zu sein. Der Widerspruch ist in der Anlage der Natur an und für sich implizit als möglich vorhanden.

– Ein Vulkan auf einer unbewohnten Insel ist kein Übel. Wüsten, Stürme, Ungewitter, Erdbeben, Giftpflanzen, Ungeziefer sind an und für sich kein Übel.

– Der Begriff des Übels ist relativ.

– Ja. Die Überschwemmung befruchtet das überflutete Land. Das Gewitter reinigt die Luft. Die Giftpflanze wird in der Hand des Arztes zum Medikament.

– Anders verhält es sich mit dem Übel, das eine Folge des Bösen ist. Das Böse ist immer egoistisch. Der praktische Egoismus, das Böse, ist der Hauptausgangspunkt des Pessimismus. Es ist die einzige Quelle der Leiden dieser Welt.

– Aber der Böse selbst, der doch dem Pessimismus seinen eigentlichen Inhalt gibt, ist nie Pessimist.

Die Gräfin ist von Idas und Ernsts Scharfsinn beeindruckt. Diese beiden Menschen leben das Leben tiefer aus als die anderen. Sie dringen überall auf den Grund der Dinge. Was sie wissen, trägt so reiche Früchte, gebiert unglaublich viele Ideen, dass ihnen mit jeder neuen Erkenntnis auch zugleich eine neue Welt aufgeht.

Nun ist die Rigi-Eisenbahn eröffnet. Und die Gräfin fährt mit Ernst nach Vitznau, um von dort mit der neuen Eisenbahn auf den Rigi zu fahren. Sie sind sehr aufgeregt. Ida ist leidend und bleibt zu Hause, ist aber ängstlich um Ernst und die Gräfin besorgt. Es ist die erste Zahnradbahn in Europa. Sie fährt über schmale Brücken durch hoch aufragende

Felsen. Wie leicht kann etwas passieren! Ein Waggon kann entgleisen und die Felsen herabstürzen oder von einer Brücke fallen. Doch Ernst und die Gräfin sind von ihrem Ausflug nicht abzubringen. Ernst lacht über seine Mutter und ihre Ängstlichkeit. Es ist ohnedies ein Wunder, dass sie überhaupt in einen Zug einsteigt. Moriz hat die Eisenbahn schon ausprobiert und es ist nichts passiert. Einmal ist nichts passiert, ein anderes Mal kann etwas passieren. Ernst kann es gar nicht erwarten, endlich diese neue Eisenbahn zu sehen. Auch die Gräfin ist schon ganz begierig, auf den Rigi zu fahren. Moriz war sehr beeindruckt. Endlich ist es so weit. Ernst ist überwältigt. Wie konnte man nur so einen Schienenweg bauen? Aber Marie ist doch ein bisschen ängstlich zumute, wie die Bahn so durch die Felsen und über die Brücken rast. Man muss nur aus dem Fenster in die Tiefe schauen. Die Leute, die da so gedankenlos im Waggon sitzen und dummes Zeug plaudern, wissen gar nicht, an einem wie dünnen Faden ihr Leben hängt. Ernst und die Gräfin gehen auf den Rigi-Kulm. Er ist in Nebel gehüllt, aber bald zerstreuen sich die Wolken und sie haben eine herrliche Aussicht. Beide sind bewegt von der Schönheit der Natur. Ein leichter Sturm kommt auf. »Die Götter wollen, dass Aeolus bläst«, lacht Ernst. Und sie gehen schnell zurück nach Rigi-Staffel, wo sie übernachten. Nur kann die Gräfin nicht schlafen, da sie plötzlich von heftigen Gesichtsschmerzen geplagt wird.

Schließlich ist die Zeit gekommen, um Abschied zu nehmen. Für Marie waren es zwei glückliche, ungetrübte Monate. Verlebt in einer Natur, schöner als der schönste Traum, unter edlen Menschen, deren Umgang sie bereicherte, deren Freundschaft sie beglückte. Ida und ihre Mutter begleiten sie nach St. Gallen, von wo sie nach München fährt und ihren Mann dann in Regensburg treffen will. Ida möchte noch bis September in der Schweiz bleiben. Danach will die Mutter wieder nach München fahren und nicht mit nach Wien kommen.

Nach zwei Tagen weniger als einem Jahr kehrt Ida endlich nach Wien zurück. Carl fährt ihr bis Linz entgegen und Helene, Kathi und Ignaz haben alles dekoriert: Über der Tür zum Speisezimmer ein Triumphbogen und darüber ein Transparent:

O! Finde selber hier das Glück,

Das uns Dein Kommen bringt zurück.

Betty hat bei dem Gedicht geholfen. Ida kommt spätabends an und das Transparent ist von innen beleuchtet. Sie ist voller Freude und glücklich, wieder in Wien zu sein. Acht Tage soll das Transparent bleiben, damit es auch alle sehen können, die zu Idas Begrüßung kommen.

Ida sieht nun, dass Kathi und Helene den Haushalt auch ohne ihre Oberaufsicht ordentlich geführt haben. Wenn alles ohne sie wie am Schnürchen läuft, braucht sie sich nicht mehr so viel um ihre Wirtschaft zu kümmern und kann den beiden guten Gewissens vertrauen. Sie war ohnedies nie eine richtige Hausfrau. Viel lieber spricht sie mit ihren Freunden über Literatur oder korrigiert Maries Stücke. Mit der Korrespondenz hat sie sowieso genug zu tun. Dabei hat sie immer schon fast die Nase auf dem Blatt, weil sie so kurzsichtig ist. Auf der Straße erkennt sie auch nie jemanden. Die Frau von Littrow ist jedes Mal schwer beleidigt, wenn Ida sie nicht erkennt, obwohl sie weiß, dass Ida sie einfach nicht sieht. Täglich muss sie Bettelbriefe beantworten. Dann schickt sie Helene mit einem Geldbrief auf die Post. Aber Helene weiß schon, dass es nicht immer ehrliche Leute sind, die um Hilfe bitten und die die gnädige Frau nur anlügen. Oft gibt sie einen Brief nicht gleich zur Post, sondern geht erst zu der Adresse kontrollieren. Dann sagt sie nicht, wer sie ist, und fragt bei der Hausmeisterin, wer diese Leute sind. Die Hausmeisterin sagt, alles ist in Ordnung, sie zahlen pünktlich ihren Zins. Einmal ist sie nach so einer Auskunft gleich in die Wohnung gegangen und in die Küche. Da sieht sie eine korpulente, böhmische Marianza, eine Köchin mit einer Masse Geschirrabwasch.

– Bitte, sind Sie die Frau?

– Nein, ich bin die Köchin. Werde aber die Gnädige gleich rufen.

Die Gnädige kommt tatsächlich. Aufgeputzt, die Frau Fleischl ist nichts dagegen.

– Was wünschen Sie?

– Ich wünsche nichts. Wollte mich nur umsehen, hab jetzt genug gesehen.

Helene läuft mit dem Geldbrief nach Hause und hält der gnädigen Frau einen Vortrag, dass sie nicht alles glauben darf.

– Ja, da hast du recht gehabt. Sehr gescheit warst du, die hatten mich angeschmiert.

Ernsts Erkrankung

Ernst hat hohes Fieber und furchtbare Schmerzen. Er hat sich beim Sezieren infiziert und hat eine Leichenpustel am Daumen der rechten Hand. Dr. Breuer kommt. Er sagt nicht viel. Er will den Chirurgen Baron Dr. Pitha zu Rate ziehen. Kurz fällt das Fieber und die Schmerzen setzen stundenweise aus. Dann sind sie wieder ganz fürchterlich. Breuer tröstet und versichert, dass es besser werden wird. Dr. Pitha und Dr. Chrobak halten die Gefahr noch nicht für erloschen. Ida ist ruhig und gefasst, aber sehr niedergeschlagen. Sie schreibt der Gräfin ein Zettelchen, was passiert ist. Carl ist trostlos und nicht zu beruhigen. Er ist ständig in Tränen aufgelöst. Dr. Pitha fürchtet um Ernsts Daumen. Ida ist in höchster Sorge, Ernst sehr gefasst. Er kann vor Schmerzen nicht schlafen und nimmt Morphin-Pulver. Er hat wieder hohes Fieber und phantasiert. Dr. Breuer hat die Hoffnung aufgegeben, dass Ernsts Finger erhalten werden kann. Ida hat große Angst, hält sich aber tapfer.

Es ist Sonntagmittag. Das Fieber ist gefallen. Ernst kommt zu Tische. Er bittet seinen Vater, ihm das Fleisch zu schneiden. Er kann es wegen des kranken Daumens nicht selbst. Nach dem Essen geht er spazieren. Gegen drei begegnet er Helene in der Spiegelgasse, die einen Brief von Betty bestellen musste. »Helene, holen Sie mir schnell Dr. Breuer und auch Eis.« Sie weiß nicht, was das bedeutet, schickt sich aber an, Dr. Breuer zu holen. Da begegnet sie auch dem gnädigen Herrn und erzählt ihm, was ihr Ernst aufgetragen hat. Carl eilt nach Hause. Kathi wird geschickt, Ida zu holen, die bei den Laubes in der Operngasse ist. Sie weiß auch nicht, was los ist, aber der gnädige Herr ist sehr aufgeregt. »Joi, reg ich mich auf, joi, reg ich mich auf«, murmelt Kathi in einem fort. In einer Stunde sind alle in Ernsts Zimmer versammelt. Ida, Carl, Dr. Breuer, Baron Dr. Pitha und mehrere seiner Kollegen. Im Ganzen acht Personen. Das Bett steht mitten im Zimmer, die Herren rundherum. Sie beraten sich. Das erste Glied des Daumens muss abgenommen werden. Dr. Breuer narkotisiert Ernst und Dr. Pitha beginnt zu schneiden. Ein Arzt hält den Arm, die anderen versuchen, Ernsts Körper ruhig zu halten. Währenddessen achtet Dr. Breuer auf Ernst. Sobald er erwacht, brüllt er vor Schmerz. Breuer hält ihm kurz ein wenig Chloroform unter die Nase und Ernst schläft wieder ein. Ida ist sehr tapfer und verlässt das Zimmer nicht. Carl läuft wie ein Wahnsinniger durch die Wohnung, den Kopf in beide Hände vergraben, und weint schrecklich. Ida schaut zu und will alles genau wissen. Sie ist sehr ernst und beherrscht. Endlich wird der Daumen verbunden. Die Ärzte bleiben noch eine Weile im Zimmer und diskutieren. Die Lebensgefahr ist überstanden, die Hand gerettet, nur der Daumen konnte nicht erhalten werden. Schließlich gehen die Ärzte, nur Breuer bleibt die ganze Nacht bei Ernst.

Während die Ärzte operieren, kommt gerade die Gräfin, um Betty zu besuchen. Sie wollten sich über die zwei eben erschienenen Bände von Grillparzer unterhalten. Aber unter diesen Umständen ist das natürlich nicht möglich. Sie sind beide sehr besorgt und bedrückt. Bei jedem Schrei, den sie hören, hält Betty die Hände vors Gesicht und ruft: »Der Arme, der Arme!« Und die Gräfin sagt immer: »Arme Ida, sie ist so tapfer.« Dann schweigen sie. Die Gräfin will unbedingt warten, bis die Operation vorbei ist. Endlich hören sie Stimmen. Die Ärzte schicken sich an, zu gehen. Beide stürmen aus Bettys Zimmer. Dr. Breuer beruhigt sie. Ernst schläft jetzt, in drei Wochen kann er in die Schweiz reisen.

Eine Wärterin der chirurgischen Klinik ist aufgenommen worden. Sie muss eine Fieberkurve anlegen, den Verband wechseln, die Arzneien verabreichen. Vor allem bekommt er Morphin-Pulver gegen die Schmerzen. Gegebenenfalls muss sie Ernst ein Klistier applizieren, ihm beim Waschen helfen, kalte Umschläge machen, für frische Luft sorgen, die von Ausleerungen verschmutzte Wäsche wechseln und vor allem in der Nacht bei ihm wachen. Ernst ist ein ungeduldiger Patient. Einmal will er einen frischen Umschlag auf die Stirn, dann will er trinken, dann wieder muss der Polster geschüttelt werden. Dann muss ein Fenster aufgemacht werden und gleich wieder zugemacht. Dann ist der Umschlag auch schon wieder zu warm und er verlangt, ihn zu erneuern. Auch Helene muss allerlei Verrichtungen ausführen: Die schmutzige Wäsche wegräumen, Essen bringen, Tee kochen, verschiedene Kompotte, Fleischbrühe, Hafergrütze, Kalbfleisch, Saft aus Fenchel- oder Pastinakwurzeln. Einmal hat er eine Tasse voll heißen Weins mit dem Gelben eines Eies und ein wenig Cardamom verlangt. Eines Tages kommt Helene in Ernsts Zimmer und sieht aus dem Verband etwas Schwarzes herausschauen. Er schläft gerade und sie fragt ganz leise die Wärterin, was das ist. »Das ist der kranke Daumen«, antwortet sie ganz ruhig. Helene ist schrecklich erschrocken und kann es nicht mehr aus dem Kopf bringen, bis sie selbst ganz krank ist. Ida fragt sie, was sie denn hat.

– Der Daumen, Gnädige, der schwarze Daumen!

– Ja, Helene, der Daumen ist schlimm. Aber es wird alles gut werden.

– Ich kann es nicht aus dem Kopf bringen.

– Ja, hast du es denn nicht gewusst?

– Nein, gnädige Frau. Ich kann's nicht aus dem Kopf bringen.

– Sei ruhig. Er wird schon wieder gesund werden.

Auch Carl ist Helene für ihre Teilnahme dankbar. Sie kann sich beruhigen, es besteht Hoffnung, dass alles wieder gut wird.

Obwohl Ernst immer noch Fieber hat und sich elend fühlt, wollen ihn alle besuchen. Die Baronin Stein, Ludwig Gabillon, Zerline, Frau Laube, und natürlich kommt sein Freund Exner jeden Tag. Auch die Gräfin schaut immer wieder kurz vorbei. Oft stehen mehrere Equipagen vor dem Haus. Und wer gerade nicht kommt, schickt jemanden, um nachzufragen. Manchmal sind es fünfzig, sechzig Nachfragen an einem Tag. Die ersten zwei Tage durfte niemand zu ihm ins Zimmer. Sogar Betty durfte nicht zu ihm. Dann wurden die intimsten Freunde vorgelassen. Und nun ist das Krankenzimmer immer voll mit Gästen. Jeder bringt etwas mit. Am meisten Freude machen Ernst Früchte aus dem Süden, Orangen, Mandarinen, Pomeranzen. Wenn er gerade viel Morphin genommen hat, ist er mürrisch und gereizt, schlecht gelaunt und verdrossen. Alle machen sich große Sorgen. Ganz besonders Betty und die Gräfin. Beide sprechen viel mit Ida und versuchen, ihr Trost zuzusprechen.

Dr. Breuer kommt natürlich jeden Tag, manchmal auch zweimal am Tag. Dr. Pitha sieht ständig nach ihm. Schließlich hat sich die Nekrose demarkiert und sie beschließen, das Gewebe zu entfernen. Wieder stehen viele Ärzte um Ernsts Bett herum, Breuer narkotisiert ihn, Pitha schneidet. Ernst brüllt vor Schmerzen. Er schreit so laut, dass man alle Fenster und Türen schließen muss, damit man ihn nicht im ganzen Haus hört. Die Ärzte ordnen an, den Arm zu baden. Nach und nach geht es Ernst besser, das Fieber ist gefallen und er kann aufstehen und zu Tische kommen. Nach dem ersten Aufstehen fällt er kurz in Ohnmacht. Bei Tische geht es ihm aber wieder gut. Alle hoffen, dass er bald mit Ida in die Schweiz reisen kann.

Nach drei Wochen ist es so weit. Ernst soll mit seiner Mutter und Großmutter einige Wochen in Bad Schönbrunn verbringen. Idas Mutter ist nach Wien gekommen, als sie von Ernsts Operation erfahren hat, um Ida beizustehen. Die Gräfin will nach Bad Reichenhall zur Kur, um ihre Halsentzündung, an der sie seit Monaten leidet, loszuwerden. Bis Salzburg fahren sie zusammen. Nach der Kur will die Gräfin auch nach Bad Schönbrunn kommen. Um 9 Uhr geht es los. Ernst geht es gut. Er redet, redet und redet. In keiner Zeit noch haben wir in unserem Streben nach wissenschaftlichem Fortschritt so Großartiges erreicht. Ernst raucht. Das zunehmende Wissen hat den Wohlstand und den Reichtum in einer Weise gefördert, wie noch nie zuvor. Wie kommt es nun, dass in einer solchen Zeit kraftvollen Fortschritts gerade Systeme der düstersten Weltanschauung, die das Ende des Daseins beklagen, den größten Anklang finden? Plötzlich hat Ernst einen Ohnmachtsanfall. Alle schreien: Um Gottes willen! Schnell wird er auf die Bank gelegt, Ida löst ihm die Kleider und das Halsband und bespritzt ihn sofort mit Wasser. Idas Mutter kann sich gar nicht beruhigen. Was machen wir hier im Zug mit ihm? Wir können ihm hier nicht helfen! Wo ist ein Arzt? Aber bald kommt er wieder zu sich, erholt sich rasch und redet weiter. Nachdem Hegels System die Herrschaft über die Geister eingebüßt hat, findet kein anderer Philosoph so großes Interesse wie Schopenhauer.

– Ernst, bitte, philosophier jetzt nicht, beschwört ihn Idas Mutter.
– Warum denn nicht?
– Du darfst dich nicht aufregen.
– Ich reg mich nicht auf.
– Bitte, Ernst, schau doch aus dem Fenster. Da kannst du so viel Schönes sehen.
– Du hast mir nichts vorzuschreiben, Großmama!
– Sehr wohl, wenn ich um deine Gesundheit besorgt bin.
– Davon verstehst du nichts. Ich bin Arzt.
– Ernst, du bist krank und warst gerade ohnmächtig.
– Jetzt geht es mir wieder gut. Du hast keine Ahnung!
– Ernst, wie sprichst du mit deiner Großmutter!
– Sie hat mir nichts zu verbieten.
– Wir meinen es doch nur gut mit dir, Ernst.
– Ich weiß selbst, was für mich gut ist.

– Ernst!

– Wenn ich jetzt über Schopenhauers Ethik sprechen will, kann es mir niemand verbieten.

– Niemand ist jetzt zum Disputieren aufgelegt.

Ernst wendet sich ab und zündet sich eine Zigarre an. Die Gräfin meint, sie könnte Turgenjews Novelle »Frühlingsfluten« vorlesen. Sie ist gerade in deutscher Übersetzung erschienen. Was für ein Anfang! Meisterlich! Fräulein Paoli hat die Novelle auf Russisch gelesen. Darum beneidet sie die Gräfin. *…Gegen zwei Uhr nachts kehrte er in sein Kabinett zurück. Er schickte seinen Diener, der die Lichter angezündet hatte, hinaus, warf sich in einen Sessel am Kamin und bedeckte das Gesicht mit beiden Händen. Niemals noch hatte er eine solche Ermattung des Körpers und der Seele empfunden. Er hatte den ganzen Abend mit anmutigen Frauen, mit gebildeten Männern verbracht; einige von den Frauen waren hübsch gewesen, fast alle Männer hatten sich durch Geist und Talent ausgezeichnet – er selbst hatte sich mit gutem Erfolg und sogar glänzend unterhalten … und bei alledem hatte ihn noch niemals jenes »taedium vitae«, von dem schon die Römer sprechen, jener »Lebensüberdruss«, mit so unabweichlicher Macht gedrückt und überwältigt. Wäre er etwas jünger gewesen, so hätte er geweint vor Trauer, vor Langeweile und Überreizung.*

Kalamitäten

I

Betty fährt in die Kaltwasserheilanstalt Königsbrunn. Sie muss aber noch eine Woche warten, weil kein Zimmer frei ist. Nun ist sie allein in Wien. Carl ist nach Triest gereist. Nur Richard ist in Wien, den sie nur bei den Mahlzeiten sieht. Sie ist zufrieden, einsam zu leben. Ihre Nerven haben dermaßen gelitten, dass jedes Gespräch, besonders mit einsamen Personen, sie aufregt und ermüdet. In Wien ist das Leben zu turbulent. Blendendes und erstickendes Gaslicht, schriller Lärm, Püffe von rechts und von links. Die Luft ist schlecht und das Wasser ist schlecht und ach, so häufig ist auch der Umgang ungesund. Keine Ruhe, kein Behagen, kein stilles Sicheinspinnen in die eigene Gedankenwelt ist möglich. Da sind einfach alle bösen Geister losgelassen, um das geistige und körperliche Wohlbefinden des Menschen zu untergraben. In Königsbrunn ist alles anders. Hier kennt sie keine Seele und genießt die ungestörte Einsamkeit. Da gibt es unendliche Ruhe. Und die Luft und das Wasser sind frisch. Die Gegend ist reizend, von einer etwas düsteren Lieblichkeit, wie sie ihr gerade passt. Sie geht viel im Wald spazieren. Mit den übrigen Kurgästen verkehrt sie nicht. Den Preußen, die die Majorität bilden, kann man ohnedies nicht den Vorwurf allzu großer Zutulichkeit machen. So kostet es sie keine Mühe, allein zu bleiben. Sie ist in einem Zustand, in dem man mit Wonne schweigt. Sie beschränkt sich auf ein paar höfliche Worte an der table d'hôte, die ihr ein Graus ist. Leider ist sie hier schon halb vertrottelt, woran ihre Lektüre schuld ist. Gewöhnlich ist sie sehr wählerisch und erfährt daher gar nicht, was für elendes Zeug, was für schauderbares Geschmiere erscheint. Hier, wo sie auf die Leihbibliothek angewiesen ist, erfährt sie es mit Schrecken. Es bleibt ihr aber nichts anderes übrig, als sich in dieses unvermeidliche Übel zu fügen wie in die anderen Martern, als da sind Halbbäder, Vollbäder, Fußbäder, Duschen und was es sonst noch gibt. In Gottes Namen soll es sein, wenn sie dadurch ihre Gesundheit wiederherstellen kann. Dreimal am Tag wird sie ins Wasser gejagt wie ein Pudel. Sie wird demnächst noch apportieren! Der Doktor will ihr künftig den kalten

Wasserstrahl auf die Sohlen geben lassen. Eine wahre Bastonade! Insgesamt fühlt sie sich bedeutend wohler, sieht aber übel aus. Sie ist abgemagert und die Augen eingesunken. Man behauptet, die Kur hat am Anfang immer diese Wirkung. Aber Betty ist der Meinung, dass eigentlich das Einatmen der balsamischen Waldluft am wirksamsten von der ganzen Kur ist. Ihre Nervosität ist bedeutend geringer und auch der Schlaf ist deutlich besser geworden. Von Chloralhydrat ist keine Rede mehr. Vorläufig nimmt sie Bromkalium, das ihr sehr gut bekommt. Nur das Bett ist ganz miserabel. Jeder Pinscher hat ein besseres. Es ist wie in der englischen Karikatur »German Comfort«: Ein Unglücklicher liegt in einem Bett, aus dem die Beine weit herausstehen und isst mit einer Heugabel Sauerkraut.

Sie liest viel und schreibt Briefe. Man kann nicht sagen, dass sie arbeitet. Es arbeitet in ihr, und sie schreibt nieder, was ohne ihr Zutun in ihrem Kopf entsteht. Eine ganze Reihe von Vierzeilern sind so schon entstanden.

Allmählich hat Betty genug von der Wasserkur und will noch nach Heringsdorf, weil sie sich von der Seeluft eine besondere Wirkung gegen ihre Schlaflosigkeit verspricht. Freilich, eine wirkliche Herstellung ihrer Gesundheit erhofft sie sich nicht mehr. In diesem Punkt hat sie resigniert. Schließlich hat sie eingesehen, dass ihre Kränklichkeit keine boshafte Tücke der Natur ist, sondern der Vollzug ihres Gesetzes, demgemäß die Kräfte des Menschen im Alter schwinden.

Schließlich hat sie auch Heringsdorf satt, sie war lange genug von Wien weg und freut sich schon sehr, wieder heimzukehren. Sie sehnt sich nach all den Menschen, die ihr teuer sind, nach dem Burgtheater und freut sich wie ein Narr auf die nächste Tarockpartie mit Ida und der Gräfin. Vor ihrer Abreise schreibt sie an Richard.

Heringsdorf, 10. September 1872

Lieber Richard!

Danke Dir: in diesem Augenblick erhalte ich Deinen Brief vom 4. d. M. Ich muss mich kurzfassen, um den Abgang der Post nicht zu versäumen. Ich reise morgen mittags 12 Uhr 45 Minuten von hier ab und hoffe demnach Mittwoch halb acht Uhr morgens in Wien einzutreffen. Sei so gut, dies der Helene und der Kathi zu sagen; ich bitte die Letztere, heißes Wasser zum Tee für mich bereitzuhalten. – Von Mama hab ich ziemlich

gute Nachrichten. Ich freue mich sehr darauf, Dich wiederzusehen. Jetzt
schließe ich in Eile und verbleibe wie immer
                    Deine getreue Betty

Wieder in Wien, spricht Betty mit Dr. Breuer.
– Herr Doktor, was glauben Sie, wohin soll ich den kommenden
Sommer gehen? Die heurige Kur war für gar nichts gut, nur das Geld
zum Fenster hinausgeworfen.
– Fräulein, jedes Tier hat seine Schonzeit. Ich will auch eine haben.
Vor dem Monat Februar dürfen Sie nicht fragen.
– Aber Herr Doktor, so etwas muss man doch vorher bedenken und
besprechen!
– Ja, im Februar oder März. Aber ich rate Ihnen, vorläufig nicht mehr
als drei Zigarren am Tag zu rauchen.
– Sie sind ein Tyrann! Das ist zu hart!
– Ein Opfer, das Sie nur Ihrer Gesundheit bringen.

Betty stürmt in Idas Zimmer. Ida ist gerade mit Korrespondenzen
beschäftigt.
– Ida, Ida!
– Was ist geschehen? Ist etwas passiert?
– Lies das!
– »Mit Rücksicht auf den mir im Jahre 1872 für Künstlerunterstützun-
gen zur Verfügung stehenden Betrag bin ich in der erfreulichen Lage,
Euer Wohlgeboren in Anerkennung Ihrer verdienstvollen Leistungen
auf dem Gebiete der Poesie einen Pensionsbetrag von sechshundert
/600fl/ Gulden zuzuwenden.«
– Was sagst du?
– Das ist wunderbar. Ich gratulier dir!
– Du kannst dir nicht vorstellen, wie sehr ich mich darüber freue!

2

Betty will ausziehen. Zu Michaeli zieht sie aus. Sie kann hier nicht weiter
wohnen. Seit Ida eine Badewanne gekauft hat, kann ihr Kathi keinen
Tee mehr kochen, weil ständig jemand in der Küche in der Badewanne
sitzt. Meistens Ernst. Er badet ununterbrochen. Wie soll sie da zu ihrem

Tee kommen? Ohne Tee kann sie nicht leben. Außerdem macht Ernsts Papagei die ganze Zeit so ein Spektakel, dass es ärger nicht mehr geht. Wenn Helene den Käfig putzt, lacht er impertinent. Das Geschrei hört sie bis in ihr Zimmer. Da kann sie nicht arbeiten. Das ist ja ein ganz entsetzliches Tier. Diese Tiere! Der Papagei fliegt sogar im Speisezimmer herum. Was für eine Unart. Betty erschrickt immer zu Tode, wenn er sich auf ihre Schulter setzt. Einmal hat er sich auf Bettys Schulter gesetzt und hat gepfiffen: »Du bist verrückt, mein Kind, du musst nach Berlin.« Das ist unerhört. Und erst die Affen. Carl hat Ida einmal zwei Äffchen zum Geburtstag geschenkt. Carl und Ida sind zusammen den Lorenzerberg hinunterspaziert. Da hatte ein Vogelhändler zwei kleine Kapuziner-Affen in der Auslage. Ida war so entzückt, dass Carl beschloss, ihr zwei solche Afferln zum Geburtstag zu schenken. Kein kleines Geschenk, 70 fl immerhin. Ida aber beschäftigt sich kaum mit ihnen. Die Visiten, die Korrespondenz, die Lektüre lassen ihr keine Zeit dazu. Aber Carl schaut ihnen stundenlang zu. Sie sind schrecklich ungezogen und springen im Speisezimmer herum. Sie spazieren über den Tisch und nehmen sich, was sie wollen. Wenn es Salat mit Eiern gibt, nehmen sie die Eier und wischen die Pfoten am Tischtuch ab. Oder sie riechen an den Speisen, und wenn ihnen etwas nicht passt, schmeißen sie sie auf den Boden. Manchmal ist das Speisezimmer völlig demoliert. Es gibt sowieso keine Vorhänge mehr, weil sie die nur herunterreißen. Nein, in dieser Wohnung kann Betty nicht mehr leben, hier kann sie nicht bleiben. Die Affen gehören auf den Galgen. Hier kann sie nicht arbeiten und nicht speisen. Sie braucht absolute Ruhe. Zu Michaeli zieht sie aus. Carl findet auch, dass es das Beste ist, wenn sie auszieht. Sie ist unausstehlich. Wenn es ihr hier nicht passt, soll sie nur gehen. Ida ist in höchster Aufregung. Nein, um Gottes willen. Betty soll natürlich bleiben! Kathi kann ihr doch heißes Wasser auf den Ofen stellen. Es kann kein Problem sein, dass sie ihren Tee bekommt, wann immer sie will. Ernst ist krank. Das weiß Betty doch. Jetzt auf einmal stört sie der Papagei. Nie hat er sie gestört. Und die Afferln sind noch jung. Sie kommen in Carls Zimmer, da hört sie sie bestimmt nicht. Carl liebt sie ja so. Sie kommen auch sicher nicht mehr ins Speisezimmer. Zwölf Jahre wohnt sie schon bei den Fleischls, und jetzt auf einmal hält sie es nicht aus. Sie soll doch vernünftig sein und bleiben. Ida wird mit Ernst reden.

3

Marie liest Ida den letzten Aufzug des »Waldfräuleins« vor. Ida meint, die beiden Schlussakte müssen in einen verschmolzen werden. Die Gräfin hält das für einen ausgezeichneten Rat. Es klopft. Helene öffnet Betty die Tür. Ida hat ausrichten lassen, dass die Gräfin gekommen ist. Betty will sie nur begrüßen. Sie wird eingeladen, mit ihnen eine Partie Tarock zu spielen, wenn sie mit dem »Waldfräulein« fertig sind. Sie muss arbeiten, sie trinkt nur eine Schale Tee. Ihr Artikel über Poesie muss fertig werden. Sie kann sich nur eine kurze Pause leisten. Plötzlich schneit Adele herein. Die Schriftstellerin Adele Wesemäl. Sie ist gerade ein paar Tage in Wien und wohnt bei den Fleischls. Sie lebt in Baden und wenn sie nach Wien kommt, quartiert sie sich immer bei den Fleischls ein. Sie trieft vor Nässe. Es regnet in Strömen und sie hatte keinen Schirm. Ohne im Vorzimmer abzulegen, stürmt sie in den Salon und wirft den nassen Mantel auf das neue Sofa. Carl ist gerade im Weggehen, bemerkt, was passiert ist, ruft voller Zorn: »Die neuen Möbel!«, und trägt den Mantel ins Vorzimmer. Adele ignoriert Carls Zorn und schreit: »Ich lese Ihnen aus meinem neuen Roman ›Sarah‹ vor. Ich hole das Manuskript, ich komm gleich wieder.« Und verschwindet.

– Da kommt sie daher, den Regen des Himmels auf ihren Schultern. Die Gräfin lacht.

– Du kennst sie ja, Betty.

– Die neuen Möbel, die sind ihr völlig gleichgültig. Nie kommt sie zur rechten Zeit zu Tische und alle Türen lässt sie offen.

– Sie ist eben zerfahren. Ich habe Mitleid mit ihr.

– Nein, sie hat ein schlechtes Benehmen. Sie ist schroff und unliebenswürdig.

– Sie ist unsicher und zerfahren.

– Sie ist egoistisch und hat einen ungebändigten Charakter.

– Nein, ihr inneres Leben ist so stürmisch bewegt. Sie hat eine reine Seele und ein großes Herz.

– Neulich war sie bei mir und hat mir erzählt, sie will zur »Seele der Nazaräner« übertreten.

– O Gott, das wäre wieder eine ihrer typischen Dummheiten.

– Ich gehe, ich kenne das Manuskript von ›Sarah‹ schon. Einen unangenehmeren Charakter als diese Sarah kann ich mir nicht denken. Er spiegelt Adeles eigene Schroffheit und Unliebenswürdigkeit wider. Weil ihr Lebensglück in die Brüche ging, soll nun auch kein anderer glücklich werden. Und diese gräuliche Egoistin soll der Leser auch noch bewundern. Auch der Stil ist über alle Maßen nachlässig.

– Aber ohne Frage hat sie doch Talent.

– Gewiss, sie hat Talent und ist gescheit, aber mit Kunst hat das nichts zu tun.

– Ihr Blut schreibt. Es ist nur ein Reflex, der sie mit so desperat machender Kraft empfinden lässt. Auch ich spüre es einen Tag in allen Gliedern, wenn sie mir ein paar Stunden lang weinend ihre Werke vorgelesen hat.

– Wenn der Roman Erfolg hat, so sicher nur wegen ihres Hasses gegen die klerikale Partei. Es ist schlimm, wenn ein Kunstwerk nur Erfolg hat, weil es eine brennende Tagesfrage behandelt.

– Noch ist der Roman ja von keinem Verlag angenommen.

– Wissen Sie, Adele glaubt zwar nicht, dass sie ein Hahn oder der Papst ist, aber sie ist doch vollkommen verrückt.

– Eine höchst talentvolle Närrin.

– Haben Sie übrigens den Artikel über Frauenliteratur gelesen, Gräfin?

– Ja.

– Dieser hirnverbrannte Einfall, die literarischen Werke von Frauen a parte zusammenzustellen! Daraus wird dann eine Art von Ghetto gemacht. Ein Buch muss gut sein. Ist es das nicht, so ist es vollkommen gleichgültig, ob es ein Mann oder eine Frau oder eine Maus verfasst hat. Und ist es schlecht, so wird es um kein Haar besser, wenn der Autor mit einem Bart gesegnet ist.

– Wie recht Sie haben, Fräulein! Das Naturwesen kämpft um sein Dasein, das Vernunftwesen um sein Recht. Leider ist das Wort Frauenemanzipation so oft von dummen Leuten in den Mund genommen worden, dass selbst die gescheiten nicht mehr wissen, was sie davon denken sollen, und nichts mehr darunter verstehen als eine Karikatur und Ausgeburt der Überzivilisation.

– Und was bedeutet Frauenemanzipation?

– Die möglichste Ausbildung aller weiblichen Fähigkeiten innerhalb der von der Natur gezogenen Grenzen.

Adele kommt zurück. Sie hat sich umgekleidet und trägt ein dunkelrotes Abendkleid. Alle sind erstaunt. Wenn sie aus ihrem Roman vorliest, kann sie kein gewöhnliches Kleid tragen. Betty verabschiedet sich.

– Sie können nicht gehen, wenn ich vorlese, Betty!

– Ich muss arbeiten.

– Aber nein, bleiben Sie! Ihr Urteil ist mir das wichtigste von allen.

– Wir müssen das »Waldfräulein« noch fertiglesen.

– Nein, das können Sie später.

– Ich muss auch bald gehen.

– Bleiben Sie, bleiben Sie! Ich lese nur ganz kurz, nur eine halbe Stunde! Sie können dann danach das »Waldfräulein« weiterlesen.

Betty geht, ohne ein weiteres Wort zu verlieren. Die Gräfin schaut verstört und fragend Ida an.

– Lassen wir sie aus ihrem Roman vorlesen, aber wirklich nur eine halbe Stunde.

Ida kennt Adeles Seelenzustand und ist überzeugt, dass es besser ist, sie kurz vorlesen zu lassen. Anderenfalls bricht die Welt zusammen und sie kommt in einen Zustand solcher Überreizung der Nerven, dass sie die ganze Nacht weint. Die Gräfin gibt nach.

– Ich lese nicht aus »Sarah«. Ich lese eine Novelle vor.

– Warum nicht aus »Sarah«?

– Nein, nicht »Sarah«.

– Warum denn nicht?

– Weil ich nicht will. Hören Sie!

Adele beginnt zu lesen. Ihre Stimme wird immer weinerlicher. *»Leonie!«, rief er in tiefem Schmerz, sie innig an seine Brust schließend und ihr in die Augen sehend. »O, was haben sie aus dir gemacht!«, fuhr er fort und blickte vorwurfsvoll seinen Schwiegervater an.* Adele beginnt zu weinen, liest aber weiter. *»Ich hatte es dir vorausgesagt«, erwiderte sie. Er hob sie auf, trug sie auf das Ruhebett zurück und sank neben ihr auf die Knie. Sie sah zu ihm nieder und legte die kleine abgemagerte Hand auf seinen Kopf. »Du kommst eben recht, mich sterben zu sehen«, sagte sie. Er schloss sie in die Arme und schluchzte laut.* Adele weint heftig und kann nicht mehr weiterlesen.

– Beruhigen Sie sich doch, Adele!

Sie weint und weint und weint. Und kann nicht aufhören.

– Ihre Nerven sind zerrüttet, Adele! Sie müssen unbedingt eine Kur machen!

Die Gräfin schaut Ida fragend an. Ida ist so ein herzensguter Mensch, aber bei Adele hilft alles nicht. Ida blinzelt die Gräfin ratlos an. So sitzen sie eine Weile, Ida und die Gräfin schweigen und Adele weint.

– Lesen Sie doch eine andere Stelle, nicht so eine traurige.

– Ida hat recht. Versuchen Sie eine andere Stelle.

– Ich such ja schon. Ich lese von Trudchen. Das ist lustig.

Adele hat sich beruhigt und liest ganz ruhig. *Aber der Zauber, der ihn gefangen hielt, wich nicht mit dem Anblick der netten Zauberin, und instinktmäßig suchte er die dichtesten Schatten des Forstes, um sich ungestört der jugendlichen Trunkenheit zu überlassen, in der seine Sinne glühten.* Adele lacht. *Der Sonnenstrahl, der glitzernd durch die Blätter drang, war er nicht Trudchens schalkhaft schüchterner Blick?* Und Adele lacht und lacht und lacht. Und kann nicht aufhören zu lachen.

– Aber Adele, das ist doch gar nicht so lustig. Warum lachen Sie denn so?

– Gleich hör ich auf, gleich lese ich weiter, gleich bin ich artig.

Und Adele liest lachend weiter, beruhigt sich, liest ganz ruhig und fängt plötzlich wieder zu weinen an. Schließlich meint die Gräfin, dass es nun genug sei. Sie ist doch gekommen, um mit Ida das »Waldfräulein« zu lesen. Adele muss das einsehen. Sie sprechen ein anderes Mal über ihre Novelle. Nein, schreit Adele.

– Nie wieder lese ich eine meiner Novellen vor. Nie wieder.

Sie packt ihr Manuskript zusammen und verschwindet grußlos.

Betty und die Gräfin besuchen die Weltausstellung

Betty fährt heuer später auf Kur. Durch ein langwieriges Zahnleiden war sie verhindert, die Weltausstellung zu besuchen. Das große Ereignis des Jahres 1873. Sie möchte sie sich doch zu Gemüte führen, bevor sie Wien für länger verlässt. Ganz Europa ist in Wien, strömt durch die Straßen und mit dem Omnibus zur Ausstellung. Zehntausende wandern täglich durch die Ausstellung. Die Stadt ist im Rausch. So viele Fremde waren noch nie hier. Man kann sich kaum fortbewegen. Auch die Gräfin ist noch in der Stadt. Sie kann ebenfalls noch nicht auf Kur fahren, weil Gusti schwer erkrankt ist und das Bett hüten muss. So fragt Betty die Gräfin, ob sie vielleicht die Güte hätte, mit ihr die Ausstellung zu besuchen. Die Gräfin hat sie zwar schon mit ihrem Mann besucht, geht aber gerne mit Betty noch einmal. Sie war mit Moriz nur ein paar Stunden dort. Nicht einmal in vier Wochen kann man alles sehen. Und die letzten Wochen hat es so viel geregnet, dass es unmöglich gewesen wäre, die Ausstellung noch einmal zu besuchen. Ida ist schon zu ihrer Mutter nach München gefahren und will dann mit ihr weiter in die Schweiz reisen. Sie war nicht in der Ausstellung. Maschinen interessieren sie nicht. Die Kunstausstellung hätte sie gerne besichtigt und Kühns Wohnhaus, aber es wäre für sie zu anstrengend gewesen. Sie leidet immer noch gelegentlich unter leichter Atemnot. Die beiden Gemälde von Ián Matejko hätte sie auch gerne gesehen. Betty wird ihr genau davon erzählen. Ernst meinte, sie soll einen Rollwagen mieten. Aber sie wollte nicht. Es sind zu viele Menschen. Ernst besucht die Ausstellung täglich und erzählt bei Tische wie ein Wasserfall, was er alles gesehen hat. Egal, ob es die anderen interessiert oder nicht oder ob sie überhaupt zuhören. Niemand will es mehr hören. Aber er ist nicht zu stoppen. Jede Maschine beschreibt er detailliert und hält Vorträge darüber, wodurch sich die Newcomensche Maschine von der Papinschen Maschine unterscheidet.

Betty und die Gräfin nehmen einen Fiaker zum Prater, zum Haupteingang beim dritten Kaffeehaus, und schlendern dann langsam zur Kunstausstellung. Am Industriepalast und Kaiser-Pavillon vorbei. Betty ermüdet schnell und muss immer wieder in einem der vielen Fauteuils, die aufgestellt sind, ausruhen. In drei bis vier Reihen sind die Bilder vom Boden bis zur Decke angeordnet.

– Wie finden Sie das, Gräfin? Es sind zu viele Bilder auf einer Wand. Man kann sich gar nicht auf ein Bild konzentrieren.

– Ja, man kann die einzelnen Bilder nicht richtig wahrnehmen. Gottlob ist keines von Makart dabei. Haben Sie schon die »Catarina Cornaro« im Künstlerhaus gesehen? Ganz Wien redet davon.

– Ja. »Venedig huldigt Catarina Cornaro«. Ich habe es gesehen.

– Und? Wie hat es Ihnen gefallen?

– Es hat eine wahrhaft kolossale Dimension. Es nimmt den ganzen Repräsentationssaal des Künstlerhauses ein. Ich kann aber nicht behaupten, dass es mir gefällt.

– Mir gefällt es auch nicht. Ganz und gar nicht. Aber es ist prächtig gemalt.

– Das stimmt.

– Es ist gar zu treu nach Paul Veronese. Nichts Neues.

– Aus dem eigenen Geist hätte er Neues schaffen können, wenn er einen hätte. Aber Makart hat keinen.

– Sie haben recht, Gräfin.

– Diesem Künstler kann sein bester Freund nichts Besseres wünschen als: stirb jung.

– Sie übertreiben, Gräfin.

– Nein. Alles spricht von Makart, dem Genie. Das ist übertrieben.

– Ja, alle schwärmen von ihm. Die Gabillons, Pachlers, die Wertheimers. Sogar Ida war von der »Catarina Cornaro« beeindruckt. Und erst Ernst! Die Gabillons sind schon mit ihm befreundet.

– Ich wünsche nicht, ihn kennenzulernen.

Beide sind ganz erschlagen von der Überfülle und wandern bald weiter. Schließlich gelangen sie zum türkischen Bazar und Betty kauft für ihr Lenele eine orientalische Stickerei. Im türkischen Kaffeehaus stehen dem rauchlustigen Publikum gegen Entgelt Tschibuks und Nargiles zur Verfügung. Aber Betty ist es zu voll und sie will ohnedies nur ihre geliebten Zigarren rauchen. Den Pavillon für Tabak- und Zigarrenspezialitäten haben die Damen schon besucht und waren von der Mannigfaltigkeit ganz fasziniert. Im japanischen Pavillon schließlich kauft Betty als kleine Geschenke mehrere Fächer, wie sie jetzt in Wien Mode sind. Bald hat sie genug von der Ausstellung. Es ist heiß, sie ist müde wie ein Rennpferd und am Verdursten. Im Pavillon der »Wiener Bäckerei« ist kein Platz. Hier hätte sie gerne ausgeruht. Hier werden alle Wiener Gebäcksorten, von den Brotgebäcken angefangen bis zur feinsten Kuchenbäckerei, vorgeführt. Der Bau ist so angeordnet, dass der Entwicklungsgang vom Mehl bis zum Gebäck ersichtlich wird. Die anderen Restaurationen gefallen Betty nicht. Kühns zerlegbares Haus kann sie nicht mehr anschauen, so leid es ihr tut. Die Gräfin schlägt vor, zu ihr zu fahren, sich zu erfrischen und auszuruhen.

Sie trinken Tee und Betty erzählt von ihrem Artikel über Poesie, den sie für die *Neue Freie Presse* geschrieben hat. Wie so oft geht es wieder um Droste-Hülshoff. Ein Dichtertalent allerersten Ranges, mit einer ans Dämonische grenzenden Macht und Tiefe der Empfindungen. Und dennoch wird sie nur von einer kleinen Gemeinde bewundert und geliebt.

– Wie kommt das, Fräulein?

– Bücher haben ihre Schicksale. Ihr Erfolg oder Nichterfolg hängt mitunter von Dingen ab, die mit ihrem eigentlichen Wert nichts gemein haben. Ein mittelmäßiges Buch kann dadurch, dass es sich zum Sprachrohr der augenblicklich herrschenden Stimmung macht, für eine Weile zu unverdienter Geltung gelangen.

– Und ein sehr bedeutendes kann ignoriert werden, wenn seine Richtung der Strömung der Zeit widerspricht. Wie zum Beispiel Droste-Hülshoff.

– Solche Fälle gehören aber zu den Seltenheiten. Das Publikum ist nicht so ein stumpfsinniges Ungetüm, als welches es von mittelmäßigen Poeten verschrien wird. Denken Sie an Anastasius Grün, Scheffel, Geibel. Hatten sie jemals über Mangel an Anerkennung zu klagen?

– Sie meinen, dass es nur auf das Talent ankommt. Der Rest findet sich von selbst?

– Ja, das meine ich.

– Fräulein, darf ich Ihnen ein Gedicht von mir vorlesen?

– Mit dem größten Vergnügen, Gräfin!

–

Boule d'or

O du des himmlischen Reiches Kind,
Du Fremdling im nordischen Moose,
Von Düften umhüllet lieblich und lind,
Des Ostens holdeste Rose.

Dir gab der leuchtende Sonnenschein
Der Farbe Schimmern und Prunken,
Vom Urquell des Lichtes in dich hinein
Die Strahlen hast du getrunken.

Zunächst dem Kelch entfaltest du
Die Blätter wie goldene Schwingen,
In deines Herzens träumende Ruh'
Vermag kein Auge zu dringen.

Die würzigen Lüfte nur flüstern ringsum,
Dass hier ein Geheimnis sich hehle,
Doch hüllt sich in Schatten das Heiligtum
Der schüchternen Blumenseele.

– Ich bin nicht besonders beeindruckt. Ich kann nicht sagen, dass es poetisch ist. Es mangelt an geistiger Vertiefung und seelischem Reiz. Das ist Backfischlyrik. Was meinen Sie denn, Gräfin, ist die Aufgabe der Lyrik?

– Das kann ich nicht so schnell beantworten. Gewiss nicht bloße Aufzeichnung und Schilderung des Tatsächlichen. Das Geistige soll sich im Körperlichen spiegeln, das Ideale im Realen durch die Form des bildlichen Wortes. Es ist nicht die unmittelbare Aufgabe der Poesie zu belehren wie die der Prosa.

– Da haben Sie recht. Doch ihre wahrhaft vollendeten Gebilde werden immer auch Belehrung und sittliche Erhebung zur Folge haben. Weil Göttliches und Ewiges in ihnen zur Erscheinung kommt.

– Wir dürfen nicht die Form vergessen. Poesie ist Kunst im eigentlichsten Sinne des Wortes. Schönheit der Form ist hier unerlässlich.

– Wie recht Sie haben. Die vollendete Schönheit gehört freilich nur der himmlischen Welt an, in welcher die ewigen göttlichen Ideen zu ihrer vollen Verwirklichung gelangen. Alle irdische Schönheit ist von der ewigen nur ein schwacher Abglanz. Gerade an Schönheit aber mangelt es Ihrem Gedicht, verehrte Gräfin. Es ist zu derb. Entschuldigen Sie, wenn ich das so direkt sage. Sie haben nichts davon, wenn ich heucheln würde.

– Ich weiß nicht, was ich darauf antworten soll, Fräulein.

– Nichts, Gräfin. Der Dichter darf von den irdischen Eindrücken nicht gefangen bleiben. Er muss versuchen, mit seinem Geiste und seiner Phantasie in die höheren Regionen einzudringen. Dies, verehrteste Gräfin, ist Ihnen nicht gelungen. Schon Aristoteles bezeichnet die Poesie als etwas Gotterfülltes. Nur in diesem enthusiastischen Zustand wirkt die Phantasie des Dichters mit ungehemmter, schöpferischer Kraft.

– Was soll ich tun, Fräulein?

– Schreiben Sie keine Gedichte. Sie kennen das Epigramm von Schiller:

Aus der schlechtesten Hand kann Wahrheit mächtig noch wirken;
Bei dem Schönen allein macht das Gefäß den Gehalt.

Wem Phantasie nur in geringem Maße eigen ist, oder wem sie gänzlich fehlt, der wird auch keine eigentliche Dichtung hervorbringen, sondern höchstens ein Werk der Reflexion.

Die Gräfin schweigt. Was für eine Torheit, der Paoli ihre Gedichte vorzulesen! Wie recht hatte Ida, ihr davon abzuraten.

Ernst muss wieder operiert werden

Ernst hat ein Jahr in Leipzig bei seinem Onkel Czermak verbracht und bei Professor Ludwig Physiologie studiert. Wieder zurück in Wien, wird er Assistent bei Professor Brücke und habilitiert sich. Er ist erst 27 Jahre alt. Nun bezieht er ein Zimmer im physiologischen Institut in der Währingerstraße. Der Umzug ist eine Aufregung. Niemand darf seine Sachen anrühren. Alles wird zerschlagen, wenn er nicht selbst aufpasst. Als der Möbelwagen kommt, ist er nicht zu Hause. Auch Ida ist nicht zu Hause. Aber den Möbelwagen kann man nicht warten lassen. Kathi und Helene lassen alles wegschaffen. Als Ernst nach Hause kommt, ist das Zimmer leer.

– Wie kann man meine Sachen angreifen, wenn ich nicht dabei bin! Alles wird kaputt! Wie konnten Sie alles wegschaffen lassen! Sie hätten warten müssen, bis ich zu Hause bin.

– Wir haben doch den Möbelwagen nicht warten lassen können.

– Missen schon entschuldigen, Herr Doktor, war hechste Zeit!

– Warum denn nicht? Wenn ich nicht dabei bin, kann nichts weggeschafft werden. Das haben Sie doch gewusst, Helene!

– Jessus, Herr Doktor, regen Ihna nicht auf!

– Was hätten wir denn machen sollen?

– Sie hätten den Möbelwagen warten lassen sollen!

– Aber das geht doch nicht, Herr Doktor!

– Kennen nicht warten, Herr Doktor!

– Warum denn nicht? Das geht sehr wohl!

– Jessus, Herr Doktor, regen Ihna nicht auf!

– Nein, Herr Doktor. Wir haben ja gar nicht gewusst, wann Sie wieder kommen.

– Wenn etwas kaputt ist! Wehe, es ist etwas kaputt!

– Jessus, Herr Doktor! Pomali, pomali!

Ernsts neues Zimmer hat zwar zwei Fenster, ist aber trotzdem ziemlich düster und die Luft ist schlecht. Nicht weit von seinem Zimmer ist der Hörsaal und dann kommt schon der Seziersaal. Auf dem Gang stehen Schleifsteine, an denen die Messer geschliffen werden, mit denen das Fleisch von den Knochen entfernt wird. In einem kleinen Häuschen werden die Knochen ausgekocht und anschließend auf dem

Dachboden getrocknet. Gleich beim Eingang zum physiologischen Institut liegen Hühnersteigen mit vielen Kaninchen. Professor Hyrtl, der früher die Lehrkanzel für Physiologie innehatte, hatte immer Mitleid mit den Kaninchen. Sein Assistent behauptete, die Kaninchen nähmen ganz ohne Nahrung zu. Schließlich kam auf, dass Professor Hyrtl sie aus Mitleid immer heimlich fütterte. Und einmal machte er sogar alle Steigen auf und ließ die Kaninchen laufen.

Ernst muss wieder operiert werden. Er selbst meint, dass es nicht von Bedeutung ist. Eine Sehne ist wohl nicht ganz ausgeheilt. Die Operation findet wieder in der Bräunerstraße statt. Danach bleibt er einige Tage bei den Eltern. Da kann er besser gepflegt werden. Wieder ist Dr. Breuer da, Dr. Pitha, Dr. Chrobak. Auch Ida und Carl haben sich eingefunden. Das zweite Glied des Daumens muss abgenommen werden. Dr. Breuer narkotisiert und Dr. Pitha schneidet. Alles verläuft wie bei der ersten Operation. Nur geht alles etwas schneller. Nach der Operation schläft Ernst. Die Wärterin ist wieder da. Die Nacht ist unruhig, die Wunde schmerzt heftig. Ernst verlangt Morphin-Pulver. Nach einigen Tagen geht es ihm aber schon wieder besser und er befielt Helene, ausschließlich Grahambrot zu kaufen. Es ist viel gesünder als das Weißbrot. In der Tuchlauben gibt es einen Bäcker, bei dem sie es bekommt. Helene läuft zur gnädigen Frau, um ihr von dem Grahambrot zu erzählen. Ob ihr das auch recht ist? Ida ist gerade mit Korrespondenzen beschäftigt. Sie wird mit Ernst sprechen. Wenn sie fertig ist. Es ist ja nichts Dringendes. Schließlich begibt sie sich in Ernsts Krankenzimmer.

– Helene sagt, du willst, dass sie nur mehr Grahambrot kaufen soll.
– Ja, Helene muss Grahambrot kaufen und mit Grahambrotmehl kochen.
– Warum denn?
– Es hat nicht nur einen größeren Nährgehalt, es hat auch einen überaus günstigen Einfluss auf die Verdauungstätigkeit des Magens und des Darms. Bei chronischem Magenkatarrh, bei Magenkrämpfen, sogar bei Magengeschwüren ist es heilsam.
– Hm.
Ida lächelt.
– Stuhlverhalten behebt es fast immer sofort oder doch zumindest in wenigen Tagen.

– Aber niemand in unserer Familie leidet darunter.

– Wer täglich Grahambrot isst, kennt dieses Leiden gar nicht.

– Aber Ernst, niemand bei uns leidet darunter.

– Selbst bei hartnäckiger Obstruktion, Hämorrhoidalleiden und Dyspepsie hat es sich bewährt.

– Nun lass es gut sein.

– Nicht nur dass es gesund ist, es schmeckt auch vorzüglich. Nach einiger Angewöhnung schmeckt es geradezu kuchenartig und das sauer-salzige Weißbrot erscheint fad, wie Stroh, ohne Würze.

– Ich werde Helene sagen, dass sie Grahambrot besorgen soll.

– Natürlich kann man das Grahambrotmehl auch zu Suppen, Saucen, Breien, Palatschinken, Aufläufen und Torten verwenden. Hier, dieses Buch musst du Helene unbedingt kaufen. Hier in der *Allgemeinen Zeitung* steht es, schau: »Makrobiotisches Kochbuch oder die Kunst, recht zu kochen, gut zu essen und fröhlich, gesund und lange zu genießen«.

– Gut, ich werde das Buch bestellen. Aber jetzt will ich nichts mehr über Grahambrot hören.

Ernst geht es zunehmend besser und er macht bei Tische wieder Witze. Besonders macht er sich über Idas Vorleser lustig. Ida hat schon wieder so einen ausgehungerten und ausgetrockneten Studiosus aufgenommen, der beim Vorlesen so schreit, dass die armen Affen vor Angst wild herumspringen. Dann erzählt er, wie einmal das ganze Institut nach entlaufenen Kaninchen gesucht hat. Im Hörsaal, in allen Zimmern und Kabinetten, sogar in einer Dienerwohnung. Auch Professor Brücke hat gesucht. Aufgeregt ist er durch das ganze Haus gelaufen und hat geschrien: »Wo sind die Kaninchen? Wo sind die Kaninchen? Um Himmels willen, sie sind doch nicht in den Seziersaal gelaufen!« Helene serviert gerade und muss darüber so lachen, dass sie das Besteck fallen lässt.

– Aber Helene, was machst du für Sachen!

– Das Besteck war schlecht draufg'legt, Gnädigste. Ich hab ja keine dritte Hand.

Und alle lachen.

Allerlei Neues

I

Die Gräfin besucht Betty und Ida zur sonntäglichen Tarockpartie. Sie ist wie immer elegant, aber schlicht gekleidet in einem hellblauen Samtkleid mit einem Korallenhalsband. Die Kleidung macht so viel aus. Nur brave Gouvernanten behaupten, es läge nichts daran. In Wahrheit liegt sehr viel daran. Sie erzählt, dass sie Dr. Nietzsches »Unzeitgemäße Betrachtungen« liest. Sie ist voll Bewunderung und fühlt sich dennoch abgestoßen. Der Stil ist ganz einzigartig, eigentümlich, schön und lebendig. So wurde in deutscher Sprache noch nicht geschrieben. Ein unerhört merkwürdiger Geist. Die Gedanken haben wohl etwas Herausforderndes in ihrer paradoxalen Haltung. Aber sie sind immer geistvoll. Schlag auf Schlag, ja Hohn, bald fein, bald derb, stets ungezwungen, nie gereizt. Nie artet der Zorn in Rohheit, nie der Spott in Geschmacklosigkeit aus.

– Seine Schriften sind aber doch jugendlich, unfertig, mehr negativ als positiv.

– Nein, das finde ich nicht. Ganz klar und konsequent ist seine Kritik an David Strauß. »Wie begreifen wir die Welt?« ist eine ganz unlogische Frage, sagt Nietzsche. Ein Begriff ist kein Glaube, und die Wissenschaft, die es mit Begriffen zu tun hat, kann nicht die Religion ersetzen. Die Naturwissenschaft kann auch die Metaphysik nicht ersetzen, die allein dem Gebildeten sein könnte, was die Religion in ihrer rohesten Form dem Ungebildeten ist: eine Lösung des Welträtsels.

– Viele lesen Nietzsches Schrift mit großer Zustimmung.

– Aber die Mehrzahl kritisiert ihn heftig.

– Das macht nichts. Er regt zum Denken an. Die oberste Tugend eines Prosaikers, der den Namen verdient, ist, zum Denken anzuregen, uns zu wecken, nicht uns einzuschläfern.

– Es ist wieder eine Schar von Stürmern und Drängern im Anzug, wie im Jahr 1770, und Herr Nietzsche ist einer ihrer geistvollsten und mutigsten Häuptlinge.

– Aber ein Herder ist er doch nicht.

– Aber er wird noch viele Rätsel aufgeben und auflösen.

– Wollten wir nicht Tarock spielen?
– Ja, wir haben uns in die Tiefen der Philosophie verirrt.
– Bevor wir zu spielen beginnen, lese ich noch mein neues Gedicht an
Ida vor.
– Bitte, Fräulein.
–

Unterm Beile
An Ida

Gezittert hab ich um dein teures Leben,
Mit der Verzweiflung Aug in Aug gerungen,
Als ich, von namenloser Angst durchdrungen,
Dich schon im Scheiden wähnte und Entschweben.

Jetzt, da du wieder mir zurückgegeben,
Aufjubeln sollte ich mit Flammenzungen!
Ich kann es nicht. Den Arm um dich geschlungen,
Fühl ich die finstre Macht uns doch umweben.

Früh oder spät, die Stunde **muss** erscheinen,
Die, trennend uns mit grimmem Todeshiebe,
der Seelen Glut dem Staube wird erscheinen!

Und Schauder fasst mich an vor einer Welt,
In der das Höchste, Heiligste, die Liebe,
Wie das gemeinste Ding dem Nichts verfällt.

Nun aber spielen! Ans Werk!

Die Gräfin arbeitet fieberhaft an einem Band Erzählungen, den sie veröffentlichen will. »Chlodwig« muss überarbeitet werden. Fast täglich spricht sie mit Ida darüber. Ida gibt ihr viele gute Ratschläge. Schon lange übt sie mit ihr Grammatik, in der, wie Ida meint, die Gräfin nicht so sattelfest ist. Durch Ida fühlt sie sich immer gestärkt. Ida schätzt alles nach seinem richtigen Wert ein. Manchmal werden sie durch einen Besucher unterbrochen oder Betty kommt in Idas Zimmer, um ein Plauscherl zu machen. Die Gräfin liebt zwar die geistreichen Unterhaltungen mit Betty, aber jetzt kommen sie ihr ganz ungelegen. Der Band muss endlich fertig werden. Schließlich schickt sie das Manuskript an Cotta. Es folgen Tage der Unruhe. Eine Woche später kommt das Telegramm: *Manuskript angenommen. Brief folgt.* Marie ist überglücklich. Gleich läuft sie zu Ida, um es ihr mitzuteilen. Moriz mit ihr. Ida freut sich ganz ungemein. Ein ums andere Mal ruft sie: »Ich gratulier dir! Ich freu mich so für dich! Ich freu mich ja so!« Moriz ist ganz gerührt von Idas Freude. Schließlich kommt auch der Brief von Cotta. 1025 Exemplare werden gedruckt. Die Verfasserin erhält 400 Mark Honorar und 25 Freiexemplare. Bei einer neuen Auflage wird ein neuer Kontrakt gemacht. Marie ist hochzufrieden. Gleich eilt sie wieder mit dem Brief zu Ida. Und wieder freut sich Ida ganz unbeschreiblich über den Brief von Cotta. Betty zeigt sich nicht, es darf sie auch niemand besuchen. Sie hatte Kopfweh und hat zu viel Salicyl genommen und ist jetzt ganz dusselig. Ida hat nun einmal ein Kreuz mit ihr. Nun muss eine Abschrift gemacht werden und Korrekturen müssen vorgenommen werden. Ida ist dabei wieder eine große Hilfe. Dann geht das Manuskript ab nach Stuttgart.

Endlich ist es so weit. Das Buch ist da. Die Gräfin eilt sofort zu Ida, um ihr ein Exemplar zu bringen, und trifft zu ihrer Freude auch Betty an, der sie auch gleich eines persönlich verehrt.

Wenige Wochen später kommt eines Abends Ida glückstrahlend zur Gräfin. Sie bringt ihr die für die *Allgemeine Zeitung* bestimmte Beurteilung der Ebner-Eschenbachschen Erzählungen von Betty. Nun freilich prächtig. Beim Lesen vergisst Marie, dass es sich um ihre eigene Arbeit handelt und denkt beinahe, dass sie das Buch kennenzulernen wünscht, das Betty Paoli da bespricht. *Unter den fünf Erzählungen, welche der Band enthält, ist nicht eine, die nicht ein ungewöhnliches Maß von Geist, poetischer Kraft, umfassender Weltkenntnis bekundete.* Über die erste der Erzählungen, »Ein Spätgeborener«, schreibt sie: *Die Zeichnung dieses Charakters, die Schilderung der namenlosen Bedrängnis, die eine so zarte Natur im Kampfe mit den niederen Mächten des Lebens empfinden muss, gehören zu dem Besten, was die neue Novellistik aufzuweisen hat.* Fast zwei Spalten ist Betty Paolis Artikel lang. Es ist das erste Mal, dass Marie von der Paoli Anerkennung bekommt.

2

Carl hat für seine Verdienste um die Pferdetramway das silberne Verdienstkreuz bekommen. Er opfert sich tatsächlich für die Tramway auf. Bei Schneegestöber lässt er um fünf Uhr Früh den Wagen einspannen, um nachzusehen, ob die Gleise ordentlich geputzt sind, damit es keine Verkehrsstörung gibt. Um sieben ist er dann zum gemeinsamen Frühstück mit Ida zurück. Und Ida ist dann immer ganz besorgt. Jedes Mal sagt sie:

– Das erlaube ich nicht mehr. Untersteh dich, noch einmal bei so einem Wetter so früh auszugehen.

Es nützt aber alles nichts. Carl lebt für die Tramway. Eigentlich möchte er ja aus dem Verwaltungsrat der Tramwaygesellschaft austreten. Da herrscht so eine Schlamperei. Er ist der Einzige, der wirklich arbeitet und sich der Sache annimmt. Er reibt sich einfach auf. Gerade deshalb hält man ihn aber fest. Ida redet ihm zu, auszutreten. Es ist gewiss kein Unglück, wenn er austritt. Sie glaubt aber schon nicht mehr daran.

Nun, da Carl einen Orden bekommen hat, sucht er um die Nobilitierung an. Am 23. 6. 1875 erhält er in Anerkennung seines verdienstlichen Wirkens das Adelsdiplom mit Nachsicht der Taxe und darf das Prädikat »von Marxow« führen. Er hat es zu Ehren der Familie seiner Frau gewählt.

Die Gräfin beginnt eine Erzählung. »Das weiße Haus« oder »Barbara« oder »Božena«. Sie weiß es noch nicht genau. Die ersten Zeilen sind geschrieben und sollen auch so bleiben. Sie eilt zu Ida, um sie ihr zu zeigen. Ida hat nichts einzuwenden.

Carl sucht eine Wohnung, in der er auch sein Comptoir unterbringen kann. Die Wohnung in der Bräunerstraße wird jedes halbe Jahr teurer. Davon hat Carl genug. Es will sich aber nichts Passendes zu einem annehmbaren Preis finden. Der Zins ist in der Stadt ungeheuer gestiegen. 3000 fl im Jahr beträgt er durchschnittlich. Das ist denn doch zu viel. Carl will abwarten. Vielleicht werden die Hausbesitzer ja nach und nach mürbe. Vorläufig lassen sie die Wohnungen lieber leerstehen, als mit dem Preis herunterzugehen. Es ist auch schwer, weil sie von ihren Anforderungen nicht lassen wollen. Die Wohnung soll in der inneren Stadt sein, nicht über zwei Treppen hoch und dennoch licht. Sie muss auch gar nicht mehr so groß sein. Außer Richard wohnt keiner der Söhne mehr in der Familie. Otto hat das Medizinstudium abgeschlossen und ist aus gesundheitlichen Gründen nach Rom gegangen, wo er inzwischen Botschaftsarzt ist. Nun will auch Richard zu Paul nach London, um dort eine kaufmännische Ausbildung zu machen. Ida und Carl sind traurig, dass auch der Kleine sie verlässt. London ist so weit. Sehen sie schon Paul nur mehr selten, und jetzt will auch noch der Kleine, der Kränkliche, so weit wegziehen. Wer wird ihn pflegen, wenn er krank ist? Wegen seiner Kränklichkeit kann er sich auch nicht so anstrengen. Sie machen sich große Sorgen. Aber er will unbedingt nach London. Seine Englischkenntnisse sind auch nicht prächtig. Er wird es schon lernen. Paul spricht schon perfekt Englisch. Aber Richard lernt nicht gerne und gibt sich nur wenig Mühe. Wenn das nur gut geht. Wenn nur nichts passiert. Zu Weihnachten wird er nicht mehr in Wien sein. Er will nach Mamas Geburtstag fahren. Dann kann er nicht wie jedes Jahr den Christabend bei den Gabillons verbringen, bei denen immer viele Gäste sind. Das ist schade. Trotzdem will er endlich los und nicht bis nach Weihnachten warten. Richard liebt Weihnachten. Seit ein paar Jahren gibt es auch bei den Fleischls einen Christbaum. Aber es wird nicht groß gefeiert. Auch die jüdischen Feiertage werden nicht mehr gefeiert, nur Pessach. Das muss sein. Natürlich ist die ganze Familie Fleischl bei den Gabillons eingeladen, aber immer nur Richard kommt der Einladung nach, weil Betty und Zerline darauf gedrängt haben, dass wenigstens Richard kommen soll. Er ist doch noch fast ein Kind, für ihn ist es ein schönes Fest. Auf die Bescherung freut sich Richard jedes Jahr besonders. Er denkt sich immer teure Weihnachtsgeschenke für die Gastgeber aus und bettelt dafür die Mama um Geld an. Helene, Bettys geliebtes Lenele, muss immer etwas ganz Besonderes bekommen. Eine Brosche oder ein Halsband. Sie ist vier Jahre jünger als er. Wie oft war er mit ihr im Theater. Wie oft hat er ihr seine Zinnsoldaten vorgeführt und immer wieder wollte er ihr Fechten beibringen. Aber Helene hatte kein Interesse daran. Und heuer wird er zu Weihnachten weit weg sein. Helene bedauert es jetzt schon, denn heuer wird auch der große Maler Hans

Makart eingeladen. Betty ist davon gar nicht begeistert. Da stimmt sie der Gräfin zu, dass er alles andere als ein Genie ist. Er ist auf einem schrecklichen Weg. Eine scheußliche Karikatur, seine »Japanesin«. Da ist sie gar nicht einer Meinung mit ihrem hochgeschätzten Freund, dem Münchner Künstler Friedrich Pecht. *Die Werke des echten Genius haben das Eigentümliche, dass sie uns zunächst fast regelmäßig eine Enttäuschung bereiten, aber bloß deshalb, weil sie so ganz anders aussehen, als wir sie uns vorgestellt, deren Phantasie sich in den Bahnen des Hergebrachten bewegt, während jene neu und überraschend sind. Haben wir es doch alle bei Cornelius, Richard Wagner, Feuerbach schon erlebt, dass ihre Schöpfungen immer zuerst den größten Widerspruch erfuhren.* Schreibt Pecht in der *Allgemeinen Zeitung.* Gewiss hat Pecht in diesem Punkte recht. Nur auf Makart trifft es nicht zu. Heftig hat er schon mit Betty darüber gestritten. Fast alle modernen Künstler geben bloß Modelle, die in ihrer Bewegung verharren, aber die Makartschen Menschen bewegen sich wirklich! Wo ist ein zweiter, der ein solches Raumgefühl, solche Meisterhaftigkeit zeigt, selbst wo er bloß skizzenhaft ist. Man muss schon bis zu Rubens und Tintoretto oder Veronese zurückgehen, um etwas Makart Überlegenes zu finden. Pecht ist von seiner Meinung nicht abzubringen. Wir werden es nicht mehr erleben, wie ihn unsere Nachkommen beurteilen werden, predigt Betty ein fürs andere Mal. Auch die Gabillons bewundern Makart über alle Maßen. Er hat Zerline schon portraitiert. Die ganze Familie ist von dem Bildnis begeistert. Ludwig liebt es. Betty findet es überhaupt nicht gelungen. Es ist Zerline überhaupt nicht ähnlich. Nur das Kolorit der Haare stimmt. Und warum trägt sie ein dunkelrotes Venezianerkostüm? Fast wäre es wegen Makart zu einem Zerwürfnis zwischen den Gabillons und Betty gekommen, wenn nicht Ida beide beschworen hätte, vernünftig zu sein. Ida, die Gütige, wie oft hat sie nicht schon einen Streit zwischen ihren Freunden geschlichtet. Richard hat dazu keine Meinung, aber den berühmten Maler, von dem ganz Wien spricht, hätte er doch gerne kennengelernt. Bei Gabillons verkehren immer interessante Leute. Dieses Jahr sollen besonders viele Gäste kommen. Betty graut schon davor. Sie kann Hitze und Lärm, diese unvermeidlichen Beigaben jeder größeren Gesellschaft, nicht ohne empfindliche Nachteile ertragen. Wenn Zerline nicht eine Kabinettsfrage daraus macht, wird sie zu Hause bleiben. Nach der Bescherung wird meistens ein Singspiel aufgeführt. Dann ist es schon spät und die Luft so schlecht, dass Betty zu ersticken glaubt. Letztes Jahr hat Dora, die jüngere Tochter der Gabillons, getanzt. Alle waren ganz hingerissen. Die Dirigentin und Pianistin war vor Eifer und Aufregung braunrot im Gesicht. Betty hat Richard zugeflüstert, dass sie wie ein westfälischer Schinken ausschaut. Richard ist fast geplatzt vor Lachen. Helene war froh, dass ihr keine Produktion zugemutet worden war. Sie liebt es gar nicht, vor vielen Leuten aufzutreten. Um zehn gibt es dann das Souper, das Betty voriges Jahr gar nicht mehr abgewartet hat. Dieses wunderbare Souper, das viel besser ist als die meisten Soupers, zu denen Richard schon eingeladen war. Wenn er nur an das Souper am ersten Seder-Abend bei Wertheimers denkt. Kein Vergleich! Nur Kathi und Helene kochen noch besser. Aber daran zweifelt sowieso die ganze Familie nicht. Selbst Betty nicht. Halb zehn ist für sie schon spät genug. Am nächsten Tag hat sie geklagt, dass sie sich elend und wie gelähmt fühlt und dass alles über ihre Kräfte geht. Gleich wollte sie Dr. Breuer rufen lassen. Aber Ida hat gemeint, sie soll sich einen Tag ausruhen, dann wird es ihr schon besser gehen.

Vor seiner Abreise nach London lässt sich Richard fotografieren. Bei Baschta in der Alserstraße. Das ist der Fotograf, der das renommierte Atelier von Franz Schulz übernommen hat. Man liest in allen Zeitungen von ihm. Er ist ein ausgezeichneter Fotograf. Es ist Richards Abschiedsgeschenk für Helene.
– Ich schenk dir eine Fotografie, damit du mich nicht vergisst, wenn ich in London bin. Du musst dich auch fotografieren lassen und mir eine Fotografie schenken, noch bevor ich abreise.
– Ich werde es Papa sagen. Dora spricht auch schon die ganze Zeit davon, dass wir uns wieder fotografieren lassen müssen. Voriges Jahr waren wir alle zusammen beim Fotografen.
– Auch ich muss wieder eine Fotografie von mir machen lassen.
– Unbedingt, Betty. Und dann schenkst du uns allen ein Exemplar davon.
– Natürlich. Richard soll eines mitnehmen, damit auch er mich nicht ganz vergisst. Sie entspricht ja nie der Realität. Die Fotografie, die ich voriges Jahr bei Angerer in der Stadt machen ließ, hat mich wenig

228

überzeugt. Mein Konterfei hat mich einigermaßen an Dürers »Melan-
cholia« erinnert, so trübselig schau ich drein.
– Nein, Betty. Es ist eine gelungene Fotografie. Vielleicht wie Rem-
brandts Bildnis einer älteren Frau.
– Aber nein, Leni. Die schaut ja noch trübseliger drein.
– Dann wie Rubens Portrait einer alten Frau.
– Aber so alt bin ich auch wiederum noch nicht, Helene.
– Du hast recht, Betty. Aber die Fotografie ist so oder so schön. Und
du hast mir ja die Fotografie geschenkt und ich hebe sie gut auf. Weißt
du noch, was du hinten draufgeschrieben hast?
–   Ob ähnlich dieses Bild, ob nicht,
            Das soll fürwahr mich wenig kümmern,
            Siehst in der Gabe du das Licht
            Der alten Frauen Neigung schimmern.

Die ersten fünf Kapitel der Erzählung sind vollendet. Marie hat nun
Zeit und Ruhe zu arbeiten. Moriz ist nach Teheran aufgebrochen und
will erst in einem halben Jahr wieder zurückkommen. Da er nun pen-
sioniert ist, hat ihn Maries Bruder Viktor, der dort Gesandter ist, eingeladen, ihn zu besuchen. Viel war vor der Reise zu erledigen, etliche
Kommissionen, Koffer mussten gekauft werden und ganz viel Zacherl-
Pulver. Es wurde gerechnet, gepackt und geordnet. Viele Abschieds-
besuche. Auch Ida und Carl kamen, um Abschied zu nehmen. Was
wird in diesem halben Jahr alles geschehen? Erwartetes und Unerwar-
tetes. Marie eilt wie immer zu Ida, um ihr das letzte Kapitel vorzulesen
und es mit ihr zu besprechen. Kapitel für Kapitel bespricht sie mit
ihr. Ida beherrscht nicht nur die Grammatik perfekt, sie hat ein so
feines Gefühl für Sprachmelodie und so viel Humor! Gerade beginnt
die Gräfin, Ida zu erzählen, wie sie die Geschichte fortsetzen will, da
stellen sich ihre nur zu gut bekannten Gesichtsschmerzen ein. Sie kann
nicht mehr weitererzählen. Helene muss einen Wagen holen und die
Gräfin nach Hause bringen. Zu Hause nimmt sie ein Morphin-Pulver
und legt sich ins Bett.

Carl hat eine große Wohnung in der Habsburgergasse gefunden. Betty
ist ein Zentner vom Herzen gefallen. Sie war schon ganz nervös und
unausstehlich. »Wir werden noch auf der Straße schlafen müssen«, hat

sie in einem fort gejammert. Und keine Wohnung hat ihr gefallen. Die neue Wohnung ist in einem wunderschönen barocken Haus, eigentlich in einem Palais. Sehr weitläufig und mit genügend Platz für die Kanzlei. Nun bedarf es deshalb auch einer zahlreicheren Dienerschaft. Darüber hinaus sind bedeutende Reparaturen unerlässlich. Überall hängen die Tapeten zerfetzt von den Wänden. Leider müssen sie schon einziehen, bevor noch die Reparaturen ausgeführt werden können. Betty leidet sehr unter diesen Unannehmlichkeiten. Sie hat ein Kabinett zum Schlafen und ein Zimmer zum Arbeiten, Helene hat ein eigenes Zimmer und Kathi schläft in der Küche. Carl ist von der Wohnung bezaubert. Betty und Ida sind keineswegs so begeistert und denken wehmütig an die Bräunerstraße. Dass die jetzige Wohnung aristokratischer und grandioser ist, lässt sich nicht bestreiten. Sie ist aber bei weitem nicht so heimelig und trautig und auch lange nicht so zweckmäßig abgeteilt. Betty ist eigentlich gar nicht zufrieden. Ihr Zimmer ist finster und geht in einen von offenen Gängen umgebenen, geräuschvollen Hof, in dem fortwährend Möbel und Teppiche ausgeklopft werden, Kisten vernagelt und von einem Stockwerk zum andern Konversationen gehalten werden. Betty verabscheut alle Geräusche und hofft, dass diese Wohnung nur ein Provisorium ist und sie hier nicht lange bleiben werden. Anderenfalls kann sie in dieser Wohnung nicht bleiben. Nur schade, dass ein solches Provisorium so viel Mühe, Plage und Geld kostet. Ihr Zimmer ist so dunkel, dass sie nur bei Lampenlicht schreiben kann. Bei Tage muss sie ihren Augen schier Unmögliches zumuten, was die gediegensten Kopfschmerzen zur Folge hat. Lange kann sie es hier nicht aushalten, sonst gehen ihre Augen und ihre Nerven zugrunde. 22 Jahre wohnt sie schon mit den Fleischls zusammen. Sich von ihnen zu lösen wäre ein Riss durch ihre ganze Existenz, ein Riss, den sie kaum zu verwinden vermöchte. Das erfüllt ihr Gemüt mit Sorge und einer unangenehmen Spannung. Ida ist in Rom und kommt erst im März zurück. Vor 1. Mai, der nächsten Zielzeit, kann ohnedies nichts entschieden werden. Betty hat nicht gedacht, dass Ida so lange wegbleiben wird. Sie hat deshalb auch nicht den nötigen Vorrat an Resignation angeschafft. Schon jetzt ist sie am Verschmachten. Wie wird das die drei Monate hindurch, die Ida weg ist, werden? Freilich kommt man am Ende über alles hinweg. Wie Ophelia sagt: »All will be well. We must be patient.«

Nun, da Carl die Kanzlei in der Wohnung hat, ist das Haus Fleischl ein wahres Durchhaus. In aller Frühe kommt der Stallmeister, dann folgen die Verwaltungsräte, Aktionäre, die Bediensteten, schließlich Arbeitsuchende. Familienväter, die lange schon ohne Beschäftigung sind, bitten verzweifelt um Arbeit, ausgediente Offiziere. Sogar ein Graf kam einmal, den Carl für zwei Gulden täglich anstellte. Carl ist eben ein Vater der Armen.

Marie arbeitet fleißig an ihrer Erzählung. Zurück aus Rom, besucht sie Ida. Sie sitzen in Maries Arbeitszimmer zwischen dem Uhrenschrank, in dem sie ihre Sammlung, weit über zweihundert Uhren, auf rotem Samtgrund aufbewahrt, und dem Glasschrank mit den vielen Büchern. Die Gräfin erzählt von Moriz' Briefen. Er ist von Konstantinopel mit dem Schiff nach Trapezunt gefahren. In Kleinasien ist es sehr schmutzig und das Zacherl-Pulver ist in voller Aktivität. Jetzt ist er vermutlich in Tiflis, von wo er nach Baku weiterreisen will. Sie sprechen über den Titel der Erzählung. Ida ist gegen »Barbara«, für »Božena«. Es ist ein guter Rat. »Božena«, sie lebe hoch!

Der Winter ist vorüber. Für Betty war es ein hässlicher, trübseliger Winter in melancholischer Einsamkeit. Wie sehr hat sie Ida vermisst. Um ihre trübe Stimmung zu heben, hat sie wieder ein Gedicht an Ida geschrieben. Gerade ist es in den *Dioskuren* erschienen. Früh am Morgen klopft Betty an Idas Schlafzimmertür. Es ist der 13. März, ihr Gedenktag. Helene frisiert Ida gerade. Betty überreicht Ida zwei Blätter und verschwindet.

An Ida
Zum 13. März 1876.

Als heut vor einundzwanzig Jahren,
Zum ersten Mal ich vor dich trat,
Da ist ein Heil mir widerfahren
Wie nie ein gleiches mir gemacht.

Umstrickt lag ich von dunklen Banden,
Von Leidenschaft und Selbstbetrug;

Da bist du rettend mir erstanden
Und der Befreiung Stunde schlug.

Mich von mir selber zu erlösen,
Zu klären meines Inneren Nacht,
Mit Worten nicht, nein durch dein Wesen
Hast du die Siegestat vollbracht.

Wer kann in grünen Waldeshallen
Verschließen sich dem würz'gen Duft?
Wer auf besonnten Höhen wallen
Und von sich wehren Licht und Luft?

Sie mischten, wollt er widerstreben,
Sich doch in seines Blutes Saft,
Er tränke dennoch neues Leben
Aus ihrer stillen Heilungskraft.

So bist du in mein Sein gedrungen,
Ein steter Lenz und Sonnenstrahl.
Der Tag, an dem ich dich errungen
Gesegnet sei er tausend Mal.

Betty Paoli

Noch dazu nur undurchdringlicher Nebel und stickige Luft. Erschwerend kommt hinzu, dass sie sich in die neue Wohnung absolut nicht eingewöhnen kann. Sie ist viel zu groß und zu weitläufig, steht deswegen halb leer und ist, um das Maß voll zu machen, so düster, dass ihr Zimmer an den trüben Wintertagen schier stockdunkel ist. So einen Winter will Betty nicht wieder durchmachen. Und jetzt ist auch noch eine Gastwirtschaft im Haus eröffnet worden. Ida freilich hat es sich gut gehen lassen in Rom. Sie weiß eigentlich noch gar nicht, wie schrecklich die neue Wohnung ist. Aber Carl fühlt sich wohl. Er findet die neue Wohnung großartig. Und außerdem ist er Präsident der Tramwaygesellschaft geworden. Ida kümmert das wenig. Nur über den Wechselfälscher, durch den Carl 24.000 fl eingebüßt hat, kann sie sich nicht beruhigen. Carl ist sorglos und vertrauensselig. So kann man keine Geschäfte führen. Sie werden noch verarmen. Er wäre ein unvergleichlicher Beamter geworden. Aber weil er Jude ist, musste er Kaufmann werden. Natürlich gibt er allen, die sammeln kommen, etwas. Aber das ist etwas anderes, das ist ein Mizwe. Wenn Klosterfrauen fürs Kloster sammeln kommen, bittet er sie in sein Zimmer und bietet ihnen Wein an. Natürlich wird auch dem Bruder von den Barmherzigen eine Flasche Wein aufgetischt und Carl lässt sich vom Spital erzählen. Er ist immer ganz begeistert, was die braven Brüder für die Kranken tun. Zu guter Letzt bekommt der Mann im Habit 10 fl.

Wenigstens ist in der neuen Wohnung inzwischen alles sauber und frisch tapeziert. Und Betty hat ein neues Schoßhündchen. Lydi ist schon vor zwei Jahren gestorben, aber Betty konnte sich nicht und nicht entschließen, ein neues Hündchen anzuschaffen. Jetzt in der neuen Wohnung musste es sein. Missy ist einen halben Meter groß, wiegt vier Pfund und hat lange weiche Haare. Der Hundeverkäufer hat behauptet, sie kommt aus Mexiko. Aber Betty glaubt ihm kein Wort. Ob aus Mexiko oder Afrika, Missy ist ein reizendes Tierchen. Während Betty liest, hat sie sie am Schoß. Manchmal huscht sie auch über den Schreibtisch und es ist ein Glück, wenn sie das Tintenfass nicht umwirft. Betty geht mit ihr jeden Tag spazieren und wenn sie die Gabillons besucht, nimmt sie sie mit. Helene liebt das Hündchen und freut sich immer, wenn es Betty mitbringt. Sie hatten auch wieder einen Hund, einen großen. Den hat der Vater erst vor kurzem erschießen müssen. Was das für eine Aufregung war! Es war in den Ferien am Grundlsee. Dora, Helenes jüngere Schwester, klagte ihrem Vater, dass Mucki nach allen schnappt. Gabillon ruft ihn, aber er folgt nicht, sondern verdrückt sich. Er will ihn hervorholen und er beißt Gabillon in die Hand. Instinktiv saugt Gabillon das Blut aus und wäscht die Wunde mit Essig. Er verpasst dem Hund ein paar leichte Schläge, Mucki flieht in den Wald und kommt erst abends zurück. Gabillon sperrt ihn in die Hundehütte. Die ganze Nacht tobt Mucki und zerbeißt das Gitter. Am nächsten Morgen hat er alle Anzeichen der Wut. Die Zunge ist dick geschwollen und mit Blasen bedeckt. Gabillon erschrickt zu Tode. Und erst die Kinder und Zerline. Gabillon tötet ihn sofort. Er selbst fühlt sich plötzlich sehr unwohl. Eine furchtbare Übelkeit mit stechenden Kopfschmerzen nötigt ihn, das Lager aufzusuchen. Er deliriert stundenlang. Vielleicht nur die Folge der entsetzlichen

Aufregung, vielleicht wirkte der eingesogene Giftstoff. Alle befürchten das Schlimmste. Spätabends kommt der Arzt und will ihn ätzen und brennen. Wozu noch? Was soll das nach Stunden nützen? Gabillon ordnet alle seine Angelegenheiten und sieht jetzt der Zukunft ruhig entgegen, soweit man als tapferer Mensch in einem solchen Falle ruhig sein kann. Er erkundigt sich, wie lange er Gefahr zu fürchten hat. Übereinstimmend sagt man ihm, völlig ruhig kann man erst nach sechs Wochen sein. Sechs Wochen mit dem Damoklesschwert über dem Haupt! Gabillon besteigt Berge und sucht die trüben Gedanken zu bannen. Jede Nacht träumt er von Mucki und sieht ihn in den scheußlichsten Gestalten. Endlich sind die sechs Wochen vorüber und alle atmen auf. Betty hat erst davon erfahren, als die Gabillons wieder in Wien waren. Helene wird nicht müde, davon zu erzählen. Immer wieder erzählt sie Betty, was für eine schreckliche Angst sie um ihren Vater hatte. Betty ist über Muckis Tod ganz betrübt. Was für ein lieber, gescheiter, lustiger Geselle war er doch. Sie kann es gar nicht glauben, dass sie ihn nicht wiedersehen soll. Der Tod, mag es der eines Tieres oder Menschen sein, hat an sich etwas Entsetzliches – dies Verschwinden und Zerstäuben, dies schmerzhafte Zerfließen der erst von Lebenskraft strotzenden Erscheinung! Helene kann das vielleicht noch nicht so ganz verstehen. Wie Helene das letzte Mal bei Betty zu Besuch war, hat sie auch gleich Richard, der gerade zu Hause war, die ganze Geschichte ausführlich erzählt. Richard kannte die Geschichte schon von Betty, hörte aber trotzdem voll Anteilnahme zu.

Ida und die Gräfin schauen alles, was die Gräfin bis jetzt geschrieben hat, gründlich an. Sie sind beide nicht zufrieden. Es muss anders werden, einheitlicher und schlichter erzählt.

Bevor die Gräfin geht, erzählt sie Ida noch, dass ihre Freundin, die Schriftstellerin Flora Galliny, Bettys Gedichte an Ida schrecklich findet. Jedes Jahr schreibt Betty ein oder zwei Gedichte an Ida. Die Leute werden sich darüber lustig machen, meint Flora. Die Gräfin glaubt das nicht. Flora ist zu streng. Ihre Kritiken sind auch immer ein bisschen zu scharf. Ida runzelt die Stirn. Es kann schon sein, dass man Bettys Gedichte an sie belächelt. Aber das wäre ja nicht schlimm.

Wieder zu Hause, plagt sich Marie, den Anfang ihres Romans zu verbessern. Aber es taugt alles nichts und sie wirft alles in den Ofen.

3

Nicht lange nach dem Umzug schneit wieder einmal Adele Wesemäl
bei den Fleischls herein. Sie lebt jetzt in St. Pölten, möchte aber eine
Zeit in Wien verbringen und bei den Fleischls wohnen. Die Wohnung
ist zwar groß, aber für diesen Gast findet sich kein rechter Platz. Ida
meint, Helene soll ihr im Salon ein Bett herrichten.
– Um Gottes willen, tun gnädige Frau das nicht, der gnädige Herr
wird sich zu viel ärgern. Ich lasse sie gern in mein Zimmer, damit eine
Ruh ist.
– Ja, aber wo wirst du schlafen?
– Ich leg mich in das rote Durchgangszimmer. Ich geh spät schlafen
und steh früh auf. Das geniert dann niemand.
– Ja, tu das und mach nur alles schön.
Gleich bei ihrer Ankunft beginnt die Adele zu jammern, dass ihr
die Füße weh tun. In der Früh steht sie nicht auf, sie hat Rheumatismus. Dr. Breuer wird gerufen. Er verschreibt ein Pulver, das täglich
mehr als einen Gulden kostet. Schließlich findet er, dass das zu teuer
ist. Helene soll es in der Drogerie beim »Schwarzen Hund« kaufen.
In der Drogerie ist es nicht schlechter als in der Apotheke. Ida soll es
abwiegen wie in der Apotheke, aber Adele soll es nicht merken. Wenn
sie draufkommt, dass das Pulver aus der Drogerie ist und nicht aus der
Apotheke, bekommt sie sicher einen Schreikrampf. Täglich muss sie
ein viertel Kilo Schweineschmalz haben, um sich damit einzureiben.
Sie ist davon überzeugt, dass das hilft. Dr. Breuer meint, man soll es
ihr nur geben, es schadet ja nicht. Bei Tag schläft sie und bei Nacht
wandert sie in der Wohnung herum. Auch in die Küche geht sie, wo
die alte Kathi schläft. Dann wacht sie auf und kann nicht schlafen.
Die Kathi ist schon 70 und muss ihre Ruhe haben. Aber die Wesemäl
versteht das nicht und die Kathi weint nur still.
– Helene, halbe Nacht hab ich nicht geschlafen. Freilein geistert in
Kuchel herum.
Schließlich beschließen die Kathi und die Helene, sie in der Nacht
einzusperren. In der Küche hat sie nichts zu suchen.
– Sperren wir Tir gleich zu.
– Ja, sie hat alles im Zimmer.
– In Kuchl hat sie nichts zu tun.

In der kommenden Nacht will sie natürlich wieder spazieren gehen. Aber die Tür ist versperrt. Da will sie sie mit Gewalt öffnen. Und wie das nicht geht, beginnt sie an die Tür zu schlagen. Kathi steht auf und lässt sie heraus und die Wesemäl macht ihr einen Skandal.

– Ich lass mich nicht einsperren! Ich sag es der Frau!

Kathi sagt nichts, sie weint nur still. In der Früh keppelt die Wesemäl immer noch, bis endlich die Helene in die Küche kommt und die weinende Kathi findet. Bald kommt auch Ida in die Küche.

– Was ist los?

– Halbe Nacht hab ich nicht geschlafen. Freilein hat so Lärm gemacht.

– Sie haben mich eingesperrt!, schreit die Wesemäl.

– Warum?

– Freilein geistert immer in Nacht in Kuchel.

– Aber, Adele, die alte Kathi muss doch schlafen können. Der arme Kerl hat ja sonst nichts als die Ruhe. Bei Tag muss sie doch arbeiten.

Adele legt das Hörrohr weg und hört nicht mehr zu. Daraufhin schreibt ihr Ida einen Brief. Ob sie den gelesen hat, weiß niemand, aber in die Küche kommt sie seither nicht mehr. Dafür geht es ihr von Tag zu Tag schlechter. In der Nacht verlangt sie, dass Helene bei ihr bleibt. Schließlich will sie unbedingt ins Spital. Dr. Breuer sieht zwar nicht die geringste Gefahr, aber wenn sie unbedingt will. Helene muss ihre Tasche packen und sie ihr ins Spital bringen. Wie sie in ihr Zimmer kommt, fällt sie vor Schreck fast in Ohnmacht. Von dem Fett, mit dem sich die Wesemäl eingeschmiert hat, ist die Tapete beim Bett ganz fettig. Die neue Tapete! Mehrfach sind darauf ihre Fingerabdrücke. Der Fußboden schaut genauso aus. Die Strümpfe sind zerrissen, von den Kämmen fehlen die Zähne, auf den Kleidern sind Flecken.

– Joi, ist das eine Schweinerei! War hechste Zeit, dass sie ins Spital gekommen ist. Frei mich, dass wir sie los sind.

– Kathi, das dürfen Sie nicht sagen.

– Is nicht bes gemeint.

– Sehen Sie, wie die Matratze ausschaut!

– Jessus, so große Schweinerei!

– Alles muss ich waschen, das Rosshaar und alles.

– Und Parkettboden! Joi, ist fett. Parkettboden missen Sie drei Tage waschen.

Da kommen auf einmal die Gräfin und Betty hinzu. Helene zeigt ihnen, wie die Wesemäl das Zimmer hinterlassen hat. Die Gräfin bricht in Lachen aus, aber Betty ist entsetzt.

– Nein, das ist ja ein Rastelbinder!

– Sie ist von der Tarantel gestochen!

Schließlich kommt Ida.

– Da sehen gnädige Frau, wie mein Zimmer ausschaut. Da haben gnädige Frau noch gemeint, ich soll mein Zimmer schön herrichten. Jetzt ist es ja richtig schön, gnädige Frau.

– Missen schon mit eigene Augen sehen, gnädige Frau.

– Sie ist aber wirklich ein grässlicher Schmutzfink!

– Wo sie doch zu Gast ist.

– Helene, gib du nur alles schön in die Tasche, sonst glaubt sie, sie ist bei mir um gute Strümpfe gekommen.

Marie arbeitet fleißig und korrigiert mit Ida. Ida sieht es auch so, wie Marie es empfindet: die Liebesgeschichte kommt zu rasch. Rondsperg und Röschen müssen sich doch etwas länger kennen. Vieles wird gestrichen. Beinahe ist die Geschichte schon zu kahl und zu nüchtern. Nun hat sie das 17. Kapitel beendet. Betty und Ida besuchen die Gräfin. Sie liest bis Seite 337 vor. Betty ist sehr angetan und voll des Lobes. Sie tadelt nur Boženas amputierten Monolog an Röschens Bett. Die Gräfin findet, dass Betty in allem, was sie sagt, vollkommen recht hat. Summa summarum ist Betty sehr zufrieden und die Gräfin kommt sich wie unverwundbar vor, weil sie in Drachenblut gebadet hat.

»Božena« ist fertig. Die letzten Korrekturen werden mit Ida vorgenommen. Schließlich schickt Marie das Manuskript an Cotta. Eine Woche später kommt von Cotta der Vertrag: 500 Mark Honorar für die erste, 300 für alle folgenden Auflagen.

4

Betty und die Gräfin machen sich große Sorgen um Ida. Seit dem Tod ihres Vaters verbringt sie die Sommer mit ihrer Mutter. Diesen Sommer sind sie vier Wochen in Brixlegg. Ida schreibt häufig, aber nur kurz, wie es die Umstände eben erlauben. Sie hat Betty geschrieben, dass sie unter so häufigen und heftigen Anfällen von Migräne leidet wie eh und je. Auch schläft sie schlecht. Von 12 Uhr nachts bis 6 Uhr Früh ist sie hell wach. Für Betty heißt das, dass sie aus dem Aufenthalt im Hochgebirge keinen Nutzen gezogen hat. Betty schüttet der Gräfin ihr Herz aus. *Die Sorge um Ida nagt rastlos an meinem Herzen. So viel ist gewiss, dass, solange sie, statt den Sommer ausschließlich der Ruhe und der Pflege ihrer Gesundheit zu widmen, spät und früh nur auf ihre Mutter Bedacht nehmen muss, weder Luft- noch Wasserkur von heilsamer Wirkung sein können. Das ist sonnenklar, aber je weniger ich mich darüber täuschen kann, umso grimmiger befällt mich eine zornige Verzweiflung über die Notwendigkeit, dass ein so reiches, so edles Leben sich aufreiben muss, um einer in hoffnungslosem Erlöschen begriffenen Existenz noch ein paar schwache Sonnenblicke zu gewähren. Das Opfer steht in keinem Verhältnis zu dem Preis, der damit erreicht werden kann.* Die Gräfin teilt Bettys zornige Verzweiflung. Sie war bei Ida in Brixlegg und ist mit ihr und ihrer Mutter nach München gefahren, wo sie jetzt weilen. Auch sie ist davon überzeugt, dass der Sommeraufenthalt mit der alten Frau für Ida geradezu schädlich ist. Sie hat keinen Augenblick Ruhe, ihre Nerven sind in beständiger, peinlichster Aufregung, die Möglichkeit, sich ernsthaft zu beschäftigen, ist ihr völlig genommen und damit auch die jener Erholung, deren ihr Geist am dringendsten bedarf. Die Mutter kann keinen Schritt allein machen, vor allem und jedem fürchtet sie sich, das Essen schmeckt ihr nicht und im Speisesaal sind zu viele Menschen. Die Luft ist zu kalt, die Wege zu holprig, das Zimmer zu klein. »Idele, bleib bei mir, Idele, komm mit mir, Idele, geh nicht weg, Idele, ich fürchte mich, Idele, Idele, Idele«, geht es in einem fort. Frau Marx fühlt sich dabei auch unglücklich. Es war ein Segen, dass Paul ein paar Tage zu Besuch war. Er ist unbeschreiblich gut und rücksichtsvoll zu seiner Mutter und Großmutter. Eine wahre Stütze für beide. In München ist Frau Marx eine ganz andere Person. Sie sollte München nicht mehr verlassen. Ida sieht das ja alles und dennoch wird sie nächsten Sommer wieder mit der Mutter in den Bergen verbringen. Schuld ist eigentlich Frau Marxens Köchin, die ihren Urlaub haben will und im Sommer einfach das Haus verlässt. Eigentlich bringt Ida nicht ihrer Mutter ihre Gesundheit, dieses kostbarste Gut, zum Opfer, sondern der Köchin ihrer Mutter, die ihre Gebieterin einfach zur Tür hinauswirft, wenn sie die Reiselust anwandelt. Wie Betty ist die Gräfin voller Grimm und fühlt sich ohnmächtig. Nur Idas Mann könnte hier helfen. Er müsste ein Machtwort sprechen. Aber er spricht es nicht, er ist zu weich, zu gut. Er leidet mit Ida, statt ihr, ihr selbst zum Trotze, wohlzutun.

Ernst ist auch nach München gekommen. Er war mit Gabillon am Grundlsee jagen. Eine Leidenschaft von beiden. Trotz des fehlenden Daumens hat Ernst gar lustig gejagt. Gabillon liebt ihn nicht. Wie er ja auch bei Idas Freundinnen nicht gerade beliebt ist. Ein egoistischer, ungezogener junger Mann. Die Gräfin möchte Paul Heyse kennenlernen. Ida schreibt ihm sofort. Sie hat seine Bekanntschaft bereits durch Betty gemacht. Heyse ist hocherfreut. Von der Gräfin hat er schon viel gehört und auch mit großem Interesse ihre Veröffentlichungen in den *Dioskuren* gelesen. Sogar eine Fotografie hat er schon von ihr gesehen. Darüber ist die Gräfin weniger erfreut. Es ist eine gar schlechte Fotografie. Er bittet sie und Ida, ihn Samstag um 4 Uhr zu besuchen. Friedrich Pecht wird auch da sein. Die Gräfin ist schon ganz aufgeregt und voller Erwartung. Heyse ist genauso alt wie sie, aber wie viel Ruhm hat er schon geerntet! Ernst will auch unbedingt mitkommen. Er ist wahnsinnig gespannt auf den berühmten Dichter. Ida will Heyse fragen, ob es ihm genehm ist, wenn sie ihren Sohn mitbringt.

Heyse bewohnt ein schönes Haus in der Louisenstraße hinter der Glyptothek. In der Eingangshalle steht die Statue eines anbetenden Knaben. Hier werden sie gleich von seinem Schnauzl begrüßt. Im oberen Stock befindet sich sein Arbeitszimmer, ein Salon, der eher als eine Art Audienzzimmer eines Olympiers eingerichtet ist. An den Wänden hängen Gemälde, in der Mitte Böcklins »Landschaft aus den Pontischen Sümpfen«, eine Studie Gottfried Kellers und viele Bilder und Skizzen seines Freundes Lenbach. Er ist überaus freundlich, besonders die Gräfin empfängt er mit außerordentlicher Liebenswürdigkeit. Sie sprechen über Münchner Neuigkeiten. Pecht erzählt von der Ausstellung im Glaspalast. Es ist eine Ausstellung, wie sie noch nie dagewesen ist. Freilich kann sie sich an Reichtum mit der Wiener oder Pariser Weltausstellung nicht messen. Aber sie ist neu und überraschend. Ein mächtiger Fortschritt. Was hier zusammengestellt ist, wurde weder in London noch in Paris noch in Wien erreicht. Einige der Säle und Kabinette sind geradezu entzückend durch ihr fast klassisches, an die besten

Zeiten der Renaissance erinnerndes Gepräge. Hier gibt es nicht den widerlichen Demimonde-Duft, der in Wien und Paris verbreitet ist. Ida, Ernst und die Gräfin wollen gleich am nächsten Tag die Ausstellung besuchen.

– Sie kennen alle Haeckel? Er ist der deutsche Darwin.

– Natürlich kennen wir ihn.

– Als Erstes treten immer die Theologen als Gegner auf und schreien Zeter und Mordio.

– Und was denken Sie, Herr von Fleischl?

– Diese Leute haben noch nie ein Mikroskop gesehen. Es gibt schon einen Anti-Haeckel-Verein.

– Nein, so was.

– Ich werde Ihnen meinen Standpunkt vortragen. Wenn ein philosophisches Prinzip, das Prinzip von der Abstammung der organischen Formen, so im Bunde mit der Fülle von Tatsachen auftritt, so ist der reale Boden einer objektiven Naturphilosophie gewonnen gegenüber der nun veralteten subjektiven Naturphilosophie aus der idealistischen Periode.

Die Gräfin senkt sichtlich peinlich berührt den Blick.

– Ernst, das ist hier doch keine philosophische Vorlesung.

– An die Stelle eines willkürlichen Schöpfungsaktes tritt ein willkürliches Entwicklungsgesetz. Das war der Moment, da der Neudarwinismus den echten Darwinismus überdarwinte, und der Ultradarwinismus schlüpfte aus seiner Larve.

Verschämt schielt die Gräfin zu Ida. Wie unartig und präpotent er ist.

– Aber nun ist es genug, Ernst.

– Herr Pecht will uns vielleicht noch etwas von der Ausstellung erzählen.

– Und Herr Heyse könnte uns doch etwas aus seiner letzten Novelle vorlesen.

– Ich habe genug von der Ausstellung erzählt. Ich möchte Ihnen nur noch raten, sich unbedingt die wunderbaren Portraits von Lenbach anzusehen. Einmalig stellt er den Charakter und das intimste Seelenleben seiner Personen dar.

– Ja, Lenbachs Portraits sind großartig.

– Er ist ein eigentümlicher Charakter. Scheinbar kalt im Leben und glühend für die Kunst.

– Oft wird behauptet, dass man Kunstwerke ohne Kenntnis des Künstlers beurteilen kann. Was meinen Sie dazu, Herr Pecht?

– Das ist schon geradezu lustig. Wie kann man irgendein Ding in der Welt, geschweige denn die höchsten Blüten des menschlichen Geistes oder des Göttlichen in der Menschennatur begreifen, ohne den Darstellenden und das Dargestellte zu kennen. Dass wir über so viele alte Künstler nichts Näheres wissen, ist ja gerade der Grund, warum uns so vieles an den herrlichsten klassischen Werken unverständlich bleibt.

– Nun wollen wir aber doch Heyses neueste Novelle hören.

Ida fährt mit ihrer Mutter von München nach Marienbad, will ihre Mutter dann wieder nach München zurück begleiten und von dort weiter zu Otto nach Rom fahren. Die Gräfin fährt nach Trpist zu ihrer Schwester Friederl, wo diese mit ihren Kindern auf dem Schloss der Kinskys weilt. Marie ist beunruhigt, enttäuscht, ein wenig traurig. Bis jetzt hat keine Zeitung in Wien von »Božena« Notiz genommen. Moriz findet ja die Handlung nicht interessant. Es geht zu wenig vor in »Božena«. Und auch Maries Bruder Victor kritisiert das Buch. Es ist nicht gut charakterisiert. Ein Vater dürfe seine Tochter nicht enterben. Und sollte die »Božena« nicht im Dialekt sprechen? Die Gräfin weiß darauf keine Antwort. Sie ist betrübt. Aber die Familie will ja am liebsten, dass sie gar nichts schreibt. Sie ärgern sich über ihre Schriftstellerei. In schlechter Stimmung besucht die Gräfin Ida in Marienbad. Die drei Damen speisen im Bellevue ein exzellentes Beefsteak. Aber die Kellnerinnen sind so impertinent, dass die Gräfin nicht mehr hingehen will. Sie sind nur auf Herrenbedienung eingeschult. Ida klagt über die Gesellschaft an der table d'hôte in Klingers Hotel. Eine Horde von horrid vulgariant. Gestern saß ein jüdischer Weinreisender ihnen gegenüber, der alle Augenblicke aufsprang, Witze riss, sich den Schweiß mit der Serviette abwischte und mit dem Messer aß. Am Nebentisch ein preußischer General ohne Zähne, mit Flechten an den Händen, der auf den Boden spuckte. Was für eine Gesellschaft!

Auch Ida ist betrübt, dass »Božena« eigentlich Fiasko gemacht hat. Sie wagt es kaum, der Gräfin das *Neue Wiener Tagblatt* zu zeigen, in dem sie angegriffen wird. *Was Männerart im Schriftstellern ist*

und was Frauenart, kann der vergleichende Leser leicht herauskriegen,
wenn er neben die »Magdalena« Anzengrubers die »Božena« der Frau
Ebner stellt. Es ist das ein solcher Unterschied wie zwischen der Frau-
engestaltung aus dem Volke dieses Autors und jener der Frau Hillern
in der »Geyer-Wally«. Natur und Kunst, sie fliehen sich da wirklich …
Nein, darüber ärgert sich die Gräfin nicht. Ein lächerlicher, bübischer
Angriff. Nicht der Rede wert. Sie erzählt, dass Lorm einen allerlie-
benswürdigen Brief geschickt hat: »Sie haben ein himmlisches Buch
geschrieben.« Auch Saar ist von der »Božena« sehr angetan, Pachler
schweigt, Frankl schweigt, Laube schweigt. Aber Frau von Littrow ist
ganz hingerissen. Die Generalin von Littrow, die eigentlich eine Gans
ist. Wenn ihr »Božena« gar so gut gefällt, kann sie keine Gans sein.
Nein, nein, sie ist eine gescheite, angenehme Frau. Betty hat versprochen, eine Kritik in der *Allgemeinen Zeitung* zu schreiben. Sie braucht
dazu Ruhe und Zeit. Die Gräfin ist schon sehr gespannt.

Aber jetzt muss sie Lorm antworten. Wenn doch die Korrespondenz mit ihm nicht so mühsam wäre! Jedes Wort wird gespalten,
zerlegt, gedreht, gewendet und berochen. Sie wird sich nur kurz für
seinen liebenswürdigen Brief bedanken und einen ausführlichen Brief
für später ankündigen. Erspart bleibt er ihr natürlich nicht.

Endlich eine günstige Anzeige in der *Neuen Freien Presse*. *Der*
Roman bezeichnet nach den Erzählungen, welche die Verfasserin 1875
herausgegeben hat, einen ungemeinen Fortschritt. Die Charaktere sind
frisch und plastisch gezeichnet, alle gravieren nach dem einen Mit-
telpunkt, und was die Hauptsache ist, die Triebkräfte sind die tiefen,
inneren Motive der Menschenseele. Wenn nicht der Lärm der großen
Politik alles verdirbt, wird der Roman in der »Welt der Stillen«, welche
noch Bücher kauft und liest, sein Glück machen.

Ida macht sich Sorgen um Ernst. Sie möchte mit Marie über ihn
sprechen. Der Gräfin ist das sehr unangenehm. Was soll sie Ida
sagen? Ernst ist unartig und präpotent, sein Benehmen peinlich und
unerträglich. Der macht sich keine Freunde auf dieser Welt. Und
wahrlich, es ist schade um die Mühe zu existieren, wenn man nicht
das Bewusstsein haben kann, geliebt zu werden. Die Gräfin bedauert
ihn, aber viel, viel mehr noch die arme Ida. Wie soll sie ihr Trost
spenden?

– Ernst hat bei Heyse zu viel gesprochen. Es nützt nichts, wenn ich ihn ermahne. Er glaubt, alle muss das interessieren, was ihn gerade interessiert.

– Ja, Ida.

– Er benimmt sich so schlecht, weil er schüchtern ist.

– Hm, meinst du?

– Ja.

– Darauf wäre ich nicht gekommen. Vielleicht solltest du mit ihm darüber sprechen.

– Ich hab es schon versucht.

– Und?

– Er hört mir nicht zu. Oder er sagt, ich rede Unsinn.

– Das tut mir sehr leid.

– Er ist völlig uneinsichtig. Er sagt, er sagt, was er zu sagen hat, und hat etwas zu sagen.

– Er ist ein Nein-Sager. Er widerspricht um des Widerspruchs willen.

– Ja, er kämpft und provoziert. Aber er behauptet, dass er argumentiert. Und wenn das jemand nicht versteht, dann ist er eben ein Schafskopf. Das kommt von seiner Schüchternheit.

– Ich kann es kaum glauben.

– Doch, doch. Hast du schon gehört, was im Hause Wertheimstein passiert ist?

– Weilen hat es angedeutet. Aber ich weiß nichts Genaues.

– Es kam bei Tische zu einem solchen Streit, dass man schon glaubte, das nächste Argument muss ein paar Ohrfeigen sein. Frau von Littrow hat es mir erzählt.

– Ach Gott. Er ist doch jeden Sonntag bei Wertheimsteins. Wie kann das weitergehen?

– Ich weiß es nicht.

– Was sagt Franzi dazu?

– Ich glaube, Mutter und Tochter schweigen nobel.

– Ernst ist doch fast täglich bei ihnen. Umwirbt er nicht Franzi?

– Sie weist doch alle zurück. Das ist doch schon stadtbekannt. Marie, ich kann mit Ernst nicht reden.

– Und wenn es Carl versucht?

– Er ist so stolz auf Ernst. Er kann es nicht. Er war schon so stolz auf ihn, wie er noch ein Bub war. Wenn er von den Sternen erzählt hat und später dann, was er alles im Mikroskop sieht. Er ist so begabt, da ist es egal, wie er sich benimmt.

– Manchmal kann er ja sogar ergötzlich sein. Erinnerst du dich, wie er deine Vorliebe für die Leute von der Feder belächelte?

– Natürlich. Er hat zu dir gesagt: »Wenn jemand etwas für den Krakauer Kalender geschrieben hat, gleich wird er von meiner Mutter zu Tische geladen.«

– Stimmt es vielleicht nicht?

5

Helene ist krank, sehr krank. Sie hat Schmerzen, die sie kaum mehr aushalten kann. Aber sie klagt nicht, hofft nur, dass es wieder besser wird. Auf einmal kommt ein Strom Blut aus ihrem Mund und sie wird ohnmächtig. Carls Fiaker steht im Hof und der Michael fährt gleich zu Professor Chrobak, weil er in der Nähe wohnt. Danach weiter zu Dr. Breuer. Beide sind sofort da und sind höchst beunruhigt. Sie bekommt Eis in den Mund und einen Eisbeutel auf den Magen. Sie soll ganz ruhig liegen und sich nicht bewegen. Zwei Stunden später kommt Dr. Breuer wieder, um nach ihr zu sehen, und ordnet wieder Eis an. Dann kommt Ernst, um zu sehen, wie es Helene geht.

– Herr Professor, wenn ich mich nur einmal auf die Seite legen könnte. Der Herr Dr. Breuer sagt, es könnte das Blut wieder aus dem Mund kommen.

– Das darf nicht sein. Ich werde es schon machen.

Ernst dreht sie behutsam auf die andere Seite. Und Helene ist so froh. Zwei Stunden später kommt wieder Dr. Breuer und am Abend noch einmal. Helene versteht das gar nicht. Der Dr. Breuer ist schon viermal gekommen. Sie denkt sich, dass ihr Habitus doch sehr krank sein muss. Dann fragt sie Ida:

– Warum kommt denn der Dr. Breuer heute so oft?

– Du bist sehr schwer krank, nun musst du dem Dr. Breuer folgen. Dr. Breuer hat gesagt, dass er sie wiederherstellen wird, wenn sie ihm folgt. Alle kommen sie besuchen. Der Onkel Ladenburg, der Onkel August, Idas Cousine und auch die Gräfin. Jeden Morgen kommt immer gleich Ida und fragt: »Nun, wie geht es dir, Alte?« Auch Carl schaut gelegentlich vorbei. Wenn er in der Früh zeitig weg muss, lässt er ihr einen guten Morgen sagen, leider hat er nicht genügend Zeit, sie zu besuchen. Betty setzt sich manchmal ein paar Stunden mit der Missy in ihr Zimmer und strickt. Die Missy legt sie dann zu ihr ins Bett und, wenn Dr. Breuer kommt, spielt er mit ihr. Darüber freut sich Betty immer, denn ihre Missy ist keine gewöhnliche Person. Schließlich wird Helene wieder ganz gesund. Aber sie sieht schrecklich aus. Ganz elend und blass.

– Warum seh ich denn gar so elend aus?, fragt sie Dr. Breuer.

– Ja, weil sie gar kein Blut mehr haben.

– Und warum sind denn die Füße so geschwollen?

– Das kommt auch davon. Wenn man so lange nichts essen kann, nur Milch, kann es nicht anders sein. Nun werden wir anfangen zu essen, dann wird es schon schneller gehen.

– Ach, Herr Doktor, jetzt ist der Herr Paul aus London gekommen und ich liege da. Ich hab keine Zeit.

– Ja, es ist schön, dass er gekommen ist.

Als Breuer weg ist, versucht Helene aufzustehen. Es geht aber nicht. Der Michael muss sie wieder ins Bett heben. Dann kommt Ida mit Paul in Helenes Zimmer.

– Die arme Helene kann nichts essen.

– Was braucht sie denn essen, wenn sie schon den Magen voll Geschwüre hat?

Helene lacht. Sie freut sich immer, wenn die jungen Herren Witze machen.

– Und wenn du wieder ganz gesund bist, darfst du mit Richard ins Theater gehen.

Der Makart-Festzug

27. April 1879. Die silberne Hochzeit von Kaiser Franz Josef und Kaiserin Elisabeth wird gefeiert. Die ganze Woche schon wird gefeiert. Was für eine Jubelwoche! Heute findet der Höhepunkt statt, der große Festzug. Dreimal schon wurde er wegen schlechten Wetters verschoben. 6 Grad Réaumur, aber endlich kein Regen. Die Ringstraße ist wunderschön geschmückt, das Palais des Erzherzogs Wilhelm, der Heinrichshof, das Haus des Baron Schey. Und die Neubauten: die Museen, die aus einem Wald von Tannenreisig aufragen, das Reichsratsgebäude und das Rathaus mit seinen Flaggen. Alle Völker Österreichs haben sich in Wien versammelt. An die 300.000 Menschen. Es ist kein internationales Fest, es ist ein Familienfest.

Auch die Gräfin und Moriz wollen den Festzug sehen. Bei der Einweihung der Votivkirche waren sie nicht, aber dem théâtre paré im neuen Opernpalast durften sie beiwohnen. Saar schrieb das Festspiel »An der Donau« und erbat für Moriz und die Gräfin eine Einladung. Das war nicht leicht, denn es gab nur 2000 Plätze, und die waren für Staatsträger bedeutenden Ranges oder einen Mann vom Hofe oder ein Deputationsmitglied vorgesehen.

– Saar hat einfach kein dramatisches Talent.

– Es ist eben eine Gelegenheitsdichtung. Der Stil ist aber doch getragen und edel.

– Ohne Fürst Hohenlohe hätte Saar nicht den Auftrag für das Festspiel bekommen.

– Aber die Wolters als Austria war hervorragend. Dagegen kannst du nichts einwenden.

– Und auch Frau Gabillon als Klio war hervorragend.

– Besser wäre es gewesen, Mozart oder Beethoven zu spielen. Das hätte dem Charakter des Festes mehr entsprochen.

– Ja, das stimmt.

– Ausgerechnet die Schlussszene der Meistersinger von Nürnberg!

– Ja. Was hat Richard Wagner mit der österreichischen Feierlichkeit zu tun?

– Nichts. Und er ist auch beim Publikum nicht angekommen.

Ida ist erst vor kurzem aus Rom zurückgekehrt und leidet seit Tagen unter Migräne. Betty setzt heute keinen Fuß auf die Straße. Überall Menschen, Menschen, Menschen. Nein, das kann sie nicht ertragen. Sie bleibt den ganzen Tag zu Hause, öffnet kein Fenster und schaut auch nicht hinaus. Die Straßen und Gassen sind voll mit Menschen und es ist fürchterlich laut. Tony, ihrem Stubenmädel, das sie vor kurzem eingestellt hat, gibt sie natürlich frei. Sie hat sie mit dreizehn Jahren zu sich genommen, weil sie eine Waise ist. Auch Kathi und Helene haben freibekommen. Ida gibt jeder einen Gulden, damit sie sich auch etwas kaufen können.

– Kathi, Sie müssen sich heute ein sauberes Kleid anziehen.
– Ja, ja, zieh ich heite sauberes Kleid an.
– Und frische Wäsche.
– Ist nicht netig.
– Aber Kathi, heute ist ein Festtag.
– Ich weiß. Zieh ich schon sauberes Kleid und saubere Wäsche an.

Zusammen gehen alle drei Richtung Schwarzenbergplatz. Plötzlich ist es still, alle strecken die Hälse. Aus der Ferne sieht man etwas Gelbliches und Goldiges kommen: Die allerhöchsten Hofkutschen, darinnen freundlich grüßend sich neigende Monarchen und Prinzen. Dann folgen noch einige Hofkutschen ohne viel Gelb und Gold. Darinnen sitzen Kavaliere und Hofdamen. Die Leute rufen »Jesus«, »Maria und Josef« und Kathi immer wieder »Jesus«. Die drei eilen weiter. Schließlich sind sie an der Ringstraße angelangt. Unter den Tribünen herrscht ein reges Treiben, da ist eine unterirdische Welt entstanden. Viktualien häufen sich. Fliegende Wirtschaften sind hinter der Tribünenfront errichtet und einige Fest-Kantinenbesitzer haben ein kleines Schild: »Hier ist echtes Kaiserbier zu haben«. Überall fliegt ein Corps von Speisen und Getränke bringenden Kellnern und Jungen herum. Dazwischen schreien und rufen Kolporteure von Kaiserbildern, Festprogrammen, illustrierten Blättern. Auch Austräger von Adressen reklamesüchtiger Industrieller haben sich eingefunden.

– Kaufen wir heiße Wirstl.
– Später.
– Ich will auch Würschtl haben.
– Nach dem Festzug.
– Dann gibt vielleicht keine Wirstl mehr.

– Aber ja. Kommt!

– Pomali, pomali!

Helene führt, sie will vorne stehen, sonst sieht man ja nichts. Schließlich klingt es von allen Seiten: »Der Festzug ist in Sicht!« Jeder will den besten Platz. Das Militär kann kaum den Durchbruch des Spaliers verhindern. Jeder will in die vorderste Reihe kommen. Ein Stoßen, Schieben, Drängen und Schreien beginnt. Manche boxen mit den Ellbogen. Helene schiebt sich nach vorn, Kathi und Tony hinterher. Rundherum schimpfen die Leute.

– Stessen S' nit a so, I will a vorn stehn.

– Sie stessen!

– Na, Sie!

– Jessus! Werden uns Leite noch zertreten. Pomali, pomali!

– Aber gehen S', Kathi.

– Und wenn Tribine einstirzt?

– Die stürzt nicht ein.

– Wenn zu viele Leit' drauf sitzen, fircht ich mich.

– Ach was. Kommen Sie lieber.

– Erinnern Sie sich an Unglick letztes Jahr.

– Kommen Sie, Kathi!

– Pletzlich stirzt Tribine ein. Fircht ich mich.

Helene drängt weiter, bis es schließlich nicht mehr geht. Wägelchen und Leitern sind herbeigeschafft worden. Wer sie benützt, um von diesem erhöhten Standpunkt einen Blick auf den Festzug zu gewinnen, muss drei Kreuzer bezahlen. Auf den Dächern ist es lebendig geworden. Wo glatte Dächer sind, wie auf dem Kursalon, oder Balustraden, wie an der Oper und einzelnen Häusern der Ringstraße, steckt Kopf an Kopf. Auch die Bäume der Ringstraße beleben sich. Zwei, drei Burschen sitzen in dem dünnen Geäst. Da, eine Leiter. Helene und Tony klettern hinauf, aber Kathi kann nicht mehr klettern. Dafür ist sie schon zu alt. Ein Herr macht ihr Platz, damit sie wenigstens ein bisschen etwas sehen kann.

– Falln S' nicht runter, Helene! Sie sind so hoch oben. Muss ich mich wegen Ihna firchten.

– Es passiert schon nichts, Kathi.

– Voriges Jahr in Prater is großes Unglick gewesen.

– Heuer passiert nichts.

– Jessus, Helene, passen S' nur auf! Ich seh nicht gut, aber auf Leiter kann ich nicht steigen.

Plötzlich wird Beifall geklatscht. Zur Weihe des Augenblicks ist ein Schock roter und blauer Ballons mit Gas gefüllt in die Höhe gelassen worden und fliegt in alle Richtungen.

– Jö, schen! Joi, is das schen!

– Ich werd der gnädigen Frau alles ganz genau erzählen.

– Und ich dem Fräulein.

– Wann kommen Zuckerbäcker?

– Aber der Festzug hat ja noch gar nicht begonnen.

– Bin ich schon so neigierig auf Zuckerbäcker.

– Sie müssen noch ein bisschen Geduld haben, Kathi.

– Haben Sie gehert? Gibt Riesenfesttorte. Bin ich schon so neigierig.

Die Gräfin und Moriz haben Tribünensitze nicht weit vom Festplatz, sodass sie das purpurgoldene Kaiserzelt sehen können. Was für ein Prunkbild! Rosengirlanden festonieren die buntgoldenen Baldachin-streben, ein ganzer Tropengarten an den Ehrentreppen, von sechs Masten winken die Reichsbanner der Burg. Schlag elf erklingen aus allen Türmen der Stadt die Glocken und die Militärkapelle into-niert das Kaiserlied »Gott erhalte«. Moriz und die Gräfin sind ergrif-fen. Schließlich beginnt der Festzug. Auf purpurgolden geschirrtem Schimmel erscheint der Herold der Stadt Wien, in Sammet, weiß und purpur, in der Tracht des 16. Jahrhunderts. Die Gräfin ist hingerissen. Und dann der Kostümzug! Handel, Gewerbe, Industrie, Wissenschaft, Kunst. Alles, was den Reichtum, die Kraft und den Stolz unseres Vater-landes ausmacht!, ruft Moriz aus. Alle in von Makart entworfenen Renaissancekostümen. Was für ein Farbenwunder! Hier hat Makart etwas Prachtvolles geschaffen. Wie viel Talent, Reichtum, Geschmack, Phantasie! Unauslöschlich wird es sich in ihr Gedächtnis einprägen. Unter allen Städten der Welt kann nur Wien eine solche Feier ersinnen und ausführen. Bis in die letzten Reihen der Bevölkerung ist das Ver-ständnis für das Schöne gedrungen.

Sorgen

I

Makart hat Dora Gabillon einen Heiratsantrag gemacht. Dora hat abgelehnt. Was für ein kluges Kind, jubelt Betty. Nein, Makart ist nichts für Dora. Was für ein Glück, dass sie abgelehnt hat. Die Gräfin ist ganz entsetzt. Dora kann doch nicht Makart heiraten. Sie wäre ihr ganzes Leben lang unglücklich. Die Eltern allerdings bedauern es sehr. Sie bewundern Makart. Zerline und Dora tragen Kleider im Makart-Rot. Im Salon steht ein Makart-Strauß. Und bei festlichen Anlässen bekommt Zerline ein Makart-Bouquet. Wie stolz wären sie, wenn er zur Familie gehören würde. Mit Makart, dem großen Malerfürsten, verschwägert! Erst kürzlich hat er ein Portrait von Dora angefertigt. Wie alle seine Portraits ist es ihr nicht besonders ähnlich, spottet Betty. Aber die ganze Familie Gabillon ist begeistert. Wie kann Ludwig so irren? Wie ist es möglich? Die Gräfin hat vollstes Verständnis für Bettys Empörung. Die gescheitesten Menschen sind völlig verblendet. Betty ist der Gräfin sehr dankbar für ihre Zustimmung. Sie ist doch die Einzige, mit der sie über alles reden kann.

Ida ist bei Otto in Rom. Er hat seine Eltern nach Rom zitiert, weil er heiraten will. Betty ist, wie in den letzten Jahren so oft, wieder einmal im Winter allein in Wien und ganz betrübt. Sie sucht Trost bei der Gräfin. Sie spricht über die Übersetzung ins Französische, an der sie gerade arbeitet, und über Louise Ackermann. Was für Gedichte! Philosophische Gedichte. Sie werden fragen, was haben Philosophie und Poesie miteinander zu schaffen? Sie sind ebenso untrennbar wie Geist und Gemüt. Jedem einzelnen von Ackermanns Gedichten könnten Pascals Worte »Il faut croire ou désespérer« als Motto voranstehen. Die Dichterin hat ihre Wahl getroffen und sich der Verzweiflung in die Arme gestürzt. Angesichts des Jammers, der die Erde füllt, kann sie an keinen Gott glauben. Schauderndes Entsetzen befällt sie vor der Leere dieser von keinem göttlichen Gedanken beseelten Welt. Ihre Bitterkeit erinnert mitunter an Schopenhauers trostloseste Aussprüche. Wie schwer wird es doch den heutigen Schriftstellern, einfach und wahr zu bleiben. Sie alle leiden unter der fieberhaften Hast der überreizten Zeit. Betty redet und redet. Aber die Gräfin hört aufmerksam zu. Es gibt wenige Menschen, die so gescheit und interessant sind wie das Fräulein Paoli. Schließlich liest Betty der Gräfin ihre Übersetzung von Ackermanns »Die Wolke« vor. Dabei vergisst sie, wie die Zeit vergeht, und achtet nicht auf das Husten der Gräfin und ihren leidenden Gesichtsausdruck, wie er nur von starken Kopfschmerzen herrühren kann. Von schlechtem Gewissen geplagt, schreibt sie ihr am nächsten Tag auf ihrem schönen Briefpapier mit dem kolorierten Hundekopf:

Wie befinden Sie sich, liebste Gräfin? Um Ihret- wie um meinetwillen wünsche ich, dass Sie wohl sein mögen, denn ich bin von Gewissensbissen zerfleischt, wenn ich mir sage, dass Sie Ihren gestrigen Kopfschmerz und Husten wahrscheinlich meinem Besuch, der eigentlich eine Heimsuchung war, zu verdanken haben. Feierlich gelobe ich Ihnen, nie wieder so lange zu bleiben. Am besten wäre es wohl, wenn eine Maschine erfunden würde, die mich nach Ablauf einer Stunde zur Tür hinauswürfe.

Heute schreibe ich an Ida, wenn der Himmel gnädig ist und mir nicht zu viele Besuche schickt.

Von ganzem Herzen die Ihre,

Betty

Wieder ist der 13. März gekommen. Doch Ida ist noch in Rom. Ein Vierteljahrhundert! Betty muss heuer allein ihrer ersten Begegnung mit Ida gedenken. Wie schade! Ausgerechnet heuer sind sie am Gedenktag nicht beisammen. Wo es doch ein Jubiläumsjahr ist. Nach Tische schleicht Betty in den Straßen herum und denkt an Ida. Heimgekehrt, schreibt sie ihr einen Brief und erzählt ihr, dass sie auf der Ringstraße spazieren ging und an ihre erste Begegnung dachte. Plötzlich stand Fanny Elßler vor ihr. Wie lange hat sie sie schon nicht gesehen. Wie alt ist sie geworden und wie elend sieht sie aus. Dem Brief legt sie ein Gedicht bei.

Der Freundin

Wenn deine **Hand** in meiner ruht,
  Mein **Herz** den Schlag des deinen fühlet,
  Denk' ich nicht mehr der dunkeln Flut,
  Die leis' mein **Leben** unterwühlet.

Vergessen ist, was ich erfuhr,
    Verfehltes Streben und Beginnen!
Der **Zweifel** und der Wunden Spur
    Tilgt deines Auges Strahl von hinnen.

Voll freud'gen Schwunges, kühn und mild,
    Stark im Vollbringen, rein im Wollen,
Stehst du vor mir, ein leuchtend Bild
    Des' was ich hätte werden sollen.

Mit tausendfält'ger **Last** beschwert,
    Ward ich im **Lauf** zurückgehalten;
Gelobt sei Gott, der dir gewährt,
    Dich frei und kräftig zu entfalten!

O alles Heil und alles Glück,
    Das ich mir selber sah entwallen,
Es lächelt mir aus deinem Blick
    Und mein ist's, da dir's zugefallen!

Nun, da Ida in Italien weilt, muss Betty allein ins Theater gehen. Ernesto Rossi, den Betty von ihren Italienreisen her kennt, ist Impresario am Ringtheater und schickt Betty fast jeden Tag zwei Parkettsitze. Parkettsitze! Freilich kann Betty nicht jedes Mal gehen und findet auch nicht immer jemanden, dem sie die Karten geben kann. So fragt sie einmal Tony und Helene, ob sie ins Theater gehen wollen. Es ist eine italienische Vorstellung. Sie verstehen zwar kein Wort Italienisch, aber sie möchten trotzdem gehen. Am Abend fragt Carl Betty, ob Helene unwohl ist, weil er sie nicht sieht. »Nein, sie ist in der Rossi-Vorstellung.« Am nächsten Tag in der Früh fragt er gleich Helene:
– Was haben Sie in der italienischen Vorstellung gemacht?
– O, ich habe zu tun gehabt: Applaudieren, bravissimo schreien und bella, bella. In meiner Heimat wird auch ein bisschen gewelscht. Da weiß ich noch ein paar Worte. Es war doch schön. Es hat kein Mensch bemerkt, dass wir nichts verstehen.

Otto heiratet im neuen Linzer Tempel. Fräulein Henriette Ida Oppenheim. Gerade 20 Jahre alt. Die Tochter des Kaufmanns August Oppenheim aus Frankfurt am Main. Otto bestand darauf, dass die Hochzeit im Tempel in Linz stattfindet. Er ist ganz neu und es gibt eine Orgel! Rabbiner Kurrein ist fortschrittlicher als Mannheimer. Otto liebt einfach Orgelmusik. Er scheut sich auch nicht, in eine Kirche zu einem Orgelkonzert zu gehen. Die ganze Familie ist natürlich angereist, außer Paul. Er konnte nicht weg. Ida hat ihre Mutter in München abgeholt. Henriettes Vater lebt nicht mehr. Aber ihre Mutter und ihr Bruder sind gekommen. Es ist eine moderne Hochzeit. Nicht wie die der Eltern vor 35 Jahren. Zum Schluss wird Wagners Hochzeitsmarsch gespielt. Otto hat sich das gewünscht. Die Großmutter ist entsetzt. Aber Ida und Carl beruhigen sie. Auch die Gräfin ist gekommen. Sie war in Nauheim auf Kur und ist noch ganz bewegt, weil sie dort Louise von François kennengelernt hat. Nur Betty ist nicht gekommen. Betty ist unwohl. Sie fühlt sich so matt und krank wie schon lange nicht mehr. Die Reise nach Linz ist zu anstrengend.

Am nächsten Tag gehen Ida und die Gräfin an der Donau spazieren. Es ist herrliches Wetter. Ida spricht über Ottos neuvermählte Frau. Sie ist so schweigsam und verschlossen, dass sie sich nicht klarmachen kann, was sich eigentlich hinter diesem sphinxhaften Wesen verbirgt. Sie ist so anders als andere junge Menschen. Wie sie sie das erste Mal gesehen hat, hat sie ihr gut gefallen. Aber jetzt kommt sie ihr so merkwürdig vor. Die Gräfin muss Ida endlich von Louise von François erzählen. Sie ist so beeindruckt von der alten Dame. Sie hat sich die Mutter der Hardine ganz anders vorgestellt. Durchaus nicht so demütig, wie sie sich zu geben schien. Eine große, sehr magere, ein wenig zur Seite geneigte Gestalt. Trotz ihrer fast ärmlichen Kleidung ein vornehmes Äußeres. Sie sieht nicht jünger aus, als sie ist, eben 63 Jahre, eine lebhafte alte Frau mit hellbraunen, klugen Augen. Sie hat Dichteraugen, geistvolle, leuchtende, tiefblickende Dichteraugen.
– Stell dir vor, sie behauptet, nie eine Zeile aus innerer Notwendigkeit geschrieben zu haben. Das ist mir ein unlösbares Rätsel.
– Ja, Marie. Nicht alle Leute sind so wie du.
– »Die letzte Reckenburgerin« und »Die goldene Hochzeit« hat sie nur aus dem Wollen geschaffen, und nicht aus dem Müssen. Das begreife, wer kann.

– Das ist ein Mysterium. Ich dachte auch immer, ein wahrer Dichter wird getrieben.

– Ich schreibe, um l e b e n zu können! Freilich brauch ich nicht zu schreiben, um essen zu können. Aber ich m u s s einfach schreiben.

– Ich weiß. Du treibst dich auch noch mit einem schmerzenden Kopf mit der Peitsche zur Arbeit an.

– Ich kann nicht anders. Und die François schafft alles nur durch eiserne Disziplin. Und trotzdem ist »Die letzte Reckenburgerin« ein Meisterwerk. Der beste Roman, der überhaupt in der neuen Zeit erschienen ist.

– Und »Die goldene Hochzeit«! Erinnerst du dich, wie du sie mir vorgelesen hast? Wir hatten beide Tränen in den Augen.

– Ja, eine wahrhaft großartige Schilderung des Geschwisterpaars, des alten Domherrn und des alten Domfräuleins.

– Betty ist der Meinung, »Jürg Jenatsch« ist bedeutender als »Die letzte Reckenburgerin«.

– Ach was, Betty hat immer extravagante Meinungen.

– Das stimmt. Man kann die beiden Romane gar nicht miteinander vergleichen. Betty bewundert Conrad Ferdinand Meyer.

– Ich hab mich über Betty deshalb geärgert.

– Aber Marie, du kennst Betty doch. Du weißt doch, dass sie davon überzeugt ist, dass ihre Meinung die einzig richtige ist. Und das Publikum ist dumm.

– Ja, so ist sie, unsere liebe, gute Betty.

Ida wird bald mit ihrer Mutter nach Gmunden fahren. Sie ist jetzt schon so müde und aufgeregt wie ein gehetztes Wild. Sie fürchtet die Langeweile dort. Aber sie kann ihre Mutter schließlich nicht ganz allein in München lassen. Die Mutter ist fast taub und so schwach, dass sie beständiger Hilfe bedarf. Otto weilt mit seiner jungen Frau ein paar Tage in Gmunden. Außer ihm hat Ida niemanden um sich, der ihr diese schweren Lasten etwas erleichtert. Ernst ist in der übelsten Laune und Onkel August, der auch in Gmunden weilt, langweilt sich und sucht meistens fremde Geselligkeiten.

Die Gräfin fährt nach Wien, um einige Tage später mit Moriz nach Prag zu reisen und dort ihre Schwester Friederl zu besuchen. Sie hofft, in Wien noch Betty anzutreffen, um ihr von Fräulein François zu erzählen. Betty fährt wieder nach Ischl. Dr. Breuer hält es für sie für das Beste. Sie ist nicht so begeistert davon, weil es in Ischl immer regnet. Dann muss sie den ganzen langen Tag im Zimmer zubringen. Außerdem kann man sich in Ischl wegen der Feuchtigkeit leicht einen Rheumatismus zuziehen. Aber Ischl ist schon das rechte Asyl für alte Leute. Die Gesellschaft ist allerdings auch nicht mehr wie früher. Auf der Esplanade hört man nur mehr Rumänisch, Ungarisch und ein Gemauschel, das für Deutsch gelten soll. Aber es geht schließlich um ihre Gesundheit und da nimmt sie Regen und Gemauschel schon in Kauf. Sie will die Gabillons am Grundlsee und Ida in Gmunden besuchen. Sie weiß aber noch nicht recht, ob ihre Gesundheit einen so großer Ausflug erlaubt. Zurzeit steht es sehr schlecht um ihre Gesundheit. Sie ist so müde, dass ihr jede Beschäftigung zur Anstrengung wird. Matt wie eine Herbstfliege. Es wird besser werden, wenn sie viel im Freien sein kann. Ida tut ihr so leid. Ihre Mutter wird immer gebrechlicher und unruhiger. Sie steht ja schon im achtzigsten Jahr. Und Ida verzehrt sich vor Angst und Sorge. Auch Gabillons haben versprochen, sie zu besuchen, und Helene will sogar bei ihr übernachten. Diesmal hat sie gleich nach ihrer Ankunft eine nette, kleine Wohnung gefunden. Tony, ihren getreuen Leibhusaren, hat sie mitgenommen. Sie bereitet ihr das Frühstück. Und wenn das Essen aus dem Wirtshaus nicht gut ist, kocht sie ihr ein Süppchen. An Bekannten fehlt es ihr nicht. Bauernfeld und Fürstin Schönburg sind hier. Sie leidet nicht an Langeweile. Die Fürstin ist trotz ihrer 75 Jahre lebhaft, geistvoll und liebenswürdig. Sie behandelt Betty mit außerordentlicher Güte und leiht ihr jede Menge Bücher. Es ist allerdings selten etwas Gutes darunter. Madame Henry Gréville hat sie gelesen. Sie wundert sich, dass man um sie so viel Wesens macht. Sie findet sie sehr unbedeutend. Abgestandenes Zuckerwasser. Überhaupt scheinen die Talente auszusterben. Eine unvermeidliche Folge der naturalistischen Atmosphäre, die sie vergiftet. Ein Labsal sind ihr Conrad Ferdinand Meyers Gedichte. Es befindet sich ganz Herrliches darin und nicht ein Lückenbüßer. Was für ein großes und reines Talent! Sie ist froh, seine Gedichte mitgenommen zu haben. Poesie ist doch die eigentliche Lebensweckerin, die starke Hand, die uns über die Kleinigkeiten des Lebens emporhebt.

Ernst kommt direkt von Paris, wo er Vorträge über die Wirkung elektrischer Ströme auf die Nerven gehalten hat, nach Gmunden. Gleich macht er sich über Helene her, er hat keine Wäsche mehr zum Anziehen.
– Ja, mein Gott, Herr Professor, so schnell geht es nicht mit dem Reinmachen. Sie müssen halt derweil im Bett bleiben.
– Nein, ich kann weder aufstehen noch mich niederlegen. Ich hab auch kein Nachthemd mehr.
– Ernst ist wieder unausstehlich. Lass dich nicht hetzen, Helene.
– Ich mach es, so schnell ich kann, Kathi kocht inzwischen.
– Mach ich heite Lieblingsspeise von Ernst: bemischen Karpfen mit bemische Semmelknedel und Powidltatschkerln. Sißer Karpfen mit Bier und Rosinen, Herr Professor wissen schon, wo Ihna so schmeckt.
– Sie sind ein Engel, Kathi!
– Pomali.
Ernst und Otto wollen Dr. Chrobak in Aussee besuchen und machen einen Abstecher zu Betty nach Ischl. Sie erzählen, dass es in Gmunden sehr langweilig ist und dass Mama von der Großmutter nicht in Ruhe gelassen wird. Betty ist untröstlich über Idas Pein. Sie will sie, sobald es ihre Gesundheit erlaubt, besuchen.

Am 5. September feiert die ganze Familie Idas Geburtstag. Louise hat sich schon zeitig in der Früh ein Seidenkleid angezogen, eine lange Goldkette umgenommen und mit vielen Küssen ihrem Idele gratuliert. »Ja, wenn der Vater noch lebte, wenn der Vater noch lebte!« Etwas später will dann Ernst gratulieren. Er zieht eine weiße Trikotunterhose und einen schwarzen Frack an.
– Ich will noch einen Kranz auf das Haupt.
– Herr Professor, mach Ihna grine Epheuzweige iber Kopf.
– Ja, liebe Kathi, das wird wunderbar! Mama wird sich freuen.
– Gnädige wartet schon auf Ihna. Missen auch was singen, Herr Professor.
So tanzt er trällernd in Idas Zimmer. Und alle biegen sich vor Lachen.

Ernsts Hand beginnt wieder zu schmerzen. Er nimmt wieder Morphin-Pulver. Man beschließt, nach Wien zu fahren. Professor Billroth ist schon in Wien. Dr. Breuer weilt in Aussee. Man schickt ihm ein Telegramm. Er telegrafiert zurück, dass er sich sofort nach Wien begibt. Zwei Tage später sind wieder alle versammelt, Professor Billroth, Dr.

Breuer und Dr. Chrobak und die Eltern natürlich. An dem kranken Nerv hat sich eine Geschwulst gebildet, die herausgeschnitten werden muss. Es hat nicht so lange gedauert. Aber Ernst hat wieder gebrüllt vor Schmerz.

2

Fleischls Helene ist zu Otto und Henriette nach Rom gefahren. Sie soll die erste Zeit bei ihnen sein. Bis Henriette so viel Italienisch kann, dass sie ein italienisches Stubenmädel einstellen kann. Nur ungern lässt man sie gehen. Kathi hat sich gerade den Arm gebrochen. Auch wenn sie sich mit ihren 72 Jahren erstaunlich rasch erholt hat, hat sie doch für ihr Alter eine schwere Arbeit zu verrichten. Marie, Bettys neues Stubenmädel, kann ihr natürlich helfen. Kathi ist gar nicht erfreut darüber, dass Helene nach Rom geht. Bald zwanzig Jahre dient sie jetzt mit Helene zusammen.
– Bin ich schon so gewöhnt an Helene. Freit mich nicht, wenn neies Mädl kommt. Kann mich nicht an neies Mädel gewöhnen in meinem Alter.

Helene freut sich, dass man sie fortgelassen hat. Aber sie ist auch mit Wehmut abgereist. So viel Liebenswürdigkeit und Gutes hat sie all die Jahre genossen. Doch auch in Rom geht es ihr gut. Dr. Otto ist sowieso die Liebenswürdigkeit selbst. Und auch über seine Frau kann sie nicht klagen. Sie ist viel freundlicher, als sie es in Wien war.

Louise von François war in Wien, um die Gräfin zu besuchen. Betty hat sie auch kennengelernt. Ein wenig stört Betty François' preußischer Chauvinismus. Der Gräfin macht das nichts. Er ist am Ende doch nur etwas Anerzogenes, was den Kern des Menschen nicht berührt. Was liegt schon an den falschen Vorstellungen, die sie sich von den Österreichern und wohl von den Süddeutschen überhaupt macht?
– Wir bleiben schließlich doch, was wir sind, Gräfin: die künstlerisch begabtere, mit reicherem Schönheitssinn ausgestattete Rasse.
– Da haben Sie recht, Fräulein Paoli. Von Ida war sie natürlich sehr entzückt. Seltsamerweise hält sie jedoch Herzensgüte für ihre überwiegende Eigenschaft.

– Vielleicht hat sie nicht genügend Zeit gehabt, um in Erfahrung zu bringen, dass Idas Verstand ihrer Güte vollkommen die Waage hält.

– Ja, es war sicher zu wenig Zeit. Ich jedenfalls habe in sechzehn Jahren weder die Grenzen von Idas Verstand noch die ihrer Herzensgüte kennengelernt.

– Und ich nicht in einem Vierteljahrhundert.

Die Gräfin lächelt mit etwas gequälter Miene.

– Ich habe den Eindruck, Sie sind unwohl, Gräfin.

– Ich habe ein wenig Kopfschmerzen und meine Gesichtsschmerzen machen sich bemerkbar.

– Diesmal gehe ich gleich. Heute dürfen Sie meinetwegen nicht leiden. Ich habe Sie ohnedies schon lange genug gestört. Leben Sie wohl, Gräfin, und werden Sie bald wieder wohl.

Auf dem Heimweg wird Betty unwohl und legt sich zu Hause sofort ins Bett. Dr. Breuer wird gerufen.

– Ich finde nichts. Bleiben Sie einstweilen im Bett, dann werden wir weitersehen.

Es vergehen zwei Tage, drei Tage. Dr. Breuer kommt nicht. Ida schaut ständig zu ihr ins Zimmer, schickt Helene, die wieder bei den Fleischls ist, zu Betty, um nachzusehen, ob sie etwas braucht. Und wenn Betty es wünscht, liest sie ihr die Neuigkeiten aus der *Neuen Freien Presse* vor. Betty fühlt sich unfähig, zu lesen, geschweige denn zu arbeiten. Eines Tages ruft sie und sagt, dass ihr gleich schrecklich übel wird. Helene soll ihr Wasser zum Anspritzen bringen. Helene ruft die Gnädige und zusammen gehen sie in Bettys Zimmer. Ida will sie anspritzen. Nein, das mach ich selbst, schreit Betty. Und dann beginnt sie so zu schnaufen, dass Ida sich vor Lachen nicht mehr halten kann.

– Was sagst du zu Breuer? Er war immer noch nicht da.

– Er wird schon kommen.

– Du siehst ja, dass er nicht kommt. Er glaubt, es fehlt mir nichts.

– Vielleicht hat er auf dich vergessen.

– Er hat noch nie vergessen. Breuer vergisst seine Patienten nicht.

– Vielleicht hat er noch keine Zeit gehabt zu kommen. Er hat doch so viele Patienten.

– Ach wo. Du weißt selbst, dass das nicht stimmt. Eine Nase soll er bekommen wie eine Gurke.

Am nächsten Tag steht Betty am Abend auf, als ob nichts gewesen wär, und ist gesund. Sie setzt sich an den Schreibtisch und schreibt und schreibt und schreibt. Schließlich ist es 11 und sie schreibt immer noch. Rosa, Bettys neues Stubenmädel, geht zu Helene und Kathi in die Küche.

– Ja, was hat denn das Fräulein für eine Schreiberei, dass sie um diese Zeit noch auf ist?

– Freilein hat immer zu schreiben.

– Aber doch nicht um diese Zeit.

– Freilein wird schon Grund haben.

– Ich kenn das Fräulein schon fast 20 Jahre. Um 11 in der Nacht hat sie nie geschrieben.

– Freilein schreibt Liebesbrief.

– Kathi, wie können Sie so etwas sagen!

– Hab ich nur Witz gemacht.

– Aber Kathi, solche Witze macht man nicht.

– Bin schon alte Frau, darf ich.

Betty schreibt:

De profundis clamavi

Wie so wert, lieb und teuer
War bisher mir Dr. Breuer.
Jedes Wort aus seinem Munde
War mir eine Himmelskunde,
Jeder Blick ein Herzerfreuen,
Sah ich lenken ihn mir das Steuer
Meines Lebensschiffs, geborgen
Fühlt ich mich vor Angst und Sorgen,
Und mit tief empfund'ner, treuer
Dankbarkeit verehrt ich ihn,
Der so mild der Hoffnung Feuer,
Das erlosch'ne, neu und neuer
Im Gemüte mir entfacht.
Ach die Zeiten sind dahin,
Schwanden, eh ich es gedacht!
Schnöde hat er mich vergessen

Und versagt mir seiner Mühe
Sich'ren Trost, wenn Schmerz und Wehe
Bitt're Tränen mir erpressen.
Will er sich auch fernerhin
Meines Flehensrufs entziehen,
Unzugänglich, ungelinde,
Dann verstumme ich und finde
Auf den Namen Doktor Breuer
Nur den Reim noch Ungeheuer.

Sie steckt den Brief in ein Kuvert und schickt Helene am nächsten Tag gleich in der Früh mit dem Brief zu Dr. Breuer. Am Abend kommt er. Betty, Ida und die Gräfin spielen gerade Tarock. Er tritt in den Salon.
– Erschrecken Sie, meine Damen, es kommt ein Ungeheuer!

Adele Wesemäl ist wieder bei Ida aufgetaucht. Sie hat ihre Wohnung verloren und ist noch dazu so leidend. Sie möchte wieder bei den Fleischls wohnen, bis sie eine Wohnung gefunden hat. Betty ist strikt dagegen und auch Herr Fleischl hat seit dem letzten Mal genug von Fräulein Wesemäl. Dann muss sie eben in eine Pension gehen, bis sie eine Wohnung hat. Ida will es noch einmal mit ihr versuchen. Ihre Güte kennt eben keine Grenzen. Wie oft hat sie Adele schon geholfen! Vor allem mit kleineren und größeren Summen. Aber auch Helene ist strikt dagegen, dass Fräulein Wesemäl wieder hier wohnt. Und Kathi sowieso.
– Gnädigste haben vergessen, was das letzte Mal passiert ist.
– Ganze Wohnung steht Kopf, wenn Freilein kommt.
– Wenn das Fräulein kommt, verlass ich Sie, Gnädigste.
– Aber Helene!
– Ich auch. Wenn Freilein kommt, gehen wir alle beide.
– Aber, aber!
– Ja, Gnädigste!
Betty spricht mit Ida. Sie muss einsehen, dass auch ihre Menschenfreundlichkeit Grenzen haben muss. Adele ist und bleibt eine Landplage und ist verrückter denn je. Sie kann doch nicht Helene und Kathi gehen lassen wegen der Adele!

Nun ist es wieder Zeit, Wien zu verlassen. Betty fährt nach Ischl. Dr. Breuer hat es angeordnet. Die Solebäder tun ihr gut und das Klima und die Gebirgsluft werden ihr überreiztes Nervensystem beruhigen. Den vielen Regen nimmt sie ja schon seit Jahren in Kauf. Gottergeben fügt sie sich Breuer.

Vor ihrer Abreise bekommt sie ein Päckchen von der Gräfin.

Ich nehme mir die Freiheit, einen kleinen Vorrat Zigarren für die Reise zu schicken, die sehnlich wünschen, in Rauch aufzugehen (den Himmel der Zigarren).

In Ischl bekommt Betty die Nachricht, dass Lorm nun völlig erblindet ist. Was für ein Unglück! Nun ist der taube Lorm auch noch blind. Wie soll sein Leben weitergehen? Heinrich, den sie so viele Jahre kennt. Was soll aus ihm werden? Wie kann er weiterleben? Sein Unglück hat ihn ohnedies so einsam gemacht. Schon vor Jahren hat er »Entsage und erkenne« als Richtschnur seines Lebens bezeichnet. Und eine optimistische Lebensauffassung schien ihm immer schon eine Illusion zu sein. Ach, wie hat ihn sein Schicksal niedergeworfen. Nun sind ihm alle Genüsse des Lebens unzugänglich geworden. Betty ist wahrhaft erschüttert über Lorms Schicksal. Wenn nur seine Romane nicht so schauderhaft leblos und langweilig wären. Warum ist dieser unglückselige Mensch zum Schreiben verurteilt?

Auch die Gräfin erfährt von Lorms Erblindung. Sie weilt gerade mit Louise von François in St. Zeno bei Reichenhall. Sein letztes Buch ist gerade erschienen. Er hat es ihr gewidmet. Nun kann er es nicht mehr anschauen. Lorm, den sie nicht liebt, der aber ein unendlich schweres Schicksal hat. Jeder ist gleich sein Todfeind oder ein schlechter Mensch, der seine Bücher nicht liest oder nicht verlegt. Ach, dieser arme Teufel! Seine Frau schreibt ihr in seinem Namen.

Hochverehrte Gräfin!
Wohl ist ein Unhold zwischen uns getreten, aber nicht zwischen uns allein, sondern zwischen mich und die ganze übrige Außenwelt. Seit dem Frühling dieses für mich so schlimmen Jahres bin ich total unfähig geworden, selbst

zu lesen oder zu schreiben, und verbringe mein Leben unausgesetzt auf dem Siechenlager, wobei die Meinen das Kunststück üben, dieses Leben zu erhalten. Infolge dieses lebendigen Joches ist eine Gemütsbeschaffenheit eingetreten, die das Produzieren und Diktieren unmöglich macht. Ich brauche Ihnen für die Wahrheit dieser traurigen Daten keinen anderen Beweis zu liefern, als dass Sie meinem Namen in keinem Blatt mehr begegnen, vielleicht einige Artikel ausgenommen, die noch aus dem verflossenen Jahr liegengeblieben waren. Hätte meine literarische Untätigkeit nicht eine so furchtbare Ursache, ich könnte froh sein, mich nicht mehr zur Literatur zählen zu müssen, nachdem die Wiener Journale ein so schamloses und niederträchtiges Totschweigen an meinen zuletzt erschienen Werken üben. Betrachten Sie mich als einen, der nicht mehr auf der Welt ist, aber nicht als einen, der, solange er atmet, vergessen könnte, wie lieb Sie ihm sind und wie viele liebe Augenblicke er Ihnen zu danken hat. In alter Treue, Ihr Heinrich Landesmann

Die Gräfin ist untröstlich über Lorms Schicksal. Sie schreibt ihm in der Hoffnung, dass ihm seine Frau den Brief irgendwie vermitteln kann. Sie hat gehört, dass er im Begriff ist, eine Tastschrift zu entwickeln. Lorm, der bewundernswerte Lebenskünstler, der jedes Unglück meistert. Seine Frau und seine Kinder kümmern sich liebevoll um ihn. Was für ein Glück. Sie schreibt, wie unendlich leid ihr Lorms Unglück tut, wie sie es gar nicht fassen kann. Sie kann ihr Bedauern gar nicht in Worte fassen. Auch Betty Paoli hat schon davon erfahren. Auch sie ist untröstlich. Wie sehr haben alle seine Freunde seine Tapferkeit bewundert. *Unsere letzte Zusammenkunft ist mir in unvergesslich schöner und erhebender Erinnerung geblieben. Ich habe keine Worte, um den Respekt, die Bewunderung zu schildern, mit denen Ihre Heiterkeit und Ihr Starkmut mich erfüllten. Hundertmal, tausendmal denke ich an Sie, und – das weiß ich! – mich wird niemand mehr über irgendein kleines oder auch großes Ungemach, das mich belästigt, klagen hören.*

Betty hält es in Ischl nicht mehr aus. Der ständige Regen. Da muss sie die ganze Zeit im Zimmer bleiben. Und die Bäder nützen ohnedies gar nichts. Im Arm hat sie, wie schon seit Wochen, immer noch Schmerzen, die sie schon seit Monaten quälen. Sie fährt nach Wien. Carl ist in Wien und Kathi und Helene. Dr. Breuer verordnet Massieren. Nun kommt täglich eine Frau, 2 fl pro Tag. Das ist schließlich Betty und auch Dr. Breuer zu viel. Dr. Breuer beschließt, Rosa das Massieren zu zeigen. Nun massiert Rosa. Betty schreit und Rosa schwitzt. Missy knurrt bei jedem Schrei und will Betty zu Hilfe eilen. Betty hat schon lauter blaue Flecken. Schließlich meint sie, dass sie von den Massagen genug hat. Sie fährt nach Franzensbad. Dort wird sie sicher Linderung ihrer Leiden finden.

4

– Lenele, was trägst du für einen Hut?
– Den tragen jetzt alle.
– Und du auch.
– Ja, Betty, du weißt doch, dass Makart unser guter Freund ist.
– Ich weiß es, Helene.
– Ich weiß schon, dass er dir nicht gefällt. Ich finde ihn wunderschön.
– Ach, mein Lenele, mein Herzchen. Was habt ihr nur alle für einen Geschmack?
– Betty, Makart ist der größte Künstler aller Zeiten.
– Warte nur Helene, du wirst schon noch erkennen, wie sehr du dich irrst.
– Betty, ich bin gekommen, um dir eine Neuigkeit zu erzählen.
– Sprich, mein Kind.
– Ich habe mich verlobt.
– Du hast dich nun tatsächlich verlobt? Mit Dr. Bettelheim?
– Ja, mit Dr. Bettelheim. Wir lieben uns, Betty.
Helene Gabillon heiratet! Bettys Lenele heiratet. Was für ein Ereignis! Bettys Herzenstochter, spiritual daughter würde man bei den Mormonen sagen. Betty ist in einer heftigen Gemütserregung. Sie ist so bewegt, dass sie sich den ganzen Tag nicht fassen kann. Natürlich freut sie sich, weil die beiden jungen Leute einander aufrichtig lieben. Eine wahre starke Herzensneigung hilft über vieles hinweg und lässt das Missliche, das in jeder Ehe vorkommt, leicht ertragen. Aber Betty ist nun einmal ehescheu. Sie findet es gewagt, wenn sich zwei Menschen, deren zukünftiger Entwicklungsgang sich unmöglich vorhersehen lässt, fürs ganze Leben aneinander binden. So gleicht sie eben so ziemlich

der alten Henne, die ihr Ziehkind, das Entlein, sich ins Wasser wagen sieht.

Ida ist voller Kummer. Ihr Herz tief betrübt. Henriette ist fort. Sie war nicht aufzuhalten. Sie hat ihre Sachen gepackt und ist fort. Niemand wusste, wohin. Ich halte es hier nicht aus, hat sie geschrien. Die stille Henriette. Otto und Henriette passen nicht zusammen. Henriette ist lüstern nach Aufregungen und Otto friedliebend. Sie können nicht zusammenbleiben. Otto will die Scheidung. Gerade ein Jahr ist es her, dass sie geheiratet haben. Sie sollten es doch noch versuchen, meint Ida. Eine Scheidung schon nach einem Jahr. Henriette hat aus Venedig geschrieben, sie denkt nicht daran, wieder nach Rom zurückzukehren. Es hätte auch keinen Sinn. Aber sie will sich nicht scheiden lassen. Plötzlich ist sie in Wien aufgetaucht. Sie hat eine Wohnung in der Plankengasse gemietet. Otto erlaubt es. Und nun speist sie täglich bei den Fleischls. Ida kann es ihr nicht verwehren. Ist sie doch ihre Schwiegertochter. Vielleicht finden sie ja doch wieder zusammen. Aber sie ist verzweifelt. In der Früh schon schickt Henriette einen Boten zu Ida mit einem Zettel, auf dem steht, dass sie heute um 12 Uhr in die Donau geht. Oder dass sie sich vom Stephansdom stürzen wird. Die Mahlzeiten sind unerträglich geworden. Manchmal spricht Henriette kein Wort, dann wiederum bricht sie plötzlich in Tränen aus und schluchzt ganz jämmerlich und ist nicht zu beruhigen. Sie schluchzt und schluchzt und ist nicht bereit, sich vom Tisch zu erheben und sich in ein anderes Zimmer zu begeben. Immer wieder flüstert sie: »Ich stürz mich aus dem Fenster.« Nach dem Dessert springt sie auf und läuft einfach weg. Die ganze Familie leidet unter diesen Szenen. Betty findet sie peinlich. Wenn sie nicht von Selbstmord spricht, gibt sie Platitüden von sich. Dreimal am Tag fingiert sie einen Selbstmord, und das auch noch möglichst malerisch. Sie ist ein ganzer Teufel, eine Gans, aber spielt sich auf als Genie. Betty hofft, dass das bald ein Ende hat. Henriette will keine Scheidung, sie will in Wien in der Plankengasse bleiben. Ida war gegen eine Scheidung. Jetzt sieht sie jedoch ein, dass es keine andere Lösung gibt. Sie ist so aufgeregt. Sie kann über nichts anderes mehr sprechen als über Otto und Henriette. Kaum noch interessiert sie sich für die neue Arbeit der Gräfin. Obwohl so viele Korrekturen zu machen wären. Kein Gespräch interessiert sie mehr. Die Gräfin will ihr aus Karl Emil Franzos' neuem Buch vorlesen. Doch Ida hat dafür keine Ruhe. Immer wieder versucht die Gräfin sie zu beruhigen. Otto ist bei ihr zu einer fixen Idee geworden. Arme Ida, so gescheit! Aber die mütterliche Verblendung bleibt auch ihr nicht erspart.

Die Scheidung muss sein. Es gibt keine andere Möglichkeit. Endlich willigt Henriette ein. Auch beim Rabbiner hat sie weder geschrien noch geweint. Sie hat Wien verlassen, und die ganze Familie hofft, dass es nun definitiv zu Ende ist und dass sie nie mehr mit ihr in Berührung kommen werden. Nun wollen sie den Sommer in St. Gilgen verbringen und sich endlich von den wochenlangen Aufregungen erholen. Ernst hat schon mehrmals einige Wochen mit Freunden dort verbracht. Diesmal hat er seinen jungen Freund Freud nach St. Gilgen eingeladen. Freud, der ihn bewundert und beneidet. Den schönen, feinsinnigen, mit allen Talenten Begabten, mit dem Stempel des Genies in den Zügen, der in der erlesensten Gesellschaft verkehrt. Ernst will ihm das japanische Go-Spiel beibringen. Und wenn er Lust hat, können sie auch zusammen Sanskrit lernen. Nur für Ernsts Papagei kann sich Freud nicht erwärmen. Er ist zwar ein schön impertinent gefärbtes Tier, ist aber ganz dumm und krächzt bloß, obwohl Ernst von der Feinheit des Tieres überzeugt ist. Das Tier kann seine Flügel ausbreiten, damit man deren Schönheit bewundert, behauptet Ernst. Als Ernst Freud dieses Kunststück vorführen wollte, hat er das Tier eine halbe Stunde lang mit heiliger Innigkeit darum gebeten, aber es hat sich nicht darum gekümmert. Da musste sogar Ernst zugeben, dass das von einem schlechten Charakter zeugt.

Die Abreise nach St. Gilgen muss verschoben werden. Ernst muss wieder operiert werden. Wieder muss ein Neurom entfernt werden.

– Helene, richte alles zu. Der Ernst wird wieder operiert.

Alle sind wieder versammelt. Dr. Breuer, Professor Exner, Hofrat Professor Billroth, Primarius Gersuny, Hofrat Professor Frisch, Dr. Chrobak und natürlich Ida und Carl. Ernst schaut nach, ob alles da ist. Zwölf Handtücher. Das ist zu wenig. Noch einmal so viel. Alle Fenster und Türen müssen offen sein. Zwei Diener richten im Vorzimmer auf einem Tisch die Instrumente her: Messer, Schere, Zange, Gaze, Dochte und Kompressen. 2½-prozentige Karbolsäure für die Ärzte zum Händewaschen und eine 5-prozentige Lösung für die Instrumente und Schwämme. Dazu wurde ein Karbolsprayapparat gebracht. Ernsts

Hand wird auf ein festes Kissen geschnallt. Gersuny chloroformiert ihn. Dann wird er mit glühenden Nadeln elektrisiert. Ernst brüllt vor Schmerz. Die Leute im Haus laufen zusammen und weinen. Ernsts Jammer geht ihnen durch und durch. Billroth operiert. Ruhig und entschieden. Jeder der anwesenden Ärzte weiß, was er zu tun hat. Die Operation dauert fünf Viertelstunden. Ida verlässt keine Minute das Zimmer. Nach der Operation hält Gersuny Ernst noch drei Stunden in der Betäubung. Sonst hält er den Schmerz nicht aus. Wegen des langen Chloroformierens verträgt er nach der Operation mehrere Tage keine Speisen. Auch kann er vor Schmerzen kaum schlafen. Langsam beginnt er wieder zu essen. Helene kocht Bouillon, ein weiches Ei, Apfelkompott.

– Jessus, wie schaut Professor aus! Wird er nie wieder Knedel essen kennen!

– Nein, Kathi. Bald wird er wieder Knödel essen. Sie werden sehen.

– Kann ich nicht glauben. Schaut aus wie Mensch, was keine Knedel essen kann.

– Professor Ernst ist immer noch gesund geworden. Diesmal wird er auch gesund werden.

– Professor schaut aus wie Gespiebenes.

– Er wird sich schon erholen.

– Kann ich nicht glauben.

Ernst erholt sich nur langsam. Es ist heiß geworden in Wien, bis sie endlich abreisen können. Ernst hat rasende Schmerzen und fühlt sich ziemlich elend. Er chloroformiert sich selbst. Zum Glück hat es der Diener bemerkt. Er wäscht ihn mit kaltem Wasser ab, damit er wieder aufwacht. Ernst nimmt Morphin-Pulver und immer wieder Morphin-Pulver, um die Schmerzen zu lindern. Lieber würde er bei 40° Kälte nackt spazieren gehen, als diese Schmerzen auszuhalten. Die Reise ist sehr beschwerlich. Von Ischl nach St. Gilgen müssen sie mit dem Wagen fahren, weil es noch keine Bahn gibt. Und wieder nimmt Ernst Morphin-Pulver. Ida ist voller Sorge, aber anders kann er die Schmerzen nicht aushalten, sagt er.

Betty weilt derweil auf Schloss Habrowan, wohin sie Caroline Gomperz-Bettelheim, Helenes Schwägerin, eingeladen hat. Hier fühlt sie sich wohl. Die Ruhe, die unbefangene Heiterkeit der Menschen, die sie umgeben, wirken so wohltuend nach der schwülen Atmosphäre, die Wochen um Wochen auf dem ganzen Haus gelastet haben. Das Schloss ist sehr schön, der Garten prachtvoll, und welch eine Perle ist Caroline Gomperz! Danach freilich muss sie zur Kur fahren. Dr. Breuer beharrt heuer auf Franzensbad, obwohl es ihr sehr widerwärtig ist. Aber ihre Gesundheit ist ihr nun einmal das Wichtigste.

Endlich ist es Zeit, von Franzensbad abzureisen. Sie hat genug von dem Kohlenstaub und Ruß, den man dort einatmet. Nach Wien will Betty dennoch nicht fahren. Kathi ist erkrankt und liegt im Spital, das sie aller Wahrscheinlichkeit nach nicht so bald verlassen wird, denn sie hat ein chronisches Geschwür am Fuß. Und Helene ist noch in St. Gilgen. Betty verlangt es nicht danach, in der großen, veröteten Wohnung mit Rosa allein zu hausen. Sie beschließt kurzerhand, nach München zu fahren. Da kann sie ihren alten Freund Pecht besuchen und Heyse. Und außerdem noch Ida treffen, die ja ihre Mutter von St. Gilgen nach München zurückbringt.

Schließlich sind wieder alle in Wien vereint. Betty liebt den Winter, weil sie wieder mit allen Menschen zusammensein kann, die ihr lieb sind. Richard ist wieder in Wien, wohnt in der Habsburgergasse, geht aber keiner Arbeit nach. Auch Ernst ist fast täglich zu Tisch bei der Familie. Betty macht das keine Freude.

– Ich verlasse das Haus.

– Das hast du schon öfter gesagt, Betty.

– Aber diesmal ist es ernst. Ich nehme ein Etablissement bei Frau von Littrow.

– Sie hat doch erklärt, dass sie sich unter keiner Bedingung dazu herbeilassen kann.

– Jedenfalls verlasse ich euch. Richard und Ernst wollen das.

– Aber nein, Betty.

– Doch, doch. Ich kann es ja doch nicht ertragen, wenn während der Mahlzeiten immer ein Fenster aufgemacht werden muss. Es ist schon November und viel zu kalt.

– Ihr werdet euch doch einigen können.

– Nein, du siehst ja, dass wir uns nicht einigen können.

– Aber, Betty, du weißt doch, dass Ernst ein Sanguiniker ist.

– Aber Richard meint es ernst.

– Zu wem willst du denn ziehen?

– Ich finde schon eine Möglichkeit. Aber ich möchte mit Ernst und Richard keine Differenzen haben. Wenn das Fenster geöffnet werden muss, werde ich nicht im Wege stehen.

Schwere Zeiten

I

S e l b s t m o r d   e i n e r   D a m e. Münchner wie Berliner Blätter beschäftigen sich eingehend mit der Tragödie der Frau Dr. Fleischl in Rom; die »Münchener Neuesten Nachrichten« bezeichnen die »verbreiteten Kombinationen« als falsch; indessen lassen die vorliegenden Detailberichte aus Rom keinen Zweifel über die Richtigkeit der bisherigen Darstellungen. In einem Berichte des Diritto aus Rom, welcher die Dame Henriette Obstein nennt (sie führte wahrscheinlich ihren Mädchennamen Oppenheim), heißt es: In der Nähe des Kapitols hatte die junge Frau ein Häuschen gemietet, wo sie mit zwei Kammerfrauen lebte. Am Sonntag Früh verbrachte sie zwei Stunden außer dem Hause; sie machte Besuche und kaufte in verschiedenen Läden Nippsachen und Kunstgegenstände. Zurückgekehrt, setzte sie sich ans Klavier; später sagte sie den Dienerinnen, dass sie allein bleiben wolle und dass sie ihnen erlaube, bis zum Abende auszubleiben. Als dieselben gegen 5 Uhr heimkehrten, fanden sie Frau Fleischl in ihrem Schlafzimmer auf einem Sofa ausgestreckt, mit blutüberströmtem Kopfe. Zu ihren Füßen lag ein kleiner Revolver mit Elfenbeingriff. Sie hatte sich in die Stirn geschossen und war bewusstlos, atmete aber noch. Auf dem Schreibtische fand man den folgenden, an Franz Lenbach gerichteten Brief, der vielleicht einigen Aufschluss über die Motive der Tat gibt:

S o n n t a g,   d e n   9. Dezember 1883

Mein Schatz! Ich schreibe Dir auf schönem Papier, aber ich bin so melancholisch. Ich habe keinen freudigen Gedanken mehr, ich will sterben. Mein Leben ist verfehlt, und nun ist es zu spät, ein neues zu beginnen. Ich bin innerlich gebrochen und verwundet und jedes Mittel ist nutzlos. Vielleicht, wenn Du mich hättest lieben und heiraten können, hätte ich vielleicht noch ein glückliches Wesen werden können. Vielleicht – sage ich – weil ich es nicht weiß und Dir keine Vorwürfe machen will. Ich war unglücklich, wie man es selten ist. Das ganze Jahr dachte ich an den Tod. Lebe wohl, geliebter Franz; ich danke Dir aufrichtig für Dein Herz und Deine Güte und wünsche, dass Gott es Dir lohne und Dich meinen Tod nicht allzuviel fühlen lasse. Als letzte Gunst bitte ich Dich, meine Angelegenheiten zu ordnen. Nimm als Erinnerung, was Dir gefällt, und das Übrige lasse Mimi

Ramberg. Die Manuskripte von Beethoven gehören Levi. In der Kassette findest Du auch etwas Geld, das Du meinen Dienerinnen Prassede und Katharina geben kannst. All das bitte ich Dich zu regeln, und nun grüße und küsse ich Dich aufrichtig.

Dein armes Kind, das allein stirbt.

Grüße Deine kleine Gräfin; ich habe sie geliebt, weil Du sie geliebt hast. Ich war ihr gut und hoffe, dass sie noch lange glücklich werden wird.

Henriettes Brief steht in allen Zeitungen. Vor zwei Tagen hatte Ida davon erfahren. Das Gerücht von der Verheiratung Lenbachs mit Gräfin Dönhof soll Henriette zu der Tat bewegt haben. Seit der Scheidung haben die Fleischls nichts mehr von ihr gehört. Sie wussten nur, dass sie nach München gegangen war. Dass sie inzwischen wieder in Rom weilte, wussten sie nicht. Otto wusste es sicher, er wollte nichts erzählen. Was für eine Tragödie! Nur gut, dass Otto schon über ein Jahr von ihr geschieden ist. Alle wussten es ja. Henriettes Nerven waren überreizt. Die Blähungen in den Gedärmen, das Brennen im Magen, der Ekel, das Erbrechen, die mangelnde Esslust. Aber dass es so enden wird, hat niemand geahnt. Ida ist sehr nervös und angegriffen. Auch Ottos Nerven sind zerrüttet. Er will nach Wien kommen und seine Eltern beruhigen.

Am 24. Dezember ist schließlich die ganze Familie vereint. Otto, Ernst und Richard. Nur Paul kann nicht kommen. Ernst war bei Otto in Rom, um sich von der letzten Operation zu erholen. Gemeinsam sind sie nach Wien gereist, nachdem sie von der Tragödie erfahren hatten. Richard besucht heuer nicht das Fest bei den Gabillons. Nach dem schrecklichen Ereignis ist es besser, bei der Familie zu bleiben. Die Gräfin ist gekommen. Sie hat ein Päckchen bester Zigarren mitgebracht. Wie gerne ist sie doch auch am Christabend bei ihren guten getreuen Freunden in der Habsburgergasse. Auch wenn heuer alle doch sehr angegriffen sind. Auch Betty ist anwesend. Das Ehepaar Wertheimer, das Betty, seit sie am Christabend nicht mehr zu den Gabillons geht, gewöhnlich besucht, ist leidend. Für Betty ist Henriettes Selbstmord erschütternd. Eine so junge Frau, wegen eines so dummen Gerüchts. Der arme Lenbach! Nur Ernst ist munter trotz der heftigen immerwährenden Schmerzen in der Hand. Henriette war gehirnkrank. So tragisch ihr Selbstmord ist, es gibt keinen Grund, sich weiter darüber zu erregen. Otto soll froh sein, dass das nicht während seiner Ehe mit ihr passiert ist.

– Aber es ging doch um Lenbach!

– Es hätte auch jemand anderer sein können.

– Gabriel von Max.

– Ach, mach doch keine Witze.

– Sie wollte ja weg. Immer nur weg.

– Sie wollte unbedingt in die Münchner Künstlerkreise.

– Das war ihr Unglück.

– Hab ich euch schon erzählt, dass die Hedwig, meine Bedienerin, die Mistkrankheit hat?

– Ja, natürlich.

– Ich kenne diese Krankheit noch nicht.

– Sie hinterlässt in allen Winkeln den Mist. Und Helene muss dann kommen und den Mist wegräumen.

Die Gräfin lächelt ein wenig, die anderen schweigen. Ernst redet weiter. Er erzählt von seinem Diener im Laboratorium, der mit einer Frau in wilder Ehe zusammengelebt hat. Heiraten konnten sie nicht, weil beide verheiratet waren. Drei Kinder hatten sie miteinander. Aber die Frau war nichts wert, sie war verschuldet und hat alles versetzt, sogar die Kleider vom Johann, Ernsts Diener, während sie letzten Sommer in St. Gilgen waren. Schließlich hat sie keinen Ausweg mehr gewusst und hat sich auf der Stiege vergiftet.

2

Betty hat den Kopftyphus. Oft ist sie lange besinnungslos und kann nicht gehen. Dr. Breuer meint, es ist die Chloralkrankheit. Wie sie sich benimmt. Man kennt sich gar nicht aus. Den ganzen Tag schläft sie und kann sich nicht bewegen und in der Nacht sitzt sie auf dem Boden. Nicht etwa, dass sie aus dem Bett gefallen ist. Niemand weiß, wie sie das angestellt hat. Rosa ist nebenan. Bevor sie zu Bette geht, schaut sie noch zu Betty. Wenn sie am Boden sitzt, ruft sie Helene.

– Helene, helfen Sie mir, das Fräulein ins Bett heben!

Helene läuft herbei. Betty sitzt ganz nah beim Bett. Sie redet nicht und deutet nicht und lässt sich ins Bett heben. Keine kleine Arbeit.

Betty ist groß und unbeholfen. Rosa und Helene gehen wieder schlafen. Rosa lässt die Tür zu Bettys Zimmer offen. Bald ruft Rosa wieder:
– Helene, helfen Sie mir, das Fräulein ins Bett heben!

Dieses Mal liegt Betty zur Hälfte unterm Bett. Rosa und Helene heben sie erneut hinein. Und legen sich selbst wieder hin. Da geht es zum dritten Mal los. Nun liegt sie beim Tisch. Rosa und Helene schaffen es aber nicht mehr, Betty ins Bett zu tragen. Sie sind schon zu sehr ermüdet. Sie wecken die Mali, das neue Stubenmädchen. Kathi kann kaum mehr arbeiten und Helene kann nicht alles allein machen. So hat Ida noch ein Stubenmädchen eingestellt. Und Helene kocht jetzt vor allem. Zu dritt schupfen sie Betty ins Bett. Rosa und Helene schauen sich an und lachen. Ganz leise, damit es das Fräulein nicht bemerkt. Schnell laufen sie aus dem Zimmer und können sich vor Lachen nicht mehr halten. So wird beschlossen, dass jemand bei Betty schlafen muss. Rosa hat eine kranke Hand und kann allein nichts ausrichten, also schläft Helene bei Betty. Ida kann es nicht mehr dulden, dass Helene sich so anstrengt. Sie bittet Dr. Breuer, eine Wärterin zu schicken.

Viel kann die Wärterin auch nicht ausrichten. Aber langsam, ganz langsam kommt Betty wieder auf die Füße. Nur mit dem Gehen geht es schlecht. Zu zweit muss man sie führen wie ein kleines Kind. Dann heißt es: »Helene ist die Stärkste.« Und so muss Helene Betty jeden Tag zu Tisch führen. Eine Zeitlang geht es ganz gut. Aber einmal wären beide beinahe umgefallen. Als sie durch das rote Zimmer gehen, lässt Betty ihr ganzes Gewicht auf Helene fallen. Zum Glück kommt gerade Onkel August durch das Zimmer. Helene schreit aus Leibeskräften:
– Herr Onkel, bitte nur schnell um den Schaukelstuhl!

Helene setzt Betty auf den Schaukelstuhl und fährt wie in einem Schlitten in das Speisezimmer. So macht sie das nun wochenlang. In der Küche prahlt sie vor der Kathi und der Mali mit ihrer Idee mit dem Schaukelstuhl.
– Das ist doch ein guter Einfall, das Fräulein mit dem Schaukelstuhl ins Speisezimmer zu fahren.
– Und wenn sie vom Schaukelstuhl fällt?
– Ach was, sie fällt nicht vom Schaukelstuhl.
– Bei Freilein weiß man nie. Kenn ich Freilein am längsten.
– Und wenn sie rausfällt, setz ich sie wieder hinein.

– Freilein is schwer.
– Dann ruf ich die Mali.
– Wie kommt Freilein von Schaukelstuhl in Sessel? Oder bleibt Freilein in Schaukelstuhl sitzen?
– Rosa und ich helfen ihr in den Sessel. Es geht eh schon viel besser.

Ganz langsam erholt sich Betty, bis sie schließlich vollständig wiederhergestellt und ganz die Alte ist. Sie geht wieder mit Missy spazieren, arbeitet an ihrem Macramé und häkelt emsig. Und wenn sie nur noch sechs Zigaretten hat, schreit sie schon aus Leibeskräften über den Gang: »Rosa, bedenke, dass ich nur noch sechs Stück Zigaretten habe.« Und wie immer lacht das ganze Haus.

3

Richard heiratet in wenigen Wochen. Alice Politzer, die Tochter des berühmten Professor Politzer, des ersten Dozenten für Ohrenheilkunde. Alice ist ein zartes Mädchen von 20 Jahren, sanft und fügsam. Ein sympathisches, herziges Wesen, das Richard sehr gern zu haben scheint. Wunderbar musikalisch, trägt sie am Klavier Kompositionen mit wirklicher Virtuosität vor. In jedem Konzert würde sie Beifall finden, ihr Können geht weit über jeglichen Dilettantismus hinaus. Carl ist aufgeregt und bester Laune, weil Richard ein so anmutiges Mädchen heiratet. Er ist glückselig, als ob er selbst der Bräutigam wäre. Ida ist noch in München bei ihrer Mutter. Dafür bitten Politzers Carl häufig zu Gast, worüber er sich sehr freut. Es ist ein Glück für Carl. Sein Bruder ist gerade gestorben und so kommt er leichter darüber hinweg. Auch Betty wird häufig eingeladen. Erst unlängst speiste sie bei ihnen mit Lewinsky und dem Gesangslehrer Rokitansky. Nach Tisch setzte sich Alice ans Klavier. Betty weiß sehr wohl Alices Klavierspiel zu schätzen, auch wenn sie nicht viel Verständnis dafür hat. Schade, dass gerade das ihr größtes Talent ist, wofür sowohl sie als auch Ida am wenigsten Sinn haben. Meistens aber weicht Betty den Einladungen aus. Es ist ihr unheimlich, mit Menschen, die sie doch nur ganz flüchtig kennt, so viel zusammen zu sein. An Ida schreibt sie: *Ich schaudere, wenn ich bedenke, was Dir alles bevorsteht. Durch Dienstbotenklatsch erfuhr ich, welche Festivitäten es geben wird. Am Tage vor der Hochzeit ein großes Diner mit 80 Gedecken, am Trauungstage selbst*

Gratulation mit splendidem Buffet und um 5 Uhr Familiendiner. Man muss von guten Eltern sein, um all das auszuhalten. Dabei wirst Du noch von Unruhe verzehrt sein, was Deine Mutter inzwischen beginnen mag – kurz, es sind heiße Tage, die Dir bevorstehen.

Ida ist sehr erschöpft. Die Mutter ist eine Last. Wie oft ist sie nicht in letzter Zeit nach München gereist. Louise spricht kaum mehr mit jemand anderem als mit Ida. Sie sieht schlecht und vor allem hört sie kaum noch etwas. Ida muss schreien, was sie sehr anstrengt und ihr Kopfschmerzen verursacht. Durch das laute Sprechen hat sie sich durchaus nicht gleichgültige Venen-Ausdehnungen zugezogen. Und dann noch die traurige Nachricht. Carl hat seine Stelle als Präsident der Tramway aufgegeben. Er ist sehr betrübt. Aber es musste sein. Die Leute behaupten, man kann mit ihm nicht auskommen. Aber dass er ein Ehrenmann ist, bestreiten selbst seine schlimmsten Feinde nicht, deren er unzählige hat. Man unterstellt ihm jüdische Habgier. Manche behaupten, dass er die Fahrpreisreduzierung einige Tage verheimlicht hat, um seinen großen Besitz von Tramwayaktien früher loszuschlagen, weil er fürchtete, dass diese Aktien nach Bekanntwerden der Fahrpreisermäßigung an der Börse gewaltig fallen würden. Daraufhin hat er das Amt niedergelegt. Diese Anschuldigung war genug. Ach, wie leid es Ida tut. Wo doch die Tramway alles für ihn war. In Wien wird sie ihn trösten. Sie muss ohnedies bald wieder nach Wien, um zur Hochzeit rechtzeitig zurück zu sein.

Die letzten Tage war sie mehrmals bei Heyse eingeladen. Darüber muss sie unbedingt der Gräfin schreiben.

München, 24. April 1884

Liebste Marie,

ich hoffe, dass es Helenchen wieder gut geht und dass sie das Spital schon verlassen konnte. Ist Dein Bruder Adolph schon abgereist? Und wie geht es den anderen Kindern?

Ich muss Dir unbedingt von Heyse erzählen. Wie Du weißt, wird man bei Heyses immer sehr herzlich empfangen. Aber so angenehm und freundlich s i e auch ist, so muss ich doch gestehen, dass ich mich mit i h m ungleich mehr à min aise fühle. Er hat etwas ungemein Wohlwollendes im Blick und im Ton der Stimme. Er ist Dir sehr freundlich gesinnt. Er sagt, dass Du ein feines Talent hast und dass Du ein feinsinniger Novellist bist.

Besonders Deine anschaulichen Charakterzeichnungen hat er gelobt, die Tiefblicke in die menschliche Natur. Die »Muschi« hat ihm sehr gefallen. Vor allem die ergötzliche Weise, in der der Hang persifliert wird, die Sprache mit französischen und englischen Brocken auszustaffieren. »Speak nicht solchen Unsinn« hat ihm so gut gefallen. Er rät Dir, einen Roman aus der Wiener Gesellschaft zu schreiben.

Gestern habe ich im Hoftheater »Elfriede« gesehen. Dieses Stück ist hinreißend schön. Diese Dichtung geht durch alle Abgründe des Herzens. Die Szenen sind einfach fesselnd. Heyse ist ein echter Poet. Auch ich glaube, dass man einmal von einer Heyse-Zeit sprechen wird.

Ich muss schließen. Ich beabsichtige, am 28. d. M. nach Wien zurückzukehren. Wenn es Mutter gut geht, nehme ich sie mit. Ich wünsche mir sehr, dass sie bei Richards Hochzeit dabei ist.

Lebe wohl   Ida

Vor ihrer Abreise von Wien hat Ida mit der Stasi, der Hausschneiderin, das Kleid für die Hochzeit besprochen und mit ihr den Stoff gekauft. Carl und Richard wüten. Wie kann Ida das Kleid für die Hochzeit bei der Stasi machen lassen! Die Stasi näht doch nicht schön genug! Ida hat sich vor ihrer Abreise nicht mehr darum gekümmert. Sie ist so nervös und zermürbt. Jetzt wollen Carl und Richard den Stoff von der Stasi zurückfordern. Bei Tische sprechen sie ohnedies nur mehr über die bevorstehende Hochzeit.

– Die Stasi kann unmöglich Idas Kleid nähen. Was sagen Sie dazu, Fräulein Betty?

– Ach, Herr von Fleischl, ich sage gar nichts dazu.

– Aber Betty, du musst doch eine Meinung haben.

– Die Stasi arbeitet sehr ordentlich.

– Aber Betty, die Stasi näht Kleider für alle Tage.

– Ihr wollt wohl bei der Schneiderin der Fürstin Paulin nähen lassen.

– Gewiss wäre uns das am liebsten.

– Für Ida wär das aber doch zu modisch.

– Warum denn nicht? Mama würde sicher sehr schön aussehen in einem Kleid, wie es Fürstin Paulin trägt.

– Ach Richard, Mama braucht ein schönes Kleid für deine Hochzeit.

– Das Kleid, das Mama zu Ottos Hochzeit trug, hat auch nicht die Stasi gemacht.

– Idas Kleid, das sie zu Ottos Hochzeit trug, war nicht besser gemacht, als Stasi zu arbeiten pflegt.
– Aber Fräulein, das können Sie nicht sagen!
– Herr von Fleischl, ich bin ganz neutral. Machen Sie nur, was Sie für richtig halten.

Ida hat die Heimreise mit ihrer Mutter gut überstanden. So beschwerlich sie für Louise war. Auch die Gepäcksvisitation in Salzburg war für die alte Frau kein Problem. Kaum angekommen, offenbaren Carl und Richard Ida, dass sie den Stoff für das Kleid von der Stasi zurückverlangt haben. Sie muss bei Fink & Rosenfeld nähen lassen. Ida ist ganz geknickt. Wie können sie das ohne ihre Einwilligung machen. Das ist ihr vor der Stasi peinlich. Die Stasi ist eine gute Kleidermacherin. Seit 20 Jahren näht sie schon ihre Kleider. Fink & Rosenfeld sind Modeschneider. Ida braucht keinen Modeschneider, schon gar nicht in ihrem Alter. Aber die Herren wollen es unbedingt. Ida will nichts als Frieden. Ihre Mutter nimmt sie schon genug in Anspruch. Wenn sie nur am Hochzeitstag keine Migräne hat. Betty dauert Ida sehr. Aber in die Familienangelegenheiten mischt sie sich nicht ein. Sie sieht zwar nicht, wie das Kleid jetzt so schnell fertig werden soll. Fink & Rosenfeld brauchen sicher eine Woche. Die Stasi würde es in drei Tagen schaffen. Aber darum müssen sich jetzt eben die Herren kümmern. Sie selbst muss noch ein Hochzeitsgeschenk besorgen. Sie sucht in verschiedenen Läden, findet aber nichts Passendes. Nach Tische macht sie sich jetzt immer mit Missy auf die Suche. Endlich entscheidet sie sich für Kerzenleuchter.

Am 6. Mai um 12 Uhr ist die Hochzeit. Auch die Gräfin findet sich mit ihrer Nichte Marie und Fräulein Hermann, der Erzieherin, im Tempel ein. Sie sind von dem feierlichen, schönen Gesang ganz ergriffen. Richard bekommt von der Gräfin eine Miniatur und seine Braut eine Uhr. Danach ist die Gratulation bei Politzers in der Gonzagagasse. Betty verabschiedet sich bald. Es sind zu viele Menschen. Das erzeugt in ihr eine Unruhe, wie sie sie früher nicht kannte. In ihrem Alter sind große Festivitäten einfach zu anstrengend. Auch die Gräfin will nicht lange bleiben. Betty begleitet sie schließlich nach Hause, holt dann Missy ab und geht mit ihr in den Stadtpark.

4

Endlich ist ein Schriftstellerinnenverband gegründet worden. In unserer Zeit, die so reich an humanitären Institutionen ist, steht gleichwohl die auf geistigem Gebiete schaffende und arbeitende Frau schutz- und hilflos da. Sie kann weder auf Unterstützung in einer augenblicklichen materiellen Bedrängnis, noch auf Versorgung in Alter und Krankheit rechnen, denn die Hilfsvereine ihrer männlichen Kollegen sind ihr verschlossen. Die Gräfin stiftet 100 Gulden und tritt dem Verein bei. Auch Betty tritt trotz allerlei Bedenken bei. Sie ist ja schon eine Greisin. Und manches könnte man anders machen. Natürlich ist sie für die Unterstützung von Schriftstellerinnen. Aber es würde doch der Eintritt in den »Allgemeinen Deutschen Schriftstellerverband« in Leipzig genügen, ohne einen eigenen Schriftstellerinnenverein zu gründen. Ida, die selbst Mitglied des Hausfrauenvereins ist und immer wieder hohe Summen spendet, findet die Vereinsgründung großartig. Schon gibt es Streit im Verein, wer Schatzmeisterin werden soll. Frau Forstheim wünscht das Amt. Aber die Präsidentin Baronin Augustin ist dagegen. Da wurde Frau Forstheim so grob, dass die alte Dame einen Nervenanfall bekam und vom Sessel fiel und sich dabei so verletzte, dass sie das Bett hüten muss. Betty ist froh, dass sie schon so alt ist und mit solchen Machenschaften nichts mehr zu tun hat.

5

Ernst muss wieder operiert werden. Die Abstände zwischen den Operationen werden immer kürzer. Er wird in der Portchaise zu seinen Eltern gebracht. Ida ist voller Sorge. Ihrer Mutter sagt sie, dass sie mit Ernst ins Institut fährt. Inzwischen leisten Betty und die Gräfin Frau Marx Gesellschaft. Es sind schreckliche Stunden. Ida zeigt wie immer wahren Heldenmut. Die Diener bringen Kaninchen mit, die sie im Vorzimmer warten lassen müssen. Ernst wird betäubt und Billroth schneidet den Arm auf. Schnell wird ein Kaninchen getötet, ein Nerv entnommen und in Ernsts Arm genäht. Billroth nötigt Ernst, sehr viel Morphin zu nehmen, obwohl er davon entwöhnt werden muss. Einige Male hat er schon den Versuch dazu unternommen. Erbrechen, Diarrhö, Frieren, Ohnmachtsanfälle waren die Folge. Er war so elend, dass er wieder zu

Morphin-Pulver gegriffen hat, zumal die Schmerzen ununterbrochen so qualvoll sind, dass sie kein Mensch aushalten kann. Alle sind wieder voll Hoffnung, auch Ernst. Am nächsten Tag zu Mittag scherzt er, dass man den Kaninchen grünen Salat geben soll. Aber die Operation ist misslungen. Ernsts Schmerzen sind ärger denn je.

6

Bettys Füße schmerzen. Besonders im Sitzen leidet sie grimmige Qualen. Folglich kann sie auch nicht schreiben. Nur liegen kann sie und, wenn es das Wetter erlaubt, spazieren gehen. Die Füße brennen und sind schwer. Dr. Breuer hält es für ein rheumatisches Leiden und empfiehlt Schwefelbäder. Betty soll nach Baden fahren. Seit Wochen empfiehlt er es ihr schon. Aber erst jetzt, wo es schon Juni ist, macht sie sich auf, um eine Wohnung zu suchen. Wien muss man jetzt fliehen wie einen Pestort, so stickig ist es in der Stadt. Längst hätte sie Wien verlassen, wenn es ihr nicht gar so schwer fiele, sich von Ida zu trennen. Es ist hart, wenn am Morgen statt Ida nur die Badefrau an ihrem Bett erscheint. Aller Wahrscheinlichkeit nach werden fünf Monate vergehen, ehe sie sich wiedersehen. Ida verbringt den Sommer in St. Gilgen und den Herbst bei ihrer Mutter in München. Das ist eine lange Zeit. In ihrem Alter ist man geneigt, mit der Zeit zu geizen. Sie weiß ja, dass sie nicht mehr viel vor sich hat. Betty bekommt nur mehr im Hotel »Zum grünen Baum« zwei kleine Zimmer. Wieder zurück in Wien, wird gepackt. Drei Tage später bricht sie mit Rosa nach Baden auf. Die kurze Fahrt nach Baden ist nichts weniger als vergnüglich. Kaum ist der Zug fünf Minuten in Bewegung, bricht ein fürchterliches Gewitter mit Hagel los. Betty ist in größter Sorge, wie sie in Baden aussteigen wird können. Wo es doch in Baden keine gedeckte Bahnhalle gibt. Zum Glück fährt sie mit einem Bummelzug, der eine gute Stunde braucht, und bei ihrer Ankunft regnet es nur mehr leicht. Sogleich fährt sie ins Hotel und ergreift Besitz von ihren liliputanischen Zimmern, in denen sie sich wie ein Riesenweib vorkommt. Trotz ihrer Kleinheit sind sie mit den erforderlichen Möbeln versehen, es gibt sogar eine bequeme Ottomane, und auch sonst ist es in keiner Weise unbequem. Nach Tische besucht Betty Fanny Elßler, die von Tag zu Tag mehr an Kräften verliert. Es ist kaum eine Unterhaltung möglich, so sehr hustet sie. Danach geht sie mit Missy spazieren. Baden hat sich ausgebreitet und ist schöner geworden. In dem früheren Dörfel, wo es nur armselige Häuschen gab, reiht sich eine Villa an die andere, vom Sauerhof bis zur Weilburg hinauf, und eine Allee von dichtbelaubten Bäumen macht diese jetzige Weilburgstraße zu einer sehr angenehmen Promenade. Nur Milchmariandeln gibt es keine mehr. Man muss bei Sacher oder auf der Weilburger Restauration einkehren. Manchmal nimmt sie einen Wagen und fährt mit Rosa und Missy zur Weilburg und humpelt dort auf den schönen Waldwegen herum. Dann kehren sie in der Restauration ein, trinken saure Milch und genießen die herrlichste Luft. Baden wird jetzt voll. Es hat sich hier eine Menagerie zusammengefunden. Zum Glück sind keine reißenden Tiere darin, sondern meistens Wiederkäuer. Die Toiletten der Damen, wohl größtenteils Provinzlerinnen, stimmen Betty heiter. Eine stolziert mit einem runden Hut aus Wachsstoff, wie man ihn beim Schwimmen trägt. Eine andere in einem knallroten Kleid. Da wandelt Betty das Niesen an. Mit dieser Horde von horrid vulgariant verkehrt sie sowieso nicht. Der einzige Mensch, mit dem sie verkehrt, ist ein Oberst aus der Frankfurter Gegend, aber schon seit früher Jugend in österreichischem Militärdienst. Ein Mensch von Geist und Bildung und angenehmen Umgangsformen, der große Reisen macht und viele hervorragende Zeitgenossen kennt. Bei schönem Wetter gehen sie zusammen spazieren. Der Umgang mit ihm ist hier ihr einziger Schutz vor Vertrottelung. Ansonsten vertreibt sie sich die Zeit nicht nur mit Lesen, sie häkelt und stickt auch viel. Der Gräfin häkelt sie einen Kragen, den sie ihr nach Zdislawitz schicken will. Rosa betreut Betty mit größter Sorgfalt. Massiert sie, bandagiert sie, klistiert sie, frisiert sie und macht Zigaretten. So ein Stubenmädl gibt es kein zweites. Und Missy ist kreuzfidel. In ihrer Ausgelassenheit hat sie Rosa plötzlich ins Gesicht gebissen. Gleich hat sie dafür Schläge bekommen. Die Wunde sieht aber nicht gefährlich aus. Trotzdem suchen sie den nächstgelegenen Doktor auf, der den Biss für völlig harmlos hält.

Nun rüsten auch Carl und Ida zur Abreise nach St. Gilgen. Ernst, der sich von der letzten Operation keineswegs erholt hat und immer noch Höllenqualen leidet und elend aussieht, will erst eine Woche später kommen, weil er trotz der rasenden Schmerzen Vorlesungen hält. Die Reise wird für ihn sehr anstrengend sein. Von Ischl gibt es immer noch keine Bahn. Er will mit Freud hinausfahren. Ida ist darüber sehr erfreut. Sie hofft, dass Freud ihm bei der Entwöhnung vom Morphin hilft. Er behandelt ihn mit Kokain und denkt, ihn so vom Morphin entwöhnen zu können und dass er die Morphiumabstinenz ohne die so unerträglichen Zustände durchmachen kann. Ida wünscht sich innig, dass Ernst diesmal die Entziehungskur nicht unterbrechen wird. Außerdem hat Freud für Ernst eine große Verehrung und Zuneigung. Ernst will auch seinen Diener Johann mitnehmen und natürlich den Papagei. Letztlich steht ihm doch sein Papagei näher als mancher Mensch. Der Papagei muss immer mit nach St. Gilgen. Wie es ihm noch besser gegangen ist, ist er gerne mit dem Papagei auf der Schulter durch St. Gilgen flaniert. Da haben die Leute geschaut. Und Ernst hatte seine diebische Freude. Eigentlich will er gar nicht nach St. Gilgen fahren, weil er fast gar nicht mehr sein Zimmer verlässt. Richard und Alice wollen sich in Aussee erholen und die Eltern in St. Gilgen besuchen. Otto und Paul, die beide schon in Wien sind, fahren mit den Eltern zusammen. Kisten werden gepackt und nach St. Gilgen geschickt. Auch Ottos Klavier muss mit und eine große Kiste besten Bordeaux'. Alles ist fertig, nur die Afferln müssen noch in ihr Reisehäuschen, eine Hühnersteige. Da wollen sie aber nicht hinein. In ihren Kasten gehen sie ganz allein, nur in die Hühnersteige wollen sie nicht. Carl bemüht sich schon den halben Tag lang mit grenzenloser Geduld vergeblich. Alle Mühe ist umsonst. Schließlich kommt Besuch und Carl geht in den Salon. Da verbinden sich die Mali und die Helene schnell die Hände ganz fest, weil die Afferln ja beißen, und bugsieren sie in die Steige. Gleich waren sie drinnen. Kaum war der Besuch fort, will Carl wieder die Affen einfangen. Die Helene und die Mali kugeln sich vor Lachen. Carl staunt. »Wie haben Sie das gemacht?«

Helene und Mali fahren mit nach St. Gilgen, Kathi soll in Wien bleiben, aber sie will nach Baden kommen und Bäder nehmen. Ida teilt Betty mit, dass sie die Wohnung absperrt, wenn niemand in Wien ist. Betty tobt. Es muss jemand in der Wohnung sein. Nicht nur, dass es viel zu unsicher ist, die Wohnung leer stehen zu lassen, können weder sie noch Rosa hinein. Betty muss Rosa Anfang Juli in die Stadt schicken, um ihre Pension zu erheben und Verschiedenes in der Wohnung zu besorgen. Wie soll sie das, wenn sie nicht in die Wohnung hineinkann? Ende Juli will Betty nach Wien zurückkehren und einige Tage dort bleiben, bevor sie nach Habrowan fährt. Da steht sie dann mit ihren Koffern vor verschlossener Tür. Betty ist erbost, dass Ida ihr das nicht vorher gesagt hat. Dann hätte sie ein anderes Arrangement getroffen. Ida scheinen solche Dinge zu geringfügig, um vorher bedacht und besprochen zu werden. Und wer soll die einlaufenden Anweisungen und Briefe in Empfang nehmen, wenn die Wohnungstür verschlossen ist? Warum will Kathi überhaupt nach Baden kommen? Sie braucht sich damit nicht zu beeilen. Es gibt nur Regen und Kälte und infolgedessen nur verdrießliche Gesichter. Sie soll ihr Badener Projekt ruhig aufgeben. Für das Haus wäre es besser, wenn sie sich für warme Bäder am Bauernmarkt entschlösse. Wenn auch auf ihre geistigen Gaben nicht viel zu bauen ist, so viel Verstand hat sie doch, um zu schreien und Lärm zu machen, wenn ein Einbruchsdiebstahl versucht werden sollte. Schließlich beruhigt Ida Betty und schreibt ihr den Namen und die Adresse von Ernsts Diener auf, mit dem sie sich in Verbindung setzen kann.

Kathi denkt gar nicht daran, ihr Badener Projekt aufzugeben. Sie kommt und quartiert sich bei Betty ein. So muss Rosa ihr kleines, heißes Zimmer mit ihr teilen. Wenigstens ist Rosas monströs verschwollenes Gesicht wieder in seine natürlichen Grenzen zurückgekehrt. Betty ist entsetzt über Kathi. So ein Schmutzfink. Sie hat keine Wäsche mitgenommen und nur ein Kleid zum Wechseln. Es ist ein Skandal, wie sie aussieht. Wenigstens hat sie die *Modewelt* mitgebracht. In der Beilage ist der Anfang von Ebners »Prinzessin von Banalien« abgedruckt und eine kurze Erzählung von Hermine Villinger. Wenn Betty alles gelesen hat, gibt sie immer Rosa die Beilage zu lesen und spricht auch mit ihr darüber. Insbesondere soll sie die Geschichte von der Villinger lesen, weil sie von ihr noch gar nichts gelesen hat. Sie wird ihr bestimmt gefallen. Betty glaubt nicht, dass Kathi das Baden helfen wird. Statt nach dem Bad zu ruhen, läuft sie wie toll und töricht im Sonnenbrand herum und kommt erst um drei oder vier nach Hause zurück. Betty hält sie für eine verrückte alte Person. Wenn Rosa nicht so ausnehmend gutmütig wäre, hätte Betty sicher viel Verdruss. Rosa ist sowieso eine Perle. So gescheit und geschickt. Betty ist froh, dass sie sie hat. Sie hat dieses hübsche, lustige Gesicht gern um sich. Helene hat sie vermittelt. Sie kommt so wie sie aus Lienz.
– Kathi, Sie müssen nach dem Bad ruhen.

– Sie missen ruhen, Freilein. Ich nicht.

– Aber wenn Sie nach dem Baden nicht ruhen, nützt das ganze Baden nichts.

– Mir schon, Freilein. Muss ich nicht ruhen. Promenade ist gesund.

– Ja, gewiss, aber doch nicht nach dem Bade und nicht so lang. Begreifen Sie das doch!

– Nein, nein, Freilein. Für mich ist Promenade gesund.

– Und wenn Sie auf Ihren Promenaden stürzen und wieder ein Unfall passiert?

– Stirtz ich nicht, Freilein. Geh ich ganz langsam. Pomali, Freilein, ganz pomali.

– Aber Sie sind doch schon einmal gestürzt.

– War vor zwei Jahren. Stirtz ich jetzt nicht. Geh ich nur pomali.

Kathi zieht Rosa auf, weil sie die Eroberung eines Mohren gemacht hat. Graf Seiler, der einst den Orient besuchte, nahm ihn als sechsjährigen Knaben mit nach Wien. Seitdem ist er bei ihm und begleitet ihn überallhin. Er ist ein lieber, immer fröhlicher Mensch und macht Rosa auf Leben und Tod den Hof. Sie scheint jedoch keine Anlage zur Desdemona zu haben und bleibt ungerührt, was die alte Kathi sehr bedauernswert findet. Wie dumm war sie, dass sie nicht geheiratet hat. Aber zugeben muss sie doch: So gut wie bei Frau Fleischl würde es ihr nirgendwo sonst gehen. Gewiss, pflichtet Betty bei, es hat unschätzbare Vorteile, keinen Mann zu haben.

Betty will gar nicht so lange in Baden bleiben. Die Schwefelbäder nützen gar nichts, vielmehr schaden sie. Sie ist davon überzeugt, dass das Leiden, das sie so quält, kein rheumatisches ist, sondern auf einer Schwäche der Blutgefäße in den Füßen beruht. Sie leidet hier mehr als in Wien. Nur das Elektrisieren und Massieren verschaffen ihr einige Linderung. Dabei weiß sie nicht, was ärger ist: das Massieren oder das Elektrisieren. Sie hält es mit Wilhelm Tell: »Beide sind mir gleich liebe Kinder.« Um besser gehen zu können, hat sie sich einen Stock zugelegt. Nun ist sie vollends eine Greisin. Wie versprochen besucht sie Breuer. Für Betty immer A Messenger Of Heaven. Sie klagt ihm, dass die Schwere und das Brennen in den Füßen zugenommen haben. Aber Breuer beharrt auf den Schwefelbädern, später kann sie dann kühle Bäder mit einem Zusatz von Branntwein nehmen.

Betty klagt ihm auch, dass ihr das Bad selbst zuwider ist. Nicht nur, weil es gar so abscheulich riecht. Es ist auch so ein Lärm und Geschrei wie in einem umgestürzten Gänsewagen. Aber ihre Füße abgerechnet, ist ihr Befinden vortrefflich. Sie hat den besten Appetit, schläft bei geringen Dosen Chloralhydrat sehr bald ein und wacht erst um 5 Uhr auf. Dr. Fleischanderl, der neue Arzt hier, behauptet, dass ihre Neuralgie die Folge einer jahrelangen Chloralvergiftung ist. Seinem Rat gemäß beschränkt sie sich jetzt auf zwei Gramm Chloral und soll noch bis auf ein Gramm herabgesetzt werden. Früher pflegte sie fünf bis sechs Gramm zu nehmen. Es war nicht leicht, sie gefügig zu machen. Nur durch tägliches Penzen hat er es durchgesetzt. Und nun fühlt sie sich doch sehr viel wohler. Und Missy, mit der Breuer immer spielt, ist eine Freude. Sie ist herziger denn je, der Bajazzo von ganz Baden, und braucht sich nur zu zeigen, um allgemeine Heiterkeit zu wecken. Nur zu dick ist sie. Betty dachte, hier, wo sie Bewegung hat, wird sie abmagern. Nein, dafür frisst sie umso mehr. Betty staunt nur so über die Portionen, die sie verschlingt. Das ist halt ein rechtes Kreuz. Aber sie bringt es nicht übers Herz, sie ein bisschen hungern zu lassen.

Bettys Moneten reichen nur mehr bis Ende Juli, aber länger bleibt sie sicher nicht in Baden. Jeden Sonntag kommt eine mächtige Wochenrechnung. Sie hofft, endlich ihre Staatspension zu bekommen. Lieber als nach Habrowan würde sie anschließend nach Gmunden gehen. Vor allem die Anwesenheit des schwedischen Masseurs, der die Gräfin Schönfeld mit so glücklichem Erfolg behandelt hat, zieht sie dorthin. Und von Gmunden könnte sie nach St. Gilgen fahren und Ida besuchen. Das hängt aber davon ab, ob die Staatspension eintrifft und natürlich davon, was Dr. Breuer dazu sagt. Wegen der Staatspension macht sie sich schon allerhand unerfreuliche Gedanken. Es wäre zwar keine verzweifelte, aber doch eine dumme Geschichte, wenn sie ausbliebe. Gerade in diesem Jahr, in dem ihre Ausgaben ungewöhnlich hoch sind. Es ist ein Glück, dass ihre Tantiemen für »Le Gendre« im Juni und Juli 300 Gulden eingetragen haben. Vielleicht kann ja Ida, wenn sie wieder in Wien ist, in dieser Angelegenheit an den Präsidenten Unger schreiben. Ach, immer diese Odiosa. Der Aufenthalt hier in Baden ist sehr kostspielig, aber in Wien kann sie doch nicht sein. Auch wenn die Bäder hier rein für die Katz sind, sieht sie wohl aus und befindet sich wohl, weil sie in guter Luft ist und Bewegung macht. Der Aufenthalt wird sie schon nicht ruinieren. Vielleicht liegt ja die Anweisung schon in der Stadtwohnung, vielleicht aber auch nicht. Um Millionen zum Fenster hinauszuwerfen, muss man mit den Hundertern sparen.

Ida schreibt verzweifelte Briefe aus St. Gilgen.

Liebste Betty!
Ich freue mich, dass es Dir gut geht, wenn auch die Schwefelbäder nicht helfen. Aber der Engel Breuer wird doch wieder zu helfen verstehen. Ebenso freue ich mich, dass Dir die unerträgliche Hitze nicht geschadet hat. Auch wenn es abends draußen noch wie in einem Dampfbad war. Ich weiß ja, dass Du den Sommer für eine recht missliche Erfindung hältst.
Von uns hier kann ich nichts Erfreuliches berichten. Mutter ist vor einigen Tagen gestürzt. Zum Glück ist nicht viel passiert. Gersuny, der zurzeit in St. Gilgen weilt, und den Helene sofort herbeiholte, hat sie untersucht. Er hat aber nichts Beunruhigendes gefunden. Nur eine kleine Verletzung am Arm. Er wird jetzt täglich massiert. Die Hitze hat sie nur sehr schlecht ertragen und ist den ganzen Tag im verdunkelten Zimmer gesessen.
Ernst geht es nicht gut. Die letzte schauderhafte Operation hat ihm eher geschadet als genützt. Sie war das größte Unglück für Ernst. Freud ist doch nicht mitgekommen. Ernst wollte es nicht. Ich kann mir nun gar nicht vorstellen, wie dem Armen geholfen werden kann. Ernst ist der Meinung, dass er sich plötzlich aus dem Elend herausheben wird. Leider ist auch Johann nicht mitgekommen. Nun müssen die Nachtwachen zwischen Carl und Otto verteilt werden. Das hält keiner von ihnen auf die Länge aus. Paul musste eigens nach Wien reisen, um Ernst zu überreden, nach St. Gilgen zu kommen. Ich sehe dem Lauf der Begebenheiten mit Bangigkeit entgegen. Außer dass Ernst unerträgliche Schmerzen hat, erbricht er ununterbrochen. Selbst ein weiches Ei oder eine Bouillon kann er nicht behalten. Er sieht so elend aus, dass er jeden, der ihn sieht, erbarmt. Von Spazierengehen kann keine Rede sein. Er ist viel zu schwach und hat auch immer wieder Ohnmachtsanfälle. Wenn er sich nur vom Morphin entwöhnen könnte!

Billroth, mit dem ich hier wiederholt zusammentraf, vermeidet ängst-
lich, von Ernsts Zustand zu sprechen. Ich vermute, dass er selbst ratlos ist.
Der einzige Lichtblick in dieser trostlosen Zeit sind Richard und Alice.
Sie sind ein sehr glückliches Ehepaar.

Politzers nehmen die Verwandtschaft gar so au sérieux. Sie sind von
Aussee nach St. Gilgen gekommen und sitzen mir auf dem Hals. Sie merken
nicht, dass ich nicht das Geringste mit ihnen gemein habe. Abgesehen von
dem zufälligen Umstand, dass mein Sohn ihre Tochter geheiratet hat. Es
gibt nichts Unleidlicheres als eine Intimität ohne innere Notwendigkeit.

Wenigstens finde ich noch Zeit, spazieren zu gehen und zu schwim-
men. Es ist mir gewiss heilsam. Ich fühle mich danach immer besser. Um
fünf Uhr in der Früh weckt mich Helene und reibt mich kalt ab. Dann
gehe ich spazieren, manchmal bis nach Hüttenstein, und um sieben bin
ich zum Frühstück wieder zu Hause. Vormittag schwimme ich meistens
noch eine Stunde. Mutter darf davon nichts wissen.

Wie Du weißt, wird die Gräfin bald nach Zdislawitz reisen. Deine
Befürchtungen teile ich. Sie holt sich gewöhnlich in diesen kalten, zugigen
Schlössern eine Erkältung, die den Winter über anhält. Am 1. September
will sie schon vom geschützten, milden Reichenhall in die raueste Gegend
Mährens übersiedeln! Da jede Einrede fruchtlos ist, versuche ich auch
keine mehr. Aber manchmal kann ich nicht umhin, meinem Ärger Luft
zu machen.

Ich muss schließen, Mutter ruft. Schreib mir baldigst.

Deine Ida

Trotz des vielen Ungemachs hat Ida ihre Freuden in St. Gilgen.
Oft kommen Gäste. Das ist nun einmal ihre Passion. Manchmal
ganz unerwartet. Aus Russland, aus Polen, aus England von Paul
geschickt. Plötzlich kommt ein Telegramm. Dordjevic, der serbische
Botschafter in Rom, kündigt sich an. Ida hat ihn dort kennengelernt.
Er kommt mit dem Drei-Uhr-Schiff mit seiner Frau und Gefolge. Ida
eilt schnell zu Helene in die Küche.

– Du, Helene, hörst du. Mit dem Drei-Uhr-Schiff kommt Herr
Dordjevic mit seiner Frau und noch einigen Leuten. Du musst eine
Jause für zehn Personen bereiten. Aber schnell, weil sie nur kurz
bleiben werden. Tee, Kaffee, Schokolade, Brötchen, Bäckerei, schönes
Obst. Was du halt findest.

– Gnädigste, ich fall gleich in Ohnmacht.

– Du wirst es schon machen.

– So eine Remassuri! So eine Wirtschaft! Wie soll ich so schnell eine Jause zusammenstellen?

Manchmal bekommt man in dem Loch nicht einmal eine Milch, geschweige denn ein Obers. Sie läuft von Haus zu Haus und rafft alles zusammen, was sie bekommen kann. Kurz vor drei schaut Ida voller Sorge in die Küche.

– Gnädige Frau, haben keine Angst, die Jause wird exzellent ausfallen. Ich hab schon was zusammengezaubert.

Carl hat sich herausgeputzt. Sogar weiße Handschuhe hat er angezogen. Ida trägt ein Atlaskleid und ein mit Pelz verbrämtes Überjäckchen. Pünktlich um drei kommt die Karawane. Als sie fort sind, kommt Ida mit der ledernen Medaille. Ein Belobigungsdekret und ein großes Stück Leder. Helene ist stolz und glücklich. Daraus kann sie sich ein Paar Stiefel machen lassen.

Betty ist nach Wien zurückgekehrt, um dort einige Tage zu verweilen. Bald will sie weiter nach Habrowan reisen. An einen Aufenthalt in Gmunden ist nicht zu denken. Denn von ihrer Staatspension ist nichts zu hören und nichts zu sehen. In Wien kann sie unmöglich länger bleiben. Im Hause gibt es allerlei Gräuel. Es wird an einer Kanalisation gearbeitet und der Hof soll neu gepflastert werden. Wüster Lärm tönt vom Hof in ihr Zimmer und sie atmet nichts als Staub und Mörtel ein. Und dann noch der schlechte Geruch! Es tut einem leid um Kathi und alle, die in Wien sein müssen.

Vor ihrer Abreise will sie zur gewohnten Stunde Heinrich Laube besuchen. Auf der Straße begegnet sie Bettelheim und erfährt, dass Laube am Tag zuvor gestorben ist. Ohne Todeskampf, gut und treu gepflegt von seiner Tochter. Sein Tod geht Betty sehr nahe. Sie wusste, dass es schlimm mit ihm steht, glaubte aber das Ende nicht so nah. Sie schickt einen Kranz in das Sterbehaus und auch einen in Idas Namen in der Meinung, dass dies in Idas Sinne sei. Empört stellt sie fest, dass ihr Kranz nicht in der *Neuen Freien Presse* erwähnt ist. Wie viele Erinnerungen werden zu Grabe getragen! Sie wird der Einsegnung in der protestantischen Kirche beiwohnen, aber auf den Friedhof fährt sie nicht. Sie ist zu alt, um solche Emotionen ohne Schaden für ihre Gesundheit durchzumachen.

April 1885. Endlich gibt es Nachricht aus der Hofkanzlei: Das Kronprinzenpaar unterschreibt im Betty-Paoli-Album zum 70. Geburtstag. Der Dichter Weilen hat es erwirkt. Die Gräfin jubelt und der Schriftstellerinnenverband mit ihr. Nun kann die Feier, wenn auch ein Jahr verspätet, am 71. Geburtstag stattfinden.

Betty ist wieder aus Habrowan zurück. Sie ist überglücklich. Sie hat auf einstimmig angenommenen Vorschlag des Kuratoriums der Schwestern-Fröhlich-Stiftung ein Ehrengeschenk von 1000 Gulden erhalten. Was für ein Glück! Denn wo die Staatspension geblieben ist, weiß sie immer noch nicht. Auch die Gräfin ist wieder in Wien eingetroffen. Nur Ida ist mit ihrer Mutter nach München gefahren und kommt erst Anfang November zurück. Dann aber hat die lange Trennung gottlob ein Ende. Bald nach ihrer Rückkehr besucht die Gräfin Betty. Sie gehen in den Stadtpark spazieren und trinken Milch.

– Warum haben Sie mir nicht »Comtesse Paula« geschickt?
– Ich bin noch nicht dazu gekommen.
– So?
– Sie wissen doch. Vor der Abreise war einfach keine Zeit.
– So, so. Ida haben Sie es auch geschickt.
– Aber das ist doch etwas anderes. Das wissen Sie doch. Wir haben es zusammen durchkorrigiert.
– Man handelt nie nach seiner Einsicht, sondern immer nach seinem Charakter.

Die Gräfin verabschiedet sich bald. Wenn Betty ungnädig ist, ist es besser, kein langes Gespräch mit ihr zu führen.

Ida möchte gerne wissen, wie es dem jungen Ehepaar geht, eigentlich wie es Alice geht, weil sie im Sommer so kränklich war, und ob sie Richard auch eine gute Ehefrau ist. Sie bittet Betty, doch einmal Alice zu besuchen und ihr darüber zu berichten.

Ich war vor einigen Tagen bei Alice und fand alles in der größten Unordnung, sie selbst sehr kaputt und nebenbei von Haussorgen erdrückt. Sie versteht nämlich absolut nichts von der Wirtschaft, hat den Ehrgeiz, alles aufs Beste zu machen, was ihr natürlich nicht gelingt, und rackert sich dabei jämmerlich ab. Wenn man so ein Hausteufel und nichts weiter ist wie die Prof. Politzer, hätte man seiner Tochter doch einige Kenntnisse von wirtschaftlichen Dingen beibringen sollen. Die Arme steht ihnen aber gegenüber wie ein hilfloses Kind. – Was ihren Zustand betrifft, so scheint er mir zwar ganz ungefährlich, doch dürfte er sich als sehr langwierig erweisen, da sie von Natur schwächlich ist. Ich glaube, dass sie im nächsten Frühjahr nach Franzensbad gehen wird müssen, wenn sie imstande sein soll, ein Kind auszutragen; vorläufig könnte sie es nicht weiter als zu einer Frühgeburt bringen. Sie ist blass und mager und scheint sehr herabgekommen. Ich möchte sie gerne öfters besuchen, aber dazu müsste ich mir ein Velociped anschaffen; zu Fuß kann ich den weiten Weg nicht machen und die Pferdebahn existiert für mich nicht, weil ich nur zu guten Grund habe, das Ein- und Aussteigen zu fürchten. Mein Besuch hätte übrigens keinen anderen Nutzen, als ihr über eine Stunde hinwegzuhelfen. Rat und Beistand, den sie in ihrer häuslichen Kalamität braucht, kann ich ihr schon darum nicht geben, weil doch alles nach den Anordnungen ihrer bornierten Mutter geschieht. Es wäre gut, wenn Du bald kämest, um etwas Vernunft und Ordnung in das Ganze zu bringen; Du hättest dazu die Autorität, die mir fehlt. Das Stubenmädchen, das Richard von St. Gilgen kommen ließ, hielt dieses Durcheinander nicht acht Tage aus und hat bereits das Haus verlassen. Alice hat ehrlichsten Willen, ihrem Mann ein angenehmes Home zu bereiten, und da sie Verstand besitzt, wird es ihr schließlich auch gelingen; nur muss sie vorher unter eine vernünftige Direktion kommen und das Wesentliche vom Unwesentlichen unterscheiden lernen, sonst plagt sie sich ab und es wird doch nichts Ordentliches daraus.

Ida ist höchst beunruhigt. Richard schreibt immer, dass alles in bester Ordnung ist und dass es ihm sehr gut geht. Schon in St. Gilgen hatte Ida den Eindruck, dass Alice nicht Ordnung halten kann. Und jetzt dieser Brief. Alice kann nicht für den Kleinen sorgen! Ida sollte längst in Wien sein und sich um ihre Familie kümmern. Auch wenn sie sie nicht mehr so braucht. Betty wirft ihr ohnedies unentwegt vor, dass sie viel zu viel Rücksicht auf die Bedürfnisse ihrer Mutter nimmt, als auf ihre eigenen zu achten. Zumal sie jetzt beabsichtigt, ihre Mutter mit nach Wien zu nehmen. Gerade hat sie wieder einen vorwurfsvollen Brief bekommen.

Liebste Ida!

*Gewiss kann nichts natürlicher und berechtigter sein, als dass Du Deine Mutter in ihrem hohen Alter und hilflosen Zustand in Deiner Nähe zu haben wünschest; man müsste sehr dumm oder sehr gefühllos sein, um dies nicht einzusehen. Brächtest Du es über Dich, die richtigen Grenzen innezuhalten und Dir das Maß von Freiheit und Unabhängigkeit zu bewahren, das man zum Leben braucht, so würde es Deinen Angehörigen und Freunden nicht einfallen, über die beabsichtigte Veränderung ein Lamento zu erheben. Der Fehler liegt darin, dass Du meinst, nicht genug zu tun, wenn Du nicht zu viel tust; dies ist der einzige Punkt, in dem die gewohnte Klarheit Deines Urteils Dich verlässt. Du betrachtest jede Minute, die Du nicht mit Deiner Mutter zubringst, als einen an ihr begangenen Raub und hast sie glücklich so weit gebracht, dass sie Dich nicht für die kürzeste Zeit missen mag. Du vergisst ganz, dass Deine Bedürfnisse von denen einer Frau ihres Alters notwendig sehr verschieden sein müssen. Ich weiß, dass meine Worte in den Wind gesprochen sind und an Deinem Vorhaben nicht das Geringste ändern werden. Du folgst aber nicht der Vernunft, sondern einem blinden Instinkt, der dich übersehen lässt, dass Dein Beruf im Leben sich nicht darauf beschränkt, **nur** Tochter zu sein. Du bist nicht mehr jung und kräftig genug, um die aufreibende Existenz, die dir bevorsteht, ohne schwere Schädigung deiner Gesundheit zu ertragen. Wenn Deine Mutter in deiner Nähe ist, will sie immer nur mit Dir sein, und jede fremde Person, die Deine Stelle, sei's auch nur für kurze Zeit, einnehmen möchte, ist ihr verhasst. Wenn Ihr in München beisammen seid, wo sie sich in der gewohnten Umgebung befindet und wo sie ihre alten Bekannten hat, mag es noch angehen; in Wien hingegen wird sie nichts und niemanden haben als Dich allein – natürlich werden sich deshalb ihre Ansprüche an Dich steigern. Wie soll man da nicht mit Angst in die Zukunft blicken? Schon Deine Absicht, das Kabinett neben Deiner Mutter zu beziehen, beunruhigt mich sehr. Es ist mit Deiner Nachtruhe ohnedies übel genug bestellt; soll sie nun auch durch äußere Störungen beeinträchtigt werden? Das Richtige wäre, Carl in Richards Zimmer, die Helene in das Kabinett einzuquartieren, während Du selbst in Deinem bisherigen Schlafzimmer bliebest. Was Du Dir versprichst, dass Du Helene* *ganz für den Dienst Deiner Mutter bestimmen willst, verstehe ich nicht. Gesund, wie Deine Mutter ist, bedarf sie keiner physischen Pflege. Mit Helene als Gesellschaft würde sie sich sicher nicht begnügen.*

Um Gottes Himmels willen lass Dir doch das Buch über Indien, das Dir Professor Bühler geliehen hat, durch Paul kommen. Jahraus, jahrein gibst Du nicht fünf Gulden für Dein Vergnügen aus, da darfst Du Dir wohl einmal die Ausgabe von 18 Shilling erlauben, um Dir etwas zu gönnen, woran Dein Herz hängt.

Von hier ist nicht viel Erfreuliches zu berichten. Kompert, bei dem ich gestern war, befindet sich in einem beklagenswerten Zustand und ist geistig so geschwächt, dass sich einem die Befürchtung aufdrängt, er gehe dem apoplektischen Blödsinn entgegen. Seine Frau – Du weißt, dass ich sonst nicht für sie schwärme – pflegt ihn mit bewundernswerter Geduld. Julie Schlesinger besucht Komperts jeden zweiten Tag. Ein so opferfreudiges Lamm bin ich nicht, aber manchmal gehe ich doch hin und höre mir ihr törichtes Geschwätz an.

Ich habe Kellers »Martin Salander« zu Ende gelesen – nicht ohne Selbstüberwindung, so schlecht und langweilig ist das neueste Produkt des berühmten Erzählers. Man sollte doch lieber beizeiten aufhören als so Altersschwaches veröffentlichen.

Missy erlaubt sich, Deiner Mutter zum Geburtstag ihre Photographie zu schicken, und bittet sie, den guten Willen für die Tat zu nehmen. Das Bild ist nämlich nicht gelungen und hat mehr Ähnlichkeit mit einem dicken Pudel als mit der zierlichen Missy.

Ich werde nächstens an Pecht schreiben; vorläufig magst Du ihn von mir grüßen und ihm sagen, dass ich nicht mehr die Alte bin, sondern vielmehr alt und dumm geworden bin. Lebe wohl und lass mich wissen, wann ungefähr Deine Ankunft hier erfolgen soll. Richte es so ein, dass Du der Eröffnung des Orientalisten-Kongresses beiwohnen kannst.

Einen Handkuss von Rosa.

Missy leckt Dir die Hände.

Deine Betty

Was soll Ida nur antworten? Betty hat recht. Und dennoch kann sie ihre Mutter nicht mehr allein in München lassen. Es ist eine schwere Zeit. Die Mutter muss mit nach Wien kommen, auch wenn da die Lage für Ida noch schwieriger wird. Sie kann sie nicht allein lassen, auch wenn

Betty recht hat. Alle ihre Gedanken sind von tausend Überlegungen in Anspruch genommen. Mutters Wohnung muss aufgelöst werden. Mit jedem Einrichtungsstück, das sie weggeben muss, reißt sie sich ein Stück aus dem Herzen. Und wie wird die Reise nach Wien werden? Carl hat keine Lust, Ida abzuholen. Es wird ihm selbst alles schon schwer. Sie weiß nicht, wie sie allein fertig werden soll. Und wie kann sie in dieser Jahreszeit allein mit der Mutter reisen? Wenn wenigstens die Gepäcksvisitation in Salzburg nicht wäre. Da muss sie die Mutter sich selbst überlassen, um in größter Hast und Aufregung das Nötige zu erledigen. Vielleicht kann ja Richard kommen und ihr helfen. Betty hat schon geschrieben, dass sie ihn fragen will. Bald hat sie es überstanden und in Wien wird ihr Betty wieder Vorwürfe machen.

Bettys 70. Geburtstagsfeier

Erfüllt von dankbarer Hochachtung für seine Mitbürgerin hat der Gemeinderat der k. k. Reichshaupt- und Residenzstadt Wien in seiner Vollversammlung am 18. Dezember 1885 einstimmig beschlossen, Ihnen zu dem morgigen Festtage die innigsten Glückwünsche auszusprechen und das ehrenvolle Andenken an Sie, hochgeschätztes Fräulein, auch in der Weise festzuhalten, dass, in der Voraussetzung Ihrer Zustimmung, von hervorragenden Künstlerhänden Ihr Bildnis für die städtische Sammlung angefertigt werde.

Um 10 Uhr kommt der Bürgermeister zu Betty und überreicht ihr die Adresse. Betty ist tief gerührt. Gleich eilt sie zu Ida, um sie ihr zu zeigen. O meine geliebten Österreicher! Sie lachen. Betty soll von Händen gemalt werden: Die linke Hand muss auch mitmalen! Österreicher bleiben wir for ever, auch wenn wir einmal etwas gar nicht Österreichisches tun.

Am Morgen des 30. Dezember kommt eine Reihe von Deputationen, um Betty zu beglückwünschen. Betty ist schon seit fünf Uhr Früh auf den Beinen und war an diesem nebelig trüben Tag schon mit Rosa und Missy im Stadtpark. Sie weiß, dass es ein anstrengender Tag werden wird, und ist voller Erwartung. Helene und Rosa haben ihr Zimmer sauber gemacht und einen großen Rosenstrauß von Ida und Carl auf ihren Schreibtisch gestellt. Zurück vom Stadtpark, trinkt Betty mit Ida Tee und raucht eine Zigarette. Die ersten Gratulanten stellen sich ein. Sie sind von einem Komitee des Schriftstellerinnenvereins, dem die Gräfin, Auguste von Littrow, Frau Gerold und Frau Kompert angehören. Zerline spricht ein Gedicht und die Gräfin überreicht Betty ein Album, in das mehr als tausend Persönlichkeiten ihre Namen eintrugen zum Zeichen der Verehrung für die Dichterin. An erster Stelle stehen die Namen des Kronprinzenpaares, dann der Erzherzoginnen Marie Valerie, Maria Theresia, Maria Immaculata und der Erzherzoge Karl Ludwig, Rainer, Ludwig Victor, des Herzogs Karl Theodor in Bayern und dessen Gemahlin. Es folgen dann die Unterschriften der namhaftesten deutschen Schriftsteller und Künstler, zahlreicher Damen der Aristokratie, hoher Staatswürdenträger, Universitätsprofessoren und

Schauspieler. Betty kann es kaum fassen, dass ihr so viel Ehre erwiesen wird. Mit Tränen in den Augen hält sie eine kurze Dankesrede. Ihren ganz besonderen Dank richtet sie an die Gräfin, die das Zustandekommen dieses wunderbaren Albums organisiert hat.

Zu Mittag erscheint eine Deputation des Journalisten- und Schriftstellervereins Concordia. Leopold Kompert kommt im Auftrag Paul Heyses, um Betty seine Fotografie zu übergeben und ihr im Namen der Deutschen Schillerstiftung zu gratulieren. Den ganzen Tag über kommen Besuche, Telegramme, Geschenke. Niemand hat sie vergessen. Wer aller hat nicht an diesem Tag an sie gedacht! Leute, an die sie sich längst nicht mehr erinnern kann. Der Salon gleicht einem Rosengarten. Besonders gefreut hat sie sich über den Gratulationsbrief von Ernst, weil es ihm ja so schlecht geht und er kaum schreiben kann. Abends dann, Betty ein wenig erschöpft, aber in gehobener Stimmung, spielen die Jubilarin, die Gräfin und Ida ein friedliches Taröckchen.

Ernsts Agonie, Maries »Gemeindekind« und die Folgen von Richards Krankheit

I

Ernst schläft schon die ganze Woche nicht. Sechsmal am Tag wird er ohnmächtig, begleitet von Zuckungen. Seit elf Wochen hat er das Zimmer nicht mehr verlassen und empfängt nun immer im Schlafrock, aus dem seine dünnen Beine hervorschauen. Helene hat ihn einmal gefragt, ob er die Waden von einem Spatzen ausgeliehen hat. Da musste er lachen und meinte, dass sie schon recht hat.

Freud besucht Ernst fast täglich und bleibt auch oft nachts bei ihm. Ernst spricht viel von Selbstmord. Er hat sich nur wegen seiner Eltern noch nicht umgebracht. Dann wiederum macht er die dümmsten Witze. Plötzlich wiederum beginnt er über seine Arbeit zu dozieren oder lässt sich über seine Kollegen aus. Dann prahlt er wieder mit seinen Aufsätzen und Erfindungen. Manchmal aber deliriert er und erzählt, dass weiße Schlangen über seine Haut kriechen. Einmal hat er Freud im warmen Wasser in der Badewanne empfangen, in der er auch die ganze Nacht über blieb. Sein Diener Johann musste immer wieder heißes Wasser bringen. Ernst ist für die Besuche seiner Freunde sehr dankbar und bringt ihnen eine freundschaftliche Vertraulichkeit entgegen. Manchmal arbeitet er wie besessen, dann dämmert er wieder apathisch vor sich hin. Helene bringt ihm täglich Essen. Oft rührt er nichts an, oder aber er isst alles auf einmal gierig auf. Zu seinen Eltern will er nicht gehen. Manchmal besucht ihn Frau Wilbrandt, die Schauspielerin, und deklamiert vor ihm Gedichte oder Dialoge, damit er ein wenig seine Schmerzen vergisst. Sie bleibt so lange, bis er im Sessel einschläft. Johann legt ihn dann ins Bett. Dabei wird es oft spät in der Nacht. Wenn ihm schlecht ist, duldet er niemanden bei sich und versperrt sein Zimmer. Breuer hat veranlasst, dass täglich in der Früh immer einer aus dem Freundeskreis mit dem Nachschlüssel in sein Zimmer dringt. Breuer, Exner und Freud halten abwechselnd nachts Wache. Die Schmerzen sind oft so furchtbar, dass Ernst nur noch besinnungslos im Bett liegen kann.

Ida und Carl wollen, dass Ernst bei ihnen wohnt. Ein freundliches, geräumiges, behaglich eingerichtetes Zimmer, wo Luft und Sonne ungehemmt eindringen können, wäre so wichtig für ihn. Viel besser als seine düstere, verrammelte Stube. Aber er ist nicht dazu zu bewegen. Ida macht sich immer noch Illusionen über Ernsts Zustand. Niemand spricht wirklich offen mit ihr darüber. Otto und Betty sehen ihn aber ganz hoffnungslos. Otto würde den glücklichen Zufall segnen, der diesen Leiden ein Ende machte. Auch Breuer hält Ernsts Zustand für trostlos, hält es aber nicht für unmöglich, dass doch noch eine Besserung eintreten kann, vorausgesetzt, dass sich Ernst abermals zu einer Operation entschließt. Aber Ernst ist seit der letzten strikt gegen eine neuerliche Operation. Auf keinen Fall lässt er sich noch einmal von Billroth operieren. Vater und Mutter sind voll uneingestandener Sorgen um Ernst, Ida oft wie verloren in Gedanken und manchmal den Tränen nahe. Kürzlich hat sie Ernst ein Chronometer geschenkt, um ihm eine Freude zu bereiten.

2

Richard verbringt die Vormittage im Kaffeehaus. Im *Schleicher* auf der Währingerstraße oder im *Arkaden-Café* in der Stadt. Das *Arkaden-Café* liebt er besonders, weil es elektrische Beleuchtung hat. Da liest er verschiedene Zeitungen und spielt Billard. Zu Mittag speist er zu Hause, manchmal auch in der Habsburgergasse bei den Eltern oder bei den Schwiegereltern in der Gonzagagasse, nach Tische ruht er eine Stunde. Er behauptet, müde zu sein und leidend. Gliederschmerzen, Mattigkeit, Reißen in den Beinen, Brennen auf der Haut, Diarrhö. Vor allem aber Asthmaanfälle. Chloralhydrat nimmt er mittlerweile täglich. 6 Gramm, 8 Gramm. Er hat abgenommen und schaut tatsächlich nicht gut aus. Er ist ruhelos und wirkt abgestumpft, manchmal geradezu weinerlich. Nachmittag geht er meistens mit Alice ins Theater oder in den Zirkus oder ins Orpheum. Er liebt Akrobaten und Jongleure. Oder sie flanieren über die Ringstraße und bewundern die neuen Paläste. Neuerdings produzieren sich Zwerge in einer Boutique am Kärntnerring. Richard ist ganz fasziniert von ihnen. Alice findet sie traurig. Wenn das Wetter schön und mild ist, nehmen sie einen Wagen nach Grinzing und wandern auf den Himmel. Speisen sie bei Politzers und ist Alices Vater gerade zugegen, wird Richard gefragt, ob er denn schon Arbeit habe. Nein, er kann keine finden. Die ständigen Asthmaanfälle und seine Leiden hindern ihn auch daran, eine zu suchen. Außerdem ist Onkel Wiener gestorben, bei dem er als Jüngling gearbeitet hat. Adam Politzer will das nicht mehr hören. Richard ist kein Mann für Alice. Alice hält zu Richard. Er ist doch krank. Krank!, wettert Politzer. Vom Chloralhydrat ist er krank! Wovon sonst ist sein Geist schon umflort? Seine Frau hat es ihm gesagt. Beim kleinsten Stich nimmt er schon Chloralhydrat. Sie hat es gesehen. Er soll arbeiten, er ist ein Mann in den besten Jahren. Wenn Alices Eltern so unzufrieden mit Richard sind, dann wollen sie sie auch nicht mehr besuchen. Alices Mutter weint und Adam sagt, dass ganz Wien schon über Alice lacht, weil sie mit einem Tunichtgut verheiratet ist.

Breuer rät Richard, nach Kreuzlingen in das Sanatorium Bellevue zu gehen. Es ist bei Konstanz, in der Schweiz. Eine Kuranstalt für Nerven- und Gemütskranke. Richard denkt gar nicht daran. Dazu gibt es keinen Grund, es fehlt ihm nichts. Breuer spricht mit Ida und Carl. Richard nimmt zu viel Chloralhydrat. Er hat nur mehr schwache Asthmaanfälle und muss eigentlich gar kein Chloralhydrat nehmen. Breuer weiß nicht, wie viel er nimmt. Richard behauptet, nicht mehr als 3 Gramm. Aber es muss viel mehr sein. Er sieht elend aus. Die Entzündungen des Mundes, des Rachens und des Magens kommen mit Sicherheit von dem Abusus. Auch die Unruhe, die Schlaflosigkeit, die Willenlosigkeit. Das Gesicht ist manchmal stark gerötet, auf der Haut hat er Flecken und Knötchen. Und der Puls ist beschleunigt. Richard klagt, dass er im Schlaf halbwach ist und im Wachen halb im Schlaf. Manchmal ist er wie in Trance. In der Nacht wirft er sich im Bett hin und her und schreit, weil er Albträume hat, die ihn wecken. Das kann so nicht weitergehen. Er muss von dem Chloralhydrat wegkommen. Es ist höchste Zeit. Die Politzers haben nichts anderes zu tun, als gegen ihn zu hetzen. Es muss endlich etwas geschehen. Das Sanatorium Bellevue ist eine wunderbare Anstalt. Auch Alice kann dort einige Wochen verbringen und bei ihm sein. Carl und Ida versuchen Richard zu überzeugen. Sogar Betty spricht mit ihm, obwohl sie sich da natürlich nicht einmischen will. Aber sie kennt ihn ja schon, seitdem er zu laufen begonnen hat. Endlich willigt Richard ein und fährt in Begleitung seines Vaters nach Konstanz. Sein Aufenthaltsort muss aber geheim bleiben. Carl meint, man sagt den Leuten, dass er nach Trouville gegangen ist. Betty und Ida halten das für völlig verkehrt. So früh im Sommer geht niemand in ein Seebad, und außerdem würde jeder fragen, warum er seine Frau nicht mitgenommen hat. Ida schlägt Morchenstern vor. Dort hat der Mann ihrer Cousine ein Etablissement seines Geschäfts. Man sagt einfach, dass Richard bei ihm arbeitet. Betty ist davon überzeugt, dass es sowieso unmöglich ist, das Geheimnis zu bewahren. Sie und die Gräfin werden gewiss nichts ausplaudern, doch wahrscheinlich wird es auf irgendeinem anderen Weg in die Öffentlichkeit dringen. Die Entfernung und Trennung von seiner ganzen Familie ist zu auffallend. Alle hoffen, dass Alice im Sommer zu ihren Eltern nach Aussee geht und danach zu Richard nach Konstanz fährt.

3

Die Gräfin arbeitet so intensiv, wie es ihre Zeit und ihre Gesundheit nur erlauben, an dem »Gemeindekind«. Wie immer beginnt sie schon in den frühen Morgenstunden, wenn alle noch in ihren Betten liegen. Aber ihre Nerven geben keine Ruhe und immer wieder muss sie wegen rasender Gesichtsschmerzen die Arbeit unterbrechen. Einmal sogar drei Tage. Wie eine arme Seele vor der Fegefeuertür wandelt sie in ihrem Zimmer auf und ab. Freilich stören auch die vielen Besuche. Kaum hat sie mit Ida begonnen, ein Kapitel zu besprechen, erscheint Gräfin Marogna, die Hofdame, die immer in der Hofequipage vorfährt, oder Fräulein Najmájer oder Frau Schlesinger oder Pachler oder sonst wer. Nur auf der Straße ist man vor Visiten geschützt. Und trotzdem floriert das »Gemeindekind«. Bald ist sie fertig. Ein Kapitel nach dem anderen schickt sie Ida.

Neuerdings wird sie von Herzkrämpfen geplagt und sie muss die Arbeit immer wieder unterbrechen. Ida macht sich große Sorgen. Um sieben in der Früh schon schickt sie Helene zur Gräfin, um zu fragen, wie die Nacht war. Ida wartet dann schon mit Bangen beim Frühstück auf die Nachricht. Wenn Helene berichtet, dass es nur ein kleines Krämpfchen war und es der Gräfin gut geht, ist Idas Freude groß. Mit den letzten Kapiteln ist Ida sehr zufrieden, nur Kleinigkeiten hat sie zu beanstanden. In der ganzen Geschichte ist nicht ein Kapitel, bei dem Marie Ida nicht zu Rate gezogen hat, nicht eine Zeile, die sie ihr nicht vorgelegt und mit ihr durchgesprochen hat. Wie oft und wie viel hat sie schon geändert. Ida, ihr literarisches Gewissen, ihre höchste Instanz.

Wenn sie sagt: »Lass es, es ist gut«, ist sie aller Sorge enthoben. Moriz hat das »Gemeindekind« in zwei Tagen gelesen und ist damit zufrieden. Gott sei Lob und Dank! Nun, da es fertig ist, liest es auch Betty. Sie findet den Anfang herb, aber vortrefflich erzählt. Immerhin, bei Betty weiß man nie. Und Herr von Fleischl hat es in einer Nacht gelesen, so gut hat es ihm gefallen. Nur Fräulein Najmájer, die Schriftstellerin, die sich unermüdlich für bessere Bildungsmöglichkeiten für Frauen einsetzt, spottet:

– Ah, gehen S'! Weil der Turgenjew und der Tolstoi Bauerngeschichten schreiben, glauben S' jetzt, dass Sie auch Bauerngeschichten schreiben müssen.

Ida und die Gräfin warten im Salon auf Betty. Sie wollen miteinander Tarock spielen. Bettys Stubenmädchen klopft und öffnet Betty die Tür. Gebeugt und schwer auf ihren Stock gestützt tritt Betty ein. Nachdem sie eine Weile geplaudert und sich alle Neuigkeiten erzählt haben, beginnen sie zu spielen. Plötzlich schreit Betty gellend auf. Ida und die Gräfin legen die Karten weg und schauen sie stumm an. Schließlich fasst sich Ida.

– Betty, du unausstehliche Krot, wie kannst du nur so einen Höllenschrei ausstoßen!

– Ich bin an meinem Hühnerauge angekommen.

Die Gräfin und Ida lachen schallend. Betty lässt sich nicht stören und sagt mit größter Ruhe »Absolut« an. Da klopft Helene und meldet Dr. Breuer, der nach Idas Mutter sehen will. Er freut sich, die drei Damen beisammen anzutreffen. Er soll doch Platz nehmen. Nur kurz. Er hat nicht viel Zeit. Er hat gerade Zolas »Germinal« zu Ende gelesen. Der Schluss ist sehr schön.

– Ach, Zola. Ich habe »Das Werk« nicht ohne einige Selbstüberwindung zu Ende gelesen. Ich hab mich mit ihm abgequält. Zola ist sicher ein außerordentliches Talent. Ein Talent von hundert Pferdestärken.

– Ein riesiges Talent, Fräulein Betty.

– Aber es fehlt jegliches Schönheitsgefühl, jeder Drang, auch das Edle darzustellen. Das wird doch wahrlich in der Welt nicht minder vorgefunden als das Gemeine.

– Da haben Sie nicht ganz recht. Man darf die Dinge nicht besser sehen, als sie sind. Und man darf die Dinge nicht wegen ihrer bloßen

Schönheit in den Vordergrund stellen, denn Schönheit welkt, wenn das Innere krank ist.

– Marie hat ganz recht. Ist das nicht dein Credo beim »Gemeindekind«?

– Ja, ich schildere die kranke Welt und enthalte mich äußerer Herrlichkeiten. Übrigens finde auch ich den Schluss von »Germinal« sehr schön. Vielleicht sind ja einige Kapitel überflüssig.

– Gewiss, sein Talent zeigt sich im Einzelnen. Aber das Ganze ist so unerquicklich, dass man lieber möchte, es wäre nie geschrieben worden. Wenn die Kunst nicht Schöneres, Erhabeneres bietet als die Wirklichkeit, dann weiß man kaum, weshalb sie da ist.

– Jetzt bin ich auch schon sehr gespannt. Ich habe »Das Werk« noch nicht gelesen.

– Lies es nicht!

– Ich werde es bestimmt lesen. Ich war auch von »Germinal« begeistert. So wie Marie und Dr. Breuer.

– Ja, ich bin bewegt.

– Eine Unwahrscheinlichkeit, eine Übertreibung jagt die andere. Dabei ekelt einem vor dem darin aufgehäuften Schmutz.

– Nein, Fräulein, das sind keine Übertreibungen. So ist die Wirklichkeit.

– Die geradezu bestialische Sinnlichkeit in »Dem Werk« ist widerwärtig. Die Naturalisten sind doch um nichts wahrer als die Idyllendichter. Zola und Dostojewski stehen jetzt auf meinem Index. Ich will nichts mehr von ihnen lesen. Es gibt in der Welt Schlechtes und Gemeines genug. Wer es liebt, mag es da aufsuchen. Die Kunst hat nichts damit zu schaffen.

Breuer muss gehen. Er will noch zu Frau Marx schauen.

– Wie geht es Richard?

– Er leidet unter seinen Opressionen und möchte Konstanz verlassen.

– In St. Gilgen hatte er aber nie Atemnot. Und Konstanz liegt nicht höher. Die Opressionen werden vergehen. Richard soll nur in Konstanz bleiben. Er muss längere Zeit unter gehöriger Aufsicht stehen.

– Wir werden alles tun, damit er in Konstanz bleibt.

– Ist seine Frau bei ihm?

– Nein, die Ärzte sind dagegen. Und Politzer will das sowieso nicht.

– Ach, die Politzers. Ich glaube, es wäre das Beste, wenn die beiden den Winter nicht in Wien verbringen.

– Wenn er es schafft, den Politzers die Stirn zu bieten.

– Wir sprechen noch darüber.

Breuer begibt sich mit Ida zu Frau Marx. Inzwischen kommt Kathi in den Salon, um die Kerzen anzuzünden. Sie ist ganz ungeschickt beim Anzünden der Kerzen, als ob sie aufgeregt ist.

– Kathi, was ist los mit Ihnen?

– Muss ich Ihna erzählen.

– Erzählen Sie nur.

– Holzmarie macht Wallfahrt nach Lourdes.

– So? Und wer bestreitet die Reisekosten?

– Weiß ich nicht. So schene Reise! Zwei Wochen. Iber Paris. Schade, dass Marie Franzesisch nicht versteht. Mechte auch nach Lourdes gehen. Bin schon zu alt. Wegen Fieße geht nicht. So schene Reise! Endlich kommt Ida zurück. Betty erzählt gleich von der Holzmarie.

– Da muss einem doch der Verstand stillstehen. Vermutlich wird ein frommer Verein die Reisekosten tragen. Ich möchte nur wissen, welches Heil man für die katholische Welt erwartet, wenn man ein dummes, armes Weib nach Lourdes schickt. Da muss man selbst schon mit Dummheit geschlagen sein, um so etwas in Szene zu setzen.

Ida und die Gräfin lachen.

– Lass ihr doch die Freude, wenn ihr Heil darin besteht.

4

Richards Besserung geht nur sehr langsam voran. Seine Schwäche und Nervosität haben sich kaum gebessert. Er hat ein wenig zugenommen, die Entzündungen sind etwas besser geworden. Aber sein Schlaf ist immer noch schlecht und unruhig. Die Eltern sind sehr beunruhigt. Betty hat sich nie dem Wahn hingegeben, dass er schon nach wenigen Wochen der Alte sein wird. Sie hofft, dass ihm die traurige Zeit, die er jetzt verbringen muss, eine Warnung für die Zukunft ist. Natürlich sind Ida und Carl davon überzeugt, dass er nicht eher nach Wien zurückkehren soll, als er psychisch und moralisch kräftig genug ist, den Politzerschen Widerwärtigkeiten standzuhalten. Sie finden, es wäre das Beste, wenn Richard und Alice ihren Wohnsitz für einige Zeit anderswo aufschlügen. Politzers sind nicht auszuhalten. Aber das kann Richard natürlich nicht als Grund angeben, um den Winter mit seiner

Frau in Meran zu verbringen. Wenn er nicht stark genug ist, bringt ihn der Ärger über die Politzers neuerdings herab. Alice soll zu ihm nach Konstanz kommen, die Ärzte erlauben es. Alices Vater versucht es zu verhindern. Aber Alice ist standhaft und fährt schließlich in Begleitung von Carl nach Konstanz. Alle hoffen, dass Alices Anwesenheit Richards Aufenthalt in der Anstalt verlängern wird. Denn selbst wenn es Richard besser geht, wird noch längere Zeit größere Achtsamkeit notwendig sein.

5

Jung und Alt

Solang uns noch die Jugend blüht,
Ergreift oft, ehe wir's gedacht,
Grundlose Trauer das Gemüt,
Und unsre Tränen fließen sacht.

Doch wenn des Alters Eulenflug
Die Stirne streifte kalt und schwer,
Zur Trauer hätt er Grund genug,
Nur hat er keine Tränen mehr.

Betty und Ida sitzen im Salon. Betty endet gerade mit ihrem Gedicht. Da meldet Helene die Gräfin.
– Gut, dass du da bist. Ich wollte schon zu dir eilen. Aber Betty wollte mir noch ihr neues Gedicht vorlesen.
– Ich weiß es schon. Adolph ist gleich zu mir gelaufen und hat mir Ehrlichs Rezension vorgelesen. Ich freu mich kannibalisch!
– Ich auch.
– Ich gratuliere, Gräfin. Der erste große Bericht über das »Gemeindekind«.
– Ich bin sehr glücklich. Ich freu mich kolossal über Ehrlichs langes Feuilleton. In meinen kühnsten Träumen habe ich nicht erwartet, daheim so gelobt zu werden.
– Nachdem ich es dann endlich in einem Zug gelesen hatte, war ich mir ganz sicher, dass es eine meisterhafte Erzählung ist. Man kann sie

eigen oder sonderbar nennen, aber sie ist meisterhaft. Ich erinnere mich an die Parabeln, die du mir vor fünfzehn Jahren vorgelesen hast, wie schwach waren die. Und jetzt, diese Erzählung! Du bist geistig gewachsen, du ziehst aus Lektüre und Erfahrungen den höchsten geistigen Gewinn.

– Oh, was für ein Lob! Von allen Seiten werde ich gelobt. Pachler hat mir in einem rührenden Brief geschrieben: »Sie haben nichts Besseres geschrieben«. Jetzt aber genug des Lobes. Haben Sie gehört, was Schönerer über Sie gesagt hat wegen Ihres schönen Nachrufs auf Kompert?

– Natürlich. Ich sei eine Judenfreundin.

– Das bist du ja auch.

– Ja, das bin ich. Und trotzdem bin ich froh, dass Bettelheim erlaubt hat, seine Kinder taufen zu lassen. Es ist eine Winkelnation und eine Winkelreligion und ich bin froh, dass sie jetzt der Allgemeinheit angehören.

– Schönerer hat sie furchtbar hergenommen.

– Es ist ein elendes Pack.

– Die echten Brunnenvergifter.

– Ja, **sie** sind die Brunnenvergifter. Da hast du recht, Marie. Ernst macht sich Sorgen. Aber es ist ja nur eine kleine Schar.

– Ernst macht sich zu Recht Sorgen. Im Höllthal hab ich im Vorbeifahren auf den Felsen in großen roten Buchstaben geschrieben gesehen: »Saujuden hinaus« und »Hundejuden« und »Hier ruht ein toter Jud«. Noch so einiges. Ich hab mir nicht alles gemerkt.

– Es ist ein elendes Pack. Es gibt eben doch keinen moralischen Fortschritt, Gräfin. Wie finden Sie denn mein Portrait? Sie waren doch mit Ida in Fräulein Müllers Atelier.

– Es ist vortrefflich gelungen, Fräulein. Stirn, Augen, Nase ganz vortrefflich. Die geistige Ähnlichkeit ist gut getroffen.

– Ich kann mich ja im Profil nicht sehen. Mich macht das Bild traurig. Nicht weil ich so albern bin und mich nicht als alte Frau sehen will, die ich ja bin. In diesem trauervollen Gesicht sind die Spuren eines an Schmerz und Kampf reichen Lebens zu erkennen. Wie Fräulein Müller mit ihren jungen Augen das so richtig auffassen konnte! Sie hat aber ein großes Talent. Ich möchte ja wissen, was jemand, der mich nicht kennt und nichts von mir weiß, von der Person denken würde.

– Dass es sich um eine bedeutende Persönlichkeit handeln muss.

– Spotten Sie nur, Gräfin! Ich hab es Rosa geschickt. Wie sie sich gefreut hat! Sie meint, der Mund hat keine Ähnlichkeit. Meine Rosa war ein prächtiges Geschöpf. Schade, dass sie mich verlassen hat. Nur schwer hab ich sie verschmerzt. Die Marie ist auch beflissen und versteht den Dienst, aber so wie die Rosa ist keine.

– Ach Fräulein, ich muss Ihnen noch erzählen, dass einige Ihrer Gedichte in die Lesebücher unserer Schulen aufgenommen worden sind.

– Das freut mich aber sehr!

– Meine Neffen und Nichten studieren eifrig Ihre Gedichte.

– Was für eine Freude!

– Aber jetzt wollen wir endlich ein Taröckchen spielen.

– Natürlich! Spielen! Spielen! Wir sind nicht da, um uns zu unterhalten.

6

Die Anstalt in Kreuzlingen hat keine Besserung gebracht. Es war nur eine Beutelschneiderei. Richard ist unverändert wieder in Wien. Untertags 5, 6 Gramm Chloralhydrat. Mitten in der Nacht noch einmal 3, 4 Gramm. Politzers wollen die Scheidung. Alice schwankt, der Vater will sie unbedingt. Richard ist ein Taugenichts. Mit so jemandem kann seine Tochter nicht verheiratet sein. Es kommt zum ersten Versöhnungsgespräch mit dem Rabbiner. Richard ist aufs Höchste verstört. Er war immer überzeugt, dass Alice zu ihm hält. Richard ist sehr nervös und befindet sich manchmal in einem solchen Erregungszustand, aus dem auch Breuer ihn nicht herausholen kann. Breuer drängt Richard, in die Hertzsche Privatklinik nach Bonn zu gehen. Ihr Ruf geht weit über die Landesgrenzen hinaus. Aus Amerika, Russland, der Türkei, Spanien, England, Frankreich kommen Kranke. Regelmäßige und mannigfaltige Beschäftigung ist neben lauen Bädern dort die Hauptsache der Behandlung. Musik, Tanz, Theater, Tageszeitungen, Klavierspielen, gemeinsame Ausflüge sorgen für Abwechslung. Aber niemand fragt sich, was aus Richard werden soll, wenn er die Anstalt verlässt. Ida verschließt selbst vor der nächsten Zukunft die Augen. Betty wagt es nicht, mit Ida darüber zu reden. Aber sie sieht nicht in eine hoffnungsvolle Zukunft. Die Arbeit war nie Richards Passion. In den letzten drei Jahren hat er sich ihrer völlig entwöhnt. Wie soll er nun mit 34 Jahren von vorne anfangen? Dazu wird er schwerlich bereit sein.

Noch vor Richards Abreise will Alice das zweite Versöhnungsgespräch mit dem Rabbiner. Ida und Carl sind voller Sorge. Diese gemeinen Politzers! Schließlich fährt Richard in Begleitung seines Vaters nach Bonn.

Ida quälen Kopfschmerzen. Zur Sorge um Ernst ist die um Richard hinzugekommen. Und dann noch die Mutter, die fast nichts mehr sieht und sie so sehr in Anspruch nimmt. Manchmal liest sie ihr zur Erheiterung die christkatholischen Blätter vor, von denen sie geradezu verfolgt wird. Es muss ein Narr sein, der sie ihr zuschickt. Welche Menagerie von Wildkatzen, Eseln und Affen ist doch die Welt! Ida preist Bettys Glück, dass sie tun kann, was ihr beliebt. Betty pflichtet ihr bei, aber Ida vergisst, dass sie von Schmerzen und Alter geplagt wird. Sie vergisst Bettys Fußleiden. Was für Qualen sie deshalb aushalten muss. Bis zum Wahnsinn treiben sie die Schmerzen. Grässlich wie eine Märtyrerin leidet sie. Wie oft ist sie deshalb der Verzweiflung nahe. Dieses Übel, das jeden zweiten Tag mit erneuerter Heftigkeit auftritt und ihr Leben auf die Hälfte reduziert, weil sie an ihren schlimmen Tagen zu nichts fähig ist. Im Augenblick sind die ungeraden Tage die schlimmen. Das wechselt von Monat zu Monat ab. Wehe, ein Besucher kommt an einem schlechten Tag! Dann wiederum will sie nur Besuch an den schlechten Tagen haben, weil sie an den guten ein wenig in den Straßen herumhumpelt, wenn es das Wetter erlaubt. Die schlechten Tage muss sie sowieso im Bett zubringen. Wenn ihre Freunde es sich nicht merken können, dann müssen sie es sich eben aufschreiben. Saar, den Betty ohnedies nur selten sieht, findet diese pünktliche Wiederkehr an jedem zweiten Tag höchst eigentümlich, jedoch gewissermaßen noch ein Glück im Unglück, da Betty ihre Leiden nicht unausgesetzt ertragen muss. Sogar ihre geliebte Helene vergisst immer, an welchen Tagen sie Betty besuchen darf. Wie oft hat Betty schon ihren Besuch versäumt. Ihrem Freund Lewinsky hat sie es aber gehörig gesagt.

Lieber Freund!
Es ist zu ärgerlich, dass ich Deinen Besuch abermals versäumte, doch kann ich Dich nicht von aller Schuld freisprechen. Ich schrieb Dir ausdrücklich,

dass ich nur an den geraden Tagen sicher zu Hause zu treffen bin, weil ich an den ungeraden, die in diesem Monat meine guten sind, gewöhnlich ausgehe. Lass Dir das gesagt sein, wenn Du mir den Kummer ersparen willst, Dich vor meiner Abreise nicht mehr zu sehen.

Gib Dir nicht die Mühe, mir schriftlich zu antworten; meine Botin ist intelligent genug, einen mündlichen Auftrag zu bestellen.

Mit den besten Grüßen

Betty

Gabillon freilich lässt sich davon nicht beeindrucken.

– Ach, Betty, verzeihen Sie. Ich habe es nicht mehr gewusst.

– Aufschreiben!

– Wissen Sie denn nicht, dass man mit so rasenden Schmerzen nicht sprechen kann?

Gabillon geht trotzdem in Bettys Zimmer, ignoriert den Putzer, den sie ihm verpasst hat, und beginnt von seiner neuen Rolle zu erzählen, vom neuen Direktor, vom neuen Stück von Heyse, und Betty hört aufmerksam zu, obwohl sie behauptet, heftige Schmerzen zu haben. Lebhaft beginnt sie über Heyse zu dozieren. Keine Klage mehr, kein Muckser über ihre rasenden Schmerzen.

Nun wird sie täglich von Dr. Freud elektrisiert. Jeden Morgen um neun findet sie sich am Schottenring ein, weil der Apparat so groß ist, dass man ihn nicht Tag für Tag transportieren kann. Breuer hat sie schon einige Male in ihrem Zimmer elektrisiert. Da hat er in die Küche gerufen.

– Helene, warmes Wasser zum Fräulein! Aber hierbleiben, ich brauch Sie.

Ein Pol war in Wasser getaucht, der andere an Bettys Kopf angeschlossen. Wie am Spieß hat sie geschrien.

– Herr Doktor, dass Sie so ein grausamer Mensch sind, habe ich gar nicht gewusst. Man sieht es Ihnen gar nicht an.

Ida schläft fast gar nicht mehr. Carl hat schwere Träume. Betty führt sie darauf zurück, dass er zu reichlich nachtmahlt. Er sollte lieber im Laufe des Nachmittags etwas genießen und abends nur wenig essen. Aber Carl liebt es, ausgiebig zu nachtmahlen. Meistens schaut er zu Helene in die Küche, was es gibt, und kostet schon einmal etwas aus dem Topf.

Wenn Idas Nerven es zulassen und die Mutter sie nicht in Anspruch nimmt, liest sie »Anna Karenina« in französischer Übersetzung, »Anne Carenine«. Ein großartiges, ein herrliches Werk. Am trefflichsten findet sie die Schilderung, wie Annas Charakter in Folge ihrer schiefen Verhältnisse allmählich seine frühere Würde und Lauterkeit verliert. Auch die Gräfin ist von »Anna Karenina« hingerissen. Betty findet zwar, dass es ein bedeutendes Werk ist, kann jedoch nicht leugnen, dass es Längen hat, bei denen ihr die Geduld zu reißen beginnt. Nein, nicht Tolstoi ist es, der sie fasziniert, sondern Conrad Ferdinand Meyer. Auch wenn er den Bauern, den Dienenden, den Arbeiter gleich dem Vieh achtet und unfähig wäre, Themen wie die der Gräfin zu behandeln.

Die Scheidung zwischen Richard und Alice ist nun beschlossene Sache. Richard war zum dritten Versöhnungsgespräch in Wien und will den Scheidebrief aus Bonn schicken, den dann ein Vertreter Alice übergeben soll. Trotzdem ist Alice ausnehmend freundlich zu Ida. Am Ende beabsichtigt sie noch, nach St. Gilgen zu kommen. Darauf darf sich Ida nur ja nicht einlassen. Was geschehen muss, das geschehe ganz. Zumal doch jetzt schon die Möbel aufgeteilt werden. Betty rät Ida, nicht gar zu generös zu sein. Die Politzers werden sie nicht großmütig finden, sondern nur dumm.

Nun, da die Scheidung vollzogen ist, möchte Ida es Richard verheimlichen, um ihm im Verlauf seiner Kur die Aufregung zu ersparen. Betty findet das übertrieben. Er hat ja sowieso schon den Scheidebrief geschrieben und weiß, dass der Termin am Landesgericht stattfindet. Ob er jetzt oder später erfährt, wann der Termin war, macht keinen Unterschied. Aber Ida ist so besorgt. Richard möchte die Anstalt verlassen und in ein Seebad reisen. Ida ist ganz dagegen. Aber sie kann ihn nicht aufhalten. Er macht, was er will. Er hört nicht auf seine Eltern. Wer soll ihn dort überwachen? Auf seine eigene Willenskraft kann man sich nicht verlassen. Betty ist entsetzt. In dieser Angelegenheit ist schon so viel Nonsens begangen worden. Was mit Richard geschehen soll, mag der Himmel wissen. Betty kann sich keine Vorstellung davon machen. Ida möchte, dass Richard nach London geht. Betty meint auch, dass es das Beste für ihn wäre. Aber um sich einer Beschäftigung zu widmen, und nicht als Flaneur. Ohne die vollkommene Untätigkeit der letzten Jahre wäre es vielleicht mit ihm nie so weit gekommen. Arbeit ist ein ungleich sichereres Heilmittel als Zerstreuung.

Bettys Geburtstag naht. Ida geht in die Küche. Sie wird ihre Hausgenossin Helene fragen. Carl sagt immer: Wir haben keine Dienstboten, wir haben Hausgenossen.
– Du, Helene, was soll ich dem Fräulein zum Geburtstag schenken?
– Na, eine Elektrisiermaschine.
– Was fällt dir denn ein!
Natürlich kann Ida Betty keine Elektrisiermaschine schenken. Aber eine schlechte Idee von Helene ist es nicht. Sie wird, wenn auch nicht für Bettys Geburtstag, so doch für die ganze Familie eine Maschine anschaffen.

7

Ernst wird wieder operiert. Helene muss das Zimmer kräftig heizen. Obwohl es schon März ist, ist es noch bitter kalt. Ernst wird auf der Trage zu seinen Eltern gebracht. Gersuny operiert. Billroth darf Ernst nicht mehr anrühren. Sechs Ärzte sind versammelt. Chrobak hält Ernsts Arm wie mit einer Klammer zusammengepresst, um einen Bluterguss zu verhindern. Das von Gersuny exstirpierte Neurom ist vier Zentimeter lang und vier Zentimeter dick, ein ganzes Bündel kranker, verschwollener Nerven. Die Operation dauert anderthalb Stunden. Erst jetzt stellt sich heraus, wie wahnsinnige Schmerzen Ernst in den letzten Monaten gelitten haben muss. Ida befällt ein Schauder. Aber sie verhält sich wieder heldenhaft. Während der ganzen Operation weicht sie nicht aus dem Zimmer und drängt jeden Klagelaut zurück, um die Ärzte nicht zu stören. Nun ist Ernst ruhig und schmerzfrei. Gersuny hofft, dass die Wunde in einigen Tagen verheilen wird. So lange bleibt Ernst bei den Eltern in der Habsburgergasse. Ida nimmt ihm das Chloral weg. Er bekommt nur so viel, wie Breuer erlaubt hat.
– Mama, gib mir nur ein Gramm.
– Nein, Ernst, es schadet dir.
– Wenn du willst, dass ich zugrunde geh, dann gib mir halt keines.
– Ach Ernst, es schadet dir doch nur!

– Nur ein halbes Gramm!

– Nein, Ernst, Breuer erlaubt es nicht.

Ernst weint. Ida geht, um *Westermanns Monatshefte* zu holen. Sie will Ernst daraus vorlesen. Inzwischen muss Helene bei Ernst bleiben.

– Helene, geben Sie mir was.

– Was denn, Herr Professor?

– Sind Sie nicht so grausam mit mir! Ich bin ja ein kranker Mann.

– Was soll ich Ihnen denn geben, Herr Professor?

– Geben Sie mir ein Gramm Chloral!

– Ja, wo ist es denn? Ich finde keines.

St. Gilgen

I

Marie jubelt. Dr. Breuer hat ihr St. Gilgen verordnet. Sie leidet an der Basedowschen Krankheit. Die Gebirgsluft wird ihr guttun. Sie ist überglücklich. Da kann sie einige Wochen des Sommers mit Ida verbringen.

Am 2. Juni geht es los. Um fünf in der Früh steht sie auf und fürchtet trotzdem, zu spät auf die Bahn zu kommen. Großes Eisenbahnfieber. Ihr Bruder Adolph soll sie nach St. Gilgen begleiten. Im letzten Augenblick erscheint er und steigt mit olympischer Ruhe in den Waggon, in dem Marie schon fast eine Stunde voller Unruhe zappelt. Bis Salzburg geht die Reise flott dahin. Dann aber bummelt der Zug im Schneckentempo nach Ischl. Nachdem sie dort im »Gasthof zur Post« gespeist haben, schleicht die Equipage des Herrn Bürger- und Postmeisters Ramsauer, in dessen Seehaus sie wohnen werden, mit ihnen weiter nach St. Gilgen. Marie ist begeistert. St. Gilgen ist wunderbar, die Luft himmlisch. In dieser herrlichen Gegend und dem tiefen Frieden müssen ihre Nerven zur Ruhe kommen. Das Seehaus ist weniger gut. Die Wohnung ist halbwegs in Ordnung, die Aussicht schöner, als man sie schildern kann. Das Zimmer ist groß, mit vier Fenstern, von denen zwei verstellt sind. Ein schöner Balkon. Aber die Einrichtung ist schlecht, besonders die Betten. Zwei Waschtische stehen im Zimmer und ein porzellanener Spucknapf auf vier Füßen. Die Fauteuils und die Sessel sind so kaputt, dass man eigentlich nicht darauf sitzen kann. Das ganze Haus ist eine Räuberhöhle und viel zu teuer. Zwei Eier kosten 12 Kreuzer und ein Viertelliter Milch kostet 10 Kreuzer.

Wenige Tage nach der Ankunft der Gräfin kommen die Fleischls. An der Spitze ihre Menagerie, das Hündchen Caro, der Papagei Lora und die beiden namenlosen Affen. Richard wollte damals, als Ida so krank war, unbedingt einen Hund. Das konnte man ihm nicht abschlagen, obwohl Ida ja keine Hundeliebhaberin ist. Der Hund starb. Aber Carl wollte dann einen neuen. Mittlerweile hat sich Ida daran gewöhnt, dass ein Hund im Haus ist, und möchte ihn eigentlich gar nicht mehr missen. Marie ist hocherfreut. Nun ist ihre liebe, gut Ida da und sie hat auch wieder Hilfe bei ihren Korrekturen. Otto, Paul und Richard sind auch gekommen. Richard schaut sehr viel besser aus und wirkt ruhiger. Ernst will etwas später kommen. Es ist bereits der zweite Sommer ohne Idas Mutter. Sie ist vor eineinhalb Jahren gestorben. Eine Erlösung für alle, wie die Gräfin und Betty meinen. Paul ist mit seiner jungen, frisch angetrauten englischen Frau Cécile gekommen. Alle sind schon ganz gespannt auf sie. Noch niemand kennt sie. Sie ist eine herzige, einfache, kleine Frau, aber für eine so kurz verheiratete Frau hat sie viel Aplomb. Nur anfangs war sie ein bisschen schüchtern. Sie geistert viel bei Helene in der Küche herum, um die österreichischen Speisen kennenzulernen.

Marie arbeitet fleißig, korrigiert mit Ida, liest mit Begeisterung »Humiliés et offensés« von Dostojewski, die ihr Ida unbedingt empfohlen hat – ein Buch, vor dem sie sich verstecken muss, und wer es nicht so gut kann, sollte das Schreiben lassen – und genießt die wunderschöne Gegend und den See. Manchmal rudert Otto alle zusammen im Kahn nach Fürberg und an den schönen Buchten vorbei bis zur Falkensteiner Wand. Alle in leichten Sommerkleidern. Otto in weißen Hosen, weißem Hemd, Hut und Sandalen. Aber so wirklich haben sich ihre Nerven trotz der behaglichen Ruhe noch nicht beruhigt. Sie schaut immer noch elend aus. Das wird erst passieren, wenn sie mit ihrer Arbeit fertig ist. Bei dieser ständigen Präokkupation ist es nicht möglich, zur Ruhe zu kommen. Betty hat noch vor Idas Abreise zu ihr gesagt, dass doch Richard der Gräfin als Sekretär dienen könnte, da er ohnehin keine Beschäftigung hat. Es wär für beide von Vorteil. Für die Gräfin eine Erleichterung und Richard hätte etwas zu tun. Ida hat es gleich zurückgewiesen. Richard ist dazu nicht imstande. Er ist noch nicht gefestigt genug. Man weiß noch gar nicht, wie er sich hält.

Die Gräfin speist fast täglich bei den Fleischls, bei denen es oft viele Besucher gibt. Fräulein Najmájer kommt aus Ischl, Louise Schönfeld, Dr. Breuer auf der Durchreise nach Berchtesgaden, der berichtet, dass Frau von Littrow höchstens noch ein Jahr zu leben haben wird. Alle speisen bei den Fleischls. Der Postwirt ärgert sich schon. Bei der Frau von Fleischl ist ein Speisehaus. Die haben Leute und er keine. Marie Landesmann hat ihren Besuch angekündigt, worüber Ida gar nicht erfreut ist. Fräulein Landesmann bewundert ihren Vater abgöttisch und wird nicht müde, darüber zu klagen, dass er nicht gerecht beurteilt wird. Aber selbst leidend und durch den aufreibenden Umgang mit ihrem Vater erschöpft, wünscht sie ohnedies vor allem Ruhe. Professor Billroth mit seiner Frau und seinen Kindern ist ein häufiger Gast. Seine Tochter Else singt wunderschön, während Otto sie auf dem Klavier begleitet. Manchmal holt Billroth Otto um fünf Uhr Früh ab, um mit ihm eine Bergpartie zu machen, um sein krankes Herz zu entfetten. Nicht selten besteigen sie den Schafberg, keine leichte Partie. Auch Billroths empfangen viele Gäste in ihrer Villa. Bisweilen schauen die Gräfin und Ida nach der gemeinsamen Arbeit und dem vormittägigen Spaziergang nur auf einen Sprung bei ihm vorbei und lauschen Elses Gesang. Am besten gefallen Marie die altfranzösischen Lieder. Sie ist von der Familie Billroth ganz hingerissen. Menschen von wahrhaft göttlicher Natur. Aber ohne Ida wär das Leben hier nur halb so schön. Wie arbeitet sie mit! Was dankt sie ihr nicht alles! Mehr, als sie je aussprechen, geschweige denn vergelten kann. Sie ist glücklich hier in St. Gilgen. Dass sie das in ihrem Alter noch erleben kann, hat sie nicht gedacht. Dazu verschönert ihr lieber, guter Bruder Adolph das Leben. Er hat eine Kiste mit vortrefflichen Cabos-Torten geschickt. Nur eines bereitet ihr Kummer und Sorgen: Wenn Ida über Ernst spricht. Es ist eine solche Trostlosigkeit, so ein Jammer, dass es ihr das Herz zerreißt. Dabei trägt es Ida mit wahrer Heldenhaftigkeit. Es ist nicht nur Ernsts Krankheit, die Ida Sorgen macht. Es ist auch sein egoistischer Charakter, seine Grobheiten, unter denen Ida so leidet. Sie weiß, dass es ihre Schuld ist. Sie hat die Kinder schlecht erzogen.

Fleischls Gäste versammeln sich gern in der Küche. Da heißt es: »Gehen wir in die Fleischl-Küche, da gibt's a Hetz.« Bis zu fünf Herren stehen manchmal um den Herd herum, rühren mit dem größten Eifer in den Töpfen um, weil in jedem ein Kochlöffel steckt, und stören Helene. Carl sowieso, dann kommt Otto, der tatsächlich exzellent kochen kann, dann Paul, Professor Frisch, Primarius Gersuny, auch Professor Billroth ist immer mit dabei. Und wenn dann auch noch die Ida in die Küche will, sagt einer der Herren: »Gnädige Frau, hier ist kein Platz mehr.« Helene setzt sich derweil zum Tisch und schaut zu. »Ja«, sagt dann Paul, »die Küchenmeisterin sitzt da und wir können für sie arbeiten.« Die Herrschaften können leicht lustig sein, die wissen gar nicht, wie schwer die Kocherei in St. Gilgen ist, denkt Helene. Nichts ist zu bekommen. Wenn sie schnell etwas von Salzburg oder

Ischl braucht, dauert es eine Ewigkeit. Das Fleisch ist von alten Kühen und die Häfen sind zu klein. Von der Zunge muss sie zuerst das Hinterteil kochen und dann den Spitz. Und wie oft ist keine Milch zu bekommen. Und das Gilgener Bier ist nicht zu trinken. Manchmal gibt es auch Faschingskrapfen. In Gilgen gibt es keine Gesetze. Helene kocht aus den Zutaten, die sie gerade bekommt.

Wenn viele Gäste kommen, hat Helene so viel zu tun, dass sie ganz verzagt. Dann sagt sie zur gnädigen Frau:

– Heute bekommt niemand etwas zu essen.

– Ja, warum denn nicht?

– Weil ich keine Ruhe habe.

Aber um eins wird gespeist. Da gibt es kein Pardon. Um drei viertel eins kommt der Carl in die Küche.

– Essen wir bald? Ich habe Hunger!

Dann kommt Ida.

– Helene, anrichten! Ich will nicht sagen, dass wir verhungern, aber ohnmächtig werden wir.

– Ja, aber der Dr. Otto ist noch nicht da.

– Sicher spielt er noch bei Billroths.

Und schon kommt er gerannt und ruft noch auf der Stiege:

– Helene, anrichten, ich bin schon da.

Otto spielt nicht nur Klavier. Er hat auch Patienten in St. Gilgen, die er alle ohne Bezahlung behandelt. Zu einer armen Klosterschwester, die eine Blinddarmentzündung hat, schaut er mehrmals täglich. Er kocht sogar für sie und kauft ihr eine warme Decke. Und einem schwerkranken jungen Mann schenkt er eine Flasche Wein aus der Kiste, die der Papa mitschicken hat lassen. Der junge Mann schreibt ihm einen Dankesbrief und Otto zeigt ihn, weil er ihm so gut gefallen hat, Helene. Der Brief bleibt in der Küche liegen und Carl entdeckt ihn. Eine Flasche kostet 3 fl! Aber Otto kümmert sich nicht um den Putzer, den er bekommen hat, und schenkt dem jungen Mann noch eine Flasche. Und wenn er nicht gestorben wäre, hätte er ihm den ganzen Vorrat geschenkt.

Richard muss abreisen. Er hat wieder seine Asthmaanfälle. Natürlich nimmt er wieder Chloralhydrat. Nun sind wohl auch alle Pläne, dass er mit Onkel Augusts Hilfe in München Arbeit finden könnte, zunichte. Die Münchner Hochebene ist kaum minder hoch gelegen

als St. Gilgen. Er will in das Seebad Blankenbergen fahren. Wenn er dort nur nicht rückfällig wird. Von einer Überwachung kann dort, wo es keinen anständigen Arzt gibt, nicht die Rede sein. Aber Carl und Ida müssen ihn ziehen lassen, wenn ihn das Asthma hier so plagt. Richard reist ab und Ernst kommt. Carls und Idas gute Stimmung ist dahin. Sie kennen Ernsts Rücksichtslosigkeiten. Er bestimmt das Gespräch, wenn jemand etwas erzählt, das ihn nicht interessiert, schneidet er ihm das Wort ab. Und wehe dem, der etwas in seinen Augen Belangloses oder gar Dummes sagt. Er kommt nicht zu Tische, wenn alle speisen. Helene muss für ihn extra die Speisen bereiten. Wenn es ihm einfällt, will er um Mitternacht ein Gulasch. Für seine Ankunft sind allerlei Vorbereitungen getroffen worden. Von Carl schweigend, von Ida eingestandenermaßen. Ernsts Zimmer wurde mit Blumen geschmückt und Helene muss für ihn Zunge kochen. Aus Salzburg wurden Südfrüchte bestellt. Ernst sieht übel aus. Für einen gewöhnlichen Menschen, der ihn nicht alle Tage sieht und nicht Arzt ist, ein Verlöschender. Breuer hat noch in Wien zur Gräfin gesagt, dass man für Ernst nichts Besseres tun kann, als ihn in fortwährendem Opium- und Chloralrausch hinträumen zu lassen. Er ist aber liebenswürdig und gut und so weich, wie er es nie gewesen ist. Er hat Leibschmerzen, wie in letzter Zeit so oft, geht zu Bett und schläft. Am Abend schläft er immer noch und auch am nächsten Tag. Ida wacht bei ihm. Um 12 Uhr nachts hält es Ida nicht mehr aus. Man soll Gersuny holen. Es ist stockfinster, stürmt, gewittert und regnet in Strömen. Der Sohn von Pochlin, bei dem sie die Wohnung gemietet haben, geht. Bald kommt er mit Gersuny zurück. Ernst soll aufgeweckt werden. Gersuny zieht am Arm und hebt den Kopf auf. »Ernst, wach auf! Ernst, mach die Augen auf!« Er spritzt ihn mit Wasser an. Alles umsonst. Carl weint und Ida bettelt. »Geh, Alter, du musst doch was essen, geh, mach die Augen auf!«
– Helene, machen Sie einen starken schwarzen Kaffee. Wir müssen ihn ihm langsam einflößen.

Um sechs Uhr Früh sagt Gersuny:
– Gnädige Frau, seien Sie beruhigt, er wird plötzlich aufwachen. Es ist eine Ohnmacht, ein Druck aufs Gehirn. Vielleicht erwacht er ja gesund.

Carl und Ida gehen frühstücken und Helene bleibt bei Ernst.

– Herr Professor, die Mama war die halbe Nacht bei Ihnen, machen Sie die Augen auf! Sie schlafen schon so lange. Auch Gersuny war bei Ihnen.

Schließlich zieht er die Lider zurück und kommt langsam zu sich. Er verlangt zu essen und raucht eine Zigarre. Aber er ist elend wie zuvor. Allmählich erholt er sich ein wenig, sitzt auf dem Balkon und liest Turgenjews »Der Hund«. Sogar Cécile würdigt er einer Unterhaltung. Wenigstens sperrt er sich nicht den ganzen Tag in seinem Zimmer ein wie in Wien. Obwohl er auch hier tagsüber viele Stunden im Bett zubringt. Auch eine Krankheit, denkt sich Marie im Stillen.

In St. Gilgen gibt es viele Veranstaltungen zum Wohle der Armen. Ida und die Gräfin sind immer dabei. Da arrangiert im Spital eine Klosterschwester eine Jause für die Kinder und die Pfründner, und Helene muss einen Gugelhupf machen. Besonders angetan hat es den beiden der Wegmacher, dem sie fast täglich beim Spazierengehen begegnen, mit dem sie gern ein Plauscherl machen und schon fast befreundet sind und dem sie gelegentlich etwas für die Kinder zustecken. Gewiss wird er für einen klugen Mann gehalten, weil er für alles, was er tut, einen Grund angibt. Einem Blinden muss Helene immer die Reste von der Kocherei bringen. Manchmal macht sie für ihn sogar extra Knödel, und wenn der gnädige Herr in die Küche kommt und sieht, wie Helene für den Blinden Knödel macht, sagt er immer: »Geben Sie ihm nur, sooft Sie etwas haben.« Und Fräulein Billroth organisiert einen Bazar, zu dem jede Dame etwas aus ihrer Küche beitragen muss. Dann heißt es wieder:

– Du, Helene, du musst eine schöne, große Torte für den Bazar machen.

– Gnädige Frau, ich fühle mich sehr geschmeichelt. Ich glaub, ich bin eine Köchin für ganz Gilgen vom Spital aufwärts.

– Ja, das macht dir eine besondere Ehre.

Der Eröffnungstag wird in der Zeitung angekündigt. Viele Leute aus Ischl und der Umgebung kommen. Es gibt ein großes Haus aus Brettern, auf dem steht: »Der größte Kanari der Welt«. Und drinnen ist eine angestrichene Ente, deren Federn von der Farbe ganz zusammengepickt sind. Eine Holzhütte gibt es, in der ein seltener Hund zu sehen ist: der graue Pinscher von Billroths, blau angestrichen. Für alle Sehenswürdigkeiten muss man ein paar Kreuzer bezahlen. Auch

Helene muss auf den Bazar gehen, die gnädige Frau hat es befohlen. Aber sie bekommt wieder die blecherne Medaille.

Wenn die Zirkusleute mit der Schaubude, der Drehorgel und der großen Trommel kommen, ist Otto immer mit dabei. Dann trommelt er auf Teufel komm raus. Da schwitzt er und die Herrschaften, die ihn kennen, lachen sich krumm. Er macht es aber nicht aus Spaß, er macht es, damit die Zirkusleute mehr Geschäft machen. Und so ist es auch.

2

Betty ist derweil in Teplitz auf Kur, obwohl die Kur, als sie das letzte Mal hier war, mehr oder weniger für die Katz war. Aber es geht ihr so schlecht, dass es sonst keinen Ausweg gibt. Ihre Füße rebellieren. Kaum, dass sie auf die Gasse gehen kann. Höchstens an den guten Tagen kann sie ein bisschen Luft schnappen. Alles ermüdet sie. Nicht nur das Schreiben fällt ihr schwer, auch die einfachste Handarbeit. Und wenn sie gar ein Buch zur Hand nimmt, schläft sie ein. Bald wird sie es zum vollständigen Kretin gebracht haben. Wenn es so weitergeht, wird sie von Teplitz in eine Anstalt für Blödsinnige gebracht werden müssen. Und dennoch geht es hier etwas besser als in Wien. Dr. Lieblein sagt, dass die günstige Wirkung der Kur erst später einzutreten pflegt. Aber Betty ist doch ziemlich konsterniert, denn an den schlechten Tagen hat sie sehr starke Schmerzen. Sie meint, es ist eine Folge der Dusche, durch die der kranke Nerv, den sie kräftigen soll, nur noch mehr gereizt wird. Dennoch ist Betty Dr. Lieblein dankbar, weil er, obwohl er Allopath ist, sie nicht mit Medizinen quält. Auch das Massieren hält er in ihrem Fall für überflüssig, ebenso das Trinken von Karlsbader Wasser, denn er kann keine Spur von Gicht an ihr entdecken. Betty soll Rotwein trinken, damit sie möglichst bei Kräften bleibt, zu Mittag Beefsteak und Gemüse essen und möglichst viel Bewegung im Freien machen. Wenn auch das Beefsteak nicht gut ist, so ist es das Einzige, was man hier essen kann. Alles andere ist ein Schlangenfraß, den man nicht hinunterwürgen kann. Man kocht mit Stearin statt mit Butter! Aber im Vergleich zu Pistyan, diesem Schmutznest, wo sie voriges Jahr war, ist hier alles wunderbar. Es ist ein Unterschied wie zwischen Makarts Atelier und einem Schweinekoben. Ach, wie lange ist es noch bis zum Winter, der sie alle wieder zusammenführt!

Brav hält Betty bis September durch. Dr. Lieblein hat es so angeordnet. Es zieht sie ohnedies nicht nach Wien, solange Ida nicht dort ist. Sie fürchtet sich auch vor dem Straßenlärm, dem Wagengerassel und den Besuchspflichten. Schließlich ist Teplitz schon still und öd. Viele sind bereits abgereist. Nur noch polnische Juden spielen vor ihrem Haustor Tarock. Die Glücklichen, seufzt Betty. Aber mitspielen möchte sie dennoch nicht. Sie sehen gar zu schmutzig aus. Langsam wird es Zeit, an die Heimkehr zu denken. Da bekommt sie eine hartnäckige Diarrhö, die sie schwächt, ihre Nächte stört und sie am Spazierengehen hindert. Opiumtropfen mit Chinin bringen keinen Erfolg. So kann sie die Reise nach Wien nicht antreten. Bedenklich ist die Sache wohl nicht, aber ärgerlich. Ein schlechter Abschluss ihrer Kur. Ist sie nicht die echte Schlemihte? Endlich entschließt sie sich zur Abreise. Sie hält sich wacker, isst nur ein paar Stückchen Zwieback und kommt ausgehungert und durchgefroren in Wien an. Hier erwartet sie eine traurige Überraschung. Kathi geht es gar nicht gut. Sie sieht übel aus, ist ganz mager geworden, kann kein Essen verdauen. Breuer hat ihr verordnet, sich nur von Milch zu ernähren. Aber die verträgt sie auch nicht. Sie hat ein Geschwür in der Speiseröhre. Helene pflegt sie Tag und Nacht. Sie will auch sonst niemanden um sich haben. Es ist wohl der Anfang eines Marasmus. Sie ist ja schon fast 80. Selbst den Papagei, den ihr Ernst überlassen hat, zu füttern und seinen Käfig zu putzen fällt ihr schwer. Dabei liebt sie ihn über alles. Wenn er ein Spektakel loslässt, sagt sie immer: »Jetzt hat er mir Maul ang'hängt.« Über Idas Glückwünsche zu ihrem Geburtstag aus St. Gilgen hat sie sich sehr gefreut. Ein Beweis ihrer Anhänglichkeit. Denn sonst ist sie ziemlich apathisch und gibt sich selbst mit Missy nicht mehr ab.

3

Die Gräfin ist noch in Zdislawitz und schreibt an Ida.

19. Oktober 1889
Meine liebe gute Ida!
Stell Dir vor, heute brachte mir die Post einen Schmähbrief, nein, eine offene Schmähkarte. Verehrteste Madame! Ist die Aufschrift. Dann heißt es: »Wenn Sie schon Epigramme Ihrem dichterischen Gemüte ausquetschen, mögen Sie sie doch nicht drucken lassen. Schreiben Sie Novellen oder

Romane, aber suchen Sie nicht geistreich zu sein« etc. Was sagst Du dazu? Ich weiß, dass es dumm ist, aber ich reg mich doch furchtbar darüber auf. Ich bin ganz unvernünftig und dumm. Aber morgen hoffe ich, alles schon vergessen zu haben. Mach Dir keine Sorgen. Ich korrigiere unverdrossen die »Aphorismen« weiter.

Moriz hat mit mir wieder über die leidige Schriftstellerei gesprochen. Sie ist ihm immer noch unsympathisch. Zumindest gibt er zu, dass ich nichts dafür kann. Noch immer wollen sie mir meine papierenen Kinder nicht lassen.

Das Rundschauheft, das den Anfang von »Unsühnbar« enthält, ist vorgestern angekommen und ich kann es noch nicht ohne Herzklopfen ansehen, geschweige denn es aufschlagen. Ich kann das Erscheinen des Buches kaum erwarten. Paetel hat 1600 Mark geschickt. Stell Dir vor! Ich freu mich kannibalisch.

Mit meiner Gesundheit steht es nicht so gut. Ich schlafe schlecht und habe Herzklopfen und leide sehr oft unter Kopfschmerzen.

Wie geht es Ernst und der armen Kathi?

Ich hoffe, dass Deine gute Gesundheit, seit Du von St. Gilgen zurückgekehrt bist, anhält.

In 10 Tagen bin ich wieder in Wien.

Schreib mir bald und lebe wohl

Deine Marie

Liebste Marie,

nur gut, dass Du unverdrossen die »Aphorismen« korrigierst. Sonst hätte ich mir ernste Sorgen gemacht. Es gibt nicht den geringsten Grund, sich über diese dumme Karte zu kränken. Nein, ganz im Gegenteil. Wäre es nicht ein schlechtes Zeichen, wenn Du keine anonymen Briefe bekämest?

Ich habe jetzt »Unsühnbar« in einem Zuge gelesen. So weit das Werk jetzt vorliegt, ist es unzweifelhaft ein Meisterwerk und wird unzweifelhaft ein Meisterwerk bleiben.

An Ernsts Hand haben sich erneut Neurome gebildet und er musste wieder operiert werden. Er hatte wieder diese entsetzlichen Schmerzen. Er ist sehr deprimiert und hat alle Hoffnung auf eine gänzliche Besserung verloren. Wie immer wurde er zu uns gebracht und Gersuny hat ihn operiert. Ich hoffe, glücklich. Die Nacht war erträglich. Vormittag stellten sich Krämpfe ein. Breuer hat Chinin verordnet, worauf es viel besser wurde.

317

*Kathi sitzt die meiste Zeit teilnahmslos in der Küche und isst fast gar
nichts mehr. Sehr lange kann das wohl nicht mehr so weitergehen.*
Ich muss schließen, bin müde und unwohl.
Bald sehen wir uns wieder, lebe wohl

Deine Ida

Liebste Ida!

*Wir sind gestern spät am Abend angekommen. Wie immer war es ein
schweres Scheiden. Wir bekamen ein Coupé, in dem eine tropische Hitze
herrschte, wir aber ziemlich unbehelligt blieben.*
*Ich habe heftige Gesichtsschmerzen. Sobald es mir besser geht, besuche
ich Dich.*
Ich freue mich auf ein baldiges Wiedersehen. Lebe wohl

Deine Marie

<u>*Sibylle nicht Sybille*</u>
*Liebste Marie, ich freue mich sehr auf unser Wiedersehen, bin aber
untröstlich über Deine Gesichtsschmerzen. Vielleicht kann ich morgen auf
½ Stunde zu Dir kommen. Die Aphorismen, die Du mir geschickt hast,
musste ich alle unterstreichen, ich finde sie sehr treffend. Betty ist bis über
Maries Geständnis ihrer Schuld gekommen, findet alles vortrefflich, lobt
die Charakteristik jeder Figur extra. Ich bin glücklich darüber, dass es ihr
und Ernst so ungemein gefällt, weil die beiden schwer zufriedenzustellen
sind. Abends erwarten wir Pachlers. Auf Dich darf ich wohl nicht hoffen.
Auf ein baldiges Wiedersehen.*

Deine Ida

4

– Guten Morgen, liebe Betty, wie hast Du denn geschlafen?
– O, ich habe gelitten. Wie eine Märtyrerin. Höllenqualen habe ich aus-
gestanden. Bis zwei Uhr hab ich diese Qualen aushalten müssen. Dann
haben die Schmerzen nachgelassen und ich habe schlafen können.
– Und wie geht es dir jetzt?
– Heute ist ein schlechter Tag, Ida. Ich werde im Bett bleiben müssen.
– Betty, weißt du schon das Neueste?
– Was ist geschehen?

– Otto will heiraten.

– Nein, so was! Wer ist es denn?

– Ein junges Fräulein aus der Schweiz. Mina Schwarzenbach heißt sie. Sie kommt aus einer sehr guten Familie. Otto will sich taufen lassen. Er wird der evangelisch-reformierten Landeskirche beitreten.

– Und was sagt ihr dazu?

– Ach, weißt du, er ist so glücklich. Das ist das Wichtigste. Paul hat auch keine Jüdin geheiratet. Mutter hat es ja nicht mehr erlebt. Otto ist doch ohnedies nicht religiös. Und wir sind es ja auch nicht. Seit seiner Hochzeit mit Henriette war er doch nicht mehr in der Synagoge. Das Wichtigste ist, dass unsere Kinder glücklich sind.

– Dass Otto glücklich ist, freut mich von ganzem Herzen.

– Und wir sind auch glücklich. Carl strahlt geradezu vor Glück.

– Das freut mich ganz besonders.

– Die kirchliche Trauung soll in Bendlikon stattfinden. Du weißt, es liegt am Züricher See. Ich werde wohl nicht hinfahren. Aber Carl will unbedingt dabei sein. Gefeiert wird dann natürlich in St. Gilgen. Dieses Glück wird Bestand haben. Du wirst sehen. Wir sind alle ganz sicher.

Carl ist sehr besorgt wegen der Exzesse in den Vororten. Nicht die streikenden Maurer machen ihm Sorgen. Auch nicht die Schneider-, Schuster-, Bäcker-, und Selchergesellen, die sich auf der Schmelz versammelt hatten. Der Pöbel macht ihm Angst. Am 9. April 1890 schreibt die *Neue Freie Presse*: Größere Rotten, in deren Mitte sich halbwüchsige Burschen befanden, zogen durch die Straßen und drangen, von der Dunkelheit begünstigt, in Branntweinläden, welche sie plünderten und demolierten. Sie zerschlugen Branntwein- und Schnapsfässer und leerten sie. Vor der Branntweinschänke eines Herrn Bitrowsky ertönte der Ruf: »Da ist ein Jud!«, worauf die Bande das Lokal überfiel. Danach stürzten sie sich auf das Geschäft des Branntweinhändlers Eisenstätter mit demselben Ruf. Die exzedierende Menge schrie immer wieder: »Nieder mit den Juden!«, »Haut die Juden nieder!«, Wohin führt das? Die Ausschreitungen haben schon einen sehr bedenklichen Charakter. Der Kaiser wird die Banden schon in Schranken halten, meint Betty. Gewiss, Franz Josef ist ein Freund der Juden. Und dennoch weiß niemand, wohin diese Exzesse führen. Auch Ida ist beunruhigt. In der

Inneren Stadt hat es noch keine Unruhen gegeben. Wenn erst auch noch die Demolierungsarbeiter streiken, dann kommen die Exzesse auch in die Stadt. Betty ist davon überzeugt, dass es nicht so weit kommen wird. Das wird die Polizei verhindern. So Gott will, erwidern Ida und Carl gleichzeitig mit zweifelndem Unbehagen.

Ernsts rechter Arm ist gelähmt.

Kathi ist ganz aufgeregt. Der Streik und die Exzesse. Obwohl sie schon so schwach ist, interessiert sie sich immer noch für alles, was in der Welt passiert. Natürlich besonders, was in Wien passiert. 1848 war sie dabei. Wie oft hat sie Helene davon erzählt. Was für eine Courage sie gehabt hat und wie die Kugeln beim Fenster in die Wohnung hereingeflogen sind. Der alte Dienstmann Josef, der damals auch dabei war, kommt öfter und dann reden sie über die Arbeiter. Alles will sie noch haarklein wissen. Dann liest er ihr aus der *Arbeiter-Zeitung* vor. Josef erzählt ihr, dass die Arbeiter erreicht haben, dass sie nur mehr elf Stunden arbeiten müssen, von 7 Uhr Früh bis 6 Uhr Abend, und eine zweistündige Ruhepause haben sie auch erreicht, eine halbe Stunde am Vormittag, eine Stunde zu Mittag und eine halbe Stunde am Nachmittag. Kathi freut sich. Am 1. Mai will sie in den Prater gehen. Der erste Maitag! Die Arbeiterschaft hat erklärt, »am 1. Mai sich der Arbeit zu enthalten und diese Zeit der Erholung zu widmen«. Josef liest ihr aus der Arbeiter-Zeitung das Gedicht zum 1. Mai vor.

> Wir schaffen nicht! Der erste Mai
> Sei unser, unser Feiertag;
> Als höchsten nehmen wir ihn frei
> Und führen diesen ersten Schlag,
> Den gleichen Schlag in aller Welt,
> Wo unterm Joch die Arbeit keucht,
> Den gleichen Schlag, so weit das Geld,
> Das feile Geld den Geist verscheucht.

Kathi lächelt schwach. Sie fordern den Achtstundentag. Wenn es Krawalle gibt, soll das Standrecht verhängt werden. Die Leute kaufen schon Proviant ein wie vor einer Belagerung. Auch Helene hat schon

Vorrat angeschafft. Die ganze Stadt ist in ängstlicher Aufregung. Kathi weiß natürlich, dass sie nicht in den Prater gehen kann. Vor einem Monat schon ist sie mit den Sterbesakramenten versehen worden. Da hat sie auch noch eine Prämie vom Wiener Hausfrauenverein bekommen. Helene musste für sie hingehen. Aber Josef geht in den Prater und er muss ihr erzählen.

Carl und Ida gehen jeden Tag gleich in der Früh zu Kathi und fragen sie, wie es ihr geht. Manchmal schaut Dr. Breuer vorbei. Zehn Tage nach dem großen Ereignis im Prater stirbt sie.

5

Der Rest ist ein weitausgesponnenes, tränendurchfeuchtetes Melodram. Als büßende Magdalena stirbt Gräfin Maria auf dem Waldschlosse Wolfsberg an gebrochenem Herzen. Viele Tränen werden darob fließen und speziell dieser Abschnitt das Entzücken mancher Leserin bilden: wir möchten gerade nicht sagen, dass dieses sentimentale Zuspitzen des Romans mit seinen rührseligen Todesszenen des großen Talentes einer Ebner nicht würdig sei, aber jedenfalls erscheint es als ein Haschen mit leichten Mitteln nach wohlfeilen Effekten.

Schreibt die *Münchner Allgemeine Zeitung* am 10. April 1890 über »Unsühnbar«. Niemand weiß, wer diese Kritik geschrieben hat. Vielleicht war es Bettelheim, argwöhnt Betty besorgt. Die Gräfin kann das nicht glauben. Aber Bettelheim wollte in der *Allgemeinen Zeitung* eine Rezension schreiben. Betty traut ihm das schon zu. Ganz unmöglich, meint Ida. Bettelheim hat eine zu große Hochachtung und Verehrung für die Gräfin. Die Rezension ist anonym. Pecht ist von »Unsühnbar« entzückt. Er hatte sich sofort darangemacht, darüber zu schreiben. Leider ist ihm der andere zuvorgekommen. Er will versuchen, die Redaktion dazu zu bewegen, seinen Aufsatz dennoch anzunehmen. Marie weiß, dass es ein gutes Buch ist, und doch kränkt sie sich. Es ist kein Grund, sich zu kränken, tröstet sie Ida. Der Rezensent lobt sie doch auch. Mit wunderbarer psychologischer Schärfe, dabei fein das Messer führend, wie ein berühmter Chirurg, analysiert die Verfasserin den Seelenzustand Marias und geht den seelischen Vorgängen in ihrer Brust nach. Gewiss, das ist ein Lob. Aber »sentimental« und »rührselig«

ist ein vernichtendes Urteil. Das Buch hat auch unter ihren besten Freunden wenige Freunde. Die Marie ist eine vortreffliche Frau, aber was sie schreibt, weiß sie nicht. Wie kann jemand, der das »Gemeindekind« geschrieben hat, »Unsühnbar« schreiben? Ihre Schwester Julie nennt »Unsühnbar« ein Ehebruchsdrama und es tut ihr leid, dass sie so einen Stoff gewählt hat. Und wie grausam sind die, denen sie ein Buch geschickt hat und die nicht ein Wort darauf erwidern. Nicht alle verstecken sich hinter beredtem Schweigen. Baronin Hohenhausen schreibt, dass »Unsühnbar« bewunderungswürdig ist. »Sie haben ›Anna Karenina‹ himmelweit unter sich gelassen.«

– Siehst du. Ich sage doch, es ist ein Meisterwerk!

– Und wer sagt es sonst noch?

– Du wirst sehen, das kommt noch. Warte nur auf Pechts Artikel.

– Wenn er je erscheint.

– Und wenn er nicht erscheint, erscheint ein anderer, der von »Unsühnbar« genauso entzückt ist wie Pecht.

– Hundert Ja trösten nicht über ein einziges Nein. So ist der Dichter.

Ernsts Tod

I

Es ist zehn Uhr Vormittag. Carl will ausgehen und wirft vorher noch einen Blick zu Helene in die Küche. Sie bereitet gerade einen Hasen vor.

– Gehen der gnädige Herr heute zum Herrn Professor?

– Nein, heut hab ich nicht die Absicht, zu ihm hinauszugehen.

Wenig später schaut Ida in die Küche.

– Gehen die gnädige Frau heute zum Herrn Professor?

– Nein, was ist denn los?

– Nichts ist los. Ich hab nur eine Gansleber für den Herrn Professor gebraten, weil er die gar so gern hat. Gnädigste wissen doch, dass der Herr Professor glaubt, dass es von zu Hause am besten ist.

– Ja, ja, Ernst ist ein Gourmet.

– Ich bring die Gansleber Nachmittag hinaus. Und Bäckerei bring ich ihm auch mit. Haben gnädige Frau auch sonst noch was zum Mitnehmen?

– Ich lass fragen, wie es ihm geht.

Gerade nachdem sich Ida entfernt hat, kommt Ernsts Diener Johann in die Küche.

– Ach, das ist gut, ich hab für den Herrn Professor eine Gansleber, die nehmen Sie gleich mit.

– Jetzt nicht. Ich werd sie später nehmen. Wo ist denn die gnädige Frau?

– Johann, was ist? Sie sind ganz aufgeregt.

– Dem Herrn Professor geht es schlecht.

– Um Gottes willen. Wer ist denn bei ihm?

– Der Herr Professor Exner.

Helene läuft los, um die gnädige Frau zu suchen.

– Der Johann will die gnädige Frau haben!

– Was will er denn?

– Ich weiß nicht.

Ida ist gar nicht erschrocken. Wie oft kommt das vor! Sie ist es ja gewohnt. Johann übergibt ihr eine Karte von Professor Exner.

– Gnädige Frau, heut geht es dem Herrn Professor sehr schlecht. Der Wagen steht beim Tor. Fahren Gnädigste gleich mit.

Ida macht sich schnell fertig.

– Johann, ist er wohl nicht tot? Sie machen einen ganz ängstlichen Eindruck.

– Nein.

Ida kommt aus ihrem Zimmer und Johann hilft ihr in die Mantille. Carl ist noch nicht zurück. Er wollte nicht lange wegbleiben, weil er eigentlich unwohl ist. Schnell verlässt Ida mit Johann die Wohnung.

– So schlecht ist es ihm noch nie gegangen, gnädige Frau. Machen Sie sich gefasst.

Kaum ist Ida gegangen, kommt Dr. Breuer und fragt nach Herrn von Fleischl.

– Herr Doktor, er ist gewiss tot, der Herr Professor.

Breuer nickt, Helene stößt einen Schrei aus und schaut, ob der gnädige Herr schon zu Hause ist. Da kommt er gerade und freut sich, Dr. Breuer zu sehen. Er meint, er ist gekommen, um zu schauen, wie es ihm geht. Breuer nimmt Carl beim Arm.

– Kommen Sie, wir fahren zum Ernst.

Carl schaut Breuer an, nimmt sein Sacktuch und beginnt zu weinen. Helene eilt zu Betty.

– Fräulein, Fräulein, Ernst ist tot!

Betty schlägt beide Hände über dem Kopf zusammen.

– Du lieber Himmel!

Lange noch war Johann am Abend bei Ernst gesessen. Der gute alte Diener, ein richtiger Freund.

– Herr Professor haben so kalte Füße. Ich hol ein warmes Tuch.

– Ach nein, die Kälte kommt von innen. Da kann man nichts machen.

Schließlich war Ernst eingeschlafen. Johann nimmt ihm die Zigarre aus dem Mund, das Buch aus der Hand, deckt die kranke Hand zu, dreht das Gas ab und legt sich schlafen. Um die dritte Morgenstunde läutet Ernst. Johann ist gleich bei ihm. Ernst klagt über Schmerzen und bittet Johann, ihm eine Morphinspritze zu geben und noch eine Weile bei ihm zu bleiben. Er fürchtet sich vor sich selbst. Johann soll bleiben, bis er wieder einschläft. Aber er muss ihm versprechen, dass er sich, wenn

Ernst wieder schläft, auch wieder hinlegt. Um fünf Uhr schläft Ernst, die Hand unter dem Kopf, wieder ein. Johann bleibt noch eine Weile bei ihm. Ernst schläft ruhig und Johann legt sich beruhigt wieder hin. In der Früh ist alles ruhig. Ernst hat nicht geläutet wie sonst. Johann räumt das Zimmer neben dem Schlafzimmer auf. Die Tür steht ein wenig offen. Johann wirft einen Blick hinein. Ernst liegt noch da, wie Johann ihn um fünf verlassen hat. Um neun schließlich geht Johann zu Ernsts Bett und greift ihn an. Er ist kalt und steif. Augen und Mund sind geschlossen. Schnell läuft Johann ins physiologische Institut und holt Professor Exner.

Professor Exner sagt Ida, was passiert ist. Ida stößt einen herzzerreißenden Schrei aus. »Es ist nicht möglich! Es ist nicht möglich!« Bald fasst sie sich und sitzt still auf einem Sessel neben dem Bett. Bald darauf kommt Carl mit Breuer und bricht in unbändiges Schluchzen aus. Auch er setzt sich auf einen Sessel neben dem Bett. So verharren sie bis zum Abend. Onkel August und Betty speisen allein zu Mittag. Helene ist untröstlich, weil sie vor Aufregung den Hasen verdorben hat. Statt mit Suppe hat sie ihn mit schwarzem Kaffee begossen.
– Nun leidet er wenigstens nicht mehr.
– Es ist der einzige Trost.
– Es war ein einziges Martyrium.
– Seit 20 Jahren war sein Leben nur noch Agonie. Und nun nach 45 Jahren ist es zu Ende. Was wär wohl aus ihm geworden, wenn er gesund gewesen wäre?
– Ja, es ist ein Trost, dass er nicht mehr leidet. Er kann aber die Vergangenheit nicht auslöschen. Es gibt keine Antwort auf die Frage, warum er so lange und so furchtbar leiden musste.
– Nein, Fräulein.
– Seit Jahren hab ich mich vor diesem Unglück gefürchtet. Ich hatte immer gehofft, diese Tragödie nicht mehr zu erleben.
– Sie können Ida eine Stütze sein.
– Da überschätzen Sie mich. Ich bin selbst von Alter und Krankheit gebrochen und bedarf einer Stütze.
– Ach nein, Fräulein, sprechen Sie nicht so.
– Ich kann mich Shakespeares Worte nicht erwehren. »O welch ein edler Geist ward hier zerstört.«

Am Abend um sieben kommen Carl und Ida endlich nach Hause. Helene hat sich in der Küche verkrochen. Da kommt Ida zu ihr und fragt, was sie dazu sagt. Helene ist erstaunt, wie gefasst die gnädige Frau ist. Dann wagt sie es, zum gnädigen Herrn zu gehen. Wenn die gnädige Frau so gefasst ist, wird sich ja auch der gnädige Herr ergeben haben. Aber Carl läuft in seinem Zimmer auf und ab und schluchzt und schreit und kann sich nicht fassen. Ein Anblick, über den sich ein Stein erbarmen müsste.

Am nächsten Tag beginnt Professor Stricker seine Vorlesung mit einem Nachruf auf Ernst.

Wir waren im Leben die bittersten Feinde. Ich war mit weiland Fleischl ursprünglich so befreundet, dass ich ihn am Krankenbett gepflegt habe, als er mit Leichengift infiziert worden ist. Am Krankenbett machte Fleischl eine Entdeckung. Auf das hin, was ich bei ihm damals gesehen habe, unterbreitete ich der Regierung ein Referat, auf Grund dessen er zum außerordentlichen Professor ernannt worden ist. Es hat sich nachher zwischen uns eine Kontroverse entsponnen. Fleischl hat nämlich den Versuch als sein Eigentum bezeichnet, während ich ihn darauf aufmerksam machte, dass schon andere vor ihm den Versuch angestellt haben. Er ließ verschiedene Äußerungen über mich fallen, was durch folgende Tatsache erklärt ist. Nach der Infektion als Assistent Rokitanskys empfand Fleischl solche Schmerzen, dass er gezwungen war, zum Morphium zu greifen. Wenn Sie, meine Herren, mit einem Menschen verkehren werden, der Morphium gebraucht, so soll Sie nicht Wunder nehmen, wenn er schwere, verletzende Äußerungen ausstoßen wird. Fleischl nahm bedeutende Morphiumdosen zu sich. Man weiß nicht, wie er gestorben ist. Wahrscheinlich hat er eine zu große Dosis eingenommen, was den Tod zur Folge hatte. Ein jeder weiß von unserer Freundschaft. Hätte ich seine Verdienste nur gewürdigt, ohne das Gesagte vorausgeschickt zu haben, könnte man mir Heuchelei zum Vorwurf machen. Ich hielt immer Professor Fleischl für einen geistvollen Mann, der so manches Rätsel in geistreicher Weise gelöst hat und zur Zierde unserer Fakultät gereichte.

Was für eine Infamie! Keine Spur von Todeskampf. Johann hat Ernst so gefunden, wie er ihn verlassen hat. Er ist im Schlaf gestorben. Wenn er sich selbst hätte umbringen wollen, hätte er nicht so viele Jahre gelitten.

Die reinste Infamie. Niemand kann verstehen, warum Stricker in der Öffentlichkeit Ernsts Andenken so beschmutzt. Niemandem nützt es. Er hat nur Ernsts arme Eltern getroffen.

Otto, Paul und Richard sind sofort angereist. Breuer hat Carl und Ida überzeugt, dass es besser ist, nicht zum Leichenbegängnis zu kommen. So spricht Paul das Kaddish, denn Otto ist getauft. Billroth hält die Grabrede, währenddessen seine Frau bei Carl und Ida weilt und ihnen Billroths Rede vorliest. *In der Verschwendung der Natur ist er geboren und in seinen Hunderten von Schmerzen hat er uns noch die Wege gezeigt, wo wir gehen sollen, und wir alle mussten bei ihm verzweifeln und konnten ihm nicht helfen. Seine Lebensarbeit wird fortwirken und nimmer vergehen, denn sie war lebendige, schöpferische Kraft. Ein Gutteil allgemeiner Menschenliebe senken wir in diese Gruft.* Otto und Paul müssen gleich wieder zurück, aber Richard kann etwas länger bleiben, da er ja durch keine Pflichten gebunden ist.

Dank ihrer Seelenstärke erledigt Ida mit Hilfe ihrer Söhne und des Professors Exner alles, was zu erledigen ist. Carl ist dazu nicht imstande. Sie verbrennt alle in Ernsts Nachlass befindlichen Briefe, bestimmt die Andenken, die sie seinen Freunden geben will, ordnet seine Bücher und überlegt mit Exner, was man dem physiologischen Institut überlassen kann.

2

Die Gräfin und ihr Mann treten dem Verein zur Abwehr des Antisemitismus bei. Baron Suttner hat sie dazu aufgefordert. In einem Zeitalter, da man Vereine gründet, um Tiere zu schützen, ist es nur logisch, endlich einmal gegen die Misshandlung von Mitmenschen Stellung zu nehmen. Was ist nicht alles in letzter Zeit vorgefallen. Vororthelden werfen jüdischen Frauen die Fenster ein und rufen ihnen Morddrohungen zu, Soldaten schlagen Greise nieder, ein Schulbub hat seinem jüdischen Kameraden ein Messer ins Auge gestoßen. Jeden gerecht denkenden Menschen muss das zu einem Aufschrei der Entrüstung veranlassen. Nicht ihrer Freundin Ida zuliebe tritt die Gräfin bei. Nein, aus Abscheu vor Schönerer und seinem Gesindel. Aus Abscheu vor dem Hass auf die Juden und die »Judenknechte«, wie sie die nennen, die sich mit Juden einlassen. Humanität und Gerechtigkeit sind es, die sie bestimmen, gegen den Antisemitismus Stellung zu nehmen. Auch Billroth tritt bei, was Ida besonders freut. Nicht immer dachte Billroth so. Es gab eine Zeit, da hat er sich heftig über die galizischen und ungarischen Juden, die in Wien Medizin studieren, erregt. Israeliten, die absolut gar nichts haben, nur mit ihren Kleidern am Leib nach Wien kommen und denen man die wahnsinnige Idee beigebracht hat, sie könnten durch Hausieren mit Schwefelhölzern, Unterricht oder kleinen Börsendiensten Geld erwerben. Die Tollheit, die diese Leute ins Studium treibt, ist ihre Eitelkeit, mehr noch die Eitelkeit ihrer Eltern. Die meisten dieser Leute sind schwach begabt für Naturwissenschaften und meist absolut ungeschickt zum Arzte. Sie verstehen oft so mangelhaft Deutsch, dass sie die Prüfungsfragen weder sprachlich noch geistig auffassen, und sind ganz außerstande, ihre Gedanken in deutscher oder sonst einer Sprache auszudrücken. Juden können keine richtigen Deutschen werden. Davon war er restlos überzeugt. Bis er Maurycy Gottlieb kennenlernte, einen jungen Maler aus Drohobycz. Gottlieb hatte ein Atelier in Wien und Billroth kam ihn jeden Tag besuchen, weil er so begeistert war von seinen Gemälden. Er kam, umarmte ihn und schaute ihm eine Stunde beim Malen zu. Bis Gottlieb mit 21 Jahren an Diphtherie starb. Billroth war untröstlich. Von da an gab es kein schlechtes Wort auch nur über einen einzigen Juden mehr. Betty tritt nicht bei. Sie ist zu alt und zu schwach, als dass sie noch einem Verein beitreten könnte. Kaum dass sie Kraft hat, ein Gedicht zu schreiben, obwohl schon alle begierig auf die längst versprochenen Gedichte warten. Die Gräfin, Ida, und ihr lieber Freund Saar, den sie so selten sieht. Selbst möchte sie gerne noch einen Band ihrer letzten Gedichte sehen. Saar will ihr bei der Vorbereitung behilflich sein. Aber wie soll sie denn mit diesen Schmerzen Gedichte schreiben? Sie ist doch zu gar keiner vernünftigen Beschäftigung mehr fähig. Ein Martertag reiht sich an den anderen. Man spricht von einem Hundeleben, aber ihre Missy ist glücklicher als sie. Die meiste Zeit häkelt oder strickt sie. Oft leidet sie solche Schmerzen, dass sie nicht einmal einen Brief diktieren kann. Das Höchste ist an den guten Tagen ein kurzer Spaziergang mit Marie in den Volksgarten. Manchmal aber kann sie tagelang nicht auf die Straße gehen, weil das Wetter zu schlecht ist. Ihre neuralgischen Schmerzen dürfen keinesfalls durch eine mögliche Erkältung gesteigert werden. Wie oft hat sie nicht ihren Besuch bei Helene absagen müssen. Und doch findet sie endlich die Kraft, Saar zu antworten. Zu lange haben sie die Schmerzen daran gehindert, ihm für sein neuestes Buch zu danken. Ihr Kopf ist zwar wüst und dösig, allein es drängt sie, den Dank, den sie dem Dichter und Freund schuldet, abzustatten. Nur unvollkommene Andeutungen ist sie imstande zu machen. Aber Saar wird daraus sicher den Eindruck erraten, den die Erzählung auf sie gemacht hat. Chlothilde ist trefflich gezeichnet, ebenso die anderen Figuren, namentlich Günthersheim und der Arzt. Mit Genugtuung kann er auf sein gelungenes Werk blicken. Es wird ihm neue Freunde bringen und die alten im Glauben an ihn bestätigen. Sie legt dem Brief einige Vierzeiler bei, zu denen sie an guten Tagen ihre Spaziergänge im Volksgarten inspiriert haben.

> Getrosten Mutes trag dein Joch,
> Und lache der Beschwerden,
> Solang du einer Seele noch
> Das Liebste bist auf Erden.

Saar weilt in Raitz bei der Fürstin Salm und arbeitet an einer neuen Novelle, obwohl »Schloss Kostenitz« ein Schlag ins Wasser war. Die Zeitungen schweigen und das Buch wird ohne Sang und Klang begraben werden. Derlei ist er gewohnt und hat sich längst darein ergeben, für sich selbst und ein paar teure Freunde, die er an den Fingern abzählen kann, zu schreiben. Aber nicht bloß, um die neue Novelle zu schreiben, ist er nach Raitz gegangen, sondern um seine Gesundheit zu schonen. Die Wiener Hetze würde ihn nur vorzeitig aufs Krankenlager werfen – zumal im Winter. Vor Neujahr also wird er seine teure Freundin Betty nicht wiedersehen. Dann wollen sie aber die Zeit ausnützen. Da darf keine Woche vergehen, in der er nicht wenigstens zweimal bei ihr gewesen wäre. Und Ida und die Ebner werden ihnen assistieren, dass es ein wahres geistiges Gaudium sein soll! Von den Vierzeilern, die ihm Betty geschickt hat, ist er hingerissen. Sie sind von lauterer Schönheit und er hofft, bald mehr so schöne Gedichte zu erhalten.

Betty ist guter Dinge. Nachdem sie Breuer galvanisiert hat, ist sie fast frei von Schmerzen und sie will Kleiderstoff für sich und für Fritzi, die Tochter von Helene, kaufen. Die Straßen sind ein Kotmeer. Trotzdem will sie es wagen. Morgen schon wird es ihr wieder nicht mehr gut gehen. Sie geht in das neue Geschäft in der Wollzeile, von dem die Gräfin gesprochen hat. Nachdem sie für sich einen Stoff aus Wolle, für Fritzi einen aus Seide ausgewählt hat, gibt sie ihre Adresse an, damit ihr das Paket zugeschickt wird. Habsburgergasse 5, II. Stock.

– Habe ich vielleicht die Ehre, mit der Dichterin Paoli zu sprechen?
Betty lächelt vergnügt.

– Die Ehre haben Sie, mein Herr.

Ach, wie oft hat man sie das schon gefragt. Ist es nicht eine Freude, wenn man im Kaufladen weiß, wo die Betty Paoli wohnt?

Liebe Helene!

Es tut mir von Herzen leid, aber ich muss meinen morgigen Besuch bei Euch absagen. Ich hatte bis tief in die Nacht Schmerzen, sodass ich kaum geschlafen habe. Heute bin ich so matt, dass ich morgen sicher nicht imstande sein werde, zu Euch nach Döbling zu fahren. Du glaubst gar nicht, wie schwach ich mich fühle. Wie Du siehst, diktiere ich diesen Brief, weil ich zu schwach bin, selbst zu schreiben.

Ich hoffe, dass bald bessere Tage kommen werden und wir uns wiedersehen.

Marie schickt Dir ein Paket mit dem Kleiderstoff für Fritzi. Es ist ein ganz reizendes Muster. Fritzi wird es sicher gefallen.

Deine Betty
In diesem Monat sind die ungeraden Tage meine leidlicheren.

Breuer empfiehlt Betty, sich von Dr. Frey hypnotisieren zu lassen. Das könnte ihr vielleicht auch gegen ihre Schmerzen helfen. Vor allem wird sie nachts besser schlafen können. Oft drückt sie die ganze Nacht kein Auge zu. Dann sagt sie leise Gedichte her, von denen sie eine Legion auswendig kann. Aber müde ist sie trotzdem in der Früh. Betty ist sofort begeistert vom Hypnotisieren. Was immer ihr helfen könnte, muss ausprobiert werden. Die Schmerzen sind ja so unerträglich, dass sie sie kaum mehr ertragen kann. Unter diesen Umständen wird sie den Winter nicht überdauern. Nun besucht Dr. Frey Betty jeden Tag um halb acht in der Früh, injiziert Ergotin und fährt ihr mit beiden Händen über das Gesicht, bis sie einschläft. Keine Spur von Besserung. Wieder einmal hinausgeworfenes Geld. Sie wüsste dafür manch bessere Verwendung.

Trotz der Schmerzen sitzt Betty täglich eine Stunde am Schreibtisch, schaut ihre Gedichte durch und wählt aus. Die Zusammenstellung ist schwierig. Es sind Gedichte aus zwanzig Jahren. Sie sind in ganz verschiedenen Stimmungen und durch innere Wandlungen bedingte veränderte Anschauungen entstanden. Sobald die ausgewählten Gedichte kopiert sind, will sie sie Saar schicken. Es ist eine günstige Zeit, weil er im Augenblick mit keiner Arbeit beschäftigt ist. Allerdings hat er geschrieben, dass er an einem Augenkatarrh leidet. Deshalb hat Betty Bedenken, ihm ein Manuskript zu schicken, das könnte seine Augen doch zu sehr ermüden. Andererseits hat es ja mit der Durchsicht keine Eile und er kann sie sich ganz nach seiner Bequemlichkeit vornehmen und die Gedichte nach seinem Gutdünken ordnen. Sie wird ihm schreiben, dass er erbarmungslos alles wegstreichen soll, was seinen künstlerischen Ansprüchen nicht genügt. Sie ist nicht empfindlich, sie scheidet selbst vieles aus. Die vielen Gelegenheitsdichtungen ganz persönlicher Art befriedigen sie selbst größtenteils nicht.

Sie freut sich schon auf ein Wiedersehen mit ihm. Besonders freut sie sich, dass von »Innocens« die vierte Auflage erscheint. Sie sieht darin ein Zeichen, dass der literarische Geschmack endlich wieder, wenn auch freilich nur allmählich, in ein besseres Geleise gerät. Die Naturalisten werden ohnedies so bald abgewirtschaftet haben, dass sie es noch zu erleben hofft. Endlich wird Saar eine immer größer werdende Anerkennung seines Talents zuteil. Sie hat ohnedies nie gezweifelt, dass ihm Gerechtigkeit widerfahren wird. Das Echte und Gute bricht sich schließlich immer Bahn.

> *Teuerste!*
> *Heute Früh ist der Schatz eingetroffen. Er hat mir schon beim ersten »Anblättern« wie himmlisches Manna entgegengeduftet. In 8 oder 20 Tagen, längstens aber Ende dieses Monats werden Sie ihn wieder in Händen haben. Ich selbst kann diesmal nicht vor Anfang Juni in Wien sein. Es droht überhaupt ein »zerzupfter« Sommer zu werden. Was haben Sie vor?*
> *Gott befohlen, Ihr treu ergebener*
> *Saar*

Teuerster Freund!

Für Ihren lieben Brief und die gütige Zusendung Ihres »Innocens« möchte ich Ihnen danken.

Auch bin ich Ihnen für die Durchsicht meines Manuskriptes zu herzlichem Dank verpflichtet, wenn ich auch nicht in allen Punkten Ihrer Meinung sein kann. Manches, was Sie gelten ließen, möchte ich lieber ausscheiden. Anderes hinwieder, das nicht Ihren Beifall fand, beibehalten, wie z. B. »Woher? – Wohin?«. Ich hoffe, das mit Ihnen noch mündlich zu besprechen, denn wenn Sie Ende Mai nach Wien kommen, bin ich sicher noch hier. Ich will erst im Juni nach Baden ziehen, wo ich den Sommer zu verbringen gedenke. Ich zähle darauf, dass Sie mir jedenfalls die Freude machen werden, mich dort zu besuchen, auch wenn wir uns schon früher hier sehen. Ich bemerke noch, dass im Juni die ungeraden Tage meine schmerzfreien sein werden.

Leben Sie wohl, teurer Freund, und gedenken Sie meiner auch ferner mit dem gewohnten Wohlwollen.

Ihre treu ergebene Betty Paoli

3

28. Mai 1892

Meine liebe Helene!

Meine Übersiedlung nach Baden ist mit Samstag, 4. Juni anberaumt. Ich möchte vorher noch einige Stunden bei Euch zubringen, und, da die Zeit drängt, so frage ich bei Dir an, ob es Dir passt, wenn ich übermorgen (Dienstag) komme, um bei Euch zu speisen. Eure Essstunde ist, wenn ich nicht irre, halb zwei Uhr. Gib mir jedenfalls Bescheid. Das Wetter scheint schön bleiben zu wollen – man vergeht schon vor Hitze.

Ida ist schon vor einer Woche nach St. Gilgen gereist; sie lässt Dich bestens grüßen. Auch ich werde froh sein, Wien im Rücken zu haben, nicht bloß der besseren Luft wegen, sondern weil ich das Ausstellungsfieber, das die ganze Stadt ergriffen hat, gründlich satthabe. Gewiss ist die Musik- und Theaterausstellung eine kleine Weltausstellung. Aber das wird am Ende langweilig, auch wenn sie eine kleine Weltausstellung ist.

Grüße mir Toni, Papa und die Kinder.

Deine Antwort erwartend mit unwandelbarer Liebe

Deine Betty

Betty lebt in großem Trubel. Die meisten Bekannten ziehen aufs Land oder verreisen und machen ihr noch einen Abschiedsbesuch. Mitunter fällt es ihr schwer, diesem Ansturm von Visiten standzuhalten. Bis zum letzten Augenblick ist sie von Besuchen heimgesucht. Es ist zum Tollwerden. Ihre Nerven sind gründlich ruiniert. Sie ist schon ganz aus dem Häuschen. Endlich bricht sie auf.

Ihre Ankunft in Baden war nicht erquicklich. Gleich brach ein heftiges Gewitter los und nun regnet und stürmt es ununterbrochen. Mit ihrer Wohnung, Zimmer, Kabinett und Küche, ist sie zufrieden. Namentlich, dass sie statt eines menschlichen vis-à-vis schöne, schattige Bäume vor Augen hat, die allerdings, vom Sturm so heftig geschüttelt, ein entsetzliches Spektakel vollbringen. Dank dieses Gartens wird sie sich, wenn der Regen aufgehört hat, viel im Freien aufhalten können. Ihr Stubenmädchen, eine vortreffliche Köchin, versorgt sie mit nahrhaften Speisen. Und weil Marie so gut kocht, schreibt sie gleich an Helene, ihr das Rezept von den Rahmtatschkerln zu schicken, die sie letztens bei ihnen aß. Jedenfalls hat sie hier über nichts zu klagen als über ihre armen Füße. Vielleicht wirkt ja die gute, reine Luft auf dieses tückische Nervenleiden. Sie wohnt weit draußen, nahe der Weilburg, wo die Luft noch viel besser ist als mitten in Baden. Endlich hat sie Ruhe. Nur ihre Schmerzen steigern sich bis zur Unerträglichkeit. Was sich nicht ändern lässt, muss ertragen werden. Es liegt eben in der Natur der Dinge, dass ein Leiden, für das es keine Abhilfe gibt, Fortschritte macht. Zu ihrer Erbauung hat sie ein Verslein geschrieben und schickt es Ida:

> Denk: gegen jeglich Leid im Leben
> Muss es doch auch ein Mittel geben.
> Gelingt dir's nicht, es zu ertragen,
> Je nun, dann lerne stumm ertragen.

Betty geht viel mit Marie spazieren. Wenn die Schmerzen zu groß sind, hält sie sich im Salettl im Garten auf und liest. »Germinie Lacerteux« hat sie fast zu Ende gelesen. Wenn doch alle diese pathologischen Romane der Teufel holte! Leider donnert und blitzt es oft stundenlang, und in der Luft bleibt immer noch eine elektrische Spannung zurück, die sie wie alle Nervenkranken sehr peinigt. Der Regen bringt keine Abkühlung und man fühlt sich wie in einem Dampfbad. Nervenkranke fühlen das doppelt. Aber unstreitig gewinnt Bettys Gesundheit hier bedeutend. Helene vergisst in jedem Brief das Rezept von den Rahmtatschkerln. Endlich hat sie es geschickt. Und sie sind ganz ausgezeichnet ausgefallen. Betty hat kaum Bekannte in Baden. Gelegentlich kommt sie jemand aus Wien besuchen. Breuer ist wie versprochen zu ihr herausgefahren und hat ihr unbedingt geraten, nicht mit den Schwefelbädern aufzuhören. Die Ruhe wird ihre zerquälten Nerven schon zur Vernunft bringen. Saar wird sie leider nicht besuchen. Er will bis zum Spätherbst in Mähren bleiben, um dort eine größere Arbeit zu vollenden. Betty ist ein wenig enttäuscht. Aber dafür wird sie ihn umso öfter und intensiver in Wien sehen.

Carls Tod

I

Carl soll wieder nach Karlsbad gehen, wo er schon im Jahr davor war. Er leidet an Atemnot und Beklemmung. Ida will mit ihm fahren. Sie will ihn heuer nicht allein fahren lassen. Es geht ihm nicht gut genug. Aber Carl meint, sie wird sich nur langweilen. Lange wird mit Breuer beraten. Man einigt sich darauf, dass ein Diener mit ihm fahren soll. Schließlich meint Breuer aber, dass Carl die Kur heuer doch ganz lassen soll. Sie sollen Karlsbader Wasser mit nach Gilgen nehmen und er soll die Kur dort machen. Jeden Morgen zwei Gläser, das erste um halb sechs, dann nach einer halben Stunde das zweite Glas. Helene macht sich Sorgen, weil Anfang Mai noch kein Arzt in Gilgen ist. Was machen sie, wenn etwas passiert, wenn der gnädige Herr plötzlich unwohl wird. Oder gar einen Erstickungsanfall bekommt? Das ist schon passiert. Richard ist dann gleich zu Dr. Breuer gelaufen. Wenn wenigstens Dr. Otto käme. Er kann aber erst später kommen. Helene gefällt der gnädige Herr nicht. Unlängst erst hat er in der Nacht geläutet. Die Helene und die Mali sind gleich zu ihm gelaufen. Da stand der gnädige Herr beim Tisch und hat gesagt, sie soll die Frau aufwecken, er will von ihr Abschied nehmen.

Schließlich brechen sie auf. Mit der Bahn bis Ischl und von dort mit dem Fiaker nach Gilgen. Es ist noch kalt und Carl ist sehr besorgt, dass Ida auch gut zugedeckt ist. Die Reise geht gut, ohne Anfall. Carl ist recht wohl. Eine Woche später kommt Marie in Begleitung ihres Bruders Adolph. Sie sind von Strobl mit dem Schiff nach Gilgen gefahren. Ida und Carl erwarten sie auf dem Landungsplatz und laden sie gleich zum Souper ein. Die Gräfin erzählt von der Reise. Die erste Klasse war überfüllt. Schließlich haben sie ein ganzes, wenn auch schmutziges Coupé 2. Klasse bekommen. In Linz nahmen sie das Diner und in Ischl die Jause. Carl erzählt, wie gut es ihm geht. Und alle haben gute Laune. Besonders Adolph ist in bester Stimmung. Er muss aber am nächsten Tag schon wieder abreisen. Er verspricht, Bäckerei und Cabos-Torten zu schicken. Die Gräfin wohnt bei den Fleischls, weil ihre Wohnung bei Ramsauer noch nicht fertig ist. Im 2. Stock. Da kann sie die Erinnerung an Ernst, der hier wohnte, nicht verlassen. Sie erzählt von ihrem Besuch bei ihrer kranken Schwester Friederl in Prag, die nach einem Schlagfluss kaum gehen kann. Die Gräfin ist froh, durch diesen Besuch dem Schriftstellerinnentag in Wien entkommen zu sein. Er hätte ihr sicher eine Menge unerwünschter Besuche gebracht.

Bald nach der Gräfin kommt Otto. Schließlich auch Paul. Carl fährt ihm bis St. Lorenz entgegen. Alle freuen sich, am meisten Carl. Er fühlt sich wie neugeboren. Er wohnt sogar der Lesung von Frau Kautsky bei. Noch trunken von den Siegen der Sozialdemokraten in Deutschland liest sie aus ihrem politisch-sozialen Roman vor, an dem sie gerade arbeitet. Die Gräfin ist sehr angetan. Der Charakter der Helden ist sympathisch, die Sozialisten und Nihilisten, die auftreten, lauter brave Leute. Plötzlich fängt der Papagei zu lachen an. Die ganze Gesellschaft lacht natürlich mit. Helene muss die Lora sofort wegbringen. Der Bourgeois ist auch gut gezeichnet, freilich ohne Vorliebe, wie eben eine Sozialistin den Bourgeois beurteilt. Carl ist nicht so begeistert. Leise steht er auf und begibt sich in sein Zimmer.

Punkt halb sechs bringt Helene Carl jeden Tag das erste Glas Karlsbader Wasser. Da sitzt er gewöhnlich schon bei Tisch und erzählt, wie er geschlafen hat. Nach dem Frühstück geht er in die Küche und stellt selbst den Kaffee auf den Herd, damit er für Ida warm bleibt. Allmählich kommen auch Paul und Otto in die Küche und machen Witze. Dass sie alle schon graue Haare bekommen, bis schließlich Ida dazukommt und mit ihnen lacht.

Eines Tages bekommt Carl nach Tische Atemnot, man holt Eis und es geht wieder besser. Er fühlt sich ganz wohl und will sogar ausgehen. Am nächsten Tag in der Früh antwortet Carl Helene nicht auf die Frage, wie er geschlafen hat, verlangt kein zweites Glas Karlsbader Wasser und fragt nicht, ob die Frau noch schläft. Schließlich verlangt er nach dem Frühstück und trinkt und isst mit Appetit. Da kommt die Gräfin von ihrem Morgenspaziergang in den Salon. Carl lädt sie ein, mit ihm zu frühstücken. Er erzählt ihr, dass er eine schlechte Nacht hatte.

– Bleiben Sie doch bei uns!

– Ach, Herr Fleischl, das geht doch nicht. Sie haben doch nicht genug Platz.

– Wir haben schon genug Platz.

– Aber nein, Ottos Frau will doch kommen. Wo soll denn dann das Paar wohnen?

– Das geht schon, Gräfin.

Langsam erhebt er sich und schleicht davon. Nach einiger Zeit geht er noch im Schlafrock in die Küche um warmes Wasser zum Rasieren.

– Geht es jetzt schon wieder besser, gnädiger Herr, ja?

– Ach nein, es geht nicht mehr, Helene.

– So ist es doch schon öfter gewesen. Es ist noch jedes Mal besser geworden.

– Dieses Mal nicht.

Carl geht ganz abwesend wieder in sein Zimmer. Otto und Paul kommen in die Küche und erfahren von Helene, dass es Papa nicht so gut geht. Gleich eilen sie zu ihm. Otto findet, dass es Papa gar nicht so schlecht geht. Dann will Paul mit ihm nach Ischl fahren. Carl will sich anziehen, Paul geht eine Tasche packen und Otto in sein Zimmer nebenan. Plötzlich hört er Gläserklirren. Er meint, die Mali hat etwas zerbrochen. Da ruft auch schon Carl nach ihm. Er liegt am Boden, er wollte Strophantin nehmen, wobei das Glas heruntergefallen ist. Paul kommt hinzu, sie legen ihn aufs Kanapee. Otto konstatiert einen Schlaganfall. Ida kommt ins Zimmer. Aber Carl sagt nur: »Die Mama soll hinausgehen.« Sofort wird nach St. Wolfgang um den Arzt telegrafiert. Otto und Paul ziehen Carl aus und legen ihn ins Bett. Er will aber auf den großen bequemen Fauteuil, den er erst diesen Sommer aus Wien mitgebracht hat, gesetzt werden. Die Atemnot lässt nach und Carl schläft ein. Der Puls ist gleichmäßig und der Gesichtsausdruck der eines friedlich Schlafenden. Otto und Paul wechseln sich ab, einmal geht der eine zu Tische, einmal der andere.

– Herr Doktor, der Papa stirbt ja.

– Nein, Helene, das Herz und der Puls schlagen ganz regelmäßig. Stellen Sie eine Suppe bereit und Wein, wenn der Papa wach wird. Und gehen Sie schlafen.

Helene geht zur Hausfrau, der Frau Pochlin.

– Hausfrau, ich glaub, der gnädige Herr stirbt heut' Nacht. Mir ist schrecklich. Ich leg mich nicht nieder.

Dann geht sie zur Mali.

– Mali, Sie werden sehen, der gnädige Herr stirbt.

Es ist spät am Abend. Carl schläft immer noch. Ida geht zu Bett. Sie meint, morgen wird es besser sein. Die Gräfin sitzt noch mit Otto im Salon. Er sagt ihr, dass Carl die Nacht nicht überleben wird.

Um ein Uhr stirbt Carl, ohne das Bewusstsein wiedererlangt zu haben.

Alle Gilgner betrauern Carl Fleischl. Die Klosterfrauen sind voll Teilnahme. Nur der Pfarrer verliert kein Wort über seinen Tod, geschweige denn dass er einen Fuß ins Haus setzt.

Breuer telegrafiert Betty, dass Carl gestorben ist. »Mein Gott, mein Gott, mein Gott«, ruft sie in einem fort und schlägt dabei die Hände über dem Kopf zusammen. Betty schreibt der Gräfin, sie möge ihr genau schreiben, wie alles verlaufen ist. Ida zu schreiben, fühlt sie sich außerstande. Sie kann kaum die Feder halten. Sie schreibt nur ein paar Zeilen. Sie ist nicht fähig, ausführlicher zu schreiben. In ihr ist alles wüst und wirr. Was für ein Glück, dass die Gräfin in St. Gilgen ist. Sie wird Ida in diesen bösen Tagen eine Stütze sein.

Nun auch die Nachricht von Adele Wesemäl: Eine Woche nach Carls Tod ist sie gestorben. Ganz plötzlich. In Mödling, wo sie in letzter Zeit sehr ärmlich gelebt hat. Niemand hat ihre Leiden ernst genommen. Bis sie ihr Mädel tot im Bett gefunden hat. 67 Jahre ist sie alt geworden. Es war ein aufregendes Leben. Ach, Idas Adele. All die Sorgen und Verdrießlichkeiten. Und doch schmerzt es Ida. Adele gehörte zu ihrem Leben. Nun ist alles vergessen. Am Ende betrauert man sie doch, die Unbequemen und Anspruchsvollen.

2

»Glaubenslos« ist gerade erschienen. Es hat eingeschlagen. In den ersten acht Tagen sind bereits 800 Exemplare verkauft worden. Die Gräfin schickt es Betty aus Zdislawitz. Betty liest es gleich. Sie will so bald wie möglich der Gräfin antworten. Den größten Teil des Buches kennt sie schon. Oft hat sie darüber nachgesonnen, wie die Gräfin die kunstvoll gesponnenen und verschlungenen Fäden zu einem künstlerischen Gewebe zusammenfügen wird. Mit gewohnter Meisterschaft hat sie diese schwierige Aufgabe gelöst. Jede einzelne Gestalt lebt vor den Augen des Lesers, jede ist eigentümlich und so überzeugend, dass ihr Tun und Lassen einem wie eine Naturnotwendigkeit erscheint. Die Figuren sind so trefflich gezeichnet, dass man glaubt, sie zu kennen. Nur der Titel gefällt ihr nicht. Das wird ihr aber die Gräfin sicher nicht übelnehmen. In der *Neuen Freien Presse* ist eine hymnische Kritik erschienen. Sie wird mit Lessing, Goethe und Keller verglichen. Das ist sogar Marie zu viel des Lobes. Trotzdem freut sie sich. Und Ida freut sich auch. Enthusiastisch schreibt sie der Gräfin. Wie kein Kritiker ihre Absicht besser verstehen kann, hat der Autor des Artikels sie verstanden. Jedes Wort ist ehrlich gemeint. Sie soll den warmen Ton nicht vergessen, in dem die Kritik geschrieben ist. Ida will es ihr noch einmal sagen. Der Schluss ist wunderbar und ergreifend. Der Ton, in dem sie erzählt, ist durch die Blumenlosigkeit stark und wahr.

Gleich nach Idas Rückkehr aus Gilgen bringt Paul seine Frau, die Kinder und die Nurse nach Wien. Breuer hat davon abgeraten. Ida braucht Ruhe. Sechs Wochen wollen sie in Wien verbringen. Das ist zu lang für Ida. Aber niemand konnte es Paul ausreden. Er ist davon überzeugt, dass es für Ida gut ist, wenn seine Familie bei ihr ist. Dann ist es nach Papas Tod in der großen Wohnung nicht gar so leer und traurig. Die ganze Wohnung muss umgestellt werden. Otto hat dafür zwei Dienstmänner angestellt. Es ist keine Ruhe im Haus. Ida hat jeden Tag Kopfweh, manchmal stärker, manchmal weniger. Die Kinder sind zwar brav und die Nurse führt sie bei jedem Wetter Vormittag und Nachmittag aus. Trotzdem schreien sie und weinen. Charlie ist drei und der Kleine kann noch nicht gehen. Idas Nerven sind sehr strapaziert. Sie sagt selbst, dass sie kein Talent hat, mit Kindern umzugehen. Carl hat das viel besser können. Und auch die Gräfin kann es besser. Auch Betty beschäftigt sich mit den Kindern und spricht mit ihnen Englisch. Helene und die Resi, die jetzt bedient, haben aber Schwierigkeiten, die Nurse zu verstehen. Die Resi kommt in die Küche und sagt zu Helene, die junge Frau hat sie hinausgeschickt und sagt immer »budin«, »budin«, »budin«. Helene hat ja gemacht, was sie angeschafft hat: Grieß in Milch, aus dem Grieß, den sie aus London mitgebracht haben. Eher Kleie als Grieß. Wieso passt es denn nicht? »Budin« kochen kann sie nicht. Schließlich kommt Ida in die Küche. Helene soll schnell einen Pudding machen. Die Kinder müssen schlafen gehen. »Budin« heißt Pudding! Das konnte Helene nicht wissen.

Endlich reist die Familie wieder ab. Paul, der inzwischen nach London zurückgekehrt war, kommt wieder, um sie abzuholen. Den ganzen Abend vor der Abreise kocht Paul mit Helene Milch ein.

Nachdem die Milch eine Stunde gekocht hat, füllen sie sie in 25 Flaschen und verschließen sie mit einem Gummikorken.

Idas Kopfweh hat nachgelassen. Sie ist nun seit dem Tod Carls zum ersten Mal allein. Aber die Gräfin ist zurückgekehrt und Betty steht ihr zur Seite. Zweimal in der Woche spielen sie wieder Tarock am Nachmittag. Die Gräfin trifft Betty in ihrem Zimmer am Arbeitstischchen mit einer Stickerei und einem aufgeschlagenen Buch an.

– Was lesen Sie Schönes, Fräulein?

– Ich lese nicht, Gräfin, ich lerne. Ich war heute Nacht einiger Verse im »Siegesfest« nicht mehr ganz sicher.

– O! Aber nun kommen Sie in den Salon. Wir wollen spielen.

– Ja, spielen. Vorher lese ich noch eine Stelle aus einem Brief vor, den mir Pecht geschickt hat. »Haben denn drei vernünftige Frauen wirklich nichts Besseres zu tun bei ihren Zusammenkünften, als Tarock zu spielen?«

Marie kann sich kaum halten vor Lachen.

– Ach, der arme Pecht! Ihm erschließen sich die Geheimnisse unserer Nachmittagsbeschäftigung eben nicht.

– Adolph hat in unserer Wohnung elektrisches Licht einführen lassen.

– Das ist wunderbar! Bei uns in der Habsburgergasse wird das nicht mehr geschehen.

– Warum denn nicht? Während du im Sommer in Gilgen bist und Betty in Baden, kann sich Richard darum kümmern.

– Das kann ich mir nicht vorstellen.

– Ich werde mit ihm reden.

– Ach, Betty.

– Haben Sie schon gehört? Windischgrätz ist Ministerpräsident.

– Ich habe es schon gelesen. Der Enkel, der seinen Großvater nachahmt. Das liberale Bürgertum begrüßt ihn freudig.

– Ich bringe ihm kein Misstrauen entgegen, aber auch kein Vertrauen.

– Es soll die Regierung der Gesellschaftsrettung werden. Die Arbeiter-Zeitung schreibt, ihr Ziel ist nur die Repression, die Unterdrückung der Massen, und das Proletariat mit eiserner Faust niederzuhalten.

– Baquehem Innenminister.

– Das ist entsetzlich!

– Und Schönborn Justizminister!

– Der Reaktionär, dieser Radikale!

– Ein Pole tritt an die Spitze der deutsch-österreichischen Schulen.

– Kann man den Sozialisten den Tisch schöner decken? Ihre Gegner unterschätzen sie und glauben, sie mit Gewalt unterdrücken zu können.

– Ach Gräfin, lassen wir doch die Politik. Ich will davon nichts mehr wissen. Ich bin schon zu alt dazu. Mich interessiert vielmehr der Briefwechsel zwischen der Droste und Schücking. Zuerst konnte ich das Erscheinen kaum erwarten und jetzt wollte ich, dass es nie erschienen wäre.

– Warum? Ihrem Bild tut das doch nicht den geringsten Abbruch. Sie erscheint nicht minder verehrungswürdig.

– Da haben Sie recht. Es ist etwas anderes. Droste wäre empört, wenn sie wüsste, dass ihre Briefe an Schücking veröffentlicht wurden. Ich zweifle nicht, dass die Droste Schücking geliebt hat. Freilich war sie sich des Altersunterschieds und der unterschiedlichen Verhältnisse bewusst. Es klingt nicht nach bemutternder Fürsorge einer älteren Freundin.

– Gewiss, es herrschte das trauliche Du zwischen den beiden. Das heißt aber nicht, dass es nicht mütterliche Liebe war. Er nennt sie »sein Mütterchen« und sie ihn »ihren Jungen«. Er ist voll Verehrung und sie spielt die Lehrmeisterin.

– Ja. Aber sie schreibt ihm: »Du bist mein Talent, ich werde zu einer andern, wenn ich in deine Augen sehe.« Schücking war unbedeutend. Hätte sie ihn nicht geliebt, wäre sie sicher nicht der Täuschung verfallen, in ihm einen ihr Ebenbürtigen zu erblicken.

– Ich frage mich auch, was die Veröffentlichung der Briefe rechtfertigt. Sie enthalten unzähliges Geklatsche und nichtige Geschichten über gleichgültige Personen.

– Das stimmt. Am Schluss sind alle enttäuscht. Die Psychologen und auch die, die sich geschichtliche und literarische Einzelheiten erhofft haben.

– Kein einziges Gedicht erreicht die Innigkeit der schönen Verse, in dem sie das Bild ihres Freundes schildert.

O frage nicht, was mich so tief bewegt,
Seh' ich dein junges Blut so freudig wallen,
Warum, an deine klare Stirn gelegt,
Mir schwere Tropfen aus den Wimpern fallen.

– Immer noch wissen Sie alles auswendig, Fräulein Betty.
– Ich übe auch täglich. So, und jetzt spielen wir.

Betty hat Schüttelfrost und Fieber. Trotz strengster Diät erbricht sie andauernd. Sie ist appetitlos und in der Nacht drückt sie kein Auge zu. Es ist ein Katarrh. Breuer ordnet Bettruhe und Tee an. Sie ist matt wie eine Novemberfliege. Alle sind besorgt. Sie sieht recht übel aus. Ida liest ihr die neueste Rezension der Briefe der Droste vor. Ach, er hat die Droste nicht verstanden! Betty arbeitet auch an einem Aufsatz über die Droste-Briefe. In diesem Zustand kann sie natürlich nicht arbeiten. Aber sie hofft sehr, dass der Aufsatz im Jänner in der *Münchner Allgemeinen Zeitung* erscheint.

Ihren 79. Geburtstag feiert sie schon wieder vergnügt und munter. Gabillon kommt, ihr zu gratulieren, Lewinsky, Saar, ein seltener Gast, Hermine Villinger, die gerade in Wien weilt, worüber sich Betty besonders freut. Natürlich kommt auch die Gräfin. Sie freut sich, Betty so wohl anzutreffen. Helene bereitet ihre Lieblingsspeise, Wildpastete mit Quittenkompott. Und Betty speist mit größtem Appetit.

Das Wetter ist schlecht. Die Straßen sind voller Schlamm. Bei so einem Wetter kann Betty unmöglich auf die Straße gehen. Wie sehnt sie sich nach ihrem Lenele! Auch für Helene ist es unmöglich, von Döbling in die Habsburgergasse zu kommen. Entweder ist sie selbst unwohl oder eines der Kinder ist krank oder das Wetter ist zu schlecht. So können sie sich nur Briefe schreiben, um zu erzählen, wie es ihnen geht und was es Neues gibt. Beide bedauern es sehr, aber sie haben keine andere Wahl. Auch Saar scheut bei diesem Wetter den Weg in die Habsburgergasse. Er wohnt zurzeit in Döbling bei den Wertheimsteins, bei denen er erst kürzlich seine »Wiener Elegien« vorgelesen hat, wie Helene Betty erzählt hat. So verbringt Betty die Zeit vorwiegend mit Ida, die sie am liebsten den ganzen Tag um sich hätte. Ida ist selbst in trübseliger Stimmung und leidet beständig unter starken Kopfschmerzen. Nach Tisch sitzen sie zusammen in Bettys Zimmer. Betty sitzt in ihrem Fauteuil und jammert. Plötzlich aber wird sie munter und erzählt, was sie in der Zeitung gelesen hat. Die Novität von Ada Christen scheint durchgefallen zu sein, wie es nicht oft vorkommt. Wenn das Stück wirklich so schlecht ist, darf man nicht nur die Verfasserin dafür verantwortlich machen, sondern auch den Direktor, der es aufgeführt hat. Auch über ihre Lektüre spricht sie mit Ida. Das meiste berührt sie nicht tiefer. Nur eine meisterhafte Erzählung von Adalbert Meinhardt hat sie gelesen. Abends nach dem Nachtmahl sagt Betty Ida gleich gute Nacht. Da muss sie ins Bett.

Bettys letzte Tage

Endlich wird es Frühling und Betty erhofft sich wieder Besserung ihres Leidens in Baden.

Mittwoch, 9. Mai 1894

Liebe Helene! Ich habe die Absicht, nächste Woche nach Baden zu über-siedeln und möchte Dich vorher noch besuchen. Lass mich wissen, ob es Dir passt, wenn ich übermorgen nachmittags zu Dir komme. Ich muss den Nachmittag wählen, denn ich bin so schwach und erschöpft, dass mir ein längerer Besuch unmöglich ist. Ida reist morgen ab. Ich gedenke, am 17. d. M. nach Baden zu ziehen, wenn es mein Schwä-chezustand erlaubt. Hoffentlich sind bei Dir alle wohl; möge dem so bleiben. Mit Gruß und Kuss die Deine

Betty

Ida nimmt Abschied von Betty. Betty liegt noch im Bett. Schwei-gend umarmen sie sich. Keine Tränen. Dann geht Helene in Bettys Zimmer, um sich zu verabschieden. Betty fällt ihr um den Hals.
– Helene, wir sehen uns nicht mehr. Denken Sie oft an mich, ver-gessen Sie mich nicht und geben Sie wohl acht auf die Frau.
Helene geht weinend aus dem Zimmer.
– Keine Tränen, Helene! Ich kann das nicht sehen. Nimm den Korb. Der Wagen wartet.

Einige Tage später macht sich Betty mit Marie nach Baden auf. Es fällt ihr schwer zu gehen. Selbst der Stock ist keine rechte Stütze mehr. Marie muss sie führen. Kaum, dass sie die zwei Stockwerke hinuntergehen kann. Dr. Schwarzenbach, der Bruder von Ottos Frau, bringt sie zur Bahn. In den Waggon muss man sie heben. Mit großen Mühen schafft sie es dann, in Baden auszusteigen.
Betty fühlt sich zu elend, um Briefe schreiben zu können. Manchmal sogar zu elend, um zu diktieren. Ida und die Gräfin, die inzwischen auch in St. Gilgen weilt, machen sich große Sorgen um

Betty. In den Briefen, die sie aus Baden bekommen, steht immer, dass Betty aus den Übelkeiten gar nicht herauskommt. Sie beschließen, sich direkt an Marie zu wenden und sie zu bitten, ihnen genaue Nachricht über Bettys Befinden zu geben. Marie schreibt, dass das Fräulein zwar Schmerzen hat, aber sich schon langsam erholen wird. Ida und die Gräfin beruhigen sich ein bisschen, machen sich aber Vorwürfe, Betty den ganzen Sommer über sich selbst und ihrer Melancholie zu überlassen. Besonders Ida macht sich große Vorwürfe, schläft vor Sorge um Betty schlecht und überlegt, ob sie nicht zu ihr nach Baden fahren soll. Dabei fühlt sie sich selbst gar nicht so wohl. Sie ist gedrückter Stimmung, all die Erinnerungen hier in Gilgen. Vielleicht hätten sie gar nicht herfahren sollen. Wie gut, dass die Gräfin hier ist. Sie wohnt im Haus nebenan und sie können sich von einem Balkon zum anderen guten Morgen sagen. Auf ihren gemeinsamen Promenaden schleicht Ida mehr, als dass sie geht, und kommt dennoch ermüdet heim. Wenn sie doch wenigstens etwas für sich tun wollte! Eine ganz kleine, ganz leichte Wasserkur, eine Abreibung der Füße am Morgen müssten ihr guttun, meint die Gräfin. Weil Bettys und Maries Berichte doch alles im Unklaren lassen, beschließt Helene, Marie zu schreiben. Sie soll ihr die Wahrheit schreiben, vielleicht kann man der gnädigen Frau Kummer ersparen. Marie schreibt, dass das Fräulein ganz ordentlich isst. Ob Helene das Fräulein nicht kennt? Wie sie alles übertreibt, und wenn eine Kur nicht gleich wirkt, muss gleich wieder etwas anderes her. Helene lässt den Brief die gnädige Frau lesen. Ida freut sich. Auch Gabillon hat geschrieben, dass es Betty nicht so schlecht geht. Er hat sie in Baden besucht. Er hat sie von der Reise nicht allzu ermüdet gefunden. Wie gewohnt jammert sie. Sie hat ihm sogar geschrieben, dass er lieber gar nicht kommen soll, weil sie kein erfreulicher Anblick ist. Nein, sie sieht nicht gut aus, aber auch nicht so schlecht, wie Betty tut. Es besteht kein Grund zur Beunruhigung. Ida soll getrost in Gilgen bleiben. Und Betty schreibt, der Arzt versichert, dass es ihr besser gehen wird, wenn normales Wetter eintritt. Denn es regnet und stürmt seit Tagen. Im nächsten Brief aber, den sie Marie diktiert hat, schreibt sie nur ganz kurz von ihren Übelkeiten und einem schrecklichen Anfall.

St. Gilgen, den 18. Juni 1894
Mein teures verehrtes Fräulein!
Ihr letzter Brief an Ida hat uns beide sehr betrübt. Ihre herrliche Natur
wird auch diesen bösen Anfall überwinden, aber schrecklich ist, dass
Sie so viel leiden müssen! Wir denken fortwährend an Sie und wären
am liebsten bei Ihnen, mein liebes, liebes Fräulein. Es ist ja die größte
Qual, einen geliebten Menschen krank zu wissen und fern von ihm
zu sein. Ida und ich können Marie nicht genug bitten um häufige
Nachricht.

Das Wetter hat sich hier etwas gebessert; wir konnten gestern zum
ersten Mal nach langer Zeit eine Weile im Freien sein. Eine Wohltat
für Idas Kopf, der sich nicht musterhaft aufführt. Sie weiß nicht, dass
ich Ihnen schreibe, sonst hätte sie mir selbstverständlich unendlich liebevolle Grüße an Sie aufgegeben.

Leben Sie wohler als bisher; welche unsägliche Freude wäre es zu
hören, es geht besser.
Ihre Sie liebende und verehrende
Marie

Breuer war mehrmals bei Betty in Baden. Er schreibt an die Gräfin,
dass es schlecht um sie steht und dass es wohl mit ihr zu Ende
geht. Die Gräfin erzählt Ida von dem Brief. Sie ist sehr betrübt,
will aber den Brief nicht lesen. Eine Wärterin wäre jetzt wohl nötig.
Marie braucht Unterstützung. Aber vielleicht kann es sich Betty
nicht leisten. Die Gräfin ist sicher, dass Betty mit Leichtigkeit eine
Wärterin bezahlen kann, und wenn sie das nicht will, sind sie und
Ida selbstverständlich bereit, die Auslagen zu decken. Breuer meint,
Otto soll Ida in Gilgen abholen und mit ihr nach Baden fahren.
Wie entsetzlich wäre es für Ida, in ihrer letzten Krankheit nicht bei
ihrer alten Freundin gewesen zu sein. Aber Otto weilt mit seiner
Frau in der Schweiz. Auf Breuers Bitte fährt er nach Baden und
anschließend nach Gilgen. Er bringt keine schlechten Nachrichten
und alle sind beruhigt. Gerade will er wieder zu seiner Frau in die
Schweiz fahren, als ein Telegramm kommt: »Ist Otto schon abgereist?« Otto fährt sofort ab, muss aber in Wien übernachten, weil

kein Zug mehr nach Baden geht. Mit dem ersten Zug in der Früh fährt er hinaus. Betty ist in der Nacht gestorben.

Meine Grabschrift

Die hier im dunkeln Grabesschoße ruht,
Nach langen Kampfes Mühsal und Beschwerde,
Wie jedes andre arme Kind der Erde
War sie ein Doppellaut von Schlimm und Gut.

Nichts unterschied sie von der großen Schar,
Behaglich atmend in der Lüge Brodem,
Als dass die Wahrheit ihrer Seele Odem,
Und dass getreu bis in den Tod sie war.

Betty Paoli

Glossar

Akosmismus	Lehre, die der Welt eine eigenständige Wirklichkeit abspricht
Allopath	Ein Arzt, der nicht homöopathisch behandelt
Amant éconduit	abgewiesener Liebhaber
Antipyrese	symptomatische Behandlung von Fieber
Aplomb	selbstsicheres Auftreten
Atlas	Seidenstoff
au sérieux	an der Seriosität
Barches (westjüdisch)	geflochtenes Weißbrot
Bastonade	Prügelstrafe
Cabos	Konditoreifirma
Chassene (jiddisch)	Hochzeit
Chiffoniere	Ladlkasten
Chuppa	Traubaldachin bei einer jüdischen Hochzeit
Demimonde	Halbwelt, eine »sich mondän gebende« und »elegant auftretende, aber zwielichtige, anrüchige Gesellschaftsschicht«.
Die Fabier	Stück von Gustav Freytag
Dorpart	das heutige Tartu, Stadt in Estland
Dyspepsie	Verdauungsstörung
Ergotin	ein Medikament, dem Mutterkorn zugrunde liegt
facka (tschechisch)	Ohrfeige
Féerie	Theatergenre

fl	Gulden
Flagornerie	Lobhudelei
Fourage	Pferdefutter
Fratschelweiber	Marktweiber
frére et cochon	Bruder und Schwein
Fretterei	mühevolle Arbeit
galvanisieren	in der Medizin: Behandlung mit Gleichstrom
Gironde	Gruppe von bürgerlichen Abgeordneten während der Französischen Revolution
Golatschen	böhmisch-österreichische Mehlspeise, Tasche mit Topfen gefüllt
Haftel	Schließe bei Bekleidungen zum Zusammenhalten
Haute pègre	Unterwelt
Kiddusch	Segensspruch über einen Becher Wein, mit dem der Sabbat und die jüdischen Feiertage eingeleitet werden.
Kokarde	Abzeichen
Kol Nidre	jüdisches Gebet, das am Abend vor Jom Kippur (Versöhnungstag) gesprochen wird
kontaminiert	infiziert
Kotze	Umhang aus grobem Wollstoff
Krot	Kröte
Liniment	Linderungssalbe aus fetten Ölen und präpariertem Schweineschmer
Macarmé	Knüpftechnik zur Herstellung von Ornamenten und Textilien
Marasmus	Siechtum

Marqueur	Zahlkellner
Ménage führen	Haushalt führen
Mikwe	rituelles Bad im Judentum
Mitzwe	gute Tat, ist ein Gebot im Judentum
Nargiles	Wasserpfeifen
Neurom	Knotenbildung nach Durchtrennung eines peripheren Nervs
penzen	aufdringlich bitten
perkutieren	abklopfen
pomali (tschechisch)	langsam
Portchaise	Sänfte
quant au moral	in Bezug auf Moral
Rastelbinder	umherziehender Kesselflicker
Réaumur	80 Grad R = 100 Grad Celsius
Remassuri	großes Durcheinander
Sago	Verdickungsmittel
Salycil	entzündungshemmender Arzneistoff
Schabbos	im westlichen Judendeutsch: Sabbat
Schinakel	kleines Boot
Schlemihte	von Schlemihl, Pechvogel
Sederabend	Vorabend und Auftakt des jüdischen Pessach-Festes
sekkieren	belästigen, quälen
Shir zion	Synagogengesang von Salomon Sulzer
Stearin	Fettsäure, Zusatzstoff in der Lebensmittelindustrie

Strophantin	Mittel bei Herzinsuffizienz
Table d'hôte	Tisch des Gastgebers
Tallit	jüdischer Gebetsmantel, weißes Tuch, mit schwarzen oder blauen Streifen verziert
Taranatha	Autor des tibetischen Buddhismus
Teffelin	Gebetsriemen im Judentum
Théatre paré	geschmücktes Theater
Trapezunt	Stadt in einer Provinz des osmanischen Reiches
Tressur	Zierband an Kleidungsstücken
Tschibuks	lange türkische Tabakspfeife
tympanitisch	hohl (bei Perkussion)
Vinaya	Sammlung von buddhistischen Ordensregeln
wegstampern	(unfreundlich) des Ortes verweisen
Zacherl-Pulver	Insektenvertilgungsmittel
zyanotisch	violette bis bläulich verfärbte Haut. Bei akutem Auftreten Symptom einer lebensbedrohlichen Störung des Organismus